suhrkamp taschenbuch 4677

Wie in einer Hängematte liegt der kleine Ort im Tal, hier haben es sich Jula, Jules und die anderen über die Jahre bequem gemacht. Seit sie zur Taufe durch den spärlichen Flussarm gezogen wurden, fühlen sie sich gewappnet für so ziemlich alles: An Gott glaubt hier keiner, man glaubt an blaue Füchse und an kopflose Löwen.

Eines Tages werden in den umliegenden Wäldern »die Verantwortlichen« gesichtet, mit Bauplänen für ein Erholungsgebiet. Eine Umsiedlung des Ortes steht bevor. Mit allem, was sie haben, lehnen die Bewohner sich auf gegen das Urteil.

Bevor alles verschwindet ist ein Roman wie ein Funkenschlag. Eine Geschichte von dunklen Geheimnissen und letzten Hoffnungen, dabei ebenso tragisch wie absurd komisch.

Annika Scheffel, 1983 in Hannover geboren, ist Prosa- und Drehbuchautorin. 2010 erschien ihr Debütroman *Ben*, der auf der SWR-Bestenliste stand. Annika Scheffel lebt mit ihrer Familie in Berlin. *Bevor alles verschwindet* ist ihr erstes Buch im Suhrkamp Verlag.

Annika Scheffel
Bevor alles verschwindet
Roman

Suhrkamp

Umschlagabbildung: Getty Images / Image Source

Erste Auflage 2016
suhrkamp taschenbuch 4677
© Suhrkamp Verlag Berlin 2013
Suhrkamp Taschenbuch Verlag
Alle Rechte vorbehalten, insbesondere das der Übersetzung, des
öffentlichen Vortrags sowie der Übertragung durch Rundfunk und
Fernsehen, auch einzelner Teile.
Kein Teil des Werkes darf in irgendeiner Form (durch Fotografie,
Mikrofilm oder andere Verfahren) ohne schriftliche Genehmigung des
Verlages reproduziert oder unter Verwendung elektronischer Systeme
verarbeitet, vervielfältigt oder verbreitet werden.
Umschlag: Hermann Michels und Regina Göllner
Satz: Satz-Offizin Hümmer GmbH, Waldbüttelbrunn
Druck: Druckhaus Nomos, Sinzheim
Printed in Germany
ISBN 978-3-518-46677-3

Bevor alles verschwindet

Für F.
Gegen die verdammte Endlichkeit.

Und da Jona anfing hineinzugehen eine Tagereise in die Stadt, predigte er und sprach: Es sind noch vierzig Tage, so wird Ninive untergehen.

(Jona 3,4)

... denn ein Traum ist alles Leben und der Träumer selbst ein Traum.

(Pedro Calderón de la Barca)

Der Ort, an den die Reise führt, und seine Bewohner sind frei erfunden, Ähnlichkeiten mit realen Personen, mit noch existierenden, abgebrochenen oder versunkenen Orten zufällig. Und: Wer oder was sich hier eingeschlichen hat, darf bleiben.

Jula
Später

Die Landstraße, querfeldein, Hügel hinauf und hinunter, und das bei schönstem Herbstsonnenschein, eigentlich eine Glücksgarantie, und vielleicht pfeift er deshalb vor sich hin, auf jeden Fall dreht sie ihm jetzt das Radio ab. Gleich wird sie es sehen, das Wasser, dann sind sie da, am See, und »Kein Mensch« sagt Anton und nimmt ihre linke Hand, die mit dem tiefen Schnitt, das darf er nicht und das weiß er eigentlich, deshalb sagt sie schnell »Da vorn« und zieht die Hand weg. Jula zeigt auf die Spitze des Turms, auf das goldene Kreuz.

»Wahnsinn«, sagt Anton. »Echt, das ist der absolute Wahnsinn.«

Sie macht sich nicht einmal die Mühe zu nicken, aber Anton stört das nicht, so ein kindisches, so ein merkwürdiges Verhalten, Anton ist heute nur hier, um für sie zu tun, was er tun kann. Dafür hat er sich freigenommen.

»Damit endlich Schluss ist«, hat er gesagt. Um ihn wiederzusehen, denkt Jula.

Nein, Anton soll nicht mitkommen, das letzte Stück. Da oben am neuen Ausflugsparkplatz soll er sich hinstellen, vielleicht eine rauchen, er kann ein paar Fotos machen mit seiner überdimensionalen Kamera, er kann die Aussicht genießen, auf das zu dieser Jahreszeit schon vollkommen ausgestorbene Freizeitparadies, sich in Sicherheit wiegen, aber auf keinen Fall kann er mitkommen und er darf ihr nicht nachgehen:

»Und nicht gucken, bitte.« Anton will Jula einen Kuss geben, aber die dreht sich weg und Anton küsst die Luft, wie so oft.

»Nicht hier«, sagt Jula. Aber vielleicht hat er sich auch verhört, vom See her bläst der Wind viel stärker als dort, wo sie herkommen, als zu Hause in der Stadt, wo Jula sich besser auskennt mittlerweile, besser als hier.

Jula steigt den schmalen Pfad die Böschung hinab, auf den See zu, wo das Kreuz leuchtet wie früher, wie blankpoliert, dabei kann Greta – wie hieß sie noch mal mit Nachnamen, Mallicht, Mawicht, Mallnicht – sich in diesem April nicht darum gekümmert haben. Vereinzelte junge Bäume stehen unten am Ufer, zu schmal, um weite Schatten zu werfen, aber das wird noch. Irgendwo da muss er sein, da muss sie hin, und jetzt rutscht sie aus, fängt sich im letzten Moment, landet mit der rechten Hand in etwas Stachligem und schlittert im feuchten Laub in Richtung Wasser. Der See will sie haben, auch sie, das hätte sie sich denken können. Der Pfad muss gesichert werden, da kann man sich sonst das Genick brechen. Kurz überdenkt Jula diese Option, dann konzentriert sie sich auf den Abstieg.

Dicht am Ufer steht ein Stein, rundherum wurden Rosen gepflanzt, wahrscheinlich sind es die alten Stöcke vom Friedhof, die wollten sie damals mitnehmen, für eben das hier, für diese Gedenkstätte. Jula geht auf den Stein zu wie auf einen Altar, und das erste Mal seit langer Zeit hat sie keine Angst. Er wird kommen, er muss. Dort, weit hinten an der Mauer, am Rande des Sees leuchtet noch immer seine Botschaft, klitzeklein von hier aus, aber Jula weiß, was dort geschrieben steht.

Sie wendet den Blick ab, sieht auf den Stein, auf die Jahreszahlen, und plötzlich spürt sie ihn, da ist er endlich.

»Gegründet neunhundertdreiundzwanzig«, sagt Jules und: »Sieh mich nicht an.«

Jula fährt mit dem Finger über den Bindestrich und über

die Zahl dahinter, das Ende des Ortes. »Untergegangen vor ein paar Jahren«, sagt sie, und Jules nickt, Jula hat ihn vor Augen, ohne ihn anzusehen, sie erinnert sich genau. In identischen olivgrünen Herbstanoraks stehen sie vor dem Stein, gleich groß sind sie, gleich dünn und gleich unbeholfen, von hinten unterscheiden sie sich nur durch die Haarlänge und dadurch, dass Jules' Haar nass glänzt. Mittlerweile ist er fast zehn Jahre jünger als sie.

Jules beginnt die Inschrift zu lesen, die irgendein Hellseher oder Verrückter für den Stein ausgewählt haben muss, zweisprachig und holprig. »Von Calderón de la Barca«, sagt Jula. »Das klingt schön, wie du das sagst«, sagt Jules und: »Hast du Spanisch gelernt?« Das hat sie, sie hat viel versucht, um sich abzulenken.

»Vielleicht ist der Ort noch da«, sagt Jula.

»Ich bin mir nicht sicher«, sagt Jules und wendet sich zum Gehen. Warte, denkt Jula, sie sagt es nicht laut, aber Jules bleibt stehen.

»Es tut mir leid«, sagt sie. »Dass ich weggegangen bin.«

Jules nickt, und dann hört sie, wie er wieder ins Wasser geht, zurück in den Ort. Sie schaut ihm nicht nach.

Ein Abschied, das war endlich so etwas wie ein Abschied, aber weinen kann sie immer noch nicht, dafür ist zu viel verloren. Ein Zuviel, das eigentlich alles ist und gegen das auch ein Mensch wie Anton nichts tun kann und gegen das kein Hiersein hilft, kein Woanders und kein Garnicht. Seit fast zehn Jahren ist sie nicht hier gewesen, jetzt nimmt sie sich Zeit und weiß nicht wofür. Jula setzt sich ins nasse Laub, an den Rand des unermesslichen Sees und wartet.

*

Messgeräte schwingend kalkulierten sie sämtliche Daten, sie zählten jeden Vogel. Schon seit Jahren schlichen sie durch den Ort und die umliegenden Wälder. Zu Beginn waren sie aufgefallen, beobachtet worden, hatten sie Fragen und Ängste mit sich gebracht. Viele Bewohner waren verschwunden, wenige nur geblieben, nach dem ersten Auftauchen der Messenden. Irgendwann waren diese dann unsichtbar geworden und schließlich hatte der Ort sie vergessen. Und so lebten die Übriggebliebenen ihr Leben, wie man es überall tut. Bis es eines Tages ernst wurde, bis die Verantwortlichen kamen.

*

Mona
Die Verkündung

Es ist einer dieser Regenmorgen, die noch aus dem letzten November stammen, eiskalt und doch ohne Schnee und ohne Minusgrade, und das im Januar. Mona Winz, die davon träumt, eines Tages unsterblich zu sein, die sich nach ihrem gescheiterten Fluchtversuch vor fast zehn Jahren geschworen hat, für immer zu bleiben, und die in ein paar Monaten verschwunden sein wird, hat es als Erste erfahren: Mona begegnet dem Weltuntergang zuerst. Wie immer um diese Zeit ist sie auf dem Weg nach Hause, sie hat eingekauft, alles, was man braucht für ein Buntes Huhn. Ein warmer Eintopf ist genau das Richtige bei der Kälte. Mona geht die Straße hinunter, grüßt Greta Mallnicht, die ebenfalls auf dem Weg nach Hause ist, auf dem Weg zum Friedhof: »Tag, Greta.« Und Greta grüßt freundlich zurück, sie ahnt nichts, und Mona ahnt nichts, und wie könnten sie auch.

Aus dem Nachbarort kommend, sieht man das goldene Kreuz, weit ragt es über die bewaldeten Hügel der Umgebung. Die krumme Kirche steht im Tal, dort fließt ein Fluss hindurch, die Traufe, in der die Neugeborenen seit je von ihren stolzen Vätern untergetaucht werden, und danach können die Kinder nur noch in den Regen kommen, das Schlimmste haben sie bereits hinter sich, dem Ort mit dem ersten Schluck Brackwasser auf ewig verbunden.

Auch die beiden fahlen Herren bemerken an diesem Januartag das Kreuz. Gegen zwölf Uhr mittags rollen sie auf den

Ort zu, und gerade als Mann Nummer 1 den Kopf zum Himmel hebt, quetscht sich ein Sonnenstrahl durch die Wolken, knallt auf das Kreuz und lässt es blitzen. Nummer 2 sitzt am Steuer, und da trifft ihn der Lichtstrahl, viel zu hell für diesen Winter. Verärgert deutet er auf das Kreuz:
»Das verschwindet als Erstes.«
»Das kannst du nicht entscheiden«, sagt Nummer 1 und biegt das Infomaterial in seinen Händen. »Das entscheiden nicht wir.«

Das Kreuz reflektiert so gut es kann, es presst das Licht bis in die düstere Tiefe des Kellers hinein, wo David Wacholder am Fuße der Treppe steht. Immer hier bleibt er stehen und kann sich nicht losreißen von der Gestalt auf dem Gemälde. Sie ist in seinem Alter, und doch trennen David Jahrzehnte von diesem Menschen, den er sich so gut vorstellen kann, Jahrhunderte und der Zweifel, ob es ihn tatsächlich einmal gegeben hat, in diesem Haus, in dieser Welt. Aber wenn, denkt David, dann wäre das gut. Er muss sich beeilen, oben hört er die Schritte. Mit dem Zeigefinger streicht er über das Haar des Fremden, das Haar ist aus Öl, hart und unnachgiebig, es fehlt das Leben, und David schafft es, sich loszureißen, die albernen Träume zu vergessen. Er geht die Treppe hinauf, er bringt seinem Vater den Wein, damit der sich nicht fürchten muss, damit Ruhe ist, damit Frieden herrscht, damit es weitergehen kann wie bisher.

Träge blickt Nummer 1 über den Ort, der dort unten im Tal liegt, als würde er schlafen.
»Tote Hose«, sagt er. »Aber ist ja kein Wunder, die meisten haben sich laut Memo schon vor Jahren aus dem Staub gemacht.«
»Hast du den gesehen, da eben neben dem Schild?«, fragt Nummer 2.

»Wen?«, fragt Nummer 1, flüchtig schaut er in den Rückspiegel. »Wer soll da gewesen sein?«

»Da war so ein Junge, ich weiß nicht. Irgendwie merkwürdig.« Nummer 1 zuckt die Schultern. »Ich könnte schwören, da war wer!« Nummer 2 studiert die Welt im Spiegel, wolkenverhangener Himmel, vereinzelte Gehöfte, eine verwaiste Bushaltestelle, kahle Bäume und eine fast vergessene Landstraße. Von dem durchscheinenden Kerl mit dem seltsamen Blick ist nichts mehr zu sehen.

Bevor sie sich für das Bunte Huhn entschied, hatte Mona an diesem Morgen überlegt, ob sie sich schon an den Linseneintopf wagen soll, dann aber hatte sie den Kopf geschüttelt und zu sich selbst gesagt: »Nein, Mona, keine Linsen vor dem ersten Februar.« Das ist eine ihrer goldenen Regeln, das ist einer der Gründe, warum sie hier einige für verrückt halten. Mona macht sich nichts daraus. Solange sie im Laden an der Ecke einbezogen wird in die Plaudereien, man sie zuhören lässt beim Klatsch und Tratsch, bei der Planung des großen Jahrhundertfestes im Sommer und sie die Sorge teilen darf um alles, was jünger oder viel älter ist als man selbst, so lange ist es Mona egal, dass ab und an jemand den Kopf schüttelt über sie. Außerdem: Den Kopf schütteln sie ständig, über alles, über jeden, sogar über sich selbst, wenn kein anderer vorbeikommt; wenn man über nichts als sich selbst sich noch wundern kann. Mona hat keinen Fernseher, keinen schwarzen Kater, aber ein gemütliches Kissen und einen guten Blick auf den Hauptplatz. Niemand weiß davon, aber Mona ist mit Brille eine gute Beobachterin, und sie hört alles, sogar die Blumen hört sie wachsen im Garten, und zwar durch das geschlossene Schlafzimmerfenster.

»Und das ist doch schon was«, sagt Mona gern, sagt sie jetzt, abwesend und wieder einmal zu sich selbst, bevor sie im nächsten Moment von dem schwarzen Wagen angefahren wird.

Als er den Knall hört, geht Robert Schnee sofort in Deckung. Er hat heimlich am Fenster geraucht und fürchtet, er könne entdeckt werden. Robert ist passionierter Raucher, seine Frau Clara jedoch der Ansicht, dass so jemand wohl kaum ein gutes Vorbild für ein kleines Mädchen sein kann. Schon gar nicht für ein kleines Mädchen wie Marie, das auf die Frage, was es einmal werden wolle, wenn es groß sei, »Bin ich schon!« und »Blutabnehmerin« antwortet und damit Ärztin meint. Eine goldene Zukunft sieht Maries Mutter da am Horizont leuchten und jemanden, der die Familienpraxis hinter der Bäckerei übernimmt, und überschattet wird diese Vorstellung allein von Roberts Rauchschwaden, und daher muss er sie heimlich zum Fenster hinausblasen und bei diesem Knall schnell den Kopf einziehen und die Zigarette ausmachen, wegwerfen, aber nicht in den Müllsack. »Bloß nicht auch noch in den Müllsack«, sagt Clara immer, »das brennt doch.«

Robert taucht erst wieder auf, als Mona längst auf den Beinen ist. »Mona, ist irgendwas?«, ruft er aus dem Fenster, an dem er sich wieder schwungvoll und ausdrücklich zufällig positioniert hat. Er runzelt die Stirn, tritt zurück und öffnet den Mund zu einem altmodischen »O weh!«. Und dann setzt er noch einen drauf, Robert ruft ein außerordentliches »Mooonaa!«. Die ganze Inszenierung ist seiner Schauspielausbildung zwar angemessen, jedoch genau wie diese allen vollkommen gleichgültig: Mona steht schon wieder. Natürlich hat sie Robert vor ihrem Zusammenstoß mit dem Auto am Fenster entdeckt, aber Mona ist zu höflich, um ihn zu kränken, und so blinzelt sie zu ihm hinauf und ruft:

»Aber nein! Aber vielen Dank, Robert!«

In seiner Zufriedenheit wundert Robert sich nur flüchtig über die beiden fahlen Herren in den dunkelblauen Uniformen, über das schwarz lackierte Auto mit dem fremden Kennzeichen. Er nickt zum Abschied, ein bescheidener Abgang nach einer mittelmäßigen Vorstellung. Robert schließt das Fenster, seinen Vorhang und setzt sich auf das runde Bodenkissen. Zeit für die Stimmübungen. Tief aus dem Zwerchfell stößt er sinnfreie Laute ins Wohnzimmer. In zwei Tagen ist die Premiere des Königsdramas im Einmanntheater, da darf er nicht fehlen.

Mona hat ihre Brille verloren, sie sieht verschwommen, aber es reicht. Auf dem Boden liegt das Gemüse, das Emblem auf dem schwarzen Wagen, kürbisgroß, kann sie gerade so erkennen: drei wilde Pferde, die einem tosenden Fluss entsteigen. Sie lässt den Blick wandern, rechts von ihr steht ein dunkelblauer Mann, links von ihr steht ein dunkelblauer Mann, auf beiden Brustkörben das Emblem. Mona kann sich nicht konzentrieren, weil sie die beiden uniformierten Männer, die sie flankieren wie Leibwächter, recht ansehnlich findet in all ihrer Verschwommenheit. Ein derartiges Bild wird sich so bald nicht wieder bieten, und Mona möchte es genießen, Möhren hin oder her, in der Hoffnung auf jemanden, der vorbeikommt und ein Foto macht, darauf zu bewundern: Mona, nahezu blind, aber für die Ewigkeit dunkelblau flankiert.

»Geht es Ihnen wirklich gut?«, fragt einer der Männer, und Mona lächelt kurz. Vor mehr als zwanzig Jahren hat sie sich eine Dauerwelle machen lassen und wahrscheinlich hat sie noch heute das allerschönste Lächeln. Monas Augen glänzen durch das Grau dieses Tages hindurch. Das Brillenglas, von dem sonst alle Blicke abprallen, ist verschwunden, und Nummer 1 sieht Mona ganz scharf und die sieht ihn schemenhaft, aber gut genug:

»Ja, nein, alles in Ordnung.«

Sie wird sich den Geeigneteren von beiden aussuchen, diese Entscheidung trifft Mona schnell, aus dem Bauch heraus, in dem immer noch ihre Mutter hockt. Nach ihrem Tod ist Monas Mutter zu chronischen Bauchschmerzen geworden, hat sich in die Unendlichkeit eines schlechten Gewissens gegraben. In Wahrheit liegt sie nicht auf dem Friedhof, unter der

Thujenhecke, nein, sie lebt weiterhin zusammen mit Mona im Haus mit der Nummer dreizehn, mischt sich ein in absolut alles und besteht auf Schinkenwürstchen im Eintopf, die Mona hinunterwürgen muss. Monas Mutter trinkt Tee und liebt Blätterteiggebäck mit Hagelzucker. Mona wird schlecht davon, trotzdem isst sie die Reste, nichts soll verkommen, und ihre Mutter schafft nicht mehr viel, seit sie nur noch in Mona residiert.

Jetzt, nach fast fünfzig Jahren Wartezeit, also die Männer, die Liebe, das Leben. Mona wählt aus. Äußerlich sind sich die beiden recht ähnlich, aber das macht nichts. Monas Mutter hat ihr nicht viel gegeben, aber immerhin den einen oder anderen wertvollen Tipp, vor allem, was die Auswahl des Richtigen angeht, des sagenumwobenen Einen. Wichtig sei zunächst die Fähigkeit, ein Rad zu reparieren, und in Monas erbsenumrankten Hinterhof stehen gleich drei davon. Die wirken aufgepumpt sicher viel weniger traurig. Außerdem soll sie auf saubere Fingernägel achten und in einer intimeren Situation auf die Leidenschaft. Der eine Mann hat sehr schöne Hände, er hält ihren Arm, als wäre der lose, er drückt ihn ein wenig zu fest, aber auch das ist genauso sehr gut. Das mit den Händen, das ist wichtig, auch für Mona, nicht nur für die Mutter.

Nummer 1 zu Monas Rechten räuspert sich und sieht sie fest an, er sieht durch Monas Hornhautverkrümmung hindurch, das sieht sogar Mona. Wann hat sie das letzte Mal jemand so angeschaut? Blicke auf Mona erinnern für gewöhnlich an Leuchtfeuerlicht, einmal gestreift wird sie, und dann wird die Botschaft weitergetragen, niemand betrachtet Mona ausgiebig. Aber dieser Mann sieht sie fest an und Mona fokussiert seine rahmspinatgrünen Augen, und Mona freut sich auf die Liebe, sie fragt sich nicht, warum gerade Rahmspinatgrün sie so entzückt.

»Wo finden wir den Bürgermeister?«, fragt der Mann, und

Mona versagt die Stimme genau jetzt, sie weiß nicht mehr, wo man ihn findet, den Bürgermeister, Herrn Martin Wacholder, für die Ortsbewohner kurz Wacho. Dabei findet man den direkt in ihrer Nachbarschaft, in der Zwölf, ihn und seinen stillen Sohn David, beide Häuser wie fast alle hier aus Fachwerk, restauriert ist aber nur Wachos. »Ist ja auch das Rathaus, das ist repräsentativ und für alle«, hat Wacho damals beim Gerüstabbau gesagt und dabei stolz auf das glänzende Holz geklopft. Daran erinnert sich Mona beim Blick in die Augen, die sie wiederum an das eigene Haus denken lassen und dann an den Bürgermeister und schließlich an die Frage des Mannes: »Am Hauptplatz, zwanzig Meter die Straße hinunter.« So lauten die meisten Wegbeschreibungen, nur die Meter variieren. Was wichtig ist, findet man am Hauptplatz, alles andere muss man jenseits des Ortes suchen.

»Was wollen Sie denn?«, fragt Mona.

»Es geht um die Flutung.«

»Welche Flutung? Hat Wacho –« Mona hält inne. Sie wollte fragen, ob Wacho wieder auffällig geworden sei. Manchmal, das wissen hier alle, denn hier wissen alle alles, manchmal bekommt der Bürgermeister ein Problem mit dem Optimismus, mit der anhaltenden Abwesenheit seiner verlorenen Frau, und dann trinkt er mutwillig mehr als genug Punsch und steigt in sein Auto und fährt wie wild um den Hauptplatz herum und die Kinder behält man an diesen Tagen besser im Haus. Trotz der Gefahr sind sie alle froh, dass Wacho diesen Ausgleich hat. Solange er nur fährt und säuft, bleibt alles im Rahmen. Mona will das natürlich nicht verraten, das ist intern. Wenn der Mann mit den spinatgrünen Augen bei ihr einzieht, im Mooswerkhaus mit Blick auf die Vergissmeinnichtfelder aus jedem der Hinterhoffenster, dann wird sie mit ihm darüber reden, wenn er dazugehört, wenn sie gemeinsam über den Hauptplatz schlendern, wenn sie sich zu den anderen ins Tore gesellen, wenn sie absagt, beim Maikranzbinden und zwar mit folgenden Worten: »Da kann ich nicht, leider, da haben wir unseren Tag.« Wenn er sie mit seinen vom Fahrradöl gereinigten Händen an den richtigen Stellen anfasst, wenn sie alles von ihm weiß, sogar dass er Hagelzucker abscheulicher findet als alles andere auf der Welt, dann wird sie ihn einweihen. Aber vorher sicher nicht.

Der Mann nimmt Monas Hände in die seinen, es stört sie nicht, dass seine Handflächen feucht sind. Mona drückt die fremden Hände zur Eingewöhnung. Sie geht davon aus, dass der Mann diesen Moment versteht, dass er weiß, dass hier ein Grundstein gelegt wird. Der Mann spricht:

»Es geht um etwas Wichtiges. Es geht um alles, um Sie alle, aber im Grunde, verstehen Sie mich bitte nicht falsch, ist es so schlimm nun auch wieder nicht.«

Jetzt holt er Luft, und Nummer 2 springt ein, seine Augen wirken auf Mona sehr gewöhnlich, er ist so ein Durchschnittsgraublauer, und seine Stimme ist zu klein für seinen Körper, der Mann kann ja nur flüstern:

»Es geht um die Flutung, um das Energieprojekt, es geht um die Talsperrmaßnahme. Es geht um den Abbruch des Ortes.«

»Wohin gehst du?«, fragt Wacho.

»Raus halt.«

»Dann geh mal. Wir sehen uns ja später im Tore. Aber schließ vorher die Kellertür ab.« David schiebt den Riegel vor, hakt die Kette ein, drückt mit dem Fuß den wurstigen Stoffhund vor den Spalt, gegen die kalte Luft, die selbst im Sommer aus dem Keller in die Küche strömt. Früher war der Keller für Wacho kein Problem, da hat er sein Zeug selbst nach oben geschleppt. Aber seit einiger Zeit traut er sich nicht mehr hinunter, nicht einmal in die Nähe der Tür.

David verlässt das Rathaus, er rutscht das Geländer der weißen Treppe hinunter und ärgert sich nicht über den nassen

Hintern. Er landet neben dem Löwen, die Hand auf der Mähne, der Stein ist kalt wie das Öl, wie das Bild unten im Keller. Es ist ein lebloser Tag, und David gibt sich Mühe, dagegen anzustrahlen, er sagt sich: »Heute ist es so weit!« Er geht zum Brunnen hinüber, er spuckt hinab, er wirft eine Münze zusammen mit den Flusen eines mitgewaschenen Taschentuchs. Er denkt sich, dass es schön wäre, wenn es jemanden gäbe. Jemanden, den es hier noch nicht gibt. Diesen Gedanken hat David jeden Tag.

Mona starrt und starrt und ihr fehlt plötzlich etwas und sie merkt erst, was es ist, dass es die Hände sind, als die Männer schon wieder im Auto sitzen, mit Tempo dreißig auf den Hauptplatz zusteuern und die Botschaft von ihr wegtragen, es ist die schwitzige Nähe zu dem fremden Mann, der die Vergrößerung ihres Lebens sein sollte. In Monas Bauch rumort die Mutter, stemmt sich gegen die Eingeweide und fordert einen mutigen Schritt: »Streng dich an, Mona, kämpf um dein Glück!«

Aber Mona steht da mit hängenden Armen, mit kalten Fingern, ihr fehlt der Durchblick. Vielleicht bedeutet der Verlust der Brille, dass sie den Mann mit dem festen Griff nie wieder sehen wird, nie wieder so wie eben, und das heißt nie mehr richtig. Mona sinkt in die Knie und orientiert sich bei der Suche nach der Brille an den Kartoffeln, die sich auf dem feuchten Boden drehen, als läge ihr Fall erst Sekunden zurück. Sie findet sie schließlich zwischen den Zwiebeln im Netz und einer einsamen Möhre. Die Brillengläser sind zerbrochen, Risse querdurch, aber noch in der Fassung, nur ein winziger Splitter fehlt, das Glas ist sehr dick. Tröstend streichelt Mona mit der Fingerspitze über die Bruchstellen, sie hat sich unter Kontrolle.

Vorsichtig steht sie auf, reibt sich die Knie, die Strumpfhose ist gerissen, ihre Kleidung klamm. Mona setzt die Brille auf ihr Nasenbein, direkt in die dafür vorgesehene Kerbe. Als jemand an ihr vorbeigeht, zuckt sie zusammen, sie blickt sich um, aber da ist niemand, die Straße ist leer. Die Straße ist bedroht wie die Häuser und Monas immer noch kleines Leben, und Mona rennt los, das erste Mal rennt sie nach so langer Zeit, an sich ein gutes Gefühl, wenn nicht alles so furchtbar wäre, wenn sie doch nur scharf sehen könnte. Das letzte Mal gerannt ist Mona vor fast zehn Jahren. Sie wollte fliehen vor all den örtlichen Unmöglichkeiten, fliehen nach Sansibar, weil ihr der Name so gut gefiel und weil es nach sehr weit weg klang. Ihr hätte klar sein müssen, dass ihre Mutter sie nicht lassen würde. Kaum hatte Mona den Hauptplatz überquert, kam diese auch schon aus dem Haus gestürzt, sperrte den Mund auf, um Mona zurückzurufen, stolperte bei der Treppe, taumelte bis zur Linde, fiel um und war tot. Mona klagte sich insgeheim des Mordes an, und seit jenem Tag ist sie nicht mehr gerannt. Bis heute.

Das Knallen ihrer klobigen Schuhe auf dem Pflaster, der Hall, der spitze Klang beim Aufprall von Monas Angst gegen die alten Wände der Häuser, eigentlich ist ihr das alles zu laut. Seit zehn Jahren bewegt sie sich wie in Zeitlupe durch die Welt, vorsichtig schleicht sie an den anderen vorbei, hört nur zu, redet nicht mit, macht sie sich so unsichtbar wie nur möglich.

Beim Laufen überlegt Mona jetzt, ob sie sich vielleicht geirrt hat, was den Mann angeht und seine Augen. Ob sie sich alles nur eingebildet hat, aus einer alten Sehnsucht heraus. Ob das vielleicht doch nichts werden kann, mit den geheilten Fahrrädern im Hof und mit seinen schwitzigen manikürten Fingern in ihrer Armbeuge und anderswo. Sie braucht ihn nicht. Sie kann gut allein sein, das kann sie, das hat sie geübt und dafür muss sie nicht einmal etwas sehen. Mona weiß mehr über den Ort als über sich selbst. Sie kennt sich hier aus wie nirgends und nur hier, und auf Sansibar damals wäre sie wohl ein für alle Mal verloren gewesen. Ganz sicher wäre ihr die

Freiheit über den Kopf gewachsen, sie hätte Mona für immer verschluckt. Hier aber springt Mona gerade rechtzeitig über jeden Stolperstein, lässt sich nicht noch einmal zu Fall bringen, sie weiß, wann sie abbiegen muss und wo aufpassen, weil da eine Schwelle ist, die lange schon zu keiner Treppe mehr gehört, zu keinem Eingang, zu nichts.

Mona erreicht den Hauptplatz, der ist kreisrund, kopfsteingepflastert und von Fachwerkhäusern gesäumt, links die Linde, rechts der Brunnen, daneben das Tore und schräg hinter dem Baum das Rathaus, der Löwe, die Treppe, die Tür. Da will sie hin. Sie muss verhindern, dass die Nachricht überbracht wird.

Unter der winterlich kargen Linde am Hauptplatz stehen die Zwillinge Jules und Jula Salamander und versuchen vergeblich, nicht nass zu werden. Sie sind äußerst dekorativ dabei und das wissen sie. Sie sind schön, und erst hinter weit mehr als sieben Bergen könnte es jemanden geben, der es aufnimmt mit ihrer Ausstrahlungsoffensive. Aber was interessieren sie die Berge, die ohnehin eher Hügel sind, ferne Städte, schönere Menschen? Sie sind hier und also die Schönsten. Die Zwillinge sind offiziell erwachsen, gerade achtzehn, im Ort aber sind sie für alle immer noch: der Junge und das Mädchen.

Man kann nicht alles auf seine Eltern schieben, den Namen schon, und in diesem Fall sind Eleni und Jeremias Salamander schuld. Jula und Jules fügen sich ihrem Schicksal, sie treten immer gemeinsam auf, niemals werden sie sich trennen, das steht fest, seit sie denken können und vielleicht sogar schon länger.

»Was meinst du, was diese Typen da bei Wacho wollen?«, fragt Jules. »Die hab ich hier noch nie gesehen.«

»Ihn zum richtigen Glauben bekehren oder so«, sagt Jula. Ihre Stimme klingt, als könne sie sehr gut singen. Aber Jula singt nie, Jules singt, wenn auch heimlich. Und er lacht, Jules lacht immer, wenn Jula Witze macht. Er lacht am lautesten, wenn die Witze schlecht sind.

»Und das große Ding, das sie da schleppen?«

»Das ist ein Segel. Wacho wird David sagen, dass er es auf dem Dach befestigen soll, und dann fahren sie weg mit ihrem Haus. Du weißt schon, dann suchen sie nach Anna, auch auf dem Meer.« Jules mag die Idee von David und Wacho auf hoher See, er kann sich vorstellen, dass sie Anna dort finden werden.

»Mona sieht seltsam aus, wenn sie läuft«, sagt Jula.

»Stimmt«, sagt Jules.

»Mona ist komisch«, sagt Jula, und Jules nickt.

»Stimmt.« Immer stimmt alles zwischen den beiden.

Auch David sieht Mona rennen, ein seltener Anblick. David selbst steht wie immer, die Hände so tief wie möglich in den Jackentaschen vergraben, er steht am Brunnen vor dem Tore und versucht, sich zusammenzureißen. Es wird schon alles in Ordnung sein mit Mona, manchmal muss man einfach rennen, nur nicht zu weit. David will sich nicht anstecken lassen von ihr, er schaut auf den Boden, sein Kopf ist versunken zwischen den Schultern, und in Gedanken versteckt er ein verbotenes Wohin. Aus dem Tore beobachten sie ihn, aber das bemerkt er kaum noch, er ist es gewohnt, und sie sorgen sich sozusagen, sie sprechen darüber, dass er eines Tages abhauen wird, wie seine Mutter, und dass auch er diesen Blick hat und dass Wacho dann völlig den Verstand verlieren wird. Dabei hat David nicht vor wegzugehen, er stellt sich nur gern andere Welten vor und fremde Leben und Menschen, einen ganz besonders, nur bei ihm möchte er sein und am besten ganz nah. Wacho und David balancieren in einer wackligen Angelegenheit von Aushalten und Verzweifeln.

David kann nicht länger widerstehen, er holt die Hand aus der Tasche, kaut sich das Nagelbett blutig, er sucht nach Ideen für die Zukunft, was für ein großes Wort und wie unpassend an diesem Tag wie auch an jedem andern. Morgen hat er Geburtstag, er wohnt bei seinem Vater im Rathaus, sein Geld verdient er im Tore, steht schichtweise und hemdsärmelig hinter dem Tresen, gibt Bier aus und Punsch und Schnaps. Er kann sieben Teller gleichzeitig tragen, ohne dass seine Arme zittern, und er spricht nicht viel bei der Arbeit. Er ist stark und trotzig und entschlossen und mutig und er hat Angst bis zum Himmel und darüber hinaus und er weiß nicht wovor.

Ein schwarzer Wagen mit einem merkwürdigen Emblem parkt beim Rathaus, mit einem Kennzeichen, das David nicht kennt. Zwei Männer, dunkel gekleidet, stehen vor dem Löwen, und er weiß sofort, dass der Tag da ist. Der Tag, an dem alles aus dem Gleichgewicht gerät, an dem die Welt umkippt. David beißt sich möglichst diskret einen Fetzen Haut vom Zeigefinger. »Hallo«, sagt eine Stimme hinter ihm. David hört oft Stimmen, das muss nichts bedeuten, aber diese hier klingt besonders freundlich und deshalb dreht David sich um. Da steht er, und David macht einen Schritt vor und einen zurück und schaut nur noch auf die fremde Hand, die seine Hand nimmt, und auf den Daumen, der über das müde Nagelbett streicht. David könnte brüllen vor Erleichterung. Da ist er also, endlich, blass und fast durchscheinend und das krasse Gegenteil von ihm selbst, der mit all seiner Kraft und Gegenwärtigkeit nicht weiß wohin, der den Kopf schüttelt über sich und darüber, dass er jetzt, wo er endlich seine Zweisamkeit hat, nur dastehen kann und schauen. David räuspert sich, stellt eine überflüssige Frage. »Wer bist du?«, fragt er ihn, und dann sagt er es selbst: »Milo, du bist Milo.«

David schöpft zwei Liter Hoffnung aus dem Brunnen, dessen Schacht bis zum Erdmittelpunkt hinabreicht. Jemanden wie Milo hat er seit seiner Zeit bei den Wühlmäusen vermisst, schon immer also, und jetzt ist Milo plötzlich da, steht bei David am Brunnen am Hauptplatz, im Zentrum der Dinge, und endlich hat das Vermissen ein Ende. Er sieht auf Milos Hand, die seine immer noch hält, wie das ankommt, das kann er sich denken. Milo folgt Davids Blick und lässt ihn dann los.

»Egal«, sagt David und: »Gut, dass du da bist.«

Der Wind weht Welten, es regnet ohne Unterlass, Milos Nase läuft, beide haben aufgesprungene Lippen. Milo setzt sich auf den Rand des Brunnens, er wirkt müde. David steht daneben und zum milliardensten Mal sieht er hinunter ins tiefe Schwarz, spricht plötzlich über Horrorfilme, Teil eins bis drei, irgendetwas Japanisches, die hat er noch aus der Videothek, bevor er sie zurückgeben konnte, war die verschwunden, von einem Tag auf den anderen; mittlerweile ist das fast drei Jahre her. Eigentlich sind ihm die Filme egal, aber für einen winzigen Moment kann David beim Erzählen Milos Jackenärmel berühren, ein Stück näher bei ihm sein, während er auf irgendetwas Unsichtbares da unten im Brunnen deutet, und ob sie reingehen sollen oder nicht, darüber sprechen sie auch, und sie entscheiden sich immer wieder für die Kälte.

Die Wühlmäuse stürmen auf den Platz. Die Zwillinge beobachten, wie Mona mit der kreuz und quer laufenden regenbemantelten Kindergartengruppe kollidiert. Jules grinst, Mona erinnert an einen dieser Tumbleweeds aus den Westernfilmen, die sie sich früher zusammen am Wochenende mit Jeremias angeschaut haben. Jula braucht ihn gar nicht so fest in die Rippen zu stoßen, das Grinsen war doch nicht böse gemeint, das kam eher aus der Langeweile heraus, nach Erledigung aller Aufgaben und ohne richtigen Plan für den Rest des Tages, wie immer. Da war dieser kurze Slapstick eine nette Abwechslung.

»Tu doch nicht so«, knurrt Jules den einen Zentimeter, den er kleiner ist, zu seiner Schwester hinauf.

»Die zwei Minuten holst du nie wieder ein, Kleiner«, sagt Jula. Sie gibt ihm einen Kuss, der herablassend gemeint ist und auf dem Kopf landen soll, aber die Stirn trifft. Wie gesagt: ein Zentimeter. Für Hochmut reicht das nicht.

»Such dir 'nen Freund!«

»Ey, wie alt bist du?« Jules drückt Jula, einmal in den Arm nehmen und alles ist wieder gut, so gut, dass Eleni und Jeremias Salamander sich ab und zu Sorgen machen wegen:

»Der Beziehung.«

»Der Interaktion.«

»Also, dem Interagieren.«

»Also genaugenommen wegen, äh, diesem ständigen Umeinandersein –«

»Rumfummeln, sag es doch einfach!« Aber dann sagen sie es doch nicht einfach und stattdessen einander: »Die beiden gehören nun mal zusammen.« Und dann lächeln sie und verlieren sich und die Gedanken im Kaminfeuerschein, und alles ist gut, Zusammensein ist gesund, auch für die Kinder, und hier gibt es nicht viel, aber eigentlich alles.

»Jetzt lass mal los, ich will wissen, was Mona hat«, sagt Jula und befreit sich aus Jules' Umarmung.

Vorsichtig schleichen die fahlen Herren am überlebensgroßen Steinlöwen vorbei die weiße Treppe hinauf ins Rathaus. Nummer 2 beäugt die Ordnung in der Garderobe, die sorgfältig aufgereihten Schuhe, tief atmet er den Geruch von frisch gebrühtem Kaffee ein. Das Plakat stellt er ab, das ist vorerst zu deutlich. Durch die in freundlichem Gelb gehaltene Diele folgen sie dem Kaffeeduft bis in die große Wohnküche.

Als hätte er sie erwartet, steht dort mitten im Raum der Bürgermeister, Wacho, und er lächelt sie an und er bittet sie an den Tisch, da steht noch das Geschirr vom Frühstück. Wacho entschuldigt sich, er habe gerade spülen wollen und im Büro, da sehe es noch schlimmer aus, die Akten, die Ordner, all diese Ordner, sie wüssten schon. »Eigentlich bin ich Anlageberater«, sagt Wacho, und es klingt wie ein Geständnis.

Alles hier strahlt Gemütlichkeit aus, finden Nummer 1 und Nummer 2, und Wacho wirkt wie ein freundlicher Mensch, wie ein zufriedener Bürgermeister eines winzigen Ortes und er hat sogar einen braunen Bart.

»Haben Sie Kinder?«, fragt Nummer 2. Wacho strahlt.

»Einen Sohn, David.«

»Das ist gut«, sagt Nummer 2, »wie alt ist er denn?« Wacho sieht plötzlich bekümmert aus.

»Fast siebenundzwanzig.« Erstaunt werfen Nummer 1 und Nummer 2 noch einmal einen Blick auf die Kinderbilder am Kühlschrank.

»Dann sind Sie schon Opa«, sagt Nummer 2, und Nummer 1 kommt aus dem Staunen gar nicht mehr raus, so ein Wort hätte er aus diesem Mund nicht erwartet. Für ihn war Nummer 2 bisher immer jemand, der »Großvater« sagt, »selbstredend« und »gezwungenermaßen«.

»Nein«, sagt Wacho, »noch nicht.« Er scheint wirklich besorgt. Er gießt den Männern Kaffee ein, auch wenn diese abwinken, das ist eine dieser Regeln, Kaffeetrinken nur mit betroffenen Zivilpersonen, mit den Offiziellen trinkt man höchstens ein Wasser oder später einen Schnaps. Nummer 1 und Nummer 2 rühren nur um, sie trinken nicht.

»Ist etwas mit David«, stößt Wacho hervor, »ist ihm etwas passiert?«

»Nein, nein«, sagen Nummer 1 und Nummer 2 wie im Chor, aber Wacho ist schon am Fenster, späht durch die Gardine, sucht.

»Da ist er doch, mein Sohn, da steht er.«

»Es geht nicht um Ihren Sohn, entschuldigen Sie, wir haben uns noch gar nicht vorgestellt. Wir arbeiten für die Poseidon Gesellschaft für Wasserkraft. Wir sind hier wegen der Maßnahmen, Sie erinnern sich, die beginnen in Kürze.« Ihre Namen nennen die Männer nicht, das ist Teil der Firmenphilosophie, man will nicht persönlich werden.

»Irgendwas ist mit Mona«, murmelt Wacho, während er weiter aus dem Fenster schaut.

»Haben Sie uns verstanden?«, fragt Nummer 1 und steht auf. Sie müssen wohl förmlicher werden, ausdrücklicher. Die Botschaft muss ankommen, sonst wird das hier nichts.

»Maßnahmen«, wiederholt Wacho leise. »Was meinen Sie damit?«

Ein Seufzen der beiden Männer, dabei war nichts anderes zu erwarten. Die fünf Phasen der Trauer, die gelten nicht nur für Sterbende, die gelten für beinahe jeden, dem ein Verlust bevorsteht.

»Setzen Sie sich doch«, sagt Nummer 2 und deutet zum Tisch, »wir zeigen Ihnen die Pläne.«

Unten auf dem Platz steht, zwei Kinderschritte entfernt, ein Mädchen vor Mona und schaut sie mit großen Augen an, die macht Marie Schnee immer, wenn sie etwas interessant findet. Endlich kann sie die anderen Wühlmäuse hinter sich lassen, ihrer Berufung folgen, darf eine erste Diagnose stellen, und: Die Kleinen werden staunen. Mit denen kann man im Wald spielen und Matsch machen und Gold schürfen, und mit Paul kann man sogar Geheimnisse besprechen, aber verstehen, fürchtet Marie, können sie die anderen doch nicht so ganz. Sie reckt sich hoch zu Mona. Die steht da und staunt wie alle anderen, wie gekonnt Marie analysiert und diagnostiziert. Marie traut sich, ganz nah heranzutreten an Mona, die Leon und Paul für eine Hexe halten und von der Mia sagt, dass sie ganz sicher stinkt. Marie findet auch, dass Mona stinkt, aber Marie kann Berufung und Kindergarten trennen, sie weiß: Mona ist gelaufen, ganz schnell, weil irgendwas ist, und dann stinken Erwachsene, weil sie schwitzen, was soll's.

Aus dem Augenwinkel sieht Marie, wie nun auch die Zwillinge dazukommen, und spätestens jetzt ist das wirklich Maries Tag, so viele Augen auf ihr, sie wird allen zeigen, was sie kann. Danach *muss* Jula ihr einfach beibringen, wie man die Haare so hinkriegt, so wunderschön unfrisiert und trotzdem ganz toll, und Jules, der sie manchmal anschubst beim Schaukeln, so stark, dass sie sich fast überschlägt, wird sich sofort in sie verlieben, und wenn nicht jetzt, dann wird er sich in fünf Jahren oder so, wenn es endlich so weit ist, an diesen einen Moment erinnern. An den Moment, in dem Marie gezeigt hat, dass in ihr eine große Persönlichkeit steckt, dass sie mehr ist als ein Kannkind.

Die Stille ist perfekt. Wie man einen Auftritt inszeniert, hat Marie gelernt, oft genug hat sie ihren Vater beobachtet, um festzustellen, was er falsch macht, und jetzt räuspert sie sich, deutet mit dem Finger auf Monas Stirn, berührt sie natürlich nicht, bloß kein Schmutz rein, und sagt: »Mona, du blutest«.

»Sie, heißt das, und Frau Winz«, sagt die Kindergärtnerin und zieht Marie weg von Mona. »Kommt jetzt, Kinder, wir gehen zum Fluss, Steine sammeln.« Die anderen jubeln, Paul nimmt Maries Hand und zieht sie noch weiter weg von dem, was wirklich wichtig ist, und Marie merkt wieder einmal, dass sie nicht mehr dazugehört. Durch den Jubel der anderen und das Was-fällt-dir-eigentlich-ein der Kindergärtnerin hört Marie, wie Jules fragt:

»Kann ich Ihnen helfen, Frau Winz?« Und wie Mona sagt: »Nein, mir ist nicht zu helfen. Es ist zu spät.«

»Jedem ist zu helfen.« Und Marie stellt sich vor, wie Jula zustimmt, die wissen nämlich alles, die Zwillinge. Mona schaut erschöpft zum Rathaus hinüber, sie sagt schwach, »Die Flutung«, und Marie flüstert andächtig, »Die Blutung«, und die Kindergärtnerin beugt sich zu ihr herunter und zeigt, extra auf Kopfhöhe, dass sie entsetzt ist, und dann sagt sie zu Marie, »Du bist doch besessen, Kind«, und da hat sie wahrscheinlich recht. Marie will endlich in die Schule. Sie will anfangen, Ärztin zu werden, sie will weg, aber das kann sie niemandem verraten, alle anderen denken, dass das hier das Tollste ist.

»Komm«, sagt die Kindergärtnerin, und dann tut Marie lieber so, als fände sie die Traufe und schmierige Steine super, und die Zwillinge und die großartige Blutung verschwinden hinter dem Schleier aus ewigem Regen.

Kiesel fliegen dem schwarzen Grund des Brunnens entgegen und David stößt Milo so stark an, dass der das Gleichgewicht verliert und in Richtung Brunnenschacht kippt.

»Du –«, ruft David, und die Reflexe setzen ein, schnell greift er nach Milos Jacke. Er bekommt den Ärmel zu fassen und darin Milos Arm, und dann sitzt Milo wieder fest und sicher, er ist blasser als blass, beinahe unsichtbar, aber er lächelt, und David atmet erleichtert auf. Immer noch umklammert er Milos Jackenärmel, er kann nicht fassen, dass er ihn fast in den Brunnen gestoßen hätte, ihn und damit sich, in den schrecklichsten aller Horrorfilme hinein: *Der Ort ohne Milo*. Ab jetzt nie wieder vorstellbar, so schnell kann das gehen, wenn man lange gewartet hat.

»Das wollte ich nicht«, sagt David. Milo nickt, und David fällt wieder ein, was er ihm zeigen wollte, als er ihn fast aus der Welt befördert hätte: »Irgendwas ist mit Mona.«

Mona ist plötzlich umgekippt. In der Mitte des Platzes hat sich eine umgekehrte Pietà gebildet: Jules hockt auf dem Boden, Monas Kopf in seinem Schoß. Jula kniet daneben und sieht besorgt ihren Bruder an, nicht Mona. Entschlossen steuert Milo auf die drei zu.

»Warte!«, wieder hat David seine Hand an Milos Jacke. Ein billiger Stoff, für den Herbst gemacht, und schon ist da ein Loch mehr. Seit Jahren werden sie immer weniger, ist niemand dazugekommen und schon gar nicht jemand wie Milo. »Das kann man nähen. Das näh' ich dir. Ich kann das«, sagt David, und Milo lächelt. Mit Milo ist immer alles in Ordnung, denkt David, und das fühlt sich aufregend an, obwohl es Ruhe bedeutet.

Durch das Butzenfenster vom Tore schaut der letzte Stammtisch hinaus auf den Hauptplatz, auf Milo und David und vielleicht bis hinüber zu Mona. Die Gesichter der Stammglasinhaber sind verzerrt, wie in einem Spiegelkabinett, runde Köpfe, schwammige Körper. David muss ständig an das Loch in der Jacke denken, mit Milo an seiner Seite stören ihn die Blicke auf einmal, er weiß nicht, was die Blicke mit Milo anrichten können, er weiß nur, Milo darf auf keinen Fall wieder verschwinden. Vorsichtshalber lässt er den Ärmel los und hebt den Mittelfinger in Richtung der Jahrmarktsfratzen: Alles super! Alles normal und alles wie immer und alles ganz allein Davids Sache.

»Komm«, sagt er zu Milo, »lass uns zu den anderen gehen«, und dann hört er Jula brüllen, »Na endlich!«, und David wundert sich, dass Jula ihn anscheinend erwartet hat.

Mona ist blass und Jules auch, es ist der erste Tag in einer Reihe von Tagen und Monaten blasser Gesichter und großer Sorgen. David kniet sich neben Jula auf den Boden, sie ist ganz ruhig, aber Jules beginnt zu stammeln, sobald Davids Knie den nassen Boden berühren. »Sie hat was von Flutung gesagt, sie hat sich total aufgeregt und dann ist sie umgekippt«, sagt er und schaut David an, als wäre der ein Arzt, als wüsste der irgendwas außer seinem Namen und außer dem Ding mit der Liebe. Erstaunlich, wie schnell jemand wie Jules aus der Fassung geraten kann. Er wirkt wie zwölf und als hätte das Leben ihn noch nicht konfrontiert. Aber bis auf die Sache mit der Schere ist ihm tatsächlich noch nie etwas Schlimmes passiert, und die feine Narbe in seinem Gesicht dicht unter dem Auge ist das einzige Anzeichen eines Makels.

»Mona, tut dir irgendwas weh?« David spricht ruhig, er fängt langsam an, er will herausfinden, ob sie einen Krankenwagen rufen müssen, aus der Stadt bräuchte der eine halbe Stunde. Gerade will er die nächste Frage stellen, als Mona sich aufsetzt, Jules' Arm von ihrem nimmt. Schweißgeruch weht durch die Luft, als Mona wie im Traum spricht:

»Alles sehr bedenklich, sehr bedenklich.«

»Was?«, fragt David ruhig.

»Es wird eine Flutung geben.«

»Wo?« Nervös tritt Jula von einem Bein aufs andere. Milo hockt sich neben David, besorgt betrachtet er den Schnitt auf Monas Stirn.

»Sie sind beim Bürgermeister«, sagt Mona. Blut läuft über ihre Brillengläser. Vorsichtig fährt Milo mit dem Zeigefinger über die Brüche, und David erwartet, dass das Glas unter Milos Berührung heilt, so weit ist es schon mit ihm. »Sie werden es ihm sagen und dann wird geflutet«, sagt Mona leise, sie sagt nichts zu Milos Hand auf ihrer Brille, sie blinzelt nicht einmal.

»Ich steh' jetzt auf, Vorsicht«, sagt Jules, nimmt Monas Kopf und legt ihn behutsam auf den Boden.

»Habt ihr ein Telefon dabei?« Jules und Jula sehen David an.

»Du etwa nicht, oder was?« Das Oder-was kommt einstimmig.

»Ihr könnt das also immer noch«, sagt David und dann ruhig, wie man zu Kindern spricht: »Ruf bitte einen Krankenwagen, Jula. Sag ihnen, es ist ein Notfall.«

Jula tippt die Nummer, und David hofft auf Empfang, denn den hat man hier nur selten. Heute sind sie an die Außenwelt angeschlossen, und David lauscht, wie Jula zur Eile drängt, dann wendet er sich wieder Mona zu, die ist in der Zwischenzeit bewusstlos geworden. Jula steckt das Telefon weg, Milo beachten sie nicht, sie würdigen ihn keines Blickes, David aber hat nur Augen für ihn, es herrscht eine sakrale Stille.

David reißt sich zusammen, wendet sich wieder Mona zu, vorsichtig nimmt er ihr die Brille von der Nase. Er weiß, dass die Zwillinge auf seine Hände starren, dass sie sich fragen, wie er sich selbst nur so zurichten kann. Monas Brille wickelt David in sein Taschentuch, nur einmal benutzt, er hält sie in der Hand wie einen verletzten Vogel. Es bleibt ihnen nichts anderes übrig, als zu warten, und darin sind sie geübt.

In Wachos Küche wird Nummer 1 deutlich. »Devastierung«, sagt er und lässt das Wort klingen wie die Apokalypse. Wenn es jetzt nicht ankommt, wenn sie es jetzt nicht begreifen, tun sie es nie, diese Realitätsverweigerer, die hier immer noch ausharren, Jahre nach der ersten Ankündigung, die Vernünftigen sind längst fort.

»Das haben Sie doch gewusst«, sagt Nummer 2, und Wacho schüttelt den Kopf, eben nicht, wie hätte er auch, und selbst wenn, wie soll man sich so etwas bewusst machen, dass einem so etwas tatsächlich geschieht?

»Ihr macht das wirklich?«, sagt Wacho.

»Ganz genau«, sagt Nummer 1, und Nummer 2 sagt: »Wie auch immer, so ist es jedenfalls. Ihre Aufgabe«, sagt er, »ist es, die Bürger von den Maßnahmen in Kenntnis zu setzen. Am besten gleich morgen, am Freitagabend, da sind die Menschen ruhig und müde. Zu Ihnen kommen wir heute, weil Sie wach sein müssen und verstehen, aber Ihren Leuten, denen sagen Sie es besser erst morgen. Wir haben hier Informationsmaterial für Sie und ein Plakat, vielleicht schicken wir Ihnen sogar ein Modell. Die Gesellschaft kümmert sich um alles.« Wacho nickt stumm, blickt ins Leere. Was, wenn sie wiederkommt? Wenn Anna wiederkommt und merkt, dass er es nicht einmal geschafft hat, ihr Zuhause über Wasser zu halten, das auch noch, das auch noch neben David, einem einsamen Sohn ohne Träume.

»Hören Sie uns zu?«, fragt Nummer 1.

»Natürlich«, murmelt Wacho, während sich die Welt jenseits der Gardinen blau verfärbt.

Die von Greta Mallnicht gewartete Turmuhr schlägt eins, als der Krankenwagen mit Blaulicht ins Tal fährt. Das Geheul der Sirenen und der Glockenschlag überlagern sich in einem unheimlichen Echo, und der Wagen rast die holprige Straße hinab, überfährt eine Kartoffel und kommt schließlich mit quietschenden Reifen vor dem Rathaus zum Stehen. Nach und nach kriechen die letzten Stammgäste aus dem Tore und versammeln sich um David und Milo und die Zwillinge, und ausnahmsweise wird sich heute ganz besonders um Mona gedrängt.

»Hier gibt es nichts zu sehen«, lügt einer der Rettungsassistenten, und niemand lässt sich dadurch verscheuchen. Milo hat seine löchrige Jacke ausgezogen und Monas Kopf darauf gebettet. David und er haben versucht, Mona ganz auf die Jacke zu legen, aber dann hat Jules zu bedenken gegeben, dass sie nicht wissen, ob Mona vielleicht innere Verletzungen hat, und dass David sie lieber nicht so viel bewegen soll, und so liegt nur Monas Kopf auf Milos Jacke und David hat seinen Winterparka über Mona gebreitet, damit sie nicht friert. Von der Jacke perlt der Regen ab, und Mona schaut aus wie mit Tränen bedeckt, dabei weint hier niemand, wegen so was heult hier keiner.

David und Jula rauchen, Jules sieht Jula an und möchte am liebsten sagen, dass sie aufhören soll, weil das tödlich ist und er nicht existieren kann ohne sie. Er hat das schon einmal gesagt und er sagt es nie wieder, eiskalt verächtlich hat sie ihn gemustert damals. Die zwei Rettungsassistenten schieben Jules und Jula beiseite, bitten auch David, Platz zu machen, und fragen ihn, was genau passiert sei. David schüttelt den Kopf, er weiß es nicht, niemand weiß was, sie ist einfach umgekippt, und da liegt sie nun.

»Wir wollten sie nicht zu viel bewegen«, sagt Jula.

»Gut«, sagt der eine Rettungsassistent, »in den meisten Fällen ist das besser so.«

»Genau«, sagt Jula und zwinkert ihm zu, und Jules beißt sich fest auf die Unterlippe. Jemand aus dem Tore sagt, dass er Mona gestern im Laden getroffen hat, da war sie auch schon so merkwürdig, und eine andere ruft:

»Ach was, ich habe sie erst heute gesehen, da hat sie sich ihr Gemüse ausgesucht, ganz normal.«

»Deswegen kann sie doch trotzdem gestern seltsam gewesen sein, manche Krankheiten kommen schubweise, oder nicht?«

»Vielen Dank für Ihre Mithilfe«, sagt der Rettungsassistent und wendet sich von den Umstehenden ab und David zu: »Sie sollten sich etwas überziehen, es ist kalt hier unten.« David nickt und nimmt seinen Parka, und Milo nickt auch, auf seiner Jacke liegt immer noch Monas Kopf.

»Wir können dann ja vielleicht gleich reingehen«, sagt David, »und Punsch trinken.«

»Was ist eigentlich mit dir los?«, fragt Jula scharf.

»Stimmt«, sagt Jules und: »Was ist los mit dir?«

Wacho tritt mit den beiden Fremden aus dem Rathaus und muss lächeln, als er David in der Menge entdeckt. Vielleicht wird seinem Sohn wenigstens für einen Augenblick klar, dass sein Vater sehr wichtig ist. Aber schon im nächsten Moment erinnert er sich, dass er als Bürgermeister auf einem sehr wackligen Thron sitzt und die beiden klammen Gestalten zu seiner Rechten und zu seiner Linken nicht hier sind, um ihn vor Widersachern zu schützen. Höchstwahrscheinlich sind dies seine letzten Momente als fast einstimmig gewählter Bürgermeister, und er will sie möglichst huldvoll gestalten. Und so beeilt sich Martin Wacholder, springt ein paar Schritte vor seine Begleiter, die eigentlich seine Wachen sind, und breitet die Arme aus.

»Was geht hier vor«, spricht er, er fragt nicht. Und dann, an seinen Sohn gerichtet: »David!«

Alle drehen sich zu David um. Der will das Taschentuch in seiner Jacke drücken, er schrickt zurück, als seine Finger auf etwas Hartes stoßen, Monas Brille, der geborgene Vogel. David muss das hier ohne seine Beruhigungskugel durchstehen. Er strafft den Rücken, dann tritt er vor, setzt sein grimmigstes Gesicht auf und sagt:

»Weiß nicht, keine Ahnung, Mona geht es schlecht.«

»Das sehe ich, mein Junge, sie schieben sie gerade in den Krankenwagen. Ein bisschen präziser bitte!«

»Weiß nicht, keine Ahnung«, wiederholt David. Er kann sehen, wie in Wacho die Wut emporsteigt. Bald geht es wieder los, auch so eine Krankheit, die in Schüben kommt. Aber er hat jetzt Wichtigeres zu tun, Mona braucht ihre Brille. Die Blicke folgen David, wie er durch die Menge in Richtung Rettungswagen verschwindet. Die Ellbogen muss er nicht benutzen, aber das würde er.

»Das war mein Sohn«, sagt Wacho, atmet tief ein und atmet aus und sieht die beiden fahlen Herren an. »Er wohnt auch im Ort. Alle, die Sie hier sehen, wohnen hier.«

»Gut«, sagt Nummer 2, und dann sagt er leiser und nur für Wachos Ohren bestimmt: »Sie sollten eine offizielle Versammlung einberufen, in diesem Chaos ist eine Verkündung keine gute Idee. Jedenfalls nicht, wenn Sie eine Panik vermeiden wollen, und wer will eine Panik schon nicht vermeiden? Wie gesagt: Sprechen Sie morgen mit Ihren Leuten, am Freitag, wenn alle müde sind und ihre Ruhe haben wollen und niemand sich unnötig aufregt. Und erzählen Sie ihnen dann auch sofort von dem neuen Ort, der extra angelegt wurde für sie, und dass alles bereitsteht, dass jeder sich sein Haus gestalten kann, wie er will, sie können sich sogar den Namen aussuchen für ihr neues Zuhause. So eine Umsiedlung ist ja kein Weltuntergang. So machen Sie das.« Wacho nickt gehorsam.

»Wir werden uns in den nächsten Tagen noch häufiger begegnen«, sagt Mann Nummer 1, Monas Mann, und hält Wacho die Hand hin. Der ignoriert sie.

»Sie werden von uns hören«, sagt Wacho, und leise: »So leicht geht das nicht, mit Ihrer Flutung, Sie werden sehen.« Nummer 1 und Nummer 2 sagen nichts mehr, darauf lassen sie sich nicht ein, unbeeindruckt gehen sie auf den Rettungswagen zu.

»Flutung«, flüstert Jula ihrem Bruder zu. Sie haben es geschafft, ganz nah an die Fremden heranzukommen. Im Anschleichen sind die Zwillinge besser, als man es angesichts ihrer Auffälligkeit vermuten würde. Das ist der Trick. »Flutung, davon hat Mona doch auch gesprochen.«

»Kann sein«, sagt Jules und zieht Jula weg vom Geschehen, zurück unter die kahle Linde und in ihre nasskalte Zweisamkeit.

Mona verbringt den Großteil dieses Tages, an dem sie im Mittelpunkt steht, liegend und bewusstlos, und so bekommt sie nicht mit, wie die beiden Fremden an die Sanitäter herantreten und diese fragen, was mit der Frau geschehen sei, nicht, wie Nummer 1 fahler als fahl wird, als er hört, dass die Frau einfach so umgekippt ist, mit blutender Stirn. Mona sieht nicht, wie Nummer 1 entschlossen und mit perfekt manikürten Fingern ein kleines silbernes Etui öffnet, eine Visitenkarte mit dem goldenen Pferdeemblem herausholt und sie dem Rettungsassistenten zusteckt. Sie hört nicht, wie er sagt, dass sich die Versicherung der Bewusstlosen mit der Versicherung der Gesellschaft kurzschließen soll, ein Unfall sei es gewesen, unverschuldet beiderseits. Sie sieht nicht, wie die beiden Männer in ihr schwarzes Auto steigen, und hört nicht, wie Nummer 1 die dienstlich gebotene Distanz aufgibt und zu Nummer 2 sagt, gerade als sie das Ortsschild im Nacken haben, dass das ja ganz gut gelaufen sei und dass diese merkwürdige Frau ein Lächeln habe wie sonst wohl keine auf der Welt.

An ihrem großen Tag wird Mona abtransportiert. Im Tore bangt man um sie, denn auch Mona gehört schließlich dazu. Wacho gesellt sich zu den anderen, bekommt einen schweren Becher Punsch, und er hält den Mund für heute, er beschließt, einmal darüber zu schlafen und dann –. Und dann will er mal sehen.

»Morgen sieht alles schon ganz anders aus«, hat er David früher nach der Gutenachtgeschichte und kurz vor dem Einschlafen versichert, und daran will Wacho an diesem Januartag glauben. Er muss dafür sorgen, dass alles so bleibt, wie es ist, damit Anna zurückkommen kann und weiß, wo sie ist, und dass er da ist und David auch, auch David muss unbedingt da sein. Alles muss stimmen, nichts darf verschwinden.

Mona ist in ihrer Abwesenheit mächtig wie noch nie: Der Flutung hat sie noch einen Tag Einhalt geboten. Mona Winz, die keine Hexe ist, die sich immer noch nach Sansibar sehnt und gleichzeitig den Abschied von der bekannten Welt fürchtet, die heute ihre Liebe fand und dies mit dem Verlust ihrer Sehschärfe bezahlen musste, Mona hat die große Flutung für einen Tag in eine stillbare Blutung verwandelt und dem Ort eine Schonfrist verschafft. Ab morgen wird sich alles ändern, aber morgen ist nicht mehr Monas Tag, morgen sind andere dran.

Wacho
Ein halbes Jahr

Am Abend des Tages von Monas Verschwinden verlässt Wacho das Tore früher als sonst, und das, obwohl er heute mehr Grund hätte als je zuvor, dort die Nacht zu verbringen. Man muss sie nutzen, die Nächte, die sie noch haben. Wacho klopft dreimal auf das klebrige Holz des größten Tisches, lächelt andeutungsweise in die Runde und überlässt es den anderen, sich zu überlegen, was er so früh schon zu Hause will.

Nach der bulligen Wärme im Wirtshaus ist das Zusammentreffen mit der frischen Luft einschneidend, und Wacho klappt einen Kragen hoch, den er nicht hat. Er ist direkt in die Kneipe gegangen, nachdem die beiden Männer davongefahren waren, er hat sich nicht mal mehr etwas übergezogen, trotz des Regens, der wohl nie wieder aufhören wird.

Stoisch wandert Wacho durch den Wolkenbruch und über den Hauptplatz, schiebt die Gedanken vom Untergang so gut es geht beiseite, sucht dieses eine Bild wie immer und noch vor ein paar Stunden, bevor die Fremden in seiner Küche auftauchten. »Anna« und »verdammte Scheiße« murmelt Wacho, und zwar in Endlosschleife, immer wieder »Anna, verdammt!«. Diese eine Erinnerung, er kann sie nicht abrufen, die Bilder sind vollkommen durcheinander, er hat ihn verloren, seinen sichersten Moment, an dem er sich festhält seit Jahren, seit Anna fort ist. Finden kann er nur noch die Vorboten ihres Verschwindens und die Zeit danach, als sie allein waren, David und er, und sie immer schlechter zurechtkamen. Zusammen und so ganz allgemein.

Kurze Zeit nachdem Anna verschwunden war, hatte Wacho mit Gutenachtgeschichten versucht, seinen Sohn zu beruhigen. Jeden Abend einigten sie sich auf eine oder zwei, und sie erzählten sie einander im Wechsel. Meist kamen darin Piraten vor und Seeungeheuer und ab und zu auch ein Mann namens Albert Helm auf einem purpurfarbenen Schwan und mit Nachtsichtgerät. Nach kurzen Startschwierigkeiten hatte die Familie im Hause Wacholder aus Martin und David bestanden, Vater und Sohn, füreinander nie Wacho und Spinner wie für die anderen. Ein Männerhaushalt ohne Wenn und Aber, für eine Weile zumindest.

Zusammen spülten sie das Geschirr, sie spielten Karten und ab und zu Schach, sie sahen sich Spiele an im Fernsehen und schauten nie aus dem Fenster. Sie sprachen nicht darüber, warum sie nur noch zu zweit waren. Viele Jahre lang war es gut so, wie es war. Und eines Tages kam es dann doch, das Aber, und David widersprach allem, was Wacho sich wünschte, von jetzt auf gleich waren sie nicht länger einer Meinung. Das Aber hatte sich zwischen sie geschoben, sie wussten nicht, woher es gekommen war, und dazu gesellte sich Davids Blick in die Ferne.

Von da an war Martin auch zu Hause nur noch Wacho, Türen wurden geknallt und durften ohne Audienzgesuch nicht mehr geöffnet werden, mit einem Mal waren sie einander sehr fremd. Wacho merkte, dass er mit diesem erwachsenen Sohn nicht viel anfangen konnte, und noch dazu begann David ihn an Anna zu erinnern. Seine Augen waren auf der Höhe, aus der früher sie ihn angeschaut hatte. Genau wie sie verbarg David in seinen Taschen Geheimnisse. Selbst sein Haar wurde heller, bis es so blond war wie einst das seiner Mutter.

Wacho wurde einsam und misstrauisch, kantig und zornig. Er hätte sich denken können, dass auch der Junge so werden würde, wie hätte er sie auch verhindern können, diese Sehnsucht nach etwas, was er nicht bieten konnte? Jeden Tag konnte es passieren, konnte David jemanden oder etwas entdecken und einfach für immer verschwinden. Doch so leicht würde Wacho seinen Sohn nicht verloren geben. Welten konnten untergehen, aber Davids Verschwinden, das durfte nicht sein.

Wacho las Ratgeber, und vor kurzem sprach er heimlich mit dem Wirt, Davids Chef. Der kann ihm nicht viel sagen, nur dass der Junge gut anpackt und dass das alles ist, was ihn interessiert. David erledigt seine Aufgaben freundlich, aber weitgehend stumm, und Wacho beobachtet ihn, während er seinen Punsch trinkt an der Theke. Er sieht, wie David Tabletts balanciert, wie er den Block nicht braucht, um die letzten Stammgäste zu bedienen, wie er die Tische abwischt zum Feierabend und nach jedem Wisch mit dem grauen Lappen mit der Handkante einmal nachstreicht, über das alte Eichenholz, sanft und fast liebevoll, so sieht ihn Wacho nur hier. Wacho beobachtet, wie David stärker wird, wie er Blicke auf sich zieht, ohne es zu merken, wie David, während er im Herzen des Ortes seine Arbeit macht, in seiner eigenen Welt versinkt.

Wacho ist Bürgermeister geworden, um Zugang zu haben, um die Fäden in der Hand zu halten. Er ist ein guter Vater, das bestätigen ihm alle, die er fragt. Und dass er nichts dafür kann, dass David so verschlossen ist und nur steht und wartet und so wenig sagt und anscheinend so wenig von dem will, was hier möglich wäre. Vielleicht kann Wacho etwas dafür, dass David bald die weiße Rathaustreppe wird putzen müssen, so will es der Brauch, weil sich immer noch kein Mädchen zu ihnen nach Hause traut, dass David noch nicht verlobt, nicht verheiratet ist und vielleicht nicht einmal geküsst. Wacho nimmt das in Kauf, er muss die Familie bewahren, mit allen Mitteln, auch wenn es wehtut. David darf es nicht wagen, ihn zu verlassen.

Mit diesen Gedanken im Kopf steigt Wacho die weiße Treppe hinauf, ohne sich am Geländer festzuhalten. Das braucht er nicht, er fühlt sich fast nüchtern. Oben dreht er sich, den gezückten Schlüssel in der Hand, noch einmal um. Der Blick über den Hauptplatz beruhigt ihn, alles hat dort seine Ordnung, alles ist hier wie immer. Nur der sicherste Moment ist verloren. »Verdammte Scheiße, Anna«, murmelt Wacho und schließt die Tür hinter sich ab. Die Welt ist gefährlich geworden, und Wacho will nicht noch mehr verlieren.

Etwas, das nach Sehnsucht klingt, eine Ahnung vom Verlust geistert über die Dächer, über den Hauptplatz hinweg, einmal rundherum um die kahle Linde, am Brunnen vorbei, ohne aus dem Takt zu kommen, und dann die glänzende Straße entlang, durch das kleine Waldstück, hinein in das zerbrochene Fenster eines vergessenen Hauses und hinaus durch ein zweites, weiter in Richtung Friedhof, dort an der Nebenkapelle vorbei, den Turm hinauf und dann am Kirchkreuz entlang, und aus den Gräbern stammt es nicht, was sich da ausbreitet und hochzieht und drüberlegt, über alles. Aber dennoch: Da ist etwas gefährlich geworden. Da türmt sich eine scheinheilige Ruhe über dem Ort auf, da funkeln Sterne ihr trügerisches Alles-gut auf die Welt, gemeinsam mit dem Hauptplatz lügen sie, da interessiert sich der Mond offensichtlich für nichts hier unten, in weiter Ferne liegt alles für ihn, und warum sollte er sich um die Ferne kümmern? Da liegt der Ort im Tal wie in einer Hängematte und träumt, weil seine Bewohner sich vieles wünschen. Nur nicht das, was kommt, nur das nicht.

Eine halbe Stunde nachdem er sich ins Haus gekämpft hat, eilt Wacho die Holztreppe hinauf in den ersten Stock. David könnte schon verschwunden sein, vielleicht hat er etwas mitbekommen, die Männer in ihrem offiziellen Aufzug richtig gedeutet, das goldene Emblem als das des landverschlingenden Wassergottes verstanden, vielleicht hat David das einfach im Gefühl, und: Mit wem hat David vorhin gesprochen, als er seinen Vater stehen ließ, allein auf der Treppe, vor all den Menschen? Wacho stolpert mit einem mit siebenundzwanzig Kerzen gespickten Kuchen die letzten Meter bis zu Davids Zimmertür hoch und tritt ein, ohne zu klopfen. Er setzt sich auf den Bettrand. David tut so, als würde er schlafen, aber Wacho ist nicht dumm, er greift nach der Glühbirne:

»David, die ist noch warm.«

David antwortet nicht. Wacho seufzt und beginnt, dem Hinterkopf seines Sohnes die Geschichte vom Piraten Grimm zu erzählen, der einmal um die Welt gesegelt ist, um dann zu erkennen, dass der Schatz, den er gesucht hat, sein Zuhause war. Wacho hat diese Geschichte im letzten Jahr erfunden, sie sich Stück für Stück nachts im Bett selbst erzählt, alles für David, immer alles für ihn, den Dummkopf, den Jungen, seine Welt. Damit David im richtigen Moment das Richtige zu hören bekommt. Und eventuell ist der Zeitpunkt jetzt gekommen, vielleicht auch nicht, vor allem weiß Wacho, wie er da an der Bettkante sitzt, nicht mehr, was er eigentlich sagen wollte, warum er überhaupt ins Zimmer gekommen ist, mit seinem übertrieben hell leuchtenden Kuchen, der viel zu mickrig ist für die wacklige Kerzenpracht. Warum sitzt er jetzt schon hier, weit noch vor Mitternacht? Die Geschichte wird immer länger, Grimm hat diverse Inseln und Küsten bereist, und Wacho erzählt bis in Davids Geburtstag hinein, und erst gegen drei Uhr am Morgen gelangen Wacho und der Pirat zu einem äußerst glücklichen Ende, das Wacho sich selbst nicht glaubt.

Danach kommt es ihm kurz so vor, als wäre die Botschaft, die er mit dieser Geschichte vermitteln will, zu offensichtlich. Aber was soll er tun, jetzt ist es zu spät, und David muss entscheiden, was er damit macht, und David macht nichts. Er rührt sich nicht, atmet gleichmäßig. Selbst nachdem Wacho ein zweites Mal sagt, »Und das war die Geschichte vom Piraten Grimm, der nach Hause kam und dort für immer glücklich war«, bewegt David sich nicht und auch nicht, als Wacho ihm seine Hand auf die Schulter legt. David bleibt still und starr, er fühlt sich an wie aus Holz. David murmelt »Milo«, und demnach ist er wohl doch eingeschlafen, einen fremden Namen ins Haus zu bringen, wagt er sonst nicht. Wacho schluckt, er muss geduldig sein, nicht aufregen, nur nicht aufregen, an dem Punkt war er schon oft, da möchte er nie wieder sein.

»Da haben wir aber mal reingefeiert, was?«, sagt Wacho und »Mit wem hast du vorhin eigentlich gesprochen? Milo, wer ist das?« David bleibt stumm, vielleicht träumt er, und Wacho muss an den Morgen denken, an dem er David beim Frühstück gesagt hat, seine Mutter sei fort. Wie David ihn angesehen und gefragt hat, wann sie wiederkomme und wohin sie gegangen sei. David hat Wacho eine Milliarde Fragen gestellt und nicht eine davon konnte er beantworten. Immer wieder hat Wacho »Ich weiß es nicht« gesagt, und irgendwann ist David von seinem Stuhl gerutscht, hat ihm die Hand auf den Arm gelegt und in einem viel zu erwachsenen Ton gesagt: »Macht ja nichts, Papa.« Endlich traut Wacho sich, etwas zu sagen, was ihm seit Jahren schon nicht mehr angemessen vorkommt. Er nimmt seinen ganzen Mut zusammen, streicht mit seiner breiten Hand über das, was er für Davids Rücken hält, und sagt, sehr leise:

»Ich hab dich lieb, David.« Und jetzt antwortet David, endlich, müde sagt er:

»Mach bitte das Licht aus.«

Wacho nimmt den Kuchen vom Schreibtisch. Die Kerzen sind heruntergebrannt, das Wachs ist auf die Schokolade geschmolzen, aber das kann man bestimmt irgendwie retten. Er geht ins Bett, der morgige Tag wird nicht einfach werden, aber er wird kommen, er steht schon bereit, und dann muss Wacho sprechen und Bürgermeister sein und alles verloren geben. Vielleicht werden sie ihn hassen dafür, dass er nicht gleich gekämpft, dass er keine Geiseln genommen hat, einsperren sollen hätte er sie, die zwei Fremden. Im Grunde genommen ist es ihm egal, was ihm die anderen vorwerfen. Wenn nur David bleibt und Anna wiederkommt, bevor alles verschwindet. Flussaufwärts ahoi, flussaufwärts ahoi.

Erst als er hört, wie Wacho das Licht im Flur ausknipst und die Tür zu seinem Schlafzimmer hinter sich schließt, macht David die Augen wieder auf. »Gute Nacht«, sagt er in Richtung der Tür. Dann steht er auf und geht zum Fenster. Milo steht unten in der nassen Kälte, in der Dunkelheit, in diesen zwei Unannehmlichkeiten, die zusammengehören. David hätte ihn einladen können, im Rathaus zu übernachten. Nicht bei sich, das noch nicht, sie kennen sich erst seit heute, das wäre zu früh. Milo hätte ein eigenes Zimmer bekommen, sie haben mehr Platz als genug, das seiner Mutter zum Beispiel steht seit langer Zeit leer. David hat daran gedacht, Milo an Wacho vorbei ins Haus zu schleusen, und hat es doch nicht vorgeschlagen. Milo steht unten am Brunnen, dort, wo sie sich vorhin voneinander verabschiedet haben, und im Licht der einsamen Laterne blickt er zu David hinauf. Milo geht es gut, er scheint für alle Wetter gemacht und ganz besonders für David, und der tritt vom Fenster weg, zieht die Gardinen nicht vor, legt sich wieder ins Bett. Ihm ist der Name herausgerutscht, da war er beim Einschlafen, über der Geschichte vom Piraten Grimm hat er vergessen, vorsichtig umzugehen mit seinem Wissen über Milo. Wenn Wacho nun den Namen weiß, wenn er ihn sich bis morgen merkt und ihn selbst laut ausspricht, wenn er Milo entdeckt, nur weil David nicht aufgepasst hat, wenn Wacho dafür sorgt, dass er ihn wieder verliert, dann war's das. Heute Nacht wird er sich bemühen, gut zu schlafen, und hoffen, dass nichts passiert, dass Wacho vergisst. David wird nicht von seinem Vater träumen, nicht wieder davon, wie Wacho sich vom Dach des Rathauses stürzt und dabei bereut, dass er sich nicht in den Keller gewagt hat, um vorher seine Flügel zu holen.

Jeden Morgen hat Jules eine Gänsehaut, wenn er die Treppe aus seinem Dachzimmer hinabsteigt. Das liegt nicht daran, dass er nur ein T-Shirt und eine dünne Pyjamahose trägt. Er hat sich abgewöhnt, ins Zimmer zu stürzen und Jula die Decke wegzuziehen. Dreimal klopft er leise an ihre Tür, öffnet sie, tritt ein, huscht durchs fahle Winterlicht zum schmalen Bett und legt sich neben seine Schwester. Sie schläft auf dem Bauch, mit dem Gesicht tief im Kissen, ein Wunder, dass sie nicht erstickt. Sie haben darüber gesprochen, über seine Angst, wenn sie so liegt. Jula hat ihn beruhigt: »Mir kann nichts passieren, niemals.« Das hat er ihr geglaubt, aber nur, weil ihm nichts anderes übrigblieb.

Er streicht ihr nicht das Haar aus dem Gesicht, es klemmt fest, er wartet. Sie atmet. Jules versteht nicht, warum er da hochmusste, der Umzug ins Dachgeschoss ist für ihn immer noch eine Verbannung, aber so einfach ist das nicht.

Er spült sich den Mund mit Cola aus, dicht an ihrem Ohr flüstert er, »Wach auf«, aber wie immer ist sie schon wach, wenn er die Treppe herunterkommt, und wenn er dann neben ihr liegt und seine zwei Worte sagt, antwortet Jula, und das sagt sie auch jetzt:

»Bin schon wach.«

»Gut«, sagt Jules und: »Ich dachte schon.« Jula grinst, sie kneift ihn in den Arm, gerade so, dass es nicht wehtut.

»Warum sind in diesem Ort eigentlich nur Spinner versammelt?«

»Bist du auch einer?«, fragt Jules, kneift zurück, und Jula sagt:

»Wahrscheinlich.«

Gemeinsam liegen sie noch fünf Minuten und betrachten den Schrank, an dem kleben noch immer die Fußballbilder.

Sie hatten kein Sammelalbum, aber alle Aufkleber, die meisten doppelt und dreifach. Ein Torwart ist fünfmal halb weggekratzt, von dem hat Jula gesagt, dass sie ihn heiraten will, und Jules hat gesagt, »Heiraten ist doch bescheuert«, und am nächsten Tag war die Hälfte des Torwarts verschwunden.

»Na ja«, sagt Jules, Jula gähnt und streckt sich.

»Stehen wir auf?« Er schüttelt den Kopf, zieht die Decke über sie beide, sie haben ein Zelt und Jula tut so, als wäre sie wütend, muss aber lachen. »Blödmann, lass mich raus!« Jetzt kommt die Nummer mit dem Kitzeln, und dann fällt er aus dem Bett und die Decke schmeißt sie ihm hinterher und ein Kissen an den Kopf, wenn er nicht schnell genug ist, wenn er nicht bei drei das Zimmer verlassen hat. Dann geht er duschen und sie später auch. Jeden Morgen dasselbe.

»Milo«, murmelt Wacho am Frühstückstisch, er denkt: Milo und Flussaufwärts ahoi und David und Scheiße, der Ort. Wacho trinkt seinen Kaffee heute schwarz und mit Schuss. Der Tag, an dem Anna fortging, war einer wie dieser, ohne Konturen. Bis zum Mittag war der Tag grau, dann kam die Sonne heraus, und als Wacho wieder aus dem Keller auftauchte, war ihr Stuhl am Fenster leer. Es gab keinen Brief, keine Hinweise, es gab nur noch den Jungen und ihn. Annas Abwesenheit ist vorübergehend, er muss sich nicht sorgen, aber seit zwanzig Jahren sorgt er sich und heute besonders, seit er den Namen hat, seit er Milo denken muss, ohne zu wissen, wer das ist, seit er wieder Angst hat vor allem und mit dem Rücken unmöglich zur Kellertür sitzen kann.

Zumindest ein bisschen Morgentau, ein Sonnenstrahlenbombardement und verrückt gewordene Singvögel hat Jula sich für nach dem Frühstück gewünscht, stattdessen gibt's eine Nachtverlängerung, Regen auf den Kopf wie seit Tagen schon, keinen Schirm, durchweichte Turnschuhe und auch sonst keinen Zauber. So werden sie beide nass und stören tut das wie immer nur Jula. Sie gehen an der Linde vorbei, klatschen beide einmal am Stamm ab, erst sie, dann er, exakt auf dieselbe Stelle: »Bis später!« Die Welt rollt ihre Bahnen, alles ist wie gewohnt, doch dann entdecken sie auf der weißen Treppe zum Rathaus etwas Fremdes. Da liegen Blumen, ein riesiges Bouquet.

»Die sind bestimmt vereist über Nacht«, sagt Jules.

»Wer macht denn so etwas?«, fragt Jula, und sofort hat sie eine Idee: »Wahrscheinlich ist Wacho heute Nacht gestorben.«

»Und die Blumen sind von seiner heimlichen Verehrerin, die hat sich aus Kummer in den Brunnen gestürzt vorhin«, sagt Jules. Er ist froh, dass ihm so schnell etwas eingefallen ist. Sie lachen den Rest des Weges, laut und raumgreifend, und sie verstummen erst, als sie sich vor der Eingangstür verabschieden müssen. Wie immer dauert es eine Weile, bis sie es schaffen, sich voneinander zu trennen, selbst für ein paar Stunden. »Bis dann«, rufen sie einander schließlich zu, Jules dreht sich um, geht zur Arbeit, Jula heizt den Ofen an, schneidet die Teigstücke ein, und als sie um sechs Uhr das Licht im Verkaufsraum der Bäckerei anschaltet, steht Wacho schon da, in der Hand einen Strauß tropfender Blumen.

Es war keine gute Nacht: Marie hat plötzlich vor dem Bett gestanden und etwas von Monstern und Ungeheuern erzählt, immer wieder hat sie gerufen, dass ein blauer Fuchs aus dem Brunnen springt und dass sie nicht weiß, ob das gut ist oder schlecht. Clara ist auf den Fuchs nicht eingegangen, aber sie hat Marie gefragt, worin der Unterschied zwischen Monstern und Ungeheuern besteht, und auf einer klar formulierten und logisch durchdachten Antwort bestanden. Robert ist da anders, und während das Kind noch vor dem Bett stand und überlegte, begannen er und Clara sich wieder zu streiten, über Erziehung, aber auch ganz allgemein. Natürlich durfte Marie am

Ende zu ihnen ins Bett kommen, und damit verzichteten sie auf ihren Schlaf, das Kind schläft am liebsten quer und spricht dabei (Blutung, Fuchs, Blutung, Fuchs, Fuchs, Blutung).

Gegen fünf steht Clara auf, kocht Kaffee, starrt eine Weile aus dem Wohnzimmerfenster, auf die Stelle, auf der Mona nach Roberts Aussage gestern von einem Auto angefahren wurde. Dort unten kleben die Reste einer überfahrenen Kartoffel, unter der Laterne glitzern die Splitter aus Monas Brille. Ein Glück, dass ihr nichts in die Augen geraten ist. Dass Robert sich gestern nicht dazu bequemt hat, seinen Fensterplatz zu verlassen, um nach Mona zu sehen, ist eine Sache, aber dass er Clara erst im Bett von dem Vorfall erzählt hat, das macht sie wütend, und zwar so richtig.

Um halb sieben betritt Eleni Salamander die Bäckerei. Wacho krallt sich an einen der Plastiktische, trinkt einen Kaffee, wieder schwarz, dafür ohne Schuss, und isst ein Butterhörnchen mit Margarine und Honig. Die kleinen Plastikschälchen kleben mit Krümeln auf der Tischplatte, es sieht aus, als hätte Wacho sein Frühstück geschlachtet.

Wacho murmelt wirr vor sich hin, betrachtet dabei den überdimensionalen Blumenstrauß, der vor ihm auf dem Tisch liegt und von dem Regenwasser rhythmisch auf den Boden tropft.

»Was machst du denn hier?«, fragt Eleni ihn und wirft ihrer Tochter einen warnenden Blick zu.

»Ich kann nichts dafür«, sagt Jula, »und die Blumen sind auch nicht von mir.« Sie leiert den Satz herunter, sie hat es Wacho bereits mehrfach versichert.

»Nein, die Blumen sind nicht von dir«, sagt Eleni leise und dann zu Wacho: »Martin, wie kann ich dir helfen?« Wacho schüttelt den Kopf wie in Zeitlupe, ohne die kleinste Beschleunigungsphase, ohne Wackeln, es ist ein ganz und gar konsequentes Hinundherbewegen des Kopfes. Ihm kann nicht geholfen werden, das ist klar. Eleni schaut wieder zu ihrer Tochter und die zieht sich schnell in die Backstube zurück, um die Kaiserbrötchen zu inspizieren und Baisers zu spritzen.

Hinter der Verkaufstheke drückt Eleni auf die Cappuccinotaste, meditiert zwei Minuten lang über dem Knirschen, dem Zischen, zieht die Tasse aber rechtzeitig weg. Dann gesellt sie sich zu Wacho an den Stehtisch:

»Das sind sehr schöne Blumen.«

»Für David, er hat ja heute Geburtstag.«

»Ja«, sagt Eleni, als hätte sie das gewusst.

»Wenn sie nicht von Jula sind, sind sie vermutlich von seiner Mutter«, sagt Wacho.

Eleni rührt Sojamilch in den Kaffee. Dass das immer flocken muss, das ist einfach nicht schön, sie hätte noch auf den Schaum warten sollen. Wacho sieht sie von der Seite an, Eleni muss jetzt etwas antworten. Am besten nimmt sie dafür seine Hand. Er zuckt zurück, lässt es dann aber doch geschehen.

»Ist schon gut«, sagt sie, so besonnen spricht sie sonst nur mit dem Meerschwein. Sie darf nicht abdriften, sie muss sich auf Wacho konzentrieren, wenn sie will, dass dieser Tag halbwegs normal abläuft. »War irgendwas dabei?«, fragt sie ruhig, ganz ruhig, gaaaaaaanz –

»Ja. Hier«, sagt Wacho. Er zieht den kleinen Brief hervor wie eine Rote Karte und knallt ihn auf den Tisch.

»Nicht dahin, das klebt doch«, ruft Eleni und nimmt den Brief in die Hand. »Darf ich?« Sie versucht zu lesen, kann aber nichts entziffern, die Karte ist nass vom Regen.

»Da steht: Ich bin bei dir«, ruft Wacho triumphierend.

»Martin«, sagt Eleni, »bitte nicht.« Aber Wacho ist nicht mehr zu bremsen, er ist wieder in dieser Phase, die kommt regelmäßig, manchmal schon im Dezember, meistens aber im Januar und ersetzt für ihn das, was für andere eine Winterdepression ist. Zwei, drei überschäumende Wochen lang ist er der Ansicht, Anna Wacholder werde zurückkommen, sich wieder bei ihm niederlassen, ihr Kind nachträglich großziehen und Wacho auf den vorletzten Metern noch ein glückliches Leben bescheren. Diese Phasen, in denen Wacho kurzzeitig überschnappt, gehen vorbei. Das ist das Beruhigende daran und irgendwie auch das Traurige.

»Sie ist wieder da!«, ruft Wacho und: »Oder wenigstens ganz in der Nähe. Anna ist da!« Während er Eleni schüttelt, versucht die sich einzustellen auf eine anstrengende Zeit. Wachos Augen blitzen, sie muss sich beeilen, sie muss ihn jetzt und sofort auf den Boden holen, bevor er zu weit davonschwebt mit seiner seltsamen Theorie, die jeglicher Logik entbehrt.

»Martin, das ist ein Strauß für David. Er hat heute Geburtstag und es ist nicht unwahrscheinlich, dass dein Sohn eine Verehrerin hat oder sogar eine Freundin, in seinem Alter. Wie alt ist er?«

»Siebenundzwanzig.«

»Siehst du, siebenundzwanzig, in dem Alter hatte ich schon die Zwillinge –« Pause. Seufzen. Weiter: »– da kann es sehr gut sein, dass David jemanden hat, der ihm zum Geburtstag etwas vor die Tür legt.« Wacho schüttelt den Kopf und krallt seine Finger fester in Elenis Arme.

Heute kommt Jula ihrer Mutter zu Hilfe. Mit einem Blech Schwarzweißgebäck betritt sie den Verkaufsraum, kippt die Kekse an ihren Platz und fragt beiläufig:

»Was ist das denn nun eigentlich, das mit der Flutung?« Eleni beobachtet, wie Wachos Blick klar wird, wie er wieder ankommt, hier in ihrer Welt, wenigstens für einen Moment:

»Heute Abend, zwanzig Uhr, im Tore. Macht bitte einen Aushang.« Wacho enteilt mit großen Schritten und lässt Eleni irritiert zurück.

Clara ist auf dem Weg in die Praxis und immer noch schlecht gelaunt. Der Dauerregen nervt sie, das Himmelsgrau, und als Wacho gegen sie läuft, kommt ihr das sehr gelegen.

»Was denkst du dir eigentlich?«

»Ehrlich gesagt fürchte ich, dass ich heute gar nicht denke«, sagt Wacho und läuft weiter. Clara seufzt, mit Wacho kann sie sich eigentlich gut und unverbindlich streiten, sie kennen sich schon lange. Wachos Frau, die damals noch seine Freundin war, hat ab und zu auf Clara aufgepasst, als die ungefähr in Maries Alter gewesen ist, und Wacho hat die Abendstunden gemeinsam mit Anna und Clara im Wohnzimmer abgesessen. Bei ihnen durfte Clara Erdnussflips essen und Videos gucken, Anna hat ihr erlaubt, ihr Sprühdeo zu benutzen, sie hat Clara gezeigt, wie man die Zukunft voraussagt anhand der Haarstruktur, und Wacho, der damals noch ganz und gar Martin war, ohne Bart und in gebleichter Jeans, hat über sie beide gelacht und so getan, als wären sie ihm zu albern. Aber in echt, das hat Clara natürlich erkannt, war er vollkommen vernarrt in Anna und fand rein gar nichts an ihr albern oder blöd. Clara wiederum war begeistert von den beiden. Eines Tages haben ihre Eltern ihr dann erklärt, dass Anna nicht mehr auf sie aufpassen würde, weil ihr »etwas passiert« sei. Clara bekam einen Schreck, weil sie dachte, dass Anna vielleicht irgendwo runtergefallen war und Claras Vater sie vom Krankenwagen abholen lassen musste, in solchen Fällen sagte er immer, es sei »etwas passiert«. Aber am nächsten Morgen begegnete Clara Anna auf dem Hauptplatz, und die war gut gelaunt und kein bisschen verletzt, und Clara war beruhigt und gleichzeitig enttäuscht, dass ihr Vater sie angelogen hatte.

Einige Monate später kam dann David auf die Welt, eine Hausgeburt, die Claras Mutter als Hebamme begleitete. Ihre Mutter bestand auch darauf, dass Clara dem neuen Ortsbewohner Hallo sagte. Clara sah das winzige Wesen, rotrunzlig machte es merkwürdige Geräusche, und Martin Wacholder guckte ganz seltsam, ein bisschen so, als hätte ihm Claras Vater ein Beruhigungsmittel gegeben, eines, von dem man ständig lachen und grinsen muss. Anna hat Clara gefragt, ob sie

David im Arm halten wolle. Aber Clara fand Babys langweilig und Jungs doof und so hatte sie schon bald nicht mehr viel mit Frau Wacholder zu tun. Und erst nach Maries Geburt war Martin wieder in Claras Leben aufgetaucht, der konnte gut umgehen mit kleinen Kindern und gab ihr und Robert in der ersten aufgeregten Phase viele Tipps, die vor allem Robert gierig aufsaugte, und bis jetzt reicht das aus, und bald wird auch Clara einen Draht zu Marie finden, bald wird man mit Marie richtig sprechen können, von Erwachsenem zu Erwachsenem und damit vernünftig, und vernünftig ist Clara sehr wichtig.

Clara weiß nicht mehr genau, wie Anna ausgesehen hat, dabei war sie hier ständig präsent, so lange, bis sie anfing, nur noch aus dem Fenster zu starren, bis sie zu sprechen aufhörte und dann eines Tages verschwand. Das muss zwanzig Jahre her sein oder länger. Mona könnte das wissen, Mona und Anna waren befreundet, bevor beide seltsam wurden, Mona wahrscheinlich wegen ihrer Mutter und Anna aus einem völlig unbekannten Grund, über den heute noch ab und zu jemand rätselt, ohne je zu einem Ergebnis zu kommen. Sie war einfach weg, ohne Auto und außerhalb der Busfahrzeiten, weg, wie vom Erdboden verschluckt.

Clara überlegt, ob sie Wacho hinterherlaufen soll, ihn irgendwas fragen wegen Marie und ob sie ihn vielleicht so zum Sprechen bringen kann. Aber Wacho ist schon bei der Rathaustür, und zu rennen oder zu rufen kommt Clara dann doch übertrieben vor. Irgendwas liegt in der Luft, etwas stimmt nicht, denkt Clara und wundert sich über sich selbst. Sie ist niemand, der Vorahnungen traut, und im Übrigen auch niemand, der glaubt, man könne die Zukunft voraussagen, und schon gar nicht mit Hilfe der Haarstruktur, wie Anna behauptet hat. Clara erinnert sich: Damals, als alles anders war, als sie noch keine Ahnung hatten von nichts und ihre Phantasie sperrangelweit offen stand, wurden ihnen zwei Dinge prophezeit: erstens, ihr werdet einmal sehr glücklich sein, und zweitens, alles geht unter. Sie erinnert sich, wie ungeduldig Wacho wurde, wie er fast schon lauerte auf dieses versprochene Glück, und wie sie selbst gelacht hat, über die Vorstellung, wie alles unterginge, in den Boden versinken würde, die Häuser, die Schaukel und sie selbst, Clara, Mama und Papa. Unter der Erde lebten sie weiter, und Clara würde an Regenwürmern und Maulwürfen vorbeischaukeln, die Vorstellung machte ihr keine Angst. Wahrscheinlich würde ihr Vater darauf bestehen, seine Praxis mitzunehmen, die Leute würden Schlange stehen und sich über Erde in den Augen beschweren und ihr Vater würde teure Spezialbrillen und Ersatzaugen verkaufen und sie würden sehr reich werden und sich ein Boot leisten können und um die Welt fahren, auf der Suche nach unentdeckten Krankheiten.

Clara schüttelt den Kopf, anscheinend hat auch sie eine Zeitlang gesponnen, war sie selbst in der Phase, in der Marie gerade ist. Aber heute ist einfach ein seltsamer Tag, auch wenn man es vollkommen kühl und sachlich betrachtet. Zum Beispiel riecht es wieder nach Kohle, obwohl alle ihre Fachwerkhäuser mittlerweile mit Heizkörpern ausgestattet haben, Fernwärme strömt in den Ort, von hinter den Bergen kommt die und damit von ganz weit weg. Clara sieht sich um, aus keinem der Schornsteine quillt Rauch, vielleicht ist es so etwas wie ein Duftecho, das ist nicht unwahrscheinlich, bei Schlafmangel. Interessant ist, dass ein blauer Fuchs auf dem Brunnenrand sitzt. Offenbar hat sie sich von Marie anstecken lassen. Jetzt fehlt nur noch, dass sie anfängt, von einer Blutung zu sprechen. Sie muss unbedingt an ihrer Konzentration arbeiten, sich heute Nachmittag für ein Stündchen auf die Behandlungsliege legen und ein wenig entspannen. Außerdem wird sie sich ein Nuss-Nougat-Croissant gönnen.

Der Fuchs steht mit einem Mal und anscheinend ohne einen Weg zurückgelegt zu haben im gelben Licht, das durch die holzeingefasste Glastür zur Bäckerei auf den Platz fällt, er sieht erst Clara an und dann hinauf zur Tür. Da hängt ein Schild, eine Botschaft:

Wichtig, und zwar für alle:
Heute Abend, 20 Uhr, im Tore.
(Es geht wahrscheinlich um die Flutung.)

Clara schüttelt den Kopf, der blaue Fuchs nickt, er huscht an David vorbei, der einsam am Brunnen steht, und springt hinab in den Schacht, aus dem er wahrscheinlich auch aufgetaucht ist, ja, aus dem Brunnen ist er gekommen und aus Maries Phantasie.

»Ein Croissant, Nuss-Nougat bitte«, sagt Clara zu Eleni, ohne sich anmerken zu lassen, dass sie gerade aus der Fassung geraten ist.

Das war ja wohl klar, dass der Fuchs denkt, dass er blau ist. Er hätte pink werden sollen, aber Marie war immer wieder der Stift abgebrochen, ihr Lieblingsstift, viel zu kurz ist der schon. Blau war auch schön, ein blauer Fuchs auch gut, und Marie steht am Fenster und winkt ihm hinterher. Er wohnt im Brunnen, und Marie sieht ihrer Mutter nach, die heute einen dieser Tage hat.

»Kindergarten, Marie«, sagt Robert und hebt sie vom Fensterbrett, sie darf auf seinen Schultern reiten bis zur Küchentür, dann setzt er sie ab.

»Wann kommt Mona zurück?«, fragt Marie. Sie hat heute Nacht von der Blutung geträumt, sie kann sich nicht vorstellen, dass man so etwas überlebt.

»Ich weiß nicht«, sagt Robert und: »Malst du heute mal etwas anderes als diesen Fuchs?« Marie schüttelt den Kopf. Der Fuchs gefällt ihr, Füchse kann sie gut.

Zum Mittag sitzen sie gemeinsam am Tisch und Wacho serviert Davids Lieblingsessen von früher, Klopse mit Tomatensauce und Essigpommes. Wacho erwartet einen Begeisterungssturm, David begnügt sich mit einem »Schmeckt«. Das ist schon viel und das heißt nicht, dass er ein Gespräch anfangen will. Ihm ist das Glänzen in Wachos Augen aufgefallen, das kennt er, es ist wieder Zeit für die Phase, sie wird anstrengend, sie wird vorbeigehen, er hält das aus. David hat seine Arbeit und die Zeit am Brunnen mit Milo, und niemand kann ihn dazu zwingen, seinem Vater dabei Gesellschaft zu leisten, wie der wahnsinnig wird, und auf seine Fragen zu antworten.

»Wünschst du dir etwas?«, fragt Wacho, und David schüttelt den Kopf. »Jeder wünscht sich etwas«, sagt Wacho, »das ist erwiesen. Ich zum Beispiel –«

»Ich habe alles«, sagt David.

»Ja«, strahlt Wacho, »du hast mich und deine Mutter.« David nickt und schüttelt den Kopf und steht auf und geht noch mal vor die Tür, denn da wünscht er sich was, aber da ist nichts und am Brunnen steht niemand mehr.

»Deine Mutter hat dir Blumen vor die Tür gelegt«, sagt Wacho, er zieht David in die Diele zurück. »Aber die sind erfroren, dabei hatten wir keine Minusgrade, es hat geregnet heute Nacht, aber die Blumen sind trotzdem vereist. Es war auch ein Brief bei den Blumen, in dem stand etwas sehr Schönes, die Wahrheit nämlich, mein Sohn. Sie ist da, deine Mutter ist bei dir, bei uns, auf jeden Fall ist sie zurück!«

»Das denkst du dir aus«, sagt David und schiebt seinen Vater zur Seite, gegen die Hausschuhaufreihung, gegen die Zieh-dich-bloß-warm-an-Sicherheit der Garderobe und gegen die sonnengelbe Vliestapete.

»Wir könnten uns ein bisschen unterhalten«, schlägt Wacho vor. David sieht sein Gesicht nicht, eine alte Regenjacke hängt davor, aber sein Vater lächelt. Er behandelt ihn wie ein Kind, aus Rache für etwas Unausgesprochenes, das bereits eine abgeschabte Raufaser lang Vergangenheit ist.

»Komm, David, wir setzen uns in die Küche und reden ein bisschen, wir könnten einen Sekt trinken zur Feier des Tages, und ich muss dir auch noch etwas sehr Schlimmes sagen.« Wacho will David greifen, ihn womöglich an der Hand nehmen und in die Küche zerren, ihn mit Sekt betrunken machen, um dann seine Theorien über ihm auszukippen. Er wird verlangen, dass David versteht und dass er alles so sieht wie Wacho, ein ganzes Leben soll David ihm abnehmen. Aber David will nicht, auf keinen Fall will er mit seinem Vater zusammensitzen, und er will vor allem kein Vater-Sohn-Gespräch führen. Lieber zurück ins Bett, schlafen, und am nächsten Morgen ein Jahr Schonfrist bis zum nächsten Geburtstag, bis zum nächsten Piratenmärchen und vielleicht bis zu Wachos nächstem Anfall. Und deshalb muss David sich wehren, gegen das Mitgezogen- und gegen das Abgefülltwerden, gegen noch einen Tag allein mit seinem Vater.

»Ich muss arbeiten, ich kann jetzt nicht«, sagt David.

»Doch«, brüllt Wacho, »du kannst!«, und dann packt er seinen Sohn, wirft ihn sich mühelos über die Schulter und trägt ihn lachend in Richtung Küche. »Bis zehn vor acht wird gefeiert«, ruft Wacho in Davids Gebrüll hinein und: »Wer ist eigentlich dieser Milo?«

»Niemand«, ruft David, »niemand für dich.«

Während Jules den Lieferwagen vor der Bäckerei abstellt, singt er vor sich hin. Kollegen hat er keine, aber den Rest des Tages frei: Seit er den Führerschein hat, ist Jules für die Postauslieferung im Ort zuständig, für die braucht er nicht lange. Jeden Nachmittag fährt er für seine Mutter zum Großmarkt in die Stadt, kauft Mehl und alles Übrige und spart der Familie so die Lieferkosten, das ist sein Beitrag. Aber sie lassen ihn trotzdem nicht in Ruhe, nie.

Heute bittet ihn seine Mutter, als er auf ein Baguette, für Zeit mit Jula und die Einkaufsliste vorbeikommt, in den Ofen zu steigen. Darin riecht etwas übel. Jules drückt Jula sein Schinkenbaguette in die Hand, zieht den Mantel aus und krempelt die Ärmel hoch.

»Tu nicht so großartig«, sagt Jula mit vollem Mund. Sie mag keinen Schinken, aber sie will alles haben, was Jules hat.

»Komm nicht gegen die Rohre, die glühen noch nach«, sagt Eleni, sie klingt besorgt. Aber so schlimm ist es nicht, in den Ofen zu kriechen wie Hänsel und eine Gänsehaut im Nacken zu haben dabei. Er weiß, dass Jula aufpasst, und sie wird Eleni davon abhalten, ihn ganz hineinzuschieben und die Tür zu verriegeln. Solange Jula da ist, kann Jules nichts geschehen, nicht beim Kratzen im Ofen und nicht beim Leben danach. Wo die Vorstellung herkommt, Eleni könne Jules in den Ofen schieben, wissen sie nicht, aber in diesem Moment haben die Zwillinge die gleiche Angst. Da ist schon immer etwas gewesen. Seit die Zwillinge denken können, ist da was, irgendetwas mit oder an Eleni, sie verbirgt etwas vor dem Rest der Familie, und höchstwahrscheinlich werden sie das Geheimnis niemals lüften, trotz aller Vertrautheit und Nähe bleibt ihre Mutter den Zwillingen immer ein bisschen fremd.

»Was siehst du?«, fragt sie von draußen, Jules schaltet die Taschenlampe an. Mit dem zögernden Licht der Restbatterie versucht er, etwas zu erkennen. Da kleben verbrannte Kuchenkrümel, ein verkohltes Marzipanhörnchen, aber das ist normal und nichts weiter, und dann entdeckt er doch etwas. Erst denkt er, es ist ein Tier, rund und funkelnd, irgendetwas Sagenhaftes, das nur in Öfen vorkommt. Dann erkennt er, dass es Cellophan ist und dass er dieses Cellophanding schon einmal gesehen hat, heute Morgen auf der weißen Treppe.

»Hier liegt ein Blumenstrauß«, brüllt Jules aus der Tiefe des Ofens. Er ist mutig, deshalb greift er sich das Ding und ruft dann: »Los!« Wie besprochen ziehen Jula und ihre Mutter ihn sofort aus dem Ofen. Der Blumenstrauß sieht aus, als hätte er im Klima des Ofens gewuchert, irgendwie ist alles an ihm überdimensioniert.

»Schmeiß den weg«, sagt Eleni ruhig, sie ist blasser als Mona gestern. »Und dann kannst du gleich losfahren zum Großmarkt, die Liste liegt auf dem Telefontischchen, und um acht musst du allerspätestens zurück sein, da beginnt die Versammlung im Tore, also beeil dich.« Sie streicht ihm über das verschmierte Gesicht, zupft ihm eine Makrone vom Knie und drückt Jules einen schnellen Kuss auf die Stirn.

»Danke, mein Großer«, sagt sie noch und geht zurück in den Verkaufsraum.

»Irgendwas ist doch los hier«, sagt Jula.

»Ja«, sagt Jules und: »Aber das ist nicht schlimm, das geht uns nichts an.«

»Wahrscheinlich«, sagt Jula, »du musst los.« Einmal umarmen, wie immer, den Strauß hält Jules mit spitzen Fingern, die Handflächen müssen geschont werden.

»Bis um acht.«

»Bis um acht.« Jules steht schon in der Tür, als ihm noch etwas einfällt.

»Hey!«

»Was?«

»Ich hab David vorhin gehört«, sagt Jules leise, als wäre das ein Geheimnis. »Wacho ist drauf, schlimmer als sonst«, sagt Jula, und dann geht Jules endlich, da kann man schließlich nichts machen, außer noch wütender werden, auf alles und die Gesamtsituation.

Ein überraschend regenfreier und nachtblauer Nachmittag folgt auf einen dunstigen Mittag und wird zu einem tiefschwarzen Abendhimmel, und zwar um kurz vor sechs. Es wird Abend, ohne dass es je richtig hell gewesen wäre, und man bereitet sich auf die Versammlung vor. Tische, Stühle, Bänke und ein Tageslichtprojektor werden umgestellt und aufgebaut, Fässer gerollt, Schnitzel geschlagen, dann paniert. Alles ist bereit für Wacho und seine Versammlung, nur Wacho selbst, der ist es nicht.

Auf dem Friedhof stehen die Gräber still, und Greta Mallnicht verteilt die Meisenknödel. Über einem Grab hängen stets mehr als über jedem anderen. Es ist Ernsts Grab. Die Knödel hängen da, damit er Gesellschaft hat, damit für ihn auch im Winter, wenn schon nicht gesungen, so doch zumindest gefiept wird.

Greta trägt ihr Lieblingskleid, darüber den dicken Mantel, den weichen Schal, sie hat drei Strumpfhosen an und Ernsts Winterstiefel. Sie friert nicht, wenn sie beschäftigt ist, Greta fröstelt nur abends im Bett, dann denkt sie an Hermine, an Luise und den stolzen Karl, die gemeinsamen Feiern, an Mettbrötchen und Eierlikör. Denkt sie an Ernst, fragt sie sich plötzlich, wo sie eigentlich hingehört. Dabei weiß sie doch: Das hier ist ihre Welt, auch wenn die Zeit, in der sie Hauptrollen spielte, längst vorbei ist.

Mit dem Jungen ist er fertig, mit dem Feiern, dem fröhlichen Brimborium, das er extra für seinen Sohn vorbereitet hat. David verbarrikadiert sich in seinem Zimmer. Es gibt keinen Schlüssel, so wie es sich anhörte, hat er das Bett oder den Schreibtisch vor die Tür unter die Klinke geschoben.

Wacho sitzt am abgefeierten Küchentisch und überlegt, ob er die Möbel aus Davids Zimmer entfernen soll. Es wird trist wirken, aber ihnen beiden viel Kummer ersparen. Wachos Blick fällt auf die Küchenuhr mit den glücklichen Milchkühen, ein Werbegeschenk des Bauern aus dem nächsten Dorf und noch dazu ein Bestechungsversuch, wenig subtil, man könne doch, nur mal so, über Direktlieferungen nachdenken, das sei alles biologisch und einwandfrei. Was hat er schon zu sagen, er ist nur der Bürgermeister. Der kleine Joghurt jedenfalls steht auf der Sieben, die Milchkanne macht eine Pause auf fünf nach. Wacho wiegt das Brotmesser in der Hand, eigentlich sollte er sich um die Versammlung kümmern, als ehrenamtlicher Bürgermeister muss er sein Amt ernster nehmen als sonst irgendwer, denn wenn die Ehre verloren geht, was bleibt dann noch?

David hat gesagt, er warte auf Milo. Wer um Himmels willen ist Milo? Wacho kennt jeden hier, er wüsste von diesem Milo, wenn es ihn gäbe. David darf jetzt auf keinen Fall den Verstand verlieren, Wacho braucht ihn, in den nächsten Monaten mehr denn je. Dass Wacho mit diesem Milo nichts zu schaffen habe, hat David vorhin gesagt, aber das kann nicht sein, es gibt niemanden, der nur für David existiert. Wacho weiß alles über David, er weiß, wer sich in die Nähe seines Sohnes wagt, und andere Menschen als die im Ort kennt David nicht. Dieser Milo kann also gar nicht sein, denkt Wacho und fährt zusammen, als er einen Luftzug spürt.

In der Kellertür steht jemand, Wacho springt auf, in der Hand ein Messer. Da steht ein Fremder, nasetropfend, großäugig, blass und blaugefroren, und die gelbe Diele leuchtet lebenslustiger denn je, weil sie beweisen will, dass der da nicht hierhergehört, in dieses überheizte Idyll. Ein Alptraum von einem jungen Menschen, und Wacho weiß natürlich, dass die Tür nicht auf war, dass der Kerl einfach eingedrungen ist.

»Was willst du?«

Als der Kerl zur Treppe nach oben zeigt, ist Wacho kurz davor, das Brotmesser nach ihm zu werfen. Er beherrscht sich, setzt sich sogar wieder hin. Wacho sagt und er sagt es sehr leise: »David bleibt hier, um kurz vor acht gehen wir zusammen rüber, ins Tore.« Dieser Kerl wagt es tatsächlich, den Kopf zu schütteln und zur Treppe hinüberzuspähen. »Um acht hat er einen Termin«, sagt Wacho, dem nicht einfällt, wie er den

Eindringling gewaltlos aufhalten könnte, immer wieder ein Blick auf das Messer, und immerhin: eine letzte Option.

»Zieh die wenigstens aus«, sagt er dann kraftlos und deutet mit dem Messer auf die schlammigen Lederschuhe des Jungen. Der Fremde nimmt Wacho das Brotmesser aus der Hand und setzt sich zu ihm an den Tisch.

»Was hast du vor, willst du mich umbringen?« Wacho ist nicht alarmiert, er ist vor allem müde und nichts würde er sich in diesem Moment mehr wünschen, als dass dieser Kerl ihm mit dem Brotmesser im Herzen herumstochert. Der gehört bestimmt zu der Sorte, die zu allem bereit ist, zu allem möglichen, was hier niemand braucht. Aber vielleicht brauchen sie diesen Unbekannten ja doch und gerade jetzt, so kurz vor dem Untergang kann vielleicht auch ein verrückter Schatten nützlich werden, einer, der sich für nichts zu schade ist und der kurzen Prozess machen wird, mit ihm, dem ehrenamtlichen Bürgermeister, der sich vor der abendlichen Versammlung fürchtet, vor einer seiner wenigen Pflichten.

Wacho starrt ihn auffordernd an, aber der Fremde rührt sich nicht, sein Blick ist weich, fast sanft.

»Mach ruhig, du Wicht, stich nur zu«, ruft Wacho. Es muss den Typen doch provozieren, wenn man so mit ihm spricht, immerhin hat er ein Messer in der Hand und ist zu allem bereit, und warum dann also nicht einfach ein Messer in einen unbequemen Menschen stecken, der ohnehin keinen Sinn und Zweck mehr erfüllt? Der Unbekannte öffnet den Mund, sagt nichts, lässt die Waffe auf den Tisch fallen, als bemerke er sie erst jetzt. Wacho seufzt enttäuscht. Er greift sich das Brotmesser und drückt es dem zurückhaltenden Verrückten erneut in die Hand. Wacho erwartet, dass das Messer durch die Finger rutscht, der Unbekannte sich in Luft auflöst, dass er wieder in den Keller zurückkehrt, in den er gehört. Alles, was Wacho Angst macht, wird in den Keller verbannt.

Der Kerl sieht das Messer an, dann Wacho, als ob der der

Eindringling wäre, der Irre mit der Waffe in der Hand. Wacho muss lachen, wie armselig ist das denn, der kann es an Armseligkeit sogar mit ihm aufnehmen.

»Na, was wolltest du? Sprich doch, mein Lieber, ich hör dir zu«, presst Wacho zwischen den Zähnen hervor. Er ist begeistert von der Situation. Wieder öffnet der Fremde den Mund, wieder flüstert er etwas, leise und unverständlich. Der Kerl sieht aus, als würde er gleich anfangen zu heulen, und Wacho würde am liebsten in die Hände klatschen und mit den Füßen trommeln. Er muss sich unbedingt beherrschen.

»Mach schon!«, zischt Wacho. Er nimmt die fremde Hand, die das Messer umklammert wie einen Blindenstock, und führt sie an seine Brust. Langsam kriecht der Frust, der sonst im Bauch sitzt, in seinen Kopf. Was soll das, warum lässt der ihn warten? Er spürt, wie der Fremde versucht, ihm seine Hand zu entziehen, und drückt fester zu. Wacho kann mit seiner Hand einmal um das Handgelenk greifen, es fühlt sich nicht richtig an und trotzdem kann er nicht loslassen. Der Blödmann lässt das Messer erneut auf den Tisch fallen. Jetzt ist Wacho richtig wütend, greift an dem dürren Arm hoch und schlägt die Hand mit aller Kraft auf den Tisch. Es knackt sogar, aber wahrscheinlich ist es der Tisch, nicht der Unbekannte.

»Du bist dieser Milo, nicht wahr?« Der Kerl schaut ihn an mit zusammengepressten Lippen, kein unhörbares Flüstern mehr, nicht mal das. Wacho sinkt in sich zusammen, als die Wut verschwindet.

»Es tut mir leid«, sagt er, während er die schlappe Hand loslässt. Milo sieht auf den Tisch, sein Arm liegt darauf, als hätte Wacho ihn abgesägt, schon verfärben sich die Finger, aber Milo bleibt stumm. Wacho legt den Kopf auf die Tischplatte und schlägt seine Arme darüber zusammen. »Willst du Bürgermeister werden?«, fragt er in den Raum hinein. Es kommt keine Antwort und Milo bewegt sich nicht. »Putz dir die Nase«, murmelt Wacho und: »Ich bin nur ein bisschen verzweifelt. Aber das verstehst du wahrscheinlich nicht.« Oben geht David durchs Zimmer, unten in der Küche hört man seine Schritte, er schiebt den Schreibtisch zur Seite oder den Tisch, öffnet die Tür, kommt die Treppe herunter und tritt in die Küche. Wacho spürt Davids Hand auf seinem Arm, hört sein ruhiges: »Ich komme wieder, um kurz vor acht bin ich da.«

David geht zusammen mit Milo durch die Diele, zur Haustür und hinaus in die Kälte. Wacho wundert sich, dass sie nicht den Weg durch den Keller nehmen. Anscheinend kann Milo hingehen, wo er will, ist er nicht an die Unterwelt gebunden, aus der er hundertprozentig stammt. Wacho schüttelt den Kopf darüber, dass es auf der Welt Wesen gibt, die alle Freiheiten haben und überhaupt keine Angst. Er bleibt allein zurück, starrt auf das Pferdeemblem, starrt auf das Material, das ihm gestern die beiden fahlen Herren überreicht haben und das er den anderen heute Abend, in weniger als einer Stunde, erklären muss. Dabei versteht Wacho selbst nicht, was das alles zu bedeuten hat, wie er gleichzeitig so wütend, über alle Maßen, und so schrecklich traurig sein kann, und weil er nicht weiß, was er sonst tun soll, beginnt er zu lesen. Auf den anschaulich und hübsch mit Bildern und Statistiken versehenen Blättern erklärt *die verantwortlich zeichnende Poseidon Gesellschaft für Wasserkraft*, warum es dumm wäre, den Stausee nicht zu wollen. Wacho ist nicht überzeugt und immer wieder mischt sich ein Gedanke zwischen Worte wie Devastierung, wie Abbruch, wie Talsperre und Baubeginn und Neubaugebiet: Er kennt Milo. Er ist ihm nicht so fremd, wie er dachte.

Sobald sie auf der weißen Treppe sind, laufen sie los. Kein Blick für den Brunnen, keiner für Jules, der aus dem Lieferwagen springt, kurz zum Rathaus hinüberschaut, dann zu dem rennenden David und sich bei dessen Anblick doch für den direkten Weg ins Tore entscheidet.

»Mein Vater ist nicht immer so«, ruft David im Laufen. Milo antwortet nicht, er ist viel schneller als David und der ist einfach froh, dass es Milo immer noch gibt und er ihn sich gestern nicht nur eingebildet hat wie so vieles zuvor. Sie lassen den Hauptplatz hinter sich, die anderen weichen ihnen aus, der Ort ist auf dem Weg zu seiner Versammlung, alle gehen hin und die Häuser beugen sich vor und die Straßen wölben sich auf, um näher dran zu sein, am Tore, wo heute etwas Wichtiges verkündet wird.

»Du rennst in die falsche Richtung«, ruft Robert David hinterher, und der hört Roberts Lachen noch, als sie in das Waldstück hineinstürzen. Milo sieht sich immer wieder zu David um, mit laufender Nase und ein bisschen mehr Farbe im Gesicht als vorhin in der Küche, als er ihn zum ersten Mal zu Hause besucht hat. Seinen Pullover hat Milo bis über die Hände gezogen, er hält den Stoff mit den Fingerspitzen fest und beißt sich auf die Lippen. David kann nicht erkennen, wie schlimm es ist und was sein Vater da mit Milo gemacht hat, aber rennen kann Milo noch, und hoffentlich ist sein Rennen keine Flucht.

»Um kurz vor acht muss ich wieder da sein«, ruft David. Er sieht sich und Milo schon aus dem Ort laufen, über die unsichtbare Grenze hinweg, an der Bushaltestelle vorbei, am Ortsschild, den Berg hinauf, aus dem Tal heraus, durch die fremden Wälder, die er vom Fenster aus sehen kann, und dann immer weiter, bis zu einem dieser merkwürdigen Ziele, die mancher hier heimlich hütet, die David aber völlig unvorstellbar sind. Als Milo vorsichtig ein quietschendes und in seinen Angeln rostendes Tor öffnet, als sie nebeneinander einen überwucherten Pfad von vor fünfhundert Jahren entlanggehen, als ihnen wilder Farn an die Beine klatscht, als Milo nasse Äste beiseitebiegt und den Blick freilegt, weiß David, dass sich das Warten gelohnt hat.

Clara, Robert und Marie Schnee kommen; die Kindergärtnerin kommt; Eleni und Jeremias Salamander kommen nur mit der kajalumrandeten Jula, weil Jules schon da ist; die Wühlmäuse Leon, Mia und Paul dürfen nicht kommen, aber ihre Eltern treten gemeinsam ein; Wacho kommt ganz zum Schluss, kurz nach Greta Mallnicht und ohne David. Da sind noch andere Menschen, es gibt noch knapp hundert Einwohner, ein Großteil von ihnen wird in wenigen Wochen verschwunden sein.

Da sitzen sie zusammen, die letzten hundert, und warten darauf, dass Wacho seine Eröffnungsworte in die bullige Wirtshauswärme schiebt. Der Abend gehört in die Chronik des Ortes, aber die wird nach diesem Tag nicht weitergeführt. Anstelle des für Trauerfeiern üblichen Hefegebäcks kommen Schnitzel zum Einsatz, werden statt Kaffee, Bier, Punsch und Schnäpse ausgeschenkt. Der Kamin knistert.

Stimmengewirr, das Akkorden folgt, Beinwippen, Knochenknacken, Nasehochziehen, Gesichtszuckungen, mehr als ein Schluck zu viel an mehr als einem der Eichentische. Da fällt ein Glas um und da folgt dem ein Tablett, hinaus aus schwitzenden Händen, hinab auf die schmierigen Dielen. Da hätte David das aber besser gemacht. Da liegen angebissene Schweinsstücke neben faserigen Bierdeckeln, da schläft in der Ecke ein Kind, das für das alles wohl noch zu jung ist, aber schlafen können sie überall, die Kinder und Alten, und so schlafen Marie Schnee und Greta Mallnicht, die eigentlich fragen wollte, ob es möglich sei, die Polierung des Kreuzes von April auf einen Tag kurz vor dem Jahrhundertfest zu verschieben, in der Ecke, neben dem Lindenbild aus den schmalen Kindertagen des Baumes, kurz nachdem ihn vor etwa hundertfünfzig Jahren ein damals noch hauptberuflicher, d. h. ein bezahlter, d. h. ein ernst genommener Bürgermeister als Symbol in die Hauptplatzerde gesteckt hat. Da wird das Tuscheln immer lauter, da sprechen einige bereits von Neuwahlen.

»Wo ist eigentlich David?«, fragt der Wirt leise. »Sag ihm, wenn ich mich nicht auf ihn verlassen kann, such' ich mir jemand anderen.« Wacho nickt, gibt sich endlich einen Ruck. Er wollte auf David warten, aber der Junge hat ihn im Stich gelassen. Er muss das allein schaffen, und es ist ihm egal, ob er diese Versammlung übersteht, heil und ganz ist Wacho ohnehin nicht mehr. Es ist ein Ruck, der Wacho wieder ins Blickfeld der anderen rückt und sie daran erinnert, dass diese Zusammenkunft ein anderes Ziel hat als einen warmen Punsch in der Hand und ein sonntägliches Stück Fleisch im Bauch, und das zu früh, nämlich an einem Freitag.

»Was denn nun, Wacho«, ruft Robert Schnee, einen schweren Bierkrug in der Hand und einen unerbittlichen Ausdruck im Gesicht. »Wenn du nichts sagst, dann sag ich was«, ruft Robert und erntet dafür Applaus aus Richtung des Stammtischs. Robert krempelt seine Ärmel hoch, steigt auf den Tisch und lässt sich von Clara nicht aufhalten, erst recht nicht von der, die ohne Pause »Robert bitte, bitte Robert, ich bitte dich, Robert« zischt und damit nichts ausrichten kann, gegen seinen großen Auftritt, so viel Publikum wie noch nie, und die einmalige Chance, die sie nichts angeht, sie gehört ihm ganz allein. Robert Schnee breitet die Arme aus wie die Kollegen der alten Schule und an den großen, den überbewerteten Häusern. Robert ruft:

»Ich lade euch ein! Kommt alle zu meinem Stück, ich gebe den König eines wichtigen Dramatikers. Ich spare mir alle Nebenfiguren, ich bin nur der König, aber was für einer! Morgen also, im Theater und natürlich um acht. Kommt alle. Ihr werdet es nicht bereuen!«

Im Raum herrscht gespannte Erwartung.

»Warum sind wir eigentlich hier, Wacho?«, fragt Clara in die Runde, um von ihrem Mann abzulenken, nicht, weil es sie interessiert. »Komm da jetzt runter!«, zischt sie Robert an, während alle anderen auf Wacho warten, und tatsächlich gehorcht ihr Mann, und als er wieder neben ihr sitzt, küsst er sie sogar auf den Mund, das hat er schon lange nicht mehr getan.

»Ich wollte nur die Chance nutzen.«

»Ich weiß«, flüstert Clara und nimmt seine Hand. Sie warten gemeinsam darauf, dass Wacho endlich etwas sagt, und Wacho tritt vor und spricht, sie haben es so gewollt, nicht er. Er selbst wollte zu Hause bleiben, zusammen mit David, in Ruhe auf Anna warten, seit gestern will er das, seit dem Besuch der Wassergötter mehr denn je.

»Mach bitte das Licht aus, Jules«, sagt Wacho. Jules steht betont langsam auf, schlurft auf seinen abgewetzten Turnschuhen zum Hauptschalter, stolpert nicht über das offene Schuhband, schaltet aus, schaltet ein, und als es endlich dunkel ist, startet Wacho den Tageslichtprojektor, und der wirft flackernde Fakten an die Wirtshauswand.

Da präsentiert sich ihnen die Lage des Ortes, wie er faul und zufrieden in seinem Tal herumhängt, da sind Linien, die für die Gegenwart stehen, die wohlbekannte Hängemattenstruktur ihres Alltags. Wacho legt eine zweite Folie auf. Da leuchtet jetzt ein ganz neuer Wasserstand, da flirrt an der Wand das, was nun kommen soll, nach den Plänen der Poseidon Gesellschaft, der geheimnisvollen Verantwortlichen, und nach dem Willen ganz anderer Leute, die sich im Hintergrund halten. Eine anonyme Mehrheit will mitten im Inland ein Meer, für die Energiegewinnung oder Trinkwasserversorgung höchstwahrscheinlich, oder die Sicherheit vielleicht oder die Gebietserschließung in Form eines attraktiven Naherholungsgebietes, oder aus irgendwelchen anderen Gründen. Sie wollen oberhalb des Ortes eine gigantische Mauer bauen, die die Traufe stauen soll. Wacho versteht das nicht und vermutlich interessiert es ohnehin niemanden der hier Versammelten, dieses fremde Wie und Warum. Wacho spult den Plan ab, so gut er das kann, spricht von »Markierungen«, »Rodung«,

»Translokation«, von »Abbruch« und »Energie« und »Naherholungsgebiet« und »Staumauer« und »Umsiedlung«. Er sagt ihnen, dass der Ort untergehen wird, durch den gestauten Fluss, in einem sehr großen See, dass mit dem Bau der Staumauer, dass mit den Maßnahmen sofort begonnen wird. »Maßnahmen«, noch so ein Lieblingswort der beiden Fremden. Wacho gebraucht es, als wäre es ironisch gemeint. Er betont mehrmals, dass er für all das nichts kann, da müssen sie sich bei anderen beschweren, bei den wirklich Verantwortlichen.

Ganz still ist es im Tore, es gibt keinen Aufschrei und kein Entsetzensgemurmel und keine Beschwerde, man starrt stumm, ein Rest Schweigen wird aufgeklaubt, übrig geblieben von diversen Katastrophen der Weltgeschichte, für diesen kleinen Ort an diesem Januartag.

»Was ist mit dem Jahrhundertfest?«, fragt eine der vergessenen Stimmen, vielleicht ist es Greta, die fragt, oder Eleni oder sogar Marie, die ist wieder wach, und gespannt heften sich alle Blicke auf Wacho, und der sagt nur: »Wir dürfen dem neuen Ort einen Namen geben.«

Während die Mehrheit der Bewohner, im kollektiven Schweigen gebannt, im Wirtshaus Bier, Punsch und Schnitzel in Ruhe lässt, fliegt David am Rande seiner Welt das Glück um die Ohren. Es hat in den letzten Stunden geschlafen, seit dem ersten Zusammentreffen mit Milo, und ist nun blitzartig aufgewacht, beim Gang durch dieses einsame Haus im schäbigen Rest eines Waldes, der für die meisten nur Brennholz für Oster-, Weihnachts- und für Freudenfeuer ist, der fast schon außerhalb liegt, aber eben nur fast. Ein Haus, das niemandem gehört, das ihr Haus werden kann, es eigentlich sogar schon ist. Es hat auf sie beide gewartet, all die Zeit, ist nur für sie vermutlich zurückgelassen worden in seinem Versteck, bis sie es wieder zum Leben erwecken würden.

Es ist winzig, aber alles ist da. Hier sind Architekten, Kunstschmiede, Fliesenleger, Glasbläser, Schreiner, Maurer, Anstreicher, Maler und Lackierer auf kleinstem Raum völlig verrückt geworden: Milo und David schreiten, ohne einander zu berühren, durch die zwei schiefen Räume, einer unten, einer oben, über knarrendes Holz, an zersprungenen Buntglasfenstern vorbei. Sie atmen staubige Luft ein, die nach Zuhause duftet. Hölzerne Rahmen halten die Reste der Tiere, Pferde, Hunde, Füchse und Pfauen und ein sich aufbäumendes Einhorn aus smaragdgrünem Glas, direkt über der Eingangstür. Am Fuße der Treppe hinaus sitzt ein Löwe, ganz ähnlich dem vor dem Rathaus. Aber dieser hier schläft, er sieht friedlich aus.

Und oben: Zwischen den kahlen Bäumen hindurch der Blick auf die Häuser, in keinem brennt Licht. Die Welt ist egal geworden, und die Luke zum Dachboden lassen sie lieber geschlossen.

»Wer baut so was?«, fragt David, als sie vor einem gemauerten Kamin stehen. Milo sagt nichts, egal. Und jetzt traut David sich endlich, seine Hand zu nehmen.

In dem Moment, in dem David Milo in dem vergessenen Haus verspricht, immer bei ihm zu bleiben und sich um nichts und niemanden da draußen in der Welt, die der Ort war, zu kümmern, in dem Moment, in dem das Glück in David plötzlich beginnt, unbequem zu werden und gegen seine Innereien zu stoßen, weil man so ein Glück leicht verlieren kann, weil mit dem Glücklichsein auch die Angst vor dem Verlust all dieses Glücks kommt, in dem Moment knallt Jula in die Stille des Wirtshauses ein zorniges Wann. Und Wacho sagt: »In einem halben Jahr.«

Seltsamerweise nicken fast alle, beginnen ein paar sofort, dem Wirt beim Aufräumen und Einsammeln zu helfen, und die ersten verlassen das Gasthaus, noch bevor Wacho seinen Allzwecksatz anbringt:

»Einmal drüber schlafen, und morgen sieht die Welt schon ganz anders aus.«

»Und wie sie in einem halben Jahr erst aussehen wird«, flüstert Jula ihrem Bruder zu.

»Das wird schon«, flüstert Jules zurück. Er hat dabei einen ganz merkwürdigen Blick, einen, den Jula nicht kennt, und dabei hat sie bisher geglaubt, dass sie absolut alles weiß über ihn. Jules denkt ohne sie an etwas, das merkt sie ihm an.

Jeremias steht vor ihnen, aufmunternd klatscht er in die Hände. Er schlägt vor, nach Hause zu gehen, sich auszuschlafen. Morgen ist Samstag, da können sie sich erholen von dem Schock und überlegen, wie sie weitermachen. Jula steht auf, zieht auch Jules vom Stuhl und schleift ihn hinter Jeremias und der schweigenden Eleni her. Aus dem stillen Wirtshaus hinaus, über den Hauptplatz und nach Hause. Die Salamanders wandeln kopfhängend wie eine Trauergesellschaft.

»Das wird nicht geschehen«, flüstert Jula ihrem Bruder ins Ohr. Sie beide geben nichts her, sie halten fest.

»Ich spreche noch mal kurz mit Wacho«, sagt Eleni mit einer Stimme, die nach uraltem Kummer klingt.

»Soll ich mitkommen?«, fragt Jeremias. Jula findet, das klingt, als wäre ein Gespräch mit Wacho gefährlich, und Eleni schüttelt den Kopf.

»Geht ihr schon mal vor, ich schließe dann nachher die Tür ab.«

Einmal noch schaut Jula zurück, bevor sie ins Haus tritt. Wacho steht mitten auf dem Platz, seine Augen sind starr auf die kahle Linde gerichtet. Zum ersten Mal in ihrem Leben tut er ihr leid, mit seinem Wahnsinn, seiner Wut und seiner Ehrenamtlichkeit, die ihm im nächsten halben Jahr erst über den Kopf wachsen und dann unter viel zu viel Wasser eingehen wird. Nach dem Gründer, dem Vergrößerer, dem Baumpflanzer, dem Anbinder, dem Weisen und dem Unauffälligen wird Wacho der Bürgermeister sein, der alles aufgegeben hat, der Kampflose, der Verräter vielleicht, zumindest für einige hier. Aber das ist sein Problem, dafür kann Jula nichts, und schon gar nicht kann sie ihm helfen, schließlich wollte er Bürgermeister sein.

»Komm rein, es wird kalt«, sagt Jeremias, und Jula folgt ihrem Vater, drinnen wartet bereits Jules auf sie, im schmalen Bett liegt er und will von ihr wissen, wie das alles verhindert werden kann.

»Na«, sagt Eleni, »das war ja was.«

»Jetzt ist es ja vorbei.«

»Nicht so ganz«, sagt Eleni, obwohl sie ihn eigentlich trösten wollte.

»Ich geh dann mal«, sagt Wacho. Eleni könnte ihn festhalten, etwas sagen, das hilft, ihn ins Salamanderhaus einladen zu Tee oder Punsch. Eleni ist müde und erst jetzt, wo sie neben Wacho steht, wird ihr klar, dass sie nichts tun kann. Sie muss aushalten, was passiert. Sie alle müssen das, auch Wacho, ganz egal, was ihn sonst noch beschäftigt.

»Ein wenig Zeit haben wir ja noch«, sagt Eleni möglichst fröhlich, und auch Wacho setzt ein Grinsen auf.

»Ein halbes Jahr. Bis dahin ist Anna eh zurück und David hat sich eingekriegt. Uns hält hier nichts mehr, wenn sie nur endlich wieder da ist.«

»Na dann«, sagt Eleni müde, »dann hoffen wir mal.« Sie klopft Wacho noch einmal auf die Schulter, tritt aus seinem Dunstkreis heraus, sie ist froh, ihm keinen Punsch mehr angeboten zu haben. »Bis dann«, sagt sie und sieht hinüber zum Friedhof, sie zögert und geht dann doch in Richtung Zuhause, die Tür hinter ihrer Familie abschließen, die Schuhe abstreifen, sich zu den anderen ins Wohnzimmer setzen, sich nicht über Jula ärgern und nicht über den neuen Ring in deren Nase und nicht über ihre Stiefel auf dem Wohnzimmertisch und nicht über Julas Hand, die ewig die ihres Bruders festhält. Eleni nimmt sich vor, sich zu entspannen, an Jeremias' Schulter gelehnt, und solange das noch möglich ist, an gar nichts zu denken.

Sie schleppen sich nach Hause, die Bewohner, da schlurft Greta Mallnicht mit ihrem Neinneinnein, da gehen Clara und Robert Schnee Hand in Hand ausnahmsweise, er mit einem schlafenden Kind auf dem Arm und beide ohne Worte, da diskutieren die Eltern von Paul, Leon und Mia mit der Kindergärtnerin erst einmal ganz allgemein über das eben Gehörte, da verabreden sie sich für den nächsten Nachmittag auf ein Stück Kuchen und eine Tasse Tee, da bleibt Wacho auf dem Platz zurück und überlegt, ob er das gut gemacht hat, hat er, hat er nicht? Hat er schon, versichert er sich, und als er weitergeht, ist er plötzlich ganz ruhig, fährt über die Mähne des gähnenden Löwen, während eine schwarz-braune Katze an seinen Beinen entlangstreicht. Schließlich steigt er die weiße Treppe hinauf. Wacho wirft seinen Blick über den Platz, wie am Ende eines jeden Tages, aber heute ohne Stolz. Spätestens seit diesem Abend leben sie alle in einem Museum und er ist der Wächter, für einen Amtsrücktritt ist es zu spät. Morgen wird er sich beim Krankenhaus nach Mona erkundigen, die haben sie heute alle schon wieder ganz vergessen.

Und noch etwas hat er vergessen. Wacho eilt in die Diele, schnappt sich das Plakat, läuft über den Platz, rammt mit all seiner Kraft die zwei Pfeiler zwischen die Fugen des Kopfsteinpflasters, stellt sich auf die Schubkarre, fällt fast, schiebt das Plakat auf das Gestänge und geht dann wieder hinein. Da steht das Schild, das die Verantwortlichen ihm dagelassen haben:

Baubeginn sofort!

Das Schild hilft nicht dabei, zu begreifen. So etwas begreift man erst im Nachhinein und zwischendurch, ganz kurz, für ein, zwei Sekunden, angesichts eines Umzugskartons oder eines Haufens Schutt. Wacho hat seine Pflicht getan, das Schild steht, alle sind informiert. Was folgen wird, liegt nicht mehr in seiner Hand. Sagt man doch so schön, wenn einem sonst nichts mehr einfällt, wenn man ein bisschen feige ist, wenn man andeuten will, alles versucht zu haben.

Er wirft sich aufs Bett, Wacho ist schrecklich müde. Er hat seinen Teil getan, er ist da raus, er hat getan, was er konnte, und es war nicht viel, er kann nicht mehr, er wartet und denkt an das, was unter dem Bett liegt, die Überraschung. Seit Jahren liegt sie dort, für David, aber er hat den richtigen Zeitpunkt verpasst, jetzt wird David sich nicht mehr freuen. Wacho wünscht sich, dass sein Sohn leise ins Zimmer tritt, ihm einen Tee mit Schuss auf den Nachttisch stellt, das Licht löscht und behutsam die Tür hinter sich schließt. Aber David ist weg mit diesem Unbekannten, den er Milo nennt, der Wacho an irgendjemanden erinnert, an einen Menschen aus einer anderen Zeit.

David hat die wichtigste Regel gebrochen: Er hat ihn im Stich gelassen. Jetzt wird die Welt untergehen. Anna, verdammt. Wacho ist der sicherste Moment ein für alle Mal abhandengekommen, und noch während er einschläft, steigt in ihm die alte Wut hoch.

Greta
Weniger als ein halbes Jahr

Das Lieblingsbild der Greta Mallnicht: Mit knackenden Gelenken erklimmt sie den Kirchturm, um das Kreuz zu polieren, wie es vor fünfzig Jahren noch ihr Vater getan hat und dessen Vater zuvor.

Da das Kreuz der höchste Punkt des Ortes ist und das Erste, was man von ihm zu Gesicht bekommt, will Greta, dass es einen guten Eindruck macht. Greta und die anderen glauben nicht an den lieben Gott, sie glauben an den Ort. So stutzt Greta die Rasenränder und die Rhododendren, die Rosensträucher, die Thujen, und sie harkt Laub und sie verteilt Schutzstroh auf den Gräbern und sie hängt selbstgekochte Meisenknödel auf und legt einmal im Jahr einen davon aufs Grab von Monas Mutter, die hieß Marianne. Greta mochte ihre Art, die Vögel zu füttern.

Greta spricht mit den Toten, die niemanden mehr haben, und erzählt, was an der Oberfläche vor sich geht. Dafür wird sie bezahlt und dafür gehört ihr auf Lebenszeit die kleine Nebenkapelle. Greta Mallnicht ist die Herrscherin über den Friedhof, sie ist an den meisten Tagen zufrieden und ab und zu sehr glücklich und allein ist sie nicht. Ihr Mann Ernst liegt auch hier.

Gretas jährliches Lieblingsbild schrumpft seit der Versammlung gestern zu einem Noch-ein-Mal zusammen, vieles ist seit der Versammlung viel zu schnell zu einem Nur-ein-Mal-noch geworden, sie ist nicht die Einzige, die das so empfindet, aber das weiß sie nicht, noch vermisst jeder für sich allein.

Greta sieht zum Kreuz empor und nimmt sich vor, es in diesem Jahr ganz besonders blank und glänzend zu schrubben. Sie wird noch ein Mal, nur ein Mal noch alles geben. Als sie den Kopf wieder senkt, entdeckt sie ihn. Er steht an der Friedhofspforte, wer weiß, wie lange schon. Greta ist seit Ewigkeiten keinem Unbekannten mehr begegnet, sie ist skeptisch und deshalb nimmt sie die Harke mit.

»Was?«, fragt Greta mit Sicherheitsabstand. Der Unbekannte erinnert sie so sehr an jemanden, der er nicht sein kann, dass sie an ihrer Erinnerung zu zweifeln beginnt. Aber was soll sie machen, er hat dasselbe dichte Haar, die gleiche schmale Nase, den zu stark geschwungenen Mund. »Was?«, fragt Greta erneut, vorsichtig. »Was wollen Sie?«

Greta hebt die Harke, vermutlich begegnet sie gerade einem Gespenst. Wenn er ein Gespenst ist, dann wird er jetzt nicht zurückweichen. Tatsächlich, der Fremde ist ein Gespenst, er rührt sich kein Stück, aber Greta entgeht nicht, wie sich seine Finger beim Blick auf die erhobene Harke fester in das morsche Holz des Tores pressen. Er will sie reinlegen, so viel steht fest.

»Sie sind einer der Verantwortlichen«, ruft Greta. »Sie kommen hier nicht rein, mit Ihrem Beton, es ist noch nicht so weit, noch geht hier nichts unter. Verschwinden Sie, ich muss den Kies harken.« Der Unbekannte hebt entschuldigend die Hände, die Geste passt nicht zu ihm, er wendet sich ab. Er schlurft die Straße hinunter, die Arme um den Körper gewunden, ohne Jacke. Wäre er verantwortlich, dann würde er das Emblem tragen.

»Moment«, ruft Greta, und es klingt barscher, als sie wollte. »Komm mal her.« Er kommt zurück, geht wie ein Schlafwandler. Seine Müdigkeit wundert sie nicht, er ist es und er ist quer durch die Zeiten gewandert, um wieder bei ihr zu sein. Es muss eine lange Wanderung gewesen sein, und er war zu langsam auf seinem Weg oder sie zu schnell mit ihrem verdammten Altwerden. »Da bist du wieder«, sagt sie, und er sieht so aus wie damals, ihr Ernst, als sie sich kennenlernten, wie auf der ersten gemeinsamen Fotografie, und Greta öffnet das Tor.

Jetzt fängt sie an, wieder an alles zu glauben. Vielleicht wird die Angst vor dem Ende so groß, dass sie bereit ist, ganz zurück auf Anfang zu gehen und alles, was war, auf das Beste zu durchforschen, im Kopf nur noch Platz für das Gute, auf den Rest wird verzichtet, auch wenn da vieles verwoben ist und genaugenommen untrennbar. Vielleicht sieht sie in diesem Menschen nur noch, was sie sehen will, und nimmt die Details nicht mehr wahr. Greta möchte hüpfen vor Freude und springen, und dabei übersieht sie die feinen Sommersprossen, die der Fremde im Gesicht hat. Sommersprossen hatte ihr Ernst nie.

David greift neben sich. Selbst als er die Augen schon auf hat, tastet er weiter, aber da ist niemand außer ihm. Wie ist er letzte Nacht nach Hause gekommen? Er erinnert sich nicht, sich von Milo verabschiedet zu haben, und warum hätte er das tun sollen? Er schaut zum Fenster. Mehr Licht wird es heute nicht geben, es muss schon Mittag sein, der Himmel ist milchig weiß, er kommt zu spät zur Arbeit. David darf diesen Job nicht verlieren, wenn das passiert, muss er fort, anderswo nach Arbeit suchen, aus der Ferne dafür sorgen, dass Geld da ist für Wacho und ihn.

David steht auf, läuft zum Waschbecken. Er schaufelt sich Wasser ins Gesicht, zieht sich an: Jeans und Pullover von gestern, vorsichtshalber den Schal. Seine Mutter hat ihn gestrickt, wer sonst. Nicht, dass der Schal heilig wäre, es ist der einzige, den er besitzt. David läuft die Treppe hinab, klopft im Vorbeigehen auf den Tisch, an dem sein Vater sitzt, nein, liegt. Wacho hängt mit dem Kopf auf der Tischplatte und wimmert. David bleibt stehen.

»Was machst du denn?«, fragt er. Dabei weiß er genau, was Wacho da macht. Über den Boden rollt eine Flasche, aus ihrem Hals rinnt eine rote Linie wie Blut und doch ganz fein auf die Dielen. Auf dem Tisch stehen die Klaren, die Selbstgebrannten. In seiner Hand hält Wacho den Flachmann. Flussaufwärts ahoi, denkt David, und Wacho hebt den Kopf ein paar Millimeter:
»Bleib.«

»Sieh mal«, sagt Robert und: »Was hältst du davon?« Marie ist gebannt, Marie ist verliebt, nicht so wie in Jules, aber doch ziemlich doll. Robert sagt stolz:
»Der sieht aus wie echt, oder?«
»Ist er nicht?«, fragt Marie, und Robert schüttelt den Kopf.
»Ist aus Plastik. Das wäre sonst zu teuer gewesen.« Marie überlegt kurz, dann streckt sie die Arme aus. Robert zögert. »Aber schön vorsichtig, du weißt, den brauch' ich noch für mein Proteststück.« Er sieht zu, wie sich seine Tochter in ihr Indianerzelt zurückzieht, er hört sie murmeln. Marie schaltet die kleine Lampe ein, da sind ihre Schatten, ein unheimliches Bild: Marie und der Totenkopf.

Zögernd kommt er auf sie zu, Greta weiß nicht, was sie tun soll. Sie kann ihn unmöglich küssen, sie ist so alt. »Ich umarme dich«, sagt sie, und er läuft ihr nicht weg, und damit muss es gut sein und in Ordnung. Mit seinen hängenden Armen steht er vor ihr, vielleicht hat er vergessen, wie das funktioniert, so eine Annäherung. Greta wundert sich selbst, dass sie sich noch erinnert. Sie bringt es zustande, sie kann ihn anfassen, ohne dass er sich in Luft auflöst. Das heißt auch, sie kann ihn festhalten, er wird nie wieder gehen, und wenn doch, dann kann sie seine Hand nehmen und mit ihm kommen. Er ist größer und riecht vertraut, sein Tabak, Cremon Latakia Blend, mit einem Hauch von etwas anderem. Das macht nichts, sie wird sich auf ihn einlassen, wie er jetzt ist. Sie will ihn lieben, so wie früher, aber anders. »Ernst«, flüstert Greta, »mein Ernst.«

Sie merkt seine Anspannung, da stimmt etwas nicht. Sie lässt ihn los. Greta entdeckt die Sommersprossen rund um seine Nase, selbst auf der Stirn hat er welche. Die Enttäuschung fährt durch ihren Körper, es ist ein metallischer Schmerz, der nicht so bald wieder abklingen wird. Sie schluckt mehrmals, räuspert sich, dann ist sie wieder in der Lage zu sprechen. Greta gibt sich unbekümmert, trotz des großen Vermissens, das sie nun wieder in seinen Fängen hat.

»Das macht nichts«, stößt Greta mühsam hervor, »ich kümmere mich trotzdem um dich. Du kannst mir helfen, im Austausch. In Ordnung?«, fragt Greta. Der Fremde spricht nicht und Greta wird ungeduldig mit ihm, mit Ernst war sie es nie. Greta reißt sich aus den Gedanken, sie legt dem Fremden die Hand auf den Arm, dann geht sie in Richtung Nebenkapelle. »Na dann, komm mal mit.«

Sie haben sich noch nicht wieder sortiert, und es dauert länger, als es Eleni lieb ist. Deshalb schlägt sie das mit der Liste vor. Sie sollten alles aufschreiben, sie alle vier zusammen als Familie, sammeln, was jeder von ihnen verliert und gewinnt, Ängste und Wünsche. Jeremias legt ein großes Blatt Papier auf den Tisch, es stammt noch aus der Bastelphase der Zwillinge, als sie den Wohnzimmerboden mit einer papiernen Stadt bepflanzten und die Eltern Angst bekamen, die Kinder würden nie wieder auftauchen in der allgemeingültigen Realität. Auf der Rückseite des großen Bogens ist mit Bleistift ein Haus aufgezeichnet, in der Stadt der Zwillinge gab es nur einen Häusertyp und der glich dem Haus, in dem sie lebten und in dem sie immer noch wohnen, einem der Häuser, die angeblich verschwinden werden.

»Dann wollen wir mal«, sagt Jeremias und sieht die Zwillinge auffordernd an, Eleni verteilt Filzstifte:

»Jeder schreibt auf, was er denkt, jeder in eine Ecke.« Jeremias beugt sich sofort übers Blatt, beginnt zu schreiben, die Zwillinge wirken ratlos. Eleni fragt, ob sie helfen kann.

»Nö«, sagt Jula, »ich find's nur ein bisschen albern. Was soll denn bitte dabei herauskommen?« Jeremias sieht auf, in die Ich-verliere-Spalte hat er gerade ein Wort geschrieben, das man auf dem Kopf nicht entziffern kann.

»Ein Plan, Kinder. Zum Beispiel, was zu tun ist.« Jules wartet ab, was Jula macht, und die fängt an zu malen, sie malt seit zwei Jahren das Gleiche, eine runde Schnecke mit eckigen Augen, auf dem Panzer einen Totenkopf. Immer Totenköpfe, sogar auf ihrer Bettwäsche hat Jula welche. Jules überlegt, ob er eine Schnecke malen soll, einen Totenkopf, ein Fragezeichen. Er will sich nicht blamieren mit seiner Liste. Sie wird lachen, wenn er die Wahrheit schreibt über seine Angst, sie zu verlieren, und davor, dass sich alles nur noch um den Untergang dreht und sie nicht mehr für sich sein können. Für sich sein mit ihr ist das Wichtigste, was Jules hat. Er hat keine Wünsche, er hat nur diese stechende Angst, sie zu verlieren. Er malt keine Schnecke ab, keinen Totenkopf, Jula hasst es, wenn er ihr Sachen nachmacht. Sie schaut auf seine unbeschriebene Ecke und lacht: »Jules hat anscheinend nichts zu sagen zum Untergang.«

»Jules«, sagt Eleni, »denk doch noch einmal nach.«

»Ich weiß nichts«, sagt er, steht auf und geht die Treppe hinauf in sein Dachgeschoss, ins Verbannungszimmer. Jeremias will ihm folgen.

»Ich mach das schon«, sagt Jula, wirft den Stift auf den Tisch und geht hinter Jules her die Treppe hoch: »Ihr könnt ja noch ein bisschen malen.«

»Hast du schon was?«, fragt Eleni, als sie allein sind.

»Nur eine Sache«, sagt Jeremias.

»Darf ich mal sehen?«

»Hast du was?«, fragt Jeremias, und Eleni schüttelt den

Kopf, obwohl da was steht in ihrer Ecke. Eleni ist sich nicht sicher, ob es zählt. Es ist kein neues Verlieren, sie vermisst das, was da steht, schon seit Jahren. Niemand weiß davon, nicht einmal Jeremias, und das soll sich auch jetzt nicht ändern. Es bleibt ihr Geheimnis. Eleni nimmt den dicken Filzstift, umrandet das, was viel mehr ist als ein Wort mit einem Kästchen. Jetzt ist es ein Sarg. Eleni drückt zu fest auf, als sie die Fläche schwarz ausmalt, das Papier reißt. Eleni spürt, dass Jeremias sie beobachtet. Aber ihr Wort, ihr Geheimnis kann er nicht gesehen haben.

»Ich hab nichts«, sagt Eleni. »Ich auch nicht«, sagt Jeremias. Stumm sitzen die beiden noch eine Weile zusammen, dann beginnen sie, den Tisch abzuräumen. Samstagabend ist Pizzaabend im Hause Salamander. Das lassen sie sich durch die Versammlung vom Vortag nicht verderben. Der Teig muss ewig gehen, es ist an der Zeit, anzufangen.

»Robert hat sein Königsdrama abgesagt«, sagt Jeremias und reißt einen Fetzen Papier ab. Auf dem bewahrt er sein Wort, vielleicht für später, er steckt es in seine Tasche.

»Das hat doch keinen Sinn«, sagt Eleni, »jetzt schon alles abzublasen. Ein bisschen Zeit bleibt uns ja noch.«

»Wie das klingt.« Jeremias zieht Eleni hoch in seine Arme, sie fühlt sich an wie immer, weich und warm, und sie riecht vertraut. Er legt sein Gesicht in ihre Halsbeuge.

Greta ist in ihrer Welt ungestört, sie hat keine Verpflichtung mehr zur Geselligkeit. Jeder versteht das; dass sie lieber allein ist, denken die anderen. Doch nun ist dieser Unbekannte hineingeschlurft in Gretas ganz privates Wartezimmer. Sie wird ihn nicht rausschmeißen, nur wegen ein paar Sommersprossen. Greta weiß, was noch passieren kann, falls die anderen verzweifelter werden, in ihrer Angst vor dem Untergang. Sie erinnert sich ungern daran, dass man immer einen Schuldigen braucht. Und dass es merkwürdig ist, dass der Unbekannte gerade jetzt und ausgerechnet hier aufgetaucht ist, das kann Greta nicht abstreiten, aber was soll's. Sie winkt ihn hinter sich her zu der schiefen Holzbank, auf der sie nur bei Regen nicht sitzt und trotz dieser Eiseskälte heute sehr gern. Sie gibt dem Unbekannten die Schale mit den Kartoffeln und ein Messer, sie sagt: »Schälen, bitte.«

Und als er sitzt, mit einer Kartoffel vom Friedhofsacker in der rissigen Hand, und so sorgfältig schält, als schnitzte er eine buddhistische Mehrarmfigur, mustert sie ihn noch einmal von oben bis unten und geht dann ins Haus, gucken, was sich noch machen lässt.

Er macht sich schnell ein Brot mit Käse und Marie macht er auch eins, und zwar mit Leberwurst, und als Clara in die Küche kommt, holt Robert ihr den Joghurt aus dem Kühlschrank.

»Danke.«

»Wollen wir reden?«, fragt Robert und kommt sich im selben Moment albern vor wegen dieser Floskel. Clara antwortet nicht, sie wischt Marie die Erdbeermarmelade aus dem Mundwinkel. Marie windet sich, Clara nimmt ihr den Totenkopf aus dem Arm. Marie schluckt, beschwert sich aber nicht. Clara drückt den Kopf in Roberts Hände.

»So etwas gehört hier nicht hin.«

»Es ist nur ein Kopf«, sagt Robert. »Der ist aus Plastik.«

»Marie hat genug Spielzeug und das ist wohl kaum der richtige Zeitpunkt, ihr einen Schädel zum Spielen zu geben.«

»Der ist für mein Proteststück«, sagt Robert.

»Dann lass ihn im Wirtshaus.« Nie sagt Clara Probenraum, nie sagt sie Theater, sie tut immer so, als wäre das, was Robert macht, nur ein Hobby und ihre Praxis allein die Realität.

»Ihr solltet reden«, sagt Marie, »und ich sollte zuhören dürfen.«

»Da hast du recht«, sagt Clara, und Robert ist fassungslos. Die Vorstellung, das alles vor Marie zu besprechen, macht es nicht besser, sondern unmöglich. Robert lenkt ab.

»Ich werde heute nicht auftreten.«

»Wenn du meinst«, sagt Clara und schüttet sich etwas von den farblosen Müsliflocken in den Joghurt. Sie rührt immer siebenmal um, auf Robert wirkt sie beruhigend, Claras Regelmäßigkeit.

»Du meinst nicht, dass ich vielleicht doch auftreten sollte?«

»Mach, was du willst.«

»Wahrscheinlich kommt heute ohnehin niemand.«

»Wahrscheinlich.«

Marie schnappt sich Roberts Hand, nimmt Clara den Joghurt weg, führt die Hände ihrer Eltern zusammen.

»Ihr müsst euch vertragen«, sagt sie.

»Wir vertragen uns doch«, sagt Robert, er klingt beleidigt. »Jedenfalls werde ich die Zeit nutzen und mir etwas überlegen. Ein Stück. Etwas Konkretes. Etwas, das zu der gegenwärtigen Situation passt.«

»Gut«, sagt Clara, und Marie springt auf.

»Ich helfe dir.« Robert drückt erst Claras Hand, dann Maries.

»Na dann«, sagt Clara. »Dann geh ich jetzt mal in die Praxis, vielleicht sind ein paar Grippepatienten da.«

»Heute Abend kochen wir Spaghetti«, sagt Marie. »Ihr müsst pünktlich zurück sein.«

»Abgemacht«, und Clara geht in die Praxis, in der niemand auf sie wartet, und Robert nimmt Marie das Versprechen ab, keinen Unsinn zu machen, er eilt kurz zum Theater, um den Ausfall der Vorstellung anzuschlagen, und Marie geht in ihr Zimmer, wo sie an ihrem Bären und der glatzköpfigen Puppe die unbedingt notwendige Operation an Mona nachstellt und immer an den Schädel denken muss.

»Der Schädel wäre ein guter Assistenzarzt«, sagt sie zu

Puppe und Bär, »einen Assistenzarzt hat Mama nicht.« Marie murmelt »Blutung, Blutung«, für sie ist die Flutung immer noch die Blutung und somit Teil ihrer beruflichen Zukunft. »Keine Sorge, Jula, Jules, Mona, ihr alle. Keine Sorge, ich kümmere mich.«

Greta wird aufpassen, dass der Unbekannte nicht erfriert und nicht verhungert. Mehr kann sie nicht für ihn tun, er gehört nicht zu ihr, denn sie gehört zu Ernst, und würde sie an den Fremden ihr Herz verlieren oder ihre Gedanken nachts in Sorge um ihn winden, dann würde sie Ernst verraten in den schlechten Zeiten und vom Tod bisher ganz und gar nicht geschieden.

Sie darf ihm eine heiße Milch mit Honig bringen gegen seinen Dauerhusten, sie darf fragen, wie es ist, sie darf auch fragen, was er mit seiner Jacke gemacht hat, aber mehr darf sie wirklich nicht. Er ist ein Unbekannter, einer mit Geheimnissen von anderswo, mit einer eigenen Geschichte, die sich erst seit wenigen Tagen mit der des Ortes verbindet, jemand Neues, eine Rarität sozusagen, die der Ort als überflüssigen Ramsch beäugt, mit so einem muss man vorsichtig sein.

Wahrscheinlich wäre Ernst nicht so standhaft wie sie, er würde den Jungen in dieser stechenden Jahreszeit in das Häuschen holen und ihn nicht auf der Bank sitzen lassen. Aber Greta ist nicht Ernst, Greta muss Greta sein, damit jemand an Ernst denkt, Ernst hat nämlich nie an sich selbst gedacht, und wenn sie tot und Ernst lebendig wäre, dann würde Ernst wohl vergessen werden.

Eines Morgens vor sechs Jahren, genau vor sechs Jahren, auf den Tag, lag Ernst still neben ihr. Greta hat kurz geglaubt, es wäre ein Spiel, diese seltsame Art von Humor, von der er annahm, sie sei seine größte Stärke. Ernst hatte morgens schon häufiger leblos neben Greta gelegen, nicht auf Rufen, nicht auf Schütteln, erst auf Kitzeln reagiert, und einmal schlug er erst seine Augen auf, als sie weinte. Dieses eine Mal vor sechs Jahren hat sie ihm nur die Hand auf die Wange legen müssen, um zu verstehen, dass es diesmal kein Witz war.

Greta ist neben Ernst liegen geblieben, bis kurz vor zehn, bis sie Hunger bekam. Sie hat ihr Gesicht in seine Wange gedrückt, sie schlief immer links und das tut sie auch jetzt noch, weil er nachts manchmal neben ihr auftaucht, und sie hat »Bis bald, mein Lieber« gesagt. Das war ihr Abschied, sie würden sich wiedersehen, ganz allein und ohne den Ort, ohne die höhere Instanz, deshalb haben ein paar Worte gereicht, weder sie noch er mögen Übertreibungen.

Manchmal kommt Greta vom Thema ab, aber das erlaubt sie sich wie andere in ihrem Alter das Schnäpschen nach dem Essen. Nun wühlt sie sich durch ihr kleines Haus und sucht nach Dingen, die dem Jungen helfen, aber nicht Ernst gehören. Viel ist da nicht, sie findet nur ihren eigenen alten Mantel, immerhin besser als der löchrige Pullover, den der Junge jetzt trägt. Mit Gretas Mantel wird er noch wunderlicher wirken, aber immerhin hat er so eine Chance, die ein, zwei restlichen Monate des Winters zu überstehen. Greta sieht zum Bett, zum Tisch, zu der Küchenbank, mehr gibt es nicht in ihrer Nebenkapelle und hier kann er auf keinen Fall unterkommen.

Greta nimmt den alten Mantel, tritt aus der Tür, er soll ihn sich überziehen, so geht das nicht. Auf der Bank liegen drei geschälte Kartoffeln, von dem Fremden keine Spur. Greta seufzt, breitet den Mantel auf der Sitzfläche aus, lässt sich darauf nieder und betrachtet die Kartoffeln. Sie sind fein säuberlich in die Form von Pfeifenköpfen geschnitzt.

Jules grinst in sein Kissen, als Jula versucht, sich bei ihm einzuschleimen. »Das mit der Liste war total dämlich«, sagt Jula. »Ich kann verstehen, dass dir nichts eingefallen ist.«

»Warum tust du dann so bescheuert?«, fragt Jules. Er hat

nicht aufgesehen, seit sie ins Zimmer gekommen ist. Das ist die Strafe, er hält das erstaunlich lange durch, und Jula beginnt, ihn hinter den Ohren zu kraulen, seinen Kopf, sie wühlt in seinem Haar. Das ist die Entschuldigung und Jules lässt sich Zeit, bis er sie annimmt.

»Lass uns nicht so sein, in Ordnung?«
»In Ordnung«, sagt Jules und: »Alles wie immer?«
»Alles wie immer.«

Wacho kann David nicht verzeihen, dass er nicht bei der Versammlung gewesen ist. Er hat es ihm versprochen und ist trotzdem nicht aufgetaucht.

»Wie sollen wir zusammenhalten, wenn du weg bist?«, fragt Wacho und wartet vergeblich auf eine Antwort. »Dein Geburtstag, wir hätten deinen Geburtstagsabend nach der Versammlung zusammen verbringen können, ich hätte dich auf einen Punsch eingeladen, aber du warst weg und bist die ganze Nacht nicht zurückgekommen. Du hast alles verpasst.«

»Was war denn?«, fragt David und dreht seine Teetasse in der Hand.

»Nichts«, sagt Wacho, »nichts, was dich interessieren könnte.«

»Aha«, sagt David. »Aber irgendwas ist doch. Warum zum Beispiel fahren die Nachbarn weg?« Wacho tritt ans Fenster. Er geht unsicher, schiebt die Gardine beiseite. Die Nachbarn sechs Häuser weiter packen ihr Auto, schnallen ein altes Küchenbüffet aufs Dach. Sie sind die einzigen Menschen auf dem Hauptplatz und sie blicken sich immer wieder hektisch um. Sie wirken, als befürchteten sie, jemand könne sie aufhalten. Aber wer gehen will, soll gehen. Wer an Flucht denkt, der gehört ohnehin nicht mehr dazu. Der soll doch in den neuen Ort fahren, den Klon ihrer alten Heimat.

»Keine Ahnung«, sagt Wacho und dreht sich wieder zu David um: »Vielleicht machen sie Urlaub.«

»Zu dieser Jahreszeit und mit dem Klavier und dem Rasenmäher?«, fragt David und tritt neben seinen Vater. David riecht nach Rauch, nach verbranntem Holz und nach etwas Süßlichem. Wacho kennt den Geruch, auch wenn ihm im Moment nicht einfällt woher.

»Vielleicht«, sagt er. »Ist doch egal.«

»Sag mir, was los ist«, sagt David. Wacho entdeckt einen schwarzen Strich an Davids Schläfe, er wischt ihn nicht weg.

»Du bist da dreckig«, sagt Wacho, und David sagt:

»Kann sein. Was ist los?«

»Anna kommt wieder. Deine Mutter kommt zurück.«

»Schön«, sagt David, »aber wohin fahren die anderen?«

Draußen rollt das Auto der Nachbarn über den Hauptplatz. Die vier Insassen schauen starr geradeaus, kein Blick zurück, keine Ehrenrunde über den Platz, dieser Abgang hätte im Dunkeln stattfinden sollen.

»Sie haben die Katze dagelassen«, sagt David.

»Na siehst du«, sagt Wacho. »Dann kommen sie wieder.«

»Ich geh jetzt«, sagt David.

»Wohin?«

»Arbeiten. Geld verdienen. Danach suche ich Milo.« Wacho lässt sich nicht provozieren, es kostet ihn seine ganze Kraft.

»Wenn deine Mutter ankommt, rufe ich dich, bleib bitte in Hörweite.«

Wacho wartet, bis David auf dem Hauptplatz auftaucht, sieht vom Fenster aus zu, wie er die Katze der verschwundenen Nachbarn streichelt, wie er sich umschaut, zum Tore hinüberblickt, kurz überlegt und dann in Richtung des Friedhofs weitergeht. Wacho kann es aushalten, dass David für ein paar Stunden nicht bei ihm ist, er muss ohnehin noch einiges vorbereiten. Die Flaschen müssen weg, damit es ordentlich ist, wenn Anna wiederkommt. Manche Dinge weiß man einfach, zum Beispiel, dass sie genau rechtzeitig da sein wird.

Dass er zu jemandem gehen kann, zu jemand anderem als

seinem Vater, lässt David abheben. Fast zehn Meter fliegt er über den Hauptplatz hinweg, blind sogar für die Ankündigung des Baubeginns, die Wacho auf den Hauptplatz gepflanzt hat. David fliegt, bis Robert auf ihn zukommt und David landen muss.

»Du siehst so benommen aus«, sagt Robert, er hat ein Plakat unterm Arm, auf dem ist er ein Herrscher.

»Mir geht's gut«, sagt David, und Roberts Lächeln verschwindet.

»Schön für dich«, sagt er und lässt David stehen.

»Was ist passiert?«, ruft David und läuft Robert hinterher. Der geht weiter, als wäre David gar nicht da. David hält Robert am Ärmel fest: »Was ist los?«

»Gar nichts«, donnert Robert im Königston. David springt zur Seite, als Robert sein Plakat schleudert. Es trifft ihn am Arm. »Das tut mir leid«, sagt Robert, und das tut es wirklich, er mag David, vor allem, weil der ähnlich ratlos durchs Leben taumelt wie er. Der Unterschied: Robert stellt seine Ratlosigkeit in die Dienste der Kunst. »Du solltest nicht zu gut gelaunt durch die Gegend laufen, die Stimmung ist nicht so toll momentan.«

»Warum?«, fragt David. »Dann sag mir doch einfach, warum. Ich war nicht da bei der dämlichen Versammlung.« Robert schüttelt den Kopf.

»Frag deinen Vater, ich hab zu tun. Und im Übrigen, falls du kommen wolltest: Die Vorstellung heute Abend ist abgesagt.« Weg ist er. David ändert seinen Plan, bevor er Milo begegnet, will er wissen, was los ist. Ihm fällt nur eine Person ein, die er fragen kann. Er wird auch ins Tore gehen, aber erst, wenn die wichtigen Dinge geklärt sind und er Milo nicht wieder verlieren kann.

Durchs Fenster beobachtet Wacho, wie David in Richtung Friedhof läuft. Dass dieser Milo mittlerweile auf dem Friedhof liegt, beruhigt Wacho. Vielleicht hat David sich einen alten

Grabstein ausgesucht, an dem er seine Zeit verbringen kann, höchstwahrscheinlich erzählt sein Sohn einem schon lange Verwesten davon, was für einen unnützen Vater er hat.

Wacho kommt damit zurecht, gestern einem Gespenst begegnet zu sein. Besser als einer Bedrohung aus dem Keller, und die Geister werden versinken, sobald das Wasser kommt. Draußen schlägt der Wind die Äste der Linde gegen das Schild, das den Baubeginn anzeigt. Im matten Abendlicht sehen sie aus wie dünne Finger, die kraftlos versuchen, das Schild umzustoßen. Irgendwann wird Wacho irgendwas tun müssen, aber er hat keine Ahnung was. Wenn Anna rechtzeitig kommt, bevor er etwas falsch gemacht hat, wie er immer etwas falsch macht, wenn er etwas besonders richtig machen will, wenn sie vorher kommt, könnte sie ihn retten.

Wacho richtet den Blick auf die Straße, die zwischen den Hügeln hindurch in die Außenwelt führt, er schließt die Augen und denkt an Anna, stellt sie sich vor, wie sie aussah, am Tag, bevor sie verschwand. »Ich raste aus, wenn du nicht kommst«, schwört Wacho. Das ist Erpressung, aber es handelt sich hier um einen Notfall. »Du musst zurückkommen, bevor ich den Verstand verliere.«

Wacho öffnet die Augen wieder, das Schild hat sich an einer Seite von den Pfosten gelöst, er hat sich nicht besonders viel Mühe gegeben gestern Nacht. Alle seine Anstrengungen richten sich auf seine Frau. Über den Hauptplatz rollt ein Taxi, Wacho tritt nah an die Scheibe, das Glas beschlägt. Hektisch wischt er übers Fenster, er kann nicht zulassen, ihre Rückkehr zu verpassen. Aber aus dem Taxi steigt nur Mona, schon wieder zurück, mit einem Verband um den Kopf und ohne Tasche, die Brille schief auf der Nase. Mona blickt in Wachos Richtung, aber wahrscheinlich bemerkt sie ihn nicht. Trotzdem nickt er ihr zu, er hat keine Kraft übrig, sie vernünftig und gebührend in Empfang zu nehmen, sie zu ihrem Haus zu führen und ihr für den nächsten Tag eine Fahrt zum Optiker anzubieten. Er hat nicht auf Mona gewartet, für sie kann er nichts tun. Er muss hier ausharren.

Mona geht langsam übers Kopfsteinpflaster, die kurze Treppe zu ihrer Haustür hinauf, sie tastet sich vorwärts, mit zerstörter Brille fast blind, und über der Tür funktioniert das Licht nicht. Mona verschwindet unbeleuchtet im Haus und Wacho zieht sorgfältig die Gardinen zu. Er kann auch am Tisch sitzen und warten, es wird Anna nicht davon abhalten, zu ihm zurückzukehren.

Greta verbringt einige Momente mit den geschnitzten Kartoffeln, ein paar unverzeihlichen Gedanken an den Jungen, der sich irgendwo verkrochen haben muss, mit der Abbitte an Ernst, den das nicht gestört hätte, Gretas plötzliche Sorge um einen Lebendigen. An den Untergang denkt sie wenig und viel an anderes, sie ist in den letzten sechs Jahren eine Meisterin der Verdrängung geworden. Als es dunkel ist, klopft es endlich. David steht vor der Tür, er fragt, ob Greta ihm von der Versammlung erzählen kann.

David wirkt seltsam schwankend zwischen Glück und Angst. Greta ist der Meinung, dass er Bescheid wissen muss, und öffnet das erste Mal seit langem die Tür für einen Besucher. David tritt sofort ein, neugierig schaut er sich um.

»Es hat sich gar nichts verändert«, sagt er. Alles hat sich verändert, denkt Greta. Alles, was zählt.

Greta erinnert sich noch gut an Davids letzten Besuch. Da war Ernst noch nicht tot, auch irgendwann im Winter war das. Es gab Honigkuchen und Kakao mit Muskat und leicht angebrannte Zimtkringel, die David gebacken und zwischenzeitlich im Backofen vergessen hatte. Die Zwillinge waren dabei und Robert mit Marie auf dem Arm und Clara, die gleich wieder losmusste. Oder nein, es war ein anderes Mal, David war später noch mal allein hier. Er hat sie besucht, an dem Tag, bevor Ernst starb. David hat ihm geholfen, das Sicherheitsgeländer zu reparieren, das auf Höhe des Schwalbennests gebrochen war. Ernst hat darauf bestanden, mit David nach oben zu steigen, trotz der Eiseskälte, trotz Rutschgefahr. Greta hat währenddessen den Schnaps aus dem alten Pflanztopf neben der Tür geholt, und als sie ihn dort herausnahm, hat sie so etwas wie eine Vorahnung gehabt. Sie hat sich vorgestellt, wie Ernst oder sie eines Tages einen Schluck auf des anderen Wohl nehmen würde ohne dessen Anwesenheit.

Frierend, aber unbeschadet, sind sie vom Turm zurückgekehrt. David mit Spinnweben im Haar, ihr Ernst mit feinen Schweißperlen auf der Glatze. »Der Junge kann klettern«, hat Ernst gesagt und in drei Gläser Schnaps eingeschenkt. Als sie dann anstießen, auf die gelungene Instandsetzung, ist Greta wieder eingefallen, dass David nicht trinkt. Sie konnte nichts mehr tun oder sagen, David hatte den Schnaps bereits hinuntergekippt. Nach diesem großen Schluck atmete er hörbar aus. Er sah zornig aus für die nächsten zwei Atemzüge, er hatte gerade gegen sich selbst verloren und, was noch schlimmer war, gegen seinen Vater. Als sie ihn daraufhin fragend ansah, hat er gegrinst, er hat gegrinst und etwas von einer Ausnahme gesagt.

»Greta?«, fragt David und: »Alles in Ordnung?«

»Alles in Ordnung«, sagt Greta. Auf dem Stuhl liegen noch Ernsts Hemd und seine Hose, die Hosenträger und die beigen Strümpfe obenauf, vor dem Stuhl stehen noch seine Schuhe, die sie, während er sich im Bad die Zähne putzte, immer ordentlich zu den Stuhlbeinen hin ausrichtete. Da liegt noch seine Brille auf dem Nachttisch, auf einem Buch, in dem noch immer ein Lesezeichen steckt. Von Eselsohren hält Greta viel, Ernst aber hat gar nichts davon gehalten. Was Greta freut: Es ist ein Buch, das seinen Ausgang an den Anfang stellt, so ist ihr Ernst immerhin in diesem Zusammenhang ohne offene Fragen geblieben.

David betrachtet den Raum wie eine Grabkammer, wie sonst.

»Setz dich«, sagt Greta. Sie zeigt auf den Esstisch, und David lässt sich auf den Stuhl fallen. Greta holt die Teekanne unter dem Federbett hervor, dort steht sie den ganzen Tag über, weil sich die Wärme beim Zubettgehen nach Leben anfühlt. Als Greta den lauwarmen Tee eingegossen hat und mit David am Tisch sitzt, weiß sie nicht, wie sie die Sache anfangen soll. Wie immer, wenn Greta nicht so recht weiß, spricht sie einfach drauflos:

»Sie werden den Ort versenken.« Das ist direkt und schnörkellos, und David blickt Greta angemessen verständnislos an.

»Wer will was versenken?«, fragt er, er wirkt, als vermutete er einen Angriff der apokalyptischen Reiter. Greta nimmt seine Hand, löst seinen Zeigefinger aus dem weißen Kästchen der karierten Tischdecke, drückt die Hand sekundenkurz. Die Finger werden nicht warm, so schnell geht das nicht, und David zieht die Hand weg, sieht sie entschuldigend an. Greta schaut mit einem Blick zurück, von dem sie hofft, dass er als Altersweisheit durchgeht, und dann spricht sie besonnener, als sie sich fühlt:

»Es wurde beschlossen, dass der Ort verschwinden muss, erinnerst du dich noch an die Tests?« David schüttelt den Kopf und Greta denkt noch einmal nach, ihr wird klar, dass David sich unmöglich erinnern kann, er war noch zu jung. Greta erzählt: »Vor einigen Jahren, ungefähr zwanzig vielleicht oder mehr, haben sie Messungen durchgeführt. Du warst noch klein, als sie damit begonnen haben. Sie haben angefangen und irgendwann wieder aufgehört, und schließlich haben wir uns keine Gedanken mehr gemacht. Aber jetzt wurde aufgrund der Messergebnisse beschlossen, dass der Fluss gestaut wird, weil das besser ist. Wegen der Stromversorgung und der Lage und der Erschließung und so. Wir werden verschwinden, David, mein Lieber –« Greta macht eine Pause, David sagt:

»Scheiße.« Greta bewegt vage den Kopf.

»Ich hoffe nur, ich bin rechtzeitig tot«, sagt sie, darum geht es ihr eigentlich, das ist das ganz banale Problem. »Sie werden den Friedhof versiegeln, vermute ich, und wenn ich nicht rechtzeitig tot bin, dann versiegeln sie Ernst ohne mich, und das geht nicht, das verstehst du doch, oder?«

»Klar«, sagt David und er sagt es so entschlossen, dass Greta weiß, dass er überhaupt nichts versteht. »Wie lange noch?«

»Diese Nacht weniger als ein halbes Jahr«, sagt Greta und: »Dann ist alles weg.«

Selbstverständlich wird sie es hinbekommen, innerhalb dieses Zeitraums zu Ernst zu gelangen, aber wie sie das anstellen soll, das weiß sie noch nicht. »Ich brauche nur ein paar Tage vom Tod bis zur Beerdigung. Es ist ja schon alles vorbereitet. Aber vermutlich beginnt die Versiegelung ein paar Wochen vor der Flutung. Wenn sie den Tag bekanntgeben, will ich bereit sein.«

David ist ganz ruhig, er gießt Greta Tee ein, sie kann die blaugrauen Flecken an seinem Handgelenk nicht übersehen. Sie trinkt einen Schluck Hagebuttentee, sie hat Bilder im Kopf von dem Strauch neben dem Gießkannengestell, neben dem Wasserbecken, den getrockneten Früchten aus dem letzten Herbst, noch immer hängen dort welche, dann fährt sie fort:

»Es ist alles gut.«

Aus Davids Gesicht weicht die Farbe. Dann springt er auf, und im Sprung wirft er seine Tasse um, dann läuft er zur Tür, reißt sie auf und verschwindet in der Dunkelheit.

David erkennt deutlich die Dramatik darin, wie er jetzt quer über den Friedhof läuft, den Weg entlang, über das aufdringlichste Kiesknirschen aller Zeiten, an Kränzen, an den flackernden roten Schatten der Grablichter, an schlafenden Engeln vorbei. David sieht sich von oben, schwebend ist er vorhin diesen Weg entlanggekommen, da ist ihm die Welt noch sicher erschienen wie nie zuvor, jetzt hängt sie wieder schief in den Angeln. Die Schräglage ist der Normalzustand, nichts, was David ins Rutschen bringen kann, aber nach ein paar Stunden Rundumzufriedenheit gestern Abend fühlt er alles, was falsch ist, stärker als sonst.

David hat noch keinen Weltuntergang erlebt und sein Herz donnert gegen den Brustkorb, im Kopf knallen Gedanken gegeneinander, die nichts miteinander zu schaffen haben, er spürt mit einem Mal eine Angst, ganz diffus, nicht nur im Bauch, nicht nur im Kopf, querfeldein sozusagen. Er sucht Milo dort, wo gestern Nacht alles vollkommen war.

In die zur akkuraten Hecke gestutzten Thujen hinein hat sich das kleine Haus gedrückt. Es wird hinten und an den Seiten von den Ästen geschützt, um die Hausfront wölbt sich der Wald, die stachligen Bretter der Wände sind im Rohzustand belassen und das Holz stammt aus der unmittelbaren Umgebung. David ist sich sicher, dass das Haus letzte Nacht und zusammen mit Milo großartiger aussah, jetzt ist es nur noch ein wackliger Schuppen. David steht dicht an der Plane, die vor der Türöffnung hängt, Milo hat ihn bestimmt längst gehört, der Kies, die Äste, all diese Verräter.

»Kann ich reinkommen?«, fragt David, als stünde er mit kakaohaltigen Porzellantassen vor dem Zimmer der letzten wahren Prinzessin. David wartet, lauscht, hört nichts, spürt aber, dass da jemand ist, und höchstwahrscheinlich ist es Milo. Als etwas an seinem Bein entlangstreicht, zuckt David zusammen. Ein blauer Fuchs verschwindet in den Thujen. Aus dem Verschlag dringt immer noch kein Geräusch, keine Einladung zum Eintreten, und David schiebt die Kompostabdeckung zur Seite. Vielleicht hat er sich zu sehr in seine Porzellanphantasien hineingesteigert, vielleicht auch einfach nur etwas zu irrational gehofft. Dieses Häuschen ist jedenfalls kein versteckter Palast, hier gibt es keine Kronleuchter, kein Himmelbett und das Einhorn ist ein gewöhnliches Pferd. In dem Haus, das eher ein Verschlag ist, befindet sich wahrscheinlich nicht einmal Milo.

In dem größeren Raum im Erdgeschoss gibt es einen Haufen Gartenwerkzeug, in der einen Ecke Schaufeln und Harken und einen rostigen Spiralrasenmäher und in der anderen hat Milo anscheinend sein Lager aufgeschlagen: eine alte Matratze, zwei Decken der längst nicht mehr existenten freiwilligen Feuerwehr, eine löchrige Stehlampe mit immerhin rotem Schirm, rotes Licht für eine Antäuschung von Wärme, ein Stuhl mit dreieinhalb Beinen, eine abgewetzte Arzttasche. David schaltet die Lampe ein, rotweiches Licht sickert durch den Raum. Das alles hat David gestern Nacht nicht beachtet, vielleicht, weil er so sehr bei Milo war, und da ist er ja wieder, da steht neben einem unter Plastikplanen verborgenen Ungetüm Milo in der Ecke.

»Mann«, ruft David. Er ist empört und muss gleichzeitig lachen. »Mann, du hast mich erschreckt.« Milo grinst. »Was ist das?«, fragt David und zeigt auf das Plastikungetüm, aber Milo antwortet nicht. Er setzt sich zu ihm auf die Matratze. »Ich war bei Greta, ich weiß jetzt, was los ist«, sagt David. Und dann sitzen sie still nebeneinander, und so ist es gut, sehr gut sogar.

Noch ist nichts passiert, noch können sie hier sitzen, wo in weniger als einem halben Jahr ein See sein soll. Sie können gewinnen, daran glaubt David fest, und so reißt er sich mit dem Schlag der Turmglocke los aus der Sicherheit.

»Ich muss arbeiten. Aber wir sehen uns«, sagt David. »Wir sehen uns wieder.«

David löscht das Licht, verlässt das winzige Haus, drapiert die Plane wieder sorgfältig vor dem Eingangsloch, damit Milo in Ruhe gelassen wird und er es möglichst warm hat in seiner Bruchbude. David läuft in Richtung des Wirtshauses. Er ist viel zu spät dran, aber was macht das schon, seit kurzem leben sie im Ausnahmezustand. Es muss weitergehen und es wird weitergehen, natürlich wird es das, ab hier. David gehört zu jenen, die an das Recht auf ein gutes Ende glauben.

»Du bist zu spät«, sagt der Wirt, als David ins Tore stürzt. »Keine Sorge«, sagt David, »jetzt bin ich ja da.«

Dreimal geschlagene Glocke, seit Jahren vollautomatisch, Mond auf, Mond ab und Auftritt: müde Sonne. So vergeht die Nacht, als wenn nichts gewesen wäre, als hätten alle geschlafen, dabei schlief nur die eine Hälfte, die andere traf sich in Gedanken, sprachlos und sinnlos irgendwo auf dem Hauptplatz. Ein ergebnisloses Morgengrauen also, ein Tag ohne Aussicht auf irgendetwas und dann auch noch Nebel und: Sollen sie sich auf den Frühling freuen, sollen sie die Tage zählen, wenn die vor allem zum Untergang führen? Ein Sonntag, der sich wie ein Relikt anfühlt, der ein Danach und Davor ist, wie eine nach dem Aufstehen beginnende langgestreckte blaue Stunde, wie ein stilles Jenseits am Boden eines ganz neuen Meeres, entstanden in viel weniger als einem halben Jahr. Der Ort liegt vor einem Dilemma, träge erhebt er sich in den Kaffeeduft, in ein »Ich geh mal Brötchen holen«, ein »Oder gehst du?«, ein »Ich geh ja schon, immer ich«.

Nur vereinzelt sind Menschen auszumachen. Der erste Sonntag nach der Versammlung ist dumpf und müde, er schleppt sich, und nirgendwo kommt man rein an diesem Wochenendtag, außer in die Bäckerei, aber heute auch da nur bis elf, nur bis zum Ausverkauf, bis zum übrig gebliebenen Korbbrot, und ins Museum, aber hier gibt es keins. Immer wieder kreuzt David das Bild dieses schläfrigen Sonntags. Stets unterwegs zwischen Milo und Tore und randvoll mit Glück. Wacho versteht die Eile falsch, beobachtet nachdenklich, was er für Davids Suche hält, das kennt er. Da kippen manche dumpf riechende Schuhkartons aus und wühlen in Erinnerungen. Sie lesen vergangene Postkarten und weichgeträumte Liebesbriefe, alte Nachrichten am Boden des Eingangskorbs, sie treffen sich daheim auf einen Kaffee, nur kurz, bevor sich um spätestens siebzehn Uhr alles im Dämmerzustand befindet. Benommen hangeln sie sich durchs Fernsehprogramm, das am frühen Abend Geschichte, um zwanzig Uhr fünfzehn einen schon aufgeklärten Mord herauspresst, ein bis zwei triefäugige Kommissare, und am Ende sind sie schlauer und gehen schlafen, und schade, morgen wird sie schon wieder vorbei sein, diese erholsame, viel zu kurze gemütliche Schonzeit, am Ende und Anfang einer Woche.

Grundsätzlich ist es nicht so schlimm für Greta, dass die Verantwortlichen den Ort auf dem Grund eines Stausees versenken wollen. Trotzdem nimmt sie an den Protesten teil, die am Montag nach der Versammlung beginnen. Am Montag erst, weil am Samstag bei den einen der Schockzustand herrschte, die anderen sich wenigstens über das Wochenende hin Ewigkeit einredeten und weil am Sonntag Ruhetag ist, weil sie sich seltsam vorgekommen wären, mit ihren Protesten am Sonntag zu beginnen, wenn nicht einmal der Bus im Ort hält.

Am Montagmorgen jedenfalls steigt Greta in die schwarzen Schnürstiefel, zieht sich ihren jagdgrünen Wintermantel über, knotet sich das blau-gold gemusterte Halstuch um und setzt die weiße Mütze auf. Ernst hat sie immer seine goldene Kubistin genannt, wenn sie diese Mütze trug. Greta verlässt den Friedhof in Richtung Lebensmittelladen.

Mona kann ihn nicht vergessen, den Mann, den Einen womöglich, da hilft es auch nicht, dass sie fest an ihre Mutter denkt, an deren Wut und Enttäuschung und deren Angst, eines Tages würde Mona ein eigenes Leben führen. Es hilft nichts, sich zu sagen, dass er einer der Verantwortlichen ist, ein Prophet der großen Flutung. Mona stößt sich mit Absicht den Fuß am Klavier und kann den Mann dennoch nicht vergessen. Der Spinatmann ist bei ihr eingezogen, langsam wird's eng, und Mona verlässt auf Anweisung ihrer Mutter hastig das Haus.

»Kommst du mit?«, fragt Jeremias.

»Nein«, sagt Eleni, mit hochrotem Kopf balanciert sie ein Blech Butterhörnchen.

»Ich mache hier weiter, geht ihr mal allein.«

»Wo ist dein Bruder?«, fragt Jeremias und sieht Jula vorwurfsvoll an.

»Auf dem Mond«, sagt sie, »Briefe abholen.«

»Jula!«, sagt Eleni und: »Das reicht.« Jula will etwas entgegnen, aber Jeremias schüttelt den Kopf.

»Nimm dir ein Hörnchen, das bessert die Laune.«

»Ich hasse Marzipan.«

»Dann eben nicht.« Jeremias geht zur Tür, Jula folgt. Eleni wartet, und fast hätte Jeremias etwas vergessen. Er geht zurück, gibt ihr einen Kuss. »Das wäre ja noch schöner«, sagt er.

»Ich muss ins Tore«, sagt David und versucht, dabei möglichst ruhig zu wirken. Es gelingt ihm nicht, Wacho merkt ihm an, dass er Bescheid weiß, darüber dass es mit Wacho durchgeht. Er lässt David nicht wieder aus dem Haus. Am Sonntagmorgen ist David erst kurz nach drei die Treppe hochgeschlichen, so lange hat das Tore nicht auf, und die Dielen knarren, das weiß David eigentlich, und Wacho hat einen leichten Schlaf. Den Tag über hat Wacho vom Fenster aus beobachtet, wie David auf wirren Wegen quer durch den Ort gelaufen ist. Am Abend hat Wacho ihn sich geschnappt. Er hat David die Treppe hoch in sein Zimmer geschoben und die Tür von außen abgeschlossen, den Schlüssel bewahrt er schon seit Jahren unter seinem Bett bei den anderen Dingen auf, jetzt weiß er, warum. So kann er David in Sicherheit bringen, ihn vor dem Wissen schützen, das sie alle ängstlich macht, ihn für sich behalten und parat haben, für die Zeit, wenn Anna kommt.

»Es tut mir leid, David«, hat Wacho durch die Tür geflüstert.

»Dann lass mich raus«, hat David gebrüllt, und Wacho ist traurig weggegangen, die ganze Nacht hat er wach gelegen und Davids Schlägen gegen die Tür gelauscht.

»Wer ist dieser Kerl, dieser Milo?«, brüllt Wacho jetzt, im Morgenmantel noch, durch das Holz der Tür. »Ich kenne den doch! Wo hast du den her, und was suchst du auf dem Friedhof?«

»Mach auf«, ruft David zurück, er ist heiser.

»Sag mir erst, wer der Kerl ist.«

»Milo«, ruft David. »Milo, einfach Milo, immer noch.«

»Wo kommt er her?«, brüllt Wacho. David könnte den Bus nehmen für seine Flucht, er darf ihn nicht rauslassen, der Bus fährt wochentags stündlich bis acht.

»Ich weiß es nicht«, flüstert David. »Er war einfach da, ist doch egal.«

»Er sieht aus wie jemand, den ich kenne, und ich glaube, du kennst ihn auch. Er ist gefährlich, spürst du das nicht«, sagt Wacho.

»Nein.« David klingt wieder wie damals mit sechs. »Nein, das spüre ich nicht.« Wacho seufzt und schließt dann doch die Tür auf. David wirft ihn nicht um, er steht vor ihm in denselben Klamotten wie gestern, als Wacho ihn eingesperrt hat. David ist erschöpft und verschwitzt. »Was sollte das denn?«, fragt er so, dass Wacho für einen Moment die Furcht verliert, David könne ihn allein lassen.

»Ich hatte Angst um dich.« David legt seinem Vater die Hand auf den Arm, er ist einige Zentimeter kleiner als Wacho und ein bisschen schmaler ist er auch, trotz der Wirtshausmuskeln. David müsste mal wieder zum Friseur, aber es gibt keinen mehr, und von Wacho lässt er sich ganz bestimmt nicht die Haare scheiden.

»Es ist okay«, sagt David, »ich bin da. Aber du musst aufhören mit dem Mist. Ich verdiene unser Geld und dazu habe ich auch noch ein Leben.« Wacho nickt. Er wird sich zusammenreißen, er wird nichts mehr sagen, auch wenn David in Gefahr schwebt und er mit ihm. »Ich gehe jetzt arbeiten, Geld verdienen«, sagt David ruhig und: »Vielleicht solltest du dich ein bisschen hinlegen.« Wacho nickt noch einmal, obwohl er das nicht tun wird. Er hat eine andere Idee, er will das Album suchen, das Album mit den guten Zeiten.

Wacho folgt David in die Diele, beobachtet, wie sein Sohn die alten Turnschuhe anzieht und die Winterjacke. Die Taschen sind ausgebeult, David trägt Geheimnisse mit sich herum.

»Das mit der Flutung«, sagt David, »das tut mir leid.« Wacho spannt den Rücken an, macht sich größer, er tritt einen Schritt auf David zu, der weicht zurück, legt die Hand auf die Klinke, und David ist bereit zur Flucht.

»Wer hat dir das erzählt?«, fragt Wacho. David sieht seinen Vater fest an, das hält er nur wenige Sekunden aus, er schaut auf die Garderobe, auf den Boden. »David?«, fragt Wacho. »War er das?« David schüttelt den Kopf.

»Keine Ahnung, alle reden darüber.« Was bedeutet es, dass David alles weiß und es nicht von Wacho erfahren hat, sondern von irgendwem anders? Wacho weiß plötzlich, was David in den Taschen hat, eine Jeans, einen Pullover, eine Boxershorts, ein paar Socken, irgendein Buch und sein Portemonnaie. Er ist vorbereitet, er will weglaufen, mit diesem Milo zusammen will er verschwinden, und in den Taschen ist Davids Hab und Gut, was immer das tatsächlich ist, Wacho weiß nicht genau, was für seinen Sohn einen Wert hat.

Bevor David reagieren kann, hat Wacho ihn wieder gepackt, zieht ihn am Kragen hinter sich her, hält ihn fest im Schwitzkasten, als David sich wehrt. Er schleift ihn die Treppe hinauf bis ins Zimmer, schließt zu. David ist gesichert. Es ist nur zu seinem Besten.

Sie haben sich nicht verabredet, aber als Greta um zehn Uhr beim Laden ankommt, warten schon etwa fünfzig Menschen vor der Tür, einer nach dem anderen sickert ins Innere, damit der Rest nachkommen kann. Greta stellt sich an, sie grüßt Robert und Clara Schnee, die mit Marie vor ihr in der Schlange stehen. Hinter ihr stellen sich Jula und Jeremias an.

»Guten Morgen, ihr beiden«, sagt Greta fröhlich. Jeremias besteht wie immer darauf, ihr kräftig die Hand zu schütteln, Jula nickt nur und pult dann weiter an dem Verschluss ihrer Umhängetasche. Greta schaut sich gern Familien an. Bis auf die Tatsache, dass sie beide groß sind und dieselbe Art haben, sich gelassen zu geben, ähneln Jula und ihr Vater einander kaum, er ist stämmig und blond, sie schmal und schwarzhaarig, mit Haut wie aus Alabaster, wie Schneewittchen sieht sie aus, das finden alle. Hier im Ort hat das Schneewittchen grüne Augen, grün wie Entengrütze im verschütt gegangenen Teich, grün wie das Wetterleuchten auf einer vergangenen Reise, grün wie ein ungiftiger saurer Apfel aus dem Sechserpack im Lebensmittelladen, in dem sich heute wohl nicht nur Einkäufer versammeln.

»Mich bekommen die hier nicht weg«, sagt Jula.

»Jula«, sagt Jeremias und runzelt die Stirn.

»Was denn!«, sagt Jula mit einem Ton in der Stimme, den Greta ihr gar nicht zugetraut hätte. Jula dreht ihrem Vater den Rücken zu, widmet sich ganz Greta, verschränkt die Arme, seufzt über Jeremias wie über ein dummes Kind, beugt sich hinunter zu Greta und flüstert, durch die Wolle der Mütze hindurch, in Gretas Ohr hinein: »Uns kriegt hier niemand weg.« Hinter ihnen räuspert sich Jeremias mehrmals, fragt:

»Wo ist eigentlich dein Bruder?«, dann: »Hast du nichts Besseres zu tun?«

»Nein.« Sie rücken eine paar Schritte vor, Clara und Robert Schnee verschwinden im Innern des Ladens, Marie wendet sich noch einmal zu Greta, Jula und Jeremias um, als würde sie in ein Raumschiff steigen und als käme sie nie wieder zurück. Greta lächelt Marie an, dieses seltsame kleine Mädchen, das aussieht, als wäre es einer der sepiafarbenen Atelieraufnahmen des ausgehenden neunzehnten Jahrhunderts entsprungen, um sich in unserer Zeit umzuschauen, um sich noch ein bisschen wundern zu können. Marie antwortet mit einem Stirnrunzeln, das nett gemeint ist, das weiß Greta.

»Was ist, Marie?«, fragt Jula.

»Die Blutung«, sagt Marie und tritt einen Schritt weg von der Tür, durch die eben ihre Eltern verschwunden sind.

»Flutung, Marie, nicht Blutung«, sagt Greta lächelnd. Marie überlegt, schluckt.

»Die Flutung ist echt, oder?« Greta und Jula nicken, Jeremias macht zwei Schritte auf Marie zu, bleibt dann aber stehen.

»Marie, du musst dir keine Sorgen machen. Alles wird gut«, sagt Jeremias ruhig.

Greta kann sich vorstellen, wie er den Jungen und das Mädchen früher ins Bett gebracht hat, wie er einlullende Lieder gesungen, wie er die Decken sorgfältig über ihnen zurechtgelegt hat, auf Zehenspitzen ist er zur Tür geschlichen, obwohl die Kinder noch gar nicht eingeschlafen sein konnten, so schnell geht das nicht, in der Tür hat er sich noch einmal umgedreht, sie dann leise hinter sich geschlossen, bevor er schließlich müde neben seiner Frau aufs Sofa gesunken ist. Eher zufällig streicht seine Hand an ihrem Rücken entlang, Herr und Frau Salamander, endlich Ruhe, endlich zu zweit, endlich wie früher. Jeremias nimmt Eleni die Fernbedienung aus der Hand und legt sie auf den Tisch. Eleni rutscht ein »Aber ich muss noch« heraus, und Jeremias schüttelt den Kopf, sie lächelt. Und so ging es weiter auf dem Sofa in der Nacht vor ein paar Jahren, und sie haben sich in Sicherheit gewiegt. Greta kann sich das vorstellen, sie stellt sich gern Menschen beim Glücklichsein vor, es ist eine ihrer Lieblingsbeschäftigungen, sie kommt gleich nach der Grabpflege.

»Frau Mallnicht«, sagt Marie. Sie steht jetzt direkt vor ihr, und in der Tür taucht Clara wieder auf, sie will wissen, was mit dem Kind ist.

»Wahrscheinlich kommt die Flutung, ja«, sagt Greta. »Aber vielleicht passiert auch noch etwas, was das Wasser aufhält. Ein Wunder vielleicht.« Marie nickt, die Antwort ist ehrlich, und mehr will sie in diesem Moment nicht. Marie gibt Greta tatsächlich die Hand, sagt »Danke sehr«, und dann löst sie sich nicht in grobkörnige Lichtpunkte auf, sondern dreht sich um und läuft die Rollstuhlrampe hinauf zu ihrer Mutter und verschwindet zusammen mit ihr im Laden, der auch heute kein Raumschiff ist.

»Wir könnten eigentlich reingehen«, stellt Jeremias fest. Außer ihnen sind alle im Laden, die Tür klappt immer wieder einen Spalt weit auf, wenn jemand von innen gegen sie gedrückt wird. Der Laden ist nicht für Versammlungen gedacht.

»Das bringt doch eh nichts«, sagt Jula. Jeremias sieht Jula herausfordernd an.

»Du warst doch die Erste, die rumgetönt hat, wir müssten etwas unternehmen.« Jula grinst.

»Damit habe ich aber nicht gemeint, dass wir uns alle in den Laden drängen und die Bananenauslage zerquetschen sollen.« Jeremias seufzt genervt.

»Das reicht jetzt! Kommt ihr nun oder nicht?« Greta lächelt, er bezieht sie mit ein. Als würde sie mit der ebenhölzernen Jula vor der Tür stehen und gegen den Vater rebellieren. Sie geht hinein in den Laden, und auch Jula folgt ihr nach einem präzise gesetzten Zögern und einem Tritt gegen einen unsichtbaren Stein, eine leere Bierdose, die hier niemand auf den Boden werfen würde.

Auch im Tore gibt es eine Versammlung und auch dort gibt es keine Ergebnisse. Wacho sitzt mit den anderen um den

Stammtisch, er isst nichts, er trinkt nur und lässt wie immer anschreiben. Der Wirt fragt nach David, betont, den Jungen wirklich zu mögen, in ihm einen guten Kellner zu haben, obwohl oder gerade weil David kaum spricht.

»Aber so geht das nicht«, sagt der Wirt. »In letzter Zeit ist er ständig zu spät und heute taucht er anscheinend gar nicht auf. Wenn David sich nicht an die Arbeitszeiten hält, muss ich mir jemand anderen suchen.«

»Und wen?«, fragt einer der Männer vom Stammtisch. »Da kannst du lange suchen. Hier ist kaum noch wer und bald sind es noch weniger. Wollen wir wetten: Bevor du 'nen Neuen einstellst, machst du eher den Schuppen hier dicht.« Der Wirt will etwas erwidern, lässt es dann aber. Er nimmt sich seinen Krug, setzt sich zu den anderen und nickt Wacho zu:

»Nichts für ungut.«

Nach Greta, Jula und Jeremias ist im Laden für Neuankömmlinge kein Durchkommen mehr, und sogar Jula hat Probleme, sich in gewohnt lässiger Weise anzulehnen. Die meisten Wände sind von Regalen belegt, und so drapiert sich Jula vor dem schwarzen Brett, dessen Neuigkeiten (Anmeldung für Stände zum großen Jubiläum endet am nächsten Freitag, 15 Uhr), veralteten Gesuche (KiWa, mglst. mit Regenschutz und Winterfußsack) und weise Sprüche (Wer einen guten Nachbarn hat, braucht keinen Zaun) heute keines Blickes gewürdigt werden.

Gerade stürzt der Zeitschriftenständer um, Robert Schnee fühlt sich verantwortlich und richtet ihn wieder auf, stopft die Zeitschriften und Zeitungen wahllos hinein, Comichefte neben Kochtipps und Pornos ganz nach vorn vor die Modelleisenbahnen. Niemand grüßt niemanden, alle schieben und starren und warten vor sich hin, es ist eine ganz und gar sinnlose Versammlung, die vereinzelte Optimisten hin und wieder in eine Richtung lenken wollen.

Von den Kartoffeln her ruft jemand: »Wir brauchen einen Plan!«. Die Käsetheke antwortet »Ach was!«. Von den Haushaltswaren erklingt ein »Das hat doch so alles keinen Sinn«. Daraufhin nicken all jene Köpfe, die sich im Gedränge bewegen können, und ein paar verlassen den Laden. Greta weiß nicht, was genau sie erwartet hat, auf keinen Fall so viele Menschen. Wenn sie das geahnt hätte.

Jula hängt rum, als würde sie einen Tierfilm anschauen, und zerpflückt beiläufig ein Magazin für Motorboote.

»Jula, bitte«, zischt Jeremias, Jula grinst. Greta sieht zur Decke. Die Vertäfelung stammt aus den Siebzigern, um die ist es nicht schade. Mit dem mitleidlosen Blick hinauf beginnt Greta ihre Inventur der Abschiednahme: Dinge sammeln, um die es nicht schade ist, das könnte eine Lösung sein. Greta lächelt beim Gedanken daran, wie sie zusammen mit der Holzvertäfelung, mit den Jägerzäunen, dem Altkleidercontainer, mit den Thujen und dem Plexiglasanbau der Schnees im See verschwinden könnte. Sie, Greta, als Wächterin des schlechten Geschmacks. Andererseits: Wahrscheinlich werden Vertäfelung, Plexiglas und Container noch vor der Flutung entsorgt, das heißt woandershin gebracht. Greta hebt die Hand.

»Du musst dich nicht melden, Greta«, sagt Jula. »Hier quatscht doch jeder einfach so vor sich hin.«

»Das habe ich bemerkt«, sagt Greta. »Aber hast du das Gefühl, dass wir damit weiterkommen?« Jula schüttelt den Kopf. »Eben«, sagt Greta und schnippst mit den Fingern. Die Umstehenden werden ungeduldig.

»Was denn, Greta?«, brüllt ein ehemaliger Nachbar, der sein Hörgerät für eine Wanze hält und sich darum weigert, es einzusetzen.

»Ich denke, wir sollten uns nachher im Tore treffen und bis dahin erst einmal alle ein wenig nachdenken.« Greta blickt in leere Augen, kein Wunder, im Raum ist praktisch kein Sauerstoff mehr vorhanden, in ein paar Minuten werden die ersten kollabieren. Andere, nicht Greta, Greta ist fit: »Was meint ihr?« Niemand nickt, einige murmeln leise vor sich hin.

»Vielleicht sollten wir geschlossen irgendwo vorsprechen«, sagt irgendwer irgendwo weit hinten im Laden, etwa auf Höhe der Backzutaten.

»Ja«, ruft jemand anderes. »Eigentlich sollte Wacho was tun, eigentlich ist der zuständig, soll der doch mit denen reden.« Es folgt ein Moment der Stille, dann Gelächter.

»Als ob der irgendwas zustande bekommen würde. Der hockt bestimmt schon längst wieder im Tore und säuft sich die ganze Misere aus dem Hirn«, ruft eines der Einmachgläser. So deutlich wird man hier selten.

»Was ja wohl klar ist, ist, dass wir uns das nicht so einfach gefallen lassen können, das können die nicht einfach so beschließen über unsere Köpfe hinweg.« Quer durch den Laden rufen sie jetzt, und alles, was sie rufen, geht unter im allgemeinen Aufruhr. Warum sich jeder Protest sofort so abgestanden anfühlt, fragt sich Greta, die schon einiges erlebt hat. Und das, obwohl es sie dieses Mal wirklich etwas angeht.

»Wird das Jahrhundertfest stattfinden?«, fragt Robert Schnee besorgt, der neben Greta balanciert, und Clara Schnee mustert ihren Mann wie ein Insekt. »Ich meine ja nur«, sagt Robert. »Ich probe schon.«

»Es steht doch noch gar nicht fest, dass das wirklich passiert«, sagt Jeremias ruhig wie immer, wenn auch ein wenig beklommen.

»Nee, wenn wir unsere genialen Demos machen, dürfen wir den Ort bestimmt behalten«, zischt Jula in seine Richtung.

»Jula«, sagt Jeremias.

»Was?«

»Du nervst. Und wo ist eigentlich dein Bruder?«

»Kein Plan«, sagt Jula und observiert hinter sich die Pinnwand, als hätte Jules ihr dort einen Hinweis hinterlassen. »Der wird schon irgendwo sein.«

»Vermutlich«, sagt Jeremias und: »Momentan ist alles ziemlich durcheinander, was?« Jula nickt, und zufrieden sieht Greta, wie sie ihren Vater anschaut ohne Spott in den Augen, ohne verzogenen Mundwinkel, das ist einer dieser Blicke von früher. Einen Moment lang fühlt Greta sich richtig wohl im überfüllten Laden, in der gemeinsamen Empörung gegen unbekannt. Dann hört sie den Schrei.

Die Tür wird aufgerissen, Mona ist zurück. Mit verbundenem Kopf und weit aufgerissenen Augen dringt sie mit ihrer Panik ein in den Raum, in den eigentlich niemand mehr hineinpasst. Mona taumelt, sie hat die Brille nicht auf, die Risse irritieren sie mehr als das Verschwimmen der Welt, sie stößt den Zeitschriftenständer um, Comics, Eisenbahnen, Pornos, alles liegt auf dem Boden.

»Sie sind da«, kreischt Mona, die jetzt keine Zeit mehr hat, an die gerade gefundene Liebe zu denken. Mona sagt es noch einmal ganz ruhig, als wäre sie plötzlich zur Vernunft gekommen: »Sie sind da.«

Greta, die dicht bei der Tür steht, ist eine der Ersten, die den Laden verlässt, um herauszufinden, wovon Mona spricht. Alles normal so weit, die kalte Luft schneidet ihr ins Gesicht. Die Bäume sind kahl, die Straße vor dem Laden ist leer. Greta legt sanft die Hand auf Monas Arm, sie macht sich Sorgen, dass Mona ausgerissen ist aus dem Krankenhaus.

»Was ist passiert, Mona?«, fragt Greta.

»Eben waren sie noch da«, sagt Mona.

»Wer war da?«, fragt Greta, während die Menschen, die eben noch im Laden waren, draußen umherirren, einige in Richtung des Hauptplatzes, ein paar die Straße hinauf, zum kleinen Wäldchen oder zum Friedhof, was auch immer sie da wollen. »Mona, wer?«, fragt Greta. Mona riecht nach Angstschweiß, nach Zwiebeln, nach einem Hauch Kölnischwasser. Vielleicht hat Mona vorgehabt, einen normalen Tag zu verleben, sich wieder an ihren Platz zu begeben und weiterzumachen, als ob nichts geschehen wäre. Und jetzt das, nun hat sie schon wieder ein Unheil verkündet. Dazu noch ein unsichtbares, vielleicht ist Mona tatsächlich verrückt geworden. »Bitte, Mona.«

»Was?«

»Was ist passiert?«

»Hier«, ruft Jula. »Hier, Greta, guck mal.« Greta lässt Mona los und geht hinüber zu Jula, die vor dem Laden kniet und die Wand mustert. »Hier hat irgendwer was hingespraypt, das war doch vorhin noch nicht da, oder?« Jula sieht zu Greta auf, die schüttelt den Kopf. »Was ist das?«, fragt Jula, mit dem Zeigefinger zieht sie den roten Schrägstrich auf der Hauswand nach: »Ganz trocken.«

»Das waren sie«, sagt Mona. »Sie haben auch die Bäume besprüht und die anderen Häuser.« Mona steht auf und wandert die Hauswand entlang, hin und her, dabei nickt sie und murmelt unverständliches Zeug. Greta versteht nur Markierung und Abriss und Flutung.

»Ist schon gut«, sagt Greta ruhig. »Ist schon gut, Mona.« Aber natürlich ist es das nicht.

David versucht es erst an der Tür, er wirft sich mehrmals dagegen; das Schloss hält. Er wickelt sich ein T-Shirt um die Faust, dann eine Jogginghose, er schlägt auf die Scheibe ein, aber auch die hält stand. David ist fassungslos. Er ist wütend und schämt sich, dass er es nicht schafft, sein Zimmer zu verlassen, weil es Wacho gelungen ist, ihn hier festzusetzen. Er kann sich das nicht gefallen lassen, nicht jetzt, wo er Milo hat, wo der auf ihn wartet unten beim Schuppen, der eigentlich ein Haus ist, ein Palast. Und nicht nur Milo, auch das Tore und der Wirt werden nicht ewig auf ihn warten, und wovon sollen sie leben, wenn David kein Geld mehr verdient. Wacho wird in den nächsten Wochen nicht wieder ins Lot kommen, seine Beratungen sind schon seit einer Weile völlig verquer und seine Kunden haben lange erkannt, dass er ihnen keine Hilfe mehr ist. Es ist an David, sie beide zu retten. Irgendwo im Zimmer muss sein Handy liegen, sicherlich ist noch Guthaben drauf, nie nimmt er es mit, nie ruft er irgendwo an. Er könnte im Wirtshaus Bescheid sagen, sich krankmelden, aber Empfang hat er nur sporadisch, und er kennt die Nummer nicht, wieso bloß kennt er die Nummer nicht? Das Wirtshaus ist gleich gegenüber, hinter den Scheiben meint er seinen Vater zu erkennen, aber vielleicht täuscht er sich auch. David tritt gegen die Wand, er legt die Stirn an die kalte Fensterscheibe, denkt an alles, aber nicht mehr an Milo. Er muss warten, bis sein Vater wieder zur Vernunft kommt.

Überall finden sie rote Schrägstriche, daneben Zahlen, die sich nicht in eine Reihenfolge bringen lassen. Sie laufen die Straße hinunter zum Hauptplatz, am restaurierten Fachwerk des Rathauses stehen die Zeichen, am Tore, an allen umstehenden Häusern.

»Guck, Papa!«, ruft Jula und zeigt auf das Haus der Salamanders. Auch hier ein roter Strich, er verläuft quer über den angegrauten Putz, wie eine tiefe Schramme in einem alten Gesicht. Jula läuft ins Haus und kommt mit einem Eimer und einem Lappen zurück. Dann beginnt sie, über die rote Markierung zu schrubben. Die Farbe verwischt leicht an den Rändern, aber sie verschwindet nicht. Die Schramme ist eine Wunde.

»Du machst es nur schlimmer«, sagt Jeremias.

»Quatsch«, faucht Jula, »schlimmer geht es nicht. Die Zahl muss weg. Wenn die Zahl weg ist, dann wissen sie nicht mehr, wann unser Haus dran ist.« Jeremias lässt Jula schrubben, ratlos schaut er sich auf dem Platz um. Vor fast jedem Haus stehen Menschen, sie starren die roten Nummern an, die schrägen Linien, die irgendein undurchsichtiges System bilden, etwas, das hier noch niemand entschlüsseln kann. Selbst die kahle Linde ist markiert worden, auch der Brunnen. Mona läuft kreuz und quer über den Platz, streicht tröstend über die Hauswände, murmelt ihre Worte, immer wieder »Flutung« und »Vergissmeinnicht« und »Abriss«. Mona ist in einer Endlosschleife gefangen, und Greta würde sie gern packen, schütteln, sie beruhigen. Jetzt den Verstand zu verlieren, ist auch keine Lösung, aber der ganze Ort dreht durch angesichts der verwundeten Häuser.

»Wie haben sie das nur so schnell geschafft?«, fragt Jeremias Greta. »Warum haben wir sie nicht bemerkt?«

»Sie müssen gekommen sein, als wir im Laden waren«, sagt sie.

»Meinst du, das war geplant?«

»Ich weiß nicht, wie viel sie über uns wissen«, sagt Greta.

»Vermutlich mehr, als uns lieb ist«, sagt Jeremias. Seine Stimme passt zum Weltuntergang, wenn der einen Sprecher bräuchte, dann wäre Jeremias Salamander zweifellos die richtige Wahl. Aber der Weltuntergang braucht ihn nicht, er hat rote Zeichen und fahle Verantwortliche, die sich in ihr Leben schleichen, immer mindestens zu zweit, sicherheitshalber, während seine Bewohner in die Planung des Protests eingelullt sind. Der Weltuntergang boxt sich an diesem Montag mit ausgefahrenen Ellenbogen in den Ort und hinterlässt erste Spuren.

»Wir können nichts machen«, sagt Greta kurzentschlossen. Für sie wird es von nun an vor allem darum gehen, sich auf ein Wiedersehen mit Ernst vorzubereiten. Sollen die anderen schrubben und hektische Runden über den Hauptplatz drehen, sollen die Verantwortlichen alles abreißen, plattmachen, wegräumen, zuschütten und dann fluten. Greta wird sich um ihren eigenen Abgang kümmern. Sie lässt sich nicht beeindrucken und vor allem nicht einplanen. Mit ihr kann niemand rechnen, das ist sie sich schuldig.

Gegen sechzehn Uhr wird es dunkel, der Januar gönnt ihnen nur wenige Stunden Licht. Noch immer ist ein Großteil der Bewohner auf dem Hauptplatz unterwegs, mit roten Nasen und blassen Gesichtern. Wacho und die Fraktion aus dem Tore stößt dazu. Der Bürgermeister lässt seine Ehrenamtlichkeit ehrenamtlich sein und brüllt beim Anblick des vergeblich schrubbenden Ortes sehr laut »Scheiße!«. Daraufhin entsteht eine Pause im kollektiven Gemurmel, nickt der eine oder andere, ein paar lachen sogar. Wacho krempelt sich hochpolitisch die Ärmel hoch. Dieses Zeichen ist mit einer Winterjacke nicht so einfach zu setzen, aber Wacho gibt nicht auf, schiebt die unablässig herunterrutschenden Ärmel wieder und wieder hinauf, kümmert sich nicht um die Gänsehaut auf seinen Armen, nicht um die gefühlten minus siebzehn Grad.

»Das gibt es doch nicht!«, donnert Wacho, als er die Linie an seinem getünchten Haus entdeckt. »Das kann ja wohl nicht wahr sein, so eine Schweinerei, denen werde ich –.« Was er denen antun will, verrät Wacho nicht, er hat ohnehin keine Zuhörer, die Mehrheit schrubbt schon wieder. Es hat sich herumgesprochen, dass man mit dem aggressiven blauen Mittel vom Supermarkt eine größere Chance auf Erfolg haben soll als mit dem ökologisch verträglichen aus dem Laden. Man hilft sich aus, man reibt und flucht, aber die roten Markierungen lassen sich nicht entfernen. »David«, brüllt Wacho, »David, komm her!«

Greta sieht, wie Wacho ins Haus stürzt und wie oben in Davids Zimmer das Licht angeht, sie hört ein Poltern. Alle hören die Schreie, einigen sich auf ein Mit-dem-ist-es-durchgegangen, werfen diesen bestimmten Blick einander zu und nicht dem Rathaus, den blickdichten Gardinen. Auf der weißen Treppe taucht erneut Wacho auf, diesmal mit David im Schlepptau, David in Socken, mit T-Shirt und rutschender Jeans. Dann: David im Licht der Außenlaterne, bald schrubbend und mit blutender Nase.

»Ach nein«, sagt Greta und rührt weiter in der Glühweinkanone, die der Wirt im Austausch gegen das Schrubben einiger im Tore mehr als woanders beheimateter Trinker und zum Wohle des Ortes gespendet hat. Greta weiß, dass man in einem Glühwein nicht ständig rühren muss, aber sie hat keine Ambitionen, ihre Kapelle zu schrubben, und allein will sie heute nicht sein. Sie würde David gern einladen, sich zu ihr zu stellen und sich aufzuwärmen, aber das ist nicht möglich. Stattdessen wartet sie, bis Wacho wieder im Haus verschwindet, nimmt dann einen der Steingutbecher, füllt ihn bis zum Rand mit dem heißen Wein und trägt ihn die weiße Treppe hinauf zu David.

»Hier«, sagt Greta, und David zuckt zusammen. »Der ist warm.« David blickt hinüber zur Tür, von Wacho noch keine Spur, er nimmt den Becher in beide Hände. Ein blaugrauer Mensch, heute schon wieder. Greta mustert möglichst unauffällig Davids Nase. Nicht gebrochen. Das Blut ist mittlerweile getrocknet, vielleicht gefroren. Sie könnte es abwischen, aber das ginge zu weit. »Geh lieber rein«, sagt Greta. David schüttelt den Kopf, und wahrscheinlich verbrennt er sich am Punsch die Zunge. Er ist zu höflich und zu eifrig bemüht, Greta zu zeigen, wie sehr er die Geste zu schätzen weiß, auch wenn er eigentlich keinen Alkohol trinkt, Greta wird sich das niemals merken. »Langsam«, sagt sie, »ganz langsam.« David nickt, dann trinkt er weiter, so hastig wie zuvor. »Es ist wichtig, dass ihr jetzt nicht durchdreht«, sagt Greta so sachlich wie möglich.

»Ich hab aus dem Fenster geguckt, keine Spur von Milo«, stammelt David, er hat nichts mehr gemein mit dem Menschen aus dem Tore, mit jenem Kerl, den seine Ruhe in der Wirklichkeit verankert, der meistens schweigt, aber im richtigen Moment das Richtige sagt, wenn jemand ihm dumm kommt, David, der eigentlich allein auf sich aufpassen kann. David ist mitten hineingeraten in dieses Chaos von Leben und

Endzeitstimmung. Greta versteht nicht, was David redet, sie will ihn beruhigen.

»Das kommt vor. Das sind seit kurzem merkwürdige Zeiten«, sagt Greta, und David nickt. »Du findest ihn bestimmt wieder«, sagt sie, obwohl sie nicht weiß, wer dieser er ist, dieser Milo, und ob das überhaupt jemand ist, der wiederkommen kann.

»Ich weiß nicht«, sagt David und starrt in seine Tasse. »Ich weiß nicht, was das alles ist.«

»Weltuntergangsstimmung«, sagt Greta. »Sieh dich doch mal um, sieh dich doch mal an.« David verzichtet darauf, sich im Punsch zu spiegeln. »Manche Dinge gehen gut aus«, sagt Greta.

»Das hier nicht, oder?« Greta gibt keine Antwort, sie hält sich nicht für sehr weise, aber sie ist definitiv praktisch veranlagt.

»David, du gehst jetzt rein und ziehst dich vernünftig an. Schlag dich meinetwegen mit deinem Vater, aber zieh dir bitte Schuhe an und einen Pullover und eine Jacke, vielleicht auch noch eine Mütze, ich bitte dich. Sonst holst du dir eine Lungenentzündung, und dann geht das alles für dich im Krankenhaus aus oder schlimmer. Du willst doch nicht mit unter den Beton, oder?« David wirkt unschlüssig, schüttelt dann aber den Kopf, sieht zur Tür.

»Ich weiß nicht, was er hat«, sagt David leise, und Greta widersteht erneut dem Wunsch, ihm einen Hunderter in die Hand zu drücken und den Rat zu geben, sich schnell aus dem Staub zu machen, solange es noch geht. Das hier wird nicht mehr besser. David sollte verschwinden. Aber Greta hat kein Portemonnaie dabei, und sie schiebt David nicht in Richtung Ortsausgang.

»Geh rein«, sagt Greta sanft. David nickt und gibt ihr die Tasse zurück.

»Danke schön«, sagt er und holt tief Luft. Greta würde ihm

gern über den Arm streichen, aber im Dunkeln erkennt sie nicht, wie das Blau und das Grau auf Davids Armen verteilt sind und wo man ihn berühren darf. Greta nimmt doch einen Schluck vom Punsch. Ab jetzt ist ihr alles erlaubt.

»Da ist er!«, schreit Marie. Alle drehen sich zu ihr um. »Da ist mein Fuchs! Der denkt, er ist blau, dabei ist er doch pink, also in echt.« Clara hockt sich neben Marie, fühlt ihre Stirn, auch Robert ist besorgt.

»Das Kind ist völlig überdreht«, sagt Clara.

»Sie hat eben viel Phantasie.«

»Na, die hat sie dann wohl von dir«, sagt Clara und sieht Robert mitleidig an.

»Guck mal, Greta«, ruft Marie. »Mein Fuchs!«

»Schön, sehr schön«, sagt Greta und Marie nickt zufrieden und lässt ihren Schwamm ins Wasser fallen.

»Ich sprech' mal kurz mit ihm, wegen der Flutung, das muss er wissen.«

»Da ist kein Fuchs, Marie«, sagt Clara. Marie macht sich nicht die Mühe zu antworten, sie ist schon weg, auf dem Weg zu dem farbauffälligen Tier.

Als um kurz vor acht der Lieferwagen auf den Hauptplatz fährt und scharf neben der Bäckerei bremst, ist Greta bereits angetrunken, und damit ist sie nicht die Einzige. Auch Clara und Robert, auch Wacho und ein paar andere schwanken in warmem Wohlgefühl. Jemand hat sich an etwas erinnert, er hat seine Gitarre vom Kofferboden geholt, sitzt auf dem Brunnenrand und spielt mit klammen Fingern a-Moll, d-Moll, e-Moll, Freiheitslieder, die einige mitsingen können. Jules springt aus dem Lieferwagen, er wundert sich.

Im Schein der Laternen, markiert mit roten Kreuzen, verhält sich der Ort merkwürdig. Greta macht einen Schritt auf Jules zu, der Arme muss aufgeklärt werden und abgefüllt.

Greta will Jules gerade ansprechen, als Jula an ihr vorbeischießt, auf ihren Bruder zu. Greta beobachtet, wie Eleni und Jeremias ihre Schwämme sinken lassen und abwarten, was sich zwischen ihren Kindern abspielt. Jula ist sich der Blicke bewusst, sie stoppt kurz vor ihrem Bruder, fällt ihm nicht um den Hals, klopft ihm nur einmal gegen den Arm, vielleicht, um sich zu versichern, dass er wirklich da ist.

»Wo warst du?«, fragt Jula.

»Draußen, Post und Markt und dann einfach so«, sagt Jules.

»Warum?«

»Weil ich fahren wollte, und das geht hier nicht.«

»Es hat angefangen«, sagt Jula.

»Das sehe ich«, sagt Jules, »was tun wir dagegen?«

»Schrubben, wie du siehst«, sagt Jula aggressiv. Jules schaut hinüber zu seinen Eltern, die ihre Arbeit am Schrägstrich wieder aufgenommen haben.

»Scheint nichts zu bringen.«

»Nein«, faucht Jula, und Jules greift nach ihrer Hand.

»Lass uns reingehen«, sagt er und: »Das hat doch keinen Sinn so. Lass uns Musik hören und Kakao mit Rum trinken.« Jula befreit ihre Hand aus seiner und sieht ihn entsetzt an.

»Du hast sie doch nicht mehr alle, wir müssen was tun.«

»Das ist doch Schwachsinn, was ihr hier veranstaltet«, sagt Jules ruhig. Jula weicht einen Schritt zurück, den nassen Schwamm in der eiskalten Hand. Alle bekommen mit, dass zwischen den Zwillingen etwas nicht stimmt. Niemand schrubbt mehr.

»Jula«, sagt Jules, es klingt versöhnlich.

»Was?«

»Komm mit rein.« Jula wirft ihrem Bruder den Schwamm ins Gesicht, bückt sich, hebt den Schwamm auf und geht zurück zu ihren Eltern. Auch die anderen nehmen ihre Arbeit wieder auf, der Gitarrenmann zupft ein Kerkerlied, und Greta kratzt weiter in dem leeren Punschtopf, unter dem die Flamme bald ausgehen wird, in dem Orangenscheiben anbrennen und ein paar Stangen Zimt.

Greta hat darauf bestanden, dass Robert ihr den Lesesessel und ein paar Decken aus der Nebenkapelle hinüberwuchtet, und jetzt sitzt sie in der Nähe des Brunnens, Greta passt auf. Über dem Hauptplatz liegt eine angenehme Stille, die Wenigen, die noch weiterarbeiten, tun es stumm. Stundenlang haben sie beratschlagt, über den Platz hinweg oder von Nachbar zu Nachbar. Sie sind zu keiner Lösung gekommen, aber insgesamt ist man mit dem Tag zufrieden. Immerhin haben sie sich auseinandergesetzt. Die Frage ist nur: Wo bleibt die Außenwelt? Hat sie die Nachricht noch nicht erreicht? Warum wird hier nicht gefilmt? Dann könnte man ihr Tun immerhin als Zeichen des Protestes verstehen. Die werden schon noch kommen, sagen sie sich. Die kommen noch und filmen und berichten, und eine Welle der Empörung wird es geben und Demonstranten von überall her und heißen Kaffee für alle auf dem Hauptplatz und Plakate und Lärm und Polizei und dann schließlich: Frieden. Die Einsicht der Verantwortlichen, dass man diesen Ort auf keinen Fall entfernen darf. Sie werden sich entschuldigen, vielleicht gibt es sogar Entschädigungen, auf jeden Fall aber Anerkennung, Touristenbusse und ein großes Fest im Sommer. Hunderte Jahre Ortsgeschichte werden gefeiert an einem einzigen Tag. Und alles, alles wird gut.

Greta wacht auf, als die Turmuhr Mitternacht schlägt. Vorsichtig bewegt sie ihren verspannten Nacken, die trotz der dicken Lederfäustlinge kalten Finger. Sie hat geträumt, im Schlaf hat sie einen Fuchs gekrault, der ihr auf den Schoß gesprungen ist wie der Märchenoma die alte Katze. Greta untersucht die Decke, sie findet kein blaues Haar. Das beruhigt sie, sie ist wohl wirklich wach. Aber dennoch, es ist so still. Oben hat sich der Mond wieder in die Wolken gelegt, die Hügel in der Ferne kann sie nicht erkennen, nicht die Umrisse des Kirchturms. Greta hat das Gefühl, allein auf der Welt zu sein, nicht einmal die Verbindung zu Ernst spürt sie mehr. Langsam steht sie auf. Sie ist allein auf dem Hauptplatz, die anderen müssen zur Vernunft gekommen sein und sich ins Bett gelegt haben. Selbst Mona. Aber warum hat sie niemand geweckt?

Als die Wolken den Mond freigeben, sieht Greta die anderen. Da sind die Salamanders, da stehen David und Wacho vor dem Rathaus, da sitzt Mona auf der untersten Stufe ihres Hauses und gräbt die Hände tief in die Erde. Man hat sie also nicht vergessen. Greta geht auf Jeremias und Jula zu. »Na, seid ihr immer noch am Schrubben?«, ruft sie. Ihre Stimme klingt zittrig und schwach, klingt alt, schafft es nicht bis zur Familie Salamander. Gelbes Licht fällt vor Greta aufs Kopfsteinpflaster, das kann nicht vom Mond stammen, der Mond scheint kühler. Greta blickt hinauf zum Salamanderhaus. Die Vorhänge sind offen, da steht Jules am Fenster und sieht zu ihr hinab. Fragend schaut Greta ihn an. Sie bildet sich ein, Jules würde ihr zunicken, am nächsten Morgen aber wird sie sich nicht mehr sicher sein, ob sie das nicht doch nur geträumt hat. Ihr kommt alles, was seit Monas Schrei, seit der Entdeckung der Zeichen geschehen ist, irreal vor. Warum bewegt sich hier niemand? Warum stehen sie still, die Salamanders und die beiden Wacholder-Männer, was sucht Mona da im Boden? Im kargen Mondlicht sehen sie aus wie Statuen, fern und fremd.

Greta bleibt stehen, zögert. Sie zweifelt daran, ob es eine gute Idee war, noch näher an die versteinerten Familien heranzutreten. Vielleicht ist irgendein Zauber am Werk. Und was will der blaue Fuchs nur von ihr? Warum streicht er um ihre Beine, warum sieht er sie forschend an? Was erlaubt der sich eigentlich, wie kommt er dazu, aus ihrem Traum auszubrechen und sich einfach so selbständig zu machen?

»Geh weg«, flüstert Greta, »verschwinde!« Der Fuchs gehorcht und läuft zum Brunnen. Zwar sieht es für Greta so aus, als würde er hineinspringen, aber vermutlich springt er dahinter, hat er dort eine Maus entdeckt und erlegt. Als Greta sich vom Brunnen weg und zu den Salamanders wendet, dreht sich die Welt mit ihr, nimmt sie wieder ihren Lauf, haben sich die Salamanders aus ihrer Erstarrung gelöst. Müde, aber freundlich sehen sie Greta an. Als wenn nichts gewesen wäre.

»Vielleicht sollten wir langsam mal Schluss machen für heute«, sagt Jeremias.

»Stimmt«, sagt Eleni und lässt den Schwamm sinken. Der ist vollkommen trocken, so als hätte sie ihn seit Stunden nicht mehr benutzt. Jula gähnt demonstrativ.

»Ja, mir reicht's auch. Ich mach morgen weiter.«

»Mal abwarten«, sagt Jeremias und streicht Jula über die Wange. »Vielleicht lässt sich das alles ja doch noch anders regeln«.

»Ja, klar«, sagt Jula, aber sie ist wohl zu müde, um wütend zu werden.

»Schatz«, sagt Eleni, zieht Jula dicht an sich ran, gibt ihr einen Kuss aufs Haar. Greta überlegt, ob sie Weihnachten dieses Jahr bei den Salamanders verbringen soll, und dann fällt ihr ein, dass sie Weihnachten schon bei Ernst sein wird und die Salamanders dann längst nicht mehr hier sind.

Jahr für Jahr wurde sie eingeladen, freundlich abgelehnt hat sie immer und allein gefeiert mit Ente und Punsch und den Weihnachtssendungen, und später ist sie mit Ernsts Nachttischbuch in der Hand über die letzte Seite seines Lebens gestrichen, hat den Tabakduft eingesogen, Cremon Latakia Blend, immer der gleiche, solange sie ihn kennt, und im Nachhinein ist sie froh, dass Ernst trotz Verbot auch im Bett, auch beim Lesen an seiner Pfeife gezogen hat. Nun ist es zu spät, die Einladung anzunehmen.

»Greta, ich bringe dich nach Hause«, sagt Jeremias.

»Nein, ich mache das«, ruft David, der plötzlich wie aus dem Nichts neben Greta auftaucht. »Bitte«, sagt er und hat die Hände wie fast immer in den Jackentaschen. Jetzt eilt auch Wacho hinüber zum Salamanderhaus, und beruhigenderweise kann Greta bei ihm den Weg, den er zurücklegt, mitverfolgen.

»Du bleibst schön hier, Freundchen«, ruft Wacho.

»Wacho«, sagt Jeremias mit betont fester Stimme. »Ich denke nicht, dass es ein Problem ist, wenn David Greta zum Friedhof begleitet. Er kennt den Weg.« Jeremias schaut zu Wacho hinauf, der etwa einen halben Kopf größer ist als er. Normalerweise verschafft Jeremias sich mit Blicken Respekt, aber heute bleibt Wacho hart. Er greift nach Davids Arm, und der zuckt zusammen, auf seiner Stirn Furchen. David öffnet den Mund, und Greta fürchtet, er könne seinem Vater die Meinung sagen, aber dann schließt David den Mund wieder.

»Mach bloß kein Theater«, sagt Wacho, und David versucht, kein Theater zu machen, und drückt mit der freien Hand umso fester irgendetwas in seiner Tasche.

»Wie auch immer«, sagt Eleni. »Auf jeden Fall muss Greta von irgendwem nach Hause gebracht werden, und wenn David das machen würde, wäre ich ihm sehr dankbar, dann kann ich Jeremias nämlich mit ins Bett nehmen, dann weiß ich, wenn ich die Tür hinter mir zumache, dass ich alle gut im Haus habe.«

Fragend schaut Eleni David an, der starrt auf den Boden, Eleni sieht zu Wacho, der blickt ihr wütend ins Gesicht.

»Schön für dich«, sagt Wacho. »Dass du alle da hast.« Er krallt seine Hand in Davids Arm, der presst die Lippen aufeinander, immer noch kein Theater. »Mein lieber Herr Sohn«, sagt Wacho, »mein lieber David hingegen zieht es nämlich vor, sich herumzutreiben, während der vernünftige Teil der Menschheit sich zu einer wichtigen Besprechung versammelt. Ja, so ist es. Meinem Sohn ist alles scheißegal. Ich übrigens auch, ich an erster Stelle. Mein Sohn ist auf der Suche nach einem Fremden, anstatt sich nützlich zu machen. Guck nicht so, Jula, das geht dich nichts an.« Jula grinst Wacho an und geht dann ins Haus.

»Arschloch.«

»Wir kommen auch gleich, Schatz«, sagt Eleni und zu Wacho: »Reiß dich bitte zusammen, ja?«

»Nein«, sagt Wacho und schleudert David demonstrativ hin und her, so dass der das Gleichgewicht verliert, mit den Knien auf den Boden schlägt und merkwürdig schief an Wachos Arm hängen bleibt. David ist zu groß, um sich so eine Position gefallen zu lassen. Aber wie er da am Boden hängt, wirkt es fast trotzig. »Steh auf«, sagt Wacho. »Und mach nicht so seltsame Verrenkungen.« David gehorcht. Greta ist entsetzt, dass David sich das bieten lässt und mit welcher Vehemenz.

Wacho blickt erst zu Jeremias, dann zu Greta: »Er kommt mir abhanden.« Was sollen sie dazu sagen? Wacho wartet noch einen Moment, dann fährt er fort: »Das nächste halbe Jahr über werde ich ihn sehr gut im Blick behalten.« Greta macht einen Versuch:

»Ich würde mich sehr freuen, wenn David mich nach Hause begleitet, er wird danach sofort wieder zurückkommen. Nicht, David?« David nickt.

»Ich lass mich von euch doch nicht verarschen«, faucht Wacho. »Ihr haltet mich für verrückt, das weiß ich. Ich bin Bürgermeister! Und von ein paar roten Kreuzen und Zahlen lasse ich mich nicht aus der Fassung bringen, und meinen Sohn habe ich auch unter Kontrolle, stimmt's, David?« David nickt und Wacho lächelt stolz: »Seht ihr? Mein Junge. Er geht jetzt mit mir nach Hause. Und ihr könnt uns gar nichts, gar nichts könnt ihr uns, ihr könnt machen, was ihr wollt, ihr könnt unser Haus meinetwegen rot ansprühen, von oben bis unten, bis es aussieht wie ein verdammter Puff, aber uns beiden könnt ihr nichts!« Wacho starrt Greta und Jeremias noch einmal wild an und zieht dann David hinter sich her übers Kopfsteinpflaster und die weiße Treppe hinauf. Neben der Tür drückt er ihn gegen die Wand, brummt »Warte.« Mit fahrigen Fingern schließt er auf, packt David und stößt ihn hinein. »Gute Nacht allerseits«, brüllt Wacho quer über den Platz und dann schlägt er die Haustür hinter sich zu.

»Da kann man nichts machen«, sagt Jeremias und: »Ich bring' dich nach Hause, Greta.« Greta nickt erleichtert, sie will nur noch ins Bett, ihretwegen kann auch Jeremias sie nach Hause bringen. Der gibt seiner Frau noch einen Kuss, streicht ihr über die Wange, flüstert. »Bis gleich, Schatz.«

Während Jeremias und Eleni einander für die Zeit der nun folgenden kurzen Trennung Zärtlichkeiten zuflüstern, wendet sich Greta verlegen ab. Bei den Salamanders ist jeder des anderen Schatz, immerhin, in diesem Haus gibt es sie noch, die heile Welt, da schadet auch ein Kreuz der Verdammnis an der Außenwand nichts und eine kleine Meinungsverschiedenheit zwischen den Zwillingen. Greta entscheidet sich angesichts dieses Trennungsschmerzes, allein zu gehen. Den Lesesessel lässt sie stehen, mitten auf dem Platz, den soll Jeremias oder Jules oder Robert ihr morgen vorbeibringen. Niemand widerspricht, als Greta in Richtung Friedhof davongeht.

Mittlerweile ist es fast eins und Greta spürt die Müdigkeit nicht mehr, aber sie muss ins Warme. Erfroren zu Ernst zu kommen, das ist nicht der richtige Weg. Sie trägt die Decken und Kissen, um die Schultern schlingt sie sich eine Wolldecke. Bisher hat ihr der kleine Wald keine Angst gemacht. Sie kennt jeden Baum, jeden Schatten und außerdem lebt sie seit Jahren auf einem Friedhof. Doch in dieser sternklaren Nacht ist das anders, und beim Betreten des Waldes bekommt Greta ein schlechtes Gefühl, sie bleibt stehen. Irgendetwas ist da.

Ein fremdes, dumpfes Geräusch hinter den Bäumen, Greta entscheidet sich für eine Konfrontation, schließlich hat sie sich vorgenommen, nicht mehr so vorsichtig mit sich umzugehen. Tiefer hinein wandert sie in den Wald, tiefer als sie müsste, um nach Hause zu kommen. Sie stolpert ein Stück durch das Dickicht, bis an das eiserne Tor. Sie geht schnell, sie will wissen, woher das Geräusch kommt, und dann ins Bett, der Tag, so besonders er auch sein mag, wird ihr entschieden zu lang. Sie muss dringend auf die Toilette und dann die Tabletten nehmen. Energisch öffnet Greta das knarrende Tor.

Da ist das Haus. Das hatte sie ganz vergessen. Auf dem Dach entdeckt sie eine Gestalt. Das muss Davids Milo sein. Er wirft die alten Dachpfannen auf den Boden, ist mit seiner Arbeit schon relativ weit und balanciert nun an der Dachrinne entlang, um noch die letzten Ziegel zu entfernen. Er bemerkt sie nicht oder beachtet sie nicht, vielleicht ist sie für ihn gar nicht mehr existent. Vielleicht ist dies allein seine Realität, diese zwielichtige Nacht. Greta traut sich nicht zu rufen, deshalb spricht sie wie zu sich, aber für ihn: »Pass auf dich auf, sei bei David, bleib bei uns.« Dann dreht sie sich um, schlingt die Decken fester um sich und geht durch den Wald nach Hause. Greta wandert einen Weg entlang, von dem sie nicht wusste, dass es ihn noch gibt.

Robert
Fünf Monate

»Papa?«
»Nein.«
»Papa?«
»Nahein.«
»Papa!«
»Was?«
»Schon gut.«

Robert öffnet die Augen, trügerisch knallt ihm das Licht hinein und gibt sich als Frühling aus, und dann ist es nicht einmal die größenwahnsinnige Februarsonne, sondern die Nachttischlampe, die Marie ihm direkt ins Gesicht hält. Man sollte dem Kind verbieten, Dokumentarfilme zu gucken. Mit den Armen wedelt er durch die Luft, er will die Lampe beiseiteschieben, schafft das auch, fast ein wenig zu gut gelingt es ihm, und die Lampe fällt auf den Boden.

»Papa?«
»Was, Marie?!«
»Das war dumm.«

Einmal Flieger also mit dem Kind, einmal warme Decke weg, Beine in die Luft, anwinkeln, Kinderbauch drauf, Arme greifen, Beine hoch, Kind fliegt, Kind schreit, Knie knackt, Kind lacht. Beine runter. Fertig. Nein, doch nicht, das Kind brüllt »Noch mal!«, also alles auf Anfang, schon lange automatisch, was nicht heißt, dass es ihm keinen Spaß macht und er nicht ganz dabei ist. Robert ist unter anderem ganz dabei, denn nebenbei ist er still und heimlich erschöpft und einer von denen, die mit Sorge auf alles, was gerade geschieht, reagieren: Die Bagger, die Birnen, die Baustelle da draußen.

»Papa?« Jetzt hat er doch glatt sein fliegendes Kind in der Luft vergessen. Marie blickt ihn von oben herab skeptisch an. Robert kommt der Verdacht, Marie könnte in der Lage sein, Gedanken zu lesen. »Bitte runterfahren«, sagt Marie sachlich, und er gehorcht sofort. Sie legt sich neben ihn und zieht die Decke über sie beide.

»Was machst du eigentlich noch hier?«, fragt Robert, stützt sich auf und begutachtet sein Wunderwerk von Tochter.

»Ich bin krank«, sagt Marie.

»Das glaube ich dir nicht.« Marie grinst.

»Mama schon, und die ist Ärztin.« Robert gähnt.

»Stimmt.«

»Ich könnte heute mitkommen zum Proben«, sagt Marie, und das ist wahrscheinlich ihr Plan: die perfekte Inszenierung der bemitleidenswerten Kranken und dann Robert bei den Proben beraten. Sie wird vorher auch noch einen Kakao verlangen, und Robert wird ihn ihr machen, auch wenn Clara nichts von Zucker am Morgen hält. »Kakao?«, fragt Marie und springt aus dem Bett, auf die Lampe, brüllt einmal kurz »Au!« und läuft dann aus dem Zimmer, um die Milch aus dem Kühlschrank zu nehmen. Robert ist fasziniert. Auf dem Boden neben dem Bett liegt der zertretene Lampenschirm, aber die Glühbirne ist merkwürdigerweise noch heil; was für ein Glück, das muss einfach ein guter Tag werden.

Auf dem Hauptplatz hat sich eine Gruppe Übriggebliebener versammelt, schweigend observiert sie das klobige Etwas, das die Verantwortlichen soeben aus dem Transporter gewuchtet haben. Einer der Männer, nicht Monas Mann, von dem fehlt jede Spur, positioniert sich neben dem mit weinrotem Stoff verhängten Ding. Ohne seinen dunkelblauen Anzug würde der Verantwortliche sich kaum von der Umgebung abheben, gräulich und stumpf ist seine Haut, genau wie der müde Winterboden. Auffällig ist allein seine wild gemusterte Krawatte. Jemand muss ihn gezwungen haben, sie umzubinden, der Mann sieht nicht aus, als habe er Humor.

»Das ist ein großer Moment«, sagt der Verantwortliche. Jeremias runzelt in Elenis Richtung die Stirn, seine Frau hat ihre mehligen Arme vor der Brust verschränkt, skeptisch und angriffslustig. »Das Modell!«, ruft der Verantwortliche und zieht schwungvoll die Abdeckung zur Seite. Der Stoff fliegt erst Mona, dann Greta, dann Jules ins Gesicht. Der Verantwortliche schaut ohne Unterlass und höchst begeistert auf die Überraschung, er merkt nicht, wie die drei sich die Augen wischen.

»Ein schlafendes Schneewittchen«, flüstert Greta, sobald sie wieder klar sehen kann, und Jules zuckt zusammen. Schneewittchen, das war bisher immer Jula. Aber Greta hat recht: Vor ihnen ruht ein bildschöner Weltuntergang im Glassarg.

Aber warum, womit haben sie diesen Anblick verdient? Vielleicht als Strafe für das Verschmieren der Schrägstriche und Nummern? Für ihre mangelnde Begeisterung für die schöne neue Welt, die sie bald von oben bestaunen können? Wahrscheinlich aber steht das Modell einfach deshalb auf dem Hauptplatz, weil der große Plan es so vorsieht. Das alles hat nichts mit ihnen und ihrem Verhalten zu tun, sie machen nichts schlecht und nichts gut, sie sind nur ein kleiner Teil der Welt, die verschwinden soll.

Da steht unscheinbar und in Grau auf der einen Seite der Istzustand, nur ohne Menschen, mit Tal, Ort und Traufe, und auf der anderen Seite befinden sich, nur durch eine Glasscheibe getrennt von der profanen Normalität: der See und eine weitere Verantwortliche, die Mauer.

Auf das kristallklar gemalte Wasser hat jemand zehn kleine und größere Boote und Fähren gesetzt, auf dem See und um ihn herum spielt sich ein paradiesisches Leben ab. In sehr offensichtlich sorgfältig unregelmäßig inszenierten Abständen sind rund um den See sechs Figuren mit hauchdünnen Angeln positioniert. Vier von ihnen haben neben sich kleine Eimer stehen, darin Fische bis zum Rand.

»Woher kommen die Fische?«, fragt Marie und drückt die Nase gegen die Scheibe.

»Vorsicht, bitte«, sagt der Verantwortliche, und Robert zieht Marie zu sich.

»Tun die die Fische da rein, wenn der See da ist?«, fragt Marie, ohne sich um den Verantwortlichen zu kümmern. Niemand antwortet ihr.

Es gibt tiefbraune Holzstege, die weit in den See hineinragen, auf einem sitzt ein rosarotes Liebespaar, eng umschlungen einen unsichtbaren Sonnenuntergang über dem See bewundernd, natürlich einen Sonnenuntergang, was sonst? Und es gibt noch viel mehr als das: Es gibt hübsche Restaurants mit weiß gestrichenen Holzbohlenterrassen und mit Blick auf den See, es gibt einen karibisch weiß leuchtenden Sandstrand, es gibt kleine Schwimmer, voll ausgestattet, ein wenig altmodisch oder auch übervorsichtig, allesamt tragen sie Badekappen. Neben dem Schwimmbad gibt es einen Campingplatz mit primärfarbenen Zelten und einem Lagerfeuer, rundherum Jugendgruppen und überall: Reisebusse, Parkplätze, Eisstände, Sommerglück. Es gibt sogar eine Seilbahn, die ist das Verbindungsstück und fährt zwischen Tal und Hügeln hin und her, und auf einem der Hügel, das betont der Verantwortliche nun ganz besonders, auf einem der Hügel thront ihr neues Leben mit Blick auf das Paradies, wo andere Ferien machen, und das können sie übrigens auch, wenn sie wollen. Alles möglich da unten und da oben alles wie früher. Sie sollten überhaupt mal vorbeikommen im neuen Ort, dort steht schon einiges, worauf sie sich freuen können, und sie sollten unbedingt bald beginnen, sich einen Namen für ihre neue Heimat zu überlegen, das schaffe Verbundenheit. Das Neue, das der

Verantwortliche ihnen verspricht, findet man nicht unter der Glaskuppel.

»Ich hätte uns alle gern als Modellfiguren gesehen«, sagt Greta versonnen, und Mona ruft entsetzt: »Ich nicht. Um Himmels willen, bloß das nicht auch noch.« Mona flieht. Erst schüttelt der Verantwortliche den Kopf, hört aber damit auf, als die anderen Bewohner Mona nach und nach stumm folgen. Sie würdigen ihn keines Blickes, keines Wortes, und er huscht zu seinem Wagen, stolpert hinein und fährt mit Schrittgeschwindigkeit davon.

Obwohl die Tage wieder länger werden in diesem Februar, in dem die Sonne sich stets hinter Wolken verbirgt, vergeht die Zeit doch schneller. Wo vor kurzem noch die Tannen den Ort nach Norden abgrenzten, ist jetzt ein Loch. Es sieht tief genug aus für ein Fundament, sogar zu tief, aber Jula hat ja keine Ahnung. Sofort nach Bekanntgabe der Maßnahmen haben sie mit dem Graben begonnen, unzählige Gelbhelme, mit ihren Kränen, Baggern, mit ihrem Werkzeug haben sie den Ort übernommen, und sie lassen ihn mit einer Geschwindigkeit verschwinden, die die Bewohner in Angst und Schrecken versetzt.

Es ist stürmisch geworden und außerhalb des zweiten Gebäuderings muss man sich gegen den Wind stemmen, dabei liegt der Ort doch im Tal. Obwohl es nicht regnet, ausnahmsweise, setzt Jula die Kapuze auf. Erstens zur Tarnung, zweitens gegen den Wind. Jula tritt noch ein Stück näher, bis an die Absperrgitter heran. Genau dieser Punkt, an dem sie steht, wird zur Mittagszeit in ein paar Monaten im Schatten liegen. Die Staumauer soll über hundert Meter hoch werden.

»Ganz schön beeindruckend, was?«, sagt plötzlich, wie aus dem Nichts, eine Stimme, und Jula zuckt zusammen, dreht den Kopf weg von der Grube. Da steht dicht neben ihr einer von denen, ein Bauarbeiter. Jula kann seine Augen nicht sehen, sie liegen im Schatten des gelben Helms. Die tragen sie alle, diese Helme, auch die weiten Hosen und blaue oder schwarze Pullover. Bis auf einen. Diesem Gelbhelm fehlt die leuchtende Weste, dieser Gelbhelm ist im T-Shirt, trotz der Kälte, aber das interessiert Jula nicht. Sie starrt auf die blassblauen Federn, die sich über seine Arme ziehen. Jula ist beeindruckt, das müssen unglaublich viele Stiche gewesen sein.

»Hey«, sagt der Vogelmann und Jula schreckt auf. Der Mund unter dem Helm grinst freundlich. Da versucht doch tatsächlich einer von denen, mit ihr zu flirten. Jula dreht sich sofort weg, bloß kein Kontakt, was man nicht beachtet, das kann einem nichts anhaben, das kann sie mal.

»Alles okay?«, fragt der Vogelmann.

»Schnauze!«, brüllt Jula und läuft los.

»Hey!«, ruft hinter ihr das Federvieh, aber zum Glück bleibt es stehen, wo es ist, wo es hingehört, glücklicherweise folgt es ihr nicht.

Kurz vor dem Ortsschild stolpert Jula über ein Kabel und schlägt lang hin. Sie liegt auf dem harten Boden, inmitten von Geröll und ein paar Brettern und fragt sich, ob sie soeben Jules' Lieblingshose ruiniert hat. Höchstwahrscheinlich schon, in den letzten Wochen ist praktisch nichts heil geblieben.

Er hat ihr verboten, die Hose anzuziehen. Es ist neu, dass er ihr etwas verbietet, und nun weiß sie auch warum, sie ist zu gefährlich geworden, für Dinge, die ihm wichtig sind. Jula rappelt sich auf und läuft, ohne sich noch einmal umzusehen, zurück und in Sicherheit.

David starrt durch das Fenster auf den Platz. Milo ist immer noch verschwunden. David denkt an die löchrige Jacke, die schweren Schuhe und Milos Hand, die die Macht hat, David in die beste aller Welten zu ziehen. Da ist er, da sind seine Schritte, da steht plötzlich Wacho im Zimmer, der David wegreißt vom Fenster und von dem Blick aufs Modell. Da ist

Wacho, der vor Angst zu stottern beginnt, und da ist David, groß und stark und eigentlich alt genug für den Freigang, der seinem Vater schwört, sich von jetzt an von allem da draußen fernzuhalten, hoch und heilig, und Wacho sagt, »Sieh mir in die Augen, David«, und David sagt, »Ich versprech's«. Wacho nickt zufrieden, und David sagt, dass sie bald kein Geld mehr haben, das auf seinem Konto reiche nur noch für wenige Monate. Wacho nickt, als wüsste er das, als hätte er irgendeinen Überblick, dabei hat er den längst verloren.

»Das wird schon«, sagt Wacho. »Das findet sich.«

»Lass mich wieder arbeiten«, sagt David und wartet darauf, dass Wacho ausrastet, ihn verdächtigt, sich aus dem Staub machen zu wollen.

»Nein«, sagt Wacho ruhig, einfach nur »Nein«, und David nickt und probiert etwas anderes aus, etwas, das wirken muss wie ein Friedensangebot, wie ein Weitermachen, wie Resignation. David sagt, dass er das Album angucken möchte, das mit den Bildern von früher.

David hat noch keinen Plan. Seit jener Nacht, in der sie versucht haben, die Striche von den Häusern zu wischen, hat der Ort sich von ihm entfernt oder umgekehrt. So schlimm war es noch nie und vor allem nicht öffentlich. Er ist in den letzten Tagen in seinem Zimmer geblieben, hat vom Fenster aus nach Milo Ausschau gehalten, er hat sich ganz auf Milo konzentriert und es nicht geschafft: ihn so zu sehen wie am ersten Tag, dem Tag, an dem die farblosen Verantwortlichen kamen, dem Tag, an dem Mona erst ihr Herz verlor, dann ihre Brille und schließlich das Bewusstsein. David weiß, dass es mehr braucht, um bei Milo zu sein, mehr als nur ein bisschen Wünschen und Träumen. Er muss sich konzentrieren, aber immer wieder ist da Wacho in seinem Kopf, in seinem Zimmer, er lauert hinter jeder Ecke, sein Vater versperrt David die Wohnungstür. Und so bleibt nur das Fenster, der Blick, eine Vorstellung.

»Bitte, bitte, bitte!«
»Nein.«
»Bitte.«
»Nein.«
»Bitte!«
»Marie!«
»Papa?«
»Nein.«
»Bitte.«

Zu Roberts Glück taucht jetzt Jula auf, die Heldin seiner Tochter, heute allerdings derangiert, mit wirrem Haar, schmutzigen Händen und einem blutigen Loch in der Hose.

»Monster?«, fragt Marie. Jula bleibt vor ihnen stehen, lächelt nicht, aber das ist nichts Neues. Vielleicht verstehen sich Marie und Jula deshalb so gut, beide bemühen sich nicht, zu gefallen, und lassen sich auch voneinander nicht irritieren. Oder, überlegt Robert, oder Jula ist schuld daran, dass seine Tochter so ein seltsamer Mensch geworden ist, vielleicht hätte man Marie ein anderes Vorbild anbieten sollen. Ihn selbst zum Beispiel. Oder besser nicht.

»Ja, das war ein Monster«, hört er Jula sagen, und Robert erwartet schlaflose Nächte, mindestens vier, mit einem alpträumenden Kind im Bett und einer schlecht gelaunten Clara am Morgen und mit Ringen unter den Augen und ohne Text auf der Bühne, weil in seinem müden Gehirn immer alles durcheinandergerät.

»Jula«, sagt Robert und: »Bitte nicht.«

»Marie sollte das wissen«, sagt Jula. Schwach schüttelt Robert den Kopf, er kann sie ohnehin von nichts abhalten, er kann niemanden von nichts abhalten, er hat zum Beispiel vor knapp einer Stunde seine Tochter etwa dreihundert Gramm Kakaopulver in circa fünfundneunzig Milliliter Milch rühren und dann esslöffelweise in sich hineinschaufeln lassen. Was kann er schon gegen diese seltsame Jula ausrichten? Die sich nicht einmal durch den Glassarg aus der Fassung bringen lässt. Robert wird den Schaden begrenzen, er wird Marie heute Nacht trösten. Er wird behaupten, das alles sei nicht wahr, das mit den Monstern da draußen und was immer Jula ihr gleich noch alles erzählt. Jula sinkt bereits in die Knie, begibt sich auf Kinderaugenhöhe.

»Die Wahrheit ist, dass da draußen hinter der letzten Häuserzeile, gleich hinter dem Schild, eine riesengroße Mauer gebaut wird«, sagt Jula.

»Weiß ich doch«, sagt Marie.

»Und die Wahrheit ist, dass es das alles hier bald nicht mehr gibt.« Jula zeigt einmal rund um den Hauptplatz, und Marie runzelt die Stirn.

»Uns auch nicht?«

»Nicht mehr hier«, sagt Jula. »Im Juni ist alles weg.«

»Das ist nicht so schlimm«, sagt Marie. »Aber was ist mit den Monstern?« Robert tätschelt seiner Tochter den Kopf. Das ist nicht schlecht: Der bevorstehende Untergang macht Marie keine Angst. Die Realität kann ihr also nichts anhaben, das ist für ihn als Vater zunächst einmal sehr beruhigend. Zumal er in der Abwehr von Monstern erfahren ist.

»Die Monster machen alles weg«, sagt Jula.

»Dann macht Papa die Monster weg«, sagt Marie, und Robert grinst in eine Träne hinein.

»Dann soll er das mal machen«, sagt Jula und steht auf. »Viel Glück«, sagt sie, klopft einmal auf den gläsernen Sarkophag und geht in Richtung der Bäckerei ab.

»Darf ich noch mal gucken?«, fragt Marie, die nichts und niemand von ihren Wünschen ablenken kann. Robert hebt sie hoch, setzt sie auf dem Glas über der neuen Welt ab. »Da bin ich«, sagt Marie und deutet auf einen der übervorsichtigen Schwimmer. »Und das bist du«, sagt sie und setzt einen fettigen Kakaofleck genau auf die Stelle, unter der ein melancholischer Angler am Ufer sitzt.

Es gibt nur noch wenige gute Briefe. Die meisten Umschläge, die Jules morgens in die Kästen wirft, sind aus grauem Altpapier, sie werden automatisch frankiert, ihre Absender sind Banken, Krankenkassen und das Finanzamt. Ab und zu gibt's bunte Post mit echten Briefmarken von irgendeiner Oma und meistens ist sie dann adressiert an Marie Schnee, manchmal an Leon und an Mia, Pauls Großeltern leben bereits im neuen Ort; sie schreiben ihm nicht.

Heute hat Jules nur Grau in der Umhängetasche und wenig Lust, seine Runde zu machen. Die Mittagspause ist nicht mehr das, was sie einmal war, ein Zusammensein mit Jula. Sie ist immer noch böse auf ihn, damit hört sie nicht auf, und er ist nicht in der Lage, das wiedergutzumachen, die Sache neulich, die alberne Putzaktion, bei der er nicht mitgemacht hat. Jules geht trotzdem in die Bäckerei, knallt dort trotz Verbots ein paar Werbeanschreiben auf die Theke. Jula stemmt die Hände in die Hüften, wenn sie das macht, sieht sie aus wie Eleni und nicht wie Jules' Zwilling. Jules mustert sie von oben bis unten, verzweifelt ist er auf der Suche nach etwas, das Nähe bringen kann.

»Du hast meine Hose an.« Schwacher Versuch.

»Die hat jetzt ein Loch«, sagt Jula und: »Tut mir leid.«

»Dafür bekomme ich dein Fahrrad«, sagt Jules, damit das Gespräch weitergeht, notfalls als Streit. Jula gönnt ihm nur ein Zischen.

»Quatsch nicht.«

»Was machst du nachher?«, fragt Jules. Jula sieht sich nach ihrer Mutter um, Eleni ist nicht da, wahrscheinlich steckt sie wieder im Ofen fest, seit jenem Blumenstraußtag stimmt da irgendwas nicht, Hörnchen verschwinden, Rauch steigt auf, der Ofen knarrt und manchmal hört sich das an wie ferne Stimmen, wie die Übertragung einer hitzigen Diskussion aus dem Jenseits. Jula kommt um die Theke herum, liest seine Gedanken, sagt, dass Eleni nicht hier sei, wie so oft in letzter Zeit, und Jules sagt nichts mehr zu dem Loch in der Hose, nichts zu dem Blut auf dem Knie. Jula sieht ihn herausfordernd an.

»Ich werde noch ein paar Beschwerden schreiben. Und vielleicht gehe ich danach noch zur Baustelle und seh' nach, was sich machen lässt.« Jules geht nicht darauf ein, es fällt ihm schwer, er sieht an Jula vorbei an die Wand, auf die Ährenkränze, die wohl noch aus dem Mittelalter stammen. Jula steht dicht neben ihm.

»Du kannst ja noch mal überlegen, ob du doch mitkommst.« Jules macht einen Schritt zurück.

»Das hat keinen Sinn, wie gesagt.«

»Okay«, sagt Jula und: »Ich muss jetzt weitermachen. Hast du Post?« Jules schüttelt den Kopf. »Nimm die Prospekte wieder mit oder schmeiß sie da vorn weg, sonst ist Mama genervt, und darauf habe ich keine Lust, ich arbeite heute bis abends.« Jules nickt, aber die Prospekte lässt er liegen. Jula steht eh nur rum, soll sie die Werbung doch selbst verschwinden lassen. Als er die Tür hinter sich schließt, knallt irgendetwas an die Glasscheibe. Er dreht sich nicht um, wahrscheinlich sind es die Prospekte, und wenn nicht die, dann vielleicht Jula, die sich in einen Papiervogel verwandelt hat, nur um ihn zu beeindrucken. Das will er beides nicht sehen müssen, weder die Prospekte noch seine Schwester, die müde die Scheibe hinuntergleitet.

Jules läuft den gewohnten Weg um den Hauptplatz herum, wirft ein, was einzuwerfen ist, klatscht lustlos an der Linde ab und geht dann zum Glassarg in der Mitte des Platzes. Er beugt sich über das Modell. Auf dem Glas klebt etwas, Dreck oder Blut.

Jules kratzt darüber, aber seine Nägel sind frisch geknipst, mit Spucke will er es nicht versuchen, und eigentlich gefällt ihm die Blutwolke gut. Er blickt auf den See, trotz fehlendem Sonnenlicht glitzert das Wasser, sie müssen irgendetwas in die Farbe getan haben. Jules bekommt Lust zu schwimmen, aber hier gibt es nur die Traufe und es ist noch viel zu kalt, und seit ein paar Jahren gruselt es ihn vor dem, was in der Tiefe des Flusses auf ihn warten könnte.

Die Traufe ist schlimmer als der Ofen in der Backstube, die Traufe führt Böses im Schilde, sie will nicht verschlungen werden, sie will nicht im See verschwinden, sie tobt und schreit. Jules zieht seinen Finger von Boot zu Boot und zur Fähre, zum Ufer und dann in Richtung des Liebespaars. Seine Fingerkuppe muss auf die beiden wirken wie ein Planet. Der fliegt erbarmungslos und ungebremst auf ihre rosarote Welt zu. Jules spielt nahender Weltuntergang.

Mit sieben wollten Jula und Jules Astronauten werden. Jules ist kurz davor, laute Fluggeräusche von sich zu geben, als er sich daran erinnert, dass es mitten am Tag ist und er also sichtbar. Er hält den Mund und fährt auf entgleisten Bahnen seinen Planetenfinger über den Himmel der Miniaturwelt. Dabei passt er auf, nicht über die gläserne Wand zu rutschen. Jules kann sich alles Mögliche vorstellen, unter anderem wie er mit seinem Finger den Lauf des Universums beeinflusst. Er will die vorhandene Welt nicht aus den Bahnen schleudern, sein Angriff gilt allein den fremden Urlaubern auf der linken Seite des Modells, denen, die sich da festgesetzt haben, wo gewöhnlicherweise das Herz sitzt, da, wo sie absolut nichts verloren haben. Jules verbreitet Angst und Schrecken und lobt in Gedanken denjenigen, der mit dem Blutfleck den gläsernen Himmel über dem Angler getrübt hat. Dann steht mit einem Mal Mona hinter ihm.

»Es ist nicht mehr viel Zeit«, flüstert sie.

»Wie meinst du das?«, fragt Jules und dreht sich um. Mona trägt ihr orangefarbenes Ausgehkleid, es spannt über dem runden Bauch und an den Seiten steht es in Rollen. Auf ihrem Kopf sitzt der sogenannte Ascot-Hut. Sie sieht albern aus, ein bisschen traurig, und sie schielt, die Brille ist immer noch nicht repariert, und eigentlich müsste sie frieren.

»Wie meinst du das?«, fragt er noch einmal.

»Ach lass«, sagt Mona.

»Nein.« Sie zwirbelt den graumelierten Gürtel ihres Mantels und Jules muss an David denken, an Eleni, seine Mutter, und daran, wie sie alle immer an irgendetwas herumfummeln, als ob sie so die Welt in die Finger bekommen würden und damit in den Griff. Können sie nicht, weiß Jules. Das kann niemand. Mona schüttelt den Kopf.

»Wir werden alle untergehen.« Jules weiß das, so wie alle es wissen, insgeheim ist er sehr verstört von dieser Tatsache. Man spricht darüber, ohne sich betroffen zu fühlen, sie reden über den Untergang wie über einen schlechten Kinofilm. Es betrifft sie noch nicht wirklich, trotz der Zeichen an den Häusern, trotz der Rodung, die nur das kleine vergessene Waldstück am Friedhof überstanden hat, und eben die Linde auf dem Hauptplatz.

»Die dürfen das nicht«, sagt Mona. Ihr Kopf bewegt sich pausenlos, ihr Blick ist starr, das Gesicht angespannt, und Jules denkt an dieses Aufziehhündchen, das er oder Jula oder sie beide einmal besessen haben. Es ist immer geradeaus gelaufen, hat mit dem Schwanz gewedelt und den Kopf hin und her bewegt und dabei hat es quietschende Geräusche von sich gegeben, die wohl ein Bellen sein sollten. Beim kleinsten Hindernis, bei einer verzogenen Diele, einem Bleistift auf dem Boden, war das Vieh umgekippt, hatte seitlich liegend mit den Beinen gestrampelt. Ob Mona schon seitlich liegt oder noch geradeaus läuft, ist für Jules die einzige Frage, die sich stellt.

»Guck mal, hier ist eine Blutwolke«, sagt er ohne bestimmten Grund. Mona weicht einen Schritt zurück.

»Man sollte sich das nicht antun, das macht es nicht besser«, sagt sie. Jules greift die Kordel seiner Kapuze, versucht, die Welt in den Angeln zu halten und nicht wütend zu werden, aber der Zorn ist schon da. Er hat Lust, Mona zu verprügeln.

»Hau ab!«, drückt Jules zwischen den Zähnen hervor. Das klingt nicht nach ihm, Jules ist eigentlich friedlich. Mona rührt sich nicht, Mona weicht nur zurück, wenn es dafür keinen Grund gibt. »Hau ab!«, zischt Jules noch einmal, aber sie bewegt sich nicht, steht da wie eine Irre.

»Meine Mutter hat immer gesagt, man soll höflich zueinander sein«, sagt Mona ruhig.

»Deine Mutter ist tot, und zwar seit Jahren.«

»Ich weiß«, sagt Mona und gibt sich rational, »sie liegt auf dem Friedhof. Aber das hat sie immer gesagt. Dass man höflich sein soll. Man muss höflich sein, Mona, hat sie gesagt, trotz allem, hat sie gesagt und egal zu wem.«

»Scheiß auf deine Mutter!«, sagt Jules, der ausprobieren will, ob er jemanden außer sich selbst zum Heulen bringen kann. Mona kann nur zum Glotzen gebracht werden.

»Das war nicht nett«, sagt Mona.

»Das bist du«, sagt Jules und donnert mit der Faust aufs Glas, genau auf die Wolke.

»Ich bin hier«, sagt Mona, zeigt auf sich, folgt ihrem Körper mit dem Finger bis zum Boden hinab. »Und ich habe so einiges zu tun. Zum Beispiel muss ich Schwefel besorgen und Pech.«

»Zur Verteidigung?«, fragt Jules, und Mona sieht ihn mitleidig an, streckt sogar die Hand aus, will sie ihm auf die Wange legen, diese gelblichen, diese schwieligen Finger, die schon wer-weiß-was berührt haben. »Verpiss dich!«, sagt Jules und weicht selbst einen Schritt zurück. »Oder ich bringe dich um.« Mona ist verrückt, sie lächelt ihn an. Sie lächelt ihn an, weil er ihr sagt, dass er sie umbringen wird. Mona lächelt wahnsinnig, aber auch sehr schön.

»Du erinnerst mich an jemanden«, sagt Mona, da ist jetzt ein Glänzen in ihren Augen. »Du erinnerst mich an jemanden, den ich sehr mag, mochte«, sagt Mona, und plötzlich beugt sie sich vor, drückt ihm einen Kuss auf die Wange, streicht eine

Strähne von seiner Stirn, haucht feucht auf seine Haut: »Keine Angst, mein Lieber. Ich warte auf einen Mann. Er hat eine schlechte Nachricht gebracht, aber wenn er zurückkommt, wird er es wiedergutmachen. Alles wird gut sein, daran musst du glauben. Dafür musst du dich entscheiden, unbedingt.« Und dann läuft Mona weg in Richtung ihres krummen Hauses: Schwefel kochen, Pech und Hexenbrühe.

Im Rathaus wirft Wacho sich gegen die Tür, er brüllt und heult, er fleht David an, bei ihm zu bleiben. Er sagt ihm, dass es nichts bringt, die Tür von innen zu versperren, sich anderswohin zu wünschen oder zu einem anderen Menschen, nichts hilft etwas, sie können nur abwarten und hoffen und versuchen, sich zu erinnern, an das Gute, und zwar gemeinsam.

»Es wird niemand für dich allein kommen, niemand nur für dich«, presst Wacho durch das Holz der Tür. »Nur für uns beide, für uns wird sie zurückkommen.« Wacho knallt das Fotoalbum auf den Boden, dass David ihn damit weggelockt hat, mit dem Vorwand, sich die Bilder zusammen mit ihm anschauen zu wollen, das ist das Schlimmste.

»Wenn du so anfängst, mein Lieber, dann war's das, dann brechen jetzt andere Zeiten an«, ruft Wacho, und auf der anderen Seite der Tür steht David vor dem Fenster und hält sich die Ohren zu. Jeder Muskel seines Körpers ist angespannt und alles konzentriert sich darin auf Milo. Es ist ihm egal, was Wacho dafür mit ihm anstellt, David holt sich jetzt sein Leben, er holt sich Milo zurück.

»Was sollte das denn?«, fragt über Jules, der vor dem Glassarg auf dem kalten Boden hockt, eine Stimme. Robert Schnee ist das, aus einer Zigarettenpause macht der einen Auftritt.

»Keine Ahnung«, sagt Jules, der nicht als Stichwortgeber fungieren will, der gar nichts will heute und schon gar nicht mit Robert sprechen.

»Warum küsst sie dich?« Jules antwortet nicht, skeptisch mustert er Robert von unten. Der ist auffälliger als sonst. Er trägt ein seltsames Kostüm.

»Ein Bauarbeiter«, sagt Robert, als würde das irgendetwas erklären, und als Jules nichts sagt, fügt er hinzu: »Symbolistisch, sozusagen.«

»Verstehe ich nicht«, sagt Jules, der seine Ruhe haben will, das alberne Kostüm interessiert ihn nicht. Jules will, dass Robert wieder verschwindet. Aber Robert lässt sich nicht vertreiben, Robert wittert eine Chance, auf sein Proteststück aufmerksam zu machen.

»Ich deute nur an, mein Kostüm verweist auf die verschiedensten Epochen großer Umwälzungen, ich meine, großer Zerstörer. Die Tunika zum Beispiel, an wen erinnert die dich?«, fragt er aufgeregt.

»Was weiß ich. Cäsar?«

»Fast«, sagt Robert, schlägt den roten Umhang über seine Schulter und geht neben Jules in die Hocke wie vor einem kleinen Kind, wie vor Marie. Dass er Jules den Rauch seiner Zigarette direkt ins Gesicht bläst, kümmert ihn nicht. »Na, wer bin ich?«, fragt Robert, lockend spricht er und ein wenig wahnsinnig, aber das kann auch eine Rolle sein, bei Robert ist es im Zweifelsfall und im Notfall immer eine Rolle. »Nun sag schon«, drängt Robert. Jules ist froh, dass es unzählige Fluchtwege gibt, und schüttelt den Kopf.

»Ich weiß nicht, tut mir leid.«

»Junge, Junge, was hat man euch nur beigebracht, Nero?«, brüllt Robert, und Jules rutscht ungewollt weiter nach hinten, bis er an den Sockel des Modells stößt. »Na, Nero natürlich. Ist doch ganz klar. Also echt!«

»Stimmt«, sagt Jules. Er will aufstehen, aber in dem Moment, in dem er sich umdreht, schiebt sich der Bagger auf den Platz. Nach dem Modell erobert nun schon das zweite Monster den Ort, und der bleibt träge und wehrt sich nicht.

Robert schraubt sich langsam in die Höhe, er denkt an Marie, daran, dass sie nicht unter die Räder kommen darf, er ist dran mit Aufpassen. Er sieht sich um zum Tore, im zweiten Stock unter dem Dach befindet sich sein Theatersaal, und aus dem einzigen Fenster blickt Marie auf den Platz hinab. Robert ist zufrieden: Seine Tochter sitzt auf dem Logenplatz und er ist an vorderster Front. Ihm fallen nur fremde Dinge ein, die er dem Bagger entgegenwerfen kann. Gute Zitate, Shakespeare, nichts Eigenes: *Die Hölle ist leer / Und alle Teufel sind hier!* Das mag er. Das könnte er für den Mann am Steuer der Maschine rezitieren. Und wenn der ihn dann hinausstoßen sollte aus dem Führerhaus, in das Robert sich hineinzukämpfen gedenkt, dann wird er sich wehren, wird im Kampf zwischen den Zähnen hervorstoßen: »Der Feige stirbt viermal, eh' er stirbt, die Tapferen essen einmal nur den Tod!« Damit könnte er den Baggermann zum Nachdenken anregen. Oder auch nicht. Vielleicht, denkt Robert, möchte der Baggermann heute gar nicht nachdenken. Weil er einen Auftrag hat, einen Job, der vorsieht, dass er heute etwas zerstört. Nur was? Es gibt so einiges, was man hier zerstören kann. Den Brunnen zum Beispiel. Die weiße Treppe. Vielleicht auch die Straßenlaternen, er wird es gleich sehen. Dann kann er immer noch reagieren, überlegt, adäquat und vielleicht bleibt ihm sogar Zeit für filmreif.

Der Bagger bremst direkt neben der Linde. Robert hält die Luft an, ihm geht ein indianisches Sprichwort aus seiner ökologischen Phase durch den Kopf: *Erst wenn der letzte Baum gerodet, der letzte Fluss vergiftet, der letzte Fisch gefangen ist, werdet ihr verstehen, dass man Geld nicht essen kann.* Robert nickt. Sehr weise, wenig hilfreich. Die werden doch jetzt nicht den Baum mit dem Bagger umwälzen? Erst mal nicht, aus dem Schlachtschiff springt ein Mann, einer von denen mit den gelben Helmen, einer von denen, die hier nichts zu suchen haben.

»Hallo«, ruft der behelmte Mann Robert zu, der sich betont lässig gegen das Modell lehnt und einen Rauchring in die Luft haucht. Robert wird dem Rauch nachblicken, falls der Mann tatsächlich zu ihm kommen sollte, den Kerl selbst wird er nicht beachten, keinen Blick wird er ihm gönnen, und vielleicht wird er den Mistkerl so weit bringen zu glauben, er würde gar nicht existieren. Wenn man lange Zeit nicht beachtet wird, kann einem das passieren, das weiß Robert. Hallo, denkt Robert. Hallo?! Was denkt sich der Typ hier mit einem riesenhaften Bagger anzufahren und dann ein zärtliches »Hallo« über den Platz flattern zu lassen? Wie soll das zusammenpassen? Marie presst ein Schild an die Scheibe: *Mach den weg!*

»Das ist meine Tochter«, sagt Robert, ohne den Kerl anzusehen, aber grob in dessen Richtung. »Sie wäre Ihnen sehr dankbar, wenn Sie verschwinden würden. Sie und Ihr Bagger.« Robert bewegt den Blick vom Fenster weg, der Kerl steht direkt vor ihm, und Roberts Plan, den Typen unsichtbar zu machen und dadurch vielleicht sogar inexistent, ist dahin.

Der Gelbhelm kann nicht viel älter sein als die Zwillinge, aber man sieht ihm an, dass er Anstrengenderes tut, als Briefe auszutragen und Bleche zu heben. Dabei hat der Typ nicht mal Arme, der Kerl hat Flügel. Robert hatte sich lange Zeit ein Tattoo gewünscht, aber sich nie getraut, sich eines stechen zu lassen. Nicht wegen der Schmerzen, sondern wegen der Ewigkeit, der er sich damit ausgesetzt hätte. Aber wenn, dann hätte er genau so ein Tattoo gewählt, er und der Gelbhelm haben denselben Geschmack. Da steht jemand zum Billardspielen vor ihm, zum Biertrinken. Da steht eindeutig ein Kumpel vor ihm, und auf einmal denkt Robert an die Zeit mit Meise.

Robert hatte einmal einen Kumpel, er nannte ihn Meise und der nannte ihn Kröte, und warum jeweils was, das weiß Robert nicht mehr. Der Kumpel und er haben rumgesessen zusammen, an der Biegung der Traufe, unter der Trauerweide mit Bier und einem Schachbrett, ab und zu mit einem Joint, den Meise besorgt hat. Meise war jemand, der den Ort von Zeit zu Zeit verließ, um wichtige Dinge aus der Außenwelt einzuführen, und bis auf jene Ausflüge erlebten Meise und Kröte nahezu alles gemeinsam.

Der Sinn ihrer Treffen bestand in der Auswertung, das heißt, sie gingen alles Erlebte und Erträumte Punkt für Punkt durch und überlegten dann gemeinsam, was unterm Strich herauskam. Auswerten konnten sie jeden Sachverhalt, ob es nun um die Eltern ging, um die Berufswahl oder um Philosophie. Mit den Frauen allerdings hatte sich ihre Zeit an der Traufe dann erledigt.

Natürlich nicht sofort beim ersten Aufkommen des Themas, aber doch ziemlich bald. Mit sechzehn hatte sich Kröte in Clara verliebt und beschlossen, den Rest seines Lebens mit ihr zu verbringen. Ein Jahr zuvor hatte Meise dieselbe Idee gehabt, der Rest seines Lebens hatte aber schon ein paar Wochen nach diesem Einfall geendet, und so konnte er jetzt mit der Weisheit des Erfahrenen verkünden, dass er Roberts Schwärmerei als zukunftslos bewertete. Robert nahm ihm das nicht übel, Clara hatte schließlich die gleichen Bedenken geäußert. Robert selbst war felsenfest überzeugt, da konnte ihm niemand was, nicht mal Meise, sein alter Kumpel. Aber Robert hat in den Auswertungsphasen unter der Weide ausschließlich über Clara sprechen wollen, mit der er damals nicht einmal zusammen war. Meise hat ihm dann eines Tages die Finger im Schachbrett eingeklemmt und »Scheißegozentriker!« gebrüllt. Meise brüllte sonst nie, und Robert hat sich sehr erschrocken, er hat erst zurückgebrüllt und dann hat er Meise mit seinen geschwollenen Fingern eine gelangt. So richtig ins Gesicht. Daraufhin hat Meise ihn kopfüber in den Fluss geworfen.

Eine halbe Stunde lang stand Robert ufernah in der lauwarmen Traufe, erst hat er Meise nachgesehen, dann ins Nichts gestarrt, und dabei ist ihm sein Dasein als Kröte davongeschwommen. »Ich hätte mir das Genick brechen können, ich hätte draufgehen können«, hatte er gerufen, da war Meise längst weg gewesen. Und als er die Traufe verließ, war er nur noch Robert Schnee, drei Jahre später schon Claras Mann, und Meise war nur noch ein dämlicher Spitzname.

Dass das nun mal so sei mit Jugendfreundschaften, die eigentlich Jungsfreundschaften waren, hat er sich gesagt, beim Feierabendbier in der großen Runde, bei den oberflächlichen Auswertungen von Dingen, die die Allgemeinheit betrafen und ihn nicht interessierten. Aber warum fällt ihm Meise jetzt, beim Anblick eines tätowierten Gelbhelms, eines dieser Monster, wieder ein?

»Alles in Ordnung?«, fragt der Vogelmann. Er lispelt leicht, Roberts geschulten Ohren fällt das auf.

»Ja«, sagt Robert automatisch und erst dann erinnert er sich. Natürlich ist nicht alles in Ordnung, er steht vor einem Feind. Um seinen Fehler wiedergutzumachen, schüttelt Robert den Kopf.

»Kann ich helfen?«, fragt der Typ.

»Ja«, sagt Robert und: »Zieh Leine!« Das ist ein Satz aus der Vergangenheit, Robert lächelt verzaubert. Während der Vogelmann überlegt, schaut Robert beschwingt zum Fenster hoch. Marie hält mittlerweile ein neues Plakat an die Scheibe, und Robert fragt sich, wie viele ihrer Schilder er während seiner Rückblende wohl verpasst hat. Er sollte aufmerksamer sein. *Hau ihm eine rein, Papa*, hat Marie geschrieben, in Druckbuchstaben. Robert hebt den Daumen in Richtung Marie, aber er schlägt nicht zu.

»Es tut mir sehr leid«, sagt der Vogelmann. »Es ist nur mein Job.«

»Das sagen sie alle«, sagt Robert blitzschnell.

»Wer?«

»Na alle halt, die irgendwas zerstören. Regenwälder, die Umwelt, den Markt.«

»Das wusste ich nicht«, sagt der Typ und: »Ich sage das

heute zum ersten Mal. Ich komme übrigens ganz aus der Nähe. Aus –«. Der Gelbhelm nennt den Namen seines Heimatorts, doch Robert hört längst nicht mehr zu, er wartet auf das nächste Plakat. Aber das Fenster ist schwarz, von Marie und ihren Anweisungen keine Spur. Vielleicht ist es ihr zu langweilig geworden, vielleicht bastelt sie schon weiter an dem Totenkopf, den er für sein kritisches Stück braucht. Vielleicht ist das gar keine so schlechte Idee, vielleicht sollte er wieder hineingehen und drinnen den Aufstand proben. Es wird einem auch ziemlich kalt, wenn man länger hier steht.

»Der Baubranche geht es momentan nicht sehr gut, deshalb –« Robert dreht sich wortlos weg und geht aufs Tore zu. »Es ist nicht meine Schuld!«, ruft hinter ihm der Vogelmann und dann brüllt er so entschlossen, dass sogar sein Lispeln verschwindet: »Aber es tut mir trotzdem sehr leid, und das meine ich ernst!«

»Was brüllst du denn so?«, brüllt ein anderer Bauarbeiter den Bauarbeiter an. Robert ist froh, schon vor dem Erscheinen des zweiten Typenden Rückzug angetreten zu haben. Nicht dass die denken, er hätte Angst, gegen zwei von ihnen anzutreten. Der zweite Gelbhelm trägt statt Vogel Schlange, sie windet sich den linken Arm hinauf, höchstwahrscheinlich über den Nacken, und beißt den Gelbhelm ins rechte Handgelenk. Schlangenmensch und Vogelmann sehen Robert an. Natürlich würde Robert sich trauen, gegen die beiden anzutreten, aber was brächte das schon?

An der Tür zum Wirtshaus kommt ihm Marie entgegen. Sie trägt das Kostüm der eiskalten Königin, die in seinem Stück neben dem Tod für das abgrundtief Böse steht, und natürlich ist ihr das lange Gewand viel zu groß.

»Hast du ihm eine reingehauen?«, fragt Marie, und Robert nimmt sie auf den Arm.

»Klar«, sagt Robert und dann: »Aber Gewalt ist keine Lösung.«

»Stimmt«, sagt Marie. »Dann hast du ihn also nicht gehauen?«

»Nein«, sagt Robert. Er spürt, wie Marie an seiner Schulter nickt. »Wir gehen jetzt rein und proben den neunten Akt«, sagt Robert. Er hält nichts vom Anblick tragischer Realitäten und nichts von der klassischen Drei- oder Fünfteilung der Geschichte, er will für sich sein, allerhöchstens mit Marie. Oder mit Meise, aber das gehört wohl auch endgültig zu diesem blödsinnigen Es-war-einmal.

Manchmal stellt Greta sich vor, sie würde mit Ernst auf der Bank vor der Nebenkapelle sitzen. Sein Pfeifenrauch steigt in den Himmel und sie bittet ihn, einen Ring zu machen. Einer gelingt immer, einen Ring hat er jedes Mal für sie geschafft. Dann fällt Greta wieder ein, dass es Ernst nicht mehr, gibt, und bald gibt es auch die Bank nicht mehr, und vorher noch wird sie selbst verschwunden sein. Sie kann es nicht überblicken, dieses Nichts, und das macht ihr Angst. Ihr Leben war bisher ein planbares, sehr überschaubar, das aufzugeben kann sie sich nur schwer vorstellen, und dennoch muss es sein; es ist entschieden. Im Medizinschränkchen lagern Herzmittel, Schlaftabletten und anderes Zeug, wenn sie alles zusammenschüttet, müsste es reichen. Vielleicht nimmt sie aber auch das Dach, vielleicht segelt sie von dort aus ihrem Ernst entgegen. Greta stellt das Schnapsglas beiseite, legt die Stricknadeln weg und steht auf.

Am Hauptplatz stiert der Vogelmann in den Plexiglaskasten. Ein Blutfleck über einer der kleinen Figuren, was der winzige Mann da unten am Wasser tut, ist nicht mehr zu erkennen.

»Und was macht der da im Bagger?«, fragt der Schlangenmensch.

»Was meinst du?«

»Da sitzt jemand im Bagger und übt für den Führerschein.«

Der Vogelmann reißt sich vom Modell los. Er sieht zum Schlangenmenschen, seinem Kollegen und Kumpel, von dessen ausgestrecktem Zeigefinger weiter zur Linde und den Stamm hinab, bis zum Bagger. Das dauert, und bis er mit seinem Blick dort angekommen ist, hat sich sein Bagger schon in Bewegung gesetzt.

»Scheiße, was soll das?«, ruft er und rennt auf den Bagger zu. Auch der Schlangenmensch läuft los. Schnell ist der Bagger nicht, aber noch ist nicht auszumachen, wo der Vollpfosten hinter dem Lenkrad mit dem Ding hinwill. Sie müssen aufpassen, der Typ wird sie hemmungslos überrollen, der Boden wackelt.

»Was hast du vor?«, brüllt der Schlangenmensch und meint den Kerl im Bagger.

»Keine Ahnung!«, brüllt der zurück.

»Dann halt einfach an. Die Bremse ist links, beruhig dich.« Der Schlangenmensch kommt sich sehr vernünftig vor, er mag das und er denkt kurz darüber nach, doch noch Kinder einzuplanen. Er wird das heute Abend mit seiner Freundin besprechen, vielleicht könnten sie sich auch erst einmal einen Hund zulegen oder Salzkrebse. Der Bagger fährt direkt auf ihn zu, und der Schlangenmensch überlebt den Angriff nur, weil der Vogelmann sich zu diesem Zeitpunkt in der Gegenwart befindet und nicht wie er in der Zukunft. Der Freund zieht ihn im letzten Moment zur Seite, sie liegen auf dem Boden, während der wildgewordene Bagger auf das Modell in der Mitte des Platzes zuwalzt. Jetzt fährt die Schaufel hinab und ihr Metall kreischt über das Kopfsteinpflaster.

Der Lärm lockt einige Einheimische hinaus, und wenn nicht das, so doch wenigstens an die Fenster. Mit Entsetzen erkennen sie, wer da über den Platz rast. Aber sie lassen Jules machen, sie lassen ihn fahren, er ist der Erste, einer von vielen, die noch ausrasten werden, angesichts all der Ungeheuer, die sich den Ort einverleiben wollen.

Es fühlt sich gut an und liegt gleichzeitig schwer im Magen. Jules hat keine Ahnung, was das soll, was er da verbricht. Jedenfalls: Sobald der blöde Gelbhelm den Bagger verlassen hatte, wusste er, dass er eine Runde fahren muss. Dass er einen Führerschein hat und bisher unfallfrei ist, hat ihn beruhigt, als er sich auf den breiten Sitz mit dem Massagebezug gesetzt hat. Er hat sich nicht die Mühe gemacht, alles richtig einzustellen, es musste schnell gehen, sie würden versuchen, ihn aufzuhalten.

Jules saß ganz vorn an der Sitzkante. Er ließ den Motor an, er versuchte zu schalten, er war es gewohnt, einen Lieferwagen zu fahren, wenn auch keinen Dreieinhalbtonner. Seine Hände zitterten, als das Ungetüm anfing loszurollen. Vielleicht weil er keinen Plan hatte oder weil er nie vorgehabt hat, eine Straftat zu begehen, und das hier, das ist doch wohl eine, oder nicht? Er wird Aufmerksamkeit bekommen, aber so was von. Er weiß, wie es ist, im Mittelpunkt zu stehen, aber in letzter Zeit ist er irgendwie im Schatten verschwunden, weil er nur noch einer ist und weil er nur zusammen mit Jula auffallen kann. Ganz egal, für wie schön sie ihn halten, so richtig strahlen sie nur gemeinsam. Aber Schluss jetzt damit, er muss aufpassen, er muss sich unbedingt konzentrieren.

Die Lösung fällt ihm ein: Er kann das Monstrum aus dem Ort locken, es an der Linde vorbei die enge Straße hinauf bis zu den Bauzäunen fahren. Die wird er durchbrechen, das muss doch gehen mit so einem Gerät. Dann kann er weiterfahren, die Bauarbeiter werden zur Seite springen, links und rechts wie im Film, das hier ist sein Film. Er wird an das Bauloch kommen, an den Schlund, er will das Loch Schlund nennen für seinen Film, das klingt besser, das hat er aus irgendeinem amerikanischen Roman. Vielleicht wird Jula hinter ihm herlaufen, ihn anflehen zu halten, aber Quatsch: Jula ist kein Mensch, der fleht, und außerdem ist Jula stinksauer auf ihn und sie vergisst nicht so schnell, auch nicht, wenn er sich hier für sie zum Helden macht. Das Ganze bringt also nichts. Kein Zögern kurz vor dem Absturz, kein letztes Durchtreten des Gaspedals, kein Blick zurück.

»Milo«, ruft eine Stimme, sie gehört David. Wo verdammt steckt der, der ist doch nie draußen, warum gerade jetzt? Jules sucht nach David, versucht einen Menschen zu entdecken, der Milo heißen könnte. Da schweben plötzlich Bretter vor Jules über den Platz, versperren seine Fahrbahn. Das Modell, das neben dem Schlund ein symbolträchtiges Ziel hätte sein können, umfährt Jules in einem Bogen und erkennt dann einen Menschen unter den Brettern, und ab dem Moment kann er nicht mehr klar denken, was sich gewöhnlich anhört, aber ziemlich schlimm anfühlt. Jules' Kopf ist vollgestopft mit Wörtern und Bildern und er denkt immer wieder »Denk nach!«, und schon ist dieses Denk-nach zu einem Wort geworden unter unendlich vielen. Milo, denkt er noch, das muss dieser Milo sein. Dann wird es dunkel.

Jules hält an der kahlen Linde, oder besser: Die alte Linde hält Jules und mit ihm den Bagger. Ein Riss zieht sich quer durch den Stamm, der obere Teil knickt ab, wie morsche Knochen bricht das uralte Holz des ersten Baums, der als einer der letzten die Stellung hält. Aber selbst wenn die Linde jetzt tot zu sein scheint, den Verantwortlichen steht noch ein langer Kampf bevor mit ihren Wurzeln, den sie irgendwann aufgeben werden, und die Wurzeln bleiben, wo sie sind, auch als sich der Boden längst in den Grund eines Sees verwandelt hat. Ein Taucher wird sie fotografieren im grüngrauen Licht, und auf dem Bild wirken die Wurzeln wie ein Geflecht aus Adern, wie ein Weiterleben ohne Körper.

Hastig sieht Jules sich um, keine Spur von diesem Milo. Vielleicht hat er sich ihn und David nur eingebildet, das wäre das Beste. Jetzt rast ein Gelbhelm auf Jules zu, und Jules starrt sprachlos in die gelben Augen einer Schlange:

»Danke, Kleiner, den wollten wir ohnehin heute umlegen.«

Nur eine Sekunde hat David die Augen zugekniffen, ganz automatisch und anstatt etwas Sinnvolles zu tun. Da war Milo auf dem Platz, da war Jules im Bagger, da waren die Bretter, da war Wacho an der Tür, sein ewiges Gebrüll. Milo müsste auf dem Platz liegen, aber dort liegt niemand, da liegt nur die zersplitterte Linde. David muss Milo suchen, er muss hier raus.

Der Vogelmann erschrickt, als er vor sich die männliche Kopie des schönsten Wesens entdeckt. Dann reißt er sich zusammen und handelt, wie alle hat auch er gerade einen auffrischenden Erste-Hilfe-Kurs absolviert. Er wirft einen prüfenden Blick auf den Jungen am Steuer, sagt »Sieh mich an« und »Folge dem Finger!«. Natürlich steht der Idiot unter Schock, aber schlimme Verletzungen hat er nicht, nur eine blutige Schnittwunde an der Stirn, da hat ihn ein Ast erwischt, trotz der Verglasung des Führerhäuschens. Der Vogelmann wühlt die kleine Notfalltasche aus dem Seitenfach hervor, desinfiziert die Wunde und klebt dem Jungen ein Pflaster auf die Stirn, seine Augen sind wie die des Mädchens, ganz genau gleich.

»Da hast du noch mal Glück gehabt«, sagt er. Jules nickt mechanisch und bemüht sich, aus dem Sitz und auf die Beine zu kommen. »Bleib lieber noch sitzen, bis du ein bisschen runtergekommen bist.« Jules schüttelt den Kopf und befreit sich aus dem hypnotischen Blick der Schlange, windet sich an den gefiederten Armen des Vogelmanns vorbei und stolpert über den Platz. Da ist nichts mehr, kein Mensch auf dem Boden, keine Bretter. Da stehen die Übriggebliebenen wie Gespenster vor den Häusern und starren zur Linde, da streicht jemand zärtlich über das Fachwerk, und ein anderer trägt verstohlen sein Geschirr in Richtung Kofferraum. Jules stolpert ins Haus, er geht nicht mehr raus, nie mehr geht er hier vor die Tür.

David hat einen Weg gefunden, er klettert die Rathausfassade hinunter und er kann sich dabei das Genick brechen.

Schlimmer wäre jedoch, es gar nicht erst zu versuchen. Hoffentlich verrät ihn keiner von denen, die seit der Verkündung immer mal wieder beunruhigt aus dem Fenster blicken, ob noch was da ist vom Ort. Jeremias hat ihm eben schon zugenickt, und Marie zeigt ihm den Daumen, während Eleni ihn durch die beschlagene Fensterfront der Bäckerei traurig anlächelt; Robert filmt ihn, warum auch immer. Sie werden ihm nicht helfen, aber verraten werden sie ihn wohl auch nicht. Als sich die Rathaustür öffnet, kauert David sich auf den Boden, versteckt sich hinter dem Löwen, der schweigt und wacht. Er ist ganz und gar auf Davids Seite.

»Da kommt jemand«, sagt der Vogelmann, und tatsächlich steuert ein erschreckend großer und kräftiger Mann mit braunem Rauschebart auf sie zu.

»Martin Wacholder, ich bin hier der Bürgermeister«, sagt er und streckt ihnen seine Pranke entgegen. Sie sind sich nicht einig, wer die Hand zuerst nehmen soll, und so grüßen sie beide unförmlich mit einer Art Winken, und der Bürgermeister steckt die Hand wieder weg, zurück in die Hosentasche. »Was da gerade geschehen ist«, sagt Wacho. »Es wäre gut, wenn Sie das vergessen könnten.«

»Ich bezweifle, dass das möglich ist«, sagt der Schlangenmensch.

»Das ist auch eine Versicherungssache«, sagt der Vogelmann.

»Das geht auf den Ort«, sagt Wacho und seufzt. »Dafür werden wir schon irgendeine Versicherung haben, ich habe ein ganzes Regal voll mit Ordnern.« Und dann sagt er, ohne Luft zu holen: »Wollen Sie sie sehen?« Die beiden schütteln die Köpfe. »Gut«, sagt Wacho. »Wir sind alle ein wenig durcheinander, verstehen Sie? Der Junge wäre vor ein paar Wochen nie auf solch eine hirnverbrannte Idee gekommen, das steht fest, ich hoffe, Sie glauben mir. Wir sind alle eigentlich ganz normal.« Er verkneift sich ein Versprochen.

»Ich hoffe, Sie haben recht«, sagt der Schlangenmensch, »Sie sollten trotzdem gut auf ihn aufpassen.« Wacho tut so, als müsse er schmunzeln. Er führt es nicht für die Salamanders, dieses Gespräch mit den Gelbhelmen, das ist alles für seine Frau. Wacho spürt, wie Anna ihn beobachtet. Sie will wissen, dass er gut ist, obwohl die Sache mit David gerade schiefgeht. Wenn er sich Mühe gibt, dann kommt sie zurück, der Baum hingegen, der liegt darnieder. Mit dem Baum kann Wacho sich von nun an nicht mehr identifizieren. »Man sieht sich«, sagt Wacho und geht zurück über den Platz, die weiße Treppe hinauf, fährt mit einer Hand über den Kopf des Löwen, der knurrt, und dann tritt er in das glühende Arkadien seiner sonnengelben Garderobe.

Robert klappt seine Kamera zu und schließt das Fenster. Neben dem Löwen am Fuß der Rathaustreppe hockt David immer noch am Boden.

»Nun mach schon«, murmelt Robert. »Jetzt oder nie.« Und tatsächlich richtet David sich vorsichtig auf und rennt in Richtung Friedhof. Robert findet, David sieht aus, als laufe er um sein Leben, und Robert sieht eilig hinüber zu Marie, die an dem kleinen Schminktisch sitzt und sich im fast gänzlich erblindeten Spiegel mustert. Es gibt nicht viel, was ihn so beruhigt wie der Anblick seiner Tochter. Nur Rauchen ist besser.

»Ich werde eines Tages noch großartiger sein«, sagt Marie. »Und dann werde ich Jules zu meinem Mann nehmen und eine Praxis mit Springbrunnen eröffnen und wahnsinnig viele Pferde besitzen und ich werde einen Dinosaurier gesund machen.«

»Wir werden sehen, mein Schatz«, sagt Robert und widmet sich wieder dem Totenkopf, den Marie mit zwei sternenbesetzten Fühlern verziert hat. »Bist du sehr böse, wenn ich die abmache?«, fragt Robert.

»So mittel«, sagt Marie, Jula hat sie gelobt, für diese Bastelarbeit.

»Vielleicht hilft dann ja eine extralange Geschichte heute Abend?«

»Wie lang?«

»Tausend Wörter.«

»Nee, das reicht nicht.«

»Wie viele?«

»Auf jeden Fall mehr.«

»Gut«, sagt Robert und reißt die Fühler ab, die Schädeldecke folgt.

»Superkleber«, sagt Marie zufrieden, und Robert nickt, den Blick fest auf das Loch im Schädel gerichtet.

»Aber das geht doch nicht«, murmelt er. Vom Spiegel her flötet Marie:

»Nichts ist unmöglich.« Und dann sitzt die Schädeldecke auch schon wieder auf dem Kopf und die Proben können weitergehen. So ein Proteststück muss genau im richtigen Moment zur Aufführung kommen.

David eilt die Straße hinunter, nur für Milo würde er anhalten und für Greta, aber Greta ist nicht zu sehen, als er am Friedhofstor vorbeiläuft. Vielleicht steht sie bei Ernst und erzählt ihm von ihren Plänen, vielleicht gießt sie den Buchsbaum auf Marianne Winzens Grab und behauptet, mit Mona sei alles völlig in Ordnung. Greta würde David nicht zwingen, sich zu erklären, sie weiß, dass er weiß, was sie vorhat, und sie weiß, er lässt sie. Sie würde ihn nicht davon abhalten, sich in die Gefahr zu bringen, Wacho im Wahnsinn zu verlieren und sich selbst in einem zu schönen Traum.

In seinem Zimmer liegt Jules auf dem Boden, er will sich wegdenken, aber er weiß nicht wohin. Zum ersten Mal fällt ihm die kleine Luke auf, die sich neben dem mittleren Dachbalken befindet. Als er gerade aufstehen, den Stuhl holen und nachsehen will, klopft Jula an der Tür, und ohne nachzudenken ruft er, sie soll reinkommen.

»Die Hose«, sagt sie, sie hat sie in der Hand und hält ihm entgegen, was davon übrig ist, es sieht so aus, als würde sie mit einem Stück rohem Fleisch in der Hand einen Tigerkäfig betreten. Jules nickt, zeigt zum Stuhl.

»Was machst du?«, fragt Jula.

»Nichts Besonderes.«

»Und danach?«

»Weiß nicht«, sagt Jules.

»Ist dir langweilig?«

»Warum?« Jula zögert, dann spricht sie so schnell, dass Jules sie kaum versteht:

»Na ja, falls dir langweilig ist, dann kannst du zu mir runterkommen.« Jules gibt sich gelassen, er genießt, dass sie ausnahmsweise auf ihn zukommt.

»Keine Zeit. Wahrscheinlich fahre ich gleich noch mal weg.« Das ist eine Provokation. Warum er sie provoziert, ist ihm selbst nicht ganz klar. Jula tut gelangweilt, aber er weiß, sie kocht innerlich.

»Aha«, sagt sie, und sich gelangweilt geben und unberührt, das kann sie sogar noch schlechter als er. Rückwärts geht Jula zur Tür, dabei hat der Tiger noch nicht einmal richtig angegriffen, bisher zeigt er nur die Krallen, er ist faul und müde und hat Angst davor, wieder eines dieser Schattentiere zu werden, und das wird er, sobald sie den Raum verlässt.

»Nicht gehen«, sagt Jules leise, und Jula dreht sich um.

»Was ist?«

»Hast du das vorhin mitbekommen, was ich mit dem Bagger gemacht habe?«

»Du hast die Linde umgewalzt. Herzlichen Glückwunsch!«

»Vielleicht habe ich jemanden überfahren«, sagt Jules.

»Ich denke nicht, da war niemand.«

»Ich wollte, dass das Modell verschwindet.«

»Das Modell steht aber noch.« Julas Stimme klingt vorwurfsvoll.

»Die roten Striche sind auch noch da und die Staumauer werden sie auch bauen«, sagt Jules. Er klingt beleidigt, als hätte sie ihm in der Hinsicht irgendetwas versprochen.

»Wie meinst du das?« Jula kommt zurück ins Zimmer, beugt sich zu ihm hinunter. Ihre Gesichter sind jetzt dicht beieinander und Jules richtet sich auf, so weit lässt er nicht auf sich herabblicken:

»Die wolltest du doch weghauen, oder? Das war doch dein genialer Plan, die wegzuhauen.«

»Ja und?«, fragt Jula und geht wieder auf Abstand.

»Das wollte ich nur mal so sagen«, sagt Jules. Schon wieder in diesem beleidigten Ton, der ihn selbst wahnsinnig nervt. Jula lächelt belustigt.

»Aha. Noch was?« Jules schüttelt den Kopf.

»Nö, eher nicht. Du bist doch zu mir gekommen.«

Jula geht, und Jules legt sich wieder hin, fragt sich, warum er und sie sich so dumm anstellen in letzter Zeit. Er würde gern mit ihr auf dem Bett sitzen und über die gemeinsame Zukunft sprechen, über etwas nach dem Untergang, über Dinge, die auf Elenis Liste bei den guten Sachen stehen würden, bei dem, was man hofft, für die Zeit, wenn sie woanders sein werden und frei.

Oben auf der Luke landen ein paar Schneeflocken oder Papierschnipsel oder Asche oder so. Jules rappelt sich auf, sein Kopf schmerzt, einen Moment lang rechnet er damit umzukippen, wie es Jula einmal passiert ist. Er kippt nicht um, aber ihm wird schwindelig, als er den Schreibtischstuhl unter die Luke schiebt, ein paar ungelesene Geschichtslexika daraufstapelt und dann zu balancieren beginnt. Er ist nicht feige, so ist das nicht. Die Luke lässt sich schwer öffnen, er muss mehrmals gegen den Rahmen schlagen. Irgendjemand hat ihn so schwungvoll lackiert, dass er zugeklebt ist. Als Jules die Luke aufstößt, stürzt er fast von seiner Konstruktion. Im letzten Moment hält er sich am Fensterriegel fest.

Asche und Schnee und Papierschnipsel sind nicht mehr zu sehen, weder auf dem Glas noch auf dem Rahmen. Mit beiden Armen zieht Jules sich hinauf, unter ihm kippt der Bücherstapel um. Er schwingt sich ein Stück nach vorn, und dann sitzt er auf dem Dach und kann alles überblicken. Er hätte die Luke vorher entdecken können, er hätte schon längst einmal auf dem Boden herumliegen und an die Decke starren sollen. Aber dafür gab es bisher keinen Grund.

Unter ihm liegen die Häuser, aus den Schornsteinen steigt Rauch, da ganz hinten erhebt sich bald die Staumauer. Weiter rechts, hinter den ersten Häuserreihen entdeckt Jules das seltsame Haus. Da sitzt dieser Milo auf dem Dach und ist immer noch damit beschäftigt, alles abzudichten. Als könnte dann der See nicht ins Haus strömen. Wichtig ist: Milo wurde nicht schwer verletzt bei der Aktion vorhin mit dem Bagger. Grüßend hebt Jules die Hand in Milos Richtung. Milo reagiert nicht, springt nicht hinunter, um eine Hoffnung zu erfüllen, er ist mit den Dachziegeln beschäftigt und mit diesem seltsamen Traum, den er anscheinend in letzter Minute noch in die Realität wuchten will. Und: Wie kann das sein – da unten vor dem kleinen Haus sitzt David und wartet, er wartet bestimmt auf Milo, und Jules fuchtelt mit den Armen, will David auf sich aufmerksam machen, will ihm zeigen, dass Milo längst da ist. Aber David bemerkt Jules nicht, David geht jetzt ins Haus, und Jules fragt sich, wie man so blind sein kann.

Unten auf dem Hauptplatz sind die Bauarbeiter dabei, das Chaos, das er vorhin angerichtet hat, in den Griff zu bekommen. Gerade zerlegen sie die Linde, der halbe Baum liegt in großen Klötzen und säuberlich gestapelt auf einem Anhänger, nur ein Stück Stamm ist geblieben. Jules friert und er fragt sich, warum er überhaupt aufs Dach gestiegen ist. Vielleicht um Robert zu entdecken, der sich in Lebensgefahr begibt, der auf einem weiteren Dach auftaucht, auf den brüchigen Ziegeln des Wirtshauses.

Das ist gefährlich, was er da gerade macht. Aber andererseits ist es etwas, was Robert noch nie zuvor getan hat, wann also, wenn nicht jetzt, die Gelegenheit nutzen für eine Zigarettenpause auf dem Dach? Marie spielt in einer Ecke friedlich mit dem Totenkopf und der Theaterschminke, und Clara wird frühestens in zehn Minuten hier auftauchen. Bis dahin wird er aufgeraucht und einen weiteren Punkt auf der alten Liste abgehakt haben, an die er sich mit einem Mal erinnert hat. Die Liste, die er mit Meise anfertigte, in tagelanger Arbeit, nach unzähligen Auswertungen. Die Liste der wichtigen Dinge ist ihm über die Jahre verloren gegangen, genau wie er Meise vergessen hat. Bis jetzt alles wieder aufgetaucht ist, beim Anblick eines x-beliebigen Bauarbeiters. Nur der Name nicht, für Kröte bleibt Meise Meise.

Robert will rauchen und über allem stehen und den Abstand wahren zur Welt, die nicht einfacher werden wird in den nächsten Jahren, seit damals mit Meise und dem Fall in die Traufe ist es schwierig geworden. Da drüben, auf dem Salamanderhaus, hockt Jules, der Kamikaze-Zwilling. Robert winkt hinüber und Jules winkt zurück und Robert muss grinsen. Meise war wahrscheinlich auch so ein Jules, einer, der andere brauchte, um Bestätigung zu finden. Aber mal ehrlich: Ist er selbst da anders?

»Ja«, ruft Robert laut. Er ist Ortsschauspieler, er hat an den besten Tagen dreißig Menschen im Publikum sitzen, ihm ging es nie um den großen Applaus. Aber worum dann? Ja, worum eigentlich? Robert sieht durch das offene Dachfenster zu Marie hinunter. Die beachtet ihn nicht, die spielt, der Totenkopf sei ihr sprachbegabtes Baby, solche Sachen stellt sie sich gern vor, Marie weiß genau, was sie will.

Robert wollte ein Haus, eine Familie, Zufriedenheit. Er wollte mit dem Rauchen aufhören, mit der Rechthaberei und vor allem mit seinem Selbstmitleid, und da steht er nun auf dem Dach und überblickt nichts weiter als eine untergehende

Welt. Das kann nicht alles sein. Aber was, wenn das doch alles ist? Wie bezeichnet man die Krise, in der er sich gerade befindet? Für Midlife ist es zu früh, Pubertät hatte er schon. Robert will heulen und schreien und sich vom Dach stürzen und das als Zeichen gegen alles da unten verstanden wissen, gegen diese Untergangsmachenschaften. Robert will den Bewohnern und den Verantwortlichen ein Ausrufungszeichen sein, wie er sich noch nie auf einer Bühne als Zeichen behauptet hat. Aber Robert ist ein glücklicher Mensch, so insgesamt, warum also sollte er springen?

Drüben auf dem Dach der Nummer dreizehn taucht Mona auf und winkt ihm mit beiden Armen zu, und Robert winkt zurück und wünscht sich mit einem Mal, Mona helfen zu können, aus ihrer verqueren Unförmigkeit, aus der brillenlosen Hornhautverkrümmung, die sie jetzt das Leben kosten kann. Er könnte mit ihr in den Nachbarort fahren und die Brille reparieren lassen, aber er hat so viel zu tun, das Stück ist eine unendliche Aneinanderreihung von Akten.

Robert will auch Jules helfen mit dessen Getue und Geleide und seinem eindeutigen Zu-jung-Sein, der Abstand zu seiner Zwillingsschwester wird immer größer. Und Robert will David helfen, dem ohnehin und seit langem und jetzt ganz besonders, wo Wacho kurz vor dem endgültigen Wahnsinn steht und David in Gefahr ist, das definitiv. Aber Robert kann nichts tun, was soll er schon machen, er kann nur beobachten, kann berichten und anklagen in seinem großen Proteststück, dem größten aller Zeiten.

Wie Greta auf das Nebenkapellendach gekommen ist, weiß keiner, das hat doch fast einen Fünfundsechzig-Grad-Winkel, das Dach ist aus Wellpappe, warum bricht Greta nicht ein? Übt Greta für die Kreuzpolitur oder befindet sich Robert in diesem Film mit den Engeln, mit den Engeln vor der grauen Stadt, er erinnert sich: Selbst die Engel waren grau. Wenn das alles nicht echt ist, was ist in einer solchen Welt dann ein Schauspieler?

»Robert?« Und jetzt stolpert Clara neben ihn, und da sitzen sie zusammen auf dem Dach, überblicken ihren Lebensplan, Praxis, Zuhause und hinter ihnen, im Zimmer, das Kind und Roberts Selbstverwirklichungstheater. Als Clara seine Hand nimmt, zuckt er zusammen. Das letzte Mal hat sie die Hand nach der Verkündigung im Tore so fest gedrückt.

»Du wolltest doch nicht etwa?«, fragt Clara, und es macht ihn stichartig glücklich, dass sie so heiser klingt.

»Ich wollte nur mal gucken«, sagt er, »und rauchen und sehen, was ich fühle bei alldem.«

»Und«, fragt sie, »was fühlst du?«

»Ich weiß nicht. Oder vielleicht, ja, vielleicht dich. Du bist mir da reingeklettert in die Gedanken. Ich weiß nicht, was sonst, sonst ist da nichts, fürchte ich. Ich habe an Meise gedacht vorhin.«

»Meise?«, fragt Clara und beginnt schon beim Fragen nachzudenken, das hört er, das kennt er, das ist genau sie, diese pragmatische Gleichzeitigkeit von Fühlen und Wollen und Denken und Sehnen. Manchmal ist das zu viel für ihn. Clara ist manchmal zu viel für ihn, aber so ist das, das macht nichts, das gehört dazu, er hat sich entschieden und dazu wird er stehen, natürlich, das ist ihm jetzt klar.

»Meise war doch dieser Typ, der dich mal in den Fluss geworfen hat, oder?«

»Nicht nur das.«

Sich so einfach hier runterstürzen, das geht doch nicht, was richtet sie an, Greta will niemanden schockieren. Damit scheidet auch der Giftcocktail aus, das kann schiefgehen, zum Beispiel wenn Marie überraschend zu Besuch kommen sollte und die sprudelnden Reste trinkt. Greta klettert vom Dach, angelt mit dem Fuß nach der obersten Leitersprosse. Wenn Ernst sie jetzt sehen könnte, das Herz würde ihm und so weiter und so fort. Greta kommt heil am Boden an. Sie hat Hunger, sie wird sich etwas kochen. Sie wird das Kreuz polieren, nicht wie sonst im April, sondern kurz vor dem Jahrhundertfest, damit es glänzt, ein letztes Mal, wenn sie feiern; wenn das Fest tatsächlich stattfindet. Aber bis dahin ist noch viel Zeit.

Der Abstieg zurück ins Zimmer ist nicht einfach, und Jules hat neben der Wunde an der Stirn nun auch noch was am Knöchel, er ist dumm aufgekommen bei seinem Sprung ins Zimmer. Er beißt die Zähne zusammen und beißt sich dabei aus Versehen auf die Zunge, das tut scheißweh, aber er hat keine Zeit, sich darüber zu ärgern. Jula ist anscheinend durchgedreht, und es ist seine Aufgabe, sie vor Dummheiten zu bewahren.

Vor der Küchentür erwischt ihn sein Vater, hält ihn am Ärmel fest. Wahrscheinlich spürt auch Jeremias, wie die Dinge ins Schlingern geraten.

»Sag mal, was ist hier eigentlich los?« Jeremias' Blick wechselt von durchdringend zu ratlos. »Und was um Himmels willen ist mit deiner Stirn passiert?« Jules schüttelt den Kopf. »Du solltest bei Clara vorbeigehen, vielleicht muss da was gemacht werden.« Jules kommt aus dem Kopfschütteln gar nicht mehr raus, und Jeremias nimmt das hin: »Komm in die Küche, ich habe Tee aufgesetzt, wir unterhalten uns jetzt endlich mal. Ich bekomme dich ja in letzter Zeit gar nicht mehr zu fassen. Und wo ist Jula, sag mal, was ist eigentlich mit deiner Schwester los?« Jules sieht zur Tür.

»In zehn Minuten bin ich wieder da, dann trinken wir Tee«, ruft Jules, schlüpft in seine Gummistiefel und rennt los, über den Hauptplatz, am Fuchs vorbei, die Straße hinauf zur Baustelle.

»Aber versprochen, ja? Versprochen, Jules!«, ruft hinter ihm sein Vater, dem schon lange nicht mehr zugehört wird.

Es wird bereits dunkel, seit mindestens einer Stunde haben die Gelbhelme Feierabend. Jula hat gewartet, bis die Baustelle verlassen ist. Jules stolpert die holprige Zufahrt entlang, fällt fast über ein Kabel, das sich aus dem Nichts heraus über den Weg schlängelt. Vielleicht wird er morgen tatsächlich in der Praxis vorbeischauen, nicht wegen der Wunde an der Stirn, die ist bis dahin längst verschorft, sondern wegen des stechenden Schmerzes im Knöchel, ganz schön bescheuert, ausgerechnet Gummistiefel anzuziehen.

Er und Jula hatten eine verletzungsfreie Kindheit, abgesehen von ein paar Beulen. Nie haben sie sich etwas gebrochen, nicht mal verstaucht, und das, obwohl beide sich eine Zeitlang einen Gips wünschten, auf den sie sich gegenseitig mit Filzstiften Botschaften schreiben konnten. Einmal hatten sie Windpocken, sie hielten sich gegenseitig vom Kratzen ab, später dann eine schwere Grippe, verbunden mit einer Nacht im Krankenhaus. Eigentlich ist nur Jula richtig krank gewesen, aber Jules hat sich nicht zurückhalten lassen, selbstverständlich musste er mitkommen. Es gibt nichts, was sie voneinander verpasst haben, und nun ziehen sie sich seit kurzem auf ihren getrennten Wegen eine Verletzung nach der anderen zu.

Jula ist unten in der Baugrube, ein Schlund tatsächlich, jedenfalls von hier aus gesehen. Jules entdeckt sie, als er oben am Absperrgitter ankommt, er reißt sich zusammen, er ruft nicht nach ihr. Sie sucht etwas, befühlt die Wände der Grube. Sie benimmt sich wie eine Archäologin und sie fehlt ihm hier mehr als nachts im Bett oder tagsüber, wenn er den Lieferwagen ausparkt und noch einen schnellen Blick durchs Fenster der Bäckerei wirft, bevor er sich auf den Weg nach außerhalb macht. Jula verschwimmt da unten im gelben Licht der Sicherheitslaternen, die rund um die Baugrube an den Zäunen entlang aufgehängt sind. Alles schimmert unwirklich im Lampenschein, es ist schön und unheimlich und Jules hat das Gefühl, es sei eine andere Welt, die da unten leuchtet, zu der Jula gehört und zu der er keinen Zugang hat. Hat er nicht, muss er aber, und genaugenommen ist das da drüben eine stinknormale Baustelle.

Er kann das, natürlich kann er das, da runterspringen, von dem Zaun, trotz seines Fußes, es wird schon gehen. Jules hat es noch nie ausprobiert, aber er geht davon aus, hart im Nehmen zu sein. Also springt er und schreit laut auf, und Jula schaut zu ihm hoch und der Bann ist gebrochen, die Lampen können ihm nichts und auch nicht das merkwürdige Schweigen der Welt auf dieser Seite des Bauzauns. Das alles hier ist schlicht und einfach und besiegbar.

»Was machst du da?«, ruft Jula, sie macht keine Anstalten, zu ihm zu kommen. Als er nicht antwortet, widmet sie sich wieder ihren archäologischen Studien oder was immer sie da unten tut. Jules humpelt zum Rand der Baugrube, er setzt sich auf den Rand und rutscht die Schräge ins Innere der Erde hinab.

»Na endlich«, sagt Jula und: »Ich dachte schon, du kommst gar nicht mehr.« Sie streckt ihm ihre Hand hin, er nimmt sie und im nächsten Moment steht er wieder und sie lässt seine Hand los. »Ich weiß noch nicht genau, wie ich das mache.«

»Wie du was machst?«

»Das Ganze hier verhindern. Erst dachte ich, ich jag' einfach alles in die Luft«, sagt Jula mit dem Ton eines alten Sprengmeisters. Jules muss lachen.

»Na klar.« Jula fährt fort, ohne auf sein Lachen einzugehen, sie scheint nicht einmal beleidigt zu sein.

»Aber so viel Sprengstoff kann ich nie unbemerkt produzieren, so viel Geld habe ich gar nicht«, sagt sie.

»Woher weißt du, wie viel so was kostet?«

»Steht im Netz.«

»Jula, ich weiß nicht, wie Mama und Papa es finden, wenn plötzlich der Geheimdienst bei uns vor der Tür steht.«

»Wahrscheinlich nicht so toll.«

»Nee, wahrscheinlich nicht.«

»Sprengen geht nicht, sag ich ja.«

»Sprengen geht nicht und sonst geht auch nichts. Du wirst

im Knast landen. Das ist das Einzige, was passiert, wenn du hier was unternimmst.«

»Und wenn schon«, ruft Jula und Jules packt sie an den Armen und will sie am liebsten schütteln, aber so weit geht er nicht.

»Jula«, sagt er schwach.

»Ja? Wir brauchen eine Schlagzeile. Eine Schlagzeile ist das Wichtigste und dann geht's los. Wetten?« Sie sieht ihn direkt an, so, wie sie es seit Wochen nicht mehr getan hat. Sie ist ihm wieder nah und er will's nicht vermasseln, aber er kann nicht anders, er muss jetzt der Vernünftige sein, ganz einfach deshalb, weil sie spinnt. Er hält sie fest, drückt seine Finger fest in ihre Arme, er will sie nie wieder loslassen.

»Lass uns einfach nach Hause gehen, einen Tee trinken mit Papa, und wenn Mama schon da ist, auch mit ihr, und dann überlegen wir uns, wo wir hinziehen. Danach.« Jules zwingt sich, seinen Klammergriff zu lösen und die Nähe zu Jula aufzugeben, vage deutet er in die Höhe, bis hinauf zu dem dürren Streifen Mond zeigt er.

»Ich geh hier nicht weg«, sagt Jula.

»So toll ist es hier doch gar nicht«, sagt Jules, und dann wird ihm kalt. Jula widerspricht ihm nicht, sie behauptet nicht, dass dies hier der beste Platz der Welt sei, sie hat keine Vergleichsmöglichkeiten. Aber sie geht weg, einfach so lässt sie ihn stehen, marschiert die Grube entlang, über das Fundament einer zukünftigen Mauer. Jules läuft ihr nach wie ein treuer Hund, er würde kriechen, wenn ihm das mehr einbrächte als einen abfälligen Blick.

»Es tut mir leid!«, ruft er. »Aber das ist doch Wahnsinn.« Abrupt bleibt sie stehen, dreht sich ruckartig um.

»Hilfst du mir oder nicht?« Er schluckt einmal und dann sagt er:

»Klar.«

Das Stechen in seinem Hals ist stark genug, er hätte mehrmals schlucken können, vielleicht sollen, hat er aber nicht, und auch rückblickend wird er dieses Klar nie bereuen, stattdessen wird er sich erinnern, wie es sie über die letzten Monate noch einmal zusammengebracht hat, so nah wie immer, wie es sein sollte. Falsch ist an dem Klar also nichts. Und dennoch ist es dieses schnelle Klar ihres Zwillingsbruders, das Jula ein paar Monate später fast um den Verstand bringen wird. Aber jetzt ist erst einmal alles wieder gut und Jula sagt »Komm« und streckt ihre Hand nach ihm aus, und dann wandern sie gemeinsam durch den Schlund wie die einsamen Geschwister durch den nächtlichen Märchenwald, und die neuen Hexen sind keine alten Frauen, die Zuckerzeug verteilen, die neuen Hexen sind Baupläne und verrückte Ideen noch nicht ganz erwachsener Zwillinge, und ein altersschwacher Backofen ist für diese neuen Hexen keine Lösung, sondern nichts als ein schlechter Witz.

»Schwörst du, mir zu helfen?«, fragt Jula.

»Ja«, sagt er.

»Dass du nichts verrätst?«

»Ja.«

»Niemandem?«

»Ja. Also nein. Du weißt schon, mach ich nicht.«

»Nicht mal Mama und Papa?«

»Dumme Kuh!«

»Also: Schwörst du's?«

»Ja.«

»Gut. Komm, wir gehen nach Hause. Wenn ich den Plan habe, sage ich dir Bescheid.«

»Okay.« Sie gibt ihm einen Kuss auf die Stirn, er küsst sie auf die Wange. Die Welt dreht sich weiter, alles bewegt sich erneut in der Choreographie der Salamander-Zwillinge, alles ist, wie es sein soll.

David muss eingeschlafen sein, er liegt im kleinen Verschlag zwischen kratzigen Decken, die allesamt nach Milo riechen und nach Pfeifenrauch. Jetzt ist jemand da und David traut sich nicht, die Augen zu öffnen, da sitzt einer neben ihm auf der Matratze. David konzentriert sich, presst Wünsche zu einer Realität, wenn da gleich eine Hand ist an seiner, dann hat er es tatsächlich geschafft, dann hat sich der Weg hierher gelohnt. Und da ist eine Hand an seiner, und David öffnet die Augen. Milo ist da, ohne Wunde auf der Stirn, ohne blaue Flecken, so gesund, wie David gehofft hat.

»Wo warst du denn?«, fragt David, aber Milo antwortet nicht, er weiß nichts, was David nicht auch weiß. »Ein bisschen Zeit haben wir«, sagt David, und Milo nickt und legt sich zu ihm. David breitet die Decke über sie beide, er ist ungeschickt dabei und Milos Körper ist ganz kalt, aber so ist es besser, viel besser als allein in seinem Zimmer und mit Wacho vor der Tür. Sie sollten jetzt schlafen, dann ist es einfacher, das zu glauben, das mit Milo, das, was sich nach Leben anfühlt. Er wird es sich holen, gerade so viel, dass es weitergehen kann.

Marie schläft unter dem Mobile der schiffbrüchigen Piraten, im Minutentakt streift das bunte Kinderlicht über ihre Decke. Robert nimmt ihr den Totenkopf aus dem Arm, der erinnert mittlerweile an eine dieser Bilderbuchfeen, für sein Stück kann er ihn so nicht mehr gebrauchen, es sei denn, er zieht den Bauhelm ganz tief über die glitzerbesternte Stirn.

»Schlaf schön«, flüstert Robert, schiebt die Tür an. Er ist sehr froh, dass er sich heute keine unendliche Geschichte ausdenken muss.

Wenig später steht er mit Clara im Bad vor dem Spiegel. Sie blicken über Kreuz einander ins Gesicht, das halten sie eine Sanduhr lang durch.

»Wie war dein Tag?«, fragt Clara vorsichtig, Robert setzt ein Grinsen auf, den Mund voller Zahnpastaschaum, und Clara fragt nicht weiter. »Bei mir war es heute ziemlich ruhig, mit der Grippe scheinen wir durch zu sein. Dafür hatte ich einen verletzten Bauarbeiter«, nuschelt Clara und spuckt aus, sie hält den Mund unter den Wasserstrahl, obwohl sie seit ein paar Jahren Zahnputzbecher besitzen, macht sie das so. Robert wartet, er mag das Gefühl nicht, diesen aufgeblähten Mund, der sich anfühlt, als könne er jeden Moment platzen. Clara taucht wieder auf, und während Robert sich den Mund ausspült, sieht sie sich prüfend im Spiegel an. Sie ist schön.

»Der Bauarbeiter, das war ganz merkwürdig. Irgendwie hatte ich das Gefühl, dass er Angst hat vor mir.« Robert hebt den Kopf und betrachtet Claras Spiegelbild.

»Wie kann man vor dir Angst haben?« Clara beginnt, sich das Gesicht mit der verheißungsvollen Nachtcreme einzureiben. Robert ist fasziniert von diesem Vorgang. Wie lange man brauchen kann, um ein derart schmales Gesicht zu bearbeiten. Die Creme verspricht, dass der Teint länger frisch bleibt und über Nacht sogar erneuert wird. Eine unheimliche Vorstellung: Da liegt er nachts mehr oder weniger friedlich schlafend neben seiner Frau und der wird währenddessen das Gesicht erneuert. Vielleicht kann man doch Angst haben vor ihr.

»Ich weiß nicht«, sagt Clara. »Manche Menschen haben ja grundsätzlich Angst vor Ärzten, das muss nichts mit mir zu tun haben. Aber der Bauarbeiter, der war schon sehr speziell ängstlich.«

»Was hatte er denn?«

»Das sah ganz merkwürdig aus, höchstwahrscheinlich eine Bisswunde.«

»Seltsam.«

Clara bürstet sich ihr Haar. Es ist blond, sandblond gefärbt, Clara sieht sehr schwedisch aus. Oder norwegisch oder dänisch oder so. Wie sehen eigentlich Finnen aus? Robert streicht ihr übers Haar, er blickt in den Spiegel, als er das tut, und trifft zuerst nicht ihren Kopf, sondern ihre Nase.

»Was machst du?« Clara lächelt in den Spiegel und dann ist sie fertig: »Kommst du?«

Sie gehen ins Bett, es muss neu bezogen werden demnächst, es riecht ein bisschen zu sehr nach ihrem gemeinsamen Geruch, aber sonst ist es gemütlich in ihrem Doppelbett, der ersten größeren gemeinsamen Anschaffung vor zehn Jahren. Rücken an Bauch liegen sie da, durch die Gardinen fällt das Licht einer übrig gebliebenen Straßenlaterne.

»Hast du hier geraucht?«, fragt Clara.

»Nein«, sagt Robert, und dann streckt er die Arme nach ihr aus. Er riecht die Erneuerung an ihrem Hals. »Bist du müde?« Clara dreht den Kopf, sie küssen sich. Ihre Münder schmecken so kurz nach dem Zähneputzen ganz gleich, aber Clara benutzt vor dem Schlafengehen einen Lippenbalsam mit Vitamin E, ihre Lippen sind ihm vertraut, er küsst sie gern und sie ihn, wenn auch selten. Clara dreht sich ganz zu Robert um, schiebt die Hand unter die Decke und bis unter den Bund seiner Schlafanzughose. Ihre Hand ist kalt, dabei steht die Heizung wie immer nachts auf zwei, die Raumtemperatur beträgt achtzehn Komma fünf Grad. Sie schlafen miteinander und sie macht die Geräusche, die ihm zeigen, dass es ihr gefällt.

»Mir geht dieser Bauarbeiter nicht aus dem Kopf«, flüstert Clara danach, und dann dreht sich jeder auf seine Seite und sie schlafen ein.

David
Vier Monate

Den Weg bis zu ihrem gemeinsamen Haus kann er mittlerweile mit geschlossenen Augen laufen. Er hat es ausprobiert, vor einer Woche, vorgestern, wann auch immer. Weicher Frühlingswind schleicht seit ein paar Tagen um die Stelle, an der vor wenigen Wochen noch das vergessene Waldstück war. Von den letzten Bäumen sind nur die Stümpfe übrig geblieben. Was ist das mit dem Frühlingswind, warum erinnert der sich, der ist doch eigentlich jedes Jahr neu, dieser Wind, dachte er immer, aber anscheinend ist das nicht so. Ein Wind mit Gedächtnis, ein Lücken lassender Wind, der hier nie wieder einen Widerstand spüren, der sich an nichts mehr entlangtasten kann, bis er dann auf David stößt. Der wirft die Arme in die Luft, schwenkt sie hin und her, atmet tief ein. Er vermisst die Blätter, die Äste, die ersten Waldblumen, hier wächst nichts mehr, über diesen Boden werden bald Algen schweben. Eine seltsame Vorstellung ist das, und trotzdem geht es ihm gut, daran kann auch Wacho nichts ändern. So merkwürdig ist das alles, wie er selbst, so oft passen Innen und Außen nicht zueinander, aber trotz allem hat David Hoffnung seit einer Weile.

Heute tritt er besonders fest auf, stapft Spuren in den aufgewühlten Boden. Bald werden sie die wieder platt walzen, vielleicht kann er es dann verstehen: das alles, bei dem er bisher noch relativ ungeschoren davongekommen ist. Aber demnächst werden sie sich auch diesem Haus widmen, mit ihren Bulldozern und Planierraupen, mit der schweren Kugel, notfalls mit Dynamit.

David läuft durch einen Wald ohne Bäume, das Haus immer im Blick, und auch Wacho blickt er seit kurzem in die Augen, damit der nicht merkt, dass David lügt, wenn er sagt, er sitze den ganzen Tag in seinem verschlossenen Zimmer. Das ist viel, das ist ein mutiger Blick, und wenn es dann zu warm wird für die Jacke, wenn David das Taschentuch nicht mehr unbeobachtet in seiner Anoraktasche drücken kann, dann muss er sich etwas anderes ausdenken. Dann müssen wieder die Nägel herhalten, dann muss er kauen, bis es blutet.

Wenn er die Augen für eine Sekunde schließt, wird sich alles in Luft auflösen. Nicht nur das Haus, auch die Erinnerung eines Waldes und Milo sowieso, mit den Sägespänen im Haar, Milo, der schweigt, Milo, um den sich alles dreht.

Davids Augen tränen, aber das macht nichts, das ist es wert, er läuft und läuft. Seit einer Weile spricht man nicht mehr wirklich mit ihm, man sagt nur noch »Morgen«; man sagt »'n Abend«; sagt »Ach du«. Sie sehen ihn an, wie sie Wacho mustern, sie denken, er ist verrückt. Aber auch das: Das ist es wert. Sie verpetzen ihn nicht, sie stellen sich vor ihn, damit er entwischen kann, ab und zu. Sie drehen ihm den Rücken zu dabei, aber sie helfen ihm, davonzukommen. Es ist doch merkwürdig, eine Merkwürdigkeit unter vielen, dass der drohende Untergang sie alle so knallhart aneinanderschleudern und gleichzeitig voneinander fernhalten kann. Das Problem: Man ist sich nicht einig, und die, die sich einig sind, die sind es, weil sie keine Meinung haben. Wenn David am Tore vorbeiläuft, sieht er sie drinnen sitzen, eng beieinander, aber niemand spricht ein Wort. Alle sind sie da, aber die Worte scheinen ihnen zu fehlen. Was soll man auch sagen außer immer wieder »Bitte nicht!«.

Wacho hat eine gute Phase, seit es wärmer geworden ist, seit die Sonne ab und zu scheint, seit David nicht mehr von Milo spricht. David arbeitet sogar wieder ab und zu. Wacho öffnet dann die Tür, deutet zur Treppe. Gemeinsam gehen sie ins Tore, dort hat Wacho seinen Sohn ständig im Blick, und sie brauchen Davids Gehalt, weil sonst kein Essen auf den Tisch kommt und weil der Wirt sie nicht mehr anschreiben lässt.

David macht seinen Job gut, immer noch. Sie geben ihm mehr Trinkgeld als früher, sie verhalten sich wie Urlauber am Tag vor der Abreise, als wollten sie eine fremde Währung loswerden. Der Wirt klopft David auf den Rücken, er sagt »Bist 'n Guter«, sagt »Lass dich nicht unterkriegen«, und er besteht nicht darauf, dass David Wacho die Getränke bringt, aber David tut es, und dabei behandelt er Wacho wie jeden anderen. Er bringt ihm die Schnäpse, das Bier, und Wacho schweigt, Abend für Abend, und malt sich Dinge aus, die sein könnten.

»Seht euch die Traufe an«, hört man immer wieder jemanden rufen. Die Traufe ist tiefer geworden, auf einmal tosend, obwohl die Mauer ihr mehr und mehr den Zufluss absperrt, ist die Traufe angeschwollen. Der Fluss ist ihnen fremd, sammelt Wassermassen aus dem Nichts, er schluckt jeden Regentropfen. Er wehrt sich gegen sein Verschwinden, bäumt sich auf, den Eindringlingen entgegen oder dem Ort, man kann es nicht genau sagen. Was soll's, denkt David bei sich, solange er und Milo zusammen sind, nimmt er viel in Kauf. Und da ist es, das kleine Haus. Er ist angekommen.

Greta hofft darauf, dass die anderen sie über die eigenen Sorgen langsam vergessen werden, das tut sie wirklich. Ihr Plan ist, jegliches Interesse an ihr versiegen zu lassen. Daher ist es wichtig, dass ihr Abgang erst nach dem Aufstieg, nach der Reinigung des Kreuzes stattfindet. Sie kann warten, sie hat genug zu tun, aber sie ist auch in jenem Alter, in dem die Jahre wieder zu Jahren werden und man jede Minute wahrnimmt. Anders gesagt: Greta wird die Zeit lang, und während andere auf dem unsichtbaren Zeitstrahl weiterwandern, kann Greta nur stehen und warten, bis der richtige Punkt auf sie zurollt.

Den Laden an der Ecke haben sie am vergangenen Samstag geschlossen. Mit Brettern haben sie die Tür vernagelt, als wäre das nötig, als würde sich an diesem ausgedienten Platz noch jemand einnisten wollen. Der Weg durch den Ort hat sich verändert, für Greta macht er keinen Sinn mehr. Man kann hier nichts tun und an der nächsten Ecke auch nicht, nichts jedenfalls, was man zu Hause nicht auch tun könnte. Eigentlich kann man nur noch ins Tore gehen, aber Greta trinkt nicht und sie will mit niemandem sprechen und schon gar nicht gemeinsam schweigen.

Trotzdem läuft sie jeden Tag ihre Runde, geht am Laden vorbei, grüßt Robert, der rauchend am Fenster steht. Greta wandert hinunter zum Hauptplatz, zu meiden sind das Modell und das große Plakat. Gegrüßt wird, wer auch immer ihr entgegenkommt, sie nickt selbst den Gelbhelmen zu, so viel Anstand besitzt sie: Grüße deinen Feind, er wird sich wundern. Greta spricht jeden auf das Jahrhundertfest an, fragt, was wer dazu beitragen möchte. Die meisten haben keine Ideen und Greta stört das nicht, sie will nur, dass das Fest nicht vergessen wird. Greta prägt sich den Ort ein, sie nimmt Abschied von Überbleibseln, sie hätte sich früher verabschieden sollen, bevor alles anders wurde, aber das hat sie verpasst.

Heute ist Greta verabredet. Sie braucht Streuselkuchen für diese Verabredung, und in der Bäckerei arbeiten sie noch. Die Bäckerei, dank einer Verfügung, wird noch eine Weile weiterbetrieben. Trockensten Streuselkuchen also, am besten vom Vortag. Greta hat ein Treffen mit zwei Verantwortlichen vereinbart. Sie will Genaueres über die Versiegelung des Friedhofs erfahren. Greta muss herausfinden, wie viel Zeit ihr noch bleibt.

Ein Löwe fletscht die Zähne im Schlaf, bildet sich Wut ein in seinem steinernen Hirn. Wie kann ein Haus gut sein, das zur Begrüßung die Zähne bleckt? Vielleicht aber braucht ein Haus, einsam im Wald, gefletschte Zähne, damit die Bewohner sich geborgen fühlen. Wie auch immer: Milo hat das Haus Zutritt gewährt, und weil David mit Milo gekommen ist, lässt das Haus auch ihn herein. Ein Haus mit Zähnen, denkt David, wird sich auch einem Bulldozer widersetzen, vielleicht einer Abrissbirne und sogar einem See.

Das rostige Tor hat einen Hieb abbekommen, als sie die letzten Bäume abgeschleppt haben, ist ein Wagen dagegengestoßen, und einer der Gitterstäbe ist dabei gebrochen, aber das ist nicht schlimm, das Tor ist immer noch ein Tor, und seit dem ersten Tag markiert es die Grenze. David wartet einen Moment, bis er die Hand auf den Knauf legt, dann öffnet er es vorsichtig, er betritt das Grundstück, da ist Milo. Milo im löchrigen Pullover, in der zu weiten Jeans. Milo ohne Schuhe, als wären sie sonst wo. Könnte sein, dass Milo noch gar nicht bemerkt hat, wo er sich befindet, seit ein paar Monaten mittlerweile lebt Milo höchstwahrscheinlich im Nichts und baut sein Luftschloss mit rostigen Nägeln in den Wind.

»Milo!«, ruft David durch die waldesleere Stille und die Erinnerung an rauschende Bäume, ein neues Rauschen kommt täglich näher, von der Baustelle. Über eine Entfernung jedenfalls, die nicht sein darf, ruft David nach Milo. Der ist damit beschäftigt, die Treppe zu bearbeiten, mit einem altmodischen Schleifgerät, das ganz ohne Storm funktioniert, was gut ist, denn Strom haben sie hier draußen nicht. David ruft, und Milo hört ihn nicht, er ist vertieft, seit einigen Wochen schon, als würde er das Haus mit David verwechseln. David ist eifersüchtig auf ein klappriges Haus, dem die gebleckten Zähne ausfallen. Dass es so etwas gibt, so eine dumme Eifersucht, hat er wie so vieles erst von Milo gelernt.

David steht jetzt neben Milo, er sagt noch einmal seinen

Namen und setzt sich zu ihm auf die Stufe. Das Holz ist weich und hell, Milo befindet sich im Feinschliff. David schiebt seine Hand übers Holz bis zu Milos Jeans, dann über seinen Rücken bis zur Schulter, er legt ihm die Hand von hinten um den Hals, er fühlt jeden Wirbel, und jetzt bemerkt Milo ihn endlich. Er fährt herum und starrt David wild an, und der schreckt zurück und donnert mit dem Rücken gegen das Geländer. Licht fällt in Strahlen von oben herab. Gebrochen durch nichts mehr, auch das mittlerweile Gewohnheit. Im Licht tanzt feinster Holzstaub, leuchtet Milo übernatürlich, und David muss schlucken, wegen der trockenen Luft, wegen der beißenden Strahlen, diesem Blick. Dass sich das so vertraut anfühlt, hätte er nicht gedacht.

»Hier«, sagt David und streckt Milo die alte Plastikflasche entgegen. Milo nimmt einen Schluck gegen den Staub in seiner Kehle und kippt sich den Rest über den Kopf. Milo spielt Sommer. Dann lacht er endlich, und das kann er gut. Er kann so sehr lachen, dass es im ganzen Körper sticht.

»Hey«, sagt David und streicht mit dem Daumen den Hals hinauf, wandert über sämtliche Kratzer, über ein kurzes Schlucken, ein kantiges Kinn, hinauf bis zu Milos Lachen. Da lässt er seinen Daumen liegen. »Du«, sagt David, aber es ist nicht zu hören. Jetzt, denkt David. Jetzt.

»Guten Tag«, sagt eine feste Stimme, und David macht die Augen wieder auf, verdammt. Vor dem Tor stehen zwei Fremde, offenbar gehören sie zu den Verantwortlichen.

»Wir müssen mit Ihnen sprechen«, sagt die Frau im blauen Kostüm.

»Wir wollen nicht stören«, sagt der Mann.

»Aber dennoch«, sagt die Frau, und sie klingt fröhlich dabei. »Dennoch ist es notwendig, dass wir uns einmal zusammensetzen und über die Zukunft sprechen.« Und während sie das sagt, sind die beiden schon auf dem Weg, sie stoßen das Tor auf, die letzte Angel bricht, krachend fällt es zu Boden. Die beiden Fremden übertreten die Grenze.

»Was gibt es?«, fragt David und klopft sich die staubigen Hände ab. »Wie können wir Ihnen helfen?«

»Es geht um das Haus«, sagt die Frau, lächelnd kommt sie näher. Der Mann folgt ihr. Da schreitet die grinsende Weltuntergangsnachricht auf sie zu, und David bereut es, nicht schneller durch den verschwundenen Wald gelaufen zu sein. Immer geht es um alles, langsam beginnt das, an den Nerven zu zehren.

Dass sie besser reingehen sollten, sagen die Verantwortlichen und dann schieben sie sich schon an ihnen vorbei.

»Gehen wir mit?«, fragt David, und Milo schüttelt zuerst den Kopf und dann nickt er und dann gehen sie ins Haus.

Zwei Bretter auf zwei Stapeln Backsteinen, das ist ihr erster gemeinsamer Einrichtungsgegenstand, ihr Tisch, das haben die Fremden richtig verstanden, und schon sitzen sie auf den umgekippten Eimern (Sauerkraut, 30 Liter), und auch das ist vollkommen richtig in diesen provisorischen Tagen.

»Setzen Sie sich doch«, sagt die Frau und deutet vage in den Raum. Es gibt nur zwei Stühle, da sind nur zwei Eimer, bisher haben sie keine weiteren gebraucht.

»Ich stehe lieber«, sagt David, und Milo steht einfach so. Er wohnt hier, was soll er sich erklären. »Worum geht es?«, fragt David, die Hände vergraben in den Jackentaschen.

»Es ist ja nun so«, sagt der Mann und schiebt mit der Handkante den Staub von den Brettern, »dass hier einiges abgerissen werden muss.«

»Muss es das denn wirklich?«, fragt David, er kann es sich nicht verkneifen, es ist die dümmste Frage seit Beginn der Neuzeit. Die beiden Verantwortlichen gehen nicht darauf ein.

»Jedenfalls werden in den nächsten Tagen die ersten Häuser abgerissen.«

»Warum erzählen Sie uns das?«, fragt Milo, und natürlich verstehen die beiden ihn nicht, Milo ist immer viel zu leise, nur David kann ihn verstehen.

»Warum sagen Sie uns das?«, fragt David, denn diese Frage ist gut.

»Es ist ja nun so«, sagt der Mann, und die Kollegin seufzt, aber er stört sich nicht daran, er fährt fort: »Dass hier alles verschwinden wird.«

»Genau«, sagt die Frau. Sie hat anscheinend vergessen, dass sie auf einem Eimer sitzt, und da kippt sie auch fast schon um, im letzten Moment bringt David sie wieder ins Gleichgewicht.

»Danke«, sagt die Frau.

»Es ist ja nun so«, sagt der Mann noch einmal.

»Herr Abend«, sagt die Frau, und: »Bitte!« Herr Abend sieht sie tadelnd an, sie hat seinen Namen preisgegeben, davon wird im Leitfaden für derartige Gespräche eindeutig abgeraten.

»Worum geht es?«, fragt David, der die Geduld verliert, und nicht nur er, hinter ihm läuft Milo unruhige Kreise, die läuft er sonst nicht, gewöhnlich steht er still oder sitzt.

»Jedenfalls haben Sie Glück, dieses Haus steht unter Denkmalschutz.«

»Ah ja«, sagt David, »das wussten wir nicht.«

»Das scheint hier niemand gewusst zu haben, sonst hätte man Sie von Ihren Verschönerungsversuchen abgehalten.« Die Frau verzieht missbilligend das Gesicht, ihr Blick bleibt an der Plastikplane hängen, darunter verbirgt sich die Fluchtmöglichkeit, an der David seit ein paar Wochen bastelt.

»Wir sind ganz vorsichtig«, sagt Milo schnell.

»Wir sind vorsichtig«, wiederholt David lauter.

»Jedenfalls wird dieses Haus nicht abgerissen«, sagt die Frau.

»Sie haben Glück«, sagt Herr Abend. »Ihr Haus wird das alles überstehen.«

»Und der See?«, fragt David.

»Wir nehmen eine Translokation vor«, sagt Herr Abend,

als würde das irgendetwas erklären, als könnte das den See bannen. »Das bedeutet, das Haus wird versetzt.«

»Wohin«, will David wissen.

»Es wird ein begehbares Denkmal werden, oben am Hang«, sagt Herr Abend und seine Kollegin fügt schnell hinzu: »Morgen beginnen wir mit dem Abbau. Ihre Arbeit können Sie sich sparen, das sollten Sie sogar, was Sie da tun, ist strafbar.«

Damit stehen die beiden auf, nacheinander geben sie David die Hand, aber Milo übersehen sie natürlich. Kurz bevor sie auf die Treppe treten, dreht sich der Mann, dreht Herr Abend sich noch einmal um:

»Sie haben vielleicht ein Glück«, sagt er, und das klingt sehr traurig und überhaupt nicht nach Glück.

Milo setzt sich auf einen der beiden Sauerkrauteimer, er wirkt erschöpft und müde.

»Haben wir Glück?«, fragt David. Aber es ist nicht eindeutig, ob sie Glück haben, das entscheidet das Haus ganz allein, ob es als Glück angesehen werden kann, wenn man es transloziert.

Milo malt das Haus in den Staub auf den rohen Brettern, auf ihren Tisch. Davids Blick wandert von dem kleinen Haus in den großen Raum, der schon Ähnlichkeit mit einem Zuhause hat, Milo hat die Dielen abgeschliffen. Das ist David vorhin gar nicht aufgefallen.

»Was machen wir heute noch, wollen wir irgendwas tun?«, fragt David und muss schlucken, weil er genau weiß, was er heute noch tun will, er traut sich nicht, es laut auszusprechen. Milo steht abrupt auf, nimmt den Hobel, setzt sich auf die unterste Stufe und beginnt wieder mit der Arbeit. David steht sich selbst auf dem Fuß, vielleicht sollte er lieber gehen. Vielleicht ist Milo nur deswegen hierhergekommen, wegen des Hauses. Vielleicht ist das ganz allein Milos Ding, vielleicht braucht Milo ihn nicht, wie er Milo braucht. Eigentlich spricht nicht viel dafür, dass Milo irgendwen nötig hat, eigentlich kommt Milo klar und David eher nicht.

»Bis später«, sagt David, unschlüssig hebt er die Hand. Milo schaut kurz auf, nickt, lächelt ihn an, und David geht wieder hinaus, durch seine Erinnerung eines Waldes bis zum menschenleeren Hauptplatz und die zweite Löwentreppe hinauf. Dass ihn jemand beobachtet, spürt er, es ist ihm egal. Vielleicht ist Wacho da, vielleicht braucht ihn sein Vater, und wahrscheinlich, denkt David, als er die Fassade zu seinem Zimmer hochklettert, wahrscheinlich ist es ganz und gar kein Fall von Glück, diese Verwandlung des einsamen Hauses in ein begehbares Denkmal.

Mit den ersten konkreten Plänen und einer Vorstellung davon, weitermachen zu müssen, steht Jeremias Salamander am weit geöffneten Schlafzimmerfenster. Tief atmet er täglich die weicher werdende Luft ein und fühlt sich einsam, nichts weiter. Da draußen war eben noch David, mit dem hektischen Blick und wahrscheinlich wie immer in letzter Zeit leise flüsternd wie ein Verrückter. Sie werden alle wahnsinnig und vielleicht ist das sogar hilfreich.

In einem Haus, in dem es bald an allem fehlen wird, bis auf den Keller, den sie seit Jahren nicht mehr nutzen, können sie nicht wohnen, auch wenn Eleni das anders sieht. Er hat es angesprochen, nach ihrer nachmittäglichen Pause hat er sie gefragt, ob sie sich vorstellen könnte im neuen Ort neu anzufangen: Mit dem gemeinsamen Leben, der Bäckerei, mit einem noch besseren, schöneren Haus. Sie ist gegangen, ohne einen Blick auf seine Skizze zu werfen, sie hat ihm einen Vogel gezeigt und gesagt, sie müsse rüber, dem Ofen sei nicht zu trauen und dem Mädchen momentan auch nicht.

Jeremias' bisher wichtigster Auftrag als Laienarchitekt: ein Haus zu entwerfen, das so perfekt ist, dass sie darüber alles vergisst, woran sie hängt. Jeremias war einmal innovativ und jetzt ist er es wieder. Die Pläne sind gut, das weiß er. Es würde ihr gefallen, das neue Haus, mit seinem Wintergarten, den klaren Linien, der riesigen Terrasse und dem Schwimmteich, den vielen Optionen auf noch mehr, mit dem Turmzimmerchen und den Zinnen aus marokkanischem Porzellan. Es ist das Traumhaus, das sie sich ausgemalt haben vor fast zwanzig Jahren, dieses Haus war einmal ihre Zukunft, noch vor den Zwillingen und erst kurz nach den großen Reisen, den Abenteuern. Heute ist das Haus ihrer Träume für Eleni anscheinend ein Grund zur Flucht, und Jeremias fragt sich, während er die Pläne zusammenrollt, ob ihr gemeinsames Leben nur noch hier möglich ist.

In ihrer Praxis sieht Clara einen der Gelbhelme streng an: »Dann zeigen Sie mal her.« Clara kann sich schon denken, um was es geht, Gelbhelme werden überdurchschnittlich oft von Füchsen gebissen. Von *dem* Fuchs, denkt Clara und verbietet sich diesen Gedanken sofort. Was für ein Quatsch. Der Gelbhelm ist in ihrem Alter, er sollte sein Gewicht im Auge behalten, ansonsten ist er gesund, bis auf den Arm, den Arm hat das Vieh also erwischt. Vorsichtig zieht sie den Ärmel hoch, im Stoff sind feine Löcher, wie bei den anderen auch. Immer die gleichen Pullover, immer der gleiche Biss.

»Ich wollte ihn wegscheuchen, er stand im Weg.« Clara nickt, der Fuchs treibt sich meistens rum, wo er nicht soll; der Fuchs stört gern. »Erst ist er ein paar Schritte weggelaufen, dann kam er zurück, ich wollte gerade eine Pause machen und hatte mich auf einen Baumstumpf gehockt, und dann stand er vor mir, fast auf Augenhöhe. Er sah eigentlich ganz freundlich aus und, ich weiß auch nicht, das war natürlich dumm, ich hab ihn gestreichelt.« Clara zieht die Spritze auf. »Gegen Tetanus bin ich«, sagt der Gelbhelm. »Da achte ich drauf.« Clara gibt ihm eine Spritze gegen Tollwut, der Gelbhelm bedankt sich, und sie verspricht ihm, das Tier zu melden. Das hat sie auch den anderen versprochen.

»Eigentlich ist es schade«, sagt der Gelbhelm, während er

sich den Pullover vorsichtig übers Pflaster zieht. »Dass wir so wenig miteinander zu tun haben. Ich meine, nicht wir, also, wir zwei, sondern wir alle, wir vom Bau und ihr aus dem Ort.« Clara schmeißt die Spritze weg: »Das sind zwei Welten, denke ich, und wahrscheinlich ist es gut so.« Der Gelbhelm steht auf, reicht ihr die Hand, sie will sie erst nicht nehmen, aber dann nimmt sie sie doch.

»Es sind fünf weitere Spritzen nötig, kommen Sie wieder und halten Sie sich fern von diesem Tier.« Der Gelbhelm nickt und geht zur Tür. Er zögert, sie zögern alle, Clara wünscht sich verzweifelt eine Abwechslung.

»Er sah aus, als wäre er blau. Sein Fell, meine ich.« Clara produziert ein mehr oder weniger glaubhaftes Lachen.

»Mein Lieber, das lassen Sie mal besser nicht den Chef hören.« Der Gelbhelm lacht ebenfalls, auch er nicht herzhaft, er zieht die Tür hinter sich zu und dann ist er weg. Clara lässt sich auf die Liege fallen. Sie langweilt sich so, warum zum Teufel bemerkt sie das erst jetzt.

Es ist still, zu Hause ist niemand. David schiebt den Schreibtisch beiseite und steigt leise die Treppe hinab. Auf dem Küchentisch findet er Spuren seines Vaters, da stehen Flaschen. Widerwillig trinkt David den letzten Schluck eines scharfen Selbstgebrannten und dann noch einen aus einer anderen Flasche, das Zeug ist richtig übel. David trinkt, als wäre es Wasser, David betritt hier Neuland und fragt sich, warum gerade jetzt und nicht schon vor Monaten, als es noch Grund genug gab, sich wegzutrinken. Als es hier noch nichts gab für ihn und es so aussah, als würde der Ort sie alle für ewig binden an diese endlose Winterwelt. Das Zeug zu vernichten, bevor Wacho es trinkt, ist eines der wenigen Dinge, die David noch für ihn tun kann. Es einfach im Klo runterzuspülen, kommt ihm nicht in den Sinn. David ist schlecht vor Hunger, seit er Milo hat, vergisst er die grundlegenden Dinge.

In drei Jahren wird David dreißig und fühlt sich doch wechselweise wie ein Greis oder ein Kind. Mit sechs hatte er auch keine Ahnung von nichts, aber damals war das in Ordnung, da haben sie ihn dumm gehalten, und zwar mit Absicht, zur Sicherheit und nur zu seinem Besten. Sie haben ihn zusammen ins Bett gebracht, erst gab es eine Geschichte, dann ein Lied. Das große Licht dimmten sie mit dem Drehschalter, sie brachten ihn sanft in den Schlaf, er sollte nichts fürchten. Seine Mutter, wie sie am Morgen, wenn er in die Küche kam, dasaß mit der Hand an der Kaffeetasse, wie in einem amerikanischen Film saß sie da, denkt David. Aber vielleicht täuscht er sich, vielleicht stammen seine Erinnerungen tatsächlich aus einem Film. Sicher ist nur, dass Anna diesen merkwürdigen Blick hatte, der durch Wände ging, und durch David ging er auch, wie ein Fluss war dieser Blick. In der Küche hat er sich zu ihr gesetzt, er hat gesagt, er habe Hunger, und dann wurde sie wach und stellte die Augen scharf und sah ihn, sah ihn ganz fest an, ihren Sohn, und schenkte ihm ein todmüdes Lächeln.

Später schaute sie ihm hinterher, als er in Richtung des Schulbusses ging, seine Mutter folgte ihm mit dem Blick bis in die Stadt, so kam sie mit ihm davon, lange schon war sie in kein Auto mehr gestiegen, seit jener Nacht, seit dem Reh.

Die Ahnung ihres Verschwindens gab es schon immer, aber seine Eltern sagten ihm ständig und wie aus einem Mund:

»Alles ist gut.«

»Gut«, flüstert David. »Alles gut.«

Jules wandert von Haus zu Haus, er wirft die Nachrichten durch Briefschlitze, drückt sie jedem, den er trifft, persönlich in die Hand. Die Übriggebliebenen machen ihn nicht dafür verantwortlich, dass er die traurigen Briefe bringt. In den recyclebaren Umschlägen stecken die Informationen zu den Umbettungen, das spricht sich schnell herum. Fast jede Familie bekommt einen, auch das Haus Salamander. Der Brief ist an Eleni adressiert. Jules fragt sich, um welchen Toten es darin geht. Zwei der Großeltern wollten nicht wiedergefunden werden nach dem Tod, sie schwimmen in irgendeinem Meer als Fische umher, sie ernähren sich von Algen und wissen, wo Schätze liegen, so jedenfalls hat Jula Jules das früher erklärt. Zu Jeremias' Eltern haben sie keinen Kontakt. Jeremias ist vor langer Zeit hierhergezogen und nichts in der Welt könnte ihn in sein altes Zuhause zurückzwingen. Das hat er früher ab und zu gesagt: »Nichts in der Welt bringt mich dahin zurück!« Jetzt sagt er so etwas nicht mehr, und Jules läuft die Treppe wieder hinunter, zum Küchentisch, schnappt sich den grauen Brief an seine Mutter und verstaut ihn in der Hosentasche. Er weiß nicht genau warum, er tut es aus Vorsicht.

»Der ist sehr gut«, sagt die Verantwortliche und schiebt den geblümten Teller weg, der Streuselkuchen darauf ist noch unberührt. Der Teller steht auf dem grauen Umschlag, den Jules Greta vorhin überreicht hat mit einem traurigen Blick, den Greta an ihm so noch nie gesehen hat. Greta setzt Ernsts dicke Brille auf, ein klitzekleines Stück Kuchen fehlt. Wenn alles richtig gelaufen ist, dann bleibt der kostümierten Frau die Trockenheit im Halse stecken, bis sie wieder in ihrem Büro sitzt, dann hat sie noch länger etwas von ihrem Besuch bei den Betroffenen. »Sie wollten mit uns über den Friedhof sprechen«, sagt der Mann, auf seinem Teller tanzen Englein. Mann und Frau haben es vermieden, sich Greta mit Namen vorzustellen, sie hat es bemerkt und über die Angespanntheit der beiden gelächelt, darüber, dass die es sich so schwermachen damit, das alles hier leichtzunehmen und nicht persönlich.

»Wann findet die Versiegelung statt?«, fragt Greta und macht dabei auf altes Ömchen, aber insgeheim ist sie wieder achtzehn und schwer verliebt in Ernst, den Jungen mit dem kohlrabenschwarzen Haar und dem brachial roten Motorrad, das sie geradewegs in die wunderbare Welt hinauskatapultieren wird, so der Plan. Es muss in dem einsamen Haus stehen, das Milo und David in Beschlag genommen haben. Wenn Greta sich recht erinnert, hat Ernst es dort irgendwann abgestellt. »Damit es in Sicherheit ist und in Schuss, wenn wir es noch einmal brauchen sollten«, hat er damals gesagt. Er hat gegrinst dabei.

»Was machst du?«, fragt Jula und wirft sich neben Jules aufs Sofa. Im Fernsehen läuft eine Sendung über Dinosaurier.
»Nichts«, sagt Jules, und Jula schaltet den Fernseher aus. Jules sagt nichts dagegen, ihn interessieren Dinosaurier nicht.
»Wir machen jetzt einen Plan«, sagt Jula, und »wenn es so weit ist, führen wir ihn aus.« Jules nickt, obwohl er sich fürchtet, er will keinen Plan machen, er hat gehofft, sie hätte das alles schon längst vergessen. »Papa hat bestimmt noch das Seil«, sagt Jula, und Jules fragt:
»Was für ein Seil?« Er weiß ganz genau, welches sie meint.

Nachdem er ausgetrunken hat, was auf dem Küchentisch stand, sehnt David sich plötzlich nach dem Modell, nach dieser Welt, heil und ungestört unter Plexiglas. Langsam tastet er sich am Küchentisch entlang, stolpert über den Staubsauger, den er vorhin schon bereitgestellt hat, er wollte doch putzen. In der Diele reißt er die Jacken vom Haken, schnappt sich einen Mantel, es ist der seines Vaters, auf den kann er sich verlassen, er ist viel zu weit, und als er aus dem Haus und die weiße Treppe hinunterstolpert, findet er in der Tasche die kleine Flasche, die immer währende, die mit der merkwürdigen Gravur. In die Flasche hat jemand Flussaufwärts ahoi gebrannt. Das macht keinen Sinn, aber das ist David egal, früher hat er sich darüber den Kopf zerbrochen, heute interessiert ihn nur der Inhalt und auch der brennt im Rachen, auch dieser

Schnaps wärmt ihn für einen Moment auf. David säuft gegen viel zu viele Jahre im Haus seines Vaters an, gegen die Angst, Milo wieder zu verlieren, er säuft sich das Modell groß und sich selbst hinein in die lichtdurchflutete Plastikwelt. Er wird Milo mitnehmen, sie beide in Sicherheit bringen, eine Sicherheit im gläsernen Sarg.

Kaum steht David vor dem Modell, wird ihm klar, woher die dämliche Sehnsucht kam. Als seine Mutter und mit ihr das traurige Lächeln an einem Sommertag tatsächlich verschwand, erzählte sein Vater ihm von einem weit entfernten Land, in dem immer die Sonne scheint: »Nur knallgrüne Wiesen gibt es dort und Seen mit winzigen Ruderbooten und lachenden Menschen darin.« Es ist kein Wunder, dass David in dem Modell auf dem Hauptplatz zuerst seine Mutter sucht und die Wut auf die Verantwortlichen dabei völlig vergisst. David mag das Modell. Es ist ein Geheimnis, eine Lüge, wie das Verschwinden seiner Mutter auch, aber immerhin spendet es Trost. Da hat sich jemand Mühe gegeben.

»Das wird gut«, strahlt Jula, quer beugt sie sich über das Sofa und drückt Jules einen Kuss auf die Wange. »Super«, sagt Jula, und Jules nickt, jetzt haben sie den Plan und noch ein paar Monate Zeit, ihn in die Tat umzusetzen.

»Kinder«, sagt Eleni, sie steht in der Tür und Jules fragt sich, wo sie die ganze Zeit war und was sie eigentlich den Nachmittag über tut, seit sie die Bäckerei nur noch für wenige Stunden öffnet. Der Ofen steht kurz vor der Explosion, Eleni prophezeit, dass er in die Luft gehen wird, bevor die Verantwortlichen die Bäckerei abreißen können. Jeremias will nicht, dass sie ihn weiter heizt, aber Eleni setzt sich durch. Es ist ihr Geschäft, und der Ofen wird es schon nicht auf sie abgesehen haben. Trotzdem hat sie Jula verboten, in die Bäckerei zu kommen, Jula muss sich tagsüber anderweitig beschäftigen, und Jules fragt sich, warum er ihr so selten begegnet, wo sie beide doch nun mehr als genug Zeit haben. Irgendwie findet anscheinend alles ohne ihn statt.

»War Post da, Jules?«, fragt Eleni, und Jules will erst sagen, dass da was war, lässt es dann aber. Wenn sich das mit dem Plan im nächsten Monat immer noch so schlimm anfühlt wie jetzt, dann kann er Jula vielleicht davon ablenken mit Elenis Geheimnis, dann könnten sie gemeinsam den Umschlag öffnen. Jules schüttelt den Kopf, er lügt nicht sehr gut, aber Eleni hakt nicht noch einmal nach, sie horcht auf:

»Da draußen schreit jemand.«

»Wacho?«, fragt Jules.

»Der Ofen«, murmelt Eleni. Jula schüttelt den Kopf:

»Ich geh mal kurz raus.«

David brüllt das Modell auf dem Hauptplatz an. Er brüllt wie ein Kind, bis er heiser ist:

»Mama!«

Jemand knallt die Fensterläden zu, Mona ruft aus dem Dachgeschoss ihres Nachbarhauses, dass sie schlafen will, weil nämlich ein schöner Traum auf sie wartet. David zeigt der verschwimmenden Welt den Mittelfinger. Sein Brüllen ist zu einem Kreischen geworden, mit den Fäusten trommelt er auf den Glaskasten.

»David«, ruft Jula, in der Hand einen Baseballschläger. Er wusste nicht, dass sie Baseball spielt, hier gibt es kein Feld dafür, nicht einmal einen Fußballplatz gibt es hier. Jula zerrt David aus seiner jämmerlichen Position, sie schüttelt ihn und sieht ihn fest an.

»Reiß dich zusammen«, sagt Jula, und David wiegt den Kopf. Sie drückt ihm den Baseballschläger in die Hand, dabei sagt sie: »Ich dachte, du wärst verliebt.« David läuft mit voller Wucht gegen das Modell und bleibt mit dem Gesicht auf der Scheibe liegen. Für die Menschen da unten müssen Davids plattgedrückte Nase, seine blutleer weiße Wange, das zyklopische Auge unheimliche Weltwunder sein. David versucht, seine Mutter zu beeindrucken, aber keine der kleinen Figuren bewegt sich, niemand gibt sich zu erkennen, niemand klopft von innen an die Scheibe, da ruft keiner, »Lasst mich hier raus, ich gehöre in eine andere Welt, ich gehöre zu euch«. Mit beiden Händen fasst David den Schläger, er donnert ihn auf die Welt im Schaukasten, er drängt den viel zu winzigen Menschen, dieser kleingeistigen Idee ein Erdbeben auf.

»Gut«, sagt Jula. »Gut«, sie habe auch eine Spitzhacke. Wofür besitzt ein Mensch wie sie einen Baseballschläger oder eine Spitzhacke, und was weiß David eigentlich überhaupt noch über Jula? Abwechselnd prügeln sie auf das Modell ein, jederzeit könnte ein Unfall passieren. Gut dass Milo nicht da ist, denkt David. Ihm würde etwas geschehen. Aber da steht Milo, am Brunnen vor dem Tore steht er und sieht ihnen zu. Ganz ruhig streichelt er ein Tier auf seinem Arm. Es könnte eine Katze sein, ein Kaninchen oder der blaue Fuchs, von dem Marie ständig spricht. »Weiter«, ruft Jula, und David ist wieder dran mit Schlagen. Weiter, weiter, weiter.

Jemand macht ein Foto für irgendeine Zeitung von außerhalb. Sie fotografieren jetzt häufig, sie zeigen der Welt: *Verzweifelte Bewohner kurz vor der Devastierung*. Sie liefern an fremde Frühstückstische die Nachricht von stummen Protesten und Titelzeilen wie *Zwischen Umzugskartons und Bulldozer – der Rest ist Schweigen*, und sie wundern sich nicht groß darüber, dass auf diese Bilder und Zeilen nur wenige Leserbriefe folgen. Es geht weiter und es hört auf und man lebt, liebt, leidet, das gehört alles dazu, was soll man machen, man steckt ja nicht drin, man kann nur stumm nicken und sagen, »Ach, das tut mir leid«.

Davids verheult verschmierter Ausbruch wird morgen mit der Bildunterschrift *Jugend ohne Zukunft, Protest ohne Plan* erscheinen, und zwar in einem der differenzierteren Blätter.

Davids Hände brennen wie seine Kehle, und im Kopf dreht sich alles. Er schlägt auf das Modell ein und sieht aus dem

Augenwinkel, wie das Tier aus Milos Armen in den Brunnen springt. Milo beugt sich über die hungrige Tiefe, er setzt sich auf den Brunnenrand, hebt ein Bein über die steinerne Mauer, das andere folgt; stumm blickt Milo hinab.

David hört einen Stein fallen, unten verschluckt ihn das schwarze Wasser, sogar die leichten Wellen hört David, er sieht das Nichts plötzlich, und dann schleudert er den Baseballschläger fort und sich selbst in Richtung Brunnen. David will Milo ins Leben zurückziehen, aber er bekommt ihn nicht mehr zu fassen. Milo stürzt und David schreit, und hinter ihm fragt Jula, während sie weiter auf das Modell einschlägt: »Was machst du denn?« Sie ruft: »Das verdammte Ding ist unzerstörbar«, und dann eilt sie zu ihm und nimmt David in den Arm. Sie riecht gut, nach früher und nach Vanille, irgendwie synthetisch. David erinnert sich an die Abende, als er auf die Zwillinge aufgepasst hat. An Jeremias und Eleni beim Jackenanziehen im Flur, Jula und Jules unterm Tisch, Finger vor dem Mund: »Verrat uns nicht!«

Wenn Eleni und Jeremias zum Doppelkopf im Tore waren, setzte David sich zu den Zwillingen unter den Tisch. Nie wollten sie fernsehen, immer nur Rakete spielen, Planwagenfahren, Kreuzfahrtschiff an Eisberg und U-Boot auf Entdeckungsfahrt.

»Schlaf gut«, sagt David.

»Du auch«, antwortet Jula. Und dann sagt sie: »Du musst dich mal wieder rasieren.« Und David nickt und Jula küsst ihn, aber nur auf die Wange, und dann geht sie nach Hause, sie muss noch einmal mit Jules sprechen.

David legt den Kopf zurück auf die Scheibe, einen Kratzer hat ihre Aktion hinterlassen, wütendes Schlagen mit Hacke und Schläger und dem Glas bleibt nur eine Narbe. Mit einem Auge sieht David, dass da doch mehr passiert ist, als er dachte. Da ist eine Figur umgefallen, da liegt eine Frau mit Kinderwagen, er hat es tatsächlich geschafft, eine Mutter umzustoßen.

David streicht über ihren Himmel, er flüstert eine Entschuldigung, und dann wird er am Kragen gepackt und in Richtung der weißen Treppe gezogen. Wachos Atem ist scharf, seine Schritte sind schleppend. Trotzdem wehrt David sich nicht, er ist so müde. Der Letzte macht das Licht aus, und David löscht den Mond und die Sterne und diesen Tag. Heute Nacht schläft er traumlos.

Vom Fenster aus hat sie alles beobachtet. »Oje«, sagt Marie zu dem Schädel, »die drehen durch.« Der Schädel nickt in Maries Händen. Er ist müde, genau wie sie. »Ich werde dich malen«, sagt Marie. »Du kannst so ein Protest-Ding sein, so wie Papa, aber ohne Theater.« Der Schädel hat nichts dagegen, er findet jeden einzelnen von Maries Vorschlägen gut, der Schädel ist Maries größter Bewunderer.

Jula hat den Plan kopiert, heimlich, in Jeremias' Arbeitszimmer. Jules wirkt verängstigt, als sie ihm die Kopie auf die Bettdecke legt.

»Steck das gut weg«, sagt Jula und Jules nickt, wenig entschlossen. »Du musst echt mitmachen«, sagt Jula. »Sonst will ich nie wieder etwas mit dir zu tun haben. Reden kann nämlich jeder.«

»Klar«, beeilt er sich zu sagen und: »Auf jeden Fall mache ich mit. Was war das eigentlich mit David vorhin?« Er lenkt ab, darauf lässt sie sich nicht ein, sie kennt das schon, wie er das macht, ziemlich ungeschickt. Sie kann nicht akzeptieren, was Jules da versucht, er ist ihr Spiegelbild, er muss sich anpassen.

»Hättest halt rauskommen sollen«, sagt sie knapp und geht.

Jula wird ihnen die Welt um die Ohren hauen. Die Welt, so, wie sie sie haben will, die verschiebt sie nicht mehr auf morgen oder den Tag danach. Ein Perfekt und ein Richtig und ein Überall, eine Gerechtigkeit, die erst noch verteilt werden muss, das alles fällt einem immer erst ein, wenn man schon im Schlafanzug ist, im löchrigen T-Shirt, im zu langen

Hemd. Erst wenn sie sich zur Ruhe legt, wird sie unruhig, und das ist der Trick. Das ist der Trick dieser Wut: Die Wut wartet mit dem Auftauchen, bis Jula erschöpft ist oder zu faul oder beides. Jula sammelt Ideen: Alle Haare könnte sie sich ausreißen, den Kopf hinhalten, auf unbeteiligte Wände einschlagen, in den Hungerstreik treten. »Gute Nacht!«, brüllt Jula der Nacht und Jules entgegen, und so endet alles mit dem großen Schlaf, mit dem Ausschalten der Scheinwerfer, so klingt jeglicher Protest aus in der Unsichtbarkeit der Dinge, im diffusen Schein der Verantwortlichkeit. In ein paar Monaten, denkt Jula beim Einschlafen, da machen wir ernst, versprochen.

Der nächste Tag beginnt sonnig, aber nebenan donnert es, und Wacho tut so, als würde er das nicht hören.

»Du kannst mit mir reden, wenn irgendetwas ist«, sagt Wacho. Beim Sprechen kaut er sein Brötchen zu Brei. David sieht die Tüte mit den leeren Flaschen an der Türklinke, er weiß, dass sein Vater sich wirklich sorgt. David nimmt sich ein Brötchen, aus Mitleid mit seinem Vater beschließt er zu essen. Aber wie soll er das anstellen, er kann sich nicht vorstellen zu kauen, zu schlucken. Nie im Leben bekommt er irgendetwas herunter.

»Ich bin auch nicht hungrig«, sagt Wacho. David beißt in das Brötchen, es ist viel zu weich und schmeckt trotzdem, als ob es schon drei Wochen alt wäre, und wahrscheinlich ist es das, sein Vater war wohl kaum einkaufen in der letzten Zeit. »Nun komm schon«, sagt Wacho, »was ist los?« David schluckt, ohne zu kauen, das war es mit dem Essen für die nächste Zeit, wenn er ihn nicht zurückholen kann, war's das für immer.

»Was soll los sein?«
»Du wechselst so schnell.«
»Was wechsle ich?« David beobachtet, wie sein Vater überlegt, er tut sich schwer mit klaren Aussagen.

»Du siehst glücklich aus und traurig. Wie geht das?«

»Ich weiß nicht«, sagt David und wundert sich über dieses Gespräch. Wacho nickt, nimmt David dessen Brötchen aus der Hand und isst es auf.

»So, das hätten wir«, sagt er und schluckt zu viel auf einmal hinunter, das muss doch wehtun im Hals.

Nebenan kracht es, als würde jemand die Wände einreißen. Nebenan kracht es, *weil* sie die Wände einreißen.

»Mona ist als Erste dran mit ihrem Haus«, brüllt Wacho durch den Lärm. »Nach dem Frühstück gehe ich zu ihr, irgendjemand muss sich kümmern.«

»Ja«, sagt David.

»Kommst du mit?« David schüttelt den Kopf:

»Tut mir leid.«

»Noch Kaffee?«, fragt Wacho.

»Ja, gern«, sagt David und lächelt zurück. Ab und zu ein Lächeln, das sollte er ihm gönnen.

»David?«

»Ja.«

»Deine Mutter wird in den nächsten Tagen hier auftauchen, das weißt du, nicht wahr?«

»Mhm«, sagt David.

»Dein Zimmer sollte aufgeräumt sein, die Küche, ich werde nachher die Flaschen wegbringen, Eleni nimmt sie an, seit der Laden an der Ecke geschlossen ist, und Jules bringt sie dann in die Stadt, und von dem Pfandgeld kaufen wir ihr etwas Schönes, Schokolade oder einen Riesenstrauß Blumen, so einen, wie sie dir zum Geburtstag gebracht hat. Erinnerst du dich?« David nickt, natürlich erinnert er sich an die Erzählung vom Blumenstrauß auf der Türschwelle, das war im Januar, jetzt ist März, so schnell vergisst er Wachos Wahnsinnsbilder nicht, er will weinen und schreien und weglaufen. »Ich weiß, das ist alles nicht einfach«, sagt Wacho.

»Was?«

»Aber es wird gut«, sagt Wacho und schiebt den Stuhl zurück, er nickt David zu. Der steht auf, geht die Treppe hinauf in sein Zimmer. Wacho macht hinter ihm die Tür zu, er schließt sie nicht ab. Er ist mit den Gedanken woanders, in diesen Augenblicken denkt er nicht daran, David an den Fremden zu verlieren. Wachos Angst vor der Situation drüben bei Mona ist gerade größer, er will, dass David ihm folgt und ihm beisteht, wenn er Mona Gesellschaft leistet, beim Abriss ihres Hauses.

David sitzt auf seiner Matratze, er hört Mona schreien durch die schiefen Wände hindurch, er ist nicht gut im Weghören, lange nicht so gut wie die anderen hier. Er kann doch nicht einfach hier rumsitzen, er muss nach dem Rechten sehen. David öffnet das Fenster, aus Gewohnheit nimmt er den umständlichen Weg, den er sonst heimlich zu Milo geht.

»Das ist sehr schön geworden«, sagt Robert. Marie nickt, sie weiß, dass ihr Bild gut geworden ist. »Schön« ist das falsche Wort, es ist furchterregend geworden. Der Schädel hat stillgehalten, ausnahmsweise hat er eine Pause gemacht vom Erzählen. Jetzt staunen die Bären, die Puppe, das Piratenschiff, die Besatzung und Maries Papa. Sie hält ihr Werk in die Luft, das muss trocknen, dann wird gehisst und damit ist das Haus geschützt vor Baggern und Wirbelstürmen, vor Erdbeben und feindlichen Übergriffen. Robert streicht Marie gedankenverloren über den Kopf und reicht ihr das Müsli. Wie so oft bekommt er auch heute nicht mit, dass Marie hinter seinem Rücken die Welt rettet.

»Gehst du heute nicht in die Praxis?« Clara seufzt lange, erst dann antwortet sie:

»Ich halt's nicht mehr aus. Wenn nur noch einer kommt, der sich von einem Fuchs hat beißen lassen, dann werde ich selbst tollwütig, das schwöre ich dir.«

»Das ist ein gutes Bild«, sagt Robert. »Wir alle mit Tollwut.«

»Wenn du meinst«, sagt Clara, »mir reicht es jedenfalls. Sollen die doch in die Stadt fahren, im Krankenhaus sind die ohnehin besser ausgestattet.«

»Wenn alle Bauarbeiter Tollwut haben«, überlegt Marie laut und mit Müsli im Mund, »dann müssen sie alle ins Krankenhaus, in Karantine.«

»Quarantäne«, sagt Clara und: »Das kommt von vierzig Tage.«

»Vierzig Tage«, sagt Marie, »das ist ganz schön lang.«

»Die bekommen aber nicht alle Tollwut«, sagt Robert, er will Marie beruhigen. »Mama behandelt sie und dann sind sie wieder fit.«

»Dann kann der Fuchs sich das Beißen ja sparen«, sagt Marie, schiebt die Müslischale weg und geht in ihr Zimmer.

»Das Kind«, sagt Robert.

»Dein Kind«, sagt Clara.

Noch nie war David hier drüben, dabei sind sie seit Jahren Nachbarn und er ist der Sohn des Bürgermeisters, er fühlt sich fremd, so dicht vor Monas Haustür. David klingelt, man hört ihn nicht, und die Tür steht ohnehin offen, wahrscheinlich hat sein Vater mit ihm gerechnet, vielleicht hat er Mona zum Schreien gebracht, damit David ihm nachkommt. Vielleicht bringt Wacho David darum manchmal zum Brüllen: Damit Davids Mutter zurückkommt. David kneift sich in den Arm, so etwas darf er nicht denken, so ist sein Vater nicht. Wie er ist, weiß David allerdings auch nicht, und in diesem Moment geht es nicht um ihn, hier geht es um Mona, sagt sich David, vorsichtig schließt er die Tür hinter sich und tritt ein in das fremde Haus.

Überall ist Licht. Niemals hätte er hier so viel strahlende Helligkeit erwartet, Mona wirkt nicht wie jemand, der so dermaßen beleuchtet wird. David kneift die Augen zusammen, im Wohnzimmer donnert ihm das Sonnenlicht noch brutaler ins Hirn als eben im Flur, es ist kalt. Im Gegenlicht sieht David jemanden sitzen, er schirmt die Augen ab, schließt sie, öffnet sie, der Mensch ist weg. David sieht Dinge, die nicht sein können. Jetzt sieht er Mona, sie steht da und beobachtet.

Mona schaut eine Wand an, die es nicht mehr gibt. Sie trauert um die schummrige Sicherheit ihres Hauses, sie starrt auf die staubigen Trümmer. Durch das Loch spähen zwei Gelbhelme ins Wohnzimmer, sie runzeln die Stirn, sie sorgen sich, sind ja auch nur Menschen, sie können nichts dafür. Das muss man sich nur oft genug sagen. Mona jedenfalls steht im Bademantel in der viel zu kalten Luft. Sie ballt ihre Fäuste und bewegt sich nicht.

David weiß nicht, ob er sie beruhigen soll. Wacho steht neben Mona, die Hand ausgestreckt nach ihrer Schulter, er wird sie nicht anfassen. In letzter Konsequenz traut Wacho sich so was nicht, das wagt er nur bei David. Er sieht seinen Sohn an, als hätte er ihn erwartet, und das hat er wohl auch. Wacho nickt David zu, und währenddessen ist Mona pure Angst und stumme Wut, im Zimmer ist nur Platz für sie, David und Wacho sind Statisten. Die Gesichter der Gelbhelme verraten es, da hätten sie mehr erwartet vom Bürgermeister, rumstehen, das kann ja wohl jeder.

»Es wird Zeit«, sagt einer der Gelbhelme, »sie sollten Frau Winz mit hinausnehmen, es ist zu gefährlich hier im Haus.« Wacho nickt, streckt den Arm noch ein Stück weiter in Monas Richtung. Sie weicht ihm aus, krallt ihre Finger in die Reste der Mauer. Monas Knöchel sind ganz weiß, das muss wehtun, denkt David. Der Gelbhelm tritt seufzend zurück ins Haus, er schiebt Wachos Arm beiseite, wirft ihm einen Blick zu, der sagt: Ach je. Der Gelbhelm fasst Mona vorsichtig am Arm und will sie in Richtung Tür lenken. Er sagt: »Es ist gut.« Mona lässt sich kein Stück bewegen, sie steht steinern als Ersatz für die Wand.

David blickt sich im Zimmer um, anscheinend sollte hier heute etwas gefeiert werden. Auf dem Tisch liegt eine weiße Spitzendecke, da steht ein Teller mit Blätterteiggebäck, in einem fragilen Schälchen stapeln sich Zuckerwürfel, auf einem Stövchen dampft Tee, gedeckt ist für zwei Personen. Anscheinend hat Mona Besuch erwartet und die Bauarbeiter mit ihrem Abrissbefehl völlig vergessen. Fehlte hier nicht eine Wand, dann wäre es jetzt an der Zeit, sich höflich zurückzuziehen.

»Wir müssen wirklich weitermachen«, sagt der Gelbhelm und lässt Mona los. »Sie wussten doch, dass das heute passiert, das wurde doch alles rechtzeitig bekanntgegeben, Sie haben doch einen Brief bekommen vor ein paar Wochen und Sie haben nicht einmal gepackt. Was ist mit den Möbeln, das geht doch alles kaputt.« Mona steht und schaut und sagt nichts. David versteht das, wenn er Mona wäre, würde er auch die Wände festhalten, er würde eine Kuchengabel nehmen und sie einem der Gelbhelme in die staubige Hand bohren, er würde sich auf den Boden werfen, Staub fressen und seine Zähne in die müde ächzenden Dielen schlagen, er würde Pech und Schwefel auf sie herabregnen lassen, wenn er Mona wäre, und das wäre er gern.

»Mona«, sagt Wacho, »Mona, komm.« Er traut sich, er fasst sie an, legt ihr endlich die Hand auf die Schulter, will sie nach draußen begleiten, es knarrt im Gebälk, das Haus schwankt bereits im Sterben. Besorgt richten die Bauarbeiter den Blick nach oben. Sie hoffen auf Vernunft, einen baldigen Rückzug, auf ein Ende dieser vergeblichen Belagerung.

»Was stehen Sie da so rum?«, faucht einer David an. »Sie wissen doch, was hier gleich passiert. Warum tun Sie nichts?« David zuckt zurück. Er ist es nicht gewohnt, gesiezt zu werden, und fühlt sich deshalb nicht angesprochen. Aber der Gelbhelm meint eindeutig ihn, der denkt, David hätte zu handeln. Aber da irrt er sich, das ist nicht Davids Sache. David ist nur da, weil –. David weiß nicht, warum er hier ist. Vielleicht, weil Wacho ihm gestattet hat, sein Zimmer zu verlassen, weil David diesem Rest Vertrauen seines Vaters entgegenkommen wollte.

»Lassen Sie ihn«, sagt Wacho, »er kann doch nichts ändern.« Wacho schiebt Mona von den Mauerresten weg, am gedeckten Tisch und an David vorbei.

»Und was ist mit dem ganzen Zeug?«, fragt der Gelbhelm. »Das kommt alles auf den Müll, wenn es nicht in ein paar Minuten weg ist. Wir müssen hier weitermachen.«

»Sie wiederholen sich«, sagt Wacho ruhig und: »Wir haben Sie schon verstanden.«

David nickt automatisch. Er geht zur Anrichte, nimmt das gläserne Tablett, stellt die feinen Teller darauf, den Zucker, den Kuchen, das Stövchen, die Kanne. Vor seiner Zeit im Tore hat David in einem Café gekellnert, das es heute nicht mehr gibt, er beherrscht auch diesen Balanceakt, er wird keinen Tropfen verschütten. Hinter Wacho und Mona geht er in Richtung Tür. Mit dem Mund greift er den alten Rahmen vom staubigen Piano, auf dem Foto sieht man Mona oder Monas Mutter, vor allem sieht man darauf eine Erinnerung an das so leicht dahergesagte Alles-gut.

Abzüge gibt es nur von den guten Zeiten, denkt David und: Warum hat das Café damals eigentlich zugemacht? Was hat er verpasst, was hat sein Vater nicht wahrhaben wollen, wo sind all die Menschen hin, denen er damals Tee, Kaffee, Eis und Nusskuchen gebracht hat? Was haben die realisiert, was Wacho, David, Mona, Jula und Jules, was Eleni und Jeremias, was Greta, Clara, Robert und auch Marie, was sie alle verpasst haben oder nicht sehen wollten? Warum ist Milo eigentlich erst so spät hier aufgetaucht und wieso hat er ihn gestern nicht fester gehalten? David verschüttet weder den Tee, noch verliert er das Foto, er kommt ein wenig aus dem Gleichgewicht, aber er macht keinen Fehler.

Draußen wartet Wacho bei Mona, weht der Wind über neugewonnene Freiräume, krallen sich die Reste der Linde in den immer noch winterlich grauen Boden, der den strahlend blauen Märzhimmel in Frage stellt. Warum wirkt hier alles auf einmal so alt? Auf dem Platz haben sich ein paar der Übriggebliebenen versammelt, sie glauben nicht daran, dass es wirklich geschehen wird, sie warten darauf, dass eine Stimme sich erhebt aus dem Off, ein Gott, eine Regie, die das ganze Projekt der Flutung als Versehen, als Witz, als Blödsinn deklariert. Aber da kommt niemand, da steckt nur der Gelbhelm den Kopf aus der Tür und fragt:

»Wollen Sie noch irgendetwas rausholen?«

Niemand sagt etwas. Die Menschen stehen und warten schweigend, alle sind jetzt da, alle, die noch da sind. Milo steht bei David, im T-Shirt, mit staubigem Gesicht und nimmt seine Hand. Mona beginnt leise zu weinen und drückt ihre Nase in Wachos blauen Pullover, und Wacho flüstert irgendetwas in ihr stumpfes Haar. Monas Haus, das erste, stürzt in sich zusammen und es gibt nur noch Staub und Trümmer und nichts mehr, was zählt. Jemand macht ein Foto, die Bildunterschrift dieses Mal scheinbar bescheiden, mit einem Hauch von Lakonie: *Ohne Worte.*

»Du kommst erst mal mit zu uns«, sagt Wacho zu Mona, die würgt und würgt und hört nicht auf, vielleicht steckt ihr der nicht gegessene Kuchen im Hals fest, Mona sieht aus, als bekomme sie keine Luft. Sie lässt sich wegführen, sie murmelt etwas, immer wieder »die Fahrräder, die Fahrräder«, sie murmelt »Wo bleibt er, wo bleibt er nur«, sie sagt leise »Entschuldigung«, und sie lassen Mona vor sich hin flüstern, sie wissen nicht, was sie meint.

»David. Mitkommen«, sagt Wacho, und David presst Milos Hand, beweist sich und ihm, dass er festhalten kann, dass er da ist für Milo, dass der nicht wieder verschwinden muss, in der Tiefe des Brunnens. Sie folgen Wacho ins Haus. Das ist morgen dran oder übermorgen oder in der Woche danach, jedenfalls wird es ganz gewiss auch bald verschwinden.

Jetzt stehen David und Milo zusammen vor der Tür zu Annas Zimmer.

»Mein Vater hat sie blau gemalt«, sagt David, »einfach so.« Er muss an das Klavier denken, drüben bei Mona, an die blütenweiße Tischdecke, an die nie ausgefallene Teezeit, und er fragt sich, wie das ist mit den Erinnerungen, ob sich bald jeder Schritt, jedes Wort, jeder Tag, jeder Mensch wie eine Erinnerung anfühlen wird. David greift nach Milo, schlingt die Arme um ihn und kümmert sich nicht darum, dass seine Fingerspitzen dabei den eigenen Körper berühren. Milo ist jemand, der sehr dünn ist, so ist das, das macht nichts, und von draußen dringt jetzt Geschrei in den seltenen Frieden. David flüstert Milo ein Lied ins Ohr, eins ohne Melodie und ohne zusammenhängenden Text. Es sind einfach nur Worte, weil Worte beruhigen können und einen ab und zu forttragen aus einer Welt, in der Wände über Teetischen zusammenstürzen und das zweite Gedeck nur ein Alibi ist.

Im letzten Tageslicht rennt Jula über den Platz. Sie verflucht sich selbst, so gut sie kann. Sie hat es verpasst, wahrscheinlich als Einzige. Sie war unten bei der wütenden Traufe, während die Gelbhelme Monas Haus zerstört haben. Da oben hätte Jula ein Zeichen setzen können. Sie hat den Termin vergessen über ihrer Wut. Sie müht sich durchs Geröll, findet einen Zuckerlöffel, ein zerschmettertes Fahrrad mit glänzender Klingel, weiße Plastikteile, Ebenholzstücke, Jula erinnert sich an einen Geburtstag, an ihren Versuch, für irgendwen aus diesem Haus *Für Elise* zu spielen. Es ist eine schöne Erinnerung und sie steckt sich eines der schwarzen Holzstückchen in die Jackentasche. Aus dem Schutt ragen die Reste einer dreistufigen Treppe, die hat vor ein paar Stunden zur Eingangstür geführt. Jula kann sich Mona unter den Trümmern vorstellen und fühlt sich ihr einen Augenblick lang verbunden. Mona und sie, die beiden Entschlossenen, zwei Frauen, die nie im Leben aufgeben werden, nicht den Ort, nicht ihr Leben. Niemals.

Da drüben stehen schon die Container, die Gelbhelme unterhalten sich leise, auch diese Zerstörer benehmen sich wie auf einem Friedhof. Immerhin. So viel Respekt. Jula findet ein Fotoalbum, eine alte Puppe, sie findet einen halben Laib Korbbrot, den muss Eleni gebacken haben, oder war sie es selbst? Sie nimmt das Brot mit. Man kann es noch toasten.

»Was machst du da«, ruft einer der Kerle beim Container. »Betreten verboten«, ruft er.

»Ich wohne hier«, sagt Jula.

»Jetzt nicht mehr«, sagt der Gelbhelm, »sieh zu, dass du hier verschwindest.« Jula wird schon wieder wütend, sie ist so oft wütend in letzter Zeit, sie bildet sich sogar ein, eine Falte zu haben zwischen den Augenbrauen. Jules behauptet, da wäre nichts, aber der weiß sowieso nichts, der guckt nicht richtig hin, der denkt, er kenne sie auswendig. Dabei ist Jula so wenig die Jula von vor einem Jahr, wie die Traufe noch der Fluss ist, als der sie seit Jahrhunderten Teil des Ortes war. Die Traufe wird zu einer Urgewalt und Jula zur Furie. Sie tritt gegen das Geröll, eine Karaffe zerbricht, warum zerbricht die erst jetzt? Da ist doch ein ganzes Haus draufgestürzt, auf diese dämliche Karaffe. Jetzt schicken die ihr einen Vermittler. Jula grinst zufrieden, die Kerle haben kapiert, dass mit ihr nicht zu spaßen ist, sie lässt sich nicht wegscheuchen wie ein ängstliches Kind.

Der Typ, der auf sie zukommt, ist nicht der Bauleiter, das ist irgendeiner der Statisten, ein Zerstörer unter vielen, der größten Aktivistin schicken die nur irgendwen. Jula lacht dem Kerl ins Gesicht, sie kreischt vor Lachen, mit ihr nimmt es niemand auf, und der Typ nimmt seinen Helm ab, darunter kommt schwarzes Haar zum Vorschein, kohlrabenschwarz wie ihres, wie das von Jules. Jetzt entdeckt sie auch die blassblauen Vogelfedern auf seinem Arm. Jula kennt ihn, sie ist ihm schon einmal begegnet, neulich, als Jules die Linde erlegt hat.

»Hallo«, sagt der Vogelmann.

»Hi«, sagt Jula.

»Hast du Lust auf ein Bier?«

»Ja«, sagt Jula aus Versehen. Der Lampenschirm, den sie als Strafe für diese Antwort tritt, kann nichts dafür, dass sie so schnell vom rechten Weg abzubringen ist. Sie tritt ihn dennoch in den Staub und dann lässt sie sich von dem beflügelten Zerstörer aus den Trümmern begleiten.

Schon wieder die Nacht, die Nacht kommt David seit einiger Zeit länger vor als früher. Das hat nichts mit der Jahreszeit zu tun, sonst müsste es mehr Sonne geben mittlerweile, sie haben fast Frühling, und trotzdem: immer diese Nacht, schon mitten am Tag. Spätestens um sechs wird David müde, und Milo macht es ihm heute nach, gemeinsam gähnen sie Wacho an und die stumme Mona, die aus ihrem schmalen Stück Brot einen Klumpen geformt hat. Wacho hält fest an der Idee eines gemeinsamen Abendessens, mit Gesprächen, mit allem, was dazugehört. Vielleicht ersetzt Mona ihm heute jemanden, denkt sich David und auch, dass sie das auf keinen Fall schaffen wird. Gegen die sehnsüchtige Erinnerung kommt kein gegenwärtiger Mensch an, da können sich die Augenblicke anstrengen, wie sie wollen.

»Das war ein Tag«, sagt Wacho. »Und das ist erst der Anfang.« Mona nimmt den Klumpen in die Hand und quetscht ihn durch die geballte Faust, David will sein Taschentuch festhalten, aber irgendjemand muss es weggenommen haben, also drückt David Milos Hand unter dem Tisch und Milo drückt zurück, das ist gut.

Wacho schenkt Wein nach bis zum Rand, und aus Davids Glas fließt er auf das weiße Tischtuch, das Wacho zur Feier des Tages aus einem lange nicht beachteten Schrankfach gezogen hat. Milo starrt auf die rote Lache, die sich ins Gewebe frisst. Milo starrt wie jemand, der bei Wein an Blut denken muss, und das nicht aus religiösen Gründen. Hat Milo eine Geschichte? David weiß es nicht, er weiß eigentlich gar nichts über ihn. Nur das: Milo hat eine tiefe Narbe quer über dem rechten Schulterblatt, blaue Flecken überall, er hat keine Haare auf der Brust und er trinkt zu wenig. Milo mag Holzstaub und Stille und er hat Sommersprossen auf der Nase. David weiß nicht, ob Milo wirklich Milo heißt. Aber Milo schleift die Treppe des Hauses im verschwundenen Wald und lässt David ab und zu seine Hand nehmen, Milo bannt jeden Löwen und Davids Angst vor Wachos Zorn und Davids eigene Wut, die täglich größer wird. Milo hat selbst den Sturz in den Brunnen überlebt. Milo spricht nicht viel, genaugenommen spricht er fast nie, aber das ist in Ordnung. Wenn Milo lacht, betrifft das vielleicht nicht David, aber er fühlt sich betroffen von Milos Lachen. Milo ist aufgetaucht, als hier alles seltsam wurde. Das ist für David ein Grund, Milo abgrundtief dankbar zu sein.

»Trink doch«, sagt Wacho lächelnd zu David. »Es läuft ja über«, sagt er und: »Wo bist du denn mit deinen Gedanken. Feiere bitte mit uns«, sagt er, nimmt das Glas und drückt es David an die Lippen. David kneift den Mund zu, Milo ist da, er darf nicht durcheinandergeraten. Wacho lässt nicht locker, er steht auf, greift Davids Kopf, zieht ihn nach hinten, flößt ihm den Wein ein, David hustet und spuckt. Wacho setzt sich wieder und beobachtet gemeinsam mit Mona, wie der Fleck auf dem weißen Leinen trocknet.

David zieht Milo vom Tisch weg und die Treppe hinauf in sein Zimmer. Vor die Tür stellt er den Schreibtisch. Er schiebt nicht, er trägt ihn, so kann man unten nichts hören. »So«, sagt er. Sie lassen sich nebeneinander aufs Bett fallen und da sitzen sie, inmitten der frühen Nacht.

»Ist Post gekommen?«, fragt Eleni und setzt sich. Jeremias und Jules schütteln den Kopf. Eleni stellt diese Frage mittlerweile mehrmals am Tag und erwartet doch längst keine Antwort mehr. »Wer will?«, fragt sie und verteilt den Spinat. Abends gibt es immer was Warmes, dafür mittags nur zwei Scheiben Brot. Sie kochen gemeinsam, sonntags beim Frühstück entsteht der Plan für die Woche. Heute gibt es Spiegelei, Spinat und Pellkartoffeln, ein Klassiker noch aus Schulzeiten. Sie haben einen Glastisch, auf dessen Platte die Arme und Hände kalt werden, sie haben Plastikuntersetzer mit Motiven aus Bilderbüchern, die Untersetzer stammen aus der Wühlmäusezeit der Zwillinge. Jula ist nicht zum Essen gekommen; es gibt hier nicht viele Regeln, aber eine schon immer: Zum Essen sind alle da, Essen gibt es um Punkt sieben.

»Das ist nicht spießig, das ist notwendig. Fragt nicht warum, weil das nun einmal so ist. Manche Dinge sind einfach so, damit andere funktionieren, Familie zum Beispiel, Familie ist eines davon.«

»Wovon?«

»Von diesen Dingen eben, und nun esst.«

Jula ist heute Abend nicht da, dabei liebt sie Spinat. Um fünf nach sieben beginnen die anderen zu essen, schweigend, im Hintergrund läuft Musik, irgendwas von den Zwillingen, auch bei der Begleitmusik wird sich abgewechselt, das ist keine Regel, das ist die Kür, die das Leben, so sagt Jeremias, gemütlich macht.

»Wo ist deine Schwester?« Jules weiß es nicht, aber sie glauben ihm nicht, so weit kann die Welt noch nicht aus den Fugen geraten sein.

»Vielleicht fotografiert sie die Trümmer«, sagt Eleni. »Sie fotografiert doch so gern.«

»Ach ja?« Jeremias wundert sich, dass er das jetzt erst erfährt.

»Vor einem Jahr haben wir ihr die Kamera geschenkt«, sagt Eleni.

»Jules«, fragt Jeremias, »wo ist deine Schweser?« Jules spachtelt Spiegelei in sich hinein, er mag keinen Spinat und keine Kartoffeln und er weiß wirklich nicht, wo Jula ist. Erst als Eleni beginnt, mit dem Messer ihren Teller sauber zu kratzen, rührt Jeremias sich wieder. Sie macht das, seit er sie kennt, aber es stört ihn erst heute.

»Wir haben einen Geschirrspüler.«

»Ich weiß«, sagt sie und kratzt weiter. Jules legt das Besteck zur Seite und beobachtet seine Eltern.

»Was ist«, fragt Jeremias. »Bis du schon satt?« Jules nickt, er hat Schatten unter den Augen. »Du siehst blass aus«, sagt Jeremias und schiebt ihm den Spinat hin, Jules schüttelt den Kopf.

»Hast du es ihm schon gesagt?«, fragt Eleni.

»Was?«

»Dass du das machen möchtest mit dem Haus.« Jeremias greift nach den Kartoffeln, stellt die Schüssel aber schnell wieder ab. Jetzt irgendetwas auf später zu verschieben und dem Jungen eine Kindergeschichte aufzutischen, das geht nicht. Draußen machen die Gelbhelme Schluss für den Tag, parken die Arbeitsfahrzeuge vor den Trümmern von Monas Haus, da lungert schon eine Meute schwerer Gerätschaft beim Rathaus herum, das wird bald entkernt werden.

»Wir können da oben ein tolles Haus bauen«, sagt Jeremias.

»Und?«, fragt Jules. Die Blicke, die Jules und Eleni Jeremias entgegenschleudern, lassen ihn daran zweifeln, hier zu Hause zu sein. Aber da ist seine Frau, da sitzt sein Sohn, da fehlen nur seine Tochter und ein bisschen Harmonie.

»Stellt euch vor, wir vier in einem niegelnagelneuen Haus, wir hätten eine Terrasse, einen Garten, einen Carport.«

»Was soll das sein?«, fragt Jules mit einer Verbrecherstimme.

»Da kann man sein Auto unterstellen«, sagt Eleni.

»Genau«, ruft Jeremias viel zu fröhlich, »für das Auto.«

»Super«, sagt Jules. »Ganz toll.« Jeremias gräbt weiter in seinen Plänen, was haben die noch mal gesagt, was man da oben am Hang noch alles haben kann?

»Wir hätten ein Hallenbad, gleich nebenan, und einen Fußballplatz, wir wären direkt angebunden an das Schienennetz, wir könnten überallhin, es soll dort oben ein großes Einkaufszentrum geben und Schulen, zwei Kindergärten, drei Kirchen, es soll einen Tiergarten geben, ein ökologisches Schulungszentrum, ein Gartenbaucenter, eine Seilbahn, einen Park mit Bänken und einen Teich, und in dem Teich sollen Mandarinenten schwimmen, das sind diese bunten, und Eisdielen, Eisdielen wird es auch geben und fünfundsiebzig verschiedene Sorten Eis, sogar für Leute mit Lactose-Intoleranz und für Diabetiker. Wir hätten sogar richtig Internet, immer und schnell. Vielleicht gibt es auch eine Schlittschuhbahn oder einen Skatepark, bestimmt bauen sie ein Krankenhaus. Stell dir vor, Jules, so viele Möglichkeiten!« Jeremias legt seine linke Hand auf die seines Sohnes, die rechte auf die seiner Frau, einen Moment lang fehlt Jula nicht, dann doch, die Berührungen fühlen sich an wie ein Lebensende.

»Was sagt ihr?«, fragt Jeremias. »Das wäre doch besser, als hier in einem entkernten Haus aufs Wasser zu warten. Wenn wir uns schnell entscheiden, können wir noch mitbestimmen, wie es werden soll. Es gibt eine Entschädigung, sagt die Firma, eine gute. Sag mal, Jules, wie groß soll dein Zimmer sein?« Jules zieht seine Hand weg, lehnt sich zurück.

»Ist mir egal.«

»Heißt das, du hast nichts dagegen?« Jules schweigt. »Jules!«

»Mach, was du willst, ich geh dann eh weg.« Jetzt wird Eleni plötzlich wieder lebendig.

»Wo willst du hin?«

»Weiß nicht«, sagt Jules. »Weg halt.«

»Darüber sprechen wir noch mal«, sagt Eleni.

»Ich bin volljährig.«

»Trotzdem haben wir da noch ein Wörtchen mitzureden«, sagt Jeremias und hofft auf Elenis Zustimmung, die sitzt äußerst aufrecht, früher hat sie Ballett getanzt. Jules steht auf, geht in Richtung Tür.

»Wo willst du hin?«, sie können noch gleichzeitig sprechen. Immerhin das, denkt Jeremias.

»Nach oben«, sagt Jules, und dann ist er weg.

»Warum kannst du mich dabei nicht unterstützen?«, fragt Jeremias.

»Wobei?«

»Dabei, den Kindern das neue Haus schmackhaft zu machen.«

»Ich will nicht umziehen.«

»Eleni, du klingst wie ein Kind.«

»Ich weiß. Aber ich will hier nicht weg. Ich kann nicht.« Jeremias nickt und dabei merkt er, dass er gar keinen Grund dazu hat. Er versteht absolut nicht, was sie meint.

»Warum eigentlich nicht?«, fragt er. »Was willst du hier noch?«

»Ich weiß nicht. Aber ich kann einfach nicht –«

»Was?«, fragt Jeremias viel zu schnell, in den entscheidenden Momenten lässt er sich oft zu wenig Zeit. Eleni sieht auf ihren Teller, dann zum Fenster, im Profil erinnert sie ihn an jemand anderen, an eine andere Eleni vielleicht, eine Eleni von vor vielen Jahren. Er weiß, dass sie ihren Satz nicht mehr beenden wird, er hat es vermasselt, er macht in letzter Zeit wenig richtig. Aber immerhin traut er sich was. Jeremias rutscht bis an die Kante seines Stuhls, näher zu seiner Frau. Sie sieht ihn an, sie sieht ihn tatsächlich an und ausnahmsweise hat sie keinen dieser grauen Schleier über ihren Blick gelegt, Jeremias kann seine Frau erkennen.

»Was«, fragt Eleni und schluckt, »was ist, wenn wir sie dann verlieren?«

Er weiß es nicht, aber jetzt versteht er, was sie meint, und kann ihr doch nicht helfen. Es ist sehr wahrscheinlich, dass alles auseinanderbrechen wird, sie sich nur noch zu Weihnachten begegnen, einander längst fremd geworden, dass da neue Leben entstehen. Sie werden zurückbleiben im schönen neuen Haus mit Blick auf den See, umgeben von der besten Infrastruktur der Welt, mit Mandarinenten ganz in der Nähe, diesen bunten. Sie werden auf Anrufe warten, auf die Lebenszeichen zweier fremd gewordener Menschen. Sie sind nicht die Ersten, die loslassen müssen, aber das macht es nicht einfacher.

»Es wird nie wieder so sein wie jetzt, wir werden nie wieder vollständig sein«, sagt Eleni, und Jeremias drückt ihre Hand, die Hand ist sehr kalt, aber kein Lebensende mehr, die Hand gehört seiner Frau, die sich davor fürchtet, mit ihm allein zu sein.

»Wir können das«, sagt Jeremias. Er sagt nicht »Wir haben doch uns«, er spart sich sein Aber-ich-bin-doch-da, er wagt es nicht, ihr ein glückliches Ende zu versprechen. Jeremias ist unsicher, ob es gutgehen kann, sie beide nach so vielen Jahren wieder allein.

»Wann geht das mit dem Friedhof los?«, fragt Eleni und auch das weiß Jeremias nicht genau. Er will so bald wie möglich fragen, verspricht er, aber wieso überhaupt will sie das wissen? Sie ist angespannt und gleich wird sie aufstehen und gehen.

»Gute Nacht«, sagt Eleni, steht auf, küsst sein Haar und lässt im selben Moment seine Hand los.

»Niemals darf mein Bruder uns sehen«, sagt Jula, und natürlich verspricht er es ihr. »Du darfst nicht zu mir kommen, wenn ich will, komme ich zu dir«, sagt sie.

»Klar«, sagt der Vogelmann. Jula drückt ihm die leere Flasche in die Hand:

»Eins noch: Das mit uns ändert nichts daran, wie ich das alles sehe und dass ich euch aufhalten werde.«

»Das kannst du nicht.« Jula lächelt.

»Das wirst du ja sehen.« Er lächelt zurück, zieht eine Augenbraue hoch, beugt sich vor. Bevor er sie küssen kann, hat sie den Bauwagen verlassen.

Mitten hindurch durch unbestellte Felder, der Fahrtwind wird das Leben wieder in sie hineinpumpen, als wäre es ihr nie verloren gegangen, und irgendwo wird sie dann einen Baum finden, irgendein Baum wird dann doch noch irgendwo stehen. Greta sieht sich schon fliegend.

Dass das Haus mittlerweile David gehört, weiß sie. Hier trifft er sich mit diesem Milo, das hat er Greta verraten, als sie ihn neulich am Pullover gepackt und gefragt hat, warum er in letzter Zeit ständig hier in der Gegend unterwegs sei. »Das Haus«, hat David gesagt, »Milo und ich restaurieren das Haus im Wald.« Greta hat ihm geantwortet, dass es den Wald nicht mehr gibt und dass das Haus sich nicht lohnt, und David hat abwesend genickt und gelächelt, gestrahlt hat er und ist weitergegangen in Richtung des Hauses.

Im Unterstand ist es nicht und auch nicht bei der Hecke. Ernst muss es irgendwo abgestellt haben, wo es geschützt ist vor Regen und Schnee und vor Greta. »Die Zeit ist vorbei«, hat Ernst gesagt und über Gretas altersfleckige Hände gestrichen, der Ring bewegt sich wieder, nach mehr als zwanzig Jahren sitzt der Ring wieder locker, sie hat nicht mehr so viel Appetit und Ernst hat sich geirrt, die Zeit ist genau jetzt. Greta erinnert sich wieder, es war in dem Haus, da hat Ernst das Ding abgestellt.

Sie weiß, wann David sich im Haus aufhält. Sie schleicht sich spätabends dorthin, er kommt erst am Morgen zurück.

Greta begeht einen Einbruch durch eine weit geöffnete Tür. Das Haus wirkt völlig unbewohnt, bis auf eine Matratze und eine alte Arzttasche auf einer groben Decke. Die ersten Stufen der Treppe sind abgeschliffen, obwohl Milo und David hier angeblich seit Wochen arbeiten, ist sehr wenig passiert. Greta findet das alte Motorrad versteckt unter einer Plastikplane in der Ecke. Wahrscheinlich ist David für den frischen roten Lack verantwortlich, vielleicht hatte er irgendwann einmal nichts Besseres zu tun, als an fremden Glücksgeräten zu schrauben, vielleicht hat er irgendwann einmal kurz nur für Greta gelebt. Wie konnte sie das Schlachtross je vergessen, sie schämt sich.

Irgendwann in ihren ersten gemeinsamen Jahren hat Ernst es mit nach Hause gebracht, von einem Freund hatte er es für eine halbe Million großer und kleiner Gefallen bekommen, zuerst wollte er es nicht, aber dann hat Ernst es doch nach Hause geschoben, für Greta, die immer wieder von der weiten Welt und nie von Kindern sprach. Sie waren rumgekommen, immer wieder fuhren sie los, auch im Winter, sie rasten durch die Nachbarländer und irgendwann reichte das nicht mehr, da nahmen sie eine Fähre und fuhren noch weiter weg und sahen Dinge, die ihnen zu Hause niemand glauben konnte und über die sie nur miteinander sprachen, nachts im Bett oder beim Zähneputzen.

Beim Fahren wechselten sie sich ab, Ernst hatte es ihr beigebracht und er war der Meinung, sie sei sehr gut. Er hat ihr vorgeschlagen, Rennen zu fahren, in der Wüste und überall sonst. Aber Greta brauchte nichts mehr als die Fahrten mit Ernst. Sie waren frei.

Greta steht in Davids und Milos kleinem Haus, mit der Hand auf dem Leder des Sitzes und einem Kaleidoskop voller Erinnerungen. Sie haben in den Fahrtwind gesungen, was ihnen in den Kopf kam und ohne einander zu hören, stundenlang haben sie nicht miteinander gesprochen, aber alles gewusst, was es zu wissen gab. Dass es gut war, wie es war, und näher sollte Greta dem Sinn des Lebens nie kommen, als auf diesem stinkenden Ungetüm, auf diesem zerschlissenen Thron und angelehnt an ihren Ernst mit dem wilden Haar und dem Blick zum Horizont, an dem für ihn immer nur Greta stand.

Das wollte David bestimmt nicht, aber Greta träumt hier im Stehen von einem sauberen Genickbruch. In drei Monaten, haben die Verantwortlichen vorhin gesagt. Den Friedhof werden sie als Letztes versiegeln, und Greta will ihrem Ernst knatternd auf dem roten Blitz entgegenfliegen. Sanft legt sie die Plane wieder über das Motorrad, leise schleicht sie sich aus dem Haus, als ob hier tatsächlich jemand wäre, den sie wecken könnte.

Jeremias räumt den Tisch ab, stellt das Geschirr in die Maschine, kratzt den restlichen Spinat von seinem Teller in den Aufbewahrungssarg, stellt ihn in den Kühlschrank, trinkt noch einen Schluck Milch, die ist längst abgelaufen. Jeremias schreibt *Milch* auf den Einkaufsblock neben der Küchentür. Er schreibt auch *Streichhölzer* und *Salz*, Dinge, die sie immer vergessen. Er löscht das Licht und wirft einen Blick aus dem Fenster. Draußen nur Dunkelheit, Wolken vor Mond, kein einziger Stern. »Schlaf schön!«, schreibt Jeremias auf die Rückseite eines Kassenbons. Er legt ihn auf den Esstisch, ausgerichtet zur Tür. Wenn Jula sie später zu schwungvoll öffnet, wird der Zettel weggeweht, aber vielleicht passt sie heute Nacht auf. Jeremias geht nach oben, schlafen.

»Schläfst du?«, flüstert David, er beugt sich zu Milo hinüber. Milos Augen sind offen und dunkel, braun oder schwarz oder seltsam blau, Milos Augen sind offenbar Wunder. »Kannst du nicht schlafen?«, fragt David, und Milo nickt. David rückt näher, es ist das erste Mal seit vielen Jahren, dass jemand hier bei ihm liegt. Ein paar Mal hat David in fremden Betten gelegen, neben vergangenen Ortsbewohnerinnen, neben Mädchen, die schon längst weitergezogen sind, von denen sich aber ein paar noch an David erinnern werden oder auch nicht.

Vielleicht ist es gut, dass David und Milo wenig miteinander reden, so kann David Milo nicht verschrecken mit seiner Vorstellung davon, wie alles richtig wäre, richtig und gut und besser als in echt. David fragt sich, warum gerade Milo hier neben ihm gelandet ist. Worauf wartet er? Denn: Auf irgendetwas muss er warten, viel ist da noch nicht, Milo ist bisher einfach nur da. Vorhin hat er sich die Zähne geputzt. David kann es immer noch nicht fassen. Milo sieht nicht aus wie ein Mensch, der Zahnpasta braucht und der ausspucken muss, wenn zu viel Schaum ist im Mund. Er wirkt wie jemand, bei dem alles einfach so ist, sauber und still und immer mit einer feinen Staubschicht im Haar.

David schwitzt unter der Daunendecke, wenn er allein im Bett liegt, ist die genau richtig. Jetzt passt hier gar nichts mehr und trotzdem alles. David dreht sich auf den Bauch, auf den Rücken, nach rechts und nach links, und als er da ankommt, rutscht Milo näher zu ihm und sieht David an. »Nein«, sagt David. »Ich träume nicht, ich schlafe ja nicht einmal.« Milo grinst, er küsst David auf die Stirn, er küsst ihn auf die Nase und dann küsst er ihn auf den Mund. David küsst Milo auf das Kinn und den Hals, auf das Schlüsselbein. Es fühlt sich noch nicht so an, wie es wahrscheinlich müsste, keiner der beiden benimmt sich wie ein ausgehungertes Tier. David hält Milo fest, ein paar Sekunden auf Abstand, er sieht zur Tür, aber unter der Klinke steht der Schreibtisch, da kann kommen, wer will. David fürchtet sich davor, dass sich das auch nicht richtig anfühlt und dass seine Mutter recht hatte damit, dass ein richtiges Leben hier nicht möglich ist. Aber: wenn nicht hier, wo dann?

Milo befreit sich aus dem Sicherheitsabstand, den David ganz vergessen hat, er hat auch Milo kurz vergessen und er schämt sich dafür, er ist zu sehr mit sich selbst beschäftigt. Milo küsst Davids Hand. Er zieht das alte T-Shirt aus, das er sich vorhin geliehen hat. Auf dem T-Shirt stehen eine Jahreszahl und der Schriftzug eines Baseballteams, das mittlerweile im Ruhestand ist. Sie verlieren sich im Detail, über die Oberkörper ziehen sich Narben, mit dem Zeigefinger fahren sie sie entlang wie eine holprige Straße im Sommer. Darin sind sie sich ähnlich, dass sie es nicht unversehrt bis hierher geschafft haben, egal, die Finger schweben über einem blauen Fleck und dann fahren sie weiter.

Es ist alles einfacher, als er dachte, sie drehen sich umeinander und ineinander, stumm und ohne Gebrauchsanweisung, zuckend und schwitzend und absolut richtig, wenn es das gibt, dann in diesem Moment. »Schlaf gut«, sagt einer von beiden, als der andere schon schläft, und dann zieht er die Decke über sie.

Ein Stockwerk tiefer öffnet Wacho leise die blaue Tür. Seit Anna weg ist, hat er den Raum nicht mehr betreten, das Haus ist groß genug für ein verschlossenes Zimmer, die Traurigkeit muss er nicht auf dem Dachboden lagern, nicht im feuchten Keller und nicht im ewigen Chaos. Sie darf sich in der geheizten Ordnung der Dinge ausbreiten, und da empfängt diese ihn nun, als er den Raum betritt.

Sie hat hier geschrieben, natürlich hat Anna geschrieben, wer sich wegsehnt, der muss schreiben. Sie hat es immer bedauert, so unmusikalisch zu sein. »Mit Musik«, hat sie gesagt, an einem lauwarmen Tag im Mai, »mit Musik kann man überallhin, ohne wissen zu müssen, wo das ist.« Er mochte es, wenn Anna solche Dinge sagte, sie hörten sich gut an, verschwommen und ehrlich. Erst als sie weg war, hat er verstanden, dass die hübschen Worte eine Drohung waren.

Wie auch immer, nun liegt also Mona auf der dürren Matratze und vielleicht sieht Wacho in Mona ein Mittel zum Exorzismus, vielleicht will er auch einfach nur nach dem Rechten sehen, vielleicht hat Mona auf ihn gewartet, vielleicht wollen die beiden wirklich eng beieinanderliegen und durch das schwielige Fenster in Richtung Mond träumen. Mona riecht nach Abschied und Zwiebeln, Wacho riecht nach Trauer und Schnaps, und die gemeinsame Angst löst zwar keinen Liebeswahn aus, aber ein vages Gefühl von Einigkeit.

»Du weißt nicht zufällig doch, wo Anna hin ist?«, fragt Wacho.

»Leider nein«, sagt Mona. »Sie hat es mir nicht gesagt, sie ist einfach verschwunden, dabei waren wir für den Nachmittag zum Tee verabredet, sie wollte mir die Fotos zeigen, sie hatte gerade wieder ein Album fertig.« Wacho überlegt.

»Du kannst bleiben, bis unser Haus weg ist«, murmelt er.

»Danke«, sagt Mona. »Danke, Martin.«

Mona hört zu, wie Wacho einschläft, sein Atem ruhig wird. Langsam entspannt sich sein Gesicht. Sie selbst schläft nicht, sie denkt nach. Mona denkt verwinkelt und speziell, und was sie denkt, mischt sich mit Traumbildern, die sind von Wacho zu ihr herübergeschwappt. Gedankengewinde und Erinnerungsrudimente können Mona nicht umhauen, sie nicht träge machen, nicht einmal müde. Sie hat es nicht geschafft, die Gelbhelme fernzuhalten, sie hat versagt, so einfach ist das. Sie hat nichts dagegen getan, dass sie ihr das Zuhause nehmen, und nun muss sie gehen, egal, was ihre Mutter ihr sagt. Mona denkt an Spinatgrün, sie ahnt, dass sie mit dem Verlassen des Ortes auch auf die große Liebe verzichtet, aber auch das muss wohl so sein.

Noch bevor Wacho in der Tiefschlafphase ankommt, bevor Mond und Sterne sich aus den Wolken pellen, bevor sie sich fürchten kann, steht sie leise auf und verschwindet aus dem verbotenen Zimmer. Sie schließt lautlos die schwere Haustür hinter sich, auf der weißen Treppe nickt sie diesem Milo zu, der zu David gehört, er streichelt den blauen Fuchs, von dem Marie immer spricht. Mona streicht im Vorbeigehen über den Kopf des Löwen, steigt über die Trümmer ihres Hauses, greift sich den verbogenen Lenker und zieht eines der Fahrräder hervor. Der Reifen ist platt, Mona schiebt. Sie geht mit erhobenem Kopf, den verschwommenen Blick streng nach vorn gerichtet, es sieht nicht aus wie eine Flucht, aber Mona übertritt jede Grenze, die es hier gibt, sie lässt den Ort zurück und verschwindet im Jenseits der Geographie. Mona macht sich selbst zur Erinnerung. Mona ist weg.

Wacho wacht allein auf, aber mit der Erinnerung an eine Frau, an Mona und wie sie neben ihm liegt. Es wäre seine Aufgabe gewesen, zuerst aufzustehen, ihr die Dusche zu überlassen, Frühstück zu machen, ein Gastgeber zu sein. Andererseits: Er ist kein Hotelier, er ist der Leiter eines winzigen Auffanglagers, das selbst kurz vor der Auflösung steht. Kein Kaffee also, keine Brötchentüte, müde Schritte die Treppe hinunter und dort findet er niemanden, der wartet. Mona ist verschwunden, sie ist nicht im Bad, vielleicht betrachtet sie die Ruinen oder ist längst über alle Berge, und zwar ohne Gepäck.

Wacho öffnet die Haustür einen Spalt, weit genug, um mitzubekommen, wer da draußen ist, und ohne dabei selbst entdeckt zu werden. Er hat sich vorgenommen, sich tot zu stellen, falls sie heute kommen, über einem Toten werden sie das Haus nicht einstürzen lassen. Im blauen Morgenlicht stehen die Bagger, ein Bulldozer, da treiben sich schon einige Gelbhelme herum, die starten immer um sieben, die Bäckerei öffnet nur noch, wenn Eleni Lust hat zu backen. Der Ort schläft, während an den Mauern gekratzt wird.

Mona jedenfalls entdeckt Wacho nicht und selbst die Ruinen ihres Hauses sind größtenteils verschwunden. Da steht ein Container, gelb leuchtend, auch ohne die Hilfe der Sonne, die gestern alles gegeben hat und heute verschwunden ist, genau wie Mona.

Wacho beobachtet, wie ein Gelbhelm auf das Haus der

Nachbarn sechs Häuser weiter zeigt. Die sind schon längst weg, die waren unter den Ersten, gehörten zu denen, die bei der ersten vagen Erwähnung eines Untergangs geflohen sind. Aber neben dem Haus dieser Übereiligen steht das Haus der Salamanders, Haus Nummer sieben, und das wird wohl als Nächstes dran sein, aber die Familie wohnt dort noch, da steht ihr Auto, und auf dem Dach des Hauses treibt sich gerade Jules herum. Jeremias hat Wacho schon länger nicht mehr getroffen, Greta nicht, Clara, Marie und Robert. Er geht davon aus, dass sie sich verabschiedet hätten, wenn sie hätten wegfahren wollen.

Sie haben einander aus den Augen verloren, jeder hat sich in die Reste seines eigenen Lebens vergraben, man braucht jetzt all seine Kraft, um selbst das Naheliegendste zusammenzuhalten. Wacho kennt das Problem und er ist nicht gut darin, es zu lösen. Getrunken hat er schon vorher und geflucht und ab und zu hat er zugeschlagen. Das Vergessen von Wichtigem und das offensichtliche Vermissen ist neu, jetzt vermisst er Mona und gleichzeitig fehlt ihm seine Frau und Davids Geplapper, noch bevor der sprechen konnte. Bevor David sprechen konnte, da war alles gut, da war es schön, ganz bestimmt. Irgendwann aus dieser Zeit muss er stammen, der sicherste Moment, den die Verantwortlichen ihm gestohlen haben.

»Flussaufwärts ahoi«, sagt Wacho leise zu sich selbst. Er schließt die Tür, die Heizung ist kaputt, bald ist es Frühling, irgendwo treiben irgendwelche Bäume aus und draußen fällt das Haus sechs Nummern weiter.

David wacht auf vom Lärm der Bagger. Heute trifft es sie noch nicht, das Rathaus hat noch einmal eine Gnadenfrist bekommen, genau wie ihr Haus im Wald. David ist nicht überrascht, dass Milo weg ist, höchstwahrscheinlich wartet er auf ihn beim Haus, vielleicht hilft er den Verantwortlichen, es in Kisten zu verpacken oder worin auch immer man so ein Haus transportiert. David wickelt sich in die Decke, nackt kann er auch im Rahmen des Weltuntergangs nicht am Fenster auftauchen. Ein paar der alten Regeln gelten noch.

Dort, wo Monas Haus war, wird ein Container abtransportiert. An die Familie, deren Haus sie im Moment abreißen, erinnert David sich nicht mehr. Er muss noch klein gewesen sein, als sie fortgezogen sind. Neue Besitzer hat das Haus nie gefunden, wer kauft schon ein Haus in einem Ort, der sich jederzeit in Luft auflösen kann? Früher war das Haus für ein, zwei Wochen ein Spukhaus gewesen, David hat es mit ein paar Freunden durchsucht, aber auch die sind längst weg, die meisten, mit denen David zu Wühlmauszeiten und kurz danach zu tun hatte, sind längst schon in der Stadt. Dass er übrig, dass er hier geblieben ist, kommt ihm erst schlüssig vor, seit er Milo am Tag der ersten Verantwortlichen am Brunnen getroffen hat.

Auf dem Dach der Salamanders taucht hinter Jules jetzt Jula auf, die beiden streiten sich, und vor dem Haus wartet der gefiederte Gelbhelm. Der ruft etwas hinauf zu ihnen, und Jules lehnt sich beim Zurückbrüllen so weit vor, dass David Angst bekommt, er könne runterstürzen. Jula fasst ihren Bruder und schüttelt den Kopf, sie redet auf ihn ein, zieht ihn zum Dachfenster, und schließlich drückt sie ihn zurück ins Haus. Jules wehrt sich nicht. Im Stockwerk darunter kann David Jeremias entdecken, der steht vor einem leeren Koffer. Eleni kommt dazu, legt etwas Großes hinein, und Jeremias nimmt es wieder raus. Als Eleni es erneut hineinlegen will, wendet David sich ab. Die Szene kennt er schon, diesen Ablauf proben sie seit ein paar Wochen.

Er kann auch das Haus der Schnees sehen, wenn auch nur das Dach. Ab und zu geht Clara über den Platz auf dem Weg zur Praxis, in der sie mittlerweile vor allem die Gelbhelme behandelt. Roberts Schatten ab und zu am Dachfenster des Tore. Da probt er etwas und gibt sich geheimnisvoll. Marie haben sie bei den Wühlmäusen untergebracht, die machen letzte

Ausflüge und dürfen die Baustelle besichtigen. Familie Schnee ist in Routine versunken, jeder macht, was er immer macht, zusammen erwischt man sie in letzter Zeit nicht. Aber auf dem Dach weht eine Totenkopfflagge, die hat Marie dort aufgehängt, wer sonst. David vermutet, dass Maries Eltern bald anfangen werden zu packen, und Marie wird auf dem Boden liegen, um sich tretend die Welt verfluchen, und ihre Eltern werden sprachlos sein angesichts dieser Kraft.

Über den Hauptplatz folgen fünf übriggebliebene Katzen Maries blauem Fuchs. Sie steuern auf die Wurzeln der alten Linde zu, lassen sich dort nieder wie in einem Nest. David kann sich nicht daran erinnern, dass es vor dem Untergang mehr als zwei Katzen gab. Katastrophentourismus aus dem Tierreich, eventuell auch nur ein Missverständnis. Bald werden die Busse kommen, der Tenor der Zeitungsnachrichten wird sich ändern, die Mitleidenden werden anreisen und sich vorstellen, das alles, oje, geschähe mit ihnen, mit ihrem Dorf, ihrem Zuhause, mit ihrer Stadt.

David zieht sein T-Shirt an, Hose, Schuhe, den Anorak lässt er da. Dann klettert er hinunter und wünscht auf Höhe des Küchenfensters, seinem am Tisch schlafenden Vater in Gedanken einen guten Tag.

Nachdem sie ihn vom Dach gerettet hat, stellt Jules Jula endlich zur Rede.

»Ich kenne den Typen gar nicht«, schwört Jula und: »Der ist einfach verrückt. Die müssen alle verrückt sein, diese Gelbhelme, sonst würden die so einen Mistjob doch nie machen!« Jules glaubt ihr nicht, das kann sie nicht ändern. Er wird merken, dass sie auf seiner Seite ist, wenn sie gemeinsam den Plan ausführen.

Mit geschlossenen Augen läuft David durch den unsichtbaren Wald, er tastet nach dem Tor, das Tor ist weg. David öffnet die Augen. Da steht ein riesenhafter Transporter, da steht eine Gruppe von Menschen, da steht Milo und sieht David nicht. Einige Verantwortliche reden, jemand telefoniert hektisch, wahrscheinlich mit der Polizei. Im Hintergrund räumen ein paar Gelbhelme klammheimlich das Werkzeug aus dem Haus, sie stapeln alles in einer der Friedhofsschubkarren, sie tragen Milos Sachen hinaus, die Arzttasche, die Lampe. Leise tritt David neben Milo, er nimmt noch nicht seine Hand, das hebt er sich auf. »Hier bin ich«, sagt David. Milo lächelt, und jetzt machen sie sich groß für die Verantwortlichen, gegen das Heer der Angreifer.

Wacho tobt im Rathaus. David hat wohl vergessen, den Tisch ordentlich unter die Klinke zu schieben, Wacho kann nicht fassen, dass sein Sohn weg ist. Aber er hat eine Idee, wo er ihn suchen muss, und wenn er ihn findet, dann kann David was erleben.

»Wie findest du sie?« Jula dreht sich um. Vor ihr steht Marie und sieht sie stolz an.

»Eine super Piratenflagge«, sagt Jula.

»Ich weiß. Die ist mir ziemlich gut gelungen. Damit ist das Haus beschützt.«

»Meinst du?« Marie nickt, überlegt, runzelt die Stirn.

»Mir fällt nichts Besseres ein. Irgendwas muss man ja machen.«

»Da hast du recht«, sagt Jula. »Mal abwarten, ob die Fahne was bringt.«

»Was machst du?«, fragt Marie. Jula überlegt, sie darf ihr nichts sagen, weder von dem Plan noch davon, dass sie die festgelegten Grenzen übertritt und sich mit einem der Gelbhelme abgibt.

»Ich bin noch am Überlegen«, sagt sie. »Aber irgendwas mache ich auch.«

»Ich gehe jetzt Eis essen bei Greta«, sagt Marie, »sie will

mir erzählen, was sie für das Jahrhundertfest plant.« Jula sieht Marie überrascht an.

»Das Fest findet statt?«

»Klar«, sagt Marie. »Greta sagt, der Ort muss gefeiert werden.« Dann eilt sie davon. Jula sieht ihr nach, wie sie in Richtung Friedhof hüpft. Nach dem Eis wird sie die Flagge wahrscheinlich schon wieder vergessen haben, so wie jedes zu lange gespielte Spiel.

»Wir müssen mit der Arbeit beginnen«, sagt eine Verantwortliche. David erkennt die Frau vom Vortag.

»Verstehen Sie nicht, wir wohnen hier«, sagt er, obwohl er sicher ist, dass sie das weiß.

»Ich weiß«, sagt die Frau, »und es tut mir leid.«

»Danke«, sagt David. Es klingt nach Hoffnung, es klingt fehl am Platz, es klingt vergeblich und ein bisschen kindisch.

»Aber«, sagt die Frau, und dabei sieht sie nicht Milo, sondern nur David an: »Aber wir können da nichts machen. Wir haben unsere Anweisungen. Ich weiß, das klingt hart für Sie, aber was getan werden muss, muss getan werden, und zwar jetzt. Und Sie haben ja Glück. Ihr Haus wird nicht zerstört, Ihr Haus nehmen wir doch mit in den neuen Ort, da kommt es ganz anders zur Geltung als in diesem Versteck.« Die Frau verdeutlicht das Gesagte mit einer Geste, die all die gefällten Bäume gähnend wieder auferstehen lässt. Milo hört ihr zu, nickt aber nicht, er wird das nicht einsehen, weiß David, niemals wird er das.

»Nein«, sagt Milo, er sagt es zu David.

»Das geht nicht«, sagt David.

»Doch«, sagt die Frau. Streng sieht sie David an. »Und wie das geht. Und im Übrigen, lassen Sie sich das von mir sagen, gehört Ihnen das Haus ja nicht einmal, Sie können hier leider gar nichts bestimmen.«

»Wem gehört das Haus?«, fragt David mit einer vagen

Hoffnung im Kopf, mit den Gedanken an das Notfallgeld auf seinem Konto. Die Frau wühlt in ihren Unterlagen, zieht dann ein Dokument hervor und sagt:

»Es gehört einem Verstorbenen, der hat es dem Land vermacht, und das Land sagt, das Haus wird ein Museum oben am Hang.«

»Nein«, sagt Milo.

»Muss das sein?«, fragt David.

»Das reicht jetzt«, sagt die Frau. »Wir sind doch alle erwachsen und vernünftig.«

»Na ja«, sagt David und: »Aber man könnte ja trotzdem noch einmal darüber reden.« Die Frau schüttelt den Kopf, winkt zwei Männer heran, die sich bisher im Hintergrund gehalten haben. Die beiden sind für die Sicherheit zuständig, das sieht man sofort. David würde sie fertigmachen, er kann das, noch hat er Kraft. Aber Milo ist niemand, der sich mit Ordnungsinstanzen anlegen sollte. Milo ist jemand, bei dem in solch einem Fall festgestellt würde, dass ihm etwas Wesentliches fehlt, ein Ausweis, Vernunft oder einfach jeglicher Nachweis seiner Existenz. Milo ist jemand, fürchtet David, der sich im Falle einer Verhaftung in Luft auflösen könnte. Deswegen zieht David ihn jetzt zu sich, spricht beschwichtigend mehr auf die beiden Sicherheitskerle als auf Milo ein. Die Typen wirken ganz ruhig, das hier scheint ein Normalfall zu sein, das kennen sie schon, und David fragt sich, woher.

»Nein!«, brüllt Milo.

»Ganz ruhig«, flüstert David, »das wird schon.«

»Nein!«, ruft Milo, seine Stimme ist schon jetzt, nach zwei Ausrufen des Protests, ganz rau und heiser, und David bekommt es mit der Angst zu tun, weil Milo aussieht, als würde er gleich zusammenbrechen, und zwar schluchzend, und wenn das passiert, dann holen die Verantwortlichen den Notarzt, weil Clara nicht mehr kommt, wenn man sie ruft, und dann landet Milo im Krankenhaus und später vielleicht in der

Psychiatrie und David wäre wieder allein, und zwar mehr denn je.

»Es geht schon«, sagt David zu der Frau, die bereits ihr Telefon gezückt hat. »Wir kommen klar.«

»Es hat Ihnen nie gehört«, sagt die Frau sachlich. »Gehen Sie«, sagt sie. »Wir müssen anfangen.«

Bevor sie ihm die Hand reichen kann und er vollends verloren ist, schnappt David sich Milo, zieht ihn mit und wundert sich darüber, was Milo für eine Kraft entwickeln kann.

»Komm, lass uns gehen.« Milo schüttelt den Kopf, die Sicherheitsleute treten einen Schritt näher. David brüllt sie an, sie sollen bleiben, wo sie sind, sie machen nichts besser. Die Männer kümmern sich nicht um das, was er sagt, sie kommen auf David zu, auf Milo, und David spürt, wie ihm ganz kalt wird vor Wut und vor Angst.

»Noch einen Schritt näher«, brüllt David, »dann schlag' ich zu!« Sie nehmen ihn nicht ernst, sie gehen weiter.

»Halt!«, schreit David. »Halt!«

Wacho kommt gelaufen, bleibt ein paar Schritte hinter David stehen.

»David, David«, sagt Wacho, er klingt wie ein Schlangenbeschwörer. »Komm mal her.« Wacho greift David mit beiden Armen, und David sieht Milo nicht mehr, er sieht nur, wie die Sicherheitsleute Wacho helfen wollen, jemand hält eine Spritze in der Hand, ein Arzt, aber das kann auch eine Tarnung sein. David hört, wie Wacho brüllt: »Ich schaffe das schon!«

Wacho schleift David durch das verschwundene Tor, quer durch den unsichtbar gewordenen Wald, bis zum Hauptplatz zieht er ihn, vorbei an einem neuen Berg Bauschutt. Sie begegnen Greta, die schiebt das Motorrad, die legt David die Hand auf den Arm, flüstert etwas, vielleicht »Es geht weiter«, vielleicht sagt sie »Träum weiter«, vielleicht sagt sie auch »Danke schön«, und vielleicht bildet sich David das alles nur ein. Es war jedenfalls Davids Idee, für den Notfall ein knallrotes Motorrad zu haben, mit ihm am Steuer und Milo dicht hinter sich. David dachte, ohne Ernst bräuchte Greta es nicht mehr. David dachte, das Motorrad wäre immer schon für zwei gedacht gewesen, aber anscheinend reicht auch die Idee von zwei Menschen, damit aus dem alten Ding ein Fluchtfahrzeug wird.

»Reiß dich bitte zusammen«, sagt Greta zu Wacho, bevor sie eilig das Motorrad weiterschiebt, unter dem Arm eine Schachtel Schokoladeneis, hoffentlich erwischt sie Marie noch. Greta biegt um die Ecke, sie überführt Eis und Motorrad in ihr Revier, auf den Friedhof.

»Komm«, sagt Wacho, »setz dich zu mir«, und dann klopft er auf die alte Treppe, auf einen knallgelben ersten Löwenzahn. David lässt sich neben ihn fallen. Er sieht zurück in Richtung des unsichtbaren Waldes, Milo kommt nicht, Milo bewacht das Haus, nicht David, auf den passt Wacho auf, der hält ihn hier fest.

»David«, sagt Wacho, er riecht nach Flussaufwärts ahoi. »Ich bin froh, dass du da bist und dass du bleibst.«

»Mhm«, sagt David, und weiter sagen sie nichts. Irgendwo fällt ein Haus, die Mauer erhebt sich, in der Nähe donnert die Traufe. Sekunden, Minuten, Stunden, Tage, ihnen bleibt das Warten und Wacho beschwört David in Gedanken, damit der nicht einfach geht, still wünscht er sich Davids Mutter herbei, die von alldem nichts weiß. Wacho seufzt, man wird ihnen sagen, was zu tun sei, so lange können sie darauf hoffen, vergessen zu werden. Er und David und das Rathaus, der ignorante Löwe, die weiße Treppe und die Reste einer fast schon verschwundenen Welt.

»Das Leben geht weiter«, ruft Jeremias Salamander ihnen durchs Autofenster zu, er ist fröhlich und sicherlich auch ein bisschen verrückt, er fährt immer im Kreis um den Stumpf der Linde herum, schafft es nicht abzubiegen, auf die Straße hinaus. Wacho und David können ihm nicht helfen, sie sitzen nur da und warten.

Greta schiebt das Motorrad an den Gräbern vorbei, sie grüßt die Steine und sie grüßt Ernst und macht ihm klar, dass er sich noch ein wenig gedulden muss. »Erst nach der letzten Turmbesteigung, Ernst, erst nach dem großen Jahrhundertfest. So lange musst du noch auf mich warten.«

»Greta«, ruft Marie ihr von der Bank aus entgegen. »Ich hab schon die Löffel draußen.«

Die Gelbhelme laden den Schutt in die Container, mit diesem Haus sind sie schneller als mit Monas. Wenn das so weitergeht, dann ist der Ort in ein paar Tagen erledigt.

»Dieses Land mit den Ruderbooten«, sagt David.

»Ja«, fragt Wacho und: »Was ist damit?«

»Wo soll das sein?« Wachos Blick geht über den Hauptplatz wie der eines Anglers über einen See, in der Mitte schwebt immer noch das Modell, das bleibt, bis nichts mehr ist.

»Ich weiß nicht«, sagt Wacho.

»Hat sie dir geschrieben?«

»Nein«, sagt Wacho. »Aber das macht nichts, wir kommen ja klar.« Wacho drückt David die Flasche in die Hand, und David trinkt einen Schluck, gibt sie Wacho zurück. »Ich könnte dort oben Bürgermeister werden, sie würden mich wählen, das haben sie mir mehrfach gesagt«, sagt Wacho. David nickt.

»Du könntest Mama suchen. Du warst doch nicht ihr Problem, das war der Ort.«

»Der Ort bleibt«, sagt Wacho. »Ganz egal, was sie mit ihm anstellen. Der Ort wird noch stärker anwesend sein, je weniger es ihn gibt. Aber deine Mutter kommt, sie kommt.«

Wacho steht auf und geht ins Haus. Er öffnet die Tür zweimal, kein Geräusch vom Schloss, er hat es vorgestern erst geölt, alles funktioniert.

»Komm rein«, sagt Wacho. »Hier gibt es nichts mehr zu tun oder zu sehen. Ich schließe dich jetzt vorsichtshalber wieder ein.« David nickt und steht auf. Milo kann seine Gedanken hören. Stell dir vor, wir würden einfach am Hang leben, denkt David. Das wäre doch auch was, so ein Museum. Milo antwortet ihm nicht und David weiß, dass er noch so einen Abschied nicht überstehen wird. Er hat es nicht geschafft, Milo für sich zu behalten.

Jeremias
Drei Monate

Über den Baustellen wird seit Tagen das Brackwasser mehrerer Generationen ausgeschüttet, die Straßen glänzen nicht mehr, der Boden ist aufgewühlt, es blüht nur noch Kurzfristiges. Der Monat benimmt sich typisch, vorhersehbar nur in seiner Willkür, dieser April. Mit den Abschiedsbildern wollten sie eigentlich warten, bis das Wetter wieder besser ist, bis sie im Frühlingssonnenschein für die Nachwelt posieren können. Aber den Nachfahren maskenhaft grinsende Gestalten vor Schuttbergen zu präsentieren, ist auch keine Option, und so pfeifen sie auf den Frühling, bestellen die Fotografin für das offizielle Abschlussbild in die graue Regenwelt, an einem Sonntag, weil es der einzige Tag ist, an dem kein Bagger durchs Bild rollen wird.

Wacho hatte die Aufgabe, sich um die Organisation zu kümmern, aber der Bürgermeister hat sich zurückgezogen in Küche und Kneipe, und so ist es Jeremias, der sich erbarmt, der alle informiert und dafür sorgt, dass die Fotografin pünktlich auf dem Hauptplatz steht. Dass dann außer ihm selbst und ihr erst einmal niemand auftaucht, wundert ihn nicht, aber er hatte auf eine Überraschung gehofft.

»Sie werden gleich da sein«, sagt er. Die Fotografin trägt einen gelben Regenmantel und Gummistiefel in Zebraoptik, ihr Regenschirm ist pink, darauf ein lachender Mund. Ihre Ausrüstung hat sie unter einer Baggerschaufel abgelegt und zusätzlich mit einer Plastikplane bedeckt. Sie schaut sich neugierig um, so viele interessierte Blicke erlebt der Ort erst seit dem Abbau. Jeremias erkennt sofort, dass die geübten Augen der Fotografin zu viel sind für diese müde Welt.

»Sie müssen entschuldigen, aber das hier sind tolle Motive«, sagt die Fotografin. »Sehen Sie nur mal die Katze dort mit ihren Kleinen und das alles vor einem verrottenden Gasthaus. Schauen Sie dort, der Sprung im Modell und der Junge oben am dreckigen Fenster.«

»Komm jetzt, Jules«, ruft Jeremias zum Fenster hinauf. Sein Sohn schüttelt den Kopf, verschwindet dann, und Jeremias hofft, dass er es sich noch einmal überlegt. Es soll nach dem Gruppenfoto auch ein Familienfoto der Salamanders gemacht werden, so ist es mit der Fotografin abgesprochen. »Für später, wenn ihr mal Kinder habt«, hat Jeremias bei den Zwillingen geworben. »Damit die wissen, wo ihr groß geworden seid.« Jula und Jules haben Jeremias angeguckt, als wäre der ein Idiot, Jula hat ein Mal-sehn gemurmelt und Jules hat gar nichts gesagt.

Da hinten kommt Greta auf ihrem wiederentdeckten Motorrad angefahren. Bis vor kurzem hingen noch Bilder von ihr und Ernst im Tore, zusammen konnte man sie bewundern auf diesem Ungetüm. Als Jeremias neulich noch einmal vorbeigeschaut hat, waren sie weg. Plünderer kommen in den Ort, nicht nur nachts, sie trinken ein, zwei, drei, manchmal vier Biere, sie bedienen sich. Ganz zu Beginn, hat der Wirt Jeremias neulich erzählt, habe er versucht, sie davon abzuhalten. Verwundert hätten sie dreingeschaut und gefragt, ob er den ganzen Kram etwa mitnehmen wolle, die Entschädigungssumme müsse doch groß genug sein, um sich eine neue, modernere Ausstattung zu kaufen. Er hat sie dann hinausgeworfen, aber es tat ihm leid um den Verdienst. Die Plünderer waren Auswärtige, sie hätten Extraeinnahmen gebracht. Als das mit der Plünderei zunahm und es im Tore enger wurde, weil sich unter den Fremden herumsprach, hier seien die besten Geschichten zu hören, hat der Wirt es aufgegeben, die Plünderer des Platzes zu verweisen. »Im Grunde ist der Kram tatsächlich nichts wert«, hat er zu Jeremias gesagt, und der hat genickt und zu David hinübergeschaut, der stumm wie immer seine Arbeit machte und dabei misstrauisch von Wacho beobachtet wurde. David, der den Fremden ihr Bier brachte, schneller als den Übriggebliebenen. Der Wirt will nicht fotografiert werden, er poliert heute die Zapfanlage, er hat keine Zeit.

Greta bremst dicht neben Jeremias und der Fotografin, die nimmt sofort Witterung auf:

»Darf ich ein Bild von Ihnen auf dem Motorrad machen?«

»Aber natürlich«, sagt Greta, »warum nicht?« Auf dem ledernen Sattel wirft sie sich in Pose, sie hätte Kunstreiterin werden können, könnte sie jetzt noch, mit fast hundert. Greta turnt der Fotografin etwas vor und Jeremias wendet verlegen den Blick ab.

»Wie geht es dir, Jeremias?«, fragt Greta nach der Turnerei, sie ist völlig außer Atem. Sie fragt nicht, wo die anderen sind.

»Es geht«, sagt Jeremias. »Und dir?«

»Sehr gut«, sagt Greta, sie hört sich an wie siebzehn, unbeschwert.

»Da kommen noch mehr«, sagt die Fotografin. Es klingt, als hätte sie Affen von ihren Bäumen gelockt.

Energisch steuert Clara auf die kleine Gruppe zu, zögernd folgen Robert und Marie, die trägt unter dem Arm den bunten Totenkopf, man trifft sie nicht mehr ohne das Ding an, und Jeremias hat längst aufgehört, das grotesk zu finden.

»Wie macht er sich?«, fragt Greta und zeigt auf den Schädel in Maries Armen.

»Er schläft noch«, sagt Marie. »Gestern hat er sich sehr geärgert und deswegen ist er heute müde.«

»Marie«, sagt Clara und dann: »Lass.« Marie streicht über den Totenkopf, stellt ihn auf der Schwelle vor dem Haus der Salamanders ab. »Da kommt doch gleich jemand raus und dann geht er kaputt«, sagt Clara.

»Nein«, sagt Marie.

»Wie du meinst.« Clara wendet sich der Fotografin zu.

»Clara Schnee, ich bin hier die Ärztin. Wofür das gut sein soll, diese Aktion mit den Fotos, ist mir nicht ganz klar, aber wenn es nun schon mal stattfindet, sind wir natürlich dabei. Robert, mein Mann, und das ist Marie, unsere Tochter.« Robert schüttelt der Fotografin die Hand, neben Maries Auftritt mit Schädel wirkt er selbst fast zurückhaltend. Robert trägt wieder das Kostüm des römischen Imperators, dafür ist er mittlerweile sogar berühmt, es stand in der Kreiszeitung: *Ein Mann, ein Symbol.*

»Ach, Sie sind das«, sagt die Fotografin und mustert Robert genau. »Von Ihnen habe ich gehört.«

»Ja«, stöhnt Clara, aber die Fotografin geht nicht darauf ein.

»Sie und Ihre Familie geben ein wunderbares Bild ab. Ich freue mich, hier zu sein.«

»Es geht um die Macht«, sagt Robert leise. »Darum, wer das Sagen hat und warum.«

»Robert«, zischt Clara, »das interessiert hier doch niemanden.«

»Lasst uns das Foto machen«, sagt Jeremias und geht klingeln, vielleicht kommen die anderen dann auch noch raus.

»Da sitzt er immer noch«, sagt Marie und deutet hinüber zur Rathaustreppe. Die Fotografin versteht nicht.

»Wer?«

»Niemand«, sagt Robert.

»Milo«, sagt Marie. »Er heißt Milo und er ist ein Geheimnis, und wenn ich groß bin, werde ich Ärztin, aber in der Stadt!«

»Schön«, sagt die Fotografin, »wie sieht er denn aus?« Marie überlegt, pult in der Nase, und Clara nimmt ihre Hand.

Marie pult mit der anderen weiter, Clara lässt es geschehen, und dann beschreibt Marie, was die Fotografin doch sehen muss, mittlerweile sehen sie ihn alle.

»Milo ist nicht groß und nicht klein, er ist so mittel, aber größer als ich. Seine Haut ist ganz hell, und wenn die Sonne scheint, dann ist er kaum zu erkennen. Heute sieht man ihn gut, weil es regnet. Er spricht nicht, glaube ich, oder vielleicht doch, aber dann nur mit David und jetzt auch nicht mehr, weil David nämlich, David ist –« Clara nimmt nun auch Maries andere Hand in die ihre, streng sieht sie ihre Tochter an.

»Was habe ich dir gesagt?« Marie grinst.

»Nicht über den Fuchs sprechen und nicht über Milo und nicht Totenkopf sagen.« Die Fotografin schaut Clara an, sie runzelt die Stirn, dreht sich zur Treppe, bückt sich hinunter zu Marie, flüstert verschwörerisch:

»Jetzt sehe ich ihn auch. Wollen wir Milo zum Foto bitten?«

»Nein«, sagen alle. »Lieber nicht.«

»Er sitzt da nur«, sagt Marie. »Seit sie das kleine Haus verpacken und seit David wieder im Rathaus verschwunden ist.«

»Ich hole David und Martin«, sagt Greta und steuert auf das Rathaus zu. Sie streicht über Milos Kopf. »Ich weiß schon«, sagt Greta. »Ich weiß schon.«

Eine halbe Stunde später stehen alle auf dem Platz, sogar Jules, sogar David. Die Fotografin baut sich ihr Bild. Die Gruppe soll sich zunächst vor den Wurzeln der alten Linde aufstellen, vor den Resten des Stamms, danach wird sie jede Familie vor ihrem Haus fotografieren. Sie stellt Wacho neben Jeremias und Robert, davor stellt sie Clara, Eleni und Greta, die Kinder sollen sich auf den Boden setzen, auf die Wurzeln.

»Das passt doch!«, ruft die Fotografin. Sie setzt Marie vor Jula und Jules und dann weiß sie nicht, wo sie mit David hinsoll, der stört die Symmetrie.

»Ich muss nicht mit drauf«, sagt David.

»Unsinn«, ruft Wacho. »Komm zu uns.«

»Wenn David hinten stehen darf, dann will ich da auch hin«, sagt Jules.

»Ich auch«, sagt Jula. »Wir sind übrigens auch nicht mehr im neunzehnten Jahrhundert. Was soll das eigentlich mit dieser Ordnung?« Jula stemmt die Hände in die Hüften, die Fotografin gebietet Einhalt.

»Jeder bleibt, wo er ist. Das hat etwas mit Größenverhältnissen zu tun, und die sind nicht so schnell überholt wie Gesellschaftsordnungen.« Und so wird David schräg neben seinem Vater positioniert, alles wird etwas in die Mitte verschoben und dann kann die Fotografin endlich beginnen. Nur der Totenschädel, den Marie nicht aus dem Arm geben will, versucht so etwas wie ein Grinsen.

Die Übriggebliebenen haben das Gefühl, auf jemanden zu warten, aber da kommt keiner mehr dazu. Jetzt erst wird ihnen klar, wie wenige sie sind, dass nicht viel übrig geblieben ist von ihnen und ihrem Zuhause. Nur noch ein paar Alteingesessene und einer, der nicht richtig zählt: dieser Milo im Hintergrund, neben dem Löwen auf der Treppe, reglos, als wäre auch er aus Stein. Dass er auch auf den Bildern ist, wird später niemandem auffallen.

Die Familienfotos vor den einzelnen Häusern sind schnell gemacht, und als sie Familie Schnee vor der Linse hat, gelingt es der Fotografin sogar, den grinsenden Schädel für einen Moment auszublenden. So entsteht ein gestelltes Bild uneingeschränkter Harmonie. Eben so eines macht sie auch von der Familie Salamander, mitsamt dem schönen Auftraggeber, der schönen Frau, den schönen Zwillingen. Nur das Haus ist nicht besonders schön, findet die Fotografin, das Haus dieser perfekten Familie liegt eindeutig im Sterben.

»Unseres ist als Nächstes dran«, sagt Jeremias, krallt die Finger in den schmutzigen Putz und presst die Zähne fest aufeinander, der Kiefer zeichnet sich ab, Maries Totenschädel, er findet sich auf jedem einzelnen dieser Bilder.

»Wann ist es soweit?«, fragt die Fotografin.

»Wenn es nach Papa geht, so schnell wie möglich«, sagt Jula und macht Anstalten, wieder ins Haus zu gehen.

»Ich bin noch nicht fertig«, sagt die Fotografin.

»Machen Sie schnell, ich hab noch was vor, eine Wand einreißen und ein Fenster einschmeißen oder was sonst so im Fernsehen kommt.« Die Fotografin lässt sich nicht aus der Ruhe bringen, sie ist schon mit ganz anderen Familien fertig geworden.

»Bitte recht freundlich«, sagt sie und hält drauf und knipst und fragt sich, ob mit diesen Menschen alles gutgehen wird. Dass es hier Geheimnisse gibt, ist offensichtlich, und das Mädchen sieht nach jedem seiner bösen Sprüche den Jungen an, und die Eltern tun zufrieden und sind dabei wenig überzeugend. Die Fotografin interessiert das nicht. Sie möchte lieber die leeren Häuser fotografieren, die Spiegelung eines Straßenschildes im schlammigen Wasser einer Pfütze, die alte Frau auf dem Motorrad, die mit leuchtenden Augen sagt, sie lebe auf dem Friedhof. Bilder wie diese, von versteinerten Familien, erwartet man von einer sterbenden Ortschaft, und ein neuer Wolkenbruch kommt der Fotografin schließlich zu Hilfe.

»Das war's dann wohl«, sagt Jeremias und zieht den Kopf ein.

»Ich hab es dann auch«, sagt die Fotografin und verstaut eilig ihre Kamera. »Ich wünsche Ihnen viel Glück in dem neuen Zuhause«, sagt sie und lässt ihren Blick durch die Runde schweifen. Nur Vater und Mutter blicken zurück, die Zwillinge sind längst wieder nur für sich.

»Warum benutzen Sie keinen Filter?«, fragt Jeremias die Fotografin, aber die wendet sich zum Gehen, tut so, als höre sie ihn nicht.

Während er zurück ins Haus geht, erinnert sich Jeremias:

Er hat auch einmal fotografiert. Er ist kreuz und quer durch die Welt gereist, Expeditionen hat er sich angeschlossen, er ist an den Rändern von Kriegen entlanggeschlichen. Er hat Karawanen fotografiert und Eisbrecher, er hat in Gebüschen gelegen und sich aus Hubschraubern gehängt. Er hat sich ein Bein zertrümmert und es schrauben lassen, er hat es noch einmal versucht und es nicht geschafft. Jeremias hat eine Ausbildung gemacht zum Steuerfachgehilfen, eigentlich hatte er Architekt werden wollen, aber das hatte keine Zukunft, jedenfalls sagte man ihm das, und er hat sich verliebt, verlobt, verheiratet. Jeremias und Eleni haben das alte Haus ihrer Eltern geerbt, noch bevor die verstorben waren. Sie haben Dielen geschliffen und Wände bemalt, ein Zimmer war Marokko, ein anderes der Pazifik, afrikanische Masken an den Wänden der Flure, sie essen immer noch von den selbstgetöpferten Tellern der Indianer, und auf dem Dachboden präsentierten sie eine Zeitlang Jeremias' Abenteuer in Rahmen aus Treibholz. Sie waren insgesamt sehr glücklich, er ab und zu nostalgisch und Eleni manchmal aus unerfindlichen Gründen ganz plötzlich tieftraurig. Als die Zwillinge kamen, wurde es besser. Neben dem Trubel und der Müdigkeit blieb kein Platz für Nostalgie und traurige Geheimnisse, und seit Jules oben auf dem Dachboden wohnt, lagern die Bilder im Keller, blick- und wasserdicht verschlossen in den alten Expeditionskisten. Zum Umzug werden die Kinder die Kisten entdecken, hoffentlich werden sie fragen, was darin ist, weil die Kisten ganz und gar nicht nach gewöhnlichen Restbeständen aussehen. Jeremias wird sagen, »Wisst ihr das denn nicht?«. Die Zwillinge werden den Kopf schütteln, und dann wird er erzählen, bis tief in die Nacht.

»Ich komme nicht mit!«, brüllt Jula und reißt Jeremias aus seinen Gedanken.

»Niemals!«

»Jeremias«, ruft Eleni. »Jeremias, es geht schon wieder los!«

Jeremias liebt seine Erinnerungen, er hat nur eine vage Vorstellung von der Zukunft. Er fühlt sich wieder wie kurz nachdem er die Schule geschmissen hatte und nicht genau wusste, wofür. Jeremias küsst Eleni stürmisch, befördert sich mit dem übertriebenen Kuss endgültig aus seiner Erinnerungsnostalgie, dreht sie von der Treppe weg, damit sie ihn ansieht und nicht das zornige Kind, das da oben steht und alles genauso wenig weiß wie er, nur mit viel, viel mehr Wut im Bauch.

»Was ist denn mit dir los?«, fragt Eleni.

»Ich weiß nicht«, sagt Jeremias zwischen zwei sehr heftigen Küssen. »Aber vielleicht kaufen wir uns einfach ein Hausboot. Was meinst du? Das wäre doch was. Was denkst du, Jula? Ein Hausboot?«

»Nein danke!«, brüllt Jula die Treppe hinunter. Dann verschwindet sie wieder in ihrem Zimmer, diese Urgewalt von einer Tochter, und Eleni und Jeremias fangen an, die Kisten zu packen.

»Ein Hausboot, du hast sie ja nicht mehr alle«, sagt Eleni und lacht ausnahmsweise.

»Ich meine das ernst«, sagt Jeremias. »Das könnte doch was sein.«

»Und das neue Haus?«, fragt Eleni. »Die Infrastruktur, der Garten, das Türmchen, die Enten?«

»Du hast ja recht«, sagt Jeremias. »Aber dann vielleicht später.«

»Mal abwarten«, sagt Eleni und streicht ihm über das stopplige Kinn: »Das wird alles.« Jeremias küsst sie schon wieder, er kann nicht anders, er ist so froh, dass sie sich endlich abgefunden hat mit allem, dass sie mitkommt und ihn nicht verlässt.

Greta macht eine Spritztour, sie muss aufpassen, hier wurden überall Kabel verlegt. Die Fotografin steht auf einmal vor ihr auf dem Weg, Greta bremst unwillig.

»Entschuldigen Sie, dass ich störe, aber könnte ich noch ein Bild machen von Ihnen. Vor den Gräbern, mit Motorrad?«

»Was denken Sie sich eigentlich? Hier aufzukreuzen und uns alle zu tragischen Figuren zu machen? Wir sind noch am Leben!«, ruft Greta, die schon seit Monaten überlegt, wie sie das in ihrem Fall ändern kann. »Wir leben doch noch!« Die Fotografin nickt, entschuldigt sich, sie stottert, und als sie weg ist, tut es Greta fast leid, sich so benommen zu haben, das hätte Ernst nicht gefallen. Vielleicht wird es Zeit, wieder zur Ruhe zu kommen.

Im Juni putzt sie das Kreuz, ausnahmsweise nicht im April, danach kommt das Fest und dann, dann ist sie wieder bei Ernst. Greta begegnet dem klapprigen Touristenbus, den irgendein Veranstalter auf Reisen geschickt hat, um den Ort zu durchqueren. Greta winkt den sieben, acht Menschen zu, die sich an den Fenstern die Nasen platt drücken, um im letzten Abendlicht noch etwas zu erkennen. Der Busfahrer stammt aus dem Nachbarort hinter dem nächsten Hügel und vielleicht erzählt er gerade irgendeine Geschichte über Greta. Die Blicke der Schaulustigen werden weich vor Mitleid, jemand klopft an die Scheibe, lächelt, und Greta wartet, dass man ihr Konfekt und Kondolenzschreiben zuwirft.

Die Touristen können froh sein, an Greta geraten zu sein: Jules zum Beispiel hat einem Hobbyfotografen die Kamera zertrümmert und einen Kinnhaken verpasst. Und Robert, der gibt ungefragt Einblicke in sein neues Stück, bringt die sich schuldig fühlenden, höflich verweilenden Schaulustigen dazu, sich halbstündige Szenen anzusehen, und manchmal weint Robert dabei. Es ist nicht einfach, hier Tourist zu sein. Man gerät zu tief hinein. Dass die Reifen der Busse immer wieder zerstochen sind und eine Gruppe sich sogar auf eine Wanderung zurück in die Außenwelt begeben musste, weil keine Ersatzreifen zu finden waren und kein Funkgerät funktionierte und keiner der Bewohner mehr einen Telefonanschluss hat, das rechnet Greta den Zwillingen zu. Erstaunlich selten kommt es zu einer Anzeige. Wahrscheinlich müssen die Touristen irgendeinen Wisch unterzeichnen, bevor sie in die Busse steigen. Dass sie mit allem einverstanden sind, keine Ansprüche stellen, sich vorsichtig verhalten und sich den Einheimischen nicht nähern werden, und wenn, dann auf eigene Gefahr. Greta gefällt die Vorstellung, nicht nur Mitleid zu ernten, sondern auch Angst und Schrecken zu verbreiten.

Das gemeinsame Abendessen haben sie aufgegeben, dass es die Kinder noch gibt, merken Eleni und Jeremias an einem fehlenden Milchriegel, einem Stück Wurst auf dem Küchenboden, einem Joghurtbecher im falschen Mülleimer. Die Eltern sitzen allein.

»Ich habe mir etwas überlegt«, sagt Eleni, »wegen des Umzugs.« Jeremias kaut stoisch sein Brot. Er ahnt, was gleich kommt und warum Eleni so schnell spricht: »Ich bleibe erst einmal hier. Ich warte auf die Kinder, bis die bereit sind.«

»Aber der Hausbau muss überwacht werden, jemand muss präsent sein, sonst machen die, was sie wollen«, sagt Jeremias und es klingt ihm viel zu sehr nach einer Verteidigung.

»Deshalb wirst du fahren«, sagt Eleni.

»Meinst du das ernst?«

»Natürlich, es spricht nichts dagegen und vieles dafür«, sagt Eleni und lehnt sich zurück in ihrem Stuhl. Es ist alles gegessen, alles gesagt, aber Jeremias will sie noch nicht aufgeben, seine Idee eines geordneten Rückzugs.

»Und wann, meinst du, sind die Zwillinge bereit? Ich fürchte nämlich, sie werden es nie sein. Sie werden hier ausharren, bis ihnen der See bis zum Hals steht, und danach schwimmen sie, aus lauter Trotz.«

»Warum sollten sie?«

»Weil sie aus dem Ganzen einen Wettbewerb machen. Irgend so ein Wer-meint-es-ernster-Ding«, sagt Jeremias. Eleni nickt.

»Könnte sein.« Jeremias nutzt die Chance und greift nach ihrer Hand. Er spricht leise und wählt seine Worte vorsichtig:

»Ich will nicht, dass wir beide auch so ein Ding anfangen. Das wird doch nichts. Das bringt nur Streit.«

»Du hast schon verloren«, sagt Eleni, und sie löst ihre Hand aus seiner Umklammerung und schneidet sich ein dickes Stück Käse ab. »Du hast als Erster gesagt, dass es gut wäre umzuziehen. Damit musst du jetzt leben.«

»Damit kann ich leben«, sagt Jeremias und: »Aber das ist doch kindisch.«

»Hausboot«, sagt Eleni. »Ich sage nur Hausboot.«

»Na und«, sagt Jeremias. »Es ist doch nur eine Idee, wie gesagt. Ein Hausboot hat nichts mit einem kindischen Verhalten zu tun.«

»Womit dann?«, fragt Eleni. Jeremias kratzt das Hausboot mit dem Fingernagel in die alte Tischplatte, das hält bis morgen, dann reinigt der Tisch sich irgendwie selbst, oder die Sonne übernimmt das, falls die jemals wieder auftauchen sollte.

»Ein Hausboot wäre eine Option. Ich weiß nicht, was wir in diesem neuen Ort sollen, ob wir da überhaupt hinpassen«, gibt Jeremias zu. Eleni zieht die Augenbrauen hoch.

»Es heißt doch immer, wir sind der Ort. Die Verantwortlichen sagen, dass wir gestalten, was da kommt. Wir dürfen sogar den Namen aussuchen. Passender kann es gar nicht sein. Es wird alles für uns gebaut. Liest du denn nicht die Broschüren?« Sie will ihn provozieren, aber er lässt sich nicht darauf ein, schüttelt nur stumm den Kopf. Eleni setzt nach:

»Ich meine, du hast dann schließlich das Türmchen an deinem Haus. Von da aus kannst du auf den See blicken oder in die andere Richtung, wenn du willst. Du kannst dir wieder wie ein Entdecker vorkommen.« Sie grinst ihn an, er grinst zurück, aber sein Grinsen ist wieder eine dieser Totenkopffratzen.

»Kann es sein, dass du mich verarschst?«

»Nein«, sagt Eleni. »Ich versuche lediglich, die Vorzüge aufzuzählen.«

»Spar dir das«, sagt Jeremias.

»Streitet ihr?«, fragt Jula, die mit ihrem Bruder plötzlich im Raum steht.

»Nein«, sagt Jeremias. »Wir diskutieren nur. Es sieht wohl so aus, als würde ich mich schon mal um das neue Haus kümmern und vorfahren. Ihr kommt dann mit eurer Mutter nach.«

»Mach doch«, sagt Jules und geht.

»Jetzt ist er wütend«, sagt Jula. »Aber wird schon wieder.«

»Wir wollen es hoffen«, sagt Eleni.

»Ich weiß doch auch nicht, wie man so etwas macht«, sagt Jeremias. »Ich werde doch auch das erste Mal umgesiedelt. Scheiße noch eins, wie soll man da verdammt noch mal gleich alles richtig machen?«

»Machen wir das mit dem Hausboot echt?«, fragt Jula.

»Nein, Schatz«, sagt Eleni. »Papa hat nur gesponnen.«

»Ach so«, sagt Jula und dann folgt sie ihrem Bruder. Immerhin verstehen sich die beiden wieder, denkt Jeremias. Immerhin ist das wieder in Ordnung.

»Dann fahre ich morgen«, sagt er.

»Mach das«, sagt Eleni, sie kramt im Altpapier.

»Was suchst du?«, fragt Jeremias. Er steht auf, um ihr zu helfen. Eleni sucht, als wäre es dringend.

»Nichts«, sagt sie. »Schon gut. Ich dachte nur, hier ist vielleicht Post weggekommen.« Jeremias wühlt im Papier, er findet nur Werbeprospekte und den Katalog eines Küchenanbieters.

»Hier kommt nichts weg.«

»Das sehe ich!«, brüllt Eleni und zeigt zum Fenster hinaus:

»Das sehe ich, dass hier nichts wegkommt!« Dann läuft sie aus der Küche.

»Wir haben doch einander«, sagt Jeremias leise zu sich. »Uns haben wir doch noch, oder nicht?«

Jula wird gleich den Vogelmann treffen, oben bei der großen Baustelle an der Mauer, die sich mittlerweile nicht mehr übersehen lässt. Am Sonntag sind seine Kollegen nicht da und keiner der Bewohner plant an diesem Tag eine Protestaktion.

Er wartet auf sie. Jula und der Vogelmann umarmen sich kurz, sie küssen sich nicht, sie stehen nur da und Jula sieht die Mauer empor.

»Da habt ihr wieder ganz schön was geschafft.«

»Leider«, sagt der Vogelmann, und er meint es ernst. Je näher die Fertigstellung rückt, desto intensiver sollte er sich mit der Suche nach einem neuen Job beschäftigen.

»Irgendwas findet sich immer«, sagt Jula. »Im Notfall hilfst du oben. Mein Vater sucht noch jemanden, der ihm ein albernes Türmchen auf sein neues Haus setzt.«

»Ich setze keine albernen Türmchen, nirgendwohin«, sagt der Vogelmann.

»Dann baust du eben ein Schwimmbad oder stellst Schaukeln auf. Es wird erwartet, dass man sich dort oben fortpflanzt.«

»Meinst du das jetzt konkret?«

»Nein«, sagt Jula erschrocken. »Blödsinn. Und ich gehöre ja eh nicht zu diesem neuen Dings.«

»Entschuldigen Sie«, sagt die Fotografin, die plötzlich neben ihnen aus dem Dunkel aufgetaucht, »aber könnte ich ein Foto von Ihnen beiden machen, das wirkt irgendwie ziemlich symbolisch.«

»Lass!«, ruft der Vogelmann, als Jula nach der Kamera greifen will. »Das hat keinen Sinn.« Aber Jula hört ihm nicht zu, sie will die Kamera von dieser blöden Kuh, sie wird die Kamera im Matsch zertreten, bevor die sie zur Symbolfigur stilisiert, zu jemandem, der sich mit der Gegenseite eingelassen hat. Solche Bilder von Jula darf es nicht geben. Und sie bekommt die Kamera tatsächlich zu greifen, aber mehr nicht, die Fotografin hält sie fest, die Bilder von dem stillen Jungen, den das Kind beschrieben hat, das heimliche Bild der alten Frau mit dem abwesenden Blick und den dunklen Absichten kann sie nicht hergeben. Sie könnten der Beginn einer großen Karriere sein.

»Geben Sie her!«, brüllt Jula, »das gehört Ihnen nicht!«, und die Fotografin brüllt nicht zurück, hält nur stumm die Kamera fest und gewinnt den Kampf, weil Jula loslässt, als der Vogelmann ihr etwas ins Ohr flüstert.

»Danke schön«, sagt die Fotografin. »Ich kenne deinen Namen, ich werde mich bei dir melden.«

»Tun Sie das«, faucht Jula, aber ihr Vogelmann schreitet ein.

»Lassen Sie das mit der Anzeige, ist ja noch alles heil.« Stumm hält die Fotografin ihm ihren Arm hin, eine blutige Kratzwunde zieht sich hinauf bis zum Ellbogen, trotz Regenmantel.

»Okay«, sagt der Vogelmann, »verstehe.«

»Wie schön«, sagt die Fotografin. »Und jetzt?« Der Vogelmann denkt nach. Jula hat sich bisher nicht gefragt, ob auch er Schwierigkeiten bekommen kann, weil er sich mit einer Einheimischen abgibt.

»Ich weiß was«, sagt er und setzt seinen Helm wieder auf. Die Fotografin versteht, nickt, Jula schüttelt den Kopf, sagt:

»Tu das nicht.« Er lächelt sie an, dann geht er mit der Fotografin davon.

»Hast du ein Glück«, sagt die Fotografin im Weggehen zu Jula.

»Sie«, sagt der Vogelmann, »Sie sollten sie siezen.«

Jeremias packt im Schlafzimmer die restlichen Sachen in seine Reisetasche. Morgen früh kommt auch der Schlafanzug dazu, die Alben nicht, bloß nicht. Eleni sagt, er solle die Familienbilder mitnehmen, aber dagegen wehrt Jeremias sich. Wer die Fotografien anstelle der Familie mitnimmt, der sieht diese nicht wieder. Vielleicht hat Eleni recht, vielleicht wird er tatsächlich zum Kind. Er kann sich zum Beispiel nicht vorstellen, wie er es überstehen soll, abends allein im Dunkeln zu liegen. Wie soll er für eine Person kochen, wie viel braucht man da und braucht man da überhaupt irgendwas? Er hat auch gar keine Lust, sich umzugewöhnen, es war schwierig genug damals, erst die Mengen für zwei einzuschätzen und dann plötzlich für vier. Am Anfang gab es immer zu wenig, jetzt fürchtet er sich vor dem Zuviel.

»Jules!« Sein Sohn setzt sich neben die Reisetasche aufs Bett. Jules hat überm Knie ein Loch in der Jeans.

»Fährst du schon?«, fragt er.

»Morgen nach dem Frühstück, ja. Was ist los, Jules?«

»Alles okay.«

»Erzähl mir nichts.«

»Mach ich nicht. Nimmst du die Alben nicht mit?« Jules schiebt die dicken Fotoalben unschlüssig auf dem Bett hin und her.

»Mach nichts kaputt«, Jeremias zieht Jules die Alben weg.

»Die gehen doch nicht kaputt, wenn ich sie bewege.« Jules ist verletzt. Jeremias legt die Alben auf den Nachttisch, auf Elenis Seite. Er setzt sich zu seinem Sohn. Einen Moment lang sitzen sie schweigend.

»Wenn du magst, kannst du morgen mitkommen«, wagt Jeremias zu sagen.

»Das geht doch nicht«, sagt Jules. »Tut mir leid. Aber ich kann hier nicht weg.«

»Warum nicht?«

»Weil Jula hierbleibt.«

»Ihr müsst nicht alles zusammen machen.«

»Machen wir nicht.«

»Warum dann? Warum machst du dann nicht einfach, was du machen möchtest?«

»Ich weiß nicht, was ich will.«

»Das kenne ich«, rutscht es Jeremias heraus. Jules nickt.

»Das kennt jeder. Wahrscheinlich. Aber es nervt.«

»Zwischendurch weiß man es manchmal. Phasenweise«, sagt Jeremias.

»Meinst du, das neue Haus wird gut?«, fragt Jules.

»Das wird mehr als gut. Du wirst dich wohlfühlen, versprochen. Wo ist eigentlich deine Schwester?« Jules steht auf.

»Darf ich mir die Alben ausleihen?«

»Klar. Wir können uns aber auch gern noch unterhalten.«

»Gute Nacht«, sagt Jules.

»Ja, schlaf gut«, sagt Jeremias. »Morgen früh, bevor ich fahre, sehen wir uns noch mal, oder?« Aber darauf kommt keine Antwort mehr, Jules ist schon weg. Jeremias geht ins Bett, als er Eleni die Treppe hinaufkommen hört.

»Mit wem hast du geredet?«, fragt sie, während sie beginnt, sich auszuziehen.

»Jules, er sah traurig aus.«

»Das alles ist nicht so einfach«, sagt Eleni, und Jeremias stimmt ihr zu:

»Nein, das ist es nicht.« Eleni legt sich neben ihn ins Bett, er schlingt einen Arm um ihre Hüfte, sie rückt ganz nah an ihn heran.

»Ihr kommt aber wirklich nach, oder?«

»Selbstverständlich«, sagt sie, rutscht auf ihre Seite und löscht das Licht, während es oben in der Dachkammer mit einem Mal sehr hell wird.

Durchs Fenster beobachtet Jules den Gelbhelm mit den gefiederten Armen, illuminiert von gleißendem Scheinwerferlicht. Der Kerl begegnet ihm oft in letzter Zeit, er treibt sich zu häufig im Ort herum, er kommt ihnen zu nahe, das sollte er nicht. Der Gelbhelm steht vor dem Tore, er hält eine Spitzhacke in der Hand. Der Vogelmann schlägt die Scheiben des Wirtshauses ein. Das wird noch betrieben, jeden Freitagabend von sieben an und bis der letzte geht und samstags den ganzen Tag über. Jules denkt an die Arschlöcher, die den Ort als Ausflugsziel entdeckt haben. Die sorgen wahrscheinlich dafür, dass der Wirt auf die letzten Tage noch richtig Kohle macht. Unten vor dem Vogelmann steht die Fotografin, sie dirigiert ihn, lässt ihn Grimassen schneiden und beim Zerschmettern der Scheiben in die Luft springen, er spannt die Muskeln an, er präsentiert sein albernes Gefieder. Der Vogelmann und die Fotografin gehen hinüber zum Modell, der Gefiederte spielt Gott, wie er denkt, dass man Gott spielen muss. Dann lässt die Fotografin die Kamera sinken, zeigt auf das Rathaus, der Vogelmann schüttelt den Kopf, aber sie redet auf ihn ein. Die beiden gehen hinüber zur Treppe. Dorthin, wo Milo stumm neben dem Löwen sitzt.

Jula taucht neben Jules am Fenster auf, der presst den Finger gegen die Scheibe, er spürt, wie angespannt Jula ist. Draußen treten der Vogelmann und die Fotografin ganz nahe an Milo heran. Der Vogelmann stellt sich hinter ihn und den Löwen auf die Treppe, die Fotografin schaltet die Scheinwerfer ein, die weiße Treppe leuchtet im kalten Licht. Der Vogelmann sagt etwas, aber Milo rührt sich nicht, nicht einmal, als der Vogelmann die Hacke hebt. Jules kneift die Augen zu.

»Er schlägt nur den Löwen, aber die haben sie echt nicht mehr alle«, presst Jula hervor. Jules hört ihr an, dass sie sich das Heulen verkneifen muss. »So eine Scheißinszenierung«, sagt Jula. »Komm da weg, lass uns lieber den Plan noch einmal überfliegen.«

David schläft mehr als jemals zuvor. Immer wenn er nicht im Tore ist, wenn er nicht mit Wacho unten am Tisch sitzen muss, wenn der ihn nicht zwingt, gemeinsam auf die Rettung zu warten, zieht David sich die Matratze über den Kopf. David träumt sich ein Leben zusammen, er ist gut darin, er kann dort weiterträumen, wo er beim letzten Mal aufgehört hat. Beim Aufwachen hat er alles vergessen. David hat im Schlaf ein richtiges Leben, an das er sich wach nicht erinnern kann. Von unten hört er Wachos Poltern, sein Fluchen. Es klingt wie eine Wirtshausschlägerei, dabei übt sein Vater nur.

Walzer kann er noch, den langsamen und den Wiener. Foxtrott fällt Wacho nicht mehr ein, nicht der Discofox, nicht der Rumba und nicht der Jive. Walzer muss reichen, Wiener Walzer steht ihnen gut, er wird seinen Smoking tragen und sie das lange Kleid und die hohen Schuhe. Später wird sie die Schuhe ausziehen und barfuß tanzen, er wird achtgeben, ihr nicht auf die Füße zu treten, er wird sie bei den Drehungen hochheben und für ein paar Sekunden durch die Luft fliegen lassen. Wacho hat einen Film gesehen vor ein paar Wochen, bevor er den Fernseher die Kellertreppe hinuntergeworfen hat, gegen die Stimmen und mögliche Eindringlinge. In dem Film haben sie in einem Ballsaal getanzt, und Wacho stand wacklig vom Küchenstuhl auf und ahmte die Schritte nach. Er will sie überraschen, wenn sie endlich kommt. Mit Kerzen überall, mit diesem Prunkfesttanz und damit, dass es von der Kellertreppe her nicht mehr zieht.

Das Stück ist so gut wie fertig, frühmorgens probt Robert die Details, die sind im Grunde genommen das Wichtigste. Er darf sich auf keinen Fall zur Lachnummer machen mit seinem Protest. Er muss die Aufmerksamkeit auf den Ort lenken, so kurz vor seinem endgültigen Verschwinden zumindest noch ein schlechtes Gewissen für die Außenwelt.

Robert würde sich über mehr Unterstützung freuen. Immerhin hat Jules ihm geholfen, eine kleine Bühne am Rand des Hauptplatzes zu bauen, dort wird bis zum Jahrhundertfest niemand seinen Bulldozer abstellen, das haben sie ihm versprochen. Er hätte das Stück gern im großen Festsaal vom Tore aufgeführt, so wie immer, aber das Wirtshaus wird es am Tag der Premiere nicht mehr geben.

Für Robert ist es am wichtigsten, dass es am großen Tag überhaupt Zuschauer gibt. Heute wird Jeremias Salamander übersiedeln in den neuen Ort und ob er zum Sommerfest noch einmal zurückkommt, steht in den Sternen. Wer einmal geht, sagt man, kehrt nicht mehr zurück.

Clara hat versprochen, sich das Ganze bei Gelegenheit einmal anzusehen. Marie kommt jeden Tag vorbei, sie klatscht jedes Mal, mehr Rückmeldungen bekommt er nicht. Robert kennt es nicht anders, für die Weihnachtspantomime war das in Ordnung, so ganz ohne kritischen Blick von außen, aber er ist dabei, ein Proteststück zu inszenieren, das ist etwas anderes. Für die nächsten Monate und auch für die Premiere hat sich ein Fernsehteam angemeldet, sie wollen eine kleine Reportage drehen über den letzten Schauspieler. Immerhin. Und: Wie auch immer, er wird es aufführen, komme, was wolle, und wenn sie ihn danach in der Luft zerreißen – was soll's? Das alles hier wird ohnehin untergehen, es wird nicht seine Schuld sein, den Schuh zieht er sich nicht an. Er hat versucht, mit seiner Kunst etwas zu bewegen. Immerhin.

Robert wirft die Toga zurück, er bringt sich in Stellung, er hebt den Arm, gibt den Redner, er schweigt mit grimmigem Gesicht und wackligen Beinen. Wenn alles klappt, werden zu diesem Standbild die wichtigen Daten an die Wand geworfen (wenn es dann noch eine Wand gibt, sonst muss er improvisieren) und er wird sich erst wieder bewegen, wenn die Chronik beim Tag der Staudammeröffnung angelangt ist, und dann wird der Filmausschnitt kommen, der aus dem Winter, als Jules mit dem Bagger gegen die Linde gefahren ist, und dann wird Robert brüllen und schreien vor Schmerz und anklagen und einmal noch alles geben. Danach wird er sich einen neuen Job suchen.

»Jula«, flüstert Jules ins Holz der verschlossenen Tür. »Jula.« Es dauert einen Moment, aber dann öffnet sie ihm.

»Was ist denn?« Sie ist schlecht darin, Gefühle zu überspielen, er kann das auch nicht.

»Kann ich reinkommen?« Sie tritt zurück, im Zimmer riecht es nach Schlaf. Am Himmel ist nur ein matter Streifen zu erkennen, dort, wo sich heute überraschend die Sonne ankündigt.

»Es ist früh«, sagt Jula.

»Ich weiß, aber ich glaube, wir müssen es jetzt machen.«

»Was?« Jules setzt sich zu ihr auf's Bett, zieht die Beine an, spuckt es aus:

»Den Plan.«

»Hast du ein Rad ab? Jetzt doch noch nicht.«

»Seinetwegen nicht?«

»Du bist so bekloppt. Wen meinst du?«

»Diesen Vogelmann, den Kerl, der gestern so getan hat, als würde er Milo den Kopf einschlagen. Den mit den Federn. Tu doch nicht so!« Jula sieht ihn fassungslos an, dann donnert sie ihm ein Kissen an den Kopf, sie wirft es nicht, sie schlägt auf ihn ein und Jules geht unter seinen Armen in Deckung.

»Wie kommst du darauf, dass mich interessiert, was so ein gefiederter Gelbhelmarsch macht?«

»Ich bin doch nicht blöd.« Jula schlägt erneut zu.

»Nee, du bist völlig verrückt. Wenn du noch mal so was sagst, spreche ich nie wieder mit dir.« Sie hört auf, nach ihm zu schlagen, und lässt sich zu Jules auf den Boden fallen, beide sind erschöpft.

»Was macht ihr denn da drinnen?«, fragt Eleni durch die Tür. Sie antworten chorisch, endlich wieder:

»Nichts. Alles okay.«

»Dann ist ja gut«, sagt Eleni und: »Jules, hast du schon die Post?«

»Natürlich nicht«, ruft Jules durch die Tür, und sie hören zu, wie Eleni weggeht.

»Was hat die immer mit ihrer Post?«, fragt Jula.

»Keine Ahnung. Warum willst du den Plan nicht durchziehen?«

»Ich will ja, aber noch nicht jetzt. Es ist einfach zu früh, du Depp. Seit Monaten steht fest, wann wir den Plan durchführen, und es ist völlig logisch, dass es jetzt viel zu früh dafür ist.«

»Aber Papa fährt heute.«

»Na und?«

Jules hat die ganze Nacht nicht geschlafen, er hat gedacht, sie würden es auf jeden Fall heute durchziehen. Er hat sich vorgestellt, wie sich sein Vater auf Höhe des Ortsschildes fassungslos zum Beifahrerfenster hinüberlehnt, wie er nicht glauben kann, was er da sieht und wen, bei der riesigen Mauer, und wie er dann sagen wird »Mein Gott, o mein Gott«. Und dann wird sein Vater wenden, zurückfahren nach Hause. Sie werden die Schäden beheben, die der Einmarsch der Verantwortlichen verursacht hat, und sie werden die Reisetasche auspacken, die Alben zurück ins Regal stellen, die Jules bewacht hat, damit sein Vater nicht auf ewig verschwindet. Sie werden sich zum Abendbrot setzen. Zu viert. So wird es sein.

»Jules?«

»Lass uns den Plan heute durchziehen.«

»Das geht nicht, Mann!«

»Bitte.«

»Mit bitte hat das nichts zu tun. Es geht einfach nicht, der Plan funktioniert nicht, bevor alles fertig ist.« Jula betrachtet ihn, als wäre er bescheuert. Es ist der Blick, den sie normalerweise gemeinsam ihren Eltern zuwerfen. Jules kann sich nicht damit abfinden, mit denen in einen Topf geworfen zu werden.

»Aber dann ist es doch zu spät.«

»Zu spät ist es eh.«

»Nein.«

»Doch. Der Plan soll ein Zeichen setzen, denen klarmachen, dass man das nicht einfach so machen kann, das alles. Aber verhindern kann man nichts mehr. Schreib dir das ins Hirn.« Jula drückt ihm das Kissen ins Gesicht, er schiebt es weg, ein wenig stärker als sie ist er doch.

»Dann macht der Plan ja überhaupt keinen Sinn.« Jula steht auf, lässt sich aufs Bett fallen, zieht die Decke hoch, bis über den Kopf, murmelt:

»Hau ab, ich will weiterschlafen.« Unschlüssig wartet Jules einen Moment, er weiß nicht, ob er schon aufgeben soll. Vielleicht tut sie nur so, vielleicht will sie nur testen, wie viel ihm an alldem hier liegt. Und an ihr. »Hörst du schlecht?« Sie meint es ernst, er steht auf. Seine Füße werden staubig, ihre Schuhe sind weiß vom getrockneten Lehm, sie trägt die Baustelle ins Haus. Ein Sakrileg, das sollte sie wissen.

»Wie heißt er?«, fragt Jules.

»Wer?«

»Der Vogelmann.«

»Verpiss dich. Mach, dass du rauskommst!« Jules hört, wie Jeremias die erste Treppe hinuntersteigt, die Treppe knarrt. Bevor die Verantwortlichen kamen, hat sein Vater noch den Ausbau des Treppenhauses geplant, die Stufen sollten verstärkt werden und hellblau. Jules und Jula sollten ihm helfen.

»Vielleicht fahre ich mit Papa mit.«

»Mach doch.«

»Hab ich dir was getan?«

»Du nervst.« Jules nickt. Er lässt sie allein, schließt leise die Tür.

»Papa?«

»Ich bin hier unten. Komm.« Jules geht die Treppe hinab, spart die siebte Stufe von oben aus, da hängt ein Brett durch.

»Möchtest du Kaffee?«, fragt Jeremias.

»Ja«, sagt Jules und: »Ich komme mit.«

»Du wirst nicht mit ihm sprechen«, sagt Wacho und steht vom Küchentisch auf.

»Nein«, sagt David.

»Du siehst ihn nicht einmal an.« David schüttelt den Kopf, und Wacho stolpert auf ihn zu, er hat wieder dieses Leuchten in den Augen, er wird David küssen, einen feuchten Kuss auf die Stirn und die Ohren, dann die Augen. David lässt es über sich ergehen.

»Es ist schön, dass alles wieder gut ist«, sagt Wacho. »Nicht wahr?« David nickt.

»Du wirst nicht mit ihm sprechen?« Wacho kommt noch näher auf David zu, sein Bauch drückt gegen Davids Bauch, Wachos Atem ist viel zu warm. Er greift David bei den Schultern: »Wenn du mit ihm sprichst, muss ich dich wieder einsperren.« David nickt. »Gut«, sagt Wacho fröhlich. »Gut, dass du verstehst. Jetzt geh Greta holen.« David nickt, David geht. Er tut, was man ihm sagt.

Clara weckt Marie und zieht die Vorhänge auf.

»Kindergarten, Marie. Wenn du nicht kommst, ist die Kindergärtnerin allein. Außerdem scheint die Sonne und der Kakao ist fertig.« Marie streckt sich gähnend, der Totenkopf fällt auf den Boden.

»Autsch«, sagt Marie.

»Schädelfraktur«, sagt Clara. Marie lacht und auch Clara muss lächeln. »Du Troll«, sagt Clara und nimmt ihre Tochter in den Arm. Marie ist morgens ganz warm und weich.

»Wie lange sind wir noch hier?«, murmelt Marie in Claras Pullover hinein.

»Bis zum Jahrhundertfest.«

»Dann sind wir die Letzten.«

»*Unter* den Letzten. Wacho bleibt bestimmt noch mit David.«

»Und Milo«, sagt Marie.

»Der sowieso. Und die Zwillinge und Eleni.«

»Papa?«, fragt Marie.

»Klaro«, sagt Clara. »Und jetzt wird aufgestanden.« Marie kriecht aus dem Bett, sammelt ihre Anziehsachen zusammen, sie kann alles allein. Nur noch ganz kurz, dann ist sie frei. Dann kann sie forschen und herausfinden, was wirklich passiert. Marie wird ihre Mutter beobachten, sie wird herausfinden, ob ihr Fuchs die Gelbhelme wirklich beißt.

Von Ernsts Grab aus beobachtet Greta aufgeregt, wie der Bagger sich der Kapelle nähert. Als die Schaufel die Wand fast berührt, krallt Greta ihre Hand um den Stein, auf dem auch ihr Name schon seit langem vermerkt ist. Der Bagger bremst ab, nur einen Schritt von der Mauer entfernt. Die Nebenkapelle steht nicht unter Denkmalschutz und daran ist Greta mit schuld. Sie hat die alten Fenster entfernen lassen, weil es zog, irgendwann zog es bis in ihre Knochen hinein. In den Fenstern prangt jetzt Doppel-Plastik, und die bunten Fliesen hat Greta vor Jahren mit grauer Auslegware beklebt. Auf dem Dach liegt Wellblech, Greta ist pragmatisch und rational und sie vergießt auch jetzt keine Träne. Sie zwingt sich, den Stein loszulassen.

»Wo werden Sie hingehen?«, fragt ein Gelbhelm, der plötzlich neben ihr steht. Er fragt sie das nicht zum ersten Mal.

»Ich ziehe ins Rathaus«, sagt Greta. »Das wird hoffentlich noch eine Weile stehen.« Der Gelbhelm nickt und betrachtet nachdenklich Gretas Koffer.

»Ein Bett brauchen Sie nicht?«

»Nein, im Rathaus ist noch eins übrig.«

»Ihren Tisch, die Stühle, den Herd?« Greta schüttelt den Kopf. »Wie bekommen Sie den Koffer hier weg?«

»David holt mich, das ist der Sohn des Bürgermeisters.«

»Ich weiß«, sagt der Gelbhelm. »Ich bin ja auch schon eine Zeitlang hier.«

»Tatsächlich«, sagt Greta. Bisher ist er ihr nicht aufgefallen, das könnte an dem gelben Helm liegen oder daran, dass Greta das meiste um sich herum für nicht mehr beachtenswert hält.

»Seien Sie nicht traurig«, sagt der Gelbhelm und nimmt Gretas Hand. Greta macht einen Schritt zurück. Woher kommt eigentlich der Glaube daran, alte Menschen und kleine Kinder jederzeit anfassen zu dürfen? Und warum streicht auch sie Milo ständig übers Haar? Weil er da sitzt, und zwar allein, weil sie immer noch nicht ganz glauben kann, dass er da ist?

»Entschuldigung«, sagt der Gelbhelm. »Das Ganze tut mir sehr leid.«

»Das muss es nicht«, sagt Greta. »Ich wäre ohnehin in der nächsten Zeit umgezogen.« Der Gelbhelm blickt auf die Gräber, die runzligen Wände der Nebenkapelle, den schiefen Turm, das alte rote Motorrad, auf dem er sehr gern einmal eine Runde drehen würde.

»Das verstehe ich. Das hier ist wohl nicht der richtige Ort.«

»O doch«, sagt Greta, »das ist er.« Der Gelbhelm versteht nicht, will aber nicht weiter nachfragen. Er wendet sich seinen Kollegen zu, die stehen wartend und sind froh, dass er die Kontaktaufnahme mit der Einheimischen übernommen hat. Er kann das am besten, er kommt nicht aus der Gegend.

»Dann können wir wohl«, sagt der Gelbhelm zu den anderen.

»Legen Sie los«, sagt Greta aufmunternd. Sie fürchtet, dass die Männer sich nicht trauen, mit der Arbeit zu beginnen, solange sie hier ist. »Ich bin gleich weg.« Die Gelbhelme lächeln milde, einer wirft einen verstohlenen Blick zum Bagger hinüber. Pietätvoll versteckt der sich hinter der Hecke des Friedhofs.

»Aber die Gräber machen Sie noch nicht«, sagt Greta.

»Nein«, sagt ein Gelbhelm. »Die macht eine spezialisierte Firma. Da müssen besondere Vorkehrungen getroffen werden.«

Von Ernst hat Greta sich heute Morgen schon richtig verabschiedet, in aller Frühe, das musste niemand mitbekommen. Greta hat sich an sein Grab gestellt, hat ihm erneut erklärt, was heute passieren wird und dass ihr widerstandsloser Auszug aus der gemeinsamen Nebenkapelle keineswegs bedeutet, dass sie ihn aufgibt. »Es ist nur vorübergehend«, hat sie gesagt. »Wenn ich mich groß aufrege, wird man mich beobachten, und dann funktioniert nicht mehr, was unbedingt funktionieren muss.« Greta durchschaut selbst, dass diese Gespräche vor allem ihr selbst helfen. Ob Ernst sie hört, weiß sie nicht. Vielleicht ist der Tod echt und unendlich, aber für den Fall, dass dem nicht so ist, hat Greta sich abgesichert. Nun klopft sie ein letztes Mal freundschaftlich auf seinen Stein, setzt ein Lächeln auf und konzentriert sich auf das, was nun kommt.

»Da bist du ja!«, ruft Greta fröhlich, als David ihr vom Friedhofstor zuwinkt. Das Tor werden sie abreißen, sobald Greta dem Friedhof den Rücken gekehrt hat, sonst können sie hier nicht vernünftig arbeiten.

»Tut mir leid«, sagt David, als er bei ihr ist.

»Was?«, fragt Greta argwöhnisch. David soll auf keinen Fall auch noch vor Mitleid triefen.

»Dass ich jetzt erst komme. Wacho –«

»Nenn ihn Martin oder Papa«, sagt Greta streng.

»Nein«, sagt David. Greta wundert sich nicht, dass David widerspricht. Die Zeiten ändern sich, Menschen machen merkwürdige Wandlungen durch, und warum sollte gerade an David all das spurlos vorübergehen?

»In Ordnung«, sagt Greta, »dann können wir jetzt gehen.«

David greift sich ihren Koffer, und Greta fällt erneut der gierige Blick des Gelbhelms auf. Sie braucht das Motorrad, das gibt sie nicht her.

»Na dann«, sagt David und grinst Greta schief an. »Schön, dass du jetzt erst mal bei uns wohnst.« Greta findet das auch schön, sie mag David und auch Milo, wie er da immer auf der Treppe sitzt, und im Grunde genommen mag sie auch Wacho. Sie kann David nicht helfen, das hat sie mittlerweile verstanden. Da kann sie nichts machen und damit muss sie sich abfinden, und das Gepolter und Gefluche aus nächster Nähe auszuhalten, wird ihr nicht leichtfallen. Greta versichert sich selbst, dass sie nicht mehr dazugehört. Das ist nicht länger ihre Welt, die sie hier auseinandernehmen.

Sie lassen den Friedhof hinter sich, überhören gemeinsam die Geräusche, die ein Gebäude macht, wenn man ihm die Wände unter dem Dach wegreißt. Sie gehen die Straße hinunter bis zum fast abgeräumten Hauptplatz und Greta zeigt auf irgendein Unkraut, das sich durch die Überbleibsel des Kopfsteinpflasters gebohrt hat.

»Giersch.«

»Jeremias fährt heute«, sagt David.

»Oh«, sagt Greta, mehr nicht. Als sie an der weißen Treppe ankommen, zeigt sie auf den zerstörten Löwen, dem fehlt die Wachsamkeit. David öffnet die Tür, und Greta streicht Milo über den Kopf: »Du, immer du.«

Dann folgt sie David ins Haus. Er hat Milo nicht beachtet, die Diele ist kalt und das Sonnengelb blass, aber das hat nichts zu sagen, auch in diesem Jahr wird es Frühling werden.

»Herzlich willkommen«, sagt Wacho, breitet die Arme weit aus und Greta fühlt sich sehr wohl, eingehüllt in eine weiche Weinwolke. »Geh in dein Zimmer«, sagt Wacho zu David, und der verschwindet stumm im Dunkel des Hauses.

»Guten Morgen, ihr beiden«, sagt Eleni, als sie in die Küche kommt. »Jules, wo ist deine Schwester?«

»Keine Ahnung, im Bett?«

»Es ist fast elf«, sagt Eleni.

»Ja«, sagt Jeremias. »Fast elf.«

»Ist irgendwas«, fragt Eleni. »Habe ich was verpasst?«

»Möchtest du einen Toast?«, fragt Jules. Eleni nickt, draußen poltert es. Weil fast nichts mehr da ist, gelangen die Geräusche ungedämpft überallhin, und manchmal wissen sie nicht mehr, wo sie sich gerade befinden, auf jeden Fall sind sie immer viel zu nah dran.

»Sie reißen die Nebenkapelle ab«, sagt Eleni. »Dann kommen sie also wirklich bald zu uns.«

»Das haben wir im letzten Monat auch schon gedacht«, sagt Jeremias. »Ich frage mich, was das mit den Markierungen und dem Plan überhaupt soll, wenn sie sich ohnehin nicht dran halten.«

»Wir haben schon eine Mahnung bekommen«, sagt Eleni. »Wir sollten längst weg sein.«

»Sollten wir«, sagt Jeremias.

»Dein Toast«, sagt Jules und wirft seiner Mutter das warme Brot zu.

»Stell mal auf vier«, sagt Eleni. »Man merkt ja gar nicht, dass der getoastet ist.«

»Jules kommt mit«, sagt Jeremias.

»Wohin?«

»In das neue Haus.«

»Wirklich«, fragt Eleni. »Und warum?«

»Darum.«

»War denn heute schon Post da?«, fragt Eleni. Jeremias stöhnt.

»Sag mal, was soll das eigentlich immer mit der Post? Du wirkst richtig besessen. Sollte ich irgendetwas wissen?« Eleni schweigt.

»Nicht für uns. Für uns war nichts dabei«, sagt Jules schnell und mit schlechtem Gewissen. Eleni lässt nicht locker, trotz Jeremias' fragendem Blick.

»Und wer bringt uns die Post, wenn du weg bist?«

»Jemand anders. Ist ja nicht mehr lange.«

»Und wo ist deine Schwester?«

»Könnt ihr mal damit aufhören, ständig nach Jula zu fragen? Ich hab keine Ahnung, was sie macht. Fragt sie doch selbst!«

»Ist ja gut, Jules, ist ja gut«, sagt Jeremias. Er und Eleni werfen sich verschwörerische Elternblicke zu, wäre noch alles so wie vor ungefähr einem Jahr, dann wäre jetzt eine Familienkonferenz fällig.

»Kann es sein, dass Jula jemanden kennengelernt hat?«, fragt Eleni. Jules klappt wortlos seinen Toast zusammen, stopft ihn sich in die Hosentasche und geht.

»Warum musst du immer fragen?«

»Weil ich ein Interesse daran habe, dass hier noch irgendwas funktioniert, darum«, sagt Eleni.

»Das wird sich schon alles wieder beruhigen, wenn wir erst mal drüben sind und die Kinder sich eingelebt haben. Das hier ist alles viel zu chaotisch. Und überhaupt, wollte Jules nicht eigentlich seinen Abschluss nachholen? Das muss doch längst angefangen haben?« Eleni überlegt, sieht aus dem Fenster, dann auf den Kalender. Laut Kalender haben sie seit vier Monaten Januar.

»Irgendwann hat er gesagt, er will nicht weitermachen.«

»Hat er das? Wir sollten uns wieder mehr wie Eltern verhalten, meinst du nicht?«, fragt Jeremias.

»Das wäre gut. Nimmst du ihn wirklich mit?«

»Wenn er noch will.«

»Aber dann müsst ihr ab und zu hier vorbeikommen.«

»Wenn es passt«, sagt Jeremias. »Oder ihr kommt hoch zu uns.«

»Nicht, bevor es nicht mehr anders geht.«
»Meinst du, du wirst mit Jula fertig?«
»Warum sollte ich nicht?«
»Ist es in Ordnung, wenn ich dich allein zu Ende frühstücken lasse? Ich will schon mal die Sachen ins Auto räumen. Um zwölf kommen die Installateure.«
»Klar«, sagt Eleni.
»Deine Blutorange ist im Kühlschrank«, ruft Jeremias im Weggehen. »Wir haben sie schon aufgeschnitten, weil wir nicht wussten, wann du kommst.«
»Danke.«
»Bitte.«
Jules wollte noch einmal irgendwohin, irgendwas noch mal angucken, aber jetzt weiß er plötzlich nicht mehr was. Jules hat keine Ahnung, wovon er sich verabschieden soll. Von Jula, na klar, aber die wird er wiedersehen, später, oben im neuen Haus. Was ist ihm wichtig von dem, was hierbleibt, wovon nimmt er Abschied für immer? Sein altes Baumhaus, aber der Baum ist längst weg, genau wie die alte Treppe, die ins Nirgendwo führt und an der er mit Jula früher gespielt hat, Sternfahrer und Königskinder. Was hat das jetzt noch mit ihm zu tun? Warum hat er sich eigentlich die ganze Zeit so aufgeregt? Was ist so schlimm an einem neuen Haus, an einer funktionierenden Klospülung, an Wasserdruck aus dem Duschhahn? Wie können sie sich ernsthaft darüber aufregen, dass man an die Außenwelt angeschlossen wird und eine Chance bekommt, sich unauffällig aus dem Staub zu machen? Vielleicht ist die Angst ansteckend, die Panik, die Trauer. Jules ist kurz davor, zu seiner Schwester zu laufen, ihr die frohe Botschaft zu verkünden: Wir brauchen uns nicht zu fürchten, uns betrifft das alles nicht! Was ist das eigentlich mit dem Plan? Warum sollten sie für diesen Blödsinn, diese winzige Zäsur in ihrem aalglatten Leben alles aufs Spiel setzen? Jules lacht laut auf. Er weiß ja noch nicht einmal, wovon er sich verabschieden soll!

»Jula«, ruft Jules. »Jula, alles ist gut!« An ihrem Fenster rührt sich nichts. Die Gardinen sind immer noch zugezogen, neben Jules räumt sein Vater das Auto ein, tut so, als sähe er Jules nicht. Aber er muss ihn doch hören. Jules kann brüllen wie sonst nur Wacho.

»Was soll das alles!«, brüllt Jules. »Was spielt ihr hier für einen Scheiß? Regt euch doch ab, das sind nur Häuser und ein paar Wege! Wir sind ja noch da, uns gibt es auch anderswo.« Endlich bewegt sich die Gardine, Jula ist da, und Jules lacht. Jula tippt sich an die Stirn und dreht sich weg.

»Scheiße!«, brüllt Jules. »So ein Scheiß! Ich verstehe das nicht, dieses Kasperletheater. So ein Müll, so ein Dreck!« Jules entdeckt diesen Milo, wie immer sitzt er auf der bescheuerten weißen Treppe, der hockt da rum, als ob er selbst zum steinernen Löwen werden will, dabei haben sie ihm gestern fast den Kopf eingeschlagen, die haben den Löwen zerstört, die blöde Kuh mit der Kamera und der Arsch von der Baufirma. Plötzlich nervt Jules, was ihm vorher völlig egal war. Er stürzt zum Rathaus hinüber.

»Was soll das? Was machst du da eigentlich?« Milo bleibt stumm, schaut durch ihn hindurch. Jules könnte kotzen. »Guck nicht so bescheuert! Was soll das? Sag mal was! Du kannst doch sprechen, das weiß ich, also sprich!« Jules packt Milo und freut sich, so stark zu sein mit einem Mal. Aber wann hat er seine Kraft überhaupt schon richtig getestet? Noch nie. Bisher gab es nur die albernen Kämpfe mit Jula. »Noch nie!«, brüllt Jules Milo ins Gesicht. Wie kann man sich nur so anpacken und anbrüllen lassen? Der ist doch nicht normal. Der ist überhaupt nichts. Jules heult: »Ich bring dich um, ich hasse dich!« Milo sagt nichts, Milo guckt nur. Er wirkt nicht ängstlich und nicht traurig. »Wo kommst du her?«, brüllt Jules. »Warum sitzt du hier? Was willst du eigentlich? Wie kannst du dir alles gefallen lassen? Das mit dem Gelbhelm gestern, das mit der Hacke? Die finden in dir ein willkommenes Opfer.

Jetzt mach doch mal was, du Arsch!« Jules sieht zum Fenster des Rathauses hinauf. Dort oben steht David, still, stumm, reglos, auch er plötzlich so ein Neutraler. »Du doch auch!«, brüllt Jules. »Du bist auch nicht besser.«

»Jules«, sagt Jeremias, »ganz ruhig.« Er muss schon länger hier stehen, seinem Sohn beim Brüllen und Drohen zusehen und dabei, wie er Milo anbrüllt und jederzeit bereit ist, ihm eins in die Fresse zu geben.

»Was willst du?«

»Lass«, sagt Jeremias ruhig. »Lass ihn in Ruhe.« Jules sackt in sich zusammen, er lässt sich von seinem Vater über den Platz abführen, spürt, dass Jula oben am Fenster steht und auf ihn herabsieht mit dem gleichen Blick, den sie für das Modell übrig hat. Jules tut ihr nicht den Gefallen, ihren Blick zu erwidern. Er geht mit Jeremias zum Auto, dem Kombi, ihrem Zweitwagen, dem der braune Lack abblättert, seit zwei, drei, seit achtzehn Jahren.

»Wollen wir?«, fragt Jeremias. Jules nickt. »Dann komm. Es geht los.« Jeremias hält seinem Sohn die Beifahrertür auf, deutet auf den Gurt: »Anschnallen.« Dann geht er um den Wagen herum, Jules behält er im Blick. Er setzt sich neben ihn, schnallt sich an.

»Musik?«

»Meinetwegen.« Im Radio läuft etwas aus den Achtzigern.

»Kennst du das?«, fragt Jeremias.

»Ja.« Jeremias wippt im Takt.

»Es wird schon, sei nicht so zornig.« Langsam rollen sie über den Hauptplatz, vorsichtig umfährt Jeremias die Wurzeln der alten Linde. »Ich wette, die bekommen sie nicht raus. Wink mal, da steht deine Mutter.« Jeremias und Jules winken Eleni zu.

»Bis bald«, formt Eleni mit dem Mund.

»Bis bald«, sagt Jeremias, und Jules entdeckt neben dem Stamm der Linde eine Frau, die trägt einen Wollpulli, einen

Schal und eine Mütze, die hat einen Block in der Hand und einen Bleistift, die starrt angestrengt auf die Reste des Baumes. »Das wird diese Künstlerin sein«, sagt Jeremias. »Die hat vor Ewigkeiten mal hier gewohnt und macht jetzt ein Kunstwerk aus dem Stamm, zur Erinnerung.«

Vor der Künstlerin steht jetzt Marie, sie redet auf sie ein, die Künstlerin lächelt, Marie zeigt auf den Stamm, schüttelt den Kopf, Marie stampft mit dem Fuß auf, und jetzt kommt Robert gelaufen, in Toga. Er schnappt sich seine Tochter, die tritt und schreit. Robert sagt etwas, grinst, die Künstlerin grinst, Bildhauerin und Imperator nicken einander zu, Robert trägt Marie weg, die Künstlerin widmet sich weiter ihrer Skizze.

»Gut, dass wir hier raus sind«, sagt Jeremias, und Jules nickt automatisch.

Auf der Treppe hockt Milo, immer noch. Er hebt die Hand.

»Es tut mir leid«, sagt Jules in Milos Richtung. »Das mit dem Opfer und so. Es stimmt, aber ich bin auch nicht anders.«

»Ist schon gut«, sagt Jeremias, dem das nicht zusteht, um den es hier gar nicht geht, und: »Mir geht es ähnlich.«

Nach einer Weile biegen sie ab, rechts neben ihnen liegt jetzt die Baustelle. Die Mauer sieht aus, als wäre sie fertig, aber es heißt, es fehlen noch ein paar Meter.

»Vielleicht sieht man sie aus dem All«, sagt Jeremias.

»Wer sollte das sehen wollen?«, fragt Jules. Jeremias wechselt den Sender.

»Kennst du das?«

»Nö. Halt mal an«, sagt Jules.

»Was ist denn jetzt?«

»Halt mal bitte.« Jeremias bremst unwillig. Es ist schon fast zwölf, er will rechtzeitig da sein, sonst hat die ganze Sache keinen Sinn, wenn er die Leute verpasst und die dann alles falsch machen, am perfekten Haus.

»Hast du was vergessen?« Jules nickt. »Kein Problem, Mama bringt es mit, wenn sie dann später mit Jula kommt.«

»Wir sehen uns, Papa«, sagt Jules und schnallt sich los.

»Was wird das denn jetzt?«

»Ich bleib' doch noch hier«, sagt Jules und steigt aus. Jeremias schluckt den Protest hinunter, sie werden sich wiedersehen, natürlich, auch wenn Jules heute noch nicht mitkommt.

»Aber keinen Unsinn machen«, sagt Jeremias. Jules schüttelt den Kopf. »Pass gut auf dich auf, Jules.«

»Mach ich«, sagt Jules und: »Du auch.«

»Aber selbstverständlich«, sagt Jeremias. »Wenn ihr kommt, ist alles schon schön.«

»Das ist gut«, sagt Jules, dann geht er los, zurück in Richtung der Ruinen und an der riesigen Staumauer entlang.

Jeremias zieht die Tür zu, beobachtet, wie sein Sohn sich entfernt. Er wirkt erwachsen, so von hinten, mit diesem schnellen Schritt. Ganz anders als vorhin, als Jeremias Angst hatte, dass Jules diesen Milo zusammenschlägt. Er versteht ihn und ihm selbst geht es ähnlich, und auch das ist einer der Gründe, warum er nicht dem Drang nachgibt, seinem Sohn hinterherzugehen, nach Hause. Er ist so wütend und er weiß nicht, wozu ihn die Wut bringen könnte. Dass andere für sie entschieden haben, dass sie, ohne Garantie darauf, dass alles jemals wieder zusammenpassen wird, ihre Leben neu sortieren sollen. Der Regen hat aufgehört, die Sonne scheint. Er wird oben auf sie warten, ein neues Zuhause einrichten, und dann sind sie wieder zusammen, in ein paar Wochen oder früher, und sie werden es auch dort oben schaffen, besonders zu sein und eine intakte Familie. Er denkt an seinen Zettel, an Elenis seltsame Idee, alles, was vermisst werden könnte, aufzuschreiben. Auf Jeremias' Fetzen stand nur ein Wort: *Nichts*.

Marie
Zwei Monate

Anfang Mai löst sich der Kindergarten auf, weil außer Marie niemand mehr auftaucht, ab morgen kommt nicht einmal mehr die Kindergärtnerin. »Was möchtest du heute machen, Marie?«, fragt diese am letzten Tag. Marie sitzt auf einem der kleinen Stühle, sie kann sich aussuchen, welchen sie nimmt, heute ist es der mit dem Frosch, den hatte sonst immer Paul.

Paul, Mia und Leon gehen seit ein paar Wochen in einen anderen Kindergarten, oben im neuen Ort. Ihre Eltern haben gemeinsam beschlossen, dass es Zeit sei umzuziehen. Paul hat Marie gefragt, ob sie mitkommen wolle, seine Mutter würde sie mit dem Auto abholen. Aber Marie möchte nicht, sie will noch einen Tag absitzen, und dann kommt die große Freiheit und dann kann Marie endlich wirklich machen, was sie will, jedenfalls bis abends um acht, um acht schickt man sie ins Bett, weil ihre Eltern meinen, dass sie dann müde sei.

»Na, Marie, was wollen wir anstellen?«, wiederholt die Kindergärtnerin, dabei hat Marie sie schon beim ersten Mal verstanden, sie ist ja nicht taub. »Möchtest du zu den Kaulquappen gehen?« Marie schüttelt den Kopf. »Wollen wir mit Herrn Kopf spielen?«

»Er heißt nicht Herr Kopf«, sagt Marie und schlingt ihre Arme noch fester um den Schädel. Die Kindergärtnerin hat mit Maries Eltern über den Totenschädel gesprochen und darüber, dass er mittlerweile sogar beim gemeinsamen Essen dabeisitzen muss.

»Ich finde, das hat was«, hat Robert verträumt gesagt.

»Ja, und was«, hat die Kindergärtnerin gefragt.

»Irgendwas«, hat Robert gesagt. »Jedenfalls mag Marie den Schädel.«

»Den anderen macht er Angst.«

»Warum?«, hat Clara gefragt. »Es ist nur ein Kopf.«

»Marie hatte mal einen Teddy«, hat die Kindergärtnerin gesagt.

»Marie hatte auch mal einen Schnuller«, hat Clara gesagt. »Nun hat sie eben diesen Schädel. Lassen Sie sie, das hört schon wieder auf.«

»Ich würde Marie gern einem Spezialisten vorstellen.«

»Marie wird niemandem vorgestellt«, hat Clara gesagt, und dann haben sie und Robert sich verabschiedet. Seitdem zähmt die Kindergärtnerin den gruseligen Schädel mit einem albernen Namen und beruhigt sich mit dem Gedanken, bald nichts mehr mit der Sache zu schaffen zu haben.

»Kennen Sie den blauen Fuchs?«, fragt Marie.

»Den, den du gemalt hast? Ja, der ist sehr schön.«

»Er läuft durch die Gegend«, sagt Marie.

»Mariechen«, sagt die Kindergärtnerin, »Mariechen, was machen wir nur mit dir?« Marie springt auf.

»Darf ich gehen?« Die Kindergärtnerin blickt auf die Uhr, eine halbe Stunde haben sie eigentlich noch, aber auf die kommt es jetzt auch nicht mehr an.

»Du gehst dann aber direkt nach Hause. Keine Umwege, kein Besuch bei der Staumauer.« Marie nickt.

»Versprochen.«

»Na dann«, sagt die Kindergärtnerin. Zu ihrer Verwunderung kommt Marie zu ihr, legt den Schädel beiseite und umarmt sie fest.

»Auf Wiedersehen«, sagt Marie.

»Mach es gut, Mariechen.«

»Das werde ich«, sagt Marie entschlossen. Und besorgt:

»Was machen Sie jetzt ohne mich?« Die Kindergärtnerin denkt nach.

»Das weiß ich noch nicht. Erst mal Urlaub.«

»Gut«, sagt Marie, nimmt den Schädel und geht. Die Kindergärtnerin sieht ihr hinterher, wie sie all ihren Schützlingen hinterhergesehen hat. Sie geht nicht mit in den neuen Ort, sie kommt ohnehin nicht von hier, sie zieht endlich zu ihrem Freund ans andere Ende des Landes. Die Kindergärtnerin stellt die Stühle zusammen, nimmt die Bilder ab, Maries blauen Fuchs behält sie, Pauls Kaninchen, Mias Baumhausbild und Leons Phoenix aus der Asche. Dann schließt sie die Tür hinter sich, sie kann kaum glauben, wie einfach das war.

Wie ein Ort so still werden kann, trotz Baulärm und obwohl noch einige Bewohner da sind; wie man das Gefühl bekommen kann, ganz allein zu sein auf der Welt. Ab und zu packt Clara die Lust, sie will ganz laut schreien, sich in den Arm kneifen, etwas einschlagen und dafür sollen sie ihr eine Rechnung schicken, einen offiziellen Brief mit ihrem Namen darauf. Sie sollen ihr bestätigen, dass es sie noch gibt. Jeden Morgen geht sie in die Praxis, obwohl sie schon vor Wochen verkündet hat, niemanden mehr zu empfangen. Neulich war Greta da, sie hat Clara gebeten, sich David anzusehen und diesen Milo am besten auch, der sitzt da nur auf der Treppe vor dem Rathaus und tut nichts, und Wacho soll Clara sich auch einmal vorknöpfen, der ist ständig betrunken, und zwischendurch hat Greta sich nach Schlaftabletten erkundigt, nach Schleudertrauma und Querschnittslähmung. Clara hat versprochen, sich David anzusehen, mit Milo zu sprechen, wenn sie ihn mal sieht, sie sieht ihn nie, sie weiß nicht, was oder wen die anderen meinen, und sie hat ihr klipp und klar gesagt, dass die Gefahr sehr groß ist, nach einem Motorradunfall gelähmt zu sein und nicht tot.

Greta hat sich höflich bedankt, auf ihre alten Tage geht sie plötzlich wie ein junges Mädchen. Robert hat Clara erzählt, er habe sie neulich beim Hüpfen beobachtet. »Greta springt wieder in Pfützen«, hat Robert gesagt. »Und wir beide trotten herum, als hätte man uns die Zukunft entfernt.« Niemand hat Clara die Zukunft entfernt, die Zukunft liegt leuchtender vor ihr denn je. Sie könnte alles tun, was sie will, hingehen, wo sie möchte. Er kann nicht mehr sagen, dass sie ja das Haus haben und investiert in die Renovierung, kurz vor Maries Geburt. Er kann sie nicht mehr davon abhalten, sich andere Leben vorzustellen. Robert tut schließlich selbst nichts anderes, als tagtäglich jemand anders zu sein, als sich in fremden Leben zu verstecken und zu behaupten, es nicht gewesen zu sein, dass das einer seiner Rollen zuzuschreiben ist. Während sie einem Gelbhelm eine Spritze verpasst, überlegt Clara, wer sie gern sein will. Ihr fällt nichts ein, seit Tagen denkt sie darüber nach und sie hat immer noch keine Idee. Vermutlich war das einer der Gründe, weshalb sie den Beruf ihrer Eltern übernommen hat und noch dazu deren Praxis. Wahrscheinlich wird sie einfach weitermachen. Sie wird telefonieren in den nächsten Tagen, sie wird dafür auf die kleine Anhöhe steigen, wo man noch Empfang hat, sie wird ihr Telefon auf laut stellen, es hoch in die Luft halten und gen Himmel brüllen: »Ich bin Ärztin.«

»Entschuldigung«, fragt der Gelbhelm vorsichtig. »Könnten Sie bitte hingucken, wenn Sie das machen?« Clara entschuldigt sich nicht für ihre Unaufmerksamkeit, es ist das werweißwievielte Mal, dass sie einen der Gelbhelme spritzen muss, weil ihn angeblich dieser Fuchs gebissen hat, »dieses merkwürdige Tier«, wie er es nannte, das so harmlos wirkt und zutraulich ist und dann plötzlich zubeißt. Niemand hat die Vorfälle gemeldet.

Er stellt keinen Stuhl unter die Klinke, schiebt keinen Schreibtisch mehr vor. Davids Selbsterhaltungstrieb ist in einer der

Minuten versickert, die er allein war. Seit Milo auf der Treppe sitzt und sich nicht rührt, seit David sich nicht mehr zu ihm wagt, ist die Einsamkeit zurück. Da hilft auch Greta nicht, nicht der steinerne Löwe, der sich trotz fehlendem Kopf seit neustem nachts erhebt und um die Trümmer der Häuser streift. Da hilft es nicht, dass Wacho nach seinen Ausbrüchen wimmert, es ihm leidtut und dass David jedes Mal beteuert: Es macht nichts.

Er und sein Vater sind übrig wie zuvor, und so wie sein Vater Davids Mutter nie gefragt hat, was eigentlich los ist, warum sie da so sitzt, mit diesem Blick in die Ferne, genauso wenig spricht David Milo darauf an. Manchmal stellt David sich ans Fenster, folgt Milos Blick in vager Richtung ihres Hauses, das mittlerweile schon fast vollständig auf dem Transporter steht. Der schlafende Löwe dort fehlt noch, nur der Löwe, aber der krallt sich in den Boden, der wehrt sich selbst im Schlaf noch gegen das Mitgenommenwerden, so dass sie mittlerweile darüber nachdenken, ihn mit den Fundamenten der Häuser untergehen zu lassen. David hat mal einen Bericht über Schwertransporte im Fernsehen gesehen und darüber, wie man Dinge transportiert, die man eigentlich nicht transportieren sollte, es aber aus verschiedensten Gründen doch tut. David war nicht sonderlich beeindruckt von diesen Bildern, er weiß, nichts ist unmöglich. Außer Milo wieder zu sich zurückzuholen, außer Milo zu bewegen, ist alles möglich. Vielleicht könnte er sogar seinen Vater vom Saufen abbringen, vom Schlagen. Aber wozu? Sie haben sich gewöhnt.

»Wann kommt sie?«, brüllt Wacho, und David sagt jedes Mal leise: »Ich weiß es nicht.« Für Greta tut es David leid, für sie ist es nicht einfach in diesem Chaos, aber ändern kann er daran nichts. Es ist, wie es ist, und heute lassen sie tatsächlich das Haus Salamander in sich zusammenstürzen.

Die Zukunft liegt in Marie, so viel ist klar, nur wie sie aussehen soll, muss Marie noch entscheiden. Sie hält ihr Versprechen und geht vom Kindergarten aus sofort nach Hause, hofft aber, dass das Haus nicht mehr steht und sie nicht reingehen muss. Dann könnte sie schnell wieder los, Geheimnisse entdecken und Abenteuer erleben, sie muss zum Beispiel unbedingt noch in der Praxis vorbei, sehen, ob noch wer gebissen wurde. Doch das Haus steht noch und ihr Vater ist da, er rührt Spaghetti in die Soße vom Vortag.

»Du bist schon hier?«, sagt Robert. »Das passt gut.«

»Ich muss gleich wieder los«, sagt Marie, und Robert nickt.

»Hättest du denn trotzdem noch Zeit, dir gleich eine Probe anzusehen?«

»Heute Abend, nach acht«, sagt Marie und beginnt, den Tisch zu decken. »Kommt Mama zum Essen?«

»Deck mal für sie mit. Und für die Leute vom Fernsehen.«

»Wie viele?«

»Kamera, Ton und Reporter.«

»Drei«, sagt Marie. »So viel Geschirr ist nicht mehr da.«

»Vielleicht kommt Mama nicht zum Essen.«

»Vielleicht«, sagt Marie. »Vielleicht habe ich auch keinen Hunger.«

»Nichts da, du isst«, sagt Robert.

»Was machen die heute?«, fragt Marie.

»Ein Interview. Nachher filmen sie dann die Probe.«

»Die Erdbebenszene?«

»Schlaues Kind.« Marie lächelt zufrieden, deckt für sich, für Robert, für die Leute vom Fernsehen. Wenn Mama doch kommt, dann kann sie Maries Teller haben. Oder den vom Schädel. Es klingelt, die Fernsehleute sind da. Marie kennt bisher nur den Reporter. Der hat ihr ein Dinosaurierskelett zum Zusammenstecken mitgebracht. Da hat er was falsch verstanden, aber Marie weiß, es ist nett gemeint und ein Zeichen der Aufmerksamkeit.

»Hier riecht es gut«, sagt der Mann mit der Kamera.

»Spaghetti«, sagt Robert und tischt auf. Jeder bekommt einen Löffel voll, Marie zwei, dabei hat sie wirklich keinen Hunger. »Du musst noch wachsen«, sagt Robert und lächelt das Fernsehteam an.

»Muss ich?«, fragt Marie.

»Und wie«, sagt der Tonmann. »Spielst du auch Theater?«

»Nicht mit vollem Mund«, sagt der Reporter und sinkt in Maries Wertschätzung unter null.

»Nein«, sagt Marie. »Ich spiele noch echt.« Die Erwachsenen lachen, als hätte Marie einen Witz gemacht. Robert erzählt dem Fernsehteam, dass heute wieder ein Haus abgerissen wird, Familie Salamander, drei Personen sind noch da.

»Jula, Jules und Eleni«, sagt Marie, ihr verbietet niemand, mit vollem Mund zu sprechen. Die Erwachsenen wollen ihr gefallen, darum geht es also. Marie mag Erwachsene, für die meisten hat sie großes Verständnis.

»Meinst du, wir könnten da Aufnahmen machen?«, fragt der Reporter Robert. Maries Vater und das Team duzen sich, das gibt ihm ein gutes Gefühl, als wenn er in einer Projektgruppe wäre. Robert sagt das in letzter Zeit häufig: »Projektgruppe«. Oder einfach nur: »Mein Projekt«. Aus Papas Stück ist irgendwann in den letzten Wochen ein »Projekt« geworden. Den Unterschied versteht Marie nicht, aber Projekt hört sich größer an als Stück, Projekt klingt erwachsen und nach etwas, das eine unbestimmte Anzahl von Menschen betrifft, nicht nur einen, nicht nur Robert, Maries Papa.

»Klar könnt ihr das aufnehmen«, sagt Robert. »Das gehört doch dazu. Das werden sie verstehen. Wenn ihr wollt, kann ich vorher mit Eleni sprechen, ob das in Ordnung ist.«

»Das wäre nett«, sagt der Reporter. Er heißt Heiko oder Micha oder so. »Das ist ja eine ganz heikle Sache.«

»Was heißt heikel?«, fragt Marie. Nach einer Weile antwortet der Tonmann:

»Heikel heißt schwierig.« Marie schaut skeptisch in die Runde. Sie muss rausfinden, ob er sich das nur ausgedacht hat, weil heikel etwas ist, das Marie noch nicht wissen darf. So was wie Tod, wie Weight Watchers, wie Krieg. Aber sie glaubt ihm, der lügt nicht.

»Heikel«, sagt Marie und dann: »Filmt ihr auch, wenn sie unser Haus abreißen?« Dann nimmt sie den Schädel, das Dinosauriermodell, sie weiß, was sich gehört, und dann verabschiedet sie sich bis später, bis zur Probe. Heute liegt etwas in der Luft, heute ist einer dieser Tage, an denen etwas passieren muss.

David hat den Auftrag bekommen, die restlichen Salamanders zu fragen, ob sie ins Rathaus ziehen möchten. Es ist noch genug Platz, im Notfall können er und Wacho alle Übriggebliebenen unterbringen. Vorausgesetzt, die Verantwortlichen entscheiden sich nicht doch noch, das Rathaus vor dem Jahrhundertfest dem Erdboden gleichmachen zu lassen. David geht die Treppe hinunter, er achtet heute nicht auf Milo. David atmet tief ein, seit sie Anfang des Monats das Tore abgerissen haben, gibt es nur noch selten Gründe für Wacho, David nach draußen zu lassen. Der Wirt war sehr fair, er hat David zum Abschied einen Umschlag überreicht, darin war Davids Lohn für den ausgefallenen Monat, Vollzeit und mit Trinkgeld. »Mach damit, was du willst«, hat der Wirt gesagt und vage mit dem Kopf in Richtung Bushaltestelle gedeutet. David hat genickt und der Wirt hat das vermutlich als Versprechen verstanden. Beruhigt ist er weggefahren, mit seiner Zapfanlage auf dem Rücksitz und ein paar übriggebliebenen Krügen, und David hat das Geld in die Haushaltskasse gelegt. Bis zum Ende wird es reichen, David hat nicht viel Appetit und Wacho noch etwas zu Trinken im Keller.

Vor dem Salamanderhaus stehen die Bagger, steht ein Umzugswagen, vier unbekannte Helfer sind dabei, die restlichen Möbel hinauszuschaffen. Sie wirbeln Staubwolken auf, die niemanden zu stören scheinen. Eleni delegiert unentschlossen, von den Zwillingen ist nichts zu sehen bis auf Julas orangefarbenen Schaukelstuhl, den tragen sie gerade vor die Tür.

»Wir sollten eigentlich schon längst fertig sein«, sagt Eleni. »Aber jetzt ist es doch noch so viel. In einer Stunde soll der Abriss beginnen und der ganze Keller steht voll mit Jeremias' Zeug. Vielleicht sollte ich den Kram einfach wegwerfen, genügend Container haben sie ja.«

»Soll ich dir helfen?«

»Wenn du Zeit hast.«

»Was soll ich tun?«

»Einfach den Keller leerräumen, das wäre toll.«

David verschwindet aus der Maisonne in den klammen Keller der Salamanders. Das Gebäude ist ziemlich alt, aber das fällt nicht auf. Irgendwann in den Sechzigern oder Siebzigern hat hier jemand renoviert, vermutlich Elenis Vater, er hat das Haus damit unwissentlich dem Untergang geweiht. Während David sich an den Kisten vorbei in die hinterste Ecke schiebt, stellt er sich vor, wie der ganze Ort auf Transporter geladen und fort aus dem Tal gebracht wird. Der alte Ort als neuer Ort, alles ein Museum und sie mittendrin, vielleicht im Kostüm. Sie würden Eintritt verlangen und für Fotos posieren, wie für die Fotografin neulich, nur lächelnd. Für ein wenig Geld würden sie ein Lächeln anbieten.

David ist beeindruckt von so viel Kram. Dagegen ist das Rathaus ein Puppenhaus, nur das Nötigste findet sich dort, ein Tisch, ein Stuhl, ein Bett, ein Schrank. Die Salamanders müssen alles doppelt haben, da stehen ein Trampolin, eine Ritterburg aus Holz, sechs selbstgebaute Drachen mit bester Laune und eine Kinderwiege in der Zwillings-Doppelausführung.

David stößt sich sein Bein an einer alten Gartenbank, er verkneift sich einen Schrei, das kann er gut.

Unter einem alten Zelt entdeckt er stapelweise Metallkisten. Sie sind sorgsam beschriftet: *Ägypten*, *Tibet*, *Marokko*, *Grönland*, *Peru* und *Indien*. David streicht mit dem Zeigefinger über die Schilder, er kommt sich vor wie ein Archäologe, denkt an das Gefühl, ganz woanders einen Koffer auszupacken. Er erinnert sich daran, wie sie einmal Urlaub in Schweden gemacht haben, damals waren sie noch zu dritt. Er hat große Lust, einen Blick in die Tibet-Kiste zu werfen, ihn interessiert auch Peru. Er könnte reisen, und kellnern kann er überall, das ist kein Grund, in dieser Gegend auszuharren, und das Tore ist ohnehin nicht mehr da.

David vermutet in den Kisten Geheimnisse, nie hat er Jeremias und Eleni von ihren Reisen sprechen hören. Er hatte gedacht, sie seien immer schon da gewesen, dass es anscheinend nicht so ist, macht ihn glücklich. David überlegt, ob Jeremias vielleicht gar nicht im neuen Haus ist, wie Wacho sagt. Vielleicht ist er längt auf den Osterinseln, auf Feuerland oder in der Antarktis. Vielleicht bereiten die Salamanders heimlich ihre Flucht vor in die weite Welt, in einen ganz anderen Film. David stellt sich vor, wie es wäre, einer von den Salamanders zu sein, und hebt probeweise die Ägypten-Kiste an, in der lagert ein ganzer Tempel. Jeremias war mal Entdecker, ganz bestimmt.

David spürt jeden Muskel, er hält die Kiste eine Weile in der Luft, so lange, bis seine Oberarme zu zittern beginnen. Er könnte hilfreich sein für die Salamanders, er ist immer noch stark. Was passiert, wenn man alles hinter sich lässt, so tut, als wäre da nichts im Rücken, wenn man nur an sich selbst denkt und geht? Warum hat er seine Mutter nie gefragt, was sie gesucht hat mit ihrem Blick? David baut sich aus Ägypten und Peru und aus Marokko ein Bett. Er vergisst den Umzug, er vergisst alles, auch die kurze Zeit, die dem Haus noch bleibt.

David ist unheimlich müde geworden, inmitten all dieser eingelagerten Träume. Sollen sie da draußen machen, was sie wollen, soll Wacho das Rathaus selbst abreißen, mit seiner unbestimmten Wut. David hält ab sofort keine Wände mehr fest. Soll das Wasser doch kommen und Touristen anspülen, mag der Himmel einstürzen über allem und jedem, soll er doch. David will jetzt schlafen.

Sein Bein schmerzt, sein Arm, sein Kopf und sein Rücken. Er hätte früher anfangen sollen sich zu wehren, jetzt ist es zu spät und unfair, weil Wacho anscheinend denkt, für David ist es in Ordnung, was er mit ihm macht. Sie werden ihn hier nicht finden, Eleni ist zu sehr mit dem Umzug beschäftigt, und die Sachen im Keller würde sie ohnehin am liebsten vergessen, dabei hilft er ihr jetzt. Und Milo, der wird ihn nicht suchen, der sitzt sowieso immer nur mit dem Löwen auf der Treppe. Wacho wird wütend sein, wenn David nicht auftaucht, und wenn er ihn dann nicht vor sich hat, wird er nicht wissen, wohin mit der Wut. Irgendwann wird er sich doch in den Rathauskeller wagen, in den er sonst David hinunterschickt. David weiß: Wacho fürchtet sich vor dem Bild, das dort immer schon hängt. Wacho wird versuchen, es nicht anzusehen, wenn er zum Weinregal geht. Er wird sich deswegen vielleicht an dem großen Tisch stoßen, er wird sich beeilen. Auf dem Rückweg wird sein Blick dann doch auf das Bild fallen, Wacho wird eine Gänsehaut bekommen und noch mehr Wut. David hat sich mehrfach geweigert, das Bild verschwinden zu lassen, David mag den Menschen darauf, er sieht wie jemand aus, den er gern kennen würde. Vielleicht wird Wacho das Bild dem See überlassen. Auf jeden Fall wird er zwei, drei Flaschen mehr trinken als sonst, wenn er versteht, dass David nicht mehr da ist.

»Geh bitte hinter das Absperrband«, sagt der Gelbhelm, und Marie gehorcht, einen Stein möchte sie nicht auf dem Kopf haben, sie hat noch viel vor.

»Komm zu mir«, sagt der Reporter, »du kannst mir erzählen, was du siehst, und ich schreibe es dann auf.«

»Sie sehen das doch selbst«, sagt Marie.

»Aber vielleicht siehst du das anders als ich.«

»Ganz bestimmt«, sagt Marie, »aber das erzähle ich Ihnen doch nicht.«

»Ihre Tochter«, sagt der Reporter, und Robert nickt zerstreut, er ist ganz gebannt von dem Großschauspiel, das die Verantwortlichen inszenieren, dagegen kommt er nicht an. Allein der Aufmarsch der Gelbhelme, die Choreographie der Blicke und routinierten Handgriffe, das unheilverkündende Heranrollen der Bagger, der Mann mit der Steuerkonsole, darauf, tatsächlich, nur ein einzelner Knopf und der ist auch noch rot. Dass das tatsächlich alles so dermaßen eins zu eins geschieht, dass alles so ist, wie man es sich vorstellt. So viel Sinn für Dramatik hätte er denen nicht zugetraut. Robert verflucht sich dafür, die vorangegangenen Sprengungen verpasst zu haben, weil er mit dem Proben beschäftigt war.

»Na, Marie«, sagt Greta, sie hat, wie immer zuletzt, das rote Motorrad dabei.

»Greta«, sagt Marie düster. »Siehst du, jetzt machen sie das Haus weg.«

»Ja«, sagt Greta. »Dieses Haus mochte ich immer sehr gern. Wusstest du, dass es früher ein Modegeschäft war, eine richtige kleine Boutique?«

»Boutique«, sagt Marie. »Das hört sich schön an.«

»Kennst du meinen Mantel, den mit dem hohen Kragen?« Marie nickt. »Der kommt aus dieser Boutique, den habe ich mir in dem Winter gekauft, als die Wasserleitungen eingefroren sind.«

»Ah«, sagt Marie und hebt den Schädel hoch, damit der besser sehen kann.

»Marie«, sagt Clara, »da bist du ja.«

»Ich bin bei Greta«, sagt Marie.

»Das ist gut«, sagt Clara. »Willst du dir das ansehen?«
»Der Schädel will gucken.«
»Der Schädel hat keine Augen, Marie.«
»Aber er erinnert sich.«
»Der Schädel kommt aus China, Taiwan, was weiß ich. Der ist aus Plastik, Marie.«
»Trotzdem.«
»Hast du mit Wacho gesprochen, mit David, mit Milo?«, fragt Greta Clara leise. Clara schüttelt den Kopf:
»Ich bin noch nicht dazu gekommen.«
»Man kommt zu nicht viel, in diesen Tagen.«
»Mir ist irgendwie der Rhythmus durcheinandergeraten.«
»Sieh uns an«, sagt Greta. »Hier tickt keiner mehr richtig. Da ist dein Mann.« Und Clara sieht zu Robert hinüber, der steht stumm und staunend hinter dem Absperrband, neben sich sein Team: der Reporter mit dem nervösen Tick, dazu ein Kameramann und ein Typ mit Tonangel. Clara fürchtet, Robert könne in dieser Dokumentation eine andere Rolle zufallen, als er sich das wünscht. Sie bekommt mit einem Mal Sehnsucht nach Robert, danach, mit ihm allein zu sein, ohne das Team, nicht im Rahmen des Weltuntergangs, sondern einfach nur so.

Da drüben stehen die Zwillinge nebeneinander, aber es sieht aus, als wäre das aus Versehen passiert. Eleni kommt dazu, stellt sich zwischen sie, legt den beiden die Arme um die Schultern. Clara möchte das auch machen mit ihrer Familie, aber der Schädel ist im Weg und das Team und Claras Vorstellungen davon, was man wann macht. Natürlich sind auch Schaulustige da, Leute aus den Nachbarorten, aus der Stadt, Verwandte und Bekannte von Verantwortlichen, Menschen, die den Termin in der Zeitung gefunden haben. Heute fällt ein schwieriges Haus, heute muss gesprengt werden, weil die Grundmauern zu fest stehen, weil sich dieses Haus wie der Löwe im verschwundenen Wald in den Boden krallt.

»Hast du die Alben?«, fragt Jules seine Mutter.

»Welche Alben?«, fragt Eleni zerstreut. Jules will loslaufen und sie aus dem Haus retten, aber Jula hält ihn zurück.

»Ich habe sie«, sagt sie ruhig und zeigt auf die Leinentasche unter ihrem Arm. »Alles in Ordnung.«

»Gib sie mir«, sagt Jules, »gib sie her.«

»Streitet euch nicht«, sagt Eleni. »Nicht heute.«

»Habt ihr David gesehen?«, fragt Wacho in die Runde. Einige der Angereisten sehen ihn fragend an. »Mein Sohn«, sagt Wacho, »so groß.« Er tippt sich knapp über die Nasenspitze. »Etwas müde und wahrscheinlich in Jeans.«

»Das könnte jeder sein«, sagt einer in Jeans, und seine Freunde nicken müde. Wacho wendet sich an Greta:

»Wo ist David? Er sollte Bescheid sagen, dass alle zu uns kommen können. Nur das. Und jetzt ist er weg.«

»Er ist nicht weg«, sagt Greta. »Er wird hier irgendwo sein, ganz bestimmt, beruhige dich.«

»Er ist weg«, sagt Wacho hektisch, das Team wird aufmerksam, das könnte der Beginn einer Geschichte sein, ein Bürgermeister, der durchdreht. Der Kameramann hebt die Kamera.

»Nicht«, sagt Robert. »Das ist ernst.«

»Alles hier ist ernst«, sagt der Reporter. »Was denkst du denn, warum wir hier sind?«

»Das Stück«, sagt Robert.

»Das Stück«, wiederholt der Reporter. »Also bitte!«

»Bitte zurücktreten«, sagt einer der Gelbhelme. Wacho hat sich zu weit vorgewagt, das Absperrband spannt sich um seinen Bauch.

»Ich suche meinen Sohn«, sagt Wacho.

»Hier ist er bestimmt nicht, treten Sie bitte zurück, hier geht es jetzt los.« Wacho gehorcht, gibt das Feld frei für die Sprengung. »Nehmen Sie bitte das Kind zu sich«, sagt der Mann von der Bauaufsicht und schiebt Marie zu Clara.

»Bleib bei mir«, sagt Clara und drückt Marie einen Kuss aufs Haar. Das Team hat diese Geste im Bild. Clara merkt das nicht, aber Robert.

»Ich weiß nicht«, sagt er. »Ich weiß nicht, ob ich das alles so gut finde.« Der Tonmann hält Robert das Mikro über den Kopf.

»Was empfindest du?«, fragt der Reporter erwartungsvoll. Robert weiß nicht, was er empfindet, auf jeden Fall nichts, was er für das Team in Worte fassen kann oder will.

»Ich war als Kind oft hier«, sagt hinter ihm einer der Angereisten. Die Tonangel schwingt von Robert zu dem Betroffenen.

»Erzählen Sie, wie war das und wie ist das heute für Sie?« Der Angereiste kann gut erzählen. Es ist eine schöne Geschichte, vom Sommer, von Eis, von einem aufgeschürften Knie, einer ersten Liebe: »Das war mal der Eisladen. Da gab es noch richtige, selbstgemachte Eiscreme.« Er lässt sich beim Erzählen durch nichts aus der Ruhe bringen, nicht durch Gretas Kopfschütteln, nicht einmal durch Wachos Gebrüll: »Wo ist er? Wo ist David?«

Eleni lässt die Zwillinge stehen, drängt sich zu Wacho durch, der schüttelt einen Unbekannten.

»Du musst dich beruhigen, Martin.«

»Er sollte zu dir kommen. Ich habe ihn rausgelassen, damit er zu dir geht und euch sagt, dass ihr jederzeit zu uns ins Rathaus kommen könnt.«

»Danke«, sagt Eleni. »Das machen wir dann. David war da, er wollte mir helfen, dann war er weg. Ich hab ihn nicht mehr gesehen, seit mindestens einer Stunde.«

»Er ist weg!«, brüllt Wacho.

»Ruhig«, sagt Robert, »ganz ruhig. David geht nicht einfach, das weißt du.«

»Vielleicht weiß der was«, sagt Jules und zeigt auf Milo, der, was auch sonst, stumm auf der Treppe sitzt.

»Nicht der, der nicht!«, brüllt Wacho und weicht ein paar Schritte zurück.

»Vielleicht ist David noch da drinnen«, sagt Eleni ganz leise.

»Was?«, brüllen Wacho und Robert.

»Vielleicht hat er nicht mitbekommen, wie alle rausgerufen wurden.«

»Die machen doch einen Kontrollgang«, sagt Robert.

»Ich meine ja nur«, sagt Eleni.

»Halt!«, brüllt Wacho, brüllt Robert, brüllt Eleni, brüllt Clara, brüllt Greta, brüllen Jula und Jules, der Tonmann und Marie. Es ist das erste Mal, dass sie laut werden, und sogar Milo öffnet den Mund, doch sein Brüllen bleibt stumm.

Wacho zögert an der Kellertreppe, aber die Gelbhelme hinter ihm haben es eilig, einer schiebt ihn an und Wacho tastet sich die dunkle Treppe hinab. Die Gelbhelmlampen tauchen den Raum in ein unwirkliches Licht. Wacho kann David nicht rufen, seine Stimme ist weg und jede Zuversicht. Die Gelbhelme wühlen die Schätze der Familie Salamander durch, spähen in Kisten, unter Tische und in den Schrank. Sie suchen an Stellen, an denen sich nur ein Kind verstecken könnte, nicht David, und trotzdem finden sie ihn.

»Da ist er«, ruft einer der Gelben, und Wacho stößt ihn beiseite und stürzt auf das zu, was aussieht wie ein Stapel alter Klamotten. David schläft zusammengerollt, schläft so tief, dass sie zuerst denken, er wäre tot. Aber Wacho weiß, was man tun muss. Er greift David, zieht ihn hoch, schüttelt ihn, schlägt ihm mit der flachen Hand fest ins Gesicht, ballt die Faust und zielt in Richtung Magengrube. Einer der Gelbhelme legt Wacho die Hand auf den Arm, sagt:

»Beruhigen Sie sich.« Ein anderer ruft:

»Nanana!« Wacho kümmert sich nicht. David atmet schwer, benommen sieht er sich um, erschrickt, als ihm klarwird, dass Wacho ihn gefunden hat, dass er sich nicht so einfach davonstehlen kann.

»Wir sprechen uns noch«, zischt Wacho, aber erst mal spricht er nicht mehr, erst mal muss er David sicherstellen. Gefolgt von den überforderten Gelbhelmen zerrt Wacho David die Kellertreppe hinauf, hinaus aus der Gefahrenzone.

Das Team ist begeistert von dieser Szene, im Schnitt wird zu überlegen sein, ob sie davon handeln wird, wie der Sohn des Bürgermeisters in letzter Sekunde aus dem zu sprengenden Haus geführt wird, oder ob sie zeigt, wie die verbliebenen Bewohner in einem letzten vergeblichen Klageschrei gegen die Zerstörung der geliebten Mehrgenerationenhäuser anbrüllen, in denen ohnehin nur noch Generationsrudimente leben.

»Directors Cut, wir machen beides«, sagt der Reporter zufrieden. »Hast du die Bilder?« Der Kameramann nickt. Sie wollen aufmerksam machen auf diesen Ort, die Schicksale, sie suhlen sich nicht, sie beobachten nur. Irgendjemand muss hinsehen, berichten. Wo käme man denn hin, wenn am Ende nur die Schaulustigen starrten. Der Reporter und der Rest des Teams fühlen sich selbst mittlerweile schon ganz schrecklich verbunden. Der Bürgermeister tut ihnen leid, mit seinem ganz offensichtlichen Alkoholproblem und mit dem träumenden Sohn, der eigentlich viel zu alt ist, um seinem Vater einen derartigen Schreck einzujagen.

»Was da fast passiert wäre«, sagt der Reporter.

»Ja«, sagt der Kameramann, »stell dir vor.« Sie beobachten, wie Wacho David hinter sich herzieht, der ist verschlafen und lässt den Kopf hängen, er sieht aus wie eine übertrieben große verhedderte Marionette. Sie filmen, wie ein Verantwortlicher Wacho anspricht.

»Solche Aktionen sind überflüssig«, sagt der Verantwortliche.

»Das war keine Aktion«, brummt Wacho. Der Kameramann fokussiert dabei erst ihn, dann hält er auf David, der schaut ins Nirgendwo, der drückt irgendetwas fest, und als der Kameramann mehrfach verstärkt auf die Faust zoomt, erkennt er, dass das in der Hand ein buntes Stück Stoff ist, der Fetzen einer tibetischen Gebetsfahne.

»Folg ihnen bis zum Haus«, flüstert der Reporter dem Kameramann zu. Der hält weiter drauf, aber sein Schlussbild, das hat er schon.

Während die anderen beobachten, wie ein Verantwortlicher alles noch einmal prüft, nach der Sache mit David sind sie sehr besorgt, so etwas hätte nicht passieren dürfen, hockt Marie sich zu dem Fuchs auf den Boden. Der blaue Fuchs mag Marie am allerliebsten, das steht fest. Manchmal sitzt er auch bei Milo, unten an der Treppe, aber dann ist Marie schon im Bett und winkt ihm vom Fenster aus zu. Die meisten anderen sagen, sie würden den Fuchs nicht sehen, und Papa tut so, als würde er ihn sehen, aber er guckt immer in die falsche Richtung. Irgendwann hat Marie beschlossen damit aufzuhören, über den Fuchs zu reden. So nah wie jetzt war sie noch nie bei ihm.

Marie kennt sich mit Tollwut aus, sie weiß, dass man nichts streicheln darf, was eigentlich scheu und plötzlich ganz zutraulich ist. Aber Marie beobachtet den Fuchs seit Wochen, der ist nicht tollwütig. Der blaue Fuchs ist einfach nur anders, ein bisschen an der Welt vorbeigeschoben und daher genau richtig für Marie. »Hallo«, sagt sie und streckt die Hand aus. Der Fuchs schnüffelt an ihren Fingern, Marie hat sich die Nägel vorhin mit Wasserfarben bemalt, so gut wie Nagellack hält das nicht, aber immerhin gibt's so ein bisschen Farbe, wo die Blumen fehlen und jedes Grün, das der Mai sonst präsentiert. Nur da, wo früher Monas Haus stand, blüht ein Vergissmeinnichtteppich. Sich in den hineinzulegen, das ist etwas, was Marie unbedingt noch erledigen muss. Aber erst mal muss sie sich um den Fuchs kümmern, der wartet schon viel zu lange auf sie.

»Keine Angst«, sagt Marie. »Das ist nur ein Haus. Das ist

schon alt. Wenn man alt ist, verschwindet man irgendwann.« Marie sieht zu Greta, sie hat ein schlechtes Gewissen und ein dummes Gefühl. Dass Greta verschwindet, das will sie nicht. »Es ist aber trotzdem heikel«, sagt Marie. »Heikel, zu verschwinden.« Der Fuchs ist beeindruckt von Maries neuem Wort. »Wir können nachher zur Staumauer gehen«, sagt sie. Aber da will der Fuchs nicht hin. »Oder zu dem weggeräumten Haus.« Das schon eher.

»Gleich knallt es«, sagt Marie und: »Guck mal, mein Papa. Der probt an einem Stück, das wahrscheinlich nie aufgeführt wird. Und da ist meine Mutter, die ist Ärztin so wie ich, nur in echt.«

»Marie«, ruft Clara, »Marie, komm mal her.«

»Bis dann«, sagt Marie zum Fuchs, dann läuft sie zu ihrer Mutter.

»Guck mal, Marie, gleich geht es los.«

»Hörst du Wacho?«, fragt Marie.

»Hör da nicht hin.«

»Vielleicht braucht David dich gleich«, sagt Marie. »Vielleicht gehen wir besser bei ihm vorbei.«

»Guck mal, Marie, jetzt drückt er gleich auf den roten Knopf. Halt dir die Ohren zu, das wird ziemlich laut.« Und Marie hält sich die Ohren zu, schaut zu den Salamanders hinüber, die wirken sehr konzentriert, so als müssten sie aufpassen, dass alles richtig und ordentlich in sich zusammenstürzt.

Aus dem Rathaus hört Marie das Poltern, trotz der Hände auf den Ohren. Ab und zu sieht sich jemand verstohlen um und sieht zum Rathaus hinüber. Die Erwachsenen achten darauf, dass ihre Blicke sich dabei nicht treffen, denn wenn sich Blicke treffen, dann werden Sachen wahr. Marie versucht, Robert in die Augen zu sehen, Greta, Clara. Niemand erwidert ihren Blick, nur Milo auf der Treppe, aber der kann genauso wenig tun wie sie, da kann sogar der Fuchs mehr, der kann immerhin beißen. Krachend geht das Salamanderhaus in die Knie, im Rathaus brüllt Wacho, nur David hört man nicht, David kann man schon lange nicht mehr hören.

»Marie«, sagt Robert, er flüstert durch Maries Finger hindurch, die sie sich an die Ohren presst. »Marie, bald sind wir hier weg.« Marie nickt und starrt aufs Salamanderhaus. Dieser Abriss ist anders als bei den Häusern zuvor. Die haben die Gelbhelme Stück für Stück abgetragen. Man hatte sich an ihr baldiges Verschwinden gewöhnen können, und als sie dann weg waren, hatte man längst vergessen, wie es war, als es sie noch gegeben hat.

Das Salamanderhaus bricht in sich zusammen wie der Hirsch neulich, in der Sendung über die Erhaltung des Waldes. Ein Schuss, ein Zucken und Straucheln, und dann lag er am Boden und war weg. Marie hat geweint über den Film, sie hat beschlossen, den Wald nicht mehr zu mögen. Marie weint auch jetzt, sie mag keine Seen mehr und keine notwendigen Maßnahmen und keine Menschen, die nur stehen und gucken, und sie hat auch was gegen das Gemeinwohl.

»Schhh, Marie«, macht Robert und nimmt sie auf den Arm. Er streicht seiner Tochter die Tränen weg und dem Schädel unter den Augenhöhlen entlang. »Ist ja gut, lieber Schädel, nicht weinen.« Aber der Schädel heult weiter, in die Stille hinein, mit Staub in den Augen und dem Blick auf das verendete Haus. »Schhhhh«, macht Robert. Immer wieder »Schhhhh«. Aber manchmal hilft das nichts.

Robert spürt Maries Herzschlag unter der Hand, er hat lange nicht mehr so genau gewusst, dass sie das Wichtigste ist, wichtiger als all die Sachen, die hier um ihn herum geschehen, um die er sich sorgt, für die er Verantwortung übernehmen möchte, an denen er sich stößt, die er thematisieren und der Weltöffentlichkeit unter die Nase reiben will. Er hat was vergessen, zwischenzeitlich, das kann mal passieren. Aber jetzt ist er wieder da und hält seine heulende Tochter und ihren zutiefst verunsicherten Totenschädel ganz fest. Was für ein Bild, denkt Robert. Er dreht sich weg von den anderen und schiebt seinen Rücken vor das Kameraobjektiv. Er produziert Unschärfe für die Ewigkeit.

»Das reicht«, sagt Robert. »Das reicht jetzt.« Dann trägt er Marie fort von den Gelbhelmen, von den Hausresten, die aufgeplatzte Straße hinauf bis nach Hause. Sie selbst sind als Nächstes dran, aber noch nicht jetzt, jetzt noch nicht. Jetzt kann er noch die Tür hinter sich schließen, er kann Marie in ihr Zimmer bringen, sie auf's Bett legen, den Schädel neben ihren Kopf, er kann das Piratenmobile anstoßen, kann sagen: »Ich bin nebenan.«

Robert geht in die Küche, nimmt die Milch aus dem Kühlschrank, der Strom ist schon wieder ausgefallen. Er riecht an der Milch: ist noch gut. Er kippt sie in den roten Topf mit den weißen Punkten, rührt viel zu viel Kakaopulver hinein, stellt das Gas an und wartet. Er öffnet das Fenster, vernimmt ein leises Murmeln in der Ferne, die plötzlich gar nicht mehr so weit weg ist. Kein Donnern mehr, keine aufgeregten Stimmen, kein Geräusch von Wacho, der seinem Sohn den Fluchtversuch aus dem Leib prügelt. Robert nimmt den Tabak aus seiner Hosentasche, er dreht sich eine Zigarette, steckt sie an und schaut hinaus.

»Drehst du mir auch eine?«, fragt Clara.
»Wir haben Kakao«, sagt Robert.
»Auch gut«, sagt Clara. »Marie schläft schon.«
»Komm her«, sagt Robert. »Komm mal zu mir.«

»Tja«, sagt Eleni. »Das wär's dann wohl.«
»Ist doch krass«, sagt Jula und wirft Jules einen schnellen Blick zu.
»Kann sein«, sagt Jules. »Was soll's.«
»Was wollt ihr jetzt machen, ins neue Haus oder hierbleiben?«, fragt Eleni.

»Können wir Ihnen ein paar Fragen stellen?«, fragt der Reporter.

»Nein«, sagt Eleni. »Ich kann Ihnen nichts beantworten. Sie dürfen die Trümmer filmen, wenn Sie wollen, aber uns nicht.«

»Schade«, sagt der Reporter und zu dem Kameramann: »Film die Steine und die Katze dort im Schutt.«

»Kommt«, sagt Eleni zu den Zwillingen, »hier müssen wir nicht rumstehen.«

»Wo sollen wir sonst rumstehen?«, fragt Jula.

»Fahren wir zu Papa?«, fragt Jules.

»Wenn ihr schon wollt«, sagt Eleni. »Ich würde auch noch bis zum Jahrhundertfest warten.«

»Der Plan«, flüstert Jula ihrem Bruder zu. »Denk an den Plan. Wir ziehen das durch, ich hab den Zettel in der Tasche. Du hast es versprochen.«

»Na gut«, sagt Jules. »Bleiben wir.« Es ist sehr ruhig geworden. Von dem provisorischen Parkplatz her blitzen die Autoscheiben der Auswärtigen. Das Spektakel ist vorbei, es ist Zeit fürs Abendbrot, das wird zu Hause gegessen, auch wenn es nicht mehr das eigene ist.

»Ich weiß nicht, ob ich da wohnen möchte«, sagt Jula.

»Das geht schon«, sagt Eleni. »Jeder macht seinen eigenen Kram und es ist das einzige Haus, das bis zum Fest stehen bleibt. Das haben sie uns versprochen.«

Über den Hauptplatz gehen sie aufs Rathaus zu, der Staub brennt in den Augen. Es hat schon lange nicht mehr geregnet, und das Pflaster wurde bereits entfernt. Daran, wie es hier vor weniger als einem halben Jahr ausgesehen hat, erinnern nur noch die Reste der Linde. Und sie selbst, sie sind jetzt Geschichte. Auch von ihnen wird man bald nur noch in der Vergangenheitsform reden.

Der Löwe hat einen Riss an der Pranke, immer noch fehlt ihm der Kopf, auf dem Riss liegt Milos Hand. Stumm gehen die Salamanders an ihm vorbei, steigen die weiße Treppe hinauf, die weiße Treppe ist grau, aber das fällt niemandem auf, die Töne haben sich einheitlich verschoben, der Ort ist in der Farbskala ein paar Felder weiter ins Blasse gerutscht und seine Bewohner ein Stück fort in die Stille.

»Nimm den Türklopfer«, sagt Eleni. »Das Licht ist aus, der Strom ist mal wieder weg.« Jula klopft dreimal, es klingt, als wäre das Rathaus verlassen, ein altes Gemäuer, eine steinerne Burg.

»Kommt rein, es ist alles bereit«, sagt Wacho lächelnd, als er ihnen die Tür öffnet.

Das Haus verschluckt die Salamanders, verschluckt sie so vollkommen, dass Eleni vergisst, ihren Sohn noch einmal nach dem Brief zu fragen. Hinter ihnen fällt die Tür ins Schloss. Das Rathaus hat an Größe gewonnen, der Löwe streckt sich, es ist Zeit für seinen Gang, er erhebt sich. Wo er eben noch lag, ist jetzt ein Loch. Milos Hand umklammert den Mörtel. Der Abend kommt, jetzt dauert es nicht mehr lange, dann ist es überstanden, dann geht es weiter, anderswo und vielleicht besser. Zwei Häuser noch, Wacholder und Schnee, und am Rande warten die Toten auf den Beton.

Es gibt keinen Schreibtisch mehr, keinen Schrank, keinen Stuhl, die Matratze lehnt an der Wand. Davids Zimmer ist nur noch ein Raum, er selbst ein Rest, der Boden ist gut, er ist aus Holz und von der Sonne gewärmt. Unter sich kann er die anderen hören, wahrscheinlich sitzen sie beim Abendbrot. Es wird Gulasch aus der Dose geben, wie schon seit Tagen. Die Ravioli sind genauso alle wie die eingelegten Birnenviertel aus Gretas Vorräten und die Gewürzgurken und das eingeschweißte Schwarzbrot. Es gibt nur noch Gulasch. Wenn sie zu fünft sind, ihn selbst nicht mitgezählt, reicht das vielleicht noch für eine Woche, bis zum Jahrhundertfest aber auf keinen Fall.

Wacho muss außerhalb einkaufen, oder einer der Salamanders übernimmt das oder Greta, wahrscheinlich schicken sie Jules, der kennt sich da draußen am besten aus. David selbst hat damit nichts mehr zu tun, ihn wird man nicht schicken. David könnte sich bewegen, wenigstens bis zu der Matratze an der Wand, er könnte versuchen sie umzukippen und sich drauflegen, für die Nacht wäre das besser, aber er rührt sich nicht.

Unten diskutiert Jula mit Eleni, und Wacho erzählt fröhlich von früher, wahrscheinlich zeigt er in Richtung Kühlschrank, an dem immer noch Davids Zeichnungen hängen:

»Ratet mal, was das sein soll.« Sie raten nicht. Wacho wartet noch einen Moment und dann erzählt er, dass David die Bilder gemalt hat, als sie an ebendiesem Tisch, an dem sie jetzt sitzen, jeden Freitag im Frühling und Sommer bei offenem Fenster gepokert haben. »Wir hätten den Tisch rausstellen können, wir haben ja den Garten, aber aus irgendeinem Grund hat uns das mit dem offenen Fenster besser gefallen.« In der Küche lachen nur Wacho und Eleni. Von Jules und Greta hört David nichts, und auch Jula ist still. »Na ja«, sagt Wacho. »So war das früher.«

David tastet mit der rechten Hand vorsichtig nach seinem linken Arm. Der ist gebrochen, da steht was ab. Er könnte Clara rufen, sie würde kommen, auf jeden Fall. David sieht zum Fenster, Wacho hat es geöffnet, vorhin. »Es ist mir egal, ob es alle hören«, hat er gesagt, »das ist eine Warnung, an jeden, der geht.« Wacho hat ihn heulend geschlagen, wie immer heulend und mit tausend Mal »Es tut mir so leid!«.

»Ist schon in Ordnung«, David hat sich fest auf die Zunge gebissen, er hat sich nicht gewehrt, wie immer hat er stillgehalten. Er hat nur ein einziges Mal geschrien, als Wacho den Schrank umgestoßen hat und der auf Davids Arm gefallen ist: »Es tut mir leid, so leid!«

Wenn er Clara ruft, muss sie den Krankenwagen holen, sie trägt dann die Verantwortung, und Davids Körper fühlt sich nicht so an, als wäre es mit einmal Desinfizieren und Verbinden getan. Wenn sie ihn ins Krankenhaus bringen, ist er für immer weg, sein Vater wird ihn hassen, weil David ihn in diesen letzten Tagen im Stich gelassen hat.

»Deine Mutter kommt!«, hat Wacho gerufen. »Deine Mutter kommt und findet uns, und dann wird alles, David, einfach alles wird wieder gut. So lange musst du dich benehmen, reiß dich zusammen.« Wacho hat versucht, David zu umarmen, wie immer hat er sich nicht getraut: »Mein Junge.« Ratlos hat er auf David heruntergeschaut, hat den zerstörten Schrank betrachtet, das zersplitterte Bett, der Schreibtisch hing irgendwo zwischen erstem und zweitem Stock, und dort hängt er wahrscheinlich noch jetzt. »Soll ich dich zum Essen rufen?«, hat Wacho gefragt, und David hat den Kopf geschüttelt. »Gut, dann bis später.«

Wacho ist gegangen und David hat angefangen zu warten. Zum Beispiel darauf, dass Milo ihm sagt, was er tun soll. David stellt sich vor, wie Milo seinen Platz auf der Treppe verlässt, wie er wieder lebendig wird, wie er zu ihm kommt und sagt, dass alles in Ordnung sei. Aber Milo lügt nicht und er kommt auch nicht her. Milo sitzt versteinert auf der Treppe und wartet auf David, darauf, dass der sich bewegt und mit ihm verschwindet. Vielleicht weiß er tatsächlich nicht, dass das nicht geht, dass David hier sein muss, bis auch Wacho aufgibt, bis sie irgendwo neu anfangen und dann so weitermachen wie bisher. Peru, Ägypten, Tibet, der Stofffetzen in seiner Hand. Er bleibt, er muss. Wenn David an Milo denkt, hat er seit kurzem das Bild aus dem Keller vor Augen, das stumme Porträt eines Bürgermeistersohnes, aus vergangenen Tagen und längst verstorben, und wie der da sitzt neben einem Löwen ohne Kopf.

Sie traut sich auch nachts hinaus, wenn die anderen schlafen. Marie hat keine Angst mehr vor Monstern unterm Bett. In der

Nacht kann sie am besten erforschen, was tagsüber unsichtbar bleibt. Sie kann dann in Gebiete vordringen, die ihr die Eltern verbieten. Der Schädel kommt immer mit, er trägt nachts einen alten Hut, den hat Marie aus Roberts Requisite, den vermisst er nicht.

Marie zieht sich an, Cordhose, T-Shirt und Lieblingspullover, den mit der rosa Maus, da hat Clara einmal versucht zu stricken. Aus der Küche holt sie sich ein Paket Apfelsaft und drei Zwieback, unterwegs hat sie nie Hunger, aber Proviant gehört dazu. Ihre Eltern wachen nicht auf, Marie hört Robert schnarchen bis in den Flur. Sie tritt auf die Straße, jetzt eher ein Feldweg, sie gefällt ihr so besser, sie verspricht Abenteuer und Gefahr.

Mit dem Schädel im Arm geht Marie den Weg hinauf, im Rücken liegt der Hauptplatz, liegen die Reste der Linde, auf dem Boden das Schild vom Tore, irgendwann wird es jemand mitnehmen, als Erinnerung, aber erst am Ende. Auf dem Hauptplatz hat Marie viele Nächte verbracht, sie hat bei Milo gesessen, auf den Platz geschaut, dem Löwen über den kopflosen Hals gestreichelt und über die rissige Wunde. Mit Milo kann man gut sitzen, er fragt nichts und sagt nichts. Mit Milo fühlt Marie sich wie eine Wächterin. Was sie bewachen, weiß sie nicht, aber dass es wichtig ist, merkt sie. Am Anfang hat sie sich noch gewünscht, Milo würde weggehen zusammen mit David, aber jede Nacht sitzt er da, wie auch heute, heute besucht sie ihn nicht.

Sie will zu dem Haus im verschwundenen Wald. Ein verschwundener Wald ist in Ordnung für Marie, die ja grundsätzlich beschlossen hat, keine Wälder mehr zu mögen. Greta hat ihr erzählt, dort gebe es noch einen zweiten Löwen, der seinen Kopf noch hat, der schläft, und auf den ist Marie gespannt, den will sie treffen, bevor sie ihn ins Museum stecken, bevor sie auch ihm den Kopf abreißen.

Der Schädel hat auch Lust, den Löwen zu begutachten,

aber er hat auch ein wenig Angst vor der Dunkelheit. Marie beruhigt ihn. »Da vorn«, sagt sie, »da hängt der Mond.« Der Mond hängt tatsächlich, und zwar an einem übriggeblieben Ast, der in den Wolken steckt. Bis an die Wolken kommen sie nicht mit ihren Geräten, nicht einmal mit dem Kran, und der ist ein Riese. Marie kann den Löwen schon heulen hören. Anscheinend ist er aufgewacht und er heult wie ein Wolf. Marie kennt sich aus, sie weiß, dass Löwen anders klingen als Wölfe.

»Vielleicht hat der Löwe vergessen, dass er ein Löwe ist«, sagt Marie zum Schädel. »So wie Papa und Mama manchmal vergessen, dass sie Mama und Papa sind.« Der Schädel kann sich das auch gut vorstellen, aber er warnt Marie:

»Ein Löwe, der klingt wie ein Wolf, das ist nichts.«

»Das ist aufregend«, sagt Marie. »Und das ist auf jeden Fall was.« Der Schädel verstummt, Marie hat hier das Sagen. Da vorn leuchtet das Gelb der Maschinen, da muss die Lichtung sein, die längst nicht mehr von Bäumen umstellt wird. Wo noch Gras übrig ist, ist es braun, über den Resten funkeln die Sterne, die Traufe singt wilde Lieder vom Widerstand.

»Das ist schön«, sagt Marie. »Das ist richtig schön. Schön und heikel, Schädel.«

Der Mondschein bricht sich am Rande der Lichtung an einer Gestalt. Da steht jemand, einer, den Marie noch nicht kennt.

»Hallo«, ruft Marie und bekommt keine Antwort. »Ich bin Marie Schnee, wer sind Sie?«

»Niemand«, sagt die Person, sie sagt es leise, aber Marie kann es trotzdem verstehen.

»Das kann nicht sein«, sagt Marie. »Ich sehe Sie ja, niemanden sieht man nicht.« Die Person tritt vor, löst sich aus dem Schatten des großen Baggers, die Person kommt auf Marie zu. Marie denkt erst, es ist Paul, aber das kann ja nicht sein,

Paul liegt im neuen Ort in seinem neuen Bett, Paul hat jetzt eine Astronautenwand und eine richtig große Ritterburg im neuen Garten und Paul hat Marie diese Woche noch nicht geschrieben, obwohl er versprochen hatte, es zu tun, jede Woche, notfalls für immer, auf jeden Fall, bis sie sich wiedersehen.

Vor Marie steht also ein Junge, der nicht Paul sein kann und nicht Leon, weil der im Krankenhaus liegt in einer fernen Stadt, weil Leon den Blinddarm rausbekommen hat und man da erst mal liegen muss, aber nur ganz selten dran stirbt, Marie hat ihre Mutter gefragt. Der fremde Junge ist ungefähr so alt wie Marie, vielleicht ein paar Zentimeter kleiner. Neben dem Jungen steht der zweite Löwe, und Marie fürchtet sich, zeigt es aber nicht. »Angst zeigen ist ungeschickt«, sagt Clara immer. »Wenn man Angst zeigt, dann verbreitet sie sich und wird immer größer und größer.« Marie glaubt Clara das, weil sie es beobachten konnte an Wacho, der Angst hat und der David Angst macht, Marie kann beobachten, wie die Angst durch das Rathaus kriecht, zu Eleni und den Zwillingen, zu Greta und bis zu Marie. Ihre Eltern haben eine andere Angst, hinter die ist Marie noch nicht ganz gekommen. Robert hat Angst, nicht wichtig genug zu sein, und Clara hat Angst, man könne über sie lachen, aber das ist noch nicht alles, weiß Marie. Marie zeigt ihre Angst nicht, aber sie fragt nach:

»Beißt der?«

»Nein«, sagt der Junge. »Der ist eigentlich aus Stein, Steine beißen nicht, sie stehen 'rum.«

»Oder sie sitzen«, sagt Marie. »Wie Tote.« Der Junge erschrickt nicht über dieses Wort, das Marie zum ersten Mal in ihrem Leben ausgesprochen hat und von dem sie nicht ganz genau weiß, was es bedeutet. Totsein heißt Wegsein, vielleicht. Totsein heißt nicht mehr atmen und nichts mehr wollen. Totsein ist das Seltsamste, was Marie sich nicht vorstellen kann, und der Junge lacht.

»Oder sie laufen ein bisschen durch die Gegend, die Steinlöwen und Steinmenschen«, sagt er.

»Kennst du schon den Fuchs?«, fragt Marie und will dem Jungen den Fuchs zeigen, weil der Junge schließlich einen Löwen hat.

»Ja«, sagt der Junge. »Der Fuchs ist blau.« Marie nickt. Der Fuchs ist blau und zurzeit unsichtbar, da oben hängt noch immer der Mond, schaukelt im Wind leicht hin und her, aber im Mondschein gibt es vom Fuchs keine Spur; nur Junge und Löwe, die werfen lange Schatten.

»Der Fuchs beißt manchmal die Gelbhelme, er kann einfach nicht anders.« Der Junge sagt nichts. »Was machst du denn hier?«, fragt Marie.

»Gucken«, sagt der Junge, »was passiert.«

»Ich auch«, sagt Marie. »Aber du bist nicht von hier, oder?«

»Ich weiß es nicht«, sagt der Junge, »es ist so anders.«

»Das stimmt«, sagt Marie. »Alles wird hier jetzt anders und bald sind wir weg.«

»Aber ich bin denselben Weg wie immer gegangen«, sagt der Junge. »Also muss ich hier ja richtig sein.«

»Bist du bestimmt«, sagt Marie, sie möchte ihn nicht beunruhigen. Eine Weile stehen sie stumm voreinander. Marie mustert den Jungen genau und entscheidet dann, dass sie ihn mag. Jedenfalls genug, um mit ihm zu spielen. Er sieht aus wie jemand, mit dem man spielen kann, wie jemand, der schnell läuft.

»Spielen wir Verstecken?«, fragt Marie.

»Wenn meine Freunde mitspielen dürfen«, sagt der Junge, und jetzt kommen von überallher Kinder auf Marie zu, sie sind älter und jünger und genauso alt wie sie.

»So viele«, sagt Marie, »so viele waren wir hier noch nie.«

»Ich suche«, sagt der Junge, und Marie schleicht sich weg, zu dem Haus, und versteckt sich gut zwischen Fuß- und Dachboden, sie ist die letzte, die der Junge findet. Sie spielen, bis der Mond an seinem unsichtbaren Seil herabfährt, ins Meer gelassen, in den Bergen versenkt, oder bis die Erde sich weiterdreht und sich das Licht zurückholt. Dann sagen die Kinder, dass sie ins Bett müssen, und Marie versteht das gut. Sie muss auch schnell ins Bett, und zwar bevor die Sonne aufgegangen ist, bevor ihre Eltern aufwachen und merken, dass Marie ihre eigenen Geheimnisse hat.

Marie geht nach Hause, über den Platz, hebt die Hand grüßend zu Milo, wie sie es sich von Robert abgeschaut hat, sie schleicht sich ins Badezimmer. Sie wäscht sich die Erde von den Füßen, am Dreck werden abenteuerlustige Kinder in Büchern immer erkannt, aber den Fehler macht Marie nicht. Dann legt sie sich ins Bett, stellt sich schlafend und denkt an das, was der Junge ihr zugeflüstert hat, als er sie beim Versteckspiel im verschwundenen Wald im Haus fand. »Lass das Schönste hier«, hat er gesagt und Marie weiß noch nicht genau, was er damit meint. Sie schläft wieder ein, und vorher noch hört sie Schritte auf dem Dielenboden. Das ist Clara, die sie wecken will, das sind die Tatzen des blauen Fuchses, das ist Maries eigene Welt.

Jules hat seit Jahren nicht mehr gespielt, das Saxophon ist ihm gar nicht mehr aufgefallen, es war zu einem unbeweglichen Teil seines Zimmers geworden. Erst als er seine Sachen zusammenpacken musste und das Saxophon beinahe mit dem Haus zu Boden gegangen wäre, hat er sich daran erinnert und es vorsichtig in dem abgestoßenen Kasten verstaut. Jeremias hatte ihm für jedes Konzert einen Aufkleber gegeben, und irgendwann sah der Kasten wie der Koffer eines Weltreisenden aus.

Jules spielt ein paar Stücke, will wieder aufhören, es klingt nicht mehr so wie früher, aber dann klopft Greta an die blaue Tür und Jules lässt sie hinein. Greta wünscht sich, dass er weiterspielt, und weil Jules in der letzten Zeit das Gefühl hat, Greta würde etwas fehlen, tut er ihr den Gefallen und spielt ein Schlaflied, das Eleni früher gesungen hat und das Greta gut kennt, Eleni hat es auch in jener Nacht auf dem Friedhof gesummt.

»Darf ich singen?«, fragt Greta. »Ich kann zwar nicht gut singen, aber ich hätte große Lust.«

»Klar«, sagt Jules, und Greta singt alle Strophen des Schlafliedes, auch die, die Jules nicht kennt, weil sie nicht vom Schlafen handeln, sondern vom Sterben. Eleni hat diese Strophen damals ausgelassen, wenn sie abends am Hochbett der Zwillinge saß. Sie hat sie ihnen verheimlicht und Jules wünschte, Greta hätte das auch getan.

»Noch mal«, sagt Greta und Jules spielt noch einmal, obwohl hier kein Wald mehr steht und schweigt, obwohl aus den Wiesen kein Nebel mehr steigen kann, weil es keine Wiesen mehr gibt, nur die Angst davor, die Augen zu schließen, weil sie an nichts mehr glauben können und sich ihrer selbst nicht sicher sind.

Jules hat den geheimen Brief des Friedhofsamtes für seine Mutter, und Jula und er haben den Plan und an den halten sie sich, bei dem bleibt es, auch wenn sonst nichts geblieben ist zwischen ihnen. Obwohl sie ihn mit diesem behelmten Vogel betrügt. Jules spielt das Lied für Greta. Er spielt es ein drittes, ein viertes und ein fünftes Mal, obwohl seine Lunge brennt und sein Oberarm zittert und das mit der Atmung nicht so funktioniert, wie es soll. Jules möchte etwas Gutes tun, nicht für sich, nicht für Jula, sondern für Greta und auch für David.

»Noch einmal?«, fragt Greta, und Jules spielt bis in den ersten Morgensonnenschein das traurige Lied vom Schlafen und Sterben.

»Das ist es!«, ruft Marie beim Frühstück und springt vom Tisch auf. Als sie aus dem Haus läuft, halten Clara und Robert sie nicht zurück, Marie soll in den letzten Wochen alle Freiheiten haben, und solange sie um acht im Bett liegt, verläuft die Freiheit in geregelten Bahnen.

»Wie geht es voran mit dem Stück?«, fragt Clara.

»Gut, und wie geht es der Praxis?«, fragt Robert.

»Auch gut«, sagt Clara, und sie beginnen, den Tisch abzuräumen.

»Wenn er das Lied noch mal spielt, bringe ich ihn um.«

»Bitte nicht«, sagt Eleni. Sie und Jula kneten den Teig für die Brötchen. Wenn sie Wacho die Versorgung überlassen würden, wären sie schon längst verhungert. Durch das Fenster beobachtet Jula, wie Marie über den Hauptplatz rennt, dann langsamer wird und zu den Wurzeln der Linde trottet.

»Die Arme«, sagt Jula, »das ist bestimmt alles ziemlich viel für sie.«

»Ich habe das Gefühl, Marie kommt sehr gut klar. Vielleicht besser als wir anderen.«

»Kann sein. Clara sollte nach David sehen«, sagt Jula.

»Wenn der nicht will«, sagt Eleni. »Dann kann man nichts machen.«

»Vielleicht will er ja«, sagt Jula. Eine Weile arbeiten sie stumm nebeneinander, das Backen fühlt sich wie Alltag an, einen Alltag hatten sie schon lange nicht mehr.

»Was macht Marie da bei den Wurzeln?«, fragt Jula.

»Spielen vermutlich.«

»Ein seltsames Spiel.«

»Tja«, sagt Eleni und: »Was meinst du, was ihr früher für einen Blödsinn gemacht habt?«

»Jules und ich?« Eleni nickt.

»Vermisst du früher?«, fragt sie.

»Manchmal ja, aber nur selten«, sagt Jula.

»Zeiten gehen vorbei, andere kommen, weißt du.«

»Mama, wie du redest!«

»Du hast recht. Wo ist dein Bruder?« Jula sagt nichts, sie sieht durchs Fenster zu Marie hinüber, die bis zum Bauch zwischen den Wurzeln steckt. Vermutlich sucht sie etwas, was sie dort nicht finden wird. Jula bezweifelt, dass hier überhaupt noch irgendwer irgendwas finden kann. Es könnte sein, dass sie selbst die Letzte ist, die hier etwas gefunden hat.

»Ich muss los«, sagt sie, und ihre Mutter fragt nicht, wohin. Der Radius ist noch kleiner geworden. Man kann nur noch laufen und stehen, sich umschauen in der Leere und warten. Mehr ist nicht zu tun, mehr bleibt ihnen nicht.

Die ersten Busse des Tages rollen an, die Touristengruppen kommen heute früher als sonst. Jetzt, wo das Wetter besser geworden ist, eignet sich der Besuch für einen Familienausflug. Die Kennzeichen der Fahrzeuge deuten auf weite Anreisen hin, darauf, dass sich die Geschichte davon herumspricht, dass hier immer noch Menschen leben, bis zum bitteren Ende.

Es gab Anfragen bei den Anwohnern, ob sie Lust hätten zu helfen, ob jemand Führungen machen möchte. *Hinter den Kulissen des Untergangs.* Robert hat darüber nachgedacht, ganz kurz. Dann hat er sich vorgestellt, wie er die Leute mit ihren Kameras durch den Ort führt und wie ihm nicht einfällt, was er sagen soll. Kann er von Greta sprechen, die seit Wochen das rote Motorrad schiebt wie andere in ihrem Alter einen Rollator? Kann er den Touristen von den Zwillingen erzählen, die einmal unzertrennlich waren und nun wie zwei Fremde wirken, die zufällig aus dem gleichen Gesicht in die Welt schauen? Von David, der unbeachtet in seinem Zimmer verkümmert, während Milo stumm vor der Tür sitzt? Von sich selbst und seinem Proteststück, das mittlerweile fünf Stunden dauert, unzählige Akte hat und immer noch nicht umfassend genug anklagt? Robert hat sich gegen die Führungen entschieden, auch wenn sie das Geld brauchen könnten für den Neuanfang, weil fast alle Ersparnisse aufgebraucht sind, weil

Clara nur noch der Routine wegen in ihrer Praxis sitzt und Spritzen verteilt und weil er für sein Stück bei dessen einziger Aufführung keinen Eintritt nehmen wird. Er will den Besuchern nichts erzählen, sie sollen nichts von den Übriggebliebenen wissen, wenigstens das, wenigstens ein Geheimnis für die Letzten vor Ort, zumindest den Anschein von Würde und einen Hauch von Mysterium wünscht Robert sich für sie alle.

Und trotzdem schlendert er ausnahmsweise über den Hauptplatz, gibt sich durch den leeren Blick und das Fehlen einer Kamera als einheimisch zu erkennen und wird erwartungsgemäß sofort angesprochen von einem freundlichen Pärchen in den mittleren Jahren.

»Sind Sie von hier?«, fragt die Frau.

»Ja«, sagt Robert und spielt misstrauisch.

»Ach«, sagt die Frau. »Das tut mir leid.«

»Warum?«, fragt Robert. Die Frau überlegt, ihr Mann distanziert sich, betrachtet ausgiebig den Brunnen vor den Trümmern des Tore.

»Na ja, weil hier alles zerstört wird.«

»Ja«, sagt Robert. »Das ist schade, nicht?« Er hat keine Lust auf dieses Gespräch. Heute nicht, heute kein Mitleid einsammeln und keine ratlosen Blicke. Robert gibt der Frau einen Handzettel. »Falls Sie im nächsten Monat hier sind, kommen Sie doch vorbei.«

»O ja«, sagt die Frau und: »O nein. Wir sind nur heute da. Für ein paar Stunden. Wir kommen von sehr, sehr weit weg.«

»Schade«, sagt Robert und lässt sie stehen. Er hört, wie sie sich hinter ihm unterhalten. Sie wissen nicht, dass der Ort durchlässig geworden ist und man selbst ein Flüstern noch hören kann, aus hundert Meter Entfernung.

»Der war aber nicht besonders freundlich.«

»Was erwartest du?«

»Ich weiß nicht.«

»Sieh mal, die Kleine.«
»Was hat die denn da?«
»Das ist doch makaber.«
»Marie«, ruft Robert, »heute keine Gräber ausheben, bitte.«
»Schade«, ruft Marie, und Robert geht grinsend weiter.

Der Vogelmann ist für die großen Eingriffe zuständig, er fährt den Bagger, wenn Mauern wegmüssen, und räumt zur Seite, was sich nicht heben lässt. Jula trifft ihn dort, wo bis vor kurzem noch ihr Haus stand, er schiebt die Schaufel ganz vorsichtig in den Schutt, er weiß, dass Jula hier gelebt hat und dass er einiges auf's Spiel setzt, wenn er sich keine Mühe gibt. Seit er für die Fotografin den Weltenzerstörer gegeben hat, spricht Jula nicht mehr mit ihm. Er hat das für sie getan, aber das versteht sie wohl nicht.

Zum ersten Mal ahnt Jula, dass es hier nur um kalte Steine geht, sobald die Menschen weg sind, bedeutet das alles nichts mehr. Sie machen es sich schwerer, als sie sollten. Jules und Eleni und sie selbst, sie nehmen das alles zu persönlich. Jula denkt an den Plan, wie vergeblich er ist, wie dumm, ihn Jules vorzuschlagen. Jules macht alles, was sie will, er wird auch den Plan ausführen. Es sei denn, sie überwindet sich, ihm zu gestehen, dass der Plan vollkommener Blödsinn ist und überhaupt keine gute Idee. Dass sie sich eine schöne Zeit machen sollten, bis der See kommt. Dass sie es genießen sollten, dass die Eltern sie schon seit Wochen nicht nach ihren Zukunftsplänen gefragt haben und dass sie jetzt endlich Zeit haben nachzudenken. Über diese Zukunft.

»Hey!«, ruft der Gelbhelm ihr zu und wird wieder zu ihrem Vogelmann, der mit der Hand zur Begrüßung immer kurz an den Helm tippt. Er hat einen Sonnenbrand, die Arme unter dem Tattoo voller Sommersprossen oder Leberflecke, sie findet ihn schön. Sie war schon so verdammt nah dran an ihm, er riecht nach Waschmittel und Erde. Auf einmal kann sie sich vorstellen, wieder bei ihm zu sein, aus einer Laune heraus, die sich Einsamkeit nennt und die Jula bisher nicht kannte. Jula kann sich beim Blick auf die Trümmer vorstellen abzuhauen, und zwar ohne Protest und ganz bestimmt ohne die Ausführung des verdammten Plans. Sie kann sich vorstellen, einfach zu gehen, wohin sie will und mit wem. Sie sieht zur Staumauer hinüber, zu den Hügeln dahinter, sie ahnt, dass dort alle Möglichkeiten liegen. Warum ist ihr das vorher nicht aufgefallen?

Der Lärm ebbt ab, ihr Gelbhelm hat den Motor abgestellt, ein Teil des Hauses schwebt in der Luft. Er ist nicht irgendein Bauarbeiter, irgendein Gelbhelm, nicht nur der Vogelmann; er ist jemand, dessen Namen sie sich in die Schulter stechen lassen würde oder einmal rund ums Handgelenk. Die Wut ist weg, seit eben erst, und es fühlt sich nicht an wie ein Verlust.

»Willst du mitfahren?« Das hat er sie noch nie gefragt, so weit ist er noch nicht gegangen. Er hat wohl bemerkt, dass sich gerade etwas ändert und eines der unzähligen Tabus nicht mehr existiert. Niemand beobachtet sie. Es sind nur Gelbhelme unterwegs. Da hinten Marie, aber die ist beschäftigt, auf der Treppe Milo, aber der zählt nicht. Jula nickt und er sagt: »Dann komm her.«

Sie steigt über den Schutt, klettert zu ihm auf den Sitz. Er startet den Motor, der Bagger atmet tief ein und schiebt sich polternd über die Steine. Jula klammert sich am Sitz fest und am Vogelmann. Sie muss lachen, obwohl sie nicht lachen will. Sie versucht dagegen anzukommen, stellt sich ihre Eltern vor, damals beim Einzug, ihren Großvater, wie er zum ersten Mal die Wände tapezierte, die Großmutter, die sie nur von Bildern kennt und aus Erzählungen, sie stellt sich vor, wie sie das Beet anlegte, das später zur Sandkiste für sie und Jules wurde. Jula kann nicht aufhören zu lachen, er muss sie für hysterisch halten oder verrückt oder beides. Er legt den gefiederten Arm um sie, es ist wie ein holpriger Ritt in den Sonnenuntergang. So muss es sein, genau so.

»Bringst du uns hier weg?«, fragt Jula.

»Wenn du willst«, flüstert der Vogelmann, und jetzt küssen sie sich.

Marie gräbt, es ist das tiefste Loch, das sie jemals gegraben hat. Überall sind Wurzeln und sie will auf keinen Fall etwas beschädigen, sie gräbt vorsichtig und kommt sich dabei vor wie eine Archäologin. Sie muss vierhunderzwölf Meter tief graben, das ist ihr ganz klar und das hier ist wichtiger als alles andere. Wichtiger sogar, als Clara in die Praxis zu folgen, wegen des beißenden Fuchses. Marie hat kein Maßband, aber vierhundertzwölf Meter müssen sich sehr tief anfühlen, und nachdem sie so lange gegraben hat, wie sich eine Stunde anfühlt, und ihr sehr warm geworden ist, beschließt sie, dass es genug sei. Marie nimmt das Schönste, was sie besitzt, aus ihrem Schulranzen, den hat sie bei einem Preisausschreiben gewonnen, und Clara hat gesagt: »Na, dann bist du ja jetzt ausgerüstet.« Marie hat gehofft, das würde bedeuten, sie dürfe nun endlich in die Schule gehen, aber der Ranzen ist schon mehr als zwei Jahre alt und Marie ist immer noch nicht eingeschult. Aber bald, ganz bald.

Sie steht an den Wurzeln der Linde. Der Stamm ist weg, die Künstlerin hat ihn holen lassen, Greta sagt, die habe sie nicht mehr alle. Robert sagt, die mache daraus Kunst. Marie versteht nicht, wie man aus einem toten Baum Kunst machen kann, Kunst macht man aus lebendigen Menschen, aus Maries Papa. Einmal streicht sie noch über den Schädel, gibt ihm einen Kuss und dann schickt sie ihren Wunsch an den, der dafür zuständig ist.

»Sorg für mindestens ein Wunder«, sagt Marie zum Schädel. »Wer was will, der muss Opfer bringen, sagt Mama immer, wenn sie erzählt, wie sie Ärztin geworden ist.« Marie opfert und weiß, etwas Großes wird geschehen. Sie will sich überraschen lassen, aber dass etwas passiert, ist ganz klar, das hat der Junge in der Nacht gesagt. Der Junge, der ein bisschen so aussah wie der dicke Prinz aus Maries schönstem Bilderbuch.

»Wunder, Wunder, Wunder«, flüstert sie, weil drei eine gute Zahl ist, und in Märchen funktioniert das immer. Dann schiebt Marie die Erde mit beiden Händen zurück ins Loch, das hat sie sich von den Baggern abgeschaut, wie eine dieser Maschinen kommt sie sich vor, und sie ist mindestens ebenso stark. Sie klopft die Erde fest und legt einen Stein auf die Stelle, von der aus das Wunder geschehen wird. Den Stein hat Clara ihr gegeben, der kommt vom Meer, da war Marie noch nie, aber da fahren sie hin, wenn das alles vorbei ist. »Wenn das endlich vorbei ist, Marie«, hat Clara gesagt und dass sie dann Urlaub machen, nur sie drei. Marie steht auf und klopft sich sauber, sie wird die Stelle beobachten in den nächsten Tagen, bis in den nächsten Monat, wenn das Wasser kommt.

Marie weiß mit einem Mal, dass ihr Wunder das Ende des Weltuntergangs bedeuten wird. Am liebsten würde sie es gleich ihren Eltern erzählen. Sie möchte Robert sagen, dass es nicht schlimm ist, dass er sein Team verloren hat, und Clara, dass sie sich nicht davor fürchten muss, nie wieder Fuß zu fassen. »Niemand muss Füße fassen«, sagt Marie leise. Niemand muss das und keiner braucht ein Team, wenn er jemanden hat wie Marie, niemand muss sich mehr sorgen. Marie hat alles im Griff und das Wunder wird kommen, und zwar am Tag des Untergangs, Marie wird dann unmittelbar vor Ort sein. Das muss so sein, ohne sie geht es nicht, und genau das ist das Problem der Verantwortlichen: Dass sie niemanden haben wie Marie.

Es darf nicht sein, all diese Zerstörung, all dieses Leid. Robert lässt den Arm sinken, drückt die Play-Taste des Kassettenrecorders, vom Band dröhnt die Stimme eines Verantwortlichen. Den hat Robert heimlich aufgenommen, neulich bei einer Begehung: »Man muss sich vor allem die Vorteile für die Region vor Augen führen, allein die Schaffung neuer Arbeitsplätze, der hohe Freizeitwert in einer strukturschwachen Region, ganz zu schweigen von der Möglichkeit, den Energiewandel voranzutreiben...« Robert spult weiter, er muss noch jemanden finden, der bei der Aufführung für ihn auf Play drückt. Wenn er das auch noch selbst machen soll, wird es langsam albern.

Robert verzichtet heute bei der Probe auf den gelben Helm, trägt nur das Imperatorenkostüm, es sind zu viele Busse, zu viele gucken, und die Frau da drüben, bei den Trümmern des Tore, sieht verdächtig nach Reporterin aus. Er hat in den letzten Wochen zu unterscheiden gelernt, zwischen Werbung und Vereinnahmung. Die meisten wollen aus ihm ein Objekt machen, da hätte er früher drauf kommen können, ist es aber erst gestern, beim Zusammensturz des Hauses Salamander.

Sein Team ist weg, es wird wiederkommen, so ist das nicht, Robert hat vor einiger Zeit einen Vertrag unterschrieben. Auf seiner Geschichte basiert ein Exposé, für eine Doku seiner Tragödie wurde eine Filmförderung gewährt, er ist jetzt verpflichtet, bis zum Untergang. Robert hat sich entschieden, aus dem Ganzen einen Spielfilm zu machen. Vielleicht scheitert er bei dem Versuch, sie könnten ihm auf die Schliche kommen. Robert war nie auf einer Schauspielschule, das könnte ihm nun zum Verhängnis werden. Aber versuchen will er es, das Team an der Nase herumzuführen und für seine Geschichte mehr als nur zehn Zuschauer zu finden.

Robert wird ihnen Leid geben, pures Leid, er wird sie zu Tränen rühren und er hofft, dass er selbst sich dabei nicht echt fühlen wird und betroffen. Robert will Abstand nehmen, endlich auch einmal von außen draufsehen, über den Dingen stehen und Macht haben. Das Stück führt er trotzdem auf, das ist sein Geschenk an die Verbliebenen, an sich selbst, ein letztes Mal wird er auf der Bühne stehen.

Robert spuckt auf den grauen Boden des Platzes, er geht seinen Text in Gedanken durch, markiert die Bewegungen nur, vorsichtig, die Touristen nehmen trotzdem Abstand, sie denken bestimmt, er sei verrückt. Wen soll er fragen, wegen der Einspielungen? Marie? Clara? Milo? Er will sie da nicht mit reinziehen. Nicht einmal Milo, der ihm im Grunde genommen egal ist, der aber schon so lange in seinem Augenwinkel hockt, dass er ein Teil seines Blickes geworden ist und damit ein Teil von ihm.

»Robert Schnee?« Robert kennt diese Stimme, er dreht sich um, das ist niemand, der über ihn in der Lokalzeitung gelesen hat, das ist jemand, den er gut kennt. Robert schaut zu dem kräftigen Mann hoch, der breit grinsend vor ihm steht. Der Mann hat Geheimratsecken, die unter geschickt gekämmtem Resthaar verschwinden sollen, die der hier ungebremst wehende Wind jedoch stoßweise freilegt. Der Mann trägt ein zu enges T-Shirt, und über den rechten Oberarm schleicht ein dunkelblauer Panther. Robert wirft seinen purpurnen Imperatorenmantel über die Schulter und denkt nach, der Mann steht und wartet.

»Meise!«, brüllt Robert dann. »Meise, mein Freund!«

»Alles klar?«, fragt der Mann und macht unwillkürlich einige Schritt zurück.

»Klar«, strahlt Robert, »alles klar! Meise«, lacht er, und Meise huscht ein Lächeln übers Gesicht, er wischt es weg:

»Ach das, Mensch, Robert, das ist schon eine Ewigkeit her, diese albernen Namen.«

»Du hast recht«, sagt Robert und er verkneift sich die Frage, ob Meise noch weiß, wie er Robert früher genannt hat.

»Mensch, Robert, dass du immer noch hier bist. Hätte ich nicht gedacht!« Robert nickt, er weiß nicht, ob er sich dafür entschuldigen soll. Meise wirkt belustigt, und Robert versteht nicht so ganz, was so witzig sein soll. Er ist eben noch hier. Er lebt hier. Wo sollte er sonst sein?

»Du gehörst also auch zu denen, die hier auf stur schalten? Hätte ich nicht gedacht, gerade von dir«, sagt Meise. Robert zweifelt: Ist das ein Kompliment oder eine Beleidigung? Sollen sie Bier trinken zusammen oder schnellstmöglich wieder Abschied nehmen? Da steht plötzlich sein einziger alter Kumpel vor ihm, von Robert schmerzlich vermisst zwischendurch, wenn auch niemals gesucht, und jetzt versteht er nicht einmal, wie der Kumpel was meint.

Hinter Meise taucht eine Frau auf, ihr Panther läuft über den linken Arm. Robert stellt sich unweigerlich vor, wie sie die Panther abends aneinanderreiben, bevor es zur Sache geht. Er muss einen Moment wegsehen, er wird immer noch schnell rot.

»Hallo«, sagt die Pantherfrau und reicht Robert die Hand. »Ich bin die Johanna.«

»Robert«, sagt Robert und schüttelt ihre Hand. Er mag ihren Händedruck, sie scheint eine korrekte Person zu sein. Korrekt, noch so ein Wort aus der Vergangenheit. Wie hieß Meise noch mal, um Himmels willen, wie war noch mal sein richtiger Name? Robert kann sich nicht erinnern, alles, was er mit diesem Geheimratsmann verbindet, hängt mit Meise und Kröte zusammen.

»Ich kann es einfach nicht fassen«, sagt Meise. »Dass du immer noch da bist.«

»Wo sollte ich denn hin?«, fragt Robert, und er wird langsam ungehalten, wie oft will der das noch sagen? Und wenn Meise nicht aufpasst, landet er dieses Mal in der Traufe und die ist schon länger kein zahmes Flüsschen mehr.

»Feierst du Karneval nach?«, fragt Meise und zeigt auf Roberts Kostüm.

»Ich bin Schauspieler«, sagt Robert. »Deshalb.« Meise nickt ganz ernsthaft und sieht dabei nicht Robert, sondern Johanna an.

»Schauspieler, na so was. Und was spielst du so?« Robert

hat keine Lust, dem Kerl etwas über sein Proteststück zu erzählen, er macht es sich leicht.

»Shakespeare.«

»Hört, hört«, ruft Meise theatralisch. »Darunter machen wir es wohl nicht, was?«

»Nein«, sagt Robert, »machen wir nicht.« Stumm stehen sie voreinander.

»Na, dann lasse ich euch Jungs mal für einen Moment allein, ihr habt euch bestimmt viel zu erzählen«, sagt Johanna und damit geht sie weg, und Robert hat den Impuls, ihr hinterherzulaufen, sie zu fragen, was mit Meise passiert sei, wo er abgeblieben ist, der richtige Kumpel.

»Robert, Robert«, sagt Meise.

»Was, was ist denn?«

»Nö, nichts«, sagt Meise und grinst schon wieder, und in Robert steigt die Wut auf. Er reißt sich zusammen, er presst zwischen den Zähnen hindurch:

»Na dann.«

»Gibt es hier noch irgendwo etwas zu trinken? Von der Kaschemme ist ja nicht so viel übrig geblieben, was?« Der Kerl tritt gegen das blecherne Wirtshausschild auf dem Boden, und Robert ist kurz davor, sein Schwert zu ziehen, aber das gehört Marie und ist aus Plastik.

»Was denkt ihr euch eigentlich dabei?«, fragt Meise.

»Wobei?«

»Dabei, hier einen auf Schildbürger zu machen. Ich meine, denkt ihr echt, ihr könntet hier etwas tun?«

»Nein«, sagt Robert. »Aber wir leben nun einmal hier und wir wollen hier sein, solange es geht.«

»Mann, du hättest schon vor Jahren abhauen sollen. Was ist mit deiner, wie hieß sie noch mal?«

»Clara.«

»Ja, genau. Was ist mit der?«

»Es geht ihr gut.«

»Schön.«

»Und, was machst du so?«, fragt Robert. Meise zögert einen Moment, schnippt mit den Fingern, das hat er schon damals gemacht, wenn er nicht wusste, was er sagen soll. Er hat mit den Fingern geschnippt und dann irgendeinen Rhythmus getrommelt und manchmal gesummt. Jetzt gibt es nichts mehr, worauf er trommeln könnte. Jetzt schnippt Meise nur noch.

»Tja, ich würde mal sagen, ich bin auf der anderen Seite.«

»Wie meinst du das?«

»Ich habe da oben ein paar Projekte laufen, nichts Großes. Ich baue zum Beispiel die Schule und das Ozeanum. Also, meine Firma baut das, ich segne nur die Kalkulationen ab.«

»Schön«, sagt Robert. »Ist doch gut.«

»Ja, allerdings. Des einen Freud, du weißt schon.«

»Ja, ich weiß«, sagt Robert, und warum kann Marie jetzt nicht kommen, die kommt doch sonst immer, wenn etwas oder jemand Neues auftaucht.

»Du siehst müde aus«, sagt Meise. »Irgendwie kaputt.«

»Tja«, sagt Robert. »Das ist dann wohl so.«

»Na dann«, sagt der Typ, »ich muss mal wieder.«

»Mach's gut«, sagt Robert

»Ja, du auch. Und Grüße an Clara und viel Glück mit Shakespeare, 'ne. Man sieht sich.«

»Mal sehen«, sagt Robert und der andere geht ab, hebt im Gehen das Schild des Tore vom Boden, hält es mit ausgestreckten Armen in die Höhe, er hält das staubige Ding wie den Europapokal, um es Johanna zu zeigen. Er holt sie bei der Rathaustreppe ab, wo sie neben Milo sitzt und dem Löwen, er zeigt auf das Schild, als wären beide nicht da, Löwe und Milo. Der Kerl geht, in einem Arm das Schild, den anderen um die Frau gelegt, mit ausladenden Schritten dem Parkplatz entgegen, wo wahrscheinlich sein Raumschiff steht und seine neuen Kumpel ihn grün leuchtend in ihre meterlangen Arme schließen.

»Wer war das?«, fragt Marie, endlich ist sie da und nimmt Roberts Hand.

»Irgendein Idiot«, sagt Robert.

»Heikel?«, fragt Marie. Robert nickt.

»Wo ist denn dein Schädel?«, fragt er.

»Unterwegs«, sagt Marie und Robert findet, dass sie traurig klingt.

»Fliegen?«, fragt Robert und Marie nickt, und dann wirft Robert Marie eine Runde durch die Luft.

»Höher!«, ruft Marie. »Höher!« Und Robert wirft sie so hoch er kann und für ein, zwei Sekunden aus der Welt hinaus.

Eleni
Ein paar Tage

Sie können die Tage zählen, nie die Nächte, die sind nur dunkle Verbindungsstücke, randvoll mit Alpträumen und einem schwammigen Wissen, das zwischen Dämmern und Wachsein allmählich verloren geht. Es sind Nächte, die immer kürzer werden, bis zum Untergang bleibt nicht mehr viel Zeit.

Morgen findet das Fest statt, zum Jubiläum, zum Abschied. Und: Es ist tatsächlich noch einmal Sommer geworden. Eleni hat Blumen gepflanzt, schon im April, und die blühen jetzt, im Juni. Die Stimmung hat sich verändert, sie ändert sich täglich, jeder Tag bringt ein neues Verschwinden.

Die Reste des Hauses zum Beispiel, die sind weg, aber im Rathaus fühlen sie sich daheim. Dass Jeremias nicht bei ihnen ist, ist eine der neuen Gewohnheiten. Heute Morgen wurde das Haus der Schnees umgeworfen, mit dem Schutt sind sie noch beschäftigt, das dauert immer ein paar Stunden, für den Schutt brauchen sie am längsten. »Schutt«, murmelt Eleni. »SchuttSchuttSchutt.« Es hört sich an wie ein seltsamer Dialekt, wie etwas aus einer anderen Welt. Schutt hört sich so fremdkörperlich an, so, als hätte das nichts mit ihnen zu tun. Eleni freut sich, dass Clara und Robert nun auch hier sind, dass mit Marie jemand einzieht, dem der Kummer noch nicht alles zuschnürt. Sie sind zu zehnt, neunt oder acht, je nachdem, ob man David mitzählt, oben in seinem leeren Zimmer, und Milo, von dem Marie manchmal spricht und der dort draußen auf der weißen Treppe sitzen soll. Eleni zählt alle mit, also zehn. Man muss sich an dem freuen, was noch da ist, und dass alle unter einem Dach leben können, ohne viel Geschrei und ohne Streit, das hätte sie nicht erwartet.

Vielleicht liegt es daran, dass sie alle sehr ruhig geworden sind. Wenn man sie so am Tisch sitzen sehen würde, als Außenstehender, dann könnte man sie für Gespenster halten. Sie leben in einer Zwischenwelt, niemand protestiert noch ernsthaft. Sie warten und planen das letzte Sommerfest, das ein Jahrhundertfest ist, und wenn es klopft, wird Eleni aufmachen, Wacho geht nicht mehr zur Tür. Er fürchtet sich vor der kalten Diele und vor der leergeräumten Außenwelt.

Greta steigt den Turm hinauf, sie klettert mit knackenden Gelenken. Es knirscht wie nie zuvor, die Jahre singen Greta ein Lied. Heute ist der Tag der Turmbesteigung, das erste Mal überhaupt ist es kein erster April, und die Sonne beleuchtet Gretas Aufstieg mit einer Kraft, als wüsste sie, dass es sich um ein ganz besonderes Schauspiel handelt.

Die Übriggebliebenen haben sich darauf geeinigt, das Kreuz nicht mitzunehmen in ihr neues Zuhause. Das Kreuz soll fallen, wenn der Turm einstürzt. Aber vorher: Einmal noch die Würde wahren, einmal noch erweist Greta ihrem Vater, ihrem Großvater und Urgroßvater die Ehre, einmal noch erklimmt das letzte Mitglied der Familie den Turm, um das Kreuz zu polieren, bis es glänzt im Sonnenschein, ausnahmsweise nicht im blauweißen April. Greta ignoriert die Schmerzen im Rücken, in den Knien, im Kopf, die sie daran erinnern, dass sie nicht mehr siebzehn ist. Sie fürchtet sich nicht vor der Gefahr, abzustürzen, im Gegenteil: Eigentlich wäre das ein praktischer Zufall. Aber andererseits möchte sie niemandem Alpträume bereiten, sie will mit ihrem Tod so wenig Platz wie möglich einnehmen.

Greta drückt in der linken Tasche das Poliertuch, in der rechten steckt die kleine hellgrüne Flasche, in die freie Hand bohrt sich der schmale Henkel des Wassereimers. Greta greift nach dem wackligen Geländer, das hat Ernst für sie angebracht, gleich nachdem er die erste Turmbesteigung sah. Als Greta damals wieder hinabstieg, war Ernst so bleich wie der Marmor des Grabsteins, auf den er sich stützte. »Nie wieder«, hat Ernst gesagt. »Nie wieder, Greta, steigst du mir da hinauf.« Natürlich hat er sie im nächsten Jahr doch auf den Turm gelassen. Aber vorher hat er das Geländer angebracht, eigenhändig und trotz seiner Höhenangst.

Greta erreicht die winzige Plattform, der Wind weht hier kräftiger als unten auf dem Friedhof. Sie wringt den Lappen aus, zunächst muss sie das Kreuz putzen, erst dann wird poliert. Von hier oben kann sie Ernsts Grab erkennen. Morgen muss sie es tun, und zwar in der Nacht, wenn das letzte Fest gefeiert ist, dann wird es für sie höchste Zeit, sich auf den Weg zu ihm zu machen. In den vergangenen Wochen hat sie gründlich recherchiert, bei der Kirchenbehörde hat sie nachgefragt und bei der Friedhofsverwaltung, sie hat die Versatzstücke zusammengefügt. Sie weiß jetzt, wann die Betonmischer kommen und ihre Decke über die Gräber gießen, nach dem Beton kommt dann nur noch das Wasser.

Greta angelt die Poliercreme aus ihrer Schürzentasche, zum Polieren zieht sie sich immer die alte Schürze an, jedes Jahr wickelt sie sich das Tuch um den Kopf. Greta wird heute polieren, bis das Kreuz die Anreisenden auf der Landstraße blendet. Greta drückt die Creme auf den Lappen, sie mag den Geruch, sie atmet tief ein. Mit einer Hand hält sie sich an dem eisernen Griff fest, den ihr Vater angebracht hat, als er das Amt übernahm. Dann beginnt Greta zu putzen, fast frei in der Luft hängend, bringt sie das Kreuz zum Leuchten. Unten, winzig klein von hier, rücken die Bagger an.

Greta hat das Formular im grauen Umschlag nicht ausgefüllt. Es gibt Gerüchte darüber, wer von den Vorgegangenen sich seine Toten nachliefern lässt, tatsächlich wissen werden sie es erst, wenn die Gräber ausgehoben sind, das wird hinter einer blickdichten Plane geschehen, niemand soll sich erschrecken. Greta erschrickt aber jetzt schon bei dem Gedanken daran, dass ihre alten Bekannten wieder ans Tageslicht gelangen, dass Luise, Hermine und der stolze Karl zurückkommen könnten, von denen sie sich seinerzeit und einer nach dem anderen auf ewig verabschiedet und um die sie schon genug getrauert hat. Um Luise, Hermine, Karl und die überbordenden Buffets. Greta fühlt sich bestätigt in der Entscheidung, zu Ernst zu gehen. Bald zu gehen, wird ihr nicht schwerfallen, sie sorgt sich nur um die anderen. Wenn sie gemeinsam um Wachos Küchentisch sitzen, merkt sie ihnen an, dass einiges nicht stimmt. Greta will nicht mehr miterleben müssen, was noch geschieht, wie einige von ihnen in sich zusammenstürzen, beim Anblick des großen Wassers.

Morgen Nacht also, da wird sie sich auf den Weg machen, sie wird das alte Motorrad aus Wachos schiefer Garage holen, sie wird schieben, solange sie noch im Ort ist und dann wird sie fahren, sie wird Gas geben. Greta wird bald da sein, wo sie eigentlich sein soll und will, bei Ernst. Das Kreuz glänzt im Sonnenschein, und Greta macht sich an den Abstieg.

Das Team kommt immer noch hierher, aber es ist nicht länger Roberts Team, sie haben kein gemeinsames »Projekt« mehr. Spätestens bei der Sprengung des Schneehauses hat auch der Letzte von ihnen verstanden, dass da etwas nicht passt. Robert ist zu nah dran am Geschehen, um sie wirklich zu unterstützen.

Als das Haus fiel, heute Morgen, stand das Filmteam ganz vorn, sie haben darauf verzichtet, mit ihm zu sprechen, aber die Kameras waren auf ihn gerichtet zwischendurch, Robert hat sich die ganze Zeit bemüht, sich neutral zu geben, aber ein neutraler Gesichtsausdruck kann mit der richtigen Musik unterlegt schnell betroffen wirken, wenn nicht sogar traumatisiert, sie sind Profis. Für sie will Robert keine Rolle mehr spielen, nach ein paar Minuten Neutralität dreht er sich weg und geht zu seiner Familie. Clara und Marie sitzen im verwilderten Garten des Rathauses. Marie lässt ein Wassereis zwischen ihren Fingern schmilzen, Eleni hat ihr Saft eingefroren in einer kleinen Tüte. Marie isst das Zeug nicht, aber sie mag, wie es klebt.

»Na ihr zwei«, sagt Robert.

»Na du einer«, sagen die zwei, weil sich das so gehört.

»Keine Sorge, Papa«, sagt Marie. »Es geht gut aus, aber dafür muss ich da sein bis zum Schluss.«

»Aber selbstverständlich«, sagt Robert. »Wir drei bleiben bis zum bitteren Ende.« Er setzt sich zu ihnen auf die schwarz gesprenkelten Plastikstühle, er merkt zu spät, dass seinem Stuhl ein Bein fehlt. Sie lachen zu hören, tut gut.

Clara hat gestern die Praxis geräumt, irgendwann demnächst wird das kleine Gebäude abgerissen. Seit Clara nach dem letzten Abschließen den Schlüssel in die Traufe geworfen hat, ist sie ungewohnt gut gelaunt.

»Das wird schon«, prustet Clara und: »Ich fange an, mich auf ein ganz neues Leben mit ganz neuen Dingen zu freuen.« Robert stimmt ihr zu und sie sind sich so dermaßen einig, dass sie nicht bemerken, wie sich Maries Blick verfinstert.

»Guck mal, der Fuchs fletscht die Zähne«, sagt Marie, aber ihre Eltern gucken nicht mal hin, ihre Eltern lachen sich schlapp und Marie geht weg. Sie weiß nicht, was daran so lustig sein soll.

Die Verantwortlichen wollen das Jahrhundertfest unterstützen, für morgen bringen sie Würstchen, Bier und eine Hüpfburg.

»Für die Kleinen«, sagt einer von ihnen.

»Welche Kleinen?«, fragt Eleni, und der Verantwortliche zeigt auf Marie, die sich gerade auf den Rücken des kopflosen

Löwen setzt und dabei zu der Stelle hinübersieht, an der eben noch ihr Haus gestanden hat.

»Wir haben nur noch Marie, für Marie allein brauchen wir keine Hüpfburg, wie sieht das denn bitte schön aus, ein einsam springendes Kind?«, fragt Eleni. Aber der Verantwortliche besteht auf der Hüpfburg, und was sich da aus dem Plastik erhebt, ist keine Burg, sondern ein Schloss mit rosafarbenen Türmen, mit einem einhörnigen Pony und einer Prinzessin, die ihr Haar an der Mauer hinunterfließen lässt.

»Sieh mal, Kleine«, sagt der Verantwortliche und läuft auf Marie zu, die würdigt die Burg keines Blickes. »Sieh mal, wie schön.«

»Ich versteh das nicht«, sagt Marie. »Warum schenken Sie uns ein Schloss?«

»Das ist nur geliehen«, sagt der Verantwortliche, »nur für morgen, fürs Fest.«

»Ach so«, sagt Marie und läuft zurück ins Rathaus.

Eleni betrachtet das Schloss, die Würstchenbude, das Bierzelt, und es geht ihr ähnlich wie Marie, auch sie ist verwundert. Tatsächlich scheinen die Verantwortlichen diese bunte Welt als Ersatz zu begreifen. Was noch seltsamer ist: Eleni fühlt sich tatsächlich entschädigt durch die Grillwürstchen und das frisch gezapfte Bier und durch das Hüpfschloss, einzig und allein für Marie. Vielleicht reicht das schon, denkt sie.

Sie hat von einem Leben in der Großstadt geträumt und später von einem Haus am Meer und einem Studio. Lange wollte sie Fotografin werden, das könnte sie jetzt nachholen, das kann man immer. Aber das wäre, als würde sie sich mit über vierzig plötzlich die Haare blond färben. Das würde ihr niemand mehr glauben. Eleni ist und bleibt Bäckerin, das hat sie gelernt, das hat ihr Vater ihr beigebracht und das lehrt sie ihre Tochter. Eleni wird dort oben wieder Bäckerin sein, die Bäckerei steht schon, sie plant dazu ein kleines Café, so richtig zum Sitzen und mit Porzellantassen statt Pappbechern. Eleni kann sich vorstellen, sich abzufinden mit der ganzen Sache, mit Jeremias für alle Zeit und mit der Gefahr, dass die Zwillinge gehen könnten, um in der großen Stadt zu leben oder am Meer. Sie selbst wird auf einen See blicken, immerhin. Ein See, das ist doch schon mal was, das ist doch fast wie das Meer, nur fühlt es sich nicht ganz so endgültig an. Ein See kann bei Trockenheit verschwinden, und aus irgendeinem Grund beruhigt Eleni diese Möglichkeit. Nichts daran ist endgültig, auch wenn sie sich gegen ihr Kind auf dem Friedhof entscheiden, wenn es für alle Zeit ihr Geheimnis bleiben sollte.

»Mama?«, fragt Jules, und Eleni schreckt auf, sie fühlt sich verschlafen und einen Moment weiß sie nicht mehr, wo sie sich befindet. Eleni ist im Hüpfschloss, sie liegt neben dem Pony, sie weiß nicht, wie sie hier gelandet ist.

»Was machst du?«, fragt Jules.

»Keine Ahnung«, sagt Eleni, und Jules lässt sich neben sie fallen. Eine Weile liegen sie nur und sprechen kein Wort. Eleni spürt seinen Arm warm an ihrem, sie überlegt, ob sie vielleicht jetzt all die Fragen loswird, die sie sich abends stellt, wenn es dunkel ist und sie allein, wenn die Gedanken so schwermütig kriechen, wie es tagsüber im Sommerflutlicht unmöglich ist.

»Wahrscheinlich ist alles gar nicht so schlimm«, sagt Jules leise, seine Stimme ist tiefer, als sie sie in Erinnerung hat.

»Wahrscheinlich nicht«, sagt Eleni und nimmt seine Hand, die ist kalt und trocken, er drückt sie sehr fest, er hat Kraft.

»Du spielst wieder Saxophon«, sagt Eleni.

»Ja.«

»Lass uns feiern. Lass uns morgen ein Fest feiern, Jules.«

Als Eleni sich aufsetzt, merkt sie, dass Jules weg ist, keine Ahnung wie lange schon, und auf einmal zweifelt sie daran, dass er überhaupt da war. Neben ihr liegt ein brüchiger Umschlag, ein grauer Brief, unversehrt und ungeöffnet. Eleni steckt ihn in die Hosentasche, so hastig, als wäre es verboten, derartige Post zu bekommen. Sie hat auf diesen Brief gewartet.

Seit Wochen denkt sie die meiste Zeit an die Entscheidung, die sie treffen muss, falls der Brief doch noch kommt. Jetzt wünscht sie sich, Jules hätte ihn weiter für sich behalten. Eleni steht auf, sie ist allein, kein Besucher, kein Bus, keiner der anderen ist noch da, und Eleni zögert nicht mehr, klettert auf das Luftpolster, steckt ihr Hemd fest in die Hose, richtet sich wacklig auf und beginnt zu springen, sie hatte es vergessen, das Gefühl, das das Springen im Bauch verursacht.

Die Küche, der Tisch, drei Teller, ein frisch gebackenes Brot, das Fotoalbum, die Seiten mit Gelbstich und einem säuerlichen Geruch, ein Rest kalter Tee und Wacho, der alles im Blick hat, seit mindestens zehn Minuten sitzt er regungslos, lauscht ins Haus hinein, fragt sich, ob noch jemand da ist. Er könnte aufstehen, die Jacke anziehen und die schweren Schuhe, er kann sich nicht daran erinnern, wann er das letzte Mal Schuhe getragen hat, seit Tagen, Wochen vielleicht läuft er auf Socken, fehlt ihm ein Grund, das Haus zu verlassen. Am Fenster fliegt Eleni vorbei, mit einem breiten Grinsen im Gesicht. Wacho muss lächeln, ganz kurz nur. Selbst das ist ihm lange nicht geglückt, bis genau jetzt: eine zufrieden fliegende Eleni ist ein guter Grund für ein Lächeln.

Wacho greift sich das Album, gestern ist er bis zu Davids viertem Geburtstag vorgestoßen. Heute will er es bis zum sechsten schaffen, danach endet die Dokumentation der Familie Wacholder. David jedenfalls, David mit vier, vor ihm ein Kuchen, die Kerzen brennen, gleich wird David sie auspusten. Wacho denkt an die Geschichte vom Piraten, vom Piraten hat er David damals noch nichts erzählt, das war vor dem ersten Verschwinden vollkommen unnötig. Er könnte die Treppe hochgehen und nach David sehen, ihn fragen, ob er noch eine Geschichte hören möchte. Er hat ihm lange nichts erzählt, seit Davids Geburtstag nicht mehr. Das könnte Wacho, das kann er nicht. Die Treppe hinaufgehen gehört zu den Dingen, die Wacho inzwischen unmöglich erscheinen. Er kann nicht zu David gehen, nicht das Haus verlassen, nicht seine Schuhe anziehen und nicht den Tisch abräumen. Aber eine Möglichkeit gibt es, eine Sache kann geschehen, wird geschehen, muss: Anna wird wiederkommen zu ihm, noch bevor das Wasser da ist, wird sie die Tür aufschließen, den Schlüssel hat sie mitgenommen, das ist einer der Gründe zu hoffen, und sie wird in die Diele treten und dann zu ihm, an seinen Stammplatz in der Küche. Wacho wird aufstehen, er wird sagen: »Was für ein Zufall, gerade habe ich durch die Bilder geblättert und dabei auch ein bisschen an dich gedacht.« Anna wird lächeln, sie wird auf ihn zugehen und er auf sie und dann wird er sie wieder bei sich haben und alles wird gut. Alles und für immer.

Sie treffen sich jetzt regelmäßig, sie haben Rituale entwickelt, sie wissen, woran sie sind beim anderen. Alles läuft routiniert, aber abseits der plattgewalzten Pfade. Mit Julas Gelbhelm läuft alles in Richtung Zukunft, während der Rest der Welt auf sein Ende zutreibt. Seit der Sommer in aller Konsequenz da ist, seit von morgens bis abends die Sonne scheint, ist es einfacher geworden, zusammen zu sein und an nichts anderes zu denken als an genau das.

Sie treffen sich am Ortsrand, noch hinter der Stelle, an der einmal Milos und Davids Haus fest auf dem Boden stand, da gibt es zwei große Steine und dahinter finden sie Schutz. Jula nimmt die Picknickdecke mit, die sie im Rathaus gefunden hat. Die Decke lag im Keller auf einem Stapel Sommerzeug. Jula hat sich nichts gedacht dabei und sie fühlt sich nicht schlecht, und Wacho oder David planen bestimmt kein Picknick. Auf dem Rückweg ans Tageslicht hat Jula das Porträt entdeckt, oder vielleicht war es andersherum, vielleicht hat das Porträt Jula zuerst gesehen. Es wirkt alt und vergessen, an einigen Stellen ist die dicke Ölfarbe aufgeplatzt, aber der Kerl hat sie angesehen, als hätte er etwas mit alldem hier zu tun, als ginge ihn das was an. Der Blick hat sie eingeschüchtert, ihr Plan kam ihr mit einem Mal albern vor. Jula hat sich beeilt, wieder nach draußen zu kommen, zu ihrem sonnenverbrannten Vogelmann, mit dem alles so schrecklich schön ist und normal.

Heute Abend kommt er zu spät, das passt nicht in ihr Konzept der Sicherheitszone.

»Unten spielen sie verrückt«, sagt der Vogelmann. Jula küsst ihn zur Begrüßung, fährt ihm über die Federn, durchs Haar, übers Gesicht, sie mag seine Nase, seinen Mund, seine Augen, sie mag alles an ihm, mittlerweile sogar den Helm. Sie liegen nebeneinander, vor einiger Zeit wären über ihnen noch die Baumkronen gewesen, die haben sie noch getrennt erlebt.

»Warum spielen sie verrückt?«, fragt Jula, die sich immer noch vorstellen kann, dass alles abgeblasen wird und auf Anfang zurückgespult irgendwie. Es muss doch möglich sein, die Frage ist nur, ob das noch irgendwer will.

»Wegen des Festes, sie wissen nicht, ob sie erwünscht sind.«

»Ganz bestimmt nicht«, sagt Jula. »Wer sollte sie dabeihaben wollen?«

»Die Firma«, sagt er. »Die sponsert ja alles, und die meinen wohl auch, dass das gut sei für die Kommunikation. Frag mich nicht, wie die sich das vorstellen.«

»Gehst du hin?«, fragt Jula.

»Soll ich?«

»Ich nehme dich mit.« Bestimmt grinst er jetzt und will sich das eigentlich verkneifen, damit sie nicht merkt, wie sehr es ihn freut. Jula bekommt es kurz mit der Angst zu tun, das Angebot ist ihr so rausgerutscht, eigentlich glaubt sie nicht, dass es eine gute Idee ist, ihn mitzunehmen.

Eleni kann nicht mehr, für heute reicht es mit dem Springen, vielleicht ist es sogar für immer genug. Auf wackligen Beinen geht sie über den Platz zum Rathaus. Im Vorbeigehen legt sie die Hand in Milos Haar, es ist ganz warm von der Sonne. Eleni macht das heute zum ersten Mal. Sie nimmt Milo erst jetzt wahr, lange nachdem David und die anderen ihn entdeckt haben. Erst mit dem grauen Brief in der Tasche spielt er für sie eine Rolle.

»Morgen wird gefeiert«, sagt Eleni, aber Milo antwortet ihr nicht, damit hat sie auch nicht gerechnet. »Und danach fahren wir weg, dann ist es genug mit der Grabesstimmung. Das Kind wäre jetzt in deinem Alter«, sagt Eleni. »Wahrscheinlich würde es genauso aussehen wie du.«

»Mit wem redest du?«, fragt Jula, die plötzlich hinter Eleni steht, sie hat eine Picknickdecke unterm Arm und einen feinen Zweig im Haar. Obwohl es hier bestimmt keine Verstecke mehr gibt, hat Eleni das Gefühl, nur noch plötzlich und unvermittelt angesprochen zu werden, sie sieht Dinge und Menschen nicht mehr auf sich zukommen.

»Alles klar?« Eleni nickt, strahlt ihre Tochter an, die strahlt zurück. »Was ist denn mit dir passiert?«, fragt Jula.

»Mir geht es gut«, sagt Eleni. »Und dir? Du siehst zufrieden aus.« Jula nickt. »Komm mal her«, sagt Eleni und Jula kommt tatsächlich zu ihr, lässt sich umarmen, aber nur kurz, dann tritt sie zurück. Jula riecht nach Zigarettenrauch.

»Wann geht das Fest los?«, fragt sie.

»Um elf. Aber dann spricht erst einer von den Verantwortlichen. Da musst du nicht hin.«

»Vielleicht komme ich trotzdem«, sagt Jula. »Vielleicht bringe ich noch jemanden mit.« Eleni will fragen, wen Jula mitbringt, verkneift es sich aber.

»Schön«, sagt sie. »Ich freu' mich. Du musst das Hüpfschloss ausprobieren, das tut gut.«

»Vielleicht«, sagt Jula und dann geht sie ins Haus und Eleni auch. Hinter ihnen wabert der Tag seinem Ende entgegen, treffen sich Hell und Dunkel erst um Mitternacht. Das Damals schwappt zurück in den Ort und Erinnerungen türmen sich auf zu Gespenstern.

Um kurz nach zwölf steht Eleni am Fenster, sie sieht in Richtung des bloßgelegten Friedhofs und überlegt, wie sie das Formular ausfüllen soll, wo sie ihr Kreuz macht. Morgen endet die Antragsfrist, bis dann muss sie sich entscheiden, aber sie weiß es nicht, sie weiß es einfach nicht. Viel zu schnell ist das Fluggefühl verschwunden, der Körper ist längst wieder schwer. Sie will sich nicht trennen und sie kann es nicht mitnehmen, ihr anderes Kind, ihr stilles.

Eleni weiß nicht, ob Greta ihren Ernst mitnehmen will. Das Fest, denkt Eleni, das Fest. Das Kind, denkt sie, *mein* Kind. Fest und Kind und die Zwillinge und Greta ohne Ernst und Davids unterdrücktes Wimmern und Wachos verdammte einsame Wut und Marie, die den Schädel irgendwo verloren haben muss. Marie spricht nicht mehr über den Schädel, sie folgt ihren eigenen Wegen, aber morgen werden sie alle noch einmal zusammen sein, sie werden den Untergang feiern und das Verschwinden aller Geheimnisse, die unter dem Weltgeschehen begraben werden. Morgen entscheidet sie sich, noch morgen, bevor das Fest vorbei ist, bevor die Ämter schließen. Nur noch ein paar Stunden, noch ein letztes Stück Sommer.

»Ernst«, sagt Greta klar und deutlich. »Ernst, in weniger als einem Tag bin ich da.« Ernst sagt nichts, Ernst ist tot, aber er freut sich schon. Greta streicht über den Grabstein, er ist sehr kalt. Sie geht den Kiesweg hinunter, erkennt die Spuren der Bagger, der Schubkarren. Die Gelbhelme zerren die alten Rosenbüsche aus der Erde, die sollen irgendwo am See Teil eines Erinnerungshains werden. Greta blickt hinauf zum Kreuz. Fledermäuse drehen dort ihre Runden, um die wird sich auch irgendein Gelbhelm kümmern. Es wird sich um alles gekümmert und um jeden, das ist gut, das ist beruhigend, das Wissen stellt ihr den Freifahrtschein aus, den Passierschein für die unsichtbare Grenze.

Greta hat vor lauter Erleichterung ein Hochgefühl, Greta springt, sie fühlt Ernst neben sich, den jungen Ernst, so oft in letzter Zeit besucht er sie, ihr Ernst mit dem kohlrabenschwarzen Haar. Gemeinsam gehen sie jetzt den Weg hinunter und sie kann seine Hand nicht nehmen, sie weiß, er ist nur eine Idee, aber das reicht vollkommen, bis morgen.

»Ernstchen«, sagt Greta, sie sagt es nicht laut, sie spricht mit ihm in Gedanken, nur mit dem Grab spricht sie laut, und er folgt ihr bis zum Friedhofstor. »Kommst du noch mit?«, fragt Greta ihn dort, er schüttelt den Kopf. Allein geht sie die Straße hinab, tritt auf die Reste des Hauptplatzes, läuft am Stumpf der Linde vorbei, aus dem wachsen neue Äste, durch die Blätter fällt der Mond, das Blattwerk ist vergoldet, na klar. Greta gerät in Versuchung, eines der Blätter abzupflücken, aber dann hält sie inne. Was soll sie mit dem Blatt, sie kann es ohnehin nicht mitnehmen, sie braucht nichts mehr. Greta streicht Milo über den Kopf, er und sie allein auf der Treppe, er und sie zwischen den Welten.

»Wer bist du?«, fragt Greta. Milo zieht die Schultern hoch, seine Augen sind gelb, vielleicht ist es das Licht, vielleicht aber auch nicht. »Du bist noch mehr, du bist auch noch andere, das verstehe ich jetzt.« Milo leuchtet wie die Blätter am Baumstumpf. Vielleicht macht auch das der Mond. Milo erinnert Greta so dermaßen an Ernst, dass sie ihn am liebsten küssen würde. Es hat etwas mit einem Mangel zu tun, weiß Greta, Milo verkörpert das Vermissen.

»Was sollen wir mit David machen?«, fragt sie. Milo könnte auch eine Art Orakel sein, aber Milo spricht nicht und gibt keine Zeichen. »Worauf wartest du?«, fragt Greta und: »Was soll ich tun, wegen Ernst, wegen des Motorrads? Du weißt doch, was ich vorhabe, das weißt du doch, nicht wahr?« Milo sagt nichts, mit seinem glasklaren Blick sieht er durch Greta hindurch, die ist enttäuscht, selbst Milo hat keine Antworten.

Ihr letzter Tag, der Tag des Festes, Stunden, in denen noch einmal der Ort im Mittelpunkt steht, das nächste Mal wird das am Tag der Flutung der Fall sein. Schon morgens gegen neun rücken die ersten Reisebusse an, aus irgendeinem Grund fühlt sich die Außenwelt eingeladen. Eleni hat sich mutig und allein den Fahlen genähert, sie ist nun eine der internen Verantwortlichen, sie hat die Gespräche geführt, hat dafür gesorgt, dass das Fest nicht vergessen wird, der letzte Geburtstag, der seit Jahren immer wieder Gesprächsthema war, im Tore, das Tore ist weg. Eleni hat überlegt, ob sie die ehemaligen Bewohner ausdrücklich einladen soll, aber sie hat sich dagegen entschieden. Jeder einzelne von ihnen sollte wissen, dass heute das Jahrhundertfest stattfindet, und wer es vergisst, der hat schon alles vergessen, das Tore, das Fest, den Ort.

Auf dem Parkplatz wird gehupt, einer der Gelbhelme übernimmt den Parkdienst, winkt die Reisebusse und Familienautos in die Lücken, er muss achtgeben, nicht überrollt zu werden. Die meisten Besucher fahren so rabiat, als wären sie hier nicht nur in der zeitlosen, sondern auch in der gesetzlosen Zone. Eleni mag die Besucher nicht besonders, aber sie hat sich vorgenommen, heute für einen Tag nett zu ihnen zu sein, sich fröhlich und unbeschwert zu geben und später auf möglichst wenigen Fotos aufzutauchen. Wenn sie das schafft, dann wird das Fest ein Erfolg. Und Wacho herauslocken, das ist noch so ein Ziel, das ist eigentlich das größte Vorhaben des Tages. Eleni hat sich geschworen, Wacho aus seiner Gedenkküche heraus und ans Licht zu befördern.

Auf dem Hauptplatz stehen die Buden, das Hüpfschloss, auf dem Plastik fallen ihr lehmige Spuren auf, heute Nacht muss jemand gesprungen sein, der es geschafft hat, in dieser Trockenheit eine matschige Stelle zu finden. Aus dem Rathaus kommen Greta, Clara und Robert, alle in bester Kleidung. Auch Eleni hat sich schick gemacht, seit Jahren hat sie kein Kleid mehr getragen, erst heute wieder, das sommergelbe, das ihr Jeremias in einem Urlaub geschenkt hat und für das er im Austauch von ihr einen goldgriffigen Spazierstock bekommen hat. Marie sitzt neben Milo, geistesabwesend streichelt sie den kopflosen Löwen. Sie bleibt auch sitzen, als ihre Eltern auf Eleni zugehen. Robert breitet die Arme weit aus, als wären sie einander lange nicht begegnet, als hätten sie nicht schon schweigend nebeneinander beim Frühstück gehockt.

»Eleni«, sagt Robert, »wie schön.«

»Ja«, sagt Eleni und: »Das Fest.« Clara nickt stumm, dafür mehrfach.

»Wir sind schon ganz aufgeregt«, sagt Robert.

»Du«, sagt Clara. »Du bist aufgeregt und nicht erst seit heute, sondern seit etwa sechs Monaten.«

»Da hast du recht«, lacht Robert. »Ich dreh' total durch.« Nach einer Pause lachen alle drei schallend, Jula legt ihren gelangweilten Blick ab und gesellt sich zu ihnen.

»Was ist denn so lustig?«, fragt sie.

»Das Leben«, ruft Robert, und Clara ermahnt ihn lächelnd, nicht so grundsätzlich zu sein.

»Das ist übertrieben«, lacht Clara.

»Warte, bis du mein Stück siehst«, sagt Robert.

»Mama«, sagt Jula. »Ich muss dir gleich mal jemanden vorstellen.« Eleni will sie fragen, wo Jules ist, aber Jula ist schon wieder unterwegs, sie geht den aufgewühlten Weg entlang auf die Baustelle zu, Eleni schaut ihr besorgt hinterher.

»Aber keinen Blödsinn machen.«

»Und wo findet das Fest nun statt?«, fragt Clara. Noch gibt es kein Bier, keine Musik, nur Besucher, unter ihnen immer noch keiner der Ehemaligen. Eleni hofft auf Jeremias, sie würde gern mit ihm tanzen, nachher bei Sonnenuntergang und mit Blick auf die Linde, deren Stumpf heute in voller Blüte steht.

»Ich mach mal die Musik an«, sagt Clara, küsst Robert und läuft zur Anlage hinüber.

»Das ist es jetzt also«, sagt Robert zu Eleni.

»Das ist unser Fest«, sagt Eleni und: »Heute denken wir nicht an den Untergang, das lassen wir mal.« Robert schüttelt den Kopf und wickelt seine Hände ineinander:

»Na ja, es kommt ja gleich noch mein Stück.«

»Dein Proteststück«, sagt Eleni und Robert nickt müde.

»Ich weiß«, sagt er. »Das kommt wohl ein bisschen zu spät.«

»Ich bin jedenfalls gespannt«, sagt Eleni und folgt Clara zum Zelt. Bevor sie Wacho rausholt, muss alles in Gang sein. Er soll aus dem Jahrhundertfest kein Trauerspiel machen. Sie hofft, dass David in seinem Zimmer bleibt, Davids Anblick wäre für alle zu viel. Eleni drückt den orangefarbenen Knopf, den Clara vergessen hat, vom Generator her fließt Strom in die Anlage. »Weißt du noch«, brüllt Clara gegen die Musik an. »Weißt du noch, wie das war?«

»Mach mal ein bisschen leiser«, brüllt Eleni. Clara tut so, als würde sie Eleni nicht hören, und daran erinnert Eleni sich jetzt, wie Clara niemals das tut, was sie soll, wie Clara immer meint, die Königin zu sein. Eleni seufzt und dreht die Lautstärke selbst runter. Sie kümmert sich um die Würstchen und lässt Clara hinter ihrem Rücken Grimassen schneiden. Es ist normal und gewöhnlich und ein bisschen albern in ihrem Alter, aber es ist auch beruhigend, normal ist gut.

Martin Wacholder amtiert nicht mehr. Ein Bürgermeister verpasst kein Jahrhundertfest, ein Bürgermeister fürchtet sich nicht vor dem eigenen Ort, auch nicht, wenn der nur noch ein Trümmerfeld ist. Wacho steht vor Davids Tür, er steht hier jeden Tag, aber heute ist es anders. Wacho möchte David fragen, ob er mit ihm rausgeht, ihn zum Fest begleitet. Er weiß nicht, was passiert, wenn er David sieht, ob er sich wird kontrollieren können, wenn ihn die Wut wieder packt, wenn er sich erinnert, wie David heimlich verschwinden wollte im Rahmen der Sprengung. Wacho klopft nicht, er reißt die Tür abrupt auf, er will im Zimmer jemanden erwischen.

»David!«, brüllt Wacho. Er brüllt nicht, weil er zornig ist, sondern aus Reflex, erschreckt von der eigenen Courage und Eile, seit Wochen war Wacho nicht mehr so schnell. Seine Stimme klingt blechern und wie immer zu laut. Das Zimmer ist leer.

»David«, sagt Wacho schroff. »David, komm raus.« Er weiß nicht, wo David rauskommen soll, im Zimmer ist nichts außer der Matratze und einer Decke. Der Bezug hat ein Strandmotiv und liegt unter der Heizung, aber da hat sich kein Mensch eingewickelt, auch keiner, der lange nichts mehr gegessen hat. »David«, sagt Wacho. »David?«

Er ist weg, irgendwie hat er es geschafft zu verschwinden. »Ich hasse dich«, stößt Wacho hervor. »Ich hasse euch beide. Ja, ihr könnt mich mal, auf euch warte ich nicht mehr.«

Wacho steht noch ein paar Minuten in der Mitte des Raums, auf dem Boden liegt ein Stofffetzen. Wacho hebt ihn auf, es gibt kein Entkommen ohne Trauer. Dann geht er hinaus, sanft schließt er die Tür hinter sich. Ein weiteres Zimmer, das verschlossen gehört, eine weitere Gruft inmitten des Hauses. Wacho überkommt die Erkenntnis, dass das alles bald weg sein wird, wie eine Erlösung. Sie werden tun, was er nicht tun kann, sie werden das Haus dem Erdboden gleichmachen. Sie sorgen dafür, dass der Schmerz nachlässt.

Wacho schleppt sich die Treppe hinunter, von der Kühlschranktür reißt er die Zeichnungen, die vielleicht Menschen beim Pokerspiel zeigen oder auch Spinnen, die über Glatteis schlittern. Er presst die Zeichnungen zu Kugeln, er zerfleddert sie mit den Zähnen, schluckt Papier, tritt gegen den Kühlschrank, so dass die restlichen Magnete hinabfallen und wie tote Käfer auf dem Boden liegen. Wacho packt das Fotoalbum, von dem Geruch wird ihm schlecht wie von der Vergangenheit, die ihn aus den Bildern heraus verhöhnt. Wacho zieht die schweren Schuhe an, die zu dicke Jacke, tritt durchs Zitronengelb und öffnet die Tür.

»Wo ist das Fest«, donnert Wacho in die Gesichter der entsetzten Touristen. »Jetzt wird gefeiert«, brüllt er.

Oben im Zimmer lehnt David, totenstill, an der Wand hinter der Tür. Er ist noch da, aber nun wird er gehasst. Er rappelt sich auf, stützt sich dabei mit dem gesunden Arm ab, der andere hängt seit Wochen in einer Schlinge, die er sich aus dem Bettlaken gerissen hat. Er schafft es nicht, den Arm anzusehen, er traut sich einfach nicht. David geht zum Fenster, sieht hinaus auf das Fest, sieht Wacho, der dort unten begrüßt wird von Eleni und von Greta. Die beiden nehmen Wacho in ihre Mitte und führen ihn zum Bierstand. Vielleicht ist das tatsächlich eine vorübergehende Lösung, vielleicht ist das eine Möglichkeit, Wacho die Wut vergessen zu lassen. David hebt die Hand, Marie hat ihn gesehen, er legt den Finger an die trockenen Lippen. Marie nickt, sie wird ihn nicht verraten. Sie zeigt auf den blühenden Baumstumpf. David tritt vom Fenster weg und legt sich zurück auf die Matratze und starrt an die Decke. So hat er die letzten Wochen verbracht. David hat sich eine eigene Welt erfunden, die Wirklichkeit braucht er nicht mehr, er braucht nur den kleinen Stofffetzen aus Tibet, den braucht er zum Hinauskatapultieren, Tibet, Marokko, Grönland, Peru und Indien und nach London, denkt David. London ist ihm selbst eingefallen. David tastet und findet ihn nicht, er kriecht auf den Knien durch den fast leeren Raum. Er kann ihn nicht finden, der Stofffetzen ist weg.

//Rede des Verantwortlichen um 11:07 Uhr//
Es freut uns, und ich spreche hier im Namen aller Beteiligten, es freut uns, dass Sie gekommen sind, um dem Ort an

seinem Geburtstag die letzte Ehre zu erweisen. Der Ort ist sehr alt, und jeder muss einmal gehen, wenn seine Zeit gekommen ist, und so auch er. Sicherlich mischt sich für einige von Ihnen in die Vorfreude auf ein rauschendes Fest ein klein wenig Melancholie. Das ist gut, das macht nichts. Ich spreche nicht für mich, ich spreche für die Firma und das Land, wir sind sehr betroffen und gleichzeitig sind wir sehr froh. Das Projekt ist wichtig, es hat lange gedauert, bis alle Instanzen dies eingesehen haben, aber nun ist es so weit, seit einem halben Jahr bauen wir, und um auf den Ort zurückzukommen: Es geht weiter. Schauen Sie, dort drüben steht unser Modell. [Alle Blicke wenden sich zum Modell, ein paar der Besucher fotografieren.] Ja, so sieht es hier bald aus, glauben Sie es nur, ist das nicht großartig? Der Abbruch bedeutet kein Ende, er bedeutet für alle einen Neuanfang, und bestimmt übertreibe ich nicht, wenn ich sage, dass es ein guter ist. Denn wir streben nach Verbesserungen, und ich sage Ihnen, wir streben nicht nur, wir werden auch fündig. [Vereinzelt klatschen die Besucher, die Übriggebliebenen blicken zu Boden, Greta sieht in die Luft, Jules neben ihr schaut zum Staudamm hinüber.] Alt ist der Ort und müde, es wird Zeit, dass sich hier etwas entwickelt. Heute feiern wir den Abschied von der Vergangenheit, von allem, was nicht mehr dem Standard entspricht, denn die Zukunft ist da. Ich danke Ihnen, ich danke unserem Bürgermeister Martin Wacholder [Wacho wird von ihm Unbekannten beklatscht, man nickt ihm zu, er schließt die Augen, gibt sich unsichtbar] und ich danke allen Bewohnern, dass sie uns geholfen haben und immer noch helfen, die Maßnahmen so schnell wie nur möglich und ohne unnötige Unterbrechungen über die Bühne zu bringen. Und ich würde mich freuen, wenn von Ihnen bald ein paar Namensvorschläge für die neue Heimat kämen. Wer sonst hat schon diese außerordentliche

Chance, seinem Zuhause einen Namen zu geben? In wenigen Tagen ist es so weit, nehmen Sie Abschied, machen Sie einen Neuanfang. Heute aber feiern wir, der Firma sei Dank, die Burg ist von uns und das Bier und die Würstchen. Seien Sie unsere Gäste. Das Fest ist hiermit eröffnet. Ich bedanke mich, vielen Dank. [Ein stolzer Blick in die Runde, ein peinlicher Moment der Stille, ein einsames Klatschen.]

Zum ersten Höhepunkt kommt es um dreizehn Uhr, da tritt Marie auf die Bühne und kündigt das Stück an.

»Jetzt kommt ein Proteststück«, sagt sie und: »Von und mit Robert Schnee. Sie müssen sich alle hinsetzen und leise sein.« Die Besucher sind begeistert und entzückt, Marie springt von der kleinen Empore, setzt sich in die erste Reihe neben ihre Mutter und auf das Reserviert-Schild. Clara hält auf ihrem Schoß den Kassettenrecorder, sie wird die Knöpfe drücken für die Einspielungen. Neben ihr sitzt Wacho und neben dem der Verantwortliche, der die Rede gehalten hat und seitdem nicht mehr von Wachos Seite weicht. Der Verantwortliche zückt sein Bier und fordert Wacho auf, mit ihm anzustoßen:

»Da wollen wir mal hoffen, dass der Mann sich benimmt«, sagt der Verantwortliche und seine Stimme klingt ausgeleiert. Wacho stößt an und nickt, es fällt ihm schwer, sich auf das Gesagte zu konzentrieren. Es fällt ihm auch schwer, die Bühne zu fokussieren. Wacho strengt sich an, David zu vergessen und den Verrat. Das verlangt ihm seine gesamte Aufmerksamkeit ab.

Neben Wacho drückt Clara auf Play. Der Kameramann beginnt zu filmen, das Team fiebert mit Robert, obwohl sie sich projektmäßig von ihm getrennt haben und sie sich einig sind, dass sein Proteststück in ihrer Dokumentation nur eine sehr untergeordnete Rolle spielen wird. »Zu künstlich«, hat der

Regisseur beim Feierabendbier rund um den Lindenstumpf gesagt und die anderen haben sofort verstanden, was er damit meint.

»Der Ort«, sagt Roberts Stimme vom Band.

»Jetzt geht es los«, sagt der Verantwortliche, aus den hinteren Reihen ertönt Applaus, vom Band Musik, die Akustikversion eines Liedes vom Untergang. Robert geht davon aus, dass es jeder kennt. Er hat es auf der Gitarre selbst eingespielt und in Moll gesetzt, wegen der Rechte und zum Ankurbeln der Melancholie. Robert steht hinter dem weißen Bettlaken, auf dem in Stichworten die Geschichte des Ortes flimmert:

erste Siedler – Gründung – Bürgermeister – Krieg –
Frieden – Kirche – steigende Geburtenrate –
Bürgermeister – Pflanzung der Linde – Krieg –
Frieden – Bürgermeister – Besetzung –
Widerstand – Tod – Bürgermeister – Frieden –
Bürgermeister – immer noch Frieden –
erste Abbruchspläne – gute Jahre – Staumauer –
Auslöschung des Ortes

Robert schwitzt in seinem Imperatorenkostüm, er sammelt Kraft und Konzentration. Auf diesen Moment hat er hingearbeitet, es darf nichts schiefgehen, er steht das letzte Mal auf einer Bühne. Robert spuckt sich selbst dreimal über die Schulter, klopft auf das Holz des letzten Wirtshaustisches. Dann tritt er nach vorn, jetzt kommt sein Monolog. Toi, toi, toi, flüstert Robert in Gedanken.

Über das Laken fließt nun ein Film, Jules, der den Bagger kapert, der unfreiwillig gegen die alte Linde kämpft, und Robert spricht im Nero-Kostüm:

»Wie kann ein Ort sterben, wo werden Erinnerungen gelagert, wenn nicht im unbewussten Gedächtnis eines zerkratzten Fußbodens, einer ausgetretenen Treppe, eines eingeritzten Namens: Hier war ich. Hier bin ich. Hier bleibe ich. Wo aber bleibt ein sterbender Ort, wenn seine Idee in den Bewohnern liegt und diese fortziehen und neu anfangen und vergessen? Was bleibt? Nur ein Früher-war-alles-besser oder ein Weißt-du-noch oder ein Ich-erinnere-mich-nicht-mehr?

Das ist dann der Tod. Das haben Menschen und Orte gemeinsam, das eine auf jeden Fall, dass ihre Unsterblichkeit in der Erinnerung liegt, dass sie verenden, wenn niemand mehr von ihnen spricht, nachdem sie begraben wurden, unter der Erde, in einem See. Sentimental und rückwärtsgewandt, ur-unflexibles Wesen, so ein Ort, so ein Gebäude, das nicht lebt, das nur ist und dann nicht mehr.

Nur du, mit deinem Kopf voller Träume und dem Wissen über ein Es-war-einmal. So fangen sie immer an, die Geschichten vom Tod. In deinem Kopf leben sie alle weiter im Jetzt, da kann man dir noch so oft erzählen, dass alles vorbei ist.

Du weigerst dich, und vielleicht denkst du, sie werden es dir danken. Aber so traurig das auch ist: Sie waren schon, sie sind nichts mehr, sie danken dir nichts –«

Robert verstummt. Er sieht sein Publikum an, taucht durch die dünne Wand, die zwischen seinem Stück und der Wirklichkeit liegt. Er kommt im Jetzt an und begegnet stumpfen Blicken, gähnenden Mündern, entdeckt ein paar leere Plätze in der letzten Reihe, die einzige Aufmerksamkeit das rot blinkende Lämpchen der Kamera, und Robert weiß seinen Text nicht mehr, das ist ihm noch nie passiert.

»Papa«, flüstert Marie, »einfach weitermachen«, und: »Schande«, flüstert sie, immer wieder »Schande«, und der Verantwortliche beugt sich zu Wacho und fragt, ob das souffliierende Kind dazugehört, ob das irgendein Stilmittel sei, aber Wacho kann sich nicht konzentrieren, er versteht nicht, was der Verantwortliche wissen will, Wacho sagt »Jaja«, weil das meistens passt.

»Mach weiter«, ruft Marie, sie steht jetzt dicht vor der Bühne. Aber Robert kann das nicht, einfach weitermachen. Er hängt in einer Endlosschleife fest, ihm fällt nur ein Satz ein, und der steht nicht im Text.

»Das wird nichts mehr«, flüstert der Regisseur dem Kameramann zu.

»Letzter Vorhang gerissen«, flüstert der zurück.

»Merk dir den, aber wir finden da bestimmt einen noch knackigeren Titel«, sagt der Regisseur.

Auf der Bühne steht Robert und sieht erst sein Publikum an, dann nur noch Marie. Es werden Fotos gemacht, für die Presse.

»Ich gebe auf«, sagt Robert, springt von der Bühne, umarmt Marie kurz und fest und verschwindet dann durchs Publikum, in der vorletzten Reihe klatscht eine Reisegruppe, in der ersten der Verantwortliche.

»Hört, hört!«, ruft er. »Hört, hört!«

Die Stimmung bei den Bewohnern ist getrübt, Robert wurde seit seinem Abgang nicht mehr gesehen, es ist nicht einfach, sich hier in Luft aufzulösen, und Clara und Marie verstehen: Robert hat den Ort verlassen. Clara hat versucht, ihn zu erreichen, vom Dach des Rathauses aus, aber selbst dort gab es heute keinen Empfang.

»Wir beide wissen, wo wir ihn finden, Marie. Er wird oben auf uns warten«, sagt Clara und drückt ihre Tochter. Marie nickt, biegt den Kopf von Claras Bauch weg und schaut zur Landstraße hinüber. Sie wäre ihm ohnehin nicht hinterhergelaufen, selbst wenn Clara sie nicht festgehalten hätte. Marie darf ihrem Vater nicht folgen. Sie hat versprochen da zu sein, und zwar bis zum Schluss und egal, was getan wird, um sie in Sicherheit zu bringen. Marie hat es dem Jungen versprochen und dem Schädel, der seit Wochen unter der Erde liegt.

»Mach dir keine Sorgen«, sagt Greta und tritt neben Marie, die vor einem Zigarettenstummel kniet.

»Noch warm«, sagt Marie leise.

»Fass das nicht an«, sagt Clara und zieht Marie hoch, sie ist nicht gut im Trösten, sie weiß nicht, was sie sagen soll, Clara versteht selbst nicht, was da eben passiert ist.

»Entweder dein Papa kommt heute zurück«, sagt Greta, »oder er ist schon oben und bereitet dort alles für euch vor. Auf jeden Fall würde er nicht einfach verschwinden. Wahrscheinlich hat er dein Zimmer schon tapeziert, wenn du ankommst.«

»Wer weiß«, sagt Wacho. »Wer weiß schon, wozu manche Leute fähig sind. Manche verschwinden einfach so, kein Schuldgefühl, nichts.«

»Aber nicht Robert«, sagt Eleni und wirft Wacho einen mahnenden Blick zu: Nicht vor dem Kind, solche Sätze sagt man nicht vor einem Kind wie Marie und auch sonst vor keinem Menschen, an dem einem etwas liegt.

»Er hat sich so gefreut«, flüstert Marie. »Er hat doch so lange geprobt und extra die Musik aufgenommen.« Greta nickt Clara zu, die nicht weiß, was sie tun soll, und dann setzt sie sich mit Marie auf den wackligen Eingang zum Hüpfschloss.

»Manchmal, Marie«, sagt Greta, »manchmal freuen wir uns auf etwas, und wenn es dann endlich da ist, stimmt es nicht mehr.«

»Wie kann denn etwas nicht mehr stimmen?«, fragt Marie, und Greta sieht, dass sie das wirklich nicht versteht.

»Manchmal passt sich eine Idee nicht dem Moment an. Dann ist die Idee zuerst da, und wenn der Moment kommt, merkt man plötzlich, dass sie nicht mehr zusammenpassen, Moment und Idee.«

»Oder Mensch und Mensch«, sagt Eleni. »Das kann auch mit Menschen passieren.« Greta steht auf, ihre Beine sind wacklig vom Luftkissensitzen.

»Warte kurz«, sagt sie zu Marie, und die nickt. Greta nimmt Eleni beiseite, zieht Wacho am Ärmel: »Ich fände es gut, wenn ihr eure Probleme nicht zu denen des Kindes machen würdet.« Sie schiebt die beiden in Richtung Bierzelt und setzt sich wieder zu Marie: »Wo waren wir stehen geblieben?«

»Bei der Angst«, sagt Marie. »Du hast gesagt, dass vielleicht irgendwann gar nichts mehr zu gar nichts passt.«

»Ach, Kindchen«, sagt Greta leise, sagt sie traurig und enttäuscht. Sie hatte gehofft, dass es ihnen nie gelingen würde, Marie zu erden, dass das Kind in seiner egozentrischen Welt bleiben dürfe, in der nichts geschieht, was Marie nicht gefällt.

»Mach dir keine Sorgen«, sagt Greta und drückt Marie an sich. Die muss grinsen, trotz der Tränen, die sich im Hals stauen wie das Wasser an der großen Mauer, sie wird heute oft gedrückt, vielleicht ist sie so etwas wie ein Sorgenableiter geworden, so etwas wie Milo.

»Du auch nicht«, sagt Marie.

»Was?«, fragt Greta.

»Mach du dir auch keine Sorgen.«

»Nie«, sagt Greta, dann steht sie auf, zieht die Schuhe aus und steckt ihre Bluse im Rock fest. »Wollen wir ein bisschen springen?«

»Eigentlich geh ich da nicht drauf, das ist von den Verantwortlichen«, sagt Marie.

»Gerade dann«, sagt Greta. »Du solltest alles tun, was du willst. Du solltest ihr schlechtes Gewissen ausnutzen. Wenn du Lust hast zu springen, dann spring, wenn nicht, lass es und iss ein kostenloses Würstchen oder besser noch zwei. Es wird nicht lange dauern, Marie, bis sie uns vergessen haben und jedes Schuldgefühl. So lange musst du es nutzen, verstanden?« Greta klettert ins Hüpfschloss und springt.

»Komm her!«, ruft sie. »Das ist wunderbar!« Marie streift ihre Turnschuhe ab, stellt sie ordentlich vor das Schloss, wirft noch einen letzten Blick in Richtung Landstraße, grinst demonstrativ unbesorgt ihrer Mutter zu und springt dann zu Greta, bei jedem Sprung stößt sie sich so fest sie kann vom

Gummiboden ab. Sie wird es nutzen, das schlechte Gewissen, auch wenn das nicht reicht.

»Die sind hier völlig verrückt«, sagt einer der Besucher und beißt in sein Bockwurstbrötchen. »Aber Lust zu hüpfen hätte ich auch.«

»Lass mal«, sagt einer seiner Freunde. »Lass das mal denen, die brauchen das jetzt.« Der Besucher zeigt seinem Freund einen Vogel, verzichtet aber aufs Hüpfen im Schloss. Stattdessen holt er sich noch eine dieser großartigen Würste mit extra viel Senf.

»Gut, dass wir noch hergefahren sind«, sagt er und seine Freunde nicken. Einer von ihnen ist Hobbyfotograf, der hat alles im Blick. Zum Beispiel macht er ein Bild von der springenden Alten und dem Kind und freut sich über die metaphorische Spannweite zwischen den beiden.

»Sie sind irgendwie ein Symbol für das alles«, sagt der Fotograf und sieht seine Freunde bedeutungsvoll an. »Spürt ihr das?« Alle nicken. Sie sind dabei, hier wird Geschichte geschrieben, hier gibt es einen Umbruch im übersichtlichen Kleinformat.

»Das ist groß«, sagt der Fotograf und nimmt sich vor, das Bild einzuschicken zu einem Wettbewerb.

Hinten beim Bierzelt dreht Clara die Musik wieder lauter, sie beginnt zu tanzen, um kurz vor vier, dabei war das erst für den Einbruch der Dunkelheit geplant. Clara tanzt zu wilder Musik quer über den Platz, tanzt um den blühenden Stumpf der Linde und um das Bierzelt herum, an der Stelle vorbei, an der einmal das Tore stand, und um das frühere Fundament des Hauses Salamander. Clara stößt Menschen an, schubst im Tanz ein paar Neugierige in Richtung der Baustelle und einen Gelbhelm zurück auf den Parkplatz. Niemand greift ein, keiner versucht sie aufzuhalten und keiner rät ihr, sich Marie zuliebe zusammenzureißen.

»Manchmal muss Tanzen sein«, sagt Eleni zu Wacho, und

der nickt, als wüsste er das. Clara bleibt erst stehen, als Jula mit dem Vogelmann auf den Hauptplatz tritt, der heute ein Festplatz ist.

Jula beachtet Clara nicht, die ist ihr egal, wichtig ist ihre Mutter, ist Jules, der ist nicht hier, aber da drüben neben Wacho steht Eleni, und zu der zieht sie ihn jetzt, ihren ersten richtigen Freund, soll Clara doch gucken. Jula beißt sich auf die Unterlippe, das hat sie vom Vogelmann, der beißt sich auch, oder von Jules.

»Wir können das auch lassen«, sagt er. »Du musst mich nicht vorstellen, ist doch egal. Wir hauen einfach ab, und dann hat mich nie jemand mit dir in Zusammenhang gebracht, und keiner weiß was von mir, und deine Leute sind dir nicht böse.«

»Meine Leute?«, fragt Jula, er nickt und Jula bleibt stehen, hält ihn fest. Er hat recht: Sie gucken alle, und auch Eleni hat sie entdeckt. Es fühlt sich nicht gut an, sich selbst zu verbannen, und verbannen werden sie Jula, und zwar nicht nur von hier, sondern auch aus dem neuen Ort. Julas Verrat wird der schlimmste sein. Man wird über sie sprechen, darüber reden, dass sie zuerst eine riesengroße Klappe gehabt hat und dann dem erstbesten Gelbhelm um den Hals gefallen ist. Er war nicht der erstbeste, der Vogelmann ist der beste, aber das weiß niemand außer ihr.

Bald sind sie ohnehin weg. Sie kann dafür sorgen, in guter Erinnerung zu bleiben, sie kann Eleni die Verteidigung ersparen. Wie dramatisch ist das alles im Moment? Jula steckt sich eine Zigarette an, er streckt die Hand aus, er will wohl auch, aber sie tut so, als würde sie das nicht merken.

»Jula«, sagt er und streicht mit dem Zeigefinger über ihre Wange. Sie stößt ihn weg, ein Reflex, sie hat nicht nachgedacht. Ihr linker Arm hat entschieden, wie das Ganze auszugehen hat.

»Okay«, sagt er. »Dann geh ich mal.« Er dreht sich um und geht in Richtung Parkplatz, da steht sein alter Wagen, sie ist noch nie mitgefahren, sie wollte erst einsteigen, wenn das hier alles vorbei wäre. Jula blickt Eleni entgegen, die jetzt vor ihr steht mit einem Bier in der Rechten und einem Rotwein in der Linken.

»Wein oder Bier?«, fragt Eleni.

»Beides«, sagt Jula und Eleni gibt ihr den Wein.

»Wer war denn das?«, fragt sie.

»So ein Typ«, sagt Jula. Was soll sie auch sagen, ihre Mutter weiß es ja eh.

»Er sah nett aus«, sagt Eleni und sieht ihm nach, wie er da wahrscheinlich gerade in sein Auto steigt und Probleme beim Ausparken hat. Jula beobachtet, wie ihre Mutter guckt, sie guckt normal, sie scheint nicht wütend zu sein, nicht entsetzt oder enttäuscht. Sie guckt wie eine Mutter, die den ersten richtigen Freund ihrer Tochter inspiziert.

»Bring ihn mal mit«, sagt Eleni. »Wenn wir oben sind, wird es einfacher.« Jula macht eine vage Bewegung mit dem Kopf, mit den Schultern.

»Mal sehen.«

»Ich würde mich freuen«, sagt Eleni, und langsam wird es überdeutlich, was sie Jula mitteilen möchte. Eleni will eine gute Mutter sein, oder vielleicht, denkt Jula, ist es für sie tatsächlich in Ordnung, ihre Tochter mit diesem Mann von der Gegenseite. Vielleicht hat Eleni sogar die Seiten gewechselt, oder sie sitzt bequem in der Mitte, ruft in beide Richtungen: »Mir doch egal.« Jula wird nicht schlau aus ihrer Gelassenheit. Erst als sie Jules auf der weißen Treppe entdeckt, wird ihr klar, dass es gar nicht um Eleni geht. Ihre Angst dreht sich um Jules, er ist es, der sie vernichten kann mit nur einem abschätzigen Blick.

»Du solltest mit ihm reden«, sagt Eleni und streicht Jula über den Arm, die tritt einen Schritt zurück, sie will nicht berührt werden, sie hat ihm das verwehrt, jetzt kann sie Eleni nicht lassen. »Wahrscheinlich ist er ein bisschen eifersüchtig, aber früher oder später wird er es verstehen«, sagt Eleni und ist immer noch schrecklich unbekümmert angesichts dieses allumfassenden Weltuntergangs. Es könnte das Bier sein oder die Musik, Jula erkennt ihre Mutter nicht wieder. »Geh zu ihm«, sagt Eleni. »Oder ich hole ihn her.«

»Nein!«, ruft Jula und: »Halt dich da raus.«

»Ich habe mich genug rausgehalten«, sagt Eleni und tanzt quer über den Platz auf Jules zu, der ist kurz davor, aufzuspringen und wegzulaufen, das sieht Jula genau, aber Eleni nicht, die bekommt anscheinend gar nichts mehr mit.

»Jules, mein Schatz«, flötet Eleni, eine dieser Säuselmütter war sie nie, und jetzt das und dieses seltsame Bestehen auf Austausch und Nähe und dieses leuchtend gelbe Kleid. Jula versteht nichts mehr und sie hat keine Ahnung, was sie tun soll, darum bleibt sie stehen. Eleni packt Jules am Arm und zieht ihn von der Treppe weg. Jula bildet sich ein, Milo hätte sich kurz gerührt, in dem Moment, in dem Jules den Kontakt zur Treppe verlor, aber da kann sie sich täuschen, bestimmt täuscht sie sich. Jules und Eleni kommen auf sie zu.

»Sprecht euch aus«, sagt Eleni und stellt Jules vor Jula ab. Sie betrachtet die Zwillinge, sie hat sie lange nicht mehr nebeneinander gesehen, sie nutzt die Gelegenheit für einen Vergleich. Immer noch sind beide sehr schön, auf eine übertriebene, auf eine merkwürdige Art. Aber Jules wirkt jünger als seine Schwester, das liegt nicht nur an dem einen Zentimeter Größenunterschied und der Minute, die Jula früher da war als er. Das liegt wohl vor allem daran, dass Jula ein ganzes Stück weiter ist mit dem Leben und Jules immer noch hier festhängt und in der Geschichte, die sich in einem abgerissenen Haus abspielt und einem Radius von allerhöchstens tausendzweihundert Metern.

»Dann lasse ich euch mal allein«, sagt Eleni und dann geht sie. Und da stehen sie nun, die Salamander-Zwillinge, und beiden wäre es lieber, sie wären woanders.

»Du hast mich angelogen. Er ist dein Freund«, sagt Jules. Jula nickt. »Werdet ihr weggehen?«, fragt er, und sie nickt erneut. »In Ordnung«, sagt Jules und drückt etwas in seiner Tasche, er drückt ihren Plan. Jula kennt ihren Bruder noch, er verändert sich nicht, aber er wird ihr von Tag zu Tag unähnlicher.

»Es tut mir leid«, sagt Jula und sie lügt. Es tut ihr weniger leid als jemals zuvor.

»Kann sein«, sagt Jules. »Aber was sollen wir machen, so ist es nun mal.« Jula nickt, sie will ihre Hand nach ihm ausstrecken, lässt es dann aber.

Irgendwie war er ihr immer zu nah, wenn sie vor Jules stand, dann war es, als stünde sie vor einem alten Spiegel, sie sah ihn nur verzerrt, sie sah niemals richtig hin, weil sie dachte, er sei wie sie und sie sei wie er. Aber so war es nicht, niemals, und jetzt sieht sie ihn plötzlich, versteht, dass er fern ist und fremd. Da ist nur noch ein kleiner Bruder mit absurden Ideen in den Augen und einem gesenkten Kinn. Jula klammert den Blick an die alte Narbe, da hat sie ihn früher mit der Schere verletzt beim Musketierspielen, David hat auf sie aufgepasst an dem Tag und die Schere zu spät entdeckt, Jula hat lauter geheult als Jules, immer schon: zu viel Nähe und ein Leben als Teil eines großen Gemeinsam. Sie hat immer gedacht, eine Trennung von ihm würde ihr Ende bedeuten. Dass sie umfallen würde, weil ihr nur ein Bein bliebe, nur ein Ohr und kein Gleichgewichtssinn. Sie steht noch, sie hat sich getrennt, und sie steht noch.

»Komm mal her«, sagt sie, auch wenn das nicht zu der Trennung passt. Jules zögert, er versucht ja, wütend zu sein. Es gelingt ihm nicht, er hat sie zu sehr vermisst in den letzten Wochen, in denen er immer nur ahnte, wo sie umherstrich, und selbst zu stolz war, ihr nachzuspionieren. Jules macht einen kleinen Schritt auf sie zu, Jula spürt seinen Atem. Alle gucken, natürlich gucken sie her. Jula mit Jules, so dicht beieinander, das ist einen Blick wert. Von ihrer Zigarette ist nur noch ein Stummel übrig, Jula zieht daran, drückt ihn Jules an die Lippen, er zieht, die Zigarette verglüht und Jules hustet.

»Was ist?«, fragt er leise. Er weiß wirklich nicht, was sie nun tun wird, er kann sich nicht mehr in sie hineindenken.

»Noch näher«, sagt Jula und: »ganz nah.« Ihre Nasen berühren sich, die Umwelt wittert einen Skandal und die Bestätigung dessen, was sie schon lange vermuten, und da haben sie es.

Jemand sagt »O Gott«. Ein anderer macht ein Foto, in diesen letzten Tagen hat immer irgendwer eine Kamera griffbereit, kein Moment vollzieht sich unbeobachtet und schon gar nicht auf einem solchen endzeitlichen Fest. Die Welt ist angekommen, die interessierte Außenwelt möchte den Untergang dokumentieren, dieses Bild wird seine Runde unter Unbekannten machen, draußen im Netz. Sie küssen sich, der Junge und das Mädchen, das heißt, Jula küsst Jules. Das geht nicht, das geht so nicht, selbstverständlich ist das nicht legal, es sieht aus wie das Vexierbild mit dem Brunnen und den zwei Gesichtern, und Clara macht einen Schritt auf die Zwillinge zu. Sie will etwas sagen, sagt dann aber nichts, sie kommt diesem Tag nicht mehr hinterher. Clara hält den Mund und senkt den Blick, all die Bewohner stehen wie auf einer Beerdigung. In ein paar Tagen werden sie sich erinnern und verstehen, dass es tatsächlich eine Art Beerdigung war, eine vorweggenommene in Anwesenheit des Verstorbenen. Aber jetzt noch nicht, jetzt ist das Geschehen nur ein Schatten, gegen den Strich gebürstet und gegen die Zeit. Der Kuss dauert einmal Hüpfen von Greta und zweimal Hüpfen von Marie, der Kuss dauert einen kräftigen Schluck Bier von Eleni, und Wacho verschluckt sich in dieser Zeit, der Kuss dauert ein Blinzeln von Milo, er dauert so lange, wie der kopflose Löwe gähnt, einen Schlag gegen die Wand lang oben in Davids Zimmer, der Kuss dauert so lange, wie die Zwillinge noch beieinander sind, einmal sind sie noch eins. Dann tritt Jules zurück, er ist verwirrt, als wäre er gerade aufgewacht. Er fragt trotzdem nicht nach, was das eben war.

»Es tut mir leid«, sagt sie und: »Dass es so ist.« Jules nickt, er steckt die Hand zurück in die Tasche, drückt wieder den Plan.

»Lass es«, sagt Jula leise. »Vergiss, was ich gesagt habe, Jules. Das ist lange her, seitdem ist alles anders und ich glaube, man kann sich abfinden damit.« Sie sieht ihn prüfend an, sucht nach Abweichungen, die ihr Sorgen machen sollten. Sie findet nichts. »Gut«, sagt sie. »Dann ist gut.« Jules nickt, dann geht er wieder in Richtung der Treppe und ins Haus hinein. Sie wundert sich nicht, aber sie hat gehofft, er würde mitfeiern und dass sie sich einen Abend lang wie normale Achtzehnjährige benehmen könnten, viel zu viel trinken würden und Erinnerungsfotos machen, auf denen von beiden nur der Haaransatz zu erkennen wäre und das große Stück Himmel darüber später der Raum für die großartigsten Erinnerungen. Kein Foto, kein Bier, kein Tanz heute Nacht, zumindest nicht mit Jules. Jula schnappt sich Marie, die mit einem Mal ganz dicht neben ihr steht.

»Marie, willst du tanzen?«, fragt Jula und Marie strahlt. Jula tanzt mit Marie zu Musik, die sie nicht kennen, die aber laut und kräftig genug ist, um sie beide aufzufangen.

»Ich mag Feste«, sagt Marie. »Und Hüpfschlösser.«

»Ich auch«, sagt Jula, und es stimmt, sie mag dieses Fest und sie freut sich auf sein Ende, wenn alles hinter ihnen liegt.

Das Fest ist ein voller Erfolg, das Geld soll dem Denkmal zugutekommen, das die ehemals ortsansässige Künstlerin aus dem Holz der Linde schnitzen wird. Den Stamm hat sie schon, jetzt müssen sie die Frau auch noch über Wasser halten, bis die das Kunstwerk für sie vollendet hat.

»Leute, trinkt und esst für die Erinnerungskultur«, grölt der Verantwortliche, der sich rote Wangen und eine abendglühende Nase angefeiert hat. Die Zeit ist vergangen, wie hier jeder Tag vergeht, seit der Ort keine Grenzen mehr hat: Jemand hat die Stunden wegradiert, und nun hocken sie da in den lauwarmen Resten des Tages herum, morgen ist es erst nach dem Aufstehen, sie ahnen die Dämmerung, die bereits hinten am Staudamm lungert.

Robert ist nicht zurückgekommen, aber er hat Clara angerufen, wahrscheinlich während die wild tanzte, sie hat eine Nachricht von ihm auf der Mailbox, die sie seit Stunden versucht abzuhören. Clara hat Marie mehrmals versichert, dass Robert auf sie wartet im neuen Haus, dass sein Abgang keine feige Flucht war, sondern eine weise Entscheidung. Keiner der anderen widerspricht ihr. Jetzt schläft Marie auf Claras Schoß, Clara lehnt an Gretas Schulter, Greta hält Elenis Hand und Eleni sieht Wacho nicht an, der neben ihr sitzt und mit dem Bein wippt.

»Na gut«, sagt Eleni. »Das war doch ganz schön.« Die anderen nicken. »Was machen wir jetzt«, fragt sie. »Wer hat Lust, mit mir baden zu gehen?«

»Bist du verrückt«, sagt Clara und steht vorsichtig auf. »Ich geh doch jetzt nicht schwimmen. Wenn ich jetzt schwimmen gehe, steht das morgen in der Zeitung, und zwar mit der Bildunterschrift *Selbstmordversuch*.«

»Sollen wir trinken auf diese beschissene Erinnerungskultur?«, ruft Clara. »Sollen wir uns den etwa zurücksaufen, diesen beknackten Baumstamm? Jeden getürmten Feigling?« Clara wird laut, und Marie windet sich in den Armen ihrer Mutter, Clara reißt sich zusammen.

»Schlaf, Marie«, sagt sie sanft, während sie den Verantwortlichen ins Visier nimmt.

»Der Stamm wird Ihnen helfen«, sagt der Verantwortliche leise und überaus rücksichtsvoll, vermutlich hat er selbst Kinder, und man muss es ihm lassen, er ist immer noch hier, auch nachdem seine Kollegen verschwunden sind und niemand mehr da ist, der ihm beistehen könnte, im Falle eines Angriffs der Einheimischen.

»Später hilft es sehr, wenn man etwas hat, das man ansehen und an das man sich erinnern kann. Genauso wie der Name für den neuen Ort, Sie sollten das Angebot annehmen, auch das hilft«, flüstert er.

»Wie wäre es, wenn Sie uns diesen Ort gelassen hätten«, zischt Clara.

»Das stand nie zur Debatte und war leider nicht möglich«, sagt der Verantwortliche und greift sich das letzte Würstchen vom lange erkalteten Grill. »Möchte noch wer?«, fragt er und hält das Würstchen in die Luft.

»Nein danke«, sagt Greta stellvertretend für alle.

»Dann geh ich mal«, zischt Clara und drückt das, was sie von Gretas Hand erwischt. »Gute Nacht, ihr Lieben, macht nicht zu lang.« Sie lächelt alle an außer den Verantwortlichen, den selbstverständlich nicht.

»Clara«, sagt Eleni. »Wie lange bleibt ihr noch, du und Marie?« Clara hält inne.

»Kommt darauf an«, sagt sie dann, aber sie sagt nicht worauf, und niemand fragt nach, und sie geht mit Marie in Richtung Rathaus. Das wird in einer Woche abgerissen, und zwar dieses Mal definitiv, sein Abriss wird das Signal sein, das alle zur endgültigen Abreise auffordert.

Sie sitzen eine Weile schweigend, die Musik ist aus, die Lichterketten leuchten noch.

»Na ja«, sagt Wacho und: »Da sitzen wir nun. Übrigens: David ist weg.« Eleni und Greta sagen dazu nichts, verbuchen es als eine von Wachos Halluzinationen, der Verantwortliche rührt sich, er gehört zu den letzten Pfadfindern am Feuer, er fühlt sich zugehörig genug, um eine Frage zu stellen:

»Wer ist David?«

»Sein Sohn«, sagt Greta. »Nur sein Sohn.« Wacho nickt und muss mit einem Mal grinsen.

»Alles in Ordnung?«, fragt der Verantwortliche. Man stellt seltsame Fragen dieser Tage, und weder Eleni noch Greta, noch Wacho antworten darauf. »Wo ist er denn hin?«, fragt er. »Sollen wir jemanden verständigen, der ihn sucht.«

»Nicht nötig«, sagt Eleni und wartet auf das nächste Warum, aber das kommt nicht, der Verantwortliche ist auf seinem buntgestreiften Campingsessel zusammengesunken, er schläft. »Wir könnten ihn kidnappen und irgendwen erpressen«, sagt Eleni. »Er ist immerhin der Chef des Ganzen.«

»Mein Sohn«, sagt Wacho.

»Das wissen wir doch«, sagt Greta zu Wacho und zu Eleni: »Nein, das können wir nicht. Vergiss das bitte sofort wieder und versprich mir, dass du auf solche Ideen nicht mehr kommst.« Eleni nickt brav, Gretas Bitte hat etwas sehr Grundsätzliches, sie wagt nicht zu widersprechen, obwohl ihr der Gedanke gefällt, den Oberverantwortlichen in den Keller des Rathauses zu sperren und für einen Skandal zu sorgen. In letzter Sekunde könnte es noch einmal richtig unbequem werden. Warum nur kann sie sich nicht entscheiden, fragt sich Eleni. Warum hat sie in einem Moment das Gefühl, alles sei in Ordnung, so wie es ist, der Untergang, der Umzug, die Verlustmöglichkeiten. Und im nächsten Augenblick kommt es ihr dann vor wie die abwegigste aller abwegigen Ideen: das Feld zu räumen und das Wasser kommen zu lassen.

»Ich geh dann auch mal«, sagt Greta ruhig.

»Schlaf gut«, sagt Eleni.

»Ja«, sagt Wacho und: »Gute Nacht.« Greta steht auf, aber sie kann sich nicht trennen.

»Macht es gut.«

»Ach ja«, sagt Wacho, »das wollte ich noch sagen: das Kreuz sieht wunderbar aus. Das wollte ich dir eigentlich vorhin schon sagen.« Wacho lässt den Satz ausplätschern, schaut zu Boden, scharrt mit dem sanft wippenden Bein in der staubigen Erde, wahrscheinlich wühlt er in den Resten von Monas Haus, unter seinem Schuh Vergissmeinnicht.

»Danke«, sagt Greta, sie bleibt abwartend stehen.

»Alles in Ordnung?«, fragt Eleni. Sie wirft Greta einen warnenden Blick zu, als wüsste sie, was die vorhat, und plötzlich schämt sich Greta. »Greta?«, fragt Eleni, und die blickt auf. »Irgendwas ist doch mit dir, erzähl mir nichts.«

»Es ist der letzte Tag«, sagt Greta traurig. Eleni nickt, sie nimmt Greta in ihre Arme.

»So geht es uns allen«, sagt sie, und Greta nutzt die Gelegenheit, um Eleni ihre Meinung zu sagen. »Ich habe dich gesehen, auf dem Friedhof, du warst fast jeden Tag da. Das ist gut, aber jetzt solltest du Abschied nehmen. Lass das Kind da«, flüstert sie an Elenis Schulter, ihre Strickjacke riecht nach Waschmittel, weich und nach Zuhause, sie benutzen alle dasselbe, das in der Waschküche des Rathauses steht. Greta findet kurzzeitig eine Heimat in Elenis Geruch. Sie spürt, wie Elenis Körper fest wird, wie sich die Muskeln anspannen und Eleni zurückweichen will, damit hat Greta gerechnet, sie hält Eleni fest.

»Nimm David mit, kümmere dich um ihn, aber lass das Kind hier, das hilft dir nichts, so eine Aufregung. Lass es in Frieden, lass es schlafen.«

»Ich weiß nicht«, sagt Eleni brüchig. »Lass mich los«, sagt sie. »Bitte.« Und Greta lässt sie los, schaut noch einmal zu Wacho, der die beiden beobachtet hat und gar nicht versucht, so zu tun, als hätte er nicht.

»So, dann jetzt aber wirklich gute Nacht.« Greta geht in Richtung Rathaus, zur Tarnung, an der Südseite biegt sie ab zum Unterstand, dorthin, wo ihr Fluchtfahrzeug steht.

Er ist hier oben gelandet und weiß nicht mehr wie, Jules klopft, obwohl er eigentlich weg möchte.

»Kann ich reinkommen, David?« David antwortet nicht, dabei weiß Jules, dass er noch da ist. David wird länger hier sein, als es gut sein kann. Jules öffnet die Tür, er hat Angst vor dem, was er dort finden wird.

Das Zimmer liegt im Zwielicht und so ganz unrecht hatte Wacho vorhin nicht. David ist nur noch halb da, höchstens. Jules findet ihn an der Heizung lehnend unter dem Fenster. Er sieht aus wie ein Gespenst, er ist dünn geworden und schattig. Im Zimmer riecht es muffig, aber nicht so schlimm wie befürchtet. Jules lässt sich auf die Matratze fallen, ahmt, ohne es zu merken, Davids Haltung nach, beugt den Rücken, legt das Kinn auf die angezogenen Knie und erinnert sich: Jula und er unter dem Tisch, David, der mit ihnen spielte, bis kurz vor, und sie dann schnell ins Bett gebracht hat, damit ihre Eltern nichts merkten. »Verrat uns nicht«, und David hat es geschworen. Jules erinnert sich daran, dass David ihm nicht egal sein kann.

»Schöne Scheiße«, sagt Jules, etwas anderes fällt ihm nicht ein, nichts Besseres und vielleicht ist »Schöne Scheiße« gar nicht so schlecht. David nickt. Seine Lippen sind aufgesprungen, die Stirn ist verschorft und den Arm darf Jules auf keinen Fall noch einmal ansehen, den Arm hält er nicht aus. Er sollte David etwas zu Trinken und zu Essen bringen, aber er fürchtet, sich nicht mehr zurückzutrauen, wenn er das Zimmer einmal verlassen hat. Jules fragt sich, was David von seiner Anwesenheit hat, von Jules Hilflosigkeit und Glotzerei.

»Schöne Scheiße«, sagt David und er klingt wie immer, sein »Schöne Scheiße« hört sich an wie sein »Letzte Runde«, sein »Mach mal halblang«, wie Davids »Na dann«, »Bis dann«. Jules nickt heftig. David und Jules sitzen in diesem völlig ortlosen Raum, wo Tibet fehlt wie Ägypten und Peru und die höchsten Berge und alle Meere und jeder Traum.

»Das ist nicht alles«, sagt Jules irgendwann. Er sagt es ohne bestimmten Grund. Der Satz ist einfach da.

»Verrate mich nicht«, sagt David, und Jules nickt und weiß, er sollte gehen, und bevor er geht, drückt er schnell und verlegen und fest Davids gesunde Hand. Am Tag der Nähe soll auch er etwas davon abbekommen. Etwas, das gut ist.

»Wir sehen uns«, sagt Jules an der Tür. Er will David das Versprechen abnehmen, dass er Jules anderswo begegnen wird und in einem anderen Zustand, dass David sich retten wird. Aber er findet seinen Blick nicht mehr.

»Wann warst du das letzte Mal da unten?«, fragt Wacho.

»Wo?«

»Bei der Traufe«, sagt er so leise, als wäre es ein verbotenes Wort, und vielleicht ist es das, die Traufe ist in der letzten Zeit zu ihrem Feind geworden, die Traufe nimmt sich mittlerweile viel zu wichtig.

»Lange nicht mehr«, sagt Eleni, und Wacho nickt, wuchtet sich aus dem Campingstuhl, stößt dabei den Oberverantwortlichen um, der wacht nicht auf. »Schade«, sagt Wacho und wirft einen bewundernden Blick auf den Mann, der tatsächlich in seiner Kippstellung weiterschläft. »Kein Wunder, dass der es zu was gebracht hat. Ich zum Beispiel könnte das nicht.« Wacho nimmt Elenis Hand, die zieht sie nicht weg, heute ist der Tag der Berührungen, es ist Eleni recht, so kann sie sich vergewissern, noch greifbar zu sein.

Eleni lässt sich von Wacho hinunter zur Traufe mitnehmen. Der Fluss ist mittlerweile abgesperrt. Wacho hebt das Band an und lässt Eleni den Vortritt. Sie kann sich nicht daran erinnern, Wacho jemals so zuvorkommend erlebt zu haben. Eleni hat ohnehin nur sehr wenige Erinnerungen an Wacho, vieles, was mit Wacho zu tun hat, klammert man besser aus.

»Ups«, ruft Wacho, »jetzt wäre ich doch fast ins Wasser gefallen.« Eleni sieht zu, wie er wackelt und balanciert, wie er sich bemüht, auf einem Bein zu stehen, und das am Hang und warum auch immer. Weil er jetzt beginnt, sich auszuziehen, darum. Eleni schaut nicht weg. Wacho steht in seiner Unterhose vor ihr, die Hose ist blütenweiß und feingerippt, diese Hose ist keine Überraschung. Wacho hat mächtige Arme und einen Bauchansatz.

»Und was wird das jetzt?«, fragt sie. Wacho strahlt.

»Ich bade.« Eleni nickt, dabei ist sie nicht einverstanden. Sie wird unmöglich dazu im Stande sein, Wacho aus dem Fluss zu ziehen, wenn er zu ertrinken droht. Trotzdem steht sie da, während er bis zum Wasser hinunterkriecht und die Hand prüfend hineinhält.

»Gar nicht so kalt«, ruft er zufrieden. »Aber auch nicht so warm.« Er zögert nicht lange, er steht kerzengerade. In einem formvollendeten Bogen springt Wacho ins Wasser, und Eleni überlegt, wie tief es wohl ist und ob Wacho sich den Kopf aufgeschlagen hat, bei seinem kunstvollen Sprung. Eleni nähert sich der Böschung, angestrengt sieht sie hinab, der Mond badet schon, Wacho ist in die Mitte des Mondes gesprungen, das gibt es nicht alle Tage. Vielleicht ist Wacho das Opfer, das sie der Traufe bringen müssen, um sie endlich zu besänftigen. Ein Bürgermeister als Opfer an den wiederentdeckten Flussgott scheint Eleni nur konsequent.

Sie steckt die Hand in die Tasche, das ist gar nicht so einfach, weil sie ja kniet. Sie drückt das Formular, aus dem Wasser taucht Wacho auf, schnaufend, aber ohne Platzwunde, er wirkt zufrieden. Eleni richtet sich auf, sie nimmt Anlauf und dann springt sie in voller Montur in den Fluss.

»Das wurde auch Zeit«, ruft Wacho, als sie wieder auftaucht.

»Das hat nichts mit dir zu tun«, sagt sie. »Rein gar nichts hat das mit dir zu tun.«

»Das macht nichts«, sagt Wacho. »Hauptsache, du bist hier.«

»Ich bin nicht für dich hier«, sagt Eleni.

»Das macht auch nichts, du bist hier«, sagt er und schwimmt

auf sie zu. Eleni ist immer noch nicht kalt, aber sie spürt den Wind an der nassen Kopfhaut und sie fragt sich, was sie hier tut, mit diesem Bürgermeister am Rande des Wahnsinns. Sie treibt sich wohl selbst dort herum, am Rande von allem, was zulässig ist und normal. Sie alle gehören nicht mehr zu der Welt da draußen, sie schwimmen durch ihre Endzeitstimmung, seit fast einem halben Jahr erleben sie letzte Tage und jede Sekunde kann hier ein Abschied stattfinden. Wie Robert vorhin verschwunden ist, das zum Beispiel, das kommt doch da draußen hoffentlich nicht vor, normalerweise. Ihnen ist das Normalerweise gestohlen worden, fällt Eleni auf, mitten in der Nacht und im Fluss.

Sie könnte Wacho anzeigen wegen David, wahrscheinlich käme er in Therapie, nicht in den Knast. Aber sie wird ihn nicht melden, natürlich nicht. Eleni fröstelt, jetzt hat die Kälte sie doch gepackt, immerhin, zu einer normalen Reaktion ist sie noch fähig. Sie schwimmt und watet durch das unruhige Wasser, tritt auf seltsame Dinge und ist froh, dass sie ihre Schuhe angelassen hat. Erst als Wacho direkt hinter ihr ist, bemerkt sie ihn. Sie bleibt stehen, er auch, sie berühren sich nicht, sie haben sich noch nie berührt, und doch waren sie immer dicht beieinander. Jede Krise fand nachbarschaftlich statt, und wenn es gut ging, ging es bei beiden gut. Aber das reicht jetzt. Eleni schiebt sich aus der Nähe, klettert die Böschung hinauf, auf allen vieren.

»Wo gehst du hin?«, fragt Wacho.

»Zu den Kindern, wohin sollte ich sonst gehen, und ja, leider gehe ich auch in dein Haus.«

»Anna wird zurückkommen«, sagt Wacho.

»Das ist mir egal«, sagt Eleni und wringt ihre Strickjacke aus, sie fühlt das Formular in der rechten Tasche, das kann sie so nass und zerknüllt nicht mehr verwenden. Sie könnte sich ein neues holen, von Greta zum Beispiel, die hat mindestens drei bekommen. Wacho ruft nach ihr, sie soll ihn nicht allein lassen, er fürchtet sich im Dunkeln und außerhalb seines Hauses und vor diesem Fluss, der sich fremd benimmt. Eleni geht zurück, sie schafft es nicht, ihn dort stehen zu lassen, er hat zu viel getrunken, er könnte stolpern, umkippen und ertrinken. Sie rutscht mehrmals aus, als sie versucht, ihn die Böschung hinaufzuziehen, er fällt zurück in die Traufe, schwer und unbeweglich wie ein Baumstamm. Eleni wiederholt immer wieder, dass sie es schaffen werden, Wacho aus dem unglaublichen Fluss zu holen. Das ist zu schaffen, das ist nicht eines der Dinge, die für sie unvorstellbar sind, trotz Flussgott, trotz Opfergedanke, trotz dem plötzlichen Einfall, es könnte vielleicht gar nicht so schlecht sein, wenn Wacho heute Nacht hier ertrinkt.

»Lass mich«, keucht Wacho, nachdem sie zum ungefähr siebten Mal ihre Hand nach ihm ausgestreckt hat. »Lass mich, ich warte bis morgen, dann holen wir Jules und der zieht mich dann hier raus.«

»Nein«, sagt Eleni. »Das machen wir nicht. Du bist viel zu schwer für Jules.«

»Dann lass mich«, sagt Wacho. »Dann warte ich hier im Wasser, bis Anna kommt, ihr wird schon was einfallen.« Aber Eleni lässt ihn nicht warten, darauf, dass sein größter Wunsch in Erfüllung geht. Sie greift sich Wachos Arm ein letztes Mal, zieht seinen trägen Körper mit aller Kraft aus dem Wasser und die Böschung hinauf, ihr Rücken schmerzt, und erst jetzt merkt sie, wie abgestanden der Fluss riecht, nach Alter und Müdigkeit, nach Tod und Verwesung. Eleni lässt Wacho an der Traufe zurück. Sie geht in Richtung Friedhof, ganz automatisch biegt sie ab und nähert sich dem eisernen Tor. Wie seltsam, denkt sie, dass das Tor noch steht, wie seltsam, dass alle Pietät für die Toten verbraucht wird.

Spätestens als Greta Milos und Davids kleines Haus erreicht, das die Gelbhelme mittlerweile auf einen Transporter gehoben haben, weiß sie, dass sie ihn nicht finden wird, ihren Baum. Dass da keine Mauer sein wird, keine Schlucht, nicht der Tod, nicht hier, nicht heute und schon gar nicht aus diesem Grund. Sie werden sie nicht beerdigen können, neben Ernst. Sie werden sie dort nicht beerdigen und mit Beton übergießen können, weil Greta nicht tot, weil Greta nicht fassbar sein wird. Greta denkt vor sich hin, in weniger als dreihundert Metern wird sie die ehemalige Grenze des Ortes erreichen. Zweihundert Meter noch, so ungefähr, bei achtzig km/h fühlt sie sich, als würde sie fliegen, und spürt jetzt Ernst hinter sich auf dem Sitz, auf dem sie abwechselnd saßen, die Wange an den Rücken des anderen gepresst, den Geruch der Lederjacke einatmend, und sie beide gehüllt in Pfeifenrauch, Cremon Latakia Blend. Warum nicht das für immer: Mit Ernst fliegen. Greta stellt sich das vor, an der Stelle, an der es noch etwa hundert Meter sind. Ernst presst seine Wange an Gretas Rücken, sie trägt heute keine Lederjacke, Greta trägt gar keine Jacke, nur Hose und Pullover, Ernsts Lieblingspullover. Noch fünfzig Meter, Ernstchen, denkt Greta, mein Ernstchen, du und ich, wir sind doch zusammen, uns kann doch so ein Tod nicht voneinander trennen. »Ha!«, ruft Greta. »Der trennt uns nicht!«

Eleni hört ein Motorengeräusch, vielleicht stammt es von jemandem aus einem der nahe gelegenen Dörfer, von einem, der hier zum Plündern war und nun frustriert wegfährt, weil nichts mehr zu finden ist außer SchuttSchuttSchutt und ein paar Randgestalten.

»Das sind dann wir«, sagt Eleni. »Diese Randgestalten sind dann wohl wir.«

Vielleicht war das kein Fremder, wahrscheinlich war das Greta auf dem Motorrad, Greta ist nun also auch weg. Eleni wandert über den Kiesweg, das Kreuz blitzt im Mondschein. Greta hat ganze Arbeit geleistet.

Vier Parzellen geradeaus, dann links, beim Wasserbecken

rechts und bei der Kirchenmauer, dort ist das Grab. Dem Friedhof fehlt in diesem Jahr der Duft, es fehlen die Leuchtkäfer, vom Sommer geblieben ist einzig die weiche Nachtluft. Seit der Verkündung im Tore war sie so oft wie möglich hier, wann immer sie sich davonstehlen konnte, heimlich und nicht einmal Jeremias hat etwas bemerkt. Eleni bleibt stehen, senkt den Kopf, blickt auf ein Stück Erde ohne Blumen, ohne Stein. Sie hatte geglaubt, das Grab selbst würde ihr nichts bedeuten, das Kind schon, aber das fehlt ihr bereits seit sehr vielen Jahren. Sie hat die Zwillinge, sie sollte zufrieden sein, trotzdem könnte sie heulen. Sie denkt zurück an den Tag, als es kam, es kam viel zu früh, und sie war so froh, niemandem davon erzählt zu haben, nicht einmal Jeremias. Es war noch neu mit ihnen beiden und sie selbst sehr jung, und hätte er damals von ihr verlangt, sich zu entscheiden, dann wäre ihre Entscheidung für das Kind gefallen, nicht für ihn.

Er hatte nichts mitbekommen, der Bauch war fast nicht zu sehen gewesen. Greta und Ernst haben ihr geholfen. Zwei Tage lang ist Eleni in der Nebenkapelle untergetaucht, hat schweigend Gretas Kräutertees getrunken und keine Sekunde an Jeremias gedacht. Keiner von ihnen hat geschlafen, ununterbrochen haben sie den stillen Winzling beobachtet und in der Nacht sind sie dann auf den Friedhof gegangen. Ernst hat das Grab ausgehoben und Eleni die kleine Decke hineingelegt. Erde auf Decke, ein Vergissmeinnicht gestohlen aus Monas Blumenteppich und ein gesummtes Gute-Nacht-Lied und Erinnerungen in der hintersten Ecke ihres Gedächtnisses, und am nächsten Tag ist sie zu Jeremias zurückgekehrt und alles und nichts war wie zuvor. Greta und Ernst haben es für sich behalten, ihr Geheimnis. Sie müssen sich auch um die Formalitäten gekümmert haben, Eleni hat nie danach gefragt. Das Kind hatte noch nicht einmal einen Namen, das Kind hatte nur diesen Ort.

»Fürchte dich nicht, bitte fürchte dich nicht«, flüstert Eleni.

Sie lässt das Formular auf die Erde fallen, es fällt nass, es fällt wie ein Stein.

Behutsam öffnet Jula die blaue Tür. »Schläfst du schon?«, fragt sie leise und legt sich vorsichtig neben Jules auf die Matratze. Er antwortet nicht, aber wahrscheinlich tut er nur so, als würde er schlafen. Jula zieht den Brief aus der Hosentasche, schiebt ihn unters Kopfkissen, da steht nichts Neues drin, aber alles, was sie ihm noch sagen möchte. Es ist nicht so, als würden sie einander nicht wiedersehen, das werden sie, ganz bestimmt, aber sie hat das Gefühl, so ein Brief müsse sein, wenn sie schon geht vor der Zeit, nur um ihrem Gelbhelm zu beweisen, dass sie bei ihm sein will.

Sie geht die Treppe hinunter, Wacho sitzt heute nicht am Küchentisch, der Raum wirkt leer ohne ihn, aber da liegt noch das Album: David als Indianer verkleidet, als Pirat und als Pinguin. Jula überlegt, ob sie es mitnehmen soll, bei ihr wäre es besser aufgehoben als bei Wacho, aber das ginge zu weit. Die Picknickdecke, die nimmt sie mit, als Erinnerung an die letzten Tage, das Album bleibt hier. Jula zieht die Schuhe an, die Jacke, vorsichtshalber, tritt hinaus und stößt auf Eleni, die auf der Treppe sitzt und ihren Arm um Milo gelegt hat.

»Wo gehst du hin, Jula?«, fragt Eleni und dann lächelt sie: »Ich weiß schon.«

»Tut mir leid«, sagt Jula. »Aber ich muss wohl.« Eleni nickt, lässt Milo los. »Weißt du was«, sagt sie, und Jula setzt sich neben sie auf die Treppe, weil das, was Eleni zu sagen hat, etwas länger dauern wird. Jula schluckt, jetzt kommt er also, der Moment für bislang Verschwiegenes, und sie hatte schon gehofft, den würde sie verpassen.

»Vor dir und Jules gab es schon einmal ein Kind und ich hab's verloren«, sagt Eleni fest. Lebendiger als in diesem Moment war es nie, der Beton kann ihm nichts mehr anhaben. Sie hat es ausgesprochen, es ist da.

»Mein Kind«, sagt Eleni.

Jula wartet darauf, dass noch etwas folgt, aber Eleni lächelt nur und schweigt, und auch Jula bleibt still. So sitzen sie eine Weile.

»Ich werde euch besuchen«, sagt Jula schließlich, Eleni nickt, »ich habe Jules einen Brief geschrieben«. Jula merkt, wie erstaunt ihre Mutter über diese Information ist. Jula spricht nur selten über Jules, normalerweise geht die Welt der Zwillinge die Eltern nichts an, das war schon immer so, noch so ein Neubeginn, so ein Umgewöhnen.

»Das ist gut«, sagt Eleni und lacht plötzlich laut auf.

»Was ist los?«, fragt Jula.

»Es ist doch nur ein Ort«, sagt Eleni, und das hat sie irgendwann schon mal gesagt, in den letzten Monaten, Wochen, Tagen, Stunden, Jula weiß nicht mehr wann, es ist auch egal, es fühlt sich ohnehin erst jetzt richtig an.

»Komm mit«, sagt Jula. »Ich fahre dich auf dem Weg bei Jeremias vorbei, der freut sich, wenn du morgen früh neben ihm liegst.«

»Und Jules?«, fragt Eleni.

»Du schreibst ihm auch einen Brief.«

»Ich weiß nicht.«

»Ich aber«, sagt Jula. »Das ist die beste Idee seit langem.« Eleni nickt und sieht zur Bäckerei hinüber.

»Pack schon mal die Sachen zusammen, Jula, ich komme gleich.«

Es können nur noch wenige Stunden bis zum Tagesanbruch sein, als Wacho den Blick endlich von der Traufe löst, seinen wuchtigen Körper die Böschung hochzieht und immer noch nicht genau weiß, was das sollte, dieses Bad in der Traufe. Er muss sich beeilen, weil es jetzt so weit ist, weil sie heute zurückkommen kann, das hat er eben verstanden, mit einem Mal war der Gedanke da: Heute wird er Anna wiedersehen.

Wacho weiß, dass sie in der Küche sein wird, wenn er nach Hause kommt. Sie wird neben dem Tisch stehen und durch das Album blättern, sie wird nicht mehr zum Fenster schauen und hinaus und weit, weit weg, sie wird da sein, um Erinnerungen nachzuholen von verpassten Jahren, sie wird sich von Ereignissen erzählen lassen, die Wacho ganz allein für sie inszeniert hat, um etwas vorweisen zu können, wenn sie zurückkommt, für diesen Tag also das alles. Sie wird die Hand auf eines der Bilder legen, die David in Verkleidung zeigen. Sie wird das tun, weil sie einen verkleideten David nicht wiedererkennen muss. Wacho wird sie umarmen, ohne zu zögern, wird er zu ihr gehen, sie festhalten, das ist das Wichtigste, das ist der Test, ob sie nicht bloß ein Geist ist, der ihm einen Gefallen tun will, das ist dann der Beweis, wenn sie sich nicht in Luft auflöst.

Er wird die Koffer packen, er wird alle Türen abschließen. In der Küche wartet sie auf ihn, sie verlassen das Haus, und sie wird nach David fragen, wenn sie zum Auto gehen, das er außerhalb des Ortes nicht mehr fahren darf. Er wird ehrlich sein, er wird ihr sagen, dass er David im Tausch gegen sie fortgeben musste; damit sie zurückkommen konnte, musste David verschwinden. Irgendwie besteht da ein Zusammenhang.

Anna wird traurig sein, selbstverständlich, er ist ihr Sohn, aber sie wird damit zurechtkommen, so wie auch er zurechtkommen wird. Sie wird traurig sein, aber nicht trauriger als damals, in der Nacht, als sie mit geschlossenen Augen nach Hause fuhr. Als sie nach einem rauschenden Fest im Nachbarort singend das Reh erwischte, als sie kreischend vor Schreck auf das Lenkrad einschlug und er sie nicht beruhigen konnte.

Wacho läuft am Modell vorbei. Das Glas ist trüb, aber der Mond spiegelt sich. Anna wird da sein, da ist sie schon, da steht sie über das Album gebeugt, und Wacho bleibt die Luft weg, tatsächlich und wortwörtlich, er bekommt überhaupt keine Luft mehr und steht wie angewurzelt. Aber das ist sie nicht, die Frau am Tisch kennt er mittlerweile besser als seine Anna.

»Schöne Fotos«, sagt Clara, klappt das Album zu und nimmt ihr Senfwasserglas mit den fast verschwundenen Comicfiguren. »Gut, dass du gerade kommst«, sagt sie, und Wacho bekommt wieder Luft, ist mit ein, zwei, drei Schritten beim Tisch, legt die Hand auf das Album und sieht Clara grimmig an. »Marie und ich fahren jetzt. Ich will los, solange sie noch schläft, sonst macht sie Theater«, sagt Clara, und Wacho nickt, nimmt Claras Hand, er spürt sie nicht. Clara will eine richtige Verabschiedung, sie umarmt ihn und er lässt es geschehen, denkt an früher. Wacho hat ein Bild im Kopf: Wie er mit Anna und der kleinen Clara im Wohnzimmer auf dem Boden saß, vor langer Zeit, als es David noch nicht gab und Anna noch zufrieden war mit dem, was der Ort und er ihr hier bieten konnten. Chipstüten, Videokassetten, Limonade, greller Nagellack und ein aufziehbarer Hammerwerfer aus Plastik, der seine Auftritte jedes Mal mit einem Sturz vom Tisch beendete. Wacho hat mit Clara gespielt, dass sie ihn ins Krankenhaus bringen müssen, draußen in der Stadt, und Anna hat daneben gesessen und gelächelt, das sah schön aus und fühlte sich gut an. Aber Anna hat auch noch gelächelt, als sie längst wegwollte, und Wacho begriff erst im Nachhinein, dass ein Lächeln nicht immer Gutes bedeuten muss.

»Ich hole sie jetzt«, sagt Clara und: »Marie«, als hätte er nicht verstanden, wen sie meint. Wacho nickt, lässt sich auf seinen Stammplatz sinken, schlägt das Album wieder auf, beim Winterrodeln vor einigen Jahren, und bald kommt Clara mit der schlafenden Marie auf dem Arm, geht wortlos an Wacho vorbei und hinaus, und Eleni kommt mit Jula und Jules die Treppe herunter. Sie lassen ihm keine Ruhe, immer sind sie alle da, er würde auf der Stelle in eine möglichst große Stadt ziehen, um ihnen aus dem Weg zu gehen, wenn er dann nicht ganz und gar verloren wäre. Wacho richtet sich auf, spielt noch einmal den Bürgermeister. »Was kann ich tun?«, fragt er mit tiefergelegter Stimme.

Mit Marie auf dem Arm tritt Clara aus dem Rathaus. Die Luft ist noch frisch, es riecht nach Tau, und neben dem Auto steht der Fuchs. Er hat auf sie gewartet. Auf Marie und vielleicht auch auf Clara. Bis heute hat sie es geschafft, sich nichts anmerken zu lassen, niemand weiß, dass auch sie ihn sieht. Jetzt mit Marie auf dem Arm und im Moment der Flucht fühlt Clara sich sicher.

»Was willst du eigentlich?«, flüstert sie und hockt sich vor das Tier. Marie auf ihrem Arm träumt, und Clara droht das Gleichgewicht zu verlieren. Sie taumelt, kann sich aber abstützen, sie sieht dem Fuchs direkt in die Augen. Bei Hunden soll man das nicht tun und auch bei bissigen Füchsen ist es vermutlich nicht die beste Idee. Aber der Fuchs beißt nicht zu, er schnüffelt nicht einmal. Mit unwirklich grünen Augen starrt er sie an. Clara wartet darauf, dass der Fuchs zu sprechen beginnt.

»Ich sehe dich«, sagt Clara. »Ich sehe dich schon die ganze Zeit. Seit Marie das erste Mal von dir erzählt hat, sehe ich dich, und ich kenne auch die Bisswunden. Du beißt nur Verantwortliche und Gelbhelme.« Der Fuchs sieht jetzt nur noch Clara an, er spitzt die Ohren. »Du bist ein fleißiger Fuchs«, sagt Clara, und allein Marie in ihrem Arm hält sie davon ab, dem Fuchs bei diesen Worten den Kopf zu kraulen. »Aber jetzt reicht es, jetzt wird es Zeit für dich zu verschwinden.«

Clara erwartet, dass der Fuchs sich in Luft auflöst. Aber auch das tut er nicht. Vielleicht erwartet Clara insgesamt zu viel von ihm. »Löwenfuchs«, murmelt Marie im Schlaf, und Clara erinnert sich an ihren Plan vom schnellen Abgang. Vorsichtig richtet sie sich auf. Der Fuchs beobachtet jede ihrer Bewegungen. »Lass Marie in Ruhe«, sagt Clara. »Marie hat keine Zeit mehr für dich. Marie kommt bald in die Schule.« Der Fuchs senkt traurig den Kopf, er wendet sich ab und trottet davon. Er geht in Richtung Brunnen und er löst sich auf dem Weg dorthin nicht in Luft auf. »Das macht nichts!«, ruft Clara. »Bleib ruhig hier. Geh doch unter. Hauptsache, du lässt Marie in Frieden.« Sie hat alles erledigt, jetzt kann sie gehen. Clara kann mit Robert und Marie ein ganz neues Leben beginnen. Eins, das dem alten nur ganz vage ähnelt. Clara entscheidet sich um, setzt Marie noch nicht ins Auto, sondern nimmt sie mit zurück ins Rathaus. Obwohl der Fuchs nicht mehr zu sehen ist, traut sie sich nicht, Marie allein hier draußen zu lassen.

»Wir fahren«, sagt Eleni. Sie sieht zufriedener aus als je zuvor in den letzten Wochen. »Jula und ich, Jules bleibt noch. Die Flutung will er noch mitbekommen.«

»Ich habe noch etwas zu tun«, sagt Jules verschlafen, und Wacho hat die starke Vermutung, dass es nichts Vernünftiges sein wird, was Jules vorhat. Es ist nicht sein Problem, zum Glück nicht, und trotzdem sagt Wacho:

»Ach lass doch, fahr mit. Hier gibt es nichts mehr, was man tun kann.«

Natürlich ändert Jules daraufhin nicht seine Meinung, selbstverständlich kann Wacho ihn von nichts abbringen.

»Hab ein Auge auf ihn«, sagt Eleni, und Wacho nickt erneut, überhaupt: Nicken, das kann er am allerbesten. Nicken und nichts tun, was irgendetwas besser machen könnte.

Clara kommt herein, mit Marie auf dem Arm steuert sie eilig auf die Treppe zu. »Ich hole noch schnell das Gepäck.«

»Soll ich Marie so lange nehmen?«, fragt Eleni. Clara schüttelt so vehement den Kopf, als fürchtete sie, Eleni könne Marie entführen. »Wie du meinst«, sagt die und tritt verwundert vor Wacho. Sie umarmt ihn nicht: »Reiß dich zusammen und vergiss Anna endlich.«

Bevor Wacho etwas entgegnen kann, hat Eleni sich schon wieder abgewandt, hält Jules im Arm.

»So«, sagt Eleni. »Dann mach es mal gut, junger Mann. Pass auf dich auf.« Sie klopft Jules auf die Schulter, auf den Rücken, auf den Kopf. »Und sobald das hier vorbei ist, kommst du zu uns, verstanden? Du musst dein Zimmer selbst streichen, damit das klar ist, darum kümmern wir uns nicht.« Eleni sagt das wie die sehr strenge Mutter, die sie nicht ist, und sie lächelt dabei und spricht einen Text, den Text einer Mutter, die ihren Sohn daran erinnern will, sie nicht zu vergessen. »Es sind ja nur ein paar Tage«, sagt sie und: »Dann kommst du nach.«

»Genau«, sagt Jules. »Ich komm' ja dann.«

Eleni nimmt ihre Tasche, geht in Richtung Diele. »Ich warte draußen auf dich«, sagt sie zu Jula, sie nickt Wacho zu, sie nicken so viel, ihnen müsste übel werden davon, aber ihnen wird nicht schlecht, jedenfalls nicht mehr hier.

Eleni ist weg, Jula und Jules stehen einander gegenüber, schweigend, und Wacho überlegt, ob er gehen sollte, aber das hier ist seine Küche, sein Tisch, sein Album, noch ist all das seins und er selbst Teil davon. Er starrt auf das Bild eines rotwangigen Davids im Schneeanzug, und die Zwillinge sprechen nicht und bewegen sich nicht. Clara stolpert die Treppe herunter, mit zwei Taschen an der Schulter und der immer noch schlafenden Marie auf dem Arm. Sie bleibt vor dem Tisch stehen, hebt kurz die Finger von Maries Rücken, formt mit dem Mund ein Auf-Wiedersehen, nickt den Zwillingen zu und verschwindet.

»Gut«, sagt Jules. »Dann mach es mal gut.«

»Du auch«, sagt Jula. »Und pass auf dich auf, und bau keinen Scheiß, das nehme ich dir sonst übel.«

»Wieso sollte ich?«, sagt Jules.

»Weil du eifersüchtig bist, enttäuscht und beleidigt. Und allein«, sagt Jula.

»Quatsch«, sagt Jules. »Nur weil du zu dem albernen Federvieh fährst?«

»Na ja«, sagt Jula und zieht ihn an sich, sie zieht mit Kraft, Wacho rechnet mit einem Schleifgeräusch auf dem Boden, aber da kommt keins. Jules hat keine Schuhe an. »So, jetzt reicht's«, sagt Jula. Sie lässt Jules los, klopft Wacho auf den Rücken, Milo wird gestreichelt, Wacho geklopft, auf ihm laden sie Hoffnung ab oder nageln sie Sorgen fest, so ganz klar ist es weder ihm noch den anderen.

»Macht's gut«, ruft Jula, und dann öffnet sich noch einmal die Tür und schlägt zu. Julas Verschwinden ist ein Bühnenabgang, laut und allumfassend. Sie ist weg und sie kommt nicht zurück.

Wacho erhebt sich schwer, tritt zum Fenster. Ein paar Sekunden später steht Jules neben ihm. Sie sprechen nicht miteinander, während sie zusehen, wie Clara sich draußen von Eleni verabschiedet, wie Jula Marie über den Kopf streicht, ihr etwas zusteckt, es sieht aus wie ein Schlüsselanhänger, und Marie schläft in ihrem Kindersitz und merkt nichts. Marie wird entführt, denkt Wacho. Sie will gar nicht weg. Das Bild der schlafenden Marie erinnert Wacho an etwas, das ihm vor Ewigkeiten einmal sehr wichtig war. Es ist nur ein Gedanke, er kann ihn nicht fassen. Anna, denkt Wacho, verdammt. Das hier hat irgendwas mit seinem sichersten Moment zu tun, aber was?

Auf dem Platz startet Clara den Motor, sie schaltet die Scheinwerfer an, ihr Wagen rollt im Schritttempo einen Feldweg entlang, der vor Urzeiten einmal eine Straße war.

Eleni steht noch am Auto, die rechte Hand auf der geöffneten Wagentür, Jula sitzt schon auf dem Beifahrersitz, zieht die Schuhe aus und stemmt die Füße gegen die Ablage. Das Auto ist alt, das Salamander-Auto hat keine Airbags und Jula keine Geduld. Selbst durch die Scheibe hört Wacho die Musik aus den Lautsprecherboxen, einen knirschenden Landsender. Während ihre Tochter hinter ihr Turnübungen macht, um den Sender zu verstellen, ohne die Beine von der Ablage nehmen zu müssen, steht Eleni einfach nur, sie steht und schaut, während ihr Oldiefetzen, Klassikfetzen und schließlich Rockfetzen um die Ohren gedonnert werden. Wacho schaut, und Eleni schaut, und Jules fragt:

»Worauf wartet sie?«, und Wacho weiß genau, worauf Eleni wartet. Er kann es aber nur schlecht in Worte fassen, und so kommt aus seinem Mund nur Mist:

»Morgen«, sagt Wacho und: »richtig«, und Jules beachtet sein Gestammel erst gar nicht, sagt, er lege sich noch einmal hin, und dann geht er, und Wacho kann plötzlich einen ganzen Satz formulieren und ihn aussprechen, laut und deutlich in die Küche hinein: »Auf den richtigen Zeitpunkt.«

Wacho lehnt die Stirn an die kühle Fensterscheibe und schließt die Augen. Er bemerkt nicht, wie David die Treppe herunterschleicht, humpelnd eilt der durch die Küche, öffnet leise die Kellertür und verschwindet in dem schwarzen Loch dahinter. Von draußen hört Wacho Reifengeräusche, knirschend auf dem blutleeren Weg, er erwartet, dass es Eleni ist, die jetzt fährt, aber als er hochsieht, steht sie immer noch da. Ein großes Baustellenfahrzeug schiebt sich schwerfällig über den Hauptplatz. Der unsichtbare Fahrer bedient einmal die Lichthupe, und jetzt ist der Moment für Eleni gekommen, löst sie sich aus ihrer Denkmalhaltung, schiebt die Beine ihrer Tochter beiseite, setzt sich, schlägt die Tür zu, schnallt sich an. Auch vor einer Flucht schnallt Eleni sich noch gewissenhaft an. Und während der Betonmischer auf den Friedhof zupoltert, während Wacho die Gardinen schließt, während donnernd der Ofen explodiert und die Bäckerei sich im unglaublichsten Morgenrot verstreut, fährt Eleni im Schritttempo aus dem Ort.

Jules
Noch ein Tag

Der letzte Schutt wird vom Rathaus stammen, das reißen sie heute frühmorgens ein. Auf der Rathaustreppe sitzt Milo und blickt den Gelbhelmen entgegen, sie beachten ihn nicht. Wacho tritt aus dem Haus und steht hinter ihm, er trägt eine große Reisetasche, hält sie allein mit den Fingerspitzen wie eine tote Maus, er sieht nicht aus, als würde er irgendetwas retten wollen. Er dreht sich nicht um, nicht nach der Diele, die hinter ihm leuchtet, gelb und warm wie immer und wie hier draußen in diesen Sommertagen das Licht.

»Ich geh dann mal«, sagt Wacho, und er sagt es so unschuldig, dass man ihm auf keinen Fall glauben darf, aber die Gelbhelme kennen ihn nicht gut genug und sie haben Ohrenschützer auf; sie hören keine Zwischentöne, die verraten, was wahr ist. Wahr ist, dass Wacho jetzt die weiße Treppe hinabsteigt, einmal noch schreiten, vor aller Augen, und dann im weiten Bogen ums Haus geht. Da gibt es vom Garten aus eine Treppe zum Keller, dort gibt es eine weitere Tür, die sie nicht nutzen, seit die Gartenstühle unten bleiben, das ganze Jahr über.

Wacho steigt über die Reste des Zauns, leise streift er durchs hohe Gras, er hat den Film über den mutigen Gladiator gesehen, eines Nachts im Fernsehen. Wacho streicht mit der rechten Hand durch das Unkraut wie dieser großartige Mensch durch den Weizen im Sommerwind, im Traum strich der Mann im Film, Wacho streicht in der Wirklichkeit, und er fühlt sich nicht mutig dabei. Wacho befürchtet, ihm könne die Kellerdecke auf den Kopf fallen.

Er stolpert über den alten Grill, der liegt dreibeinig im Gras, selbst nach all den Jahren sind noch Reste der Kohle zu erkennen. Es hatte ein Gewitter gegeben und sie waren schnell ins Haus geflüchtet. Anna hatte die Brötchen getragen, er den Salat, und David hatte im Weg rumgestanden und Wacho beinahe zu Fall gebracht. Der Regen hatte die Glut gelöscht und der Wind den Grill umgestoßen, und das war das letzte dieser Feste gewesen, kurz danach war Anna verschwunden. Vielleicht war das Fest damals eines zum Abschied gewesen, von einem der mittlerweile Vergessenen, die früher als sie selbst verstanden, dass hier Ernst gemacht werden würde. Wacho reibt sich sein Schienbein, er steigt die Treppe hinab, schiebt das Sicherheitsgitter beiseite, es ist nicht abgeschlossen, wer schließt hier schon ab, wer schließt hier *noch* ab? Er stößt die Kellertür auf, auch die Luft ist abgelaufen, hier unten ist alles viel zu lange schon vorbei, aber das ist jetzt sein Zuhause. Hier kann er sich zurückziehen und auf Annas Rückkehr warten, während sie ihm oben das Haus auseinanderreißen.

Wacho setzt sich unter den Eichentisch in der Waschküche, seine Vorfahren haben auf dem Tisch gebügelt und Bettlaken zusammengelegt, er weiß nicht mehr, ob Anna das auch getan hat. Er erinnert sich tatsächlich nur noch an Erzählungen von Menschen, die er selbst nur flüchtig gekannt hat, Menschen, die vor ihm waren. Wacho fühlt sich allein in seiner Zeit, wie er da unter dem Tisch kauert und auf die ersten Schläge gegen das Haus wartet.

Wenn man zwei, drei Abrisse erlebt hat, weiß man in etwa, wie das abläuft. Jules hat den Abriss seines Zuhauses gesehen, das war der extremste, den er sich vorstellen konnte, mehr braucht er nicht davon. Den des Rathauses will er sich sparen, aber dann fällt ihm beim Anblick Milos auf der weißen Treppe David ein und dass der noch in seinem Zimmer sein muss, wenn kein Wunder geschehen ist, und warum sollte ein Wunder geschehen, und wenn eins geschehen sollte, warum dann ausgerechnet David. Jules kehrt noch einmal um, läuft zum Absperrband und zu einem der Gelbhelme. Da hinten steht auch Julas Gelbhelm, aber den beachtet er nicht. Der Mann, an den Jules sich wendet, sieht ihn sehr freundlich an, ein wenig zu freundlich, so, wie man ein Kind ansieht.

»Was gibt's?«, fragt der Gelbhelm.

»David«, sagt Jules. »David ist wahrscheinlich noch im Haus.« Jules zeigt hinauf zu Davids Zimmer, da hängen die Gardinen still.

»David«, sagt der Gelbhelm. »Das ist doch der, der neulich im Haus Nummer sieben rumgehangen hat. Im Keller.«

»Kein Plan«, sagt Jules. »Hier gibt es kein Haus Nummer sieben. Hier gibt es nur noch ein einziges Haus und das gibt es gleich auch nicht mehr.«

»Ist ja gut, Junge«, sagt der Gelbhelm, und da kommt Julas Federvieh und stellt sich zu ihnen, wahrscheinlich hat der andere ihn herbeigewinkt, einfach so würde der sich nicht in Jules' Nähe wagen. Julas Vogelmann schaut abwechselnd auf den Boden und dann angestrengt seinem Kollegen ins Gesicht. Der sagt: »Geh mal nachgucken, in Raum vier a. Da könnte noch jemand sein.«

Der Vogelmann macht sich auf den Weg, und Jules stellt sich vor, wie seine Kollegen ihn vergessen und der Sprengmeister auf den roten Knopf drückt, Jules stellt sich vor, wie er dann ein Problem weniger hätte.

»Was machst du eigentlich noch hier?«, fragt der Gelbhelm.

»Protestieren«, sagt Jules, und der Gelbhelm lacht nicht, das ist sehr höflich von ihm.

»Bis zum Schluss, was?«, fragt der Gelbhelm, und Jules nickt.

»Einer muss das ja durchziehen.«

»Ja«, sagt der Gelbhelm, »an einem bleibt immer die Scheißarbeit hängen.«

Oben geht Davids Fenster auf, dort steht der Vogelmann, beißt sich auf die Unterlippe.

»Hier ist niemand«, ruft er seinem Kollegen zu, er sieht Jules immer noch nicht an, so viel Respekt hat er, so groß ist sein Schuldgefühl, ganz sicher.

»Hast du alles überprüft?«, fragt der andere Gelbhelm und macht aus dem Abriss mit einem Satz einen Krimi.

»Klar, Boss«, grinst der Vogelmann aus Davids Zimmer hinunter. »Hier ist kein Mensch, nur ein leerer Raum. Sieht so aus, als wäre hier noch nie irgendjemand gewesen.«

»Was?«, brüllt der Gelbhelm hinauf, aber Jules hat den Vogelmann verstanden und der hat offensichtlich überhaupt keine Ahnung. Nicht von David, nicht von Jules, nicht von den Häusern und schon gar nicht von Jula. Früher oder später wird sie das merken und zu ihm zurückkommen, aber dann studiert er schon längst Komparatistik oder macht eine Ausbildung zum Astronauten. Direkt irgendwo im All und unerreichbar.

Der Gelbhelm sieht sich auf dem Platz um und zum Friedhof hinüber. Dort arbeiten sie immer noch mit den Baggern, verrichten hinter überkopfhohen Planen ihre Arbeit.

»Da ist er bestimmt nicht«, sagt Jules und hat selbst keine Ahnung, woher er das weiß, er vermutet vor allem, dass David das Haus nicht verlassen hat. David nicht und Wacho auch nicht, und vielleicht muss das einfach so sein, dass sie im Haus bleiben. Aber Jules fühlt sich verantwortlich, es gibt nur noch sie drei und Milo. Der steht jetzt auf und geht langsam auf das Friedhofstor zu.

Milo macht drei, vier, fünf Schritte, dann bleibt er stehen, als ob seine Batterie leer wäre, steht er da und dreht sich zu ihnen um, und Jules rechnet damit, dass aus Milos Augen Laserstrahlen schießen, aber da kommt nichts. Milo guckt nur, so neutral wie immer, und dann setzt er sich dort, wo er steht, auf den Boden, und dort, wo er steht, ist der Stumpf der Linde und von der wird Milo sich nicht so schnell wegbewegen.

»Nun denn«, sagt der Gelbhelm und winkt den Kollegen mit dem Kittel und dem roten Knopf herbei. »Dann kann's ja losgehen.«

Was ein Donnern hätte sein sollen, klingt wie Steinschlag auf einem Blechdach. Wackersteine, Backsteine, Felsbrocken von der Steilküste regnen auf seinen Tisch herab, so hört sich das an. Wacho betet nicht, hier betet keiner, immer noch nicht.

Er drückt seine Reisetasche, er fragt sich, wie man so dumm sein kann oder so vollkommen stur. Er könnte die Quittung bekommen dafür, hier und heute erschlagen werden, ein Bürgermeister a. D., begraben unter seinem überflüssigen Rathaus. Wacho hat sich alles vorstellen können, ein halsbrecherisches Stolpern in der Küche, einen größenwahnsinnigen Sturz vom Dach, aber niemals ein Begräbnis im Keller. Er hätte es wissen müssen, er hätte sich weiter fernhalten sollen. Durch die vergitterten Fenster fällt Licht herein, es müsste kurz nach Mittag sein, im Keller ist es kühl und vor dem rechten Fenster landet der erste Brocken. In der Ecke zwischen Hochzeitstruhe und Eingang zur Werkstatt kauert David, und von der Decke rieselt jahrhundertealter Mörtel auf den Betonwaschboden und in Davids Haar.

»David!«, brüllt Wacho durch den Lärm. »Komm sofort her!«

David huscht auf ihn zu, den heilen Arm zum Schutz über den Kopf gelegt. Er sieht aus wie ein Krisenreporter aus den Nachrichten. Wacho rückt ein Stück zur Seite, streckt die Hände nach David aus, er packt seine Arme und zieht ihn zu sich unter den Tisch.

»Bist du denn verrückt«, flüstert Wacho fassungslos. David schüttelt den Kopf, er sieht ihm nicht in die Augen, nicht mehr.

»Du bist doch auch hier«, sagt David. Wacho nickt, als hätte David ihm einen Grund für seinen Umzug in den Keller genannt, als würde es irgendeinen Sinn machen, sich gerade heute hier unten aufzuhalten, an dem Tag, an dem die Gelbhelme ihnen das Haus auseinandernehmen. David und Wacho hocken stumm und Wacho überlegt, ob er froh ist, dass David hier und nicht wie Anna verschwunden ist. Als David nach einer Weile einen Apfel aus der Tasche seines Pullovers zieht, hat Wacho sich immer noch nicht entschieden, ob es gut ist, dass er seinen Sohn heute hier unten wiedergefunden hat.

»Magst du?«

»Und du?«

David legt beide Hände um den Apfel, er strengt sich sehr an, und Wacho will ihm schon anbieten, ihm zu helfen, will ihm verbieten, den kaputten Arm so zu belasten, aber da hat David es schon geschafft, hat den Apfel in zwei Hälften geteilt und gibt Wacho eine davon, auf seiner Stirn steht der Schweiß, seine Hand zittert.

»Hab ich in der Speisekammer gefunden, da gibt es eine ganze Kiste, keine Ahnung, wie alt die sind.« Schweigend essen sie, unaufhörlich rieselt Staub von der Decke, aus dem Erdgeschoss sind Hammerschläge zu hören, so einfach fällt das Rathaus nicht.

»Seit wann bist du hier?«, fragt Wacho schließlich.

»Letzte Nacht«, sagt David, er kaut auch das Kerngehäuse, das tut er, seit ihm irgendjemand erzählt hat, dass das Innere des Apfels das Gesündeste sei und gut für den Magen. Wahrscheinlich hat Wacho David das sogar selbst erzählt, er überlegt, ob er ihm heute, hier unter dem Tisch, die Wahrheit sagen soll. Wacho entscheidet sich dagegen, stattdessen sagt er wieder einmal: »Es tut mir leid.«

David nickt, er hat violette Schatten unter den Augen, und er müsste dringend zum Friseur. Wacho schaut von David hinüber zum Bild des Sohnes des Bürgermeisters anno 1851. Das lebensgroße Ölgemälde hatte Wacho gleich nach der

Übernahme des Amtes im Keller verstaut, weil er ihm unheimlich war, dieser blasse Junge mit dem Blick, der sich quer durch die Zeit, durch die Sonntagszeitung bis in Wachos Adern bohrte.

»Du musst mehr essen«, sagt Wacho. »Kein Mensch kann sich nur von Äpfeln ernähren.« David nickt. »Machst du das auch wirklich?«

»Ja«, sagt David und: »Mach ich wirklich.«

Eine Weile spricht keiner der beiden, lauschen sie den Abrissarbeiten, gefährlich ist es wahrscheinlich nicht mehr, aber ganz genau wissen sie es nicht, und deshalb verharren sie unter dem Tisch und warten.

»Wie stellst du dir das vor?«, fragt Wacho.

»Was?«

»So ein Leben im Keller.«

»Keine Ahnung«, sagt David. »Irgendwas kommt schon, irgendwas kommt ja immer, oder?«

»Irgendwann kommt das Wasser«, sagt Wacho. David nickt, und Wacho schlägt ihn an den Hinterkopf, aber nur leicht, das dürfte nicht wehgetan haben. »Nick doch nicht immer«, sagt Wacho und spürt, wie David erneut nicken will, es sich aber im letzten Moment verkneift.

»Und was ist dein Plan?«, fragt David.

»Mit dir irgendwo neu anfangen, am besten in der Nähe und dort warten wir dann auf deine Mutter. Das wäre doch was, nicht wahr?«

»Ja«, sagt David. »Das wär' was.«

Irgendwo im Erdgeschoss kracht eine Wand um oder ein Stützpfeiler fällt zu Boden. Beide zucken zusammen und müssen über den gemeinsamen Schreck nicht lachen. »Das war laut«, sagt Wacho, und dann schweigen sie wieder.

Während das Rathaus mit Hammer und Bagger zertrümmert wird, geht Jules auf dem Friedhof den Kiesweg entlang.

Ein unsichtbarer Baum, eine Hecke, irgendetwas schluckt die Geräusche. Hier irgendwo muss auch Elenis Geheimnis liegen. Jules hat keine Ahnung, welcher Tote seiner Mutter so wichtig sein könnte, dass sich all ihre Trauer über den Untergang auf ihn richtet. Den Brief hat er nicht geöffnet, auch wenn es ihm schwergefallen ist. Aber er hätte Jula ohnehin nicht damit beeindrucken oder neugierig machen können. Sie hatte ein eigenes Geheimnis, sie hatte sich nicht wie er eines stehlen müssen.

Jules geht auf die übermannshohe Plane zu, wechselt vom Kies zur Erde, damit sie ihn nicht zu früh entdecken. Jules hat keine Ahnung, wer da liegt, wen sie gerade rausholen, aber er weiß, dass die Gräber in diesem Bereich sehr alt sind, viel wird da nicht umzubetten sein. Er muss sich nicht unbedingt so eine Art von Realismus reinfahren, er könnte einfach hinüber zum Staudamm gehen und alles vorbereiten für den letzten, ultimativen Protest. Aber er will es sehen, unbedingt, und als er die Plane vorsichtig ein Stück zur Seite schiebt, sieht er es: Die Männer in Schutzanzügen, mit Atemmasken, die Seile, den Sarg, die Reste. Es ist nicht schlimm, nur traurig, aber es sieht definitiv aus wie etwas, das auf keinen Fall sein darf, wie etwas, das nicht getan werden sollte, niemals.

»Das ist kein Kino«, sagt einer der maskierten Männer und baut sich vor ihm auf. Jules antwortet ihm, er wisse, dass das kein Kino sei, das könne man ja auch kaum verwechseln. »Zieh Leine«, sagt der Mann und: »Es ist gefährlich hier ohne Maske, die Keime.«

Jules geht weg von den Planen, den Maskierten, vorbei an den Menschen, die die Sprengung der Kirche vorbereiten. Heute wird der Rest abgerissen, heute geht es zu Ende. Sie werden noch von ihm hören, sie alle. Auch dieser hundertjährige Wichtigtuer. Jules braucht keine Weisheit, in den nächsten Stunden braucht er all seinen Mut.

»Uns ist nichts passiert«, sagt Wacho im Rathaus und hält Davids Kopf fest, damit der nicht nickt, Davids Nicken ist der Versuch, Distanz herzustellen, so hält er sich seinen Vater und weitere Fragen vom Hals. Wenn David immer nickt, sein ganzes Leben von jetzt an, dann wird er niemals mit Wacho sprechen müssen.

»Ich hab dich durchschaut.«

David erschrickt. Die Steine türmen sich auf vor beiden Fenstern, bestimmt auch vor der Tür, und vielleicht kommen sie hier nicht mehr raus.

»Vater und Sohn«, sagt Wacho zufrieden, um dann darauf zurückzukommen, dass er David durchschaut hat, mit dessen gerissenem, einzigem Trick. »So hältst du mich nicht mehr fern, mein Lieber, so machst du das nicht mehr, jetzt hab ich's gemerkt.«

»Was mache ich denn?«, fragt David, und das ist der erste Punkt für Wacho, David fragt ihn etwas, was ihn tatsächlich interessiert. Etwas, wovon Davids Zukunft abhängen könnte.

»Du willst nicht mit mir sprechen«, sagt Wacho.

»Worüber sollten wir denn sprechen?«, fragt David. Er klingt ernsthaft verwundert, und Wacho weiß nicht, was er sagen soll, was er vorschlagen könnte, als angemessenes Gesprächsthema für sie beide. Er kann David nicht mit Banalitäten kommen, er darf ihm nicht die Chance geben, sich wieder hinter dieses Gesicht zurückzuziehen, das so tut, als wäre ihm die Welt ganz egal, und die Welt für David ist doch wohl er, er will David nicht egal sein. Wacho holt die größte Frage aus der hintersten Ecke seiner Angst, und während er die Frage stellt, rieselt Putz auf den Eichentisch, das passt perfekt:

»Hat Mama eigentlich damals noch etwas gesagt, bevor sie ging, hat sie da noch etwas –« Wacho hält inne, der Rest wäre Stammeln, den Rest spart er sich und beobachtet David, der nach einer Antwort sucht oder einem Fluchtweg, der mit den Fingern der heilen Hand im Boden scharrt. Und schon wieder dieser Blick aus Vergangenheitsaugen von anno dazumal, anno viel zu früh, und längst vorbei und anno nicht mehr Wachos Bier.

»Sie hat gesagt, ich darf dir nicht sagen, wohin sie geht«, sagt David, der Blick bleibt, aber Wacho würde zerbröseln wie sein unnützes Rathaus, wenn er kein Mensch wäre aus Fleisch und Blut und nun mal festgenagelt in dieser beschissenen Realität.

»Sag das noch mal«, sagt Wacho, und David sagt es noch mal. Entgeistert sieht Wacho seinen Sohn an, er vermutet, dass David mit dem kühlen Bürgermeistersohn vom Gemälde den Platz getauscht hat. Das ist nicht mehr sein David, der sich alles gefallen lässt, das ist jemand, der austeilt, und zwar gründlich.

»Weißt du eigentlich, was du da sagst?«

»Du hast gefragt«, sagt David, mit der rechten Hand zieht er den linken Arm heran, für diesen Augenblick wirkt er wieder verletzlich, und als Wacho das sieht, wie David mit seinem Arm umgeht, als wäre der sein sterbenskrankes Haustier, muss er schlucken, ohne genau zu wissen, warum.

»Du hast mir das all die Jahre verschwiegen?!«

»Ja«, sagt David und: »Mittlerweile weiß ich es auch nicht mehr. Ich habe vergessen, wo sie ist. Ich kann's dir nicht sagen.«

»Es wird dir schon wieder einfallen!«, brüllt Wacho und will zu den bewährten Mitteln greifen, nach Davids linkem Arm zuallererst, den will er fest drücken, aber in dem Moment, in dem er das tun will, schlägt weiter hinten im Raum etwas zu Boden und Wacho schreckt zurück. Er ahnt, was es war, es klang wie ein sehr alter, sehr großer Rahmen mit einer schwerölfarbenen Leinwand darin.

Wacho sitzt reglos, er wagt es nicht, zur Werkstatttür hinüberzuschauen und auch nicht zu David, denn wer da sitzen könnte statt ihm, den will Wacho nicht sehen, nie wieder.

»Ist schon gut«, flüstert er gegen die Panik in seiner Kehle an. »Das ist lange her, und sie wird eh kommen. Auch so.« Er sagt das, aber er zweifelt daran, dass sie überhaupt noch sucht. »Vielleicht sollten wir versuchen, hier herauszukommen«, sagt Wacho. »Hier wird deine Mutter uns ganz bestimmt nicht finden.«

Sie schieben sich unter dem Tisch hervor, die Luft ist staubig und schwer und sie beide sind grauweiß gepudert, sie erinnern an Gespenster der klassischen Art. Wacho unternimmt gar nicht erst den Versuch, sich sauber zu klopfen, und auch David bleibt, wie er ist, solange sie hintereinander durch die Trümmer balancieren. Wacho zieht an der Tür, die ins Treppenhaus führt, sie bewegt sich nicht, und in Wacho steigt schon wieder die Angst auf, so viel Angst, er ist heute zu involviert, so ist er doch sonst nicht, vielleicht liegt es am Abriss, vielleicht auch an David oder an beidem, vielleicht gehören David und der Abriss zusammen.

»Darf ich auch mal?«, fragt David, und Wacho lässt ihn vorbei, obwohl David mit seinem schlaff hängenden Arm bestimmt nichts bewirken kann. David zieht mit rechts und nichts bewegt sich, David macht weiter, sein Kopf wird rot und Wacho erkennt ihn endlich wieder, seinen Sohn, unter all dem Gespensterstaub.

»Lass mal, David, lass gut sein. Das bringt nichts, die ist zu.«

David lässt die Hand von der Klinke rutschen und sieht Wacho an, Wacho fühlt sich wie damals, kurz nachdem Anna verschwunden war und David täglich vor ihm gestanden hat, mit genau diesem Blick und der ewigen Frage danach, wann sie endlich zurück sein würde. Nur ein Spiel, nur ein Schauspiel für ihn und die beiden Verschwörer gegen seine Gutgläubigkeit: Dass der Kleine nicht mehr wissen wird als er, ihr Mann. Er hat sich getäuscht, hat sich von ihnen reinlegen lassen.

»Nenn mich bitte wieder Martin«, sagt Wacho und schiebt sich an David vorbei, auf die andere Möglichkeit, auf die letzte Chance zu, die Tür zum Garten. Wenn David sich hinter seinem Rücken wieder in den eiskalten Kerl von dem Gemälde verwandelt, dann wird Wacho schnell sein, notfalls wird er ihn einsperren, in dieser Gruft, das Wasser wird er den Rest erledigen lassen. Was sein muss, muss sein, und diese Tür muss sich öffnen.

Der Plan ist riskant und er ist einige Monate alt mittlerweile, aber daran kann Jules sich nicht stören, jetzt wird durchgezogen. Julas Gelbhelm noch einmal begegnet zu sein, wie der mit seinem lässigen Schritt an Milo vorbeimarschiert ist, ohne ihn zu beachten, das war der Anblick, den Jules gebraucht hat, um aus dem Plan eine Aktion zu machen. Während Jules den Hang hinaufsteigt, erinnert er sich an den Tag, an dem der Vogelmann gemeinsam mit der Fotografin die Bilder gemacht hat. Wie er die Spitzhacke über Milos Kopf hielt, als wollte er ihn erschlagen. Jula wird verstehen, dass ihr Platz bei ihm ist, wenn sie von Jules in der Zeitung liest, das muss sie einfach. Jules hat unten schon einen Presseheini entdeckt, der will den Fall der Kirche dokumentieren und bekommt nun viel mehr geboten. Jules lächelt bei dem Gedanken, und er winkt in die Luft, vielleicht steht Jula gerade in diesem Moment auf irgendeinem Aussichtsturm ihrer neuen Heimatstadt und sieht ihn hier oben, endlich am frisch lackierten Sicherheitsgitter der Staumauer angekommen. Wie Jules winkt und wie er ihr zuruft: »Ich mach's, siehst du, ich zieh's durch!«

Natürlich haben sie das Gitter rot lackiert, irgendein Rostschutz ist das und er klebt an Jules' Händen, klebt rot. Er greift mit beiden Händen das Gitter, presst die Finger in den Lack und löst die Hände wieder. Dann hockt er sich hin und drückt die Handflächen sorgfältig gegen die Mauer, hier werden bald die Besucher stehen und sich auf der Infotafel ansehen, wo ungefähr früher die Kirche war. Jetzt prangen hier Jules' Hände für alle Ewigkeit. Er muss sich beeilen, damit sie ihn nicht zurückhalten. Er richtet sich wieder auf, überprüft, ob das Seil richtig befestigt ist, ob die Gurte an den korrekten Stellen sitzen, ob alle Karabiner eingehakt sind. Das alte Kletterzeug ihres Vaters hat Jula schon vor einer Ewigkeit aus dem Keller geholt. Mit diesen Gurten ist sein Vater auf dem Mount Everest und dem Nanga Parbat gewesen. »Wir haben das im Blut«, hat Jula gesagt, »das Kletter-Gen. Es wird schnell gehen und einfach und es wird für sehr viel Aufmerksamkeit sorgen.« Noch mehr Aufmerksamkeit gäbe es, wenn sie jetzt bei ihm wäre. Gemeinsam sind sie ein Ausrufungszeichen, allein ist er nur ein winziger Punkt vor einer viel zu großen Mauer. Aber gerade deshalb muss er es durchziehen, Punkt hin oder her. Auch wenn der Reporter, der im Rückraum seines Dienstwagens höchstwahrscheinlich Kindersitze oder Hundefutterpackungen lagert, ihn als verrückten Achtzehnjährigen darstellen wird, der zu viel Zeit hat und diese für Dummheiten nutzt, selbst dann. Weil Jula es besser weiß, weil Jula ihn lesen kann, diesen winzigen Punkt vor der großen Mauer, diesen Punkt, der ihr Bruder ist.

Er befestigt das Seil am Geländer, dann steigt er vorsichtig hinüber, seine Hose wird rot dabei. An der Stelle, an der Jules den festen Boden hinter sich gelassen hat, werden sie neu streichen müssen, heute Abend noch, vor der feierlichen Eröffnung am nächsten Morgen. Ein Blick nach unten, eigentlich soll man nicht hinabschauen, hat Jeremias gesagt, das eine Mal, das er mit ihnen klettern war.

Sie müssen etwa zehn gewesen sein, und sie hatten vor nichts und niemandem Respekt und Angst sowieso nicht. »Nicht runtergucken«, hatte Jeremias gesagt, bevor sie noch die ersten Schritte an der Felswand gemacht haben. »Wenn ihr runterseht, stellt ihr euch vor, was passieren könnte, und dann kann es passieren. Konzentriert euch auf die Strecke vor euch, seht nie zurück, es geht nur nach oben.« Sie sind geklettert wie Profis, jedenfalls hat Jeremias das nachher gesagt, am Küchentisch, als es für jeden zur Belohnung ein Spaghettieis gab. »Die beiden klettern wie Profis, in ein paar Jahren nehme ich sie mit in die Berge.« Sie waren wie besessen gewesen von den Bergen, sie wollten zum Gipfel hinauf und sich dort verewigen. Sie wussten nicht, wie und was ihre Verewigung sein würde, und sie wollten es sich noch nicht ausdenken, schließlich würden sie dann groß sein und völlig anders. Jetzt wäre es schön, hätten sie sich etwas überlegt. Aber Jeremias hatte nicht mehr von der Bergtour gesprochen, kein einziges Mal. Vielleicht waren ihm die Zwillinge zu größenwahnsinnig, zu kopflos geworden, vielleicht hatte er Angst, sie würden ihm abstürzen.

Heute ist Jules allein mit der Entscheidung für ein Zeichen und niemand hält ihn davon ab, hinabzublicken. Es ist keiner da, der ihn daran erinnert, dass das oft nicht gutgeht, wenn man sich der Tiefe stellt. Jules schaut hinab, sieht das Kirchenschiff einstürzen, von hier oben wirkt es völlig irrelevant. Er beobachtet, wie durch den verwilderten Garten hinter dem, was vor kurzem noch das Rathaus war, zwei Gespenster wandern.

Milo sitzt nicht mehr auf dem Baumstumpf, der ist jetzt beim kopflosen Löwen, und nun gehen sie, Milo und Löwe, der Löwe humpelt, er schleppt sich, ihm fehlt nicht nur der Kopf, ihm fehlt auch eine Pranke. Milo und der Löwe gehen langsam auf die Staumauer zu, und Jules bildet sich ein, Milo schüttle den Kopf. Als der Staub sich legt, erkennt Jules, dass der Kirchturm immer noch steht, sie haben den Friedhof noch nicht mit Beton bedeckt. Von hier aus sieht er die Stelle, an der vor ein paar Wochen noch ihr Haus gestanden hat. Er fragt sich, während er sich langsam abseilt, was er vermisst, wogegen er sich wehrt, wenn er und Jula doch immer schon verkündet haben, dass sie weggehen würden irgendwann.

Sie wollten etwas haben von der Welt. Jules' Herz hüpft, als er sich das vorstellt, dass es tatsächlich möglich ist, etwas von der Welt zu sehen. Vielleicht ist es nie nur eine leere Drohung gewesen, sondern immer schon eine echte Option.

Von unten rufen die Gelbhelme seinen Namen, woher kennen die ihn? Dann fällt es ihm ein: von Julas Vogelmann, sie hat ihm den Namen verraten. Einerseits ist das Hochverrat und andererseits der Beweis dafür, dass er immer noch eine Rolle spielt für sie. In diesem Moment mehr als je zuvor, er ist jetzt im Blickfeld, und da kommt auch schon der Reporter gelaufen, lässt die Trümmer der Kirche Trümmer sein und den wankenden Kirchturm wanken, jetzt zählt nur noch Jules.

Es ist nicht schwer, er ist ein Naturtalent. Nach einem Schwung Angst geht es Jules wieder gut und seine zittrigen Beine beruhigen sich. Er hätte alles filmen sollen, das könnte man prima ins Internet stellen. Im neuen Ort funktioniert es bestimmt, aber dafür ist es jetzt zu spät, jetzt muss er sich ganz auf die Sache konzentrieren. Auch von oben, vom Gitter her, ruft jemand nach ihm. Sie sind Jules nachgestiegen, wenn er Pech hat, versuchen sie, ihn hochzuziehen. Er beeilt sich, bevor sie ihn hochholen, muss er fertig sein, wenn sie ihn dann ziehen, soll's ihm recht sein, so spart er sich den Aufstieg nachher.

»Jules, halt!«, ruft der Vogelmann. Sein Gesicht ist rotfleckig, er ist gerannt, um Jules von seiner genialen Protestaktion abzuhalten, das sieht ihm ähnlich. »Egal, was passiert, wir müssen das durchziehen«, hat Jula gesagt. Natürlich wird Jules das durchziehen, erst recht, wenn ihr Typ da oben steht und ihn anfleht, es nicht zu tun. Das war der Kerl, der ihn nach dem Zusammenstoß mit der Linde verarztet hat, Jules erinnert sich wieder. Immer dieser Gelbhelm, immer dieses eine Federvieh, obwohl es so viele, viel zu viele gibt von ihnen, hier und wahrscheinlich überall.

Jules lacht zu ihm hinauf, er lacht ihn aus, ihn und sein

schwitziges Gesicht. Was für ein Angsthase, was für eine Panikmache, was für ein Angeber, der mit seinem Breitwandtattoo und für so einen hat Jula sich entschieden. Jules zieht die Spraydose unter seinem Gürtel hervor, er hätte oben schon schütteln, den Verschluss lösen können, egal, dann macht er es eben jetzt. Jules schüttelt und versucht, die Dose zu öffnen, gar nicht so einfach, er hat so ein Zeug noch nie benutzt, er weiß nicht einmal, wo Jula das herhat, vielleicht haben Julas Geheimnisse bereits vor diesem Vogelmann begonnen.

Er hätte einen Schraubenzieher mitbringen sollen, der Deckel sitzt fest, den bekommt er so nicht auf. Jules überlegt, steckt sich den Sprühkopf zwischen die Zähne, hat die Hände frei, um den Gürtel aus der Hose zu ziehen. Mit dem Dorn kann er die Dose aufhebeln, wenn das nicht klappt, muss er wieder hoch und Werkzeug holen, aber die Chance werden sie ihm nicht geben, vorher hat irgendwer die Polizei verständigt. Er muss es also jetzt schaffen, und er schafft es, aber dann fällt ihm der Gürtel hinunter. Von unten hört er Schreie, aber den Fehler, hinunterzusehen, den macht er nicht noch einmal. Stattdessen noch ein Blick in das Gesicht des Vogelmanns, der ist schon auf halber Strecke auf dem Weg zu ihm, auch er hängt in einem Geschirr, nur ist seins viel moderner, aber bestimmt nicht achttausendererprobt.

»Was willst du?«, ruft Jules und hält dem Vogelmann die Sprühdose entgegen, die Dose ist seine Waffe. Der Schriftzug ist die Anklage, die Jula später in der Zeitung finden wird, die Schrift, denkt Jules, wird noch Jahre später durchs Stauwasser leuchten.

»Ich ziehe dich hoch«, ruft der Vogelmann ihm zu, und Jules testet die Sprühkraft in seine Richtung. Das Ergebnis: Rot auf Wand und Rot auf Gelbhelmschuhsohle. Jules ist zufrieden. »Beweg dich nicht«, ruft der Vogelmann, dieser Wichtigtuer, der will wohl mit ihm in die Zeitung: *Beflügelter Gelbhelm rettet verrückten einheimischen Zwilling*. Der Vogelmann, der Jula beeindrucken will, mit einem »Ach ja, vorhin habe ich übrigens deinen albernen Bruder vor einer großen Dummheit bewahrt«.

»Bloß nicht bewegen, dir passiert nichts«, sagt der Vogelmann, er sagt es so ruhig wie möglich. »Ich heiße Anton«, sagt er, als wenn das irgendetwas bedeuten würde, Jules interessiert es einen Scheiß, wie er heißt. Er zeigt dem Typen, wie wenig es ihn interessiert, was der sagt, nicht alle Salamander-Zwillinge geben etwas auf sein Gerede. Mit den Füßen stößt er sich von der Mauer ab und schaukelt ein Stück hin und her, von unten ein Aufschrei, von oben ein reißendes Geräusch, das hoffentlich nicht von seinem Seil stammt. »Wir sichern uns«, hat Jula gesagt. »Einer klettert runter, der andere passt oben auf, das hier soll kein Selbstmordkommando werden, darum geht es nicht. Es geht nur um den Protest.« Sie hat seine Hand gedrückt, während sie das sagte, und sie hat dabei nicht an den Vogelmann gedacht, hoffentlich nicht.

Jules schämt sich, Julas Plan kleiner zu machen. Eigentlich sollte er irgendeine Art Sprengstoff dabeihaben, den würde er in eine Mauerritze stecken und dann zünden. Im besten Fall, nach Julas Plan also, würden dann ein paar Steine herausfliegen und die Mauer wäre nicht mehr perfekt. »Wenigstens nicht mehr perfekt. Das kostet, so eine Ausbesserung.« Wahrscheinlich würde er selbst für den Schaden aufkommen müssen. Eigentlich ist es gut, dass er keinen Sprengstoff organisieren konnte, weil er den Kopf viel zu voll hatte und plötzlich keine Ideen mehr. Das wäre teuer geworden, und das Studium hätte er wohl vergessen können.

Jules achtet nicht auf das Knirschen vom Seil. Er wird Jula sagen, dass es in der Mauer keine Ritzen gibt, die Mauer ist so perfekt, dass man absolut keine Chance hat, an ihr irgendetwas Gefährliches zu befestigen. Außer sich selbst. Er wird ihr auch sagen, wie dumm die Idee war, das alte Seil zu verwenden, aus nostalgischen Gründen und aus praktischen.

Dass die Protestaktion ein neues Seil wert gewesen wäre, so eins wie das, an dem ihr Vogelmann, dieser dämliche Anton, jetzt hängt. Die Firma sorgt sich um ihre Gelbhelme, sie sind ihr Aushängeschild, genau wie die Mauer, die sie am Grab seines Zuhauses aufgebaut haben. Jules wird sagen: »So ein blaues Kunststoffseil, das hätten wir kaufen sollen.« Jula wird ihm recht geben, um ihn ruhigzustellen, und insgeheim wird sie trotzdem der Meinung sein, dass alles so richtig war, ganz genauso und wie von ihr geplant.

Neben ihm taucht eine große Hand auf, eine Hand voller Furchen und Schwielen, eine Hand, die viel älter zu sein scheint als der Typ, dem sie gehört. »Los!«, ruft der Vogelmann. »Nimm meine Hand.« Aber Jules nimmt sie nicht, er starrt sie nur an und den blau gefiederten Arm entlang, der so viel kräftiger ist als seiner, hoch zu den Schultern, die breit sind, sehr viel breiter, selbst der Hals ist breiter und das Kinn und die Nasenflügel und die Stirn, und dann kommt der Helm und der ist gelb wie eh und je, und Jules erinnert sich und beginnt zu sprühen. Ihm fällt nur ein Wort ein, der Plan ist wirklich sehr grob, er basiert eigentlich nur auf der Idee, es zu tun, und zwar zusammen, aber jetzt ist er allein und das Wort, das ihm einfällt, kommt ihm in diesem Moment absolut richtig vor, und um es sprühen zu können, muss Jules hin und her schwingen und neben ihm wird der Vogelmann immer aufgeregter, wandert seine Stimme höher. »Hör auf!«, ruft der Vogelmann und: »Du bringst dich um.«

Jules schwingt und sprüht, und ein Buchstabe seines Wortes landet auf der Brust des Vogelmanns, und es ist gut, dass der jetzt einbezogen ist. Am schönsten wäre es, wenn er da hängen bliebe, bis Jules unten ist, bei seinem Rucksack, um Julas Kamera zu holen, die hat er ihr rechtzeitig aus der Tasche gezogen, bevor sie verschwunden ist. Das Foto würde er Jula schicken, am besten ausgedruckt in einem großen, braunen Umschlag, wie sie das in amerikanischen Filmen tun, wenn es psychopathisch wird. Er hat so viel Zeit zu denken und jeder Gedanke ist klar, trotz der Angst, die frisst sich das reißende Seil hinab.

Er weiß nicht, ob es besser ist, stillzuhalten, oder nach oben zu greifen, zu versuchen, an das Seil zu kommen, über dem Riss. Dann setzen die Reflexe ein, Jules rudert mit den Armen, tritt mit den Beinen, sucht nach einem Halt, aber den gibt es nicht an dieser perfekten Mauer. Das Seil reißt.

Jules fällt, und im Fallen ist er plötzlich wieder ganz ruhig und er denkt noch, dass er das gut gemacht hat und zu Ende gebracht, er denkt Weltmeer –

Sie sehen nicht hin. Sie drehen sich weg und senken die Köpfe, sie starren auf die Trümmer des Rathauses, die Trümmer der Kirche und auf den Turm, der nun endlich in sich zusammengestürzt ist. Da gab es keine Gleichzeitigkeit, erst fiel der Turm und dann fiel der Junge.

Der Lokalreporter schreibt in sein Notizbuch, *Einen Tag vor der Flutung*, schreibt, *noch nicht zwanzig* und *Protestaktion* und hinter *Protestaktion* schreibt er *(unsinnige)*, schreibt er *(verzweifelte)*, schreibt er *(letzte)*. Der Lokalreporter schreibt *Zukunft* und streicht diese dann durch, er schreibt *Stille* und *keine Chance* und *man hätte*, und auch das streicht er durch. Vielleicht reicht ein Bild und der Name des Jungen, den muss er noch herausfinden. Als er den Block umständlich in der Innentasche seines Sakkos verstaut, kommen zwei Uniformierte auf die Versammlung an der Staumauer zu, das Emblem mit Pferden auf der Brust, sie sehen viele stille Menschen, die für gewöhnlich nicht so dicht beieinanderstehen, Jules sehen sie noch nicht.

»Was ist passiert?«, fragt einer der beiden, und ein Gelbhelm zeigt auf den Jungen, und jetzt verstehen die Verantwortlichen, was los ist, aus ihren Gesichtern weicht der letzte Rest Farbe, und einer von ihnen greift zum Funkgerät, in diesem Loch hat man meistens keinen Empfang, aber mit dem Gerät müsste er durchkommen. Während der eine Sicherheitsbeamte alle verständigt, die verständigt werden müssen, rührt David sich plötzlich und geht an dem Mann vorbei, ganz ruhig geht er, langsam. Er geht in die Knie, zieht sein T-Shirt über den Kopf, klopft es sorgfältig aus, und eine feine weiße Staubschicht rieselt auf Jules. David reißt das T-Shirt an den Nähten auf, mit Hilfe der Zähne macht er das und mit nur einem Arm. Aus dem T-Shirt ist eine dünne Decke geworden, er breitet sie über Jules, über den Kopf zuerst, dann über die Brust, der Stoff reicht nur bis knapp über die Knie, aber so ist es besser, definitiv. Zwei Bauarbeiter verlassen die Unfallstelle, Julas Gelbhelm, der Vogelmann, Anton, der eben noch fassungslos an der Mauer hing, kommt gelaufen, er keucht. Er hat etwas Blutrotes auf dem Hemd, etwas, das aussieht, wie ein n. Der Lokalreporter tritt zur Seite, lässt ihn vorbei, hin zu David, hin zu Jules unter der dünnen Decke. Der Lokalreporter stellt keine Fragen.

David und Anton wechseln einen Blick, David beißt sich auf die Lippe, Anton macht es ihm nach, und der Lokalreporter macht ein Foto.

»Das Seil«, sagt Anton. »So ein altes Seil.« David nickt, er beißt noch fester zu.

»Sprichst du mit Jula?«, fragt er, und Anton nickt, aber man sieht ihm an, dass er nicht mit Jula sprechen will, darüber will er nicht mit ihr sprechen.

»Ich weiß nicht, wie ich es ihr sagen soll«, sagt Anton. David will nicken, aber im letzten Moment reißt er sich zusammen und streicht stattdessen über seinen linken, seinen seltsamen Arm, streicht dann über die Decke, auf Höhe des Kopfes. »Jules«, sagt er. »Jules, so eine Scheiße.«

Der Lokalreporter notiert sich den Namen *Jules*, den kann er in die Überschrift aufnehmen: *Jules sagt nein*. Der Reporter sieht zur Mauer hinauf, eigentlich müsste es heißen *Jules sagt ein*, das *n* hat sich dieser Anton genommen, das prangt auf seiner Brust, das wird auch seine Jula sehen, wenn er ihr erzählt, was geschehen ist. Es sei denn, er denkt daran, sich vorher umzuziehen.

»Dass er so etwas macht«, sagt Anton und schüttelt den Kopf. David sagt nichts, aber jetzt kommen zwei Polizeiwagen, beide mit Sirene und Blaulicht, und ein Krankenwagen. Während die Fahrzeuge parken, löst sich die Versammlung langsam auf. Die Gelbhelme gehen zurück zu den Resten der Kirche, sie müssen aufräumen und versiegeln. Einer von ihnen, der Schlangenmensch, beugt sich zu Anton hinab:

»Kommst du klar?« Anton nickt.

»Ich komme gleich.«

»Fahr nach Hause, Anton. Sprich mit ihr.« Anton nickt wieder, steht mühsam auf, reicht David die Hand.

»Danke.« David schüttelt die Hand, steht da in einer merkwürdigen, halbaufgerichteten Position. Anton mit dem n auf der Brust lässt die Hand los, dreht sich ruckartig weg, geht in Richtung des Parkplatzes. Der Lokalreporter will ihm erst folgen, entscheidet sich dann aber dagegen.

Ein Polizist tritt an David heran, fragt ihn leise, ob er ein Angehöriger sei. David weiß einen Moment lang nicht, was gemeint ist, nickt, schüttelt dann den Kopf. Zwei Sanitäter kommen dazu, wahrscheinlich hat der Polizist sie herangewinkt, einer nimmt ihn sacht am Arm. David zuckt dennoch zusammen, auch diese leichte Berührung schmerzt. Der Sanitäter entschuldigt sich, legt ihm die Hand auf den Rücken und führt ihn zur Seite, damit sie ihre Arbeit machen, damit sie den letzten Demonstranten auf ihre Bahre legen und aus dem Ort bringen können.

David ist noch da, verloren steht er auf dem Platz. David lebt und er hat Hunger.

»Bleiben Sie hier stehen«, sagt einer der Sanitäter, und ein anderer legt ihm eine Decke um, die Decke kratzt, und David lässt sie den Rücken hinab auf den Boden gleiten, obwohl ihm kalt ist. Irgendjemand wird sie schon aufheben. Er muss sich um nichts kümmern, nur darum, nicht auszuflippen.

Da kommt sein Vater, Wacho, immer Wacho, der schon wieder eine Idee haben, der sich neben ihn setzen wird und ihm sagen, dass es ihm leidtut, immer dieses Leiden seines Vaters. Wacho setzt sich, er öffnet den Mund, und David sagt:

»Sag jetzt nichts.«

»In Ordnung«, sagt Wacho und: »Ich wusste gar nicht, dass ihr euch so nah wart.«

»Waren wir nicht.« David weint keine Träne, alles, was er fühlt, ist die Müdigkeit.

»Ich spreche mit Jeremias und Eleni«, sagt Wacho leise.

»Lass das die Polizei machen«, sagt David. »Die wissen, wie man so was am besten sagt.«

»Aber ich bin der Bürgermeister.«

»Nicht mehr«, sagt David, steht auf und geht, er wundert sich, dass sein Vater ihn lässt und sitzen bleibt, wo David ihn zurückgelassen hat. Wie er da hockt, wie ein alter Hund vor dem Supermarkt.

Milo steht vor dem Friedhof. Er hat für David in der letzten Zeit keine Rolle gespielt, keinen Unterschied mehr gemacht. Auf dem Friedhof versiegeln sie die Gräber, kein Toter wird hier mehr auferstehen. »Das ist der final curtain«, hat Robert gesagt. »Wenn sie den Friedhof versiegeln, dann fällt der letzte Vorhang.« Und dann hat Robert die anderen angesehen und ihm ist klargeworden, dass niemand so richtig verstand, warum er das sagte, final curtain. David findet, es klingt wie ein Rätsel, das eine neue Tür öffnet, nicht wie ein allerletzter Abschied. Er muss an Jula denken, die noch von nichts weiß. Er würde mit Jula tauschen, er würde mit jedem tauschen, dem Nähe etwas bedeutet und ein anderer Mensch.

David entdeckt Wacho, der hockt vor der Stelle, an der einmal das Rathaus stand. Die weiße Treppe bearbeiten sie mit Presslufthämmern, der kopflose Löwe soll abmontiert werden, für den Transport in den neuen Ort. Sie werden dem anderen Löwen den Kopf abschlagen und ihm diesen geben. Ein Mann, der wahrscheinlich ein Sachverständiger ist, prüft Substanz von Löwe und Boden, der Löwe grinst David kopflos an, als der sich neben dem Stumpf der Linde auf den Boden legt.

Er darf da nicht so einfach schlafen, mitten auf dem Platz, aber Wacho fehlt die Kraft, hinüberzugehen und David davon abzuhalten. Soll er doch schlafen, soll er sich doch später über die Bilder der Schaulustigen ärgern. Die Polizei hat die Stelle abgesperrt, an der Jules lag, und nun stehen die Menschen an dem rot-weißen Band und studieren den Boden, auf dem man nichts mehr sieht. Es werden Fotos gemacht von irgendwas, auch von David, auch von der Mauer, die Menschen wirken zufrieden und beruhigt, vielleicht weil sie merken, dass Schlimmes kein Echo hat, das ein Unbeteiligter hören könnte. Da ist nur eine Mauer, ist nur Erde und ein Schriftzug, der keinen Sinn ergibt.

Wacho erinnert sich daran, wie der Schlangenmensch ihn nach Jules' unfreiwilligem Angriff auf die Linde ermahnt hat, ein Auge auf den Jungen zu haben, gestern noch hat Eleni ihn um das Gleiche gebeten. Wacho hatte keine Zeit, aufzupassen, jetzt wünscht er sich einen Bürgermeisterkollegen, einen Bruder oder einfach nur einen guten Freund. Sie war ihm immer am nächsten, Wacho muss an Anna denken, an ihr grünes Kleid, an ihre ausgewaschene Jeans, ihre roten Ohrstecker und das Medaillon mit dem Bild ihrer Mutter. Ihre Mutter ist schon lange tot und liegt seit ein paar Minuten unter Beton, das Medaillon lässt sich nicht mehr öffnen, er hat das Bild nie zu Gesicht bekommen, aber Anna hat beteuert, dass es darin sei. Wacho mustert seine Hände, den zerkratzten Ring, den er nie abgenommen hat. Ein großer Teil seines Glaubens basiert darauf, dass Anna ihren Ring mitgenommen hat. Wenn sie den Ring wirklich verlassen hätte, dann hätte sie den Ring auf den Küchentisch gelegt. Wachos Hände lösen sich in der

Dunkelheit auf. Es ist an der Zeit, alles vorzubereiten für die letzte Nacht.

Das Aufstehen fällt schwer, er braucht zwei Anläufe, dann macht er sich daran, das kleine Zelt aufzubauen. Das Zelt ist alt, lange lag es unter seinem Bett, vor Jahren sollte es ein Geburtstagsgeschenk werden für David. Aber dann war es ihm falsch vorgekommen, dem Sohn einer unruhigen Mutter ein derart flexibles Zuhause zu schenken. Damals wusste er noch nicht, dass David immer bei ihm bleiben würde. Aber David hat alle Tests bestanden, er hat in seinem Zimmer gesessen, so lange, bis ihm fast das Dach auf den Kopf gestürzt wäre, und dass er neulich im Keller des Salamander-Hauses eingeschlafen ist, das war wohl ein Versehen. David möchte bei seinem Vater sein für alle Zeit, und so kann Wacho es wagen, das Tipi aus der Plastikhülle zu befreien. Es braucht nur die drei Stangen und einen festen Knoten, dann steht das Zelt, auf den Stoff sind bunte Bärentatzen gedruckt und kleine Krieger, die aussehen, als hätte man ihnen die Wirklichkeit geraubt, die Krieger sind Schatten, und als Wacho ins Zelt kriecht, riecht es dort muffig. Er zieht die kleine Reisetasche zu sich herein, mehr nimmt er nicht mit, ein paar Hemden und Hosen, die guten Schuhe, das Fotoalbum, eine Flasche, den Schlafanzug, die Plastiktüte mit dem Waschzeug, zwei Isomatten, einen graugrünen Schlafsack und die Extradecke. Wacho nimmt einen tiefen Schluck, im Magen wird es warm, dort breitet sich ein vages Gefühl von Romantik aus, er zeltet und es ist Sommer. Dann beginnt er sich umzuziehen, er legt, was er auszieht, ordentlich zusammen und in die Tasche. Die schweren Schuhe stellt er rechtwinklig vor den Eingang.

Jules sagt, er wünsche sich, dass oben ein Platz nach ihm benannt wird. Dafür muss David sorgen. Wenn er es nicht schafft, wird Jules die Staumauer umwerfen, und sie alle, die neuen Häuser, die Touristen werden davongespült, begraben unter dem Wasser.

Als David aufwacht, ist er nass geschwitzt, es kann an der Junihitze liegen oder am Traum. Er weiß nicht, wie er das schaffen soll, ein Platz mit Jules' Namen, vielleicht gibt es dafür irgendein Amt. Jetzt taucht mitten auf dem Hauptplatz eine weiße Gestalt auf, und David greift mit der Hand in die Wurzeln der Linde, sie fühlen sich lebendig an. David schließt die Augen, öffnet sie wieder, er reibt mehr hinein als hinaus. Das, was er für eine Gestalt gehalten hat, ist ein Zelt. So eins hat er sich vor vielen Jahren zum Geburtstag gewünscht. Stattdessen hat er einen Malkasten bekommen.

David geht auf das Zelt zu, der Löwe humpelt ein paar Schritte mit ihm, er zieht die Plastikplane mit, in der sie ihn verpackt haben, er ist fertig zum Abtransport, aber noch lange nicht bereit, so wenig wie David. Der Löwe bleibt stehen, die Plane raschelt einen Moment nach, dann ist es still. Der Löwe sieht zu der Stelle hinüber, an der das Haus auf dem Lastwagen steht, wo der andere Löwe sich in den Boden krallt. Vor dem Zelt steht Milo wie ein Indianerhäuptling, der die Arme hängen lässt.

»Hallo«, sagt David. Milo sagt nichts. Milo ist durch nichts zum Sprechen zu bekommen. »Ich habe von Jules geträumt, er hat Angst, vergessen zu werden.« David sieht Milo erwartungsvoll an, aber der schweigt nur und guckt, er lächelt nicht. »Worauf wartest du?«, fragt David und starrt zurück, das kann er auch, still sein und gucken, das ist keine Kunst. Eine Kunst ist es, hier und heute noch Worte zu finden. »Ach, lass mich doch?«, sagt David. »Geh doch.«

Milo rührt sich nicht, und David, mit einem kartoffelgroßen Kloß im Hals und mit dem Verschwinden aller Möglichkeiten, beginnt, sich schlimm zu fühlen, richtig schlimm. »Warum bist du überhaupt hier?«, fragt er leise. Milo zeigt zum Transporter hinüber, auf dem seit ein paar Tagen ihr Haus steht. »Das ist morgen früh weg«, sagt David. »Dann kannst du auch gehen, dann gibt es hier nichts mehr für dich.« Vorsichtig legt Milo seine Hand auf Davids Wange, dann auf seinen Arm. Milo streicht mit dem Daumen über Davids geschlossene Lider und David spürt, wie sich sein Körper ganz allmählich beruhigt.

»Hinlegen«, sagt Wacho und: »Komm ins Zelt.« David schlägt den Stoff zur Seite. Zwei Isomatten, es geht also weiter und von Milo ist draußen nichts mehr zu sehen. Wacho und David, die Übriggebliebenen, die Einzigen, die es nicht schaffen, ein für alle Mal loszulassen.

»Morgen wird ein anstrengender Tag«, sagt Wacho. »Gleich nach der Flutung werden wir Häuser besichtigen. Da oben haben sie welche in Reserve gebaut, für Menschen wie uns, die nachkommen wollen. Da suchen wir uns das Beste aus, das Haus, das am nächsten am See steht, und da ziehen wir dann ein, und wir kaufen dir ein neues Bett und mir einen neuen Esstisch, und wenn deine Mutter da ist, besorgen wir den Rest.« David nickt, und diesmal schlägt Wacho ihn nicht dafür.

Er kriecht ins Zelt und legt sich auf die Isomatte. Viel zu eng ist es, man kann einander kaum ausweichen. Bald schon hört er Wacho ruhig atmen. David bleibt wach, er zittert am ganzen Körper, obwohl ihm nicht kalt ist. Er presst die Zähne fest aufeinander, damit Wacho nicht aufwacht. David versucht sich abzulenken, durch die kleine Öffnung sieht er die drei Holzstäbe, die das Zelt tragen, im Nachthimmel verschwinden. Morgen wird Milo fort sein, und immerhin muss er ihm dann nicht sagen, dass es bei Wacho und ihm keinen Platz gibt für ihn, weil sie nur noch Raum für eine weitere Person haben und diese Person jederzeit kommen kann oder nie, sie müssen warten, dies ist ihre Strafe. Fürs Gewöhnlichsein, denkt David, vielleicht waren wir ihr zu gewöhnlich. Vielleicht war es auch der Ort, der Ort könnte schuld sein. Hier, wo alle Möglichkeiten auf einen Blick sichtbar sind, muss seine Mutter sich eingesperrt gefühlt haben. Und auf einmal kann David sich ihren Hunger vorstellen, nach mehr, nach irgendwas, und woher soll man wissen, ob das, was man sucht, nicht längst irgendwo anders wartet. Man weiß es erst, wenn man es überall gesucht hat und nicht gefunden.

Der Ort ist schuld, denkt David, und Jules hat er verschlungen, als Rache für den Untergang hat der Ort sich ihn im letzten Moment geholt. David sollte aufhören zu trauern: Morgen wird der Ort bestraft, morgen wird David dabei sein, wenn der Ort verschwindet unter den Wassermassen, wie eine kleine Welt wird er vernichtet werden, die sich nur um sich selbst dreht und deshalb für alles um sie herum eine Gefahr darstellt. Er wird zu Wacho ins Auto steigen und sie werden ihr neues Haus suchen. Er wird machen, was Wacho will, weil Wacho schon genug zu tun hat mit seiner Sehnsucht, da muss David ihm nicht noch zusätzlich Kummer bereiten. Und außerdem ist es, wie es ist, und zwar überall, da macht jeder mit, denkt sich David, der von der Welt etwa zweihundert Quadratkilometer kennt und einen winzigen Ausschnitt Himmel.

Die drei Holzstangen des Tipis stoßen bis an die Sterne und dort graben sie sich fest in diese letzte Nacht. David wagt mit seinem Blick eine Flucht und stellt sich ein Leben jenseits vor, bis er merkt, dass das für ihn unvorstellbar ist. Alles, was er sich ausdenkt, bleibt im Rahmen der altbekannten Grenzen. Selbst Tibet, selbst die Besteigung des Mount Everest, die er sich in seinem Zimmer auf der Matratze und dann hinter der Tür Schritt für Schritt überlegt hat, war eigentlich nur eine Besteigung der Hügel ringsum, allerhöchstens der Staumauer. Sein London sah aus wie der Hauptplatz mit ein paar roten Doppeldeckern. Tibet, Mount Everest und Lhasa, das sind nur Worte für ihn, Buchstabenbilder, mit denen er nichts zu schaffen haben darf, und deshalb ist David aus Tibet nun ein für alle Mal verschwunden und angekommen in der Realität, in der ihn der Schutt durch die Matte in den Rücken sticht, und er fragt sich, wo Jules wohl ist, ob Jules nun Zugang zu mehr Phantasie hat als er.

Jules wird irgendwo sein, im Hinterzimmer des Bestatters, im Haus seiner Eltern, in Julas Spiegelbild begraben, irgendwo sind sie, sind Eleni, Jeremias, Ernst, Marie, Clara und Robert und Mona und all die anderen, die vor ihnen diesen unbedeutenden Ort verlassen haben. Und wo ist eigentlich Greta? David hat sie vergessen und das tut ihm leid, Greta war immer so nett zu ihm und gerade sie hätte jemanden gebraucht, der sich um sie kümmert und sie von der Idee abbringt, zu Ernst unter die Erde zu gehen. Irgendwo wird auch Greta jetzt sein. Irgendwer ist irgendwo und jeder geht weg, im Rahmen der Möglichkeiten und ob er will oder nicht, und David beruhigt sich und schläft ein.

Milo
Die Flutung

Der letzte Tag beginnt mit Musik. Das altmodische Kofferradio stünde ungefähr in der Mitte des Hauptplatzes, wenn es den Hauptplatz noch geben würde. Sich hier zurechtzufinden, ist schwierig geworden und man findet ohnehin nicht mehr viel. Da sind die Wurzeln der Linde, da steht das Tipi, ausgebeult von zwei zu großen Menschen, es ist erst halb sechs und schon einundzwanzig Grad warm. Das Kofferradio könnte einer der Bauarbeiter vergessen haben oder einer der Schaulustigen, es könnte von einem anderen Stern herabgefallen sein, von dem aus Kofferradios als Abschiedsgeschenke an die Nachbarplaneten gesandt werden.

Milo sitzt auf dem Boden vor dem Radio und richtet die Antenne aus, für oder gegen den Empfang, anscheinend mag er das Rauschen. Die Musik wird unterbrochen, und es folgen die Nachrichten, der Tag werde sonnig und heiß und Dinge würden geschehen in der Welt, die zusammengenommen stark nach Weltuntergang aussähen und nach sehr großen Fragen für alle, die verantwortlich sind. Es sind Dinge, über die die Hörer ein paar erste Minuten lang entsetzt sein werden, die sie dann aber bald wieder wegschieben und vergessen über dem Alltag. Auch der Ort wird erwähnt, um elf Uhr beginne die Flutung, und wenn man dieses Spektakel aus der ersten Reihe erleben wolle, und das wolle man doch, müsse man sich früh auf den Weg machen.

Hinten, bei den Hügeln, ist eine Staubwolke, vielleicht sind das die ersten Zuschauer oder die Menschen, die das Haus abholen wollen. Milo rennt auf den Lastwagen zu, er kann sehr schnell laufen, obwohl er seit Wochen gesessen hat. Er läuft an dem Tipi vorbei, und David ist wach, schon die ganze Zeit, und er wundert sich über Milo, was macht der nur. Leise kriecht David in Richtung Ausgang, er darf Wacho nicht wecken. Aber Wacho wacht nicht auf, nicht einmal, als David aus Versehen auf seine Hand tritt, bemerkt er, dass David dabei ist, sich von ihm zu entfernen.

David zieht die Hose an, mitten auf dem Platz, noch ist niemand da, der ihn beobachten könnte, so halbnackt, und selbst wenn, wahrscheinlich hielte man ihn ohnehin für ein Hirngespinst. Sie alle hier unten, Wacho, Milo, die beiden Löwen und er, müssen aus der Ferne wie Fata Morganen aussehen. David blickt auf seine Hände, die Arme, weißgepudert bis zum T-Shirt-Rand. Das zerrissene T-Shirt ist bei Jules, hoffentlich hat er es noch. David beißt sich in die Hand, um nicht loszuschreien, er fragt sich, wie lange es anhalten wird, das Gefühl, die Welt könne sich unter diesen Umständen unmöglich weiterdrehen. David fragt sich auch, ob er jemals Teil war dieser Welt, und er beschließt, sich selbst für heute nichts mehr zu fragen, er wird jetzt das Bild holen und dann ist Schluss.

Der Bürgermeistersohn anno dazumal ragt aus den Trümmern des Hauses hervor, das ist eigentlich unmöglich, das Bild hing im Keller, gestern war es noch dort, auch nach dem Zusammensturz. Der Bürgermeistersohn starrt ihn an, aus wohlbekannten Augen, er scheint etwas zu erwarten, was David nicht kann und ganz sicher nicht darf. David klettert über den Schutt. In den Ausläufern blühen die Vergissmeinnicht, sie überleben, Monas einzige Blumen. Als David vor dem Bild steht, zögert er und zieht dann am Rahmen. Sein Arm schmerzt, aber das ist nicht wichtig, wichtig ist nur das Bild. Das Bild ist Milo, das Bild muss er Milo bringen, das Bild ist intakt, so als wäre kein Haus daraufgestürzt und auch nicht Wachos geballte Angst.

David läuft mit dem Bild unterm Arm in die Richtung, in die Milo gegangen ist. Er rennt durch den verschwundenen Wald, beim Laufen pocht es in seinem Arm, als hätte der ein eigenes Herz und als bräuchte es ganz dringend einen Arzt.

Da hinten klettert Milo auf den Lastwagen, die drei Stufen hinauf, er berührt die Mauern des Hauses, als wenn es ein Lebewesen wäre, eines, von dem er sich verabschieden muss.

»Was machst du hier«, ruft David verärgert. Milo dreht sich zu ihm um, seine Hand bleibt an der Wand, David beneidet das Haus um diese Nähe. Milo winkt ihn zu sich, es fühlt sich an wie eine Audienz, zu Milo gehen zu dürfen, es fühlt sich an wie eine Rettung.

David steigt auf die erste Stufe und Milo reicht ihm seinen Arm und zieht ihn hoch, und da stehen sie nun, dicht beisammen, und David sagt nichts und Milo hat noch nie viel gesprochen, und auch jetzt sagt er kein Wort. Eine Hand auf der Mauer, eine an Davids gesundem Arm, eine Hand, die jetzt hinabrutscht bis zu Davids Hand und sich fest um sie schließt. David hält Milo das Bild vor die Nase: »Das ist für dich.« Milo nimmt das Bild nicht und David lehnt es an das Haus, Milo kann es später irgendwo aufhängen, wenn er angekommen ist, wo er wahrscheinlich schon die ganze Zeit hinwill. Milo springt von der Ladefläche und David folgt ihm, er klettert ihm so schnell er kann hinterher, aber er kann nicht so schnell mit dem Arm, und als er bei Milo ankommt, sitzt der schon auf dem Beifahrersitz und klopft neben sich, auf den Platz am Lenkrad. »Du bist wahnsinnig«, sagt David. Er kann sich da nicht hineinsetzen, er kann die Regeln nicht brechen, er kann vor allem nicht bei ihm bleiben.

»David«, brüllt Wacho von fern und David will antworten und dreht sich um, in die Richtung, aus der sein Vater ihn ruft, aber plötzlich ist zwischen ihm und Wacho wieder der Wald, spannt sich Laub über seinen Kopf, versperren Bäume die

Sicht. David sieht Milo an, als ob der wüsste, wo der Wald auf einmal herkommt, als könnte der erklären, wie Bäume in Sekunden wachsen.

David hört ein Glockenläuten, da steht wieder die Kirche, da leuchtet das Kreuz in der Sonne, die aus mindestens vier Richtungen strahlt. Da sind Stimmen, knirschender Kies, Musik, jemand singt in einer fremden Sprache. Die Luft riecht nach Frischgebackenem, nach warmem Holz, nach Vergangenheit, nach Pferdescheiße und Feuerwerk. Hinter den flirrenden Baumstämmen treten Menschen hervor, wie der Wald sind sie aus dem Nichts aufgetaucht, machen sich breit, als gehöre diese Welt wieder ihnen. Da sind sie alle, alle sind da, die einmal waren, mit einem Mal sind sie zurück und leben, als hätte nichts sie dabei unterbrochen.

Angesichts dieser Geister bekommt David keine Gänsehaut, obwohl er sich in Menschenmengen nicht wohlfühlt, obwohl er noch nie innerhalb einer Menschenmenge war, und jetzt das und das ohne Angst. David freut sich über Gesellschaft, die ihn nicht kennt und nicht sein Versagen.

»Bleib noch«, sagt er zu Milo auf dem Beifahrersitz. David geht beruhigt, er wandert in fremde Leben hinein. Hinter dem Wald ruft Wacho nach seinem Sohn, und obwohl er die Bäume nicht sieht, kann er David nicht entdecken. David ist woanders, er ist unauffindbar.

Die Fremden kommen, ein letztes Mal kommen sie, spätestens ab morgen wird jeder Ankommende ein Ausflügler sein, dessen gutes Recht es ist, hier zu sein, im Erholungsgebiet. Heute steigen viele von ihnen noch mit einem zweifelhaften Gefühl aus den Wagen und Bussen, schließen manche ihre Fahrräder weit entfernt vom Geschehen ab, um dann vorbeizuschlendern und »Ach sieh mal da« zu sagen, als wäre es reiner Zufall, dass man gerade jetzt hier gelandet ist, an einem derartigen Weltuntergangstag. Einige von ihnen wollten gestern schon kommen, als sie vom Unfall gehört haben, die meisten wurden von anderen davon abgehalten, weil das daneben sei und irgendwie nicht korrekt. Dann also heute, Reste gucken und Drama und Wasser, das nur noch auf die Ahnung eines Ortes niederstürzt.

Sie haben Picknickkörbe dabei, auch die Zufälligen, und ein findiger Mensch hat eine Bude aufgestellt, da gibt es schon wieder Bratwürste mit Ketchup oder Senf und ein Brötchen gibt es auch noch dazu. Freigetränke werden verteilt, nicht nur Bier, später gibt's auch noch Sekt. Wenn schon, denn schon, und überhaupt soll das heute ein Fest werden, eins, das das Jahrhundertfest übertrumpft, denn eigentlich war das ein Abschiedsfest und heute feiert man einen Neubeginn und so soll sich das auch anfühlen, mit Luftballons und Softeismaschine.

Nach und nach kommen die Gelbhelme an, für sie ist ein Bereich abgesperrt, sie müssen sich nicht sorgen um eine gute Sicht. Anton hat heute Nacht nicht geschlafen, er hat bei Jula gesessen, sie saßen überall, auf dem Balkon, in der Küche, zum ersten Mal auf dem Dach, sie saßen in der leeren Badewanne und dann im heißen Wasser und zwei Stunden später saßen sie dort immer noch und das Wasser war längst kalt geworden. Nichts hat geholfen, und Anton wollte für immer bei Jula sein, aber die wollte ihn wegschicken. Natürlich hat Anton sich nicht vertreiben lassen, er kennt Jula gut, aber nicht gut genug, um zu wissen, was sie macht in so einer Situation. Deshalb hat er versucht, ihre Eltern anzurufen im neuen Haus, aber dort funktioniert das Telefon noch nicht, und dann hat er Jula ein Badetuch umgelegt, darauf schwirren Enten um den Mond. Er hat sie abgetrocknet wie ein Kind, er hat ihr geholfen sich anzuziehen, sie wollte kein Schwarz, sie wollte die Hose mit dem Loch über dem Knie und ein T-Shirt von ihm. Mit nassem Haar stand sie neben der Wohnungstür und wartete, bis er die Schuhe angezogen hatte. Dann hat er die Tür geöffnet und sie die Treppe hinunter über den Parkplatz bis zu seinem Auto geschoben. Sie hat die Hände in den Taschen geballt, sie hat irgendetwas darin so fest gedrückt, dass ihre Schultern gezittert haben. Als er sie dann in den Arm nahm, hat das Zittern nicht aufgehört, und je mehr sie sich dem neuen Zuhause ihrer Eltern näherten, desto schlimmer wurde es.

»Halt!«, hat Jula zwischen den klappernden Zähnen hervorgepresst, und er hat ihr über die Wange gestreichelt, sanft und mehrmals, damit sie aufhörte damit, aufhörte, wie tot auszusehen. Er hat ihr eine Zigarette angezündet und in den Mundwinkel gesteckt, sie hat tief gezogen daran und so etwas versucht wie ein Grinsen.

»Ich gehe und hole sie. Du wartest«, hat er gesagt und leise gesprochen, er war sich nicht sicher, ob sie ihn überhaupt verstand. Er hat sie auf die Stirn geküsst und den Schlüssel vorsichtshalber aus dem Schloss genommen und er ist gerannt, den ganzen Weg bis zum neuen Haus ihrer Eltern. Er hat nichts mitbekommen vom neuen Ort, der immer noch keinen Namen, und als er dann vor ihren Eltern stand, sahen die aus, als hätten sie mit dieser Ansammlung von Häusern nichts zu tun.

»Jula ist im Auto«, hat Anton gesagt, und Julas Mutter hat ihre Jacke genommen und ihr Vater hat gefragt: »Meinst du, ich brauche meine Jacke?« Und Julas Mutter hat genickt, dabei war es schon abzusehen, der Tag würde warm werden. Gemeinsam sind sie zurück zum Auto gerannt und Anton hat Jula fest an sich gedrückt, erleichtert darüber, dass sie noch da war.

Julas Eltern standen vor dem Auto und sahen Jula in Antons Arm, wahrscheinlich war es seltsam, Jula so nah mit diesem für sie fremden Mann. Anton trug nicht einmal seinen gelben Helm, er sah normal aus und wie jeder andere auch, sogar seine gefiederten Arme waren heute egal. Anton hat Jula losgelassen und ist wieder ausgestiegen, er hat die Tür aufgemacht und den Sitz vorgeklappt. Julas Eltern sind auf die Rückbank gerutscht, sie sahen Jula nicht an, aber Anton lange und dankbar. Dann ist er losgefahren, das Radio blieb aus, niemand hat ein Wort gesagt.

Anton hat überlegt, ob er ihnen vom Sturz des Kirchturms, des blitzenden Kreuzes in die Tiefe erzählen sollte, aber das wäre zu nah dran gewesen an der Sache mit Jules, über die anscheinend niemand von ihnen sprechen wollte oder konnte. Kurz bevor sie da waren, schob Julas Mutter ihre Hand über die Rückenlehne nach vorn, sie wollte sie Jula auf die Schulter legen, traf aber Anton und zuckte zusammen und zog die Hand schnell zurück. »Entschuldigen Sie.« Anton hat dazu nichts gesagt, aber Jula hat sich zu ihrer Mutter umgedreht, währenddessen Antons Hand genommen und einen Rauchring in die Luft geblasen. Dann waren sie da, zurück in Antons Stadt, die bald siebzig Jahre alt wird.

Während Anton sich auf den Weg in den abgesperrten Bereich macht, denkt er an Jula, die vermutlich noch mit ihren Eltern in seiner Küche oder auf dem Balkon sitzen wird. Sie werden den Melissentee trinken, den Anton gekocht hat. Er hatte schnell im Internet nachgesehen, was man anbietet, bei der größtmöglichen Traurigkeit und zur Beruhigung, und die meisten hatten Melisse geschrieben Die Melisse kam aus dem Garten seiner Eltern und die wird er besuchen, zusammen mit Jula, wenn es ihr wieder besser geht. Der Schrebergarten seiner Eltern ist ihm noch nie wie das Paradies vorgekommen, aber als er heute Morgen neben dem Wasserkocher stand und das Schweigen der Salamanders sich ihm in den Rücken drückte, da war er sich ziemlich sicher, den perfekten Ort zu kennen. Jula und er würden auf der quietschenden Hollywoodschaukel sitzen, die seine Mutter vom Kollegium zur Pensionierung geschenkt bekommen hat. Sein Vater würde irgendwo irgendwas graben und Anton zu sich rufen, ihn bitten, zu helfen, aber seine Mutter würde den Kopf schütteln und den Vater ermahnen, Anton mal schön zu lassen, der müsse das Kreuz unter der Woche schon häufig genug krumm machen, jetzt sei Wochenende und die beiden seien ihre Gäste. Sie würde Jula ein Stück Erdbeerkuchen anbieten mit Sojasahne, und es würde sie nicht kümmern, dass Jula nein sagen würde und stattdessen rauchte. Abends würde sein Vater den Grill anschmeißen, zu dritt stünden sie davor, er, sein Vater und Jula, und er würde seinen Arm um ihre Taille legen, er würde sie auf den Kopf küssen und sie würden ein glückliches Paar abgeben, er und Jula mit dem Loch in der Hose, knapp über dem Knie.

»Hätten Sie einen Schluck Wasser?«, hat Julas Vater gefragt, und Anton ist vor Schreck die Melisse auf den Boden gefallen. Fahrig griff er nach einem Glas im Schrank, hat es mit Leitungswasser gefüllt und mit einem Knall vor Julas Vater auf den Tisch gestellt. Julas Vater muss gedacht haben, er wäre wütend, dabei hätte doch er selbst wütend sein sollen, und zwar auf Anton, schließlich hat der das heile Gefüge gestört, und jetzt das und hier saßen sie nun, und Jules durfte kein Thema sein, obwohl jeder von ihnen an nichts anderes denken konnte, und bis Jula mit Anton in den Schrebergarten seiner Eltern fahren kann, wird es keine Erdbeeren mehr geben und wahrscheinlich ist es dann auch zum Grillen zu kalt.

»Jula!«, hat ihre Mutter gerufen und Anton ist zusammengezuckt, hat zu Jula hinübergeschaut und direkt auf das Küchenmesser in ihrer rechten Hand, auf den Schnitt in der linken, auf das Blut, das schwer und in Zeitlupe auf das Holz des Küchentisches tropfte.

»Aus Versehen«, hat Jula gesagt, sie haben genickt. »Du kannst ruhig gehen, wir kommen hier klar.«

Auf der Fahrt zur feierlichen Staudammeröffnung hat Anton mehrmals daran gedacht zurückzufahren, aber plötzlich war er da. Es hat sich angefühlt, wie nach Hause zu kommen, wie in ein Zuhause, für das man die Miete zu lange nicht gezahlt hat.

Anton fühlt sich wie kurz vor einem absoluten Verlust und als er auf seine Kollegen zugeht, fällt ihm wieder ein, dass er der Feind ist für die paar Einheimischen, die geblieben sind bis zum Schluss. Anton schüttelt die Hände seiner Kollegen, sie klopfen ihm auf die Schulter, als wäre Jules sein Bruder gewesen. Einer sagt: »Du stehst immer noch unter Schock.« Ein anderer sagt, Anton solle zurückfahren, er könne ihn bringen, und dass das, was jetzt komme, doch eh nur ein Spektakel sei, frei von Sinn und das niemand brauche, am wenigsten er.

Anton braucht das nicht, ganz und gar nicht. Er will sich die Augen zuhalten, wenn es passiert, und nichts mehr sehen von dem, was sie da angerichtet haben. Jules ist hier präsenter als in Antons Küche, wo die schweigende Familie sitzt und so tut, als wäre es ein ganz alltägliches Treffen, um Anton kennenzulernen oder um Jula in ihrer neuen Heimat zu besuchen.

Anton kneift die Augen zusammen, für einen Moment hat er gedacht, da unten wäre ein Wald. Da ist ein Wald, und in dem Wald steht der Lastwagen, und um den Schornstein fliegt ein Schwarm Vögel, große Vögel sind das und sie sind schwarz, sie fliegen wie die Enten um den Mond.

Da ist nichts, da kann nichts sein, und Janno, sein Freund mit dem Schlangentattoo weicht nicht von Antons Seite, und jetzt kommt der Bauleiter auf sie zu, er hat schon getrunken, gibt sich aber offiziell.

»Komm bitte mal mit«, sagt er zu Janno, Anton ignoriert er.

»Nein«, sagt Janno. Der Bauleiter ist perplex.

»Irgendwer muss mir helfen, diesen störrischen Bürgermeister da wegzubekommen, der geht uns sonst mit unter.«

»Ja«, sagt Janno, »dann frag mal die anderen.«

Anton will sagen, dass sie mit Wacho vorsichtig sein müssen, dass Weggehen für den mehr ist als ein Verlassen des Ortes. Jula hat ihm von Wachos Frau erzählt, sie habe sie nicht gekannt, aber ihre Mutter habe eine Zeitlang jeden Tag bei ihr gesessen und versucht, sie zum Sprechen zu bringen. Und dann war die Frau eines Tages weg, ohne dass irgendjemand mitbekommen habe, wohin sie gegangen ist. Anton möchte sagen, dass sie Wacho dort unten lassen sollen.

Im auferstandenen Wald kann David durch die Menschen hindurchgehen und die wiederum gehen durch ihn hindurch, David überlegt, ob er da ist oder die anderen oder niemand. Die Welt, die in den letzten Monaten immer leerer geworden ist, ist mit einem Mal übervoll. Eine Frau in einem langen Kleid führt zwei Pferde vorbei, sie bietet David an, eines davon zu mieten, aber David kann nicht reiten, er bedankt sich und sie geht weiter, fragt einen barock gekleideten Herrn, ob er eines der Pferde haben wolle. Der Mann nickt, und dann reitet er gemeinsam mit der Frau durch David hindurch. Durch David wandern außerdem zwölf düstere Gestalten mit Revolvern und Mistgabeln, es laufen drei Kinder in spitzenbesetzter Samtkleidung hinter einem Reifen her, auch ein zerzauster Hund springt durch ihn hindurch, der Hund folgt einem kopflosen Huhn, das zu fliegen versucht und von einer Katze erwischt wird, die eine Köchin mit einem gußeisernen Topf verscheucht. Als aus dem Nichts ein Pfeil durch ihn hindurchschießt, wird es David zu viel. Es tut nicht weh, aber jetzt fühlt er sich angegriffen.

»Was wollt ihr hier alle noch«, ruft David, »und warum kommt ihr erst jetzt?«

»David.« Ein alter Mann mit Pfeife steht plötzlich ganz dicht neben ihm. David ist ihm irgendwo schon einmal begegnet, der Mann kann zeitlich nicht allzu weit von ihm entfernt sein, er hat eine Plastiktüte in der Hand, darin zeichnen sich Bücher ab. Die Tüte ist kurz davor zu reißen.

»Achtung«, sagt David und zeigt auf die Tüte. Der alte Mann lächelt und winkt ab:

»Die geht nicht kaputt, das hätte sie früher machen müssen, jetzt ist es zu spät. Sieh hier«, sagt der Mann und zeigt David ein Loch im Plastik. »Da wäre sie fast gerissen, aber vorher war's vorbei und jetzt bleibt sie heil, für alle Zeit, bis auf dieses Loch.«

Der Mann zieht an der Pfeife, genüsslich bläst er den Rauch aus, er schickt Ringe durch David, der hustet, und jetzt weiß David, wer da vor ihm steht.

»Herr Mallnicht!«, ruft David und fällt ihm um den Hals, und jetzt, seltsam, greift er nicht durch ihn hindurch, kann er Wärme spüren und einen knochigen, aber festen Körper. »Greta hat Sie so vermisst«, sagt David und er ist froh, dass er Greta nicht neben Herrn Mallnicht auftauchen sieht. Ernst Mallnicht drückt ihn für ein paar Sekunden ganz fest.

»Ja«, sagt er und: »Im Vermissen sind wir gut, David, nicht wahr?« David weiß nicht, ob das wahr ist, er weiß nicht, ob das, was er fühlt, ein Vermissen ist, meistens weiß er nicht einmal, ob er überhaupt etwas fühlt.

»Ich weiß nicht«, sagt David und Ernst Mallnicht lässt ihn los, lächelt ihn an mit seinem blendend weißen Gebiss.

»Doch, doch, mein Lieber, das weißt du sehr gut.« Ernst Mallnicht geht knackend in die Knie, lässt sich seufzend auf eine grüne Bank sinken, die da vorher ganz sicher nicht stand. Er klopft auf den Platz neben sich: »Setz dich, David.«

»Aber –.«

»Aber nichts«, unterbricht ihn Herr Mallnicht. »Weißt du, David, wo es nichts gibt, da ist alles möglich.« David versteht nicht, er wird unruhig, hinter den Bäumen hört er aufgeregte Stimmen, er bildet sich ein, Wacho und den Löwen brüllen zu hören wie um die Wette, vielleicht täuscht er sich auch. Im Transporter sitzt Milo immer noch ruhig, sein Kopf lehnt an der Scheibe, ob er schläft? Ernst Mallnicht folgt seinem Blick und klopft dann wieder auf das Holz der Bank. »Lass ihn«, sagt er und: »Setz dich, ich bin später verabredet und du auch, aber noch haben wir beide ein bisschen Zeit.«

Sie müssen ihn regelrecht einfangen, der Bürgermeister entwischt ihnen immer wieder, schlägt Haken.

»Herr Wacholder«, ruft der Bauleiter. »Sie müssen jetzt wirklich mitkommen.«

»Nein«, sagt Wacho, »niemals.«

»Was soll das denn jetzt, Sie wissen doch ganz genau, dass wir Sie nicht hierlassen werden, gleich kommt das Wasser, wir nehmen Sie mit.« Wacho bleibt stehen und mustert die drei Männer, da stehen der Oberverantwortliche und der Bauleiter und dazu noch ein gewöhnlicher Gelbhelm, der sieht sehr stark aus und so, als könne er sich Wacho im Notfall packen und mitnehmen. Wacho späht an ihnen vorbei, in die Richtung, in die David eben verschwunden ist.

»Ich warte auf meinen Sohn.« Der Verantwortliche lächelt, als er das hört, der Bauleiter macht es ihm nach, der Riesengelbhelm starrt auf den Boden.

»Ihr Sohn, Herr Wacholder, ist ganz sicher schon oben auf der Mauer bei den anderen.«

»Nein«, sagt Wacho. »Hier wird nicht geflutet, bevor ich David nicht gefunden habe.«

»Sind Sie sicher, dass er noch hier ist?«, fragt der Bauleiter und sieht Wacho flehend an, er möchte, dass Wacho sich nicht sicher ist, dass er gleich zugibt, einfach nur ein bisschen verrückt zu sein.

»Vollkommen«, sagt Wacho. »Und ich wäre Ihnen sehr dankbar, wenn Sie mir helfen würden, meinen Sohn zu finden.«

»Na toll«, sagt der Bauleiter. »Aber ich gehe davon aus, dass wir ihn in spätestens zehn Minuten gefunden haben werden, hier gibt es ja keine Verstecke.« Er hat recht. Alles liegt offen vor ihnen, aus dem Ort ist eine Fläche geworden, ein Platz, an dem es nichts gibt außer Erde und Luft.

»Die Traufe«, sagt Wacho und: »Vielleicht sollten wir ihn zuerst unten beim Fluss suchen.« Weil niemand etwas anderes vorschlägt und der starke Gelbhelm nickt, macht Wacho sich auf den Weg zur Traufe, es ist ihm egal, ob die anderen folgen, er will nur sichergehen, dass David nicht dort unten treibt, im überschnappenden Fluss.

Sie sitzen und verbringen Zeit, von der David nicht weiß, wie viel sie davon wirklich noch haben. Dass er die letzten Momente hier mit Herrn Mallnicht verbringt und nicht mit Milo erscheint ihm auf seltsame Weise richtig. Von Herrn Mallnicht hat David nie etwas erwartet, von Milo sicher zu viel.

»Wie ist es, tot zu sein?«, fragt David.

»Ich bin nicht tot.« David wird rot.

»Aber Sie haben ein Grab.«

»Das bin doch nicht ich«, sagt Herr Mallnicht empört. »Ich bin doch hier, wie du siehst. Ich kann herkommen, wann immer ich will. Das Problem ist nur: Außer mir und den anderen Besuchern ist bald niemand mehr da. Ich habe es geliebt, Greta beim Blumengießen zuzuschauen und wenn sie Kartoffeln schält. Aber jetzt ist sie mit einem Mal verschwunden, und ich fürchte, meine Existenz ist nur an diesem Ort möglich.«

»Sie sind ein Geist«, sagt David entschieden. »Sie sind einer dieser Geister, die nicht wissen, dass sie tot sind.«

»So ein Quatsch«, sagt Herr Mallnicht und grüßt beiläufig einen Herrn in seinem Alter: »Tach Karl, du, ich kann gerade nicht. Wir seh'n uns später, ja?« Dann wendet er sich wieder David zu: »Junge, du spinnst.«

»Was sind Sie dann?«

»Ist das so wichtig?« David zögert. »Wer bist du denn, Junge?«

»Das wird mir zu grundsätzlich«, sagt David und will aufstehen, aber Herr Mallnicht hält ihn fest.

»Das ist eine einfache Frage. Setz dich wieder, wir müssen reden.«

»Ich weiß nicht«, sagt David.

»Siehst du, so bist du. Du weißt nichts und du machst nichts. Weißt du wenigstens, wer Milo ist?« David will schon zugeben, leider auch davon keine Ahnung zu haben, aber dann entscheidet er sich um. Nichts von Milo zu wissen würde bedeuten, ganz allein zu sein.

»Klar weiß ich das«, sagt David.

»Na dann. Erzähl mal«, sagt Herr Mallnicht, genüsslich lehnt er sich zurück, und David erzählt. Von Milo und was er sich so zu ihm überlegt hat, seit er das Bild des Bürgermeistersohnes das erste Mal sah und in den langen Stunden, oben im Zimmer, nachdem ihm die Zukunftsvisionen ausgegangen waren.

»Wo Milo herkommt, ist schwer zu sagen. Vielleicht aus einem Land, das bisher noch niemand entdeckt hat. Vielleicht ist Milo der erste Mensch, der dieses Land je verlassen hat. Auf jeden Fall ist er der Einzige von dort, der hier gelandet ist. Der Weg war weit, Milo musste durch eine Wüste, über eine Gebirgskette, er musste über einen Ozean und ein Stück fliegen und dann noch mal laufen, und zwar eine ganze Zeit lang, und unterwegs ist ihm seine Stimme verloren gegangen, weil er wochenlang mit niemandem gesprochen hat. Nachdem Milo eine ganze Zeit lang immer nur geradeaus gelaufen ist, über Kopfsteinpflaster und Beton, über Wiesen und durch einige Flüsse hindurch, nachdem er Unter- und Überführungen genommen hat und einen Waldweg entlanggegangen ist, wurde er müde und dann war er plötzlich da, also hier.

Milo hat eigentlich nur eine Nacht bleiben wollen. Er hat von den Städten geträumt, vom Untergang in Menschenmassen und von allen Möglichkeiten dieser Welt. Er hat am Rathaus klingeln wollen, weil es in der Kirche keinen Pfarrer gab und ohne Bahnhof auch keine Mission. Am Hauptplatz blieb er stehen, er sah in den Brunnen, er warf seine vorletzte Münze hinein und hat sich Glück gewünscht und etwas Essbares. Und als er dann hochsah, stand ich vor ihm.

Milo hat vergessen, wie man seine Stimme benutzt«, sagt David. »Wegen des Untergangs.«

»Aha«, sagt Herr Mallnicht, »warum ist Milo gerade an dem Tag aufgetaucht, an dem der Untergang verkündet wurde?« Er sieht David an, als wüsste er die Antwort schon.

»Wie meinen Sie das?«

»Ich frage nur so«, sagt Herr Mallnicht, »weil ich gerade darüber nachgedacht habe, wie das alles zusammenhängt.« David springt auf.

»Wollen Sie damit etwa sagen, dass Milo etwas mit dem Untergang zu tun hat?«

»Aber nein, nein«, sagt Herr Mallnicht und klopft schon wieder auf die Bank.

»Beruhige dich, David. Ich will gar nichts andeuten, dafür bin ich selbst viel zu angedeutet, ich wundere mich nur.«

»Ich mich auch«, sagt David. »Warum unterhalte ich mich überhaupt mit Ihnen? Sie sind überholt, Sie sind längst vorbei und haben hier gar nichts mehr zu sagen.«

»Gut«, sagt Herr Mallnicht. »Das war ein wunderbarer Wutanfall, David.«

»Was wollen Sie eigentlich«, brüllt David, er hat Tränen in den Augen. Herr Mallnicht steht auf, er will David die Hand auf die Schulter legen, aber sie rutscht durch Davids Körper hindurch. Mehr als je zuvor fürchtet David, sich in Luft aufzulösen, davor, Herr Mallnicht und er könnten die Plätze getauscht haben. David merkt, dass er nicht weg sein möchte. Auf gar keinen Fall will er verschwinden.

»Du machst das schon«, sagt Herr Mallnicht. »Ich muss dann mal. Und falls du Greta zufällig begegnen solltest –.

Ach, ich fürchte, meine Liebe ist schon längst über alle Berge. An ihrer Stelle wäre ich nach Dakar gefahren, aber vielleicht hat sie mittlerweile andere Träume, es ist ja so viel Zeit vergangen.« David nickt, obwohl er nicht versteht, was Herr Mallnicht da redet. Der war schon immer ein bisschen seltsam, David kennt ihn nicht anders. Vielleicht bringt Herr Mallnicht Dinge durcheinander oder er hat, bei all den Zeitschichten, durch die er gewandert ist, ganz einfach den Überblick verloren.

»Herr Mallnicht«, sagt David. »Es war sehr schön, Sie zu treffen.«

»Das finde ich auch«, sagt Herr Mallnicht. »Wir gehen dann mal.«

»Wer ist wir?«, fragt David, und Herr Mallnicht zeigt einmal im Kreis um sich herum. Er zeigt auf Menschen, an die nur der Ort sich erinnert.

»Wo gehen Sie denn jetzt hin?«, fragt David.

»Na, ins Wasser Junge.«

Herr Mallnicht steckt seine Pfeife zurück in den Mund und ruft die Löwen zu sich, der ohne Kopf befreit sich aus seiner Plastikplane und folgt, der andere krallt sich weiterhin fest in den Boden. Herr Mallnicht schüttelt den Kopf und dann ist er verschwunden. Alle verschwinden, sie sind einfach weg, von einem Moment auf den anderen, alle bis auf den sturen Löwen, und David kann Wacho jetzt ganz deutlich rufen hören, er muss in der Nähe der Traufe sein, und er hört sich verzweifelt an. Wo eben noch der kopflose Löwe war, liegt nur noch die Plane, David hebt sie auf, er weiß nicht, wofür.

»Beruhigen Sie sich doch«, fleht der Verantwortliche. »Bitte, beruhigen Sie sich.« Wacho steht, von Gelbhelmen umzingelt, schon bis zur Brust in der tobenden Traufe. Er zieht die Hände durch den Fluss, er sucht seinen Sohn.

»Noch eine halbe Stunde«, sagt der Bauleiter, er hat sich an der Uhr festgesehen, seit zehn Minuten verkündet er jede Minute die Zeit. Im Fluss stochern die Gelbhelme nach David und auch an der Uferböschung suchen sie ihn.

»Er kann hier nicht sein«, flüstert der Verantwortliche heiser, er und Wacho rufen abwechselnd nach dem verlorenen Sohn, dem schon wieder verlorenen Sohn, denkt der Verantwortliche, er hat auch einen, der ist drei Jahre alt und heißt Jonas; er kann sich gut vorstellen, wie man sich da fühlt. Er bemerkt, wie Wachos Hände zittern, wie er immer wieder in seiner Tasche wühlt.

»Flussaufwärts ahoi«, murmelt Wacho und findet in seinen Taschen nur schlammiges Wasser. »Mir ist egal, wo deine Mutter ist, David, hörst du?«, ruft Wacho, und der Verantwortliche schämt sich, das mitanhören zu müssen, und der Bauleiter tippt auf seine Uhr und sagt streng:

»Nur noch neunundzwanzig Minuten.«

»Wir wissen es«, sagt einer der Gelbhelme und verschwindet wieder im Wasser. Sie tauchen jetzt nach David, der sich im gefräßigen Flussbett der Traufe verfangen haben könnte.

»Ein Fahrrad«, ruft ein tropfnasser Gelbhelm und zieht ein verrostetes Kinderrad aus dem Wasser.

»Das gehört Jula oder Jules«, sagt Wacho abwesend. »Aber die fahren nicht mehr damit.« Der Gelbhelm lässt das Fahrrad los und taucht wieder ab.

»Also, also«, sagt der Bauleiter und: »Wir sollten den Fluss sauber halten, nicht dass der Unrat den See verschmutzt, und an dem Rad kann man sich leicht verletzen. Nicht dass sich ein Gummiboot daran aufschlitzt, wir wollen keinen Ärger.«

»Wie spät ist es eigentlich?«, fragt jemand, und der Bauleiter zückt seine Uhr, sagt:

»Nur noch wenig mehr als achtundzwanzig Minuten«, und dann beruhigt er sich wieder. Die Gelbhelme sind längst keine Gelbhelme mehr, die Helme liegen aufgereiht am Ufer. Sie erinnern von hier aus an eine schlafende Schildkrötenkolonie. Die Gelbhelme sind damit entschärft, nur nasse, tropfende Gestalten, die jemanden suchen, den sie noch nie oder selten gesehen haben. Einer von ihnen packt den Bürgermeister am Hemdkragen, als der sich erschöpft ins Wasser fallen lässt.

»Es reicht«, sagt der Bauleiter. »Hier ist er nicht. Wir müssen anderswo nach ihm suchen. Jetzt sind es wirklich nur noch achtundzwanzig Minuten.«

»Na, da ist er doch«, sagt der Verantwortliche und zeigt zum Transporter hinüber. »Da steht ein junger Mann, eingewickelt in eine Plastikplane, aber ansonsten passt die Beschreibung.«

»David«, brüllt Wacho, er stolpert die Böschung hinauf, beim Hochklettern reißt er Disteln aus und wirft sie im hohen Bogen hinter sich in den Fluss. Auf die helmlosen Gelbhelme regnet es stachlige Blumen. »Warte, wehe, du läufst weg«, brüllt Wacho, und die Männer am Fluss beobachten, wie er den Kerl, der anscheinend tatsächlich dieser David ist, in die Arme schließt und dreimal um sich herumschleudert. Sie hören, wie David beim Fliegen leise knistert.

»Schön«, sagt der Bauleiter, »dann haben wir jetzt noch genau siebenundzwanzig Minuten, um uns umzuziehen und zurück auf die Mauer zu kommen. Ach ja, und dieses dämliche Spielzelt muss weg. Passt mir auf die beiden auf, noch einmal mache ich eine derartige Aktion nicht mit, dann wird geflutet, egal, was ist.« Er macht sich auf den Weg zurück zum Staudamm. Natürlich würde er gegebenenfalls nicht fluten, von wegen egal was ist.

Er ist ein anständiger Kerl, der seine Rosen blattlausfrei hält und mit dem Hund jeden Abend durch die Feldmark hinterm Haus lange Spaziergänge macht. Aber er ist der Bauleiter und nicht nur das, er muss dafür sorgen, dass alles glatt läuft, und deshalb ist er erleichtert, als er sieht, wie der Chef mit drei Gelbhelmen hinübereilt zu Vater und Sohn.

»Für den letzten Weg als offizieller Bürgermeister eine Eskorte«, sagt der Oberverantwortliche und: »Das ist doch was.«

Wacho setzt David wieder ab. Ihm wird das Kreuz wehtun, aber erst morgen, jetzt ist er froh, David zurückzuhaben.

»Mach so etwas nie wieder«, flüstert Wacho David ins Ohr, und David verspricht, so etwas nie wieder zu machen, weil er sich tatsächlich sicher ist, dass so etwas nie wieder passieren wird, so ein Durcheinander aller Zeiten und er mittendrin und im Gespräch mit Ernst Mallnicht, Gretas verstorbenem Mann. Wacho reißt David noch einmal in die Luft, seine Knie knacken und irgendwas verschiebt sich in grober Richtung der Wirbelsäule, aber Wacho kümmert sich nicht, Wacho zeigt David, wie sehr er sich freut und wie wenig es eine Chance gibt für ihn zu entrinnen. Dieses Zusammensein ist für die Ewigkeit.

Die Gelbhelme und der Bauleiter sehen verlegen zu Boden, ein erwachsener Mann, der von seinem Vater durch die Luft geworfen wird, ist nichts, was sie unbedingt mitansehen wollen. Zumal David selbst nicht so wirkt, als hätte er den Flug genossen, er reibt seinen Arm und sieht an Wacho vorbei zur Staumauer hoch, den Besuchern, die dort wie im Amphitheater stehen und Augen machen, als erwarteten sie eine tragisch verfrühte Öffnung der Mauer.

»Jetzt aber los«, ruft Wacho. Da weht nichts mehr durch die Luft, da greift nur der eine den anderen am Arm, um ihn mitzuziehen, und der Verantwortliche macht sich auf den Weg hin zur Mauer, winkt seine Gelbhelme herbei, hier ist alles wieder unter Kontrolle.

»Es geht weiter«, sagt Wacho zu David, und David nickt. Als sie am Transporter vorbeigehen, schaut David durch die Scheibe, da sitzt immer noch Milo. Zwei Menschen kommen auf sie zu, eine Frau im Kostüm, ein Mann im üblichen blauen Anzug, David kennt sie, das ist doch dieser Herr Abend. Ja, es sind die beiden Verantwortlichen aus dem Frühling, die sich vor gar nicht so langer Zeit auf Milos und seinem ersten gemeinsamen Möbelstück, auf dem Gurkeneimer, niedergelassen haben, um ihnen den Abbau des Hauses als Glück zu verkaufen. Aus dem Augenwinkel nimmt David eine Bewegung wahr, Milo rührt sich, er ist aufgewacht. David nickt ihm zu, mehr nicht, er bleibt hart. Wahrscheinlich steckt Milo tatsächlich mit all diesen Verantwortlichen unter einer Decke. David wird genügend Zeit haben, darüber nachzudenken, auf welche Weise Milo einer von denen ist, und daher jetzt kein Grund zur Trauer und niemand zum Vermissen.

David hört, wie Menschen, die sich kaum kennen, einander grüßen, selbst seinem Vater rutscht ein Guten Tag heraus. David sieht alles in Zeitlupe, sieht, wie die verantwortliche Frau hastig ihre Bluse zurechtzieht, wie Herr Abend neben ihr stolpert, wie Milo das Fenster herunterkurbelt. Und dann hört er ihn.

Milo ruft Davids Namen, nur seinen Namen, nicht mehr, aber das reicht, um Davids Welt auf den Kopf und alle Beschlüsse in Frage zu stellen. Er rennt los, die Plastikplane weht hinter ihm wie ein Umhang, in vier Schritten ist er beim Laster, reißt die Tür zur Fahrerkabine auf, klettert hinauf und stützt sich dabei mit dem schlimmen Arm ab, spürt nichts. Er sitzt neben Milo, er sagt »Da bin ich«, und Milo nickt, und Milo strahlt, und Milo sagt:

»Endlich.«

David windet sich aus der Plastikplane, so bekommt er die Tür nicht zu, ungeduldig tritt er die Plane hinaus, schließt den Laster kurz, es klappt gleich beim ersten Mal und fühlt sich an, als wäre es das, was er von nun an tun sollte, auch ohne Führerschein und ganz ohne kriminelle Energie. Sie werden ans Meer fahren, an den nächstbesten Ozean und an den übernächsten und an den danach, sie werden Berge überqueren mit dem Haus, wie in diesem Film. Es wird genauso sein, aber bequemer. Sie ziehen kein Schiff, sondern ein Zuhause, sie haben den Laster und sie könnten jederzeit anhalten und einziehen, wenn David nicht die ganze Welt bereisen wollen würde. Mit beiden Händen greift er das Lenkrad, fest, es tut nicht weh, und dann tritt er das Gaspedal durch, und dann machen sie sich auf den Weg. Es funktioniert, tatsächlich, es klappt, er kann fahren, er macht alles richtig. Und vielleicht, denkt David und sieht auf den Platz neben sich, vielleicht gibt es jemanden wie Milo wirklich irgendwo.

Der Motor heult auf wie ein geschlagener Drache. Der Transporter rollt los, im Schritttempo steuert er auf die Gruppe zu. Die Verantwortlichen starren den Bürgermeistersohn an, was ist denn in den gefahren und was macht er denn da im Laster, auf dem das kleine Haus mit dem schönen Giebel, seit Tagen bereit für den Abtransport, steht. Das soll weg, und zwar heute noch. Jetzt rollt es an dem ersten Gelbhelm vorbei, überholt das für die Translokation abgesandte Pärchen, und nur Wacho versteht, was hier geschieht, dass ihm David davonläuft.

»Nein«, sagt Wacho leise. »Bitte nicht.«

Der Laster lässt sich nicht aufhalten, nicht von Wacho, der ein paar müde Schritte hinter dem Wagen herläuft, im Blick immer das Bild des Bürgermeistersohnes, die Leinwand flattert im Fahrtwind, das Porträt winkt ihm armlos zu. Wacho, ein viel zu später Don Quixote, der nicht einmal selbst an seinen Glauben glaubt, der bald stehen bleibt, weil er weiß, dass all das Rennen nichts hilft. Die Gelbhelme starren fassungslos, die verantwortliche Frau spricht aufgeregt in ihr Funkgerät:

»Ihr müsst ihn aufhalten, wir brauchen eine Straßensperre, vielleicht einen Hubschrauber.« Wacho lauscht eine Weile stumm ihren Funksprüchen, dann nimmt er sanft ihre Hand, die das Funkgerät hält.

»Lassen Sie das«, sagt Wacho ruhig. »Lassen Sie ihn, er bringt das Haus nur in Sicherheit.« Die Frau schüttelt den

Kopf, Herr Abend tut es ihr gleich, jetzt folgen ganz sicher die griechischen Klagelaute. Aber sie klagen nicht und sie laufen nicht, sie machen nichts, um David von seinem Weg abzubringen. Sie stehen nur da und sehen dem Laster hinterher, der eine nicht mehr sichtbare Straße entlang aus dem verschwundenen Ort hinausrollt und bald in der Landschaft versinkt.

Auch als dann der Löwe zum Abschied brüllt, nach einem letzten Seufzer wieder und diesmal für immer versteinert, sagt niemand etwas. Sie nehmen es hin, wie man Abschiede hinnimmt und Weltuntergänge und die Abendnachrichten und alles andere.

»Tja«, sagt Herr Abend und: »Das findet sich schon.« Dann sieht er Wacho aufmunternd an und schlägt ihm vor, oben auf der Mauer ein Bier zu trinken, vielleicht einen Sekt. »Flussaufwärts ahoi«, sagt Wacho, und dann gehen sie, und Martin Wacholder, Bürgermeister a. D., verlässt als Letzter das zu versenkende Schiff.

»Jetzt aber«, sagt Janno und springt auf, zieht Anton mit seinen Schlangenarmen auf die Beine. Anton wäre lieber sitzen geblieben, weiß aber, dass sich das nicht gehört. Jetzt kommt die Flutung und eigentlich fehlt ihm ein Hut, den er vor die Brust halten kann. So fühlt Anton sich, wie ein Mann, der seiner Traurigkeit mit Hilfe eines Hutes Ausdruck geben muss, weil sich die Traurigkeit förmlich anfühlt und fremd. An der Mauer ist der rote Abdruck einer Hand, als Anton dem Freund das sagen will, kommt kein Ton heraus.

»Wir stellen uns gleich vorne hin, da können wir schnell weg, wenn es vorbei ist«, sagt Janno. Anton folgt dem Freund, ihm ist es egal, wo sie stehen. Er würde gern Jula anrufen, aber sein Handy zeigt höchstens einen Balken und nichts ist trauriger, als wenn jemand, den man vermisst, mitten im Satz verschwindet. Wenn sie will, wird er ihr nachher alles erzählen oder er lässt sie über früher reden, wie eigentlich jeden Abend und immer wieder zwischendurch, wie sie das schon vor der Sache mit Jules getan hat, oft mit dem kleinen Stück Ebenholz in der Hand. »Einmal sind Jules und ich«, beginnt sie dann, »Wir haben mal« oder »Fast hätten wir«. Ab jetzt nur noch Konjunktiv und Vergangenheit, wenn es um Julas Bruder geht, der ein bisschen kleiner und eine Minute jünger war als sie und noch sehr viel mehr sicherlich, von dem Anton nichts weiß.

Wacho sieht sich um, er mustert die Menschen, die sich zum Untergang auf der Mauer versammelt haben. Sie muss auch hier sein, Anna wird in der Zeitung von der Flutung gelesen und sich heute Morgen spontan entschieden haben herzukommen, weil das wichtig ist und um bei ihm zu sein. Gleich wird es geschehen, das, was er später in seine Das-Gute-an-der-Flutung-Sätze einbauen will. »Das Gute an der Flutung war, dass wir uns wiedergefunden haben.« Sie wird lächeln und ihm über den Kopf streicheln, sie werden zusammen sein, bis er keine Haare mehr hat und keinen einzigen Zahn, er wird ihr aus der Zeitung vorlesen, weil sie dann längst nichts mehr sieht, er aber immer schon und auf ewig gute Augen hat.

Das Leben wird weitergehen, er wird den Tod bekämpfen für sie und am Ende werden sie gemeinsam gehen, im Schlaf. Bis dahin wird es jenes Leben sein, das es immer hatte sein sollen, ohne große Aufregung und viel Drumherum. Sie wird ihm erzählen, wo sie war all die Zeit, und er wird nicht wütend werden, er wird nicht brüllen, nicht um sich schlagen, er wird wieder Martin sein und Wacho ein für alle Mal und für immer vergessen.

Ein paar Tage vor Weihnachten wird David kommen, er wird den LKW vor der Tür parken, sie werden ihn überreden, im Gästezimmer zu übernachten und nicht auf der Ladefläche in seinem gestohlenen Haus. Die Nachbarn werden sich wundernd im Schneegestöber stehen und durch die Fenster ins Haus starren, während die Wacholders drinnen im Wohnzimmer sitzen und einander Geschenke überreichen. Sie werden einen Baum haben und bunte Teller und einen Braten, den er für Stunden bei kleiner Hitze schmoren lässt. Sie werden David zuhören, wie er von der Welt erzählt, er hat Farbe bekommen, er benutzt beide Hände, um das Geschenk auszupacken. Was zwischen ihm und seinem Vater passiert ist, während sie weg war, erzählt er ihr nicht.

David und er hüten ein Geheimnis, und irgendwann wird David ihm wieder in die Augen sehen können, ohne die Fäuste in den Taschen zu ballen und bei jeder seiner Bewegungen zusammenzuzucken. Vielleicht wird er ihm später in der Küche in den Magen schlagen oder ins Gesicht, sie wird es nicht mitbekommen, und danach wird alles wieder in Ordnung sein, und vielleicht wird Wacho, der dann nur noch Martin ist, sich entschuldigen, für die letzte Zeit, die er für David zum Alptraum gemacht hat, und für all die Jahre davor.

Ein Paar in identischen Shorts mit je einem Stoffbeutel und drei Kindern, zwei Mädchen, ein Junge, geht an Wacho vorbei, eines der Kinder streift im Vorbeigehen seinen Arm, sie gehen auf das blutrote, brusthohe Geländer zu und stellen sich dort nebeneinander auf.

»Ihr müsst jetzt leise sein«, sagt die Frau.

»Warum?«, fragt eines der Mädchen.

»Weil man zu solchen Anlässen leise ist«, sagt der Mann, und die Kinder nicken, als ergäbe das einen Sinn.

»Der Löwe wird ertrinken«, sagt der Junge.

»Pst«, macht die Frau, und die Kinder starren schweigend hinab. Wacho atmet tief ein, streckt sich und dann brüllt er. Er ist nicht wütend, nicht zornig, aber er will einfach nicht leise sein. Wacho brüllt nichts Bestimmtes, er stößt Geräusche hervor, die die Besucher zusammenfahren lassen. Da steht eine

Horde verängstigter Schaulustiger kurz vor der großen Sensation, nur noch wenige Augenblicke von der Flutung entfernt, und glotzt ihn an wie eine Herde Schafe. Wacho brüllt Unverständliches, brüllt Tiefempfundenes, und die Leute glotzen und glotzen, und der Mann nimmt die Hand seiner Frau, und der Junge und eines der Mädchen pressen sich ängstlich an ihre Eltern, ihre Münder stehen offen. Das andere Mädchen, trotz Hitze in einer prunkvollen Robe, verzieht das Gesicht, dann fängt es an zu lachen, und Wacho brüllt noch lauter, und das Kind lacht, so dass ihm fast die Luft wegbleibt und der Mann fahl und ängstlich wird und die Frau rot und wütend.

Brüllend geht Wacho auf das Kind zu, und das Kind geht lachend auf Wacho zu, und Frau und Mann wollen es festhalten, aber das Kind ist sehr schnell und es zeigt mit dem Finger auf Wacho und zieht eine rosafarbene Plastikkamera aus der Tasche und macht ein Foto von ihm. Und jetzt versteht er endlich, wer da vor ihm steht, im Kostüm der eiskalten Königin.

»Marie«, ruft Wacho. »Was machst du denn hier? Und wer sind diese Leute?« Wacho ist drauf und dran, sie aus der Gewalt dieser Fremden zu reißen, aber Marie zeigt auf den Mann und die Frau, zeigt auf die beiden wie auf Teile eines Gebrauchtwagens, die zwar noch vorhanden sind, aber nicht mehr so richtig in Schuss.

»Das ist meine Tante und das ist mein Onkel«, sagt sie. »Sie wollten sich das angucken. Ich hab sie überredet, mich mitzunehmen.«

»Wissen deine Eltern das?«, fragt Wacho, und Maries Tante baut sich vor ihm auf, stellt sich vor Marie, sie versucht Wacho mit ihren Worten zurückzuschieben:

»Sie hat selbstverständlich Bescheid gesagt.«

»Selbstverständlich«, sagt Marie grinsend, und über das Gesicht der Tante trampelt der Zweifel und hinterlässt grobe Spuren.

»Na dann«, sagt Wacho.

»Was machst du noch hier?«, fragt Marie, die jetzt aussieht wie eine Erziehungsberechtigte.

»Ich weiß nicht«, sagt er wahrheitsgemäß, Marie nickt.

»Die anderen sind zu Hause geblieben. Die wollten nicht zurückkommen«, sagt sie. »Dabei ist das doch das Wichtigste.«

»Meinst du?«, fragt Wacho.

»Ja«, sagt sie und zückt wieder die Kamera.

»Macht die echte Fotos?« Marie sieht Wacho mitleidig an.

»Sonst würde ich ja wohl kaum auf den Auslöser drücken.« Wacho nickt, eine dumme Frage, er stellt sich an wie ein Idiot, dabei ist er doch froh, Marie hier zu begegnen, die sich jetzt auf den Boden hockt und mit dem blauen Fuchs auf dem Arm wieder auftaucht. Wacho krault das Fell des Fuchses, es ist sehr weich.

»Zum Glück habe ich ihn wiedergefunden. Jetzt nehme ich ihn mit«, sagt Marie.

»Wen?«, fragt die Tante, aber Marie beachtet sie nicht.

»Kommst du auch?«, fragt Marie. »Wir warten auf dich.«

»Tatsächlich«, sagt Wacho.

»Sozusagen«, sagt Marie, aber sie verrät ihm nicht, was das heißen soll, und Wacho fragt auch nicht nach.

»Marie«, sagt die Tante und: »Komm her, gleich geht's los.« Marie setzt wieder ihr bedauerndes Gesicht auf, wie es sich gehört.

»Tut mir leid, ich muss.«

»Alles klar, Marie«, sagt Wacho, und Marie reicht ihm die Hand, und er schüttelt sie vorsichtig.

»Da stehen Häuser, leere Häuser für Leute wie dich. Ich finde die leeren Häuser unheimlich, es wäre gut, wenn da jemand wohnt.« Wacho nickt.

»Das wäre wahrscheinlich von Vorteil.«

»Genau«, sagt Marie. »Und wenn du Lust hast, darfst du wieder Bürgermeister sein, ich regle das. Genau wie alles andere. Keine Angst, es ist heikel, aber ich habe dafür gesorgt, dass es gut ausgeht.«

»Und wie hast du das gemacht?«, fragt Wacho. Marie öffnet den Mund, schließt ihn dann wieder und sieht Wacho entschuldigend an. Sie darf nichts verraten. »Na dann«, sagt Wacho und winkt Marie nach, die von ihrem Onkel zurück in die Reihe gezogen wird. Er hätte sie gern gefragt, wofür sie gesorgt hat, was gut ausgehen soll und wieso sie Worte wie heikel benutzt. Wacho will gehen, aber es ist zu spät, es geht los.

Er steht still, schließt die Augen und seine Sorge um den Ort verschwindet, auf einmal, macht Platz für das, was er verloren hat in den letzten Monaten, verloren und ohne Unterlass gesucht. Sie steigen aus dem Auto, es ist Nacht und kalt, ein schöner Ausflug war das, auch wenn es die ganze Zeit nur geregnet hat. Vorsichtig nimmt er David aus dem Kindersitz, Anna wartet auf ihn neben der Autotür, sachte streicht sie über Davids Kopf, der schwer und warm auf seiner Schulter liegt, nebeneinander gehen sie den Weg hinauf. Er versucht, mit einer Hand die Tür aufzuschließen, sie nimmt ihm den Schlüssel ab, er lässt sie vor in die Diele, sie schaltet dort das Licht an. Mit David auf dem Arm folgt er Anna aus der Kälte hinaus, zieht hinter ihnen dreien sacht die Tür zu. Der sicherste Moment, da ist er wieder.

»Eine Minute«, sagt der Oberverantwortliche, und jetzt kennt die Menge auf der Staumauer kaum noch ein Halten, dicht an dicht drängen die Menschen in Richtung des Gitters. Aber alles schweigt, wie gebannt warten sie. In die Stille hinein spielt das Blasorchester einen Tusch, die Honorationen straffen ihre Schultern und Brustkörbe, als wären die mit Orden behängt, das Fernsehen ist da und die Leute von der Zeitung, es ist ein großer Tag, für die Region, das Land, die Firma. Nummer 1 und Nummer 2 eilen den Staudamm entlang, sie tragen ihre dunkelblauen Uniformen, das goldene Emblem der rasenden Pferde, und Nummer 1, der voranläuft, fragt jeden, den er trifft, nach einer Frau mit einem Gemüsenetz, mit einem Lächeln, das ihm seit Monaten nicht mehr aus dem Kopf gehen will, und ein kleines Mädchen zieht ihn am Ärmel und sagt, dass die Frau, die er sucht, ganz sicher auf Sansibar ist, und Nummer 2 sagt zu Nummer 1, dass er dann wohl schleunigst zum Flughafen müsse, und Nummer 1 schwingt sich auf sein Rad, ein sehr altes Modell, das er vom Sperrmüll hat und selbst restauriert, und er macht sich unverzüglich auf den Weg.

Aus den Lautsprechern dröhnen trotz neuster Technik blechern die Stimmen, die sich beim Zählen auf kein Tempo einigen können. Als die erste Stimme bei null ankommt, halten alle die Kameras drauf, flüstert der Regisseur seinem Team zu, dass das, jetzt und hier, entscheidend sei. Alle starren, nichts passiert, die Verantwortlichen halten die Luft an, und während die Presse längst den Skandal wittert, herrscht Stille, und Marie flüstert: »Danke, Schädel!«. Dann aber knirscht es weit unter ihnen, rauscht es und donnert, und Marie lässt den Kopf hängen, das Wasser kommt. Auf den trockenen Boden stürzt es hinab, frisst die Traufe, den steinernen Löwen, die winzige Menschheit im Modell, und die Menge applaudiert, eifrig und begeistert, und dieser Ort ist Erinnerung, das Leben geht weiter, als ob nichts gewesen wäre und niemand hier.

Anton
Heimfahrt

Es ist dunkel geworden. Jula sieht das Kreuz nicht mehr. Zwischen den fast kahlen Bäumen am Hang leuchten vereinzelte Lichter, auf Höhe der östlichen Seeseite fährt ein Auto, der Wind lässt das Wasser sacht an die Uferbefestigung schlagen, sonst ist es still. Es ist alles anders, als sie es sich bis heute vorgestellt hat. Wenn sie an den See gedacht hat, war da immer die bunte Welt im Modell, Sonnenschein und Menschenmengen. Hier ist nur sie, ist Anton, türmen sich vage Erinnerungen, die die Leere nicht bevölkern können.

Wie konnte sie so viel vergessen, wo war all das hin, die ersten achtzehn Jahre ihres Lebens verschmelzen in diesem Moment zu einem einzigen wirren Aufwachen, übrig ist nur Anton, der einstige Gelbhelm, den die meisten Vogelmann nannten.

Jula steht auf, sie klopft Blätter und Erde von ihrer Hose, mittlerweile zieht sich das Loch bis zum Oberschenkel hinauf, kalt weht der Wind an ihre Haut. Sie müssen zurück in die Stadt, arbeiten, leben, es geht weiter, auch wenn sie manchmal nicht will, auch wenn ihr dieses Leben ab und an vorkommt, als hätte sie es gestohlen und wie eine einzige maßlose Übertreibung.

Sie klettert den Abhang hinauf, und dann ist sie wieder sichtbar an der Oberfläche. Zerzaust, aber ruhigen Schrittes geht Jula über den Parkplatz, und Anton macht ein Foto von ihr, das sie später löschen wird, mit wirrem Haar und abwesendem Blick, sie sieht einsam aus darauf und fremd.

Sie steigen ins Auto, gleichzeitig schlagen sie die Türen zu.

Dass Anton einer ist, der sich mit dem Tod nicht abfinden kann, der nie stehen bleibt, nicht zurücksieht, sondern zurückgeht, hinein in ein besseres Vergessen, das hat sie vorher nicht gewusst. Er sieht in ihr mehr als eine Randfigur dieser Geschichte, er traut Jula Erinnerungen zu, die sie nicht haben kann, stellt sich gemeinsam mit ihr eine tosende Flutung des Ortes vor, die es so nicht gegeben haben wird, weil der Wasserspiegel des Sees langsam gestiegen sein muss. Anton sieht mit ihr zusammen einen Kirchturm, der unsichtbar ist, weil er abgerissen wurde vor mittlerweile zehn Jahren und mitsamt dem polierten Kreuz, an dem Tag, an dem Jules fiel und an dem das eine nichts mit dem anderen zu tun hatte. Anton nimmt Geschichten, Wünsche, Ängste und Träume so ernst wie die Wirklichkeit. Jula versteht ihn erst jetzt.

»Das musste sein«, sagt Anton. »Aber jetzt reicht es.«

Er stellt das Radio ganz laut, und Jula summt mit. Im Rückspiegel bewegt sich etwas, da ist eine Frau im dicken Herbstmantel. Die geht über den Parkplatz in Richtung der Böschung, sie scheint jemanden zu suchen, Anton und Jula beachten sie nicht. Jula muss an David denken, die Frau ähnelt David, wenn sie den noch richtig in Erinnerung hat.

»Lass uns fahren«, sagt Jula, und Anton dreht den Zündschlüssel, und hinter ihnen bleiben der See und die Zeit, sie fahren, zwei Überlebende eines winzigen Weltuntergangs.

Jula kurbelt das Fenster herunter, ihre Haare flattern im kalten Wind: Sie erinnert sich, irgendwie erinnert sie sich an alles, als wäre sie dabei gewesen die ganze Zeit und nicht im entscheidenden Augenblick verschwunden. Leben bewahrt sich in Erinnerungen, und mancher Moment wird erst dort Wirklichkeit, wo niemand mehr ihn klar sieht.

Das ist gut. Das ist alles.

Dank

Für die Ermöglichung der Arbeit an diesem Roman möchte ich dem Berliner Senat und dem Niedersächsischen Ministerium für Wissenschaft und Kultur sehr danken.

Das Archiv Verschwundener Orte in der Lausitz war der beste Ort, um in die Geschichte einzutauchen, das Martin Kausche Atelier der Künstlerhäuser Worpswede perfekt, um diesen Roman abzuschließen.

Ich danke Dana Camus und Christine Wagner fürs frühe Lesen, meinen Schwestern Jenny und Gesa Scheffel ganz grundsätzlich, Katharina Hartwell für den ständigen Austausch und meinen Großeltern für die Erinnerungen.

Für seine Geduld, sein Mitdenken und seine bedingungslose Unterstützung danke ich Folke.

suhrkamp taschenbücher
Eine Auswahl

Isabel Allende
- Das Geisterhaus. Roman. Übersetzt von Anneliese Botond. st 1676. 501 Seiten
- Mayas Tagebuch. Roman. Übersetzt von Svenja Becker. st 4444. 444 Seiten
- Die Insel unter dem Meer. Roman. Übersetzt von Svenja Becker. st 4290. 552 Seiten
- Inés meines Herzens. Roman. Übersetzt von Svenja Becker. st 4035. 394 Seiten

Gerbrand Bakker
- Oben ist es still. Roman. Übersetzt von Andreas Ecke. st 4142. 315 Seiten
- Der Umweg. Roman. Übersetzt von Andreas Ecke. st 4435. 231 Seiten

Joanna Bator
- Sandberg. Roman. Übersetzt von Esther Kinsky. st 4404. 492 Seiten
- Wolkenfern. Roman. Übersetzt von Esther Kinsky. st 4574. 499 Seiten

Jurek Becker
- Bronsteins Kinder. Roman. st 1517. 302 Seiten
- Jakob der Lügner. Roman. st 774. 288 Seiten

Louis Begley
- Lügen in Zeiten des Krieges. Roman. Übersetzt von Christa Krüger. st 2546. 223 Seiten. Großdruck: st 4092. 310 Seiten
- Ehrensachen. Roman. Übersetzt von Christa Krüger. st 3998. 444 Seiten

Thomas Bernhard
- Alte Meister. Komödie. st 1553. 310 Seiten
- Heldenplatz. st 2474. 176 Seiten
- Holzfällen. Eine Erregung. st 1523. 336 Seiten

Lily Brett
- Lola Bensky. Roman. Übersetzt von Brigitte Heinrich. st 4470. 302 Seiten
- Chuzpe. Roman. Übersetzt von Melanie Walz. st 3922. 334 Seiten

Jaume Cabré
- Die Stimmen des Flusses. Roman. Übersetzt von Kirsten Brandt. st 4049. 666 Seiten

Truman Capote
- Die Grasharfe. Roman. Übersetzt von Annemarie Seidel und Friedrich Podszus. st 1796. 208 Seiten

Marguerite Duras
- Der Liebhaber. Übersetzt von Ilma Rakusa. st 4507. 143 Seiten

Hans Magnus Enzensberger
- Herrn Zetts Betrachtungen, oder Brosamen, die er fallen ließ, aufgelesen von seinen Zuhörern. st 4553. 226 Seiten
- Hammerstein oder Der Eigensinn. Eine deutsche Geschichte. st 4095. 378 Seiten

Louise Erdrich
- Der Club der singenden Metzger. Roman. Übersetzt von Renate Orth-Guttmann. st 3750. 503 Seiten
- Der Klang der Trommel. Roman. Übersetzt von Renate Orth-Guttmann. st 4083. 327 Seiten

Philippe Grimbert
– Ein Geheimnis. Roman. Übersetzt von Holger Fock und Sabine Müller. st 3920. 154 Seiten

Peter Handke
– Immer noch Sturm. st 4323. 165 Seiten
– Die morawische Nacht. Erzählung. st 4108. 560 Seiten
– Wunschloses Unglück. Erzählung. st 3287. 96 Seiten

Hermann Hesse
– Der Steppenwolf. Roman. st 175. 288 Seiten
– Siddhartha. Eine indische Dichtung. st 182. 128 Seiten
– Narziß und Goldmund. Erzählung. st 274. 320 Seiten

Reginald Hill
– Rache verjährt nicht. Roman. Übersetzt von Ulrike Wasel und Klaus Timmermann. st 4473. 683 Seiten

Daniel Kehlmann
– Ich und Kaminski. Roman. st 3653. 174 Seiten

Sibylle Lewitscharoff
– Apostoloff. Roman. st 4180. 248 Seiten
– Blumenberg. Roman. st 4399. 220 Seiten
– Montgomery. Roman. st 4321. 346 Seiten

Nicolas Mahler
– Der Mann ohne Eigenschaften. Nach Robert Musil. Graphic Novel. st 4483. 156 Seiten
– Thomas Bernhard: Alte Meister. Komödie. Gezeichnet von Mahler. Graphic Novel. st 4293. 158 Seiten

Andreas Maier
– Das Haus. Roman. st 4416. 165 Seiten
– Onkel J. Heimatkunde. st 4261. 132 Seiten
– Bullau. Versuch über Natur. st 3947. 127 Seiten

Adrian McKinty
- Der katholische Bulle. Roman. Übersetzt von Peter Torberg. st 4523. 384 Seiten

Patrick Modiano
- Eine Jugend. Roman. Übersetzt von Peter Handke. st 4615. 187 Seiten
- Die Gasse der dunklen Läden. Roman. Übersetzt von Gerhard Heller. st 4617. 160 Seiten
- Villa Triste. Roman. Übersetzt von Walter Schürenberg. st 4616. 142 Seiten

Cees Nooteboom
- Allerseelen. Roman. Übersetzt von Helga van Beuningen. st 3163. 440 Seiten
- Briefe an Poseidon. Übersetzt von Helga van Beuningen. st 4494. 224 Seiten
- Schiffstagebuch. Ein Buch von fernen Reisen. Übersetzt von Helga van Beuningen. st 4362. 283 Seiten

Amos Oz
- Eine Geschichte von Liebe und Finsternis. Roman. Übersetzt von Ruth Achlama. st 3788 und st 3968. 828 Seiten
- Unter Freunden. Übersetzt von Mirjam Pressler. st 4509. 215 Seiten

Ralf Rothmann
- Feuer brennt nicht. Roman. st 4173. 304 Seiten
- Milch und Kohle. Roman. st 3309. 210 Seiten
- Shakespeares Hühner. Erzählungen. st 4434. 212 Seiten

Judith Schalansky
- Blau steht dir nicht. Matrosenroman. st 4284. 139 Seiten
- Der Hals der Giraffe. Bildungsroman. st 4388. 222 Seiten

Andrzej Stasiuk
– Hinter der Blechwand. Roman. Übersetzt von Renate Schmidgall. st 4405. 349 Seiten
– Kurzes Buch über das Sterben. Geschichten. Übersetzt von Renate Schmidgall. Gebundene Ausgabe. st 4421. 112 Seiten

Uwe Tellkamp
– Der Eisvogel. Roman. st 4161. 318 Seiten
– Der Turm. Geschichte aus einem versunkenen Land. Roman. st 4160. 976 Seiten

Tuvia Tenenbom
– Allein unter Juden. Eine Entdeckungsreise durch Israel. Übersetzt von Michael Adrian. st 4530. 473 Seiten

Hans-Ulrich Treichel
– Grunewaldsee. Roman. st 4244. 237 Seiten
– Menschenflug. Roman. st 3837. 233 Seiten
– Der Verlorene. Erzählung. st 3061. 176 Seiten

Mario Vargas Llosa
– Das böse Mädchen. Roman. Übersetzt von Elke Wehr. st 3932. 395 Seiten
– Ein diskreter Held. Roman. Übersetzt von Thomas Brovot. st 4545. 380 Seiten

Martin Walser
– Ein fliehendes Pferd. Novelle. st 600. 160 Seiten

Don Winslow
– Manhattan. Roman. Übersetzt von Hans-Joachim Maass. st 4440. 404 Seiten
– Kings of Cool. Roman. Übersetzt von Conny Lösch. st 4488. 349 Seiten
– Tage der Toten. Kriminalroman. Übersetzt von Chris Hirte. st 4340. 689 Seiten